AUG 2017

BESTSELLER

Mercedes de Vega es socióloga y escritora. Nació en Madrid en 1960. Ha residido y trabajado en Nueva York y Barcelona. Cursó estudios de literatura en la Universidad Complutense de Madrid y ha participado en numerosos talleres de escritura creativa. Colabora en las revistas literarias *Resonancias* y *Los papeles de Iria Flavia*. Ha publicado las novelas *El profesor de inglés* y *Cuando estábamos vivos*; el libro de relatos *Cuentos del sismógrafo*; artículos y publicaciones, y diversos relatos en antologías colectivas. Ha sido galardonada por dos años consecutivos (2013 y 2014) en los Premios del Tren «Antonio Machado».

Para más información, visite la página web de la autora: www.mercedesdevega.com

MERCEDES DE VEGA

Cuando estábamos vivos

DEBOLS!LLO

Primera edición con esta presentación: marzo de 2017

Printed in Spain – Impreso en España

ISBN: 978-84-663-3871-4
Depósito legal: B-2.187-2017

Impreso en Novoprint
Sant Andreu de la Barca (Barcelona)

P 3 3 8 7 1 4

Penguin
Random House
Grupo Editorial

Para Laura y Mercedes

Para Jimena Anglada

Cuéntame, Musa, la historia del hombre de muchos senderos...

HOMERO, *Odisea*, Canto I

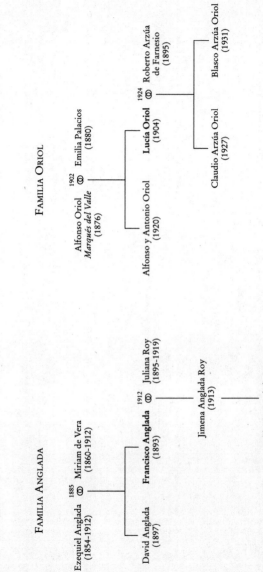

FAMILIA ORIOL

Alfonso Oriol
Marqués del Valle
(1876) — 1902 ⚭ — Emilia Palacios
(1880)

Alfonso y Antonio Oriol
(1920)

Lucía Oriol
(1904) — 1924 ⚭ — Roberto Arzúa
de Farnesio
(1895)

Claudio Arzúa Oriol
(1927)

Blasco Arzúa Oriol
(1931)

FAMILIA ANGLADA

Ezequiel Anglada
(1854-1912) — 1885 ⚭ — Miriam de Vera
(1860-1912)

David Anglada
(1897)

Francisco Anglada
(1893) — 1912 ⚭ — Juliana Roy
(1895-1919)

Jimena Anglada Roy
(1913)

Tomás Anglada Roy
(1934)

Roma

1995

Palacio Bastiani

Casi siempre te miraba sin verte. Su mirada atroz te devoraba, y no podías evitar responder esas preguntas que sus labios no necesitaban pronunciar para hacerse entender, como si fuese toda ella transparente, sin huesos, sin carne, sin humanidad. En mi alma podía sentir lo que ocurría en el interior de Jimena Anglada. En un desdoblamiento que me dolía profundamente, era capaz de penetrar en lo más profundo de su instinto. Y ella se alegraba de que fuese así. Quería verme sufrir como sufría ella, joven obstinada. No podía soportar mi alegría; ni mis pasiones, ni mi juventud, ni mis ganas de vivir al lado de su padre y de hacerle feliz aplacando la ira que ella despertaba en él con esas actitudes que lo hacían llorar en el profundo silencio de nuestro amor prohibido.

Era tímida y reservada, más de lo que nadie se pueda imaginar. Nunca terminaría de hablar de ella, de todo lo que le pasó, de su tristeza, de sus momentos de alegría que se marchitaban tan rápido como su apego a la vida. Pero también de todo el amor que guardaba, como si fuese un tesoro rescatado del mar que no le pertenecía. De su desgracia. De su muerte prematura y trágica. De mi arrepentimiento. De todos y cada uno de esos años de mi juventud en que yo moría por su padre, el hombre al que protegí de sus propias mentiras y de sus trágicas verdades, que eran las que más dolían. Y si el paso del tiempo nos provee de una gota de entendimiento a los que llegamos a la más despiadada vejez, no nos redime del mal que ya pasó; más bien acrecienta el remordimiento y la necesidad de clemencia y de alcanzar una muerte algo digna. Y hablo por mí y por él. Sobre todo por él, que murió sin pedir perdón, ni sintió compasión alguna de sí mismo: jamás observé en él ni el más mínimo de los arrepentimientos por el más atroz de los pecados o de las traiciones que un hombre pueda cometer contra su familia y contra su raza.

Pero le amaba. Así de sencillo. Y no quiero excusarme, aunque haya tratado de hacerlo continuamente a lo largo de todos estos años de exilio voluntario. Siempre me escondí tras ese amor inconcluso para disculparlo, para decirme a mí misma que solo era una mujer enamorada de un hombre que jamás podría ser mi marido. Le adoré siempre, desde el mismo instante en que le conocí. Ese amor desmesurado morirá conmigo, descansará en el cementerio que me espera, lejos de España, en este país que me ha ayudado a poner paz en mi existencia, y en el que él se sintió tranquilo.

Habrían de pasar más de cuarenta años de esta historia, que he recopilado como testimonio y fe de la verdad y que he entregado a mi nuera Laura Bastiani, para que una mañana, cercana a su muerte, Francisco Anglada, viejo y cansado pero con la emoción intacta de su juventud, deseara contarme la verdad. Su terrible verdad. Qué obstinación la suya de querer tapar con sucias mentiras, tras huir de Madrid a finales de 1936, lo que le hizo a su única hija, muerta y sin enterrar, como Polinices. Y sin pretender ser yo ninguna Antígona, sí he de honrar la memoria de Jimena, aunque su cadáver nunca se encontrara.

Su confesión me extrañó. No era hombre dado a confesiones o arrepentimientos. Fue en una calurosa mañana de verano de 1979, coincidiendo con el último viaje que Fran hizo a Roma. Acababa de llegar de Madrid. Paseábamos de la mano, como dos jovenzuelos que aún tienen el futuro por delante, sobre la hierba fresca de mis amados jardines de Villa Borghese. Recuerdo que él llevaba una suave camisa blanca de cuello Mao y una americana de lino. Nos asomamos al mirador de las aguas de Castalia, del monte Pincio, para sentir el vértigo de la ciudad a nuestros pies. Una alfombra de tejados, cúpulas, iglesias, murallas y ruinas parecía moverse en el hormigueo sutil de una ciudad que nunca se queda quieta y se desplaza, sin que lo percibamos, por los siglos y los siglos, entre la nueva y la antigua Roma. La mañana nos regalaba todo su esplendor, bajo el sol templado de las primeras horas estivales. Era nuestro lugar favorito del parque. Fran se detuvo a observar las ruinosas piedras de la muralla aureliana como si nunca las hubiese visto. No sé, creo que esa antigua ruina le despertaba la memoria de su vida. Y también la nostalgia.

Habíamos caminado desde la Piazza del Popolo, final de la Via del Corso, donde desayunamos, hasta la Piazza Napoleone, junto al Palacio Bastiani, residencia de mi nuera Laura y en donde vivo desde hace más de veinte años. Estábamos algo cansados de la caminata porque los años no perdonan. Miró al frente, sobre el mirador del parque, hacia una vieja ciudad tan cansada como nosotros, y cerró los ojos, preocupado, respirando profundamente. Podía oír el latido de su corazón como encerrado en una caja de zapatos, y lo vi tan joven y varonil como había sido siempre. Continuamos nuestro paseo por el cauce del arroyo que discurre entre las fuentes del lado norte de la colina. Sin darnos cuenta, nos adentrábamos cada vez más en la espesa arboleda que nos hizo perder el sentido de la orientación. Pronto, los árboles nos apresaron en su laberinto de veredas y estatuas de diosas romanas. El tiempo quedaba extramuros, paralizado, o eso dice todo el que camina por esos parajes. Encontramos un banco y nos sentamos junto a unos altos setos de boj. Estaban milimétricamente podados, con formas redondeadas como enormes cabezas. El sol iba subiendo lentamente. Fran se resistía a hablar. Entreabrió las piernas y apoyó los codos sobre las rodillas sujetándose la frente. Sus ojos grandes y saltones, empequeñecidos por los años y mirándome de una manera que no me gustó en absoluto, querían hablar a borbotones.

Y lo hizo, ya lo creo que lo hizo. Habló y habló durante horas, hasta que el sol nos mostró su peor cara y tuvimos que resguardarnos bajo un gran álamo. Nos sentamos sobre la hierba y escuché callada y atenta el continuo brotar de su vida como un manantial sulfuroso que me quemaba el alma. Y no dije nada. Callé. Como había hecho siempre. Ante la verdad, no pude hacer otra cosa que apoyar la cabeza contra la corteza oscura y asurcada del árbol, y respirar. Era la confesión de una agonía que no lo dejaba morir. Me dio tanta pena, había tanto dolor que renacía en su rostro arrugado y hermoso que quise odiarlo. Pero no me quedaban fuerzas. En realidad, estaba preparada para ese momento. Llevaba esperándolo toda la vida. Ése era el instante que creí tener descontado, y aun así pensé que era nuestra obligación morir allí mismo: dos ancianos bajo el árbol de la vida. Era lo mejor que podría sucedernos, porque habíamos durado demasiado.

Cuando terminó de hablar se me había helado la sangre. Se recompuso, me besó en la mejilla y se estiró las mangas de la camisa como hacía siempre, recobrando la dignidad, como si lo que acababa de contarme perteneciese a la vida de un amigo. Se encogió de hombros, cambió de tema y dijo que deseaba ser enterrado en Madrid, en el cementerio civil, que se lo prometiera por nuestro amor. Quizá, al no haberse encontrado el cuerpo de Jimena, deseaba ser sepultado lo más cerca posible de su hija. O quién sabe, tal vez Madrid fuera el único lugar en el que sus fantasmas se diluían en un remolino que se traga la tierra. Sus ojos me lo suplicaron y no se lo pude negar. Me emocioné. Hacía mucho tiempo que no le oía hablar de esa manera, modulando una voz todavía joven y llena de fortaleza. Yo ya era mayor para aquellas pretensiones de jovenzuelo que él todavía conservaba.

Han pasado dieciséis años de aquella mañana en la que quise morir en el parque más bello de esta ciudad, escuchando los secretos del hombre al que amé siempre. Y si entonces me sentí una anciana, con setenta y cuatro años, no sé lo que he de considerarme ahora. Y a pesar de que le prometí que descansaría en el cementerio inglés de Madrid y no en el panteón familiar de los Anglada, junto a su hermano David y su triste esposa Juliana, Fran no está allí. Cuando falleció en su finca, ni siquiera intenté exhumar sus restos para trasladarlos. Alguien deberá hacerlo, si así está escrito.

Podría hablar de Francisco Anglada durante toda una vida: la vida que ya no me queda. Pero ahora, según pasan las noches cálidas y fragantes de este verano de 1995 (mi último verano, estoy segura), presiento la muerte como se presiente la vida a través del dulce perfume de esta ciudad que la inunda de jóvenes promesas que ya no veré. Nuestra historia ha de pertenecer al territorio de la verdad y de la justicia. Por eso, hace tiempo que no dejo de pensar en su hija. Y en Tomás, su pequeño Tomás. Podré parecer una anciana que exagera las grietas de su existencia, pero escribiré hasta la última letra que mi puño pueda rasgar sobre el papel, para explicar a Dios y a los hombres los secretos que no quiero como acompañantes en mi último viaje.

Desde que salí de Madrid, en 1936, he sobrevivido todos estos años protegiéndome, exculpándome de una complicidad que se me ha ido clavando lentamente en el alma, en un alma que quizá nunca haya tenido. La mentira es una daga afilada. Y siempre tuve miedo a que un pequeño empujón acabase conmigo, llevándome a la tumba todos los horrores que he encubierto, sin haber sido capaz de levantar ni una sola voz que allanara el camino de la verdad en todos estos años.

Y aquí estoy, con buena salud a pesar de mi edad, recomponiendo la historia de mi amante y de su hija. Con ganas de morir. Desconozco lo que Dios me tiene preparado, si me llevará de la mano a reunirme con Fran y con las llamas de su infierno, o se apiadará de esta anciana y podré hallar un rincón en el que descansar, junto a las personas que me he ido encontrando a lo largo de este camino que está a punto de llegar a su fin, y entre las que está, sin lugar a dudas, Roberto, mi marido. Me tendré que encontrar con él en el otro lado, y no sé si seré capaz de mirarlo a la cara, en caso de que sigan existiendo caras en el más allá, avergonzada de todas mis mentiras que quizá ya no le importen. Porque allí todo el mundo sabe la verdad.

Tras un siglo en este mundo, he sido testigo presencial de casi todos los hechos que voy a desvelar; y a los que no asistí, me los confiaron sus protagonistas y los hermanos Anglada. El resto lo conoce Dios, que también narra esta historia. La vida se desenmascara a sí misma con crudeza para quien tenga la fuerza suficiente de querer saber qué significa vivir de verdad, minuto a minuto. Y asumo el merecido castigo de la incomprensión.

Pero antes buscaré el testimonio de mis labios y de mis ojos, de mis pies y de mis manos, que afloje la carne anquilosada de mi cuerpo y restablezca la luz de esa linterna que de niña mi madre me dejaba sobre la mesilla de mi alcoba para entregarme al dulce sueño del futuro. Encontraré la luz de esa linterna entre las sombras de la noche, y dejaré que alumbre por un instante los sueños rotos del pasado.

PRIMERA PARTE

Madrid

1928-1931

Primer testimonio

La primera vez que escuché el nombre de Francisco Anglada fue, paradójicamente, en labios de Roberto. Me habló del nuevo conocido de mi padre, con cierta prevención, pero viniendo de mi marido era lo habitual, sobre todo cuando se trataba de desconocidos; siempre representaron una amenaza para él. Y ese día su voz me sonó más temerosa que nunca, a pesar de su impostura autoritaria; como temerario había sido hasta entonces su caminar por un mundo que le llamó a escuchar la ira de los dictadores. Voces de terror que en 1928 se extendían por Europa arrasando ciudades y pueblos. Pero muchos nos tapábamos los ojos, los oídos y la boca, como esas figuritas de los tres monos sabios que hay en algunos veladores, para no oír la intransigencia, no ver la injusticia, incapaces de expresar lo que de verdad temíamos.

A través de las cristaleras de la sala de conversaciones vi a Roberto entrar en el vestíbulo del Círculo de Bellas Artes con su habitual caminar erguido, encorsetado en esa guerrera que era todo un símbolo de los tiempos en que vivíamos. Miraba hacia los sofás del interior de la sala intentando localizarme. Habíamos quedado para ir al teatro, y el grupo de damas, constituidas en una reducida asociación fundada por mi madre, estábamos ya terminando nuestra reunión semanal. Lo vimos entrar en el salón y mis seis compañeras se levantaron rápidamente, tomaron sus bolsos y sombreros y se despidieron de mí con urgencia. Éramos un grupo variopinto. Protegíamos a las Hijas de la Caridad, de San Vicente de Paúl, comunidad fundadora de varias escuelas de monjas enfermeras que mi madre adoraba incondicionalmente desde que éstas la cuidaron al comienzo de su enfermedad. La comunidad asistía en varios hospitales de Madrid, entre ellos el Provincial de Atocha, el de San Carlos y el de San Nicolás, de la calle José Abascal, en el que ingresaba mi madre cuando su dolencia se agudizaba en los fríos y oscuros días del invierno y ninguno de nosotros sabíamos cómo aplacar esas crisis de dolor.

En aquellos años intentábamos recaudar fondos e influencias, ayudar en lo posible a los más necesitados: hambrientos de piel renegrida y cuarteada por la intemperie, traperas que recogían en sus carros la basura de nuestro barrio, niños que mendigaban descalzos con su lata en la mano mientras sus madres rebuscaban en el vertedero de Tetuán de las Victorias (que de victoria no poseía nada más que el nombre), uno de los muchos que rodeaban Madrid. Habíamos abierto un comedor en la calle Argumosa que ofrecía más de cien comidas diarias. Las hermanas, desbordadas, trabajaban más de quince horas diarias y nuestro dinero llegaba puntual todos los meses. Y tres días a la semana, al amanecer, me echaba a la calle, envuelta en mi toquilla, para mediar en los oscuros despachos de la dirección del hospital de mujeres incurables de la calle Amaniel. Las listas de espera eran de más de un año. En el mejor de los casos las condenaban —con enfermedades contagiosas e innombrables— a hacer largas colas día y noche, a vagar por las calles o a refugiarse en las cientos de chabolas de los pueblos de los alrededores. Aportábamos ropa de cama. Contribuíamos a ampliar las boticas. Conseguimos ese año el dinero suficiente para alicatar dos quirófanos y más de cinco salas de enfermos del Provincial. Era un mecanismo que funcionaba mal y había que darle cuerda continuamente para que no se parase.

Pero lo que de verdad me llenaba la vida era mi trabajo loco y abnegado en el pequeño hospicio de la calle de López de Hoyos, fundado y financiado íntegramente por mi familia.

Mi madre había lanzado su red a la única persona que podía continuar con su labor desde que la enfermedad comenzó a horadar sus articulaciones. Una infección, con treinta y cuatro años, la condujo perversamente a la artrosis crónica. Sus dedos se retorcían. El dolor le demacraba el rostro y había engordado; aun así, mantenía su vitalidad y su enérgico carácter de gallega. Su fortaleza mental había conseguido doblegar a mi padre en casi todos los aspectos de su matrimonio, y él, entre protestas y gruñidos a los que nadie hacía caso, hombre enamorado de su esposa hasta perderlo todo, nos extendía el cheque mensual para nuestra «misión en el mundo», como mi madre lo llamaba. Y mi padre, mal firmando el talón, siempre repetía lo mismo: «No podemos con este gasto, Emilia… ¡Es insoportable! ¡No somos la puñetera Iglesia!», y se dejaba caer en el respaldo del sillón de su escritorio, agobiado. Mi madre se sentaba sobre sus rodillas y lo abrazaba acaparándole como si fuera un oso de peluche.

—Mi querido marqués, hombre de mi vida, lo que debes hacer es apostar menos y vender esa cuadra ruinosa, y de paso algunos de tus coches que nos dan mala imagen ante los pobres de Madrid, que se mueren de penas y yo de martirio. —Y tomaba su cheque y se lo guardaba en la pechera del vestido.

Esa escena se repetía cada mes y cada mes el cheque era de menor cuantía. Roberto vino a auxiliar en parte ese declive con mil quinientas liras mensuales. Y también protestaba, a su manera, para tirar de mí y sacarme de España. Y él insistía y yo me resistía, escondida en mi frenética actividad que me lo perdonaba todo. Me la tomaba como si la vida me fuese en ello. Me ayudaba a mantener la cabeza ocupada y no pensar en mi matrimonio, ni en los hijos que deberían de venir tras nuestro pequeño Claudio, ni en los continuos viajes de Roberto a Roma, ciudad en la que nunca dejó de residir. Su actividad política y militar engrosaba nuestra fortuna por la que yo nunca preguntaba, como si estuviese teñida por una mancha insondable que la hacía invisible.

Roberto Arzúa de Farnesio era hijo único. El entramado de los Farnesio se extendía también a dos monstruosas fábricas textiles en Turín y Roma. A la muerte de su tío materno, sin herederos, quedó como único propietario del imperio de una de las familias más antiguas de Italia. Además de poseer medio territorio de las provincias del Lacio, sus fábricas uniformaban las legiones del Duce, producían todos los uniformes del Regio Esercito, desde su creación, en la unificación del país. Con la llegada de Mussolini se multiplicaron nuestros contratos, hasta el extremo de inaugurar una fábrica en el norte de Florencia que llenaba los cuarteles de Italia de sábanas recias y mantas ásperas y tiesas, siempre en nombre de los elevados ideales de la nueva patria que incrementaba los bienes de Roberto bajo el palio de un nuevo orden, edificador de una Europa a semejanza de la antigua Roma.

Así lo creía Roberto.

Le vi atravesar las columnas de la puerta acristalada. Inclinó la cabeza al cruzarse con mis amigas, se llevó la mano a la frente y continuó hacia mí a través de la sala, a paso militar, sin ninguna intención de entretenerse a saludarlas más allá de lo cortés. Me besó el dorso de la mano con una inclinación teatral y tomó asiento a mi lado, junto al gran ventanal de la calle Alcalá. Dejó los guantes sobre la mesa y levantó la vista hacia la ancha avenida. La claridad le iluminaba el rostro y vi su piel fina y blanca encenderse con la luz del ocaso. Sus ojos redondos y pequeños observaban un tranvía parado enfrente, al otro lado de la calle. Todo el mundo se apeaba. El tráfico parecía cortado. Alcalá se llenaba de automóviles sin poder transitar, con taxis de los que bajaban sus ocupantes, y carros cuyas mulas parecían inquietas.

—¿Qué tal la carrera? ¿Cómo ha ido todo, cielo? —pregunté.

Roberto se encogió de hombros. Me dirigió la mirada con suma atención, recorriendo mi vestido, mi peinado recogido en un moño bajo, y esbozó una sonrisa, no muy contento. Llegó el camarero y pidió un Fernet Branca con agua.

—¿Cómo va a ir...? ¡Terrible! Ese asunto de las apuestas no me gusta. Tu padre no tiene solución. En fin... —Y se llevó la mano hacia la mejilla. La acariciaba de arriba abajo como si le doliese una cicatriz invisible—. He conocido en el hipódromo a unos individuos singulares. A un tal Feijóo... Qué personaje tan novelesco. Iba acompañado de un cliente suyo. ¿Te suena Francisco Anglada? Es un rico de provincias. Aunque por su arrogancia parecía madrileño.

—¿Estás de mal humor? Feijóo es un viejo conocido de mi familia y el que mencionas no me suena de nada. Mi padre... conoce a mucha gente.

—Tu padre, tu padre..., ¡a este individuo lo ha conocido hoy mismo! Y el tal Feijóo... ¡Llevaba una *vecchia* levita! Hoy nadie se pone eso, Lucía. Semejaba un prestamista. Espero que el marqués no recurra a gente extraña. Ya sabes que estoy aquí para todo, ¿me oyes? Pareces despistada.

—Ya, ya lo sé... Lo has dicho mil veces. Feijóo es un corredor de fincas y hombre de palabra. No hay por qué preocuparse.

—Bien, lo que tú digas. Pero se han ido los tres al Casino —dijo con preocupación, mirando con mayor curiosidad por el ventanal, hacia la izquierda. El tráfico estaba parado—. Creo que tu padre tiene un nuevo amigo en ese Anglada.

—¿Y...?

—No lo sé. Es un terrateniente que busca negocios e influencias en la ciudad y lo compra todo. —Juntó los dedos de la mano poniéndolos hacia arriba con ese gesto italiano—. Espero que tu padre se ande con ojo. No sé si ese hombre es de fiar...

—Te preocupas demasiado, Roberto. Confía en mi padre. Y no seas tan mal pensado... Ya veo que te ha caído mal.

Llegaba el camarero con su bebida, oscura y turbia, con espumilla blanca en la superficie, en un vaso alto y ancho con hielo. El bar del Círculo era de los pocos lugares en Madrid, junto al Pidoux y al hotel Ritz, donde servían Fernet Branca. Roberto tomó el vaso y lo miró de arriba abajo como si no estuviese a su gusto.

—Vosotros sabréis… —Lo probó, dio su conformidad y, cruzando las piernas, lo dejó sobre la mesa—. En fin. Yo no me quiero meter pero tu padre solo te tiene a ti, y tú estás hecha una filántropa… Tus hermanos son demasiado pequeños. Espero que lleguen a heredar algo.

—Siempre tan pesimista. Los mellizos han cumplido ocho años y pronto…

—¿Y pronto qué…? Sabes que lo que tu padre me ha confiado en Italia está seguro; no hay que preocuparse. Y escúchame, Lucía, tengo que estar en Roma el jueves, sin falta. Vente conmigo. Pasemos, al menos, unas semanas juntos.

—No puedo, ahora no puedo…

—¡Mi madre no conoce a nuestro hijo!

Alzó la voz más de lo correcto y se inclinó hacia mí. Su cuerpo alto y arrogante en ese uniforme llamaba la atención.

—No grites; a finales de año, ¿de acuerdo? El viaje es largo, Claudio es todavía un bebé…, mi madre no se encuentra bien, mis obligaciones… Roberto, mis obligaciones. Estamos haciendo en el orfanato una obra en la cocina y el ropero, hay tres obreros trabajando y he de estar allí sin falta. La hermana Juana me necesita…

—¡Yo también te necesito! ¡Soy tu marido! Y tanta «misión», como lo llamáis, no hace ningún favor a nuestro matrimonio. ¡Piénsalo, Lucía! ¡Piénsalo!

—¿Me estás amenazando?

—¡Eres imposible!

—¡Oh, por Dios, entiéndelo! No volvamos con lo mismo, por favor. Entiéndelo. A final de año. No me atosigues.

Y abrí el bolso para intentar mantener la calma, sacando un pañuelo con el que distraer las manos.

—Bueno… —dijo, despreciativo.

Se recostó contra el respaldo del sillón mientras se llevaba a los labios con tranquilidad el vaso y lo levantó para hacer un brindis.

—Mi madre, si tú lo permites, quiere conocer a su nieto.

Pero a ti parece que nadie te importa, salvo los muertos de hambre. —E hizo un ademán con el vaso hacia la ventana, tomó un sorbo y lo dejó sobre la mesa.

—Creo que en la calle pasa algo —dije.

En ese momento entraba en la sala el pianista. Tenía unos veinte años y tocaba en el bar del hotel Florida. Dejó su carpeta con las partituras sobre la banqueta y fue hacia el bar. Allí se apoyó con los codos en la barra y se puso a charlar con un camarero.

—Lo de siempre en esta ciudad. Aquí todo el mundo se manifiesta por todo —repuso Roberto.

Cogió sus guantes de la mesa y se quedó observándolos, distraído, acariciando la piel. Observaba la calle con una mirada fría y escéptica, sin inmutarse.

—Espero que no le hayan pillado a mi padre *esos manifestantes*, como tú dices.

Roberto se levantó. Miró detenidamente por el amplio cristal. Desde ahí se veía casi toda la calle, hacia la Puerta del Sol, y dijo:

—Ya se circula, habrán llegado. No te preocupes, tesoro.

Se volvió a sentar y me contó resumiendo lo que había pasado en el hipódromo. El encontronazo con el corredor de fincas, que se inclinaba como un siervo, y de cómo éste había presentado a su cliente a mi padre, con una extensa y farragosa referencia a sus acciones en compañías eléctricas, inversiones inmobiliarias y las cuantiosas propiedades agrarias de los dos hermanos Anglada. Al parecer, mi padre había arqueado sus pobladas cejas al escuchar con sumo interés el número de hectáreas de los Anglada y, sobre todo, de sus terrenos en el ensanche de Madrid. Y el marqués había invitado al señor Anglada al Casino. Esa tarde había reunión de socios y mi padre tenía intención de presentar a su nuevo e inesperado amigo como candidato a socio de número al conocer el deseo del tal Anglada de ser miembro del Gran Casino de Madrid. Mi padre era un hombre impulsivo y solía meditar poco, pero su olfato casi nunca le engañaba en cuestiones de dinero. A la salida del hipódromo, y tras haber perdido la carrera y haber gastado una cuantiosa suma en una cuadra que le había costado una fortuna, entraron los cuatro en el Duesenberg de mi padre. Roberto se bajó en el Círculo para reunirse conmigo y continuaron los tres hacia Alcalá 15 para sellar así su nueva y futura amistad.

Hizo una pausa y se estiró la guerrera, tomando aire. Roberto me miró con un nuevo rostro, risueño y orgulloso, que me sorprendió. Sonreía bajo su fino bigotito perfectamente arreglado.

—¡Tengo una sorpresa para ti!

—Tú dirás…

La puerta de la sala se abría y llegaba el rumor del vestíbulo. Un grupo de hombres intentaba entrar en el Círculo sin la credencial de socios y discutían con los conserjes. Roberto miró hacia los alborotadores y se llevó la mano a un bolsillo de la guerrera. Yo me alarmé y la puerta se cerró. Enseguida oímos al grupo diluirse en la calle. El murmullo del salón aumentó y Roberto se relajó al ver a los hombres cruzar Alcalá.

Y vi cómo crecía un poco más, recostado con elegancia y altanería sobre el respaldo del sillón. Apoyó la cabeza y respiró hondo, henchido en el orgullo de su uniforme.

—Te anuncio… que el Duce me va a nombrar *Seniore Onorario* de la Milizia Volontaria per la Sicurezza Nazionale. —Y me miró con cierta vanagloria—. Ahora formo parte de las fuerzas armadas del Estado. Me gustaría compartirlo con mi esposa, si es posible, y que ella se digne a felicitarme…

Y bajó la vista hacia sus guantes. Los sujetaba con sus manos blancas y finas, dándoles la vuelta una y otra vez.

—¿Qué…?

—¡Es un gran honor! Yo solo colaboro, no hago la guerra; es el orden lo que hay que mantener…

—Pero…

Aquello era desconcertante. Me lanzó una mirada de irritación.

—Tesoro, ¿todavía no te has enterado de que la organización

y el Duce confían en mí, en mi buen nombre? —me preguntó, suavizando la voz—. ¿En la estirpe de la que procedo?

Él no entendía bien mi falta de alegría ante la noticia. Conocía perfectamente la admiración de mi madre por aquel acto agitador en Roma. Eso sí fue una manifestación, siete años atrás. Más de cuarenta mil *fasci di combattimento* en marcha, inundando los caminos, carreteras, ciudades…, inicio de la revolución fascista y del golpe de Estado de Mussolini al que el rey se entregó y que retrataron todos los periódicos del mundo, como una marea tan crecida como peligrosa.

—¡Ah…! —No pude decir otra cosa.

Ahora, en la sala, entre el murmullo de conversaciones, sonaban los primeros acordes de una canción de Cole Porter, «Let's Do It, Let's Fall in Love», un musical que ese año triunfaba en Broadway. El pianista lo tocaba con soltura.

—¡Es un verdadero honor! —Y levantó el dedo—. Un grandísimo honor… ¡El Duce, el propio Duce! ¿Sabes lo que significa? ¡Es el pueblo de Italia!

—¿Y ese hombre sí es de fiar? Tiene una cara muy rara… —me atreví a decir, apelando a sus ojos oscuros y redondos sobre su rostro blanco y alargado que era capaz de cambiar de expresión como cambia de color el camaleón—. No hablan bien de él. Ni de vuestro partido, que da miedo.

Llevó su fría mirada de los guantes a mí y de mí a sus guantes, conteniéndose. Y se me heló la sangre. Su negra camisa me recordó que si había algo que Roberto no soportaba era que se pusiese en duda la integridad moral y política de su país, y de todo lo que contenía. Cualquier cosa me era permitida, menos dudar de él. Podría tirarme por la ventana o mandar construir una catedral, que él me daría el dinero, pero nunca, nunca, debía enjuiciar sus convicciones. Su ideario político era sagrado, inquebrantable. Su código ideológico se alzaba por encima de lo humano, sobre la cima de una torre de Babel que había construido para alcanzar al mismísimo Dios; cada vez más alta, más irreal y peligrosa.

—¡Escucha! —Y tiró los guantes sobre la mesa—. Si fuera español te sacaría de aquí, vendrías a rastras conmigo. ¡Pero... soy un caballero civilizado y te respeto!, y acepto que quieras vivir en esta ciudad aldeana, sin grandeza alguna, desgobernada por hombres débiles, sin carácter para guiar a una nación hacia la gloria y el orden. Sois... un desastre.

Y luego me preguntó por qué tenía que ser tan pueblerina, ¡con lo que él me amaba! Y volvió a tomar su vaso con toda tranquilidad cruzando de nuevo las piernas para decir:

—¿Qué se puede esperar de un país que elogia la locura?

Lo dijo con tal asco que me sumí en la mayor de las tristezas. Mi marido pensaba así de nosotros. Y me vino a la cabeza el alargado y altivo rostro de su madre, tan parecido al suyo, hablándome con superioridad, como si su amado hijo hubiese bebido de un conjuro; del mismo, probablemente, del que ella había probado cuarenta años atrás casándose con un vasco. La primera vez que vi a su anciana madre, ésta tuvo la delicadeza de mostrarme un periódico que hablaba de España: un insignificante artículo en su interior, en la sección de curiosidades, con la imagen de un toro que había reventado en una plaza de algún pueblo recóndito al que habría llegado un fotógrafo extranjero para tomar la instantánea que demostraba lo primitivos que somos.

Mientras ella se llevaba su taza de café a los labios, apretándolos, el criado rellenaba la mía con una risita entre dientes. Y hasta me llegó a preguntar si en Madrid las mujeres llevábamos chaquetilla corta y redecilla en el pelo, como en esas imágenes estereotipadas que circulaban por Europa. Me dieron ganas de contestarle que sí, que, efectivamente, vestimos a diario de goyescas: por la mañana jugamos a la gallinita ciega en la pradera de San Isidro y, luego para terminar el día, nos metemos en un cuadro de Goya y nos fusilan los franceses en la montaña del Príncipe Pío. ¿Le parece bien, doña Lucrecia? Pero ninguna palabra salió de mis labios, solo una conversación superficial en un italiano de estar por casa que tuve que aprender para hablar con ella y con los miembros desperdigados de la familia Farnesio.

Volviendo al salón del Círculo, su atmósfera estaba cargada del humo de cigarros, de respirares y susurros. El pianista ahora tocaba un tango de Gardel. Sentí vergüenza de lo que me acababa de decir Roberto: «¿Qué se puede esperar de un país que elogia la locura?». Alguien podría haberlo escuchado. Un grupo conversaba animadamente en los sofás del fondo. En unas mesas junto a las ventanas habían tomado asiento algunos conocidos que miraban a Roberto con ciertas distancias. En el Círculo se hablaba de él y del fascismo y de cosas que yo no deseaba creer. Ni de su orgullo desmedido de pertenecer a la MVSN. Presumía de aquel estandarte, con el *fascio* y los colores de su bandera, cosido en las solapas de los bolsillos de sus negras camisas, como un lictor con su túnica púrpura escoltando a un cruel magistrado de Roma. Pero su protección y fortuna tranquilizaba a mis padres. Mi unión con Roberto era el orgullo de mi familia, de los Oriol y de los Palacios; también un seguro de continuidad para nuestro cada vez más reducido patrimonio. «Un enlace ventajoso y… ¡adorable!», según palabras de mi madre. Ella sobrestimaba a mi marido. Lo creía un héroe desde la marcha sobre Roma de Mussolini y los camisas negras, en 1922. Y mi marido era uno de ellos.

—¿Vamos al teatro? —me preguntó Roberto cambiando de tono, de voz y hasta de cara.

—Ah, es verdad: *Mariana Pineda*. Las entradas… Sí, sí, las compré, las tengo en el bolso, pero…

—¿Y…? —preguntó Roberto, colocándose tranquilamente los guantes.

—Bah, dejémoslo; otro día. Ya no me apetece.

—*Ecco la donna è mobile!* —dijo estúpidamente.

Y lo miré, desanimada, mientras nos poníamos de pie y él dejaba un billete sobre la mesa. Según salíamos del Círculo, me agarró por la cintura y se me acercó cariñoso al cuello inspirando mi perfume como se inspira el aire que te pertenece.

Me susurró al oído:

—No te has perdido nada por no ver a esa *Mariana Pineda*.

Y bajamos caminando hacia Cibeles para tomar un taxi. En la esquina con Marqués de Cubas dos hermanos rubios y larguiruchos, sentados en el suelo, vendían revistas y novelas viejas con las cubiertas arrugadas y descoloridas.

—¡Dos por uno, dos por uno y uno de regalo! ¡Dos por uno, dos por uno y uno de regalo! —gritaban, mirándote con ojos enormes—. ¡Dos por uno, dos por uno y uno de regalo! —Y así hasta que dejamos de oírlos y sus vocecillas se perdieron entre el barullo de la calle.

Tuve un sentimiento de desolación y pensé en mi pequeño Claudio, de apenas un añito de vida, en nuestro cómodo y lujoso hogar. Él nunca tendría que vender en la calle novelas usadas, ni vestiría con pantalones remendados una y otra vez hasta romperse el tejido.

Los ojitos pequeños de Claudio miraban sin hambre.

En la plaza de Cibeles tomamos un taxi de regreso a casa de mis padres.

Segundo testimonio

Apenas unos meses más tarde, en una de esas mañanas transparentes y luminosas de finales de verano que solo Madrid posee, desde una ventana de un segundo piso, mis manos sujetaban ligeramente los visillos para observar a Guzmán, el curioso hombrecillo, medio raquítico, que trabajaba en casa desde que yo era una niña. Desde arriba, veía al chófer lamentarse del calor abrasador que caía inclemente e intentaba mantener la dignidad dentro de su oscuro uniforme con despeluchados galones rojos, un poco grande para su cuerpo menguado. Se apoyaba sobre el capó del Duesenberg de mi padre, aparcado en la puerta, distraído, mirando hacia la calzada el crepitar del calor, bajo la sombra de las acacias de la acera. Mataba el tiempo esperando la salida del marqués, de su hija y del señor Anglada.

Hacía más de una hora que los tres habíamos entrado por el portón labrado de la notaría de la calle Alcalá con la que mi padre trabajaba desde siempre. El adoquinado de la calzada acababa de ser restaurado para adecentar la zona que confluía con el primer tramo de la Gran Vía, llamada entonces Conde de Peñalver.

A pesar de que me era familiar el recargado despacho, con retratos de severos notarios pasados a mejor vida, me sentía nerviosa e intrigada por la actitud arrogante y ensoñadora de Francisco Anglada que, sentado junto a mi padre, leía los documentos. Mis manos se deslizaban entre las cortinas, y el conductor ahora se entretenía liando un cigarro tras otro. Los iba guardando cuidadosamente en una pequeña cajita de metal haciendo aspavientos con los guantes, entre cigarro y cigarro, para protegerse de la solanera que caía a las dos de la tarde en pleno centro de Madrid. Los pitillos se los fumaría en la taberna, si tenía la suerte esa noche de que la familia se quedara en casa y de que el señor no acudiera al Casino o al Círculo, y pudiese escaparse al fresco de la Cuesta de la Vega, donde se reunían hasta la madrugada los chóferes de las buenas familias de Madrid para contarse los chascarrillos de sus idas y venidas.

A esa hora del mediodía los tranvías pasaban casi vacíos. Los escasos transeúntes subían por la calle protegiéndose del plomizo sol con los sombreros caídos sobre la cara en un verano que parecía no tener final. Madrid cambiaba su fisonomía a una velocidad sorprendente. Nuevas avenidas se abrían paso por la ciudad como gusanos carcomiendo una fruta. Se habían expropiado manzanas enteras, palacios y conventos; altos andamios se elevaban para un nuevo desarrollo de moderno clasicismo; y la pobreza cercaba una vieja ciudad en plena transformación.

Mi padre intentaba disimular su pesar por tener que deshacerse del hotel de Pintor Rosales para el que había ideado varios proyectos, entre los cuales se encontraban un despacho de abogados y una correduría. Le oí acercarse por detrás. Me apartó hacia un lado de la ventana, discretamente, y se colocó junto a mí. Los dos nos quedamos observando al chófer, sin saber qué decirnos, y me agarró del brazo como para darme ánimos.

—Es solo una casa insignificante, Luchi; no te apures… Y no digas nada a tu madre, sabes cómo se preocupa… Se pone tan pesada… Las cosas van a ir mejor, estate tranquila. Ahora solo necesito un poco de liquidez. Parte de este dinero es para unos créditos…, el resto para empezar a construir en los solares de la Ciudad Lineal. Te recompensaré, hija mía —me aseguró, intentando forzar una falsa alegría, observando detenidamente a su chófer, tras la ventana, que seguía con su labor de liar cigarrillos, recostado perezosamente sobre la puerta del automóvil.

—No ha de hacer nada, padre —contesté pesarosa.

No quería que se sintiera obligado a nada. Y no recordaba los solares a los que se refería. Tampoco sabía que su situación financiera fuese tan mala como para vender ese hotel.

—No se preocupe —añadí para consolarlo de alguna manera—. Tenemos a Roberto. Pero…

Intentaba, a mi manera, pedirle auxilio por las intenciones de mi marido de sacarme de Madrid. Yo tenía veinticuatro años. Roberto me apremiaba para criar a Claudio en Italia, en cuanto creciera un poco. Familiarizarlo con su segunda patria, educarlo en el orden y la disciplina que faltaban en España. Cuando se acercaba a su cuna le hablaba en italiano, en interminables monólogos que acababan por dormirlo. Decía que pensaba usar enseguida el latín, que, según él, era la lengua que hacía honorables a los hombres. Y yo no tenía ni fuerzas ni ganas de llevarle la contraria. Como tampoco le llevé la contraria a mi madre cuando anunció mi compromiso con Roberto, el mismo día que cumplí dieciocho años, ni en lo relacionado con la organización del enlace dos años después. No deseaba saber si detrás de esas prisas existía alguna compensación para unir dos familias tan distanciadas en el espacio. El padre de Roberto era primo segundo de mi madre. Un hombre estudioso, leído, inteligente y trabajador incansable. Percibía el mundo como una gran manzana que había que morder hasta su corazón, y con una gran fortuna que afianzó en Nápoles fundando una naviera. En Italia se casó con la heredera de un imperio que se hallaba en el corazón de esa manzana que él devoró. Y antes de su muerte dejó escrito su deseo de unir nuestras familias. Yo apenas tuve nada que objetar a las ideas de ese hombre, y que compartían mis padres, incapaz de contrariarlos, sobre todo cuando conocí a Roberto, porque su apariencia era como la de un cuenco dorado del que bebería hasta saciar una sed que nunca tendría.

La llegada de mis dos hermanos llenó la vida de mi madre hasta su propio borde y pasé a ser un incordio y una preocupación para ella. Yo había cumplido dieciséis años y, de pronto, su agobio por mi futuro comenzó a atormentarla. La muerte de su primo segundo, en el fondo, no le vino nada mal. Hasta es posible que fuese ella quien le hablara de la posibilidad de prometerme a su hijo. Nadie se esperaba el segundo embarazo de mi madre —tras una delicada operación— que pudiese darle mayor descendencia a nuestra familia, salvo la de mi propia persona, dócil, tranquila y con escasas necesidades de contrariar a nadie. El nacimiento de los mellizos vino a modificar mi destino, a precipitarlo, a hacerme de golpe un ser más sensato aún de como había nacido, sin plantearme jamás mi vida como una causa propia, y enajenada de un futuro distinto al programado. Un futuro en el que jamás había pensado, como si fuese una parte de mí que nunca me iba a pertenecer. Como esa mañana me dejaba de pertenecer la casa de Pintor Rosales.

—Ya hablaremos en otro momento —dijo mi padre, soltándome del brazo cuando el notario entraba en la sala y tomaba asiento junto a Francisco Anglada para presidir la gran mesa oval.

Mi padre me invitó a sentarme, sin saberlo, junto al hombre que iba a formar parte de mi vida desde ese mismo instante. Recogí las manos sobre la mesa y crucé los dedos. La silla parecía moverse bajo el vendaval de mi cuerpo. Sentía su presencia como un arroyo por el que discurren aguas salvajes que me ahogaban. Su olor, a maderas de Oriente, sus ojos grandes y verdes, recorriendo mis manos indecisas, me arrebataba la seguridad en mí misma que creí tener hasta ese día. Su camisa blanca y el moreno de su tez acompasaban los gestos expresivos y risueños de su rostro. Sus manos se aproximaban a las mías, encima de la mesa, junto al tintero relleno hasta su borde. Yo las retiré. Y en ese momento nos sonreía a todos con tal franqueza que sus labios se apoderaron de mi mente.

Entonces vi a mi padre sentarse frente a él. Los dos comenzaron a charlar amistosamente de no sé qué negocios que se traían entre manos respecto a unos terrenos junto al hipódromo. El notario se ajustó los lentes. Como un viejo ratón miope me extendió la escritura. Y yo hice como que leía aunque realmente no era capaz de concentrarme en formalidades sintiendo cómo Francisco observaba mis ojos, mi boca, mis manos; cómo me movía y hasta cómo respiraba. Notaba sus ojos dentro de mí, y daba golpecitos con su estilográfica sobre un portafolio de piel marrón. Los dedos me temblaban. Con la escritura en la mano la deslicé sobre la mesa dando mi aceptación; los tres hombres sonrieron. El notario leyó solemnemente el contrato de compraventa y firmé en todas sus hojas, una a una, con la mirada de Francisco clavada en mis dedos. Unos dedos que le entregaban mucho más que una casa. Alcé la vista. Y él me sonrió.

La casa técnicamente era mía. Un bonito hotel que había puesto mi padre a mi nombre antes de casarme, como dote, pero que curiosamente era un secreto; nadie debía saberlo más que Roberto y yo, ni mi madre ni mis hermanos. Mi padre hacía ese tipo de cosas, compraba y vendía sin contar con nadie y lo repartía a su antojo entre sus hijos intentando ser ecuánime. Para luego vender si le hacía falta y tapar agujeros que cada vez se hacían más profundos.

Los ojos verdes de Fran, emocionados, estaban llenos de orgullo cuando alzó la vista tras estampar su firma en la hoja del título de compra, ahogándome en una mirada que me inundó de turbación y desconcierto. Había en ella una promesa que me perturbaba. Sus ojos saltones me hacían proposiciones que yo no quería entender. Parecía que nadie reparaba en la forma obscena que tenía Francisco Anglada de mirarme. Apenas unos minutos antes, no podía sujetar la pluma y subrayar un trazo firme en el papel. Sus ojos se clavaban en mí como una daga, y yo me negaba a reconocer la tristeza de una venta que sentí como una irreparable pérdida.

Tras la firma, mi padre y el notario —hombre ya anciano, con lentes redondos y pequeños— se retiraron a un rincón del despacho para hablar de otros temas pendientes. Se apoyaron sobre el tapiz de una vendimia que cubría toda la pared, y apenas oíamos Fran y yo sus cómplices susurros, todavía sentados a la mesa oval.

De pronto, me asustó el trueno de un repentino y violento aguacero. La calima insoportable había tomado esa mañana la ciudad.

—Tranquila, no pasa nada. Es solo una tormenta de verano… —exclamó Fran, poniendo rápidamente su cálida mano sobre la mía que yo apoyaba en mi rodilla, bajo la mesa.

Mi piel se crispó. Intentaba no mirarlo. Se arrimó a mí, acercando su silla, suavemente, en un movimiento táctico. Me susurró al oído algo que no entendí. Sentí su húmedo aliento y su voz atractiva y grave. Me consterné como una niña. Abrí el bolso y me empolvé la cara aún más, interponiendo la polvera entre él y yo como si fuera un escudo.

A Fran le gustaba el peligro. El riesgo. Le gustaba apostar, y fuerte. Sabía muy bien lo que quería y cómo conseguirlo. Las vidas de Roberto, la de Fran y la mía, unidas por un hilo invisible, siempre fueron un regreso continuo a ninguna parte.

El día de la firma mi marido se encontraba en Roma y asistí en su nombre y en el mío. Roberto me recomendó que vendiera sin pedir compensación alguna. Mi padre pasaba malos momentos, él apenas quería hablar de ello; de no haber sido así, jamás habría vendido aquella casa por la que sentía tanto apego, frente al parque del Oeste, y menos a un hombre como Francisco Anglada. Presentía en él una especie de incertidumbre, entre amenaza y salvación; creo que a todos en la familia nos pasaba algo parecido. Francisco pagó por la casa de Pintor Rosales muchísimo más de lo que valía, pagó para afianzarse en los negocios de mi padre y su influencia, y con una generosidad que asombró al propio notario, que no paraba de frotarse las manos como si parte del pastel fuera a parar a sus hocicos.

Enseguida nos levantamos de la mesa. Mi padre regresó de su conversación privada con el notario, quien abrió su reloj algo nervioso, me hizo una reverencia a modo de despedida y me besó la mano. Por el pasillo nos salió a despedir su secretaria, más vieja que Matusalén, con una pequeña chepa y casi sin cabello. Se le clareaba la piel del cráneo, e inclinaba la cabeza, diciéndole a mi padre que era un honor volver a recibirle, y nos dio a los tres su mano frágil y arrugada de mujer con un pie en el más allá. Era la esposa del notario.

Ya en el descansillo, antes de cerrar la puerta de la notaría, como si de pronto hubiera recordado algo imperioso que hacer, mi padre amablemente le pidió a Francisco que me acompañara al automóvil. Aludió a un asunto pendiente con el señor notario que había olvidado, y me dio instrucciones para que Guzmán me dejara en casa y condujese al señor Anglada donde deseara, y que a las cinco de la tarde estuviese el Duesenberg ante la puerta del notario Vázquez para recogerlo. Me dio un beso despistado en la frente y se dio la vuelta. La puerta de madera crujió al cerrarse detrás de nosotros.

El terror se apoderó de mí cuando me encontré con Francisco Anglada a solas, por primera vez en mi vida, en aquel oscuro descansillo con olor a madera encerada y a trementina, frente a las rejas de un viejo ascensor averiado. Yo me azoré y pensé en la suerte que tenía ese hombre. Y con la mirada puesta en los desgastados peldaños de madera, fui bajando uno por uno, rellano a rellano, desde un segundo piso más entresuelo. Se me hizo un camino eterno. Deseaba llegar al portal cuanto antes. Sentía el brazo de Francisco, fuerte y alargado, protegiéndome de una posible caída, como si fuera una niña que habían dejado a su cuidado y que estaba aprendiendo a caminar. No me atrevía a levantar la mirada de la escalera para no encontrarme con sus ojos persiguiéndome por detrás, como una sombra amenazante, en un silencio apenas roto por el eco de mis tacones golpeando la madera. Como un tictac que comenzaba a marcar los primeros minutos de nuestra relación.

Guzmán se estiró la chaquetilla al vernos salir. Limpiaba con un paño los goterones de agua embarrada que habían manchado el lustre a la carrocería. Una fugaz tormenta de finales de verano, tan típica de Madrid, daba paso a un tímido sol que se asomaba entre las nubes. Éstas se difuminaban rápidamente como algodón deshilachado. El chaparrón se había extinguido, y la sensación de calor y humedad hacía más insoportable el aire. Guzmán nos abrió corriendo la puerta del coche y se le cayó al suelo la cajita de cigarrillos que rodó bajo el chasis. El hombrecillo se disculpó como si hubiera cometido un crimen, mientras buscaba desesperadamente su cajita de metal entre las ruedas. Yo entré como un rayo y Francisco detrás.

Con un movimiento sosegado, como era él, un hombre sereno, Fran me tomó la mano y se la llevó a los labios. Quise morir. No me atrevía a retirarla de su boca. Me quedé paralizada. Cerré los ojos y sentí sus besos, delicados y prometedores, recorrerme los dedos, uno por uno. ¿Por qué Roberto tenía que estar tan lejos? ¿Por qué me dejaba sola e indefensa con este hombre? Con la amenaza del mundo sobre mí. Por fin, el coche arrancó sin darme cuenta de que Guzmán ya conducía con su habitual tranquilidad, que apenas había tráfico, que era mediodía y hacía un calor insoportable tras la tormenta. Yo olía su perfume a sándalo, oía su respiración pausada y tranquila, y sentía sus labios marcados en la palma de mi mano como si quemaran. Desconocía que existiera en mi cuerpo un lugar tan turbador, nunca besado.

No podía mirarle a la cara. Mi corazón latía sin compás alguno. Subimos hacia la plaza de Callao. Él estaba alegre. Miraba por la ventanilla y parecía tan feliz que me inundaban sus ganas de vivir. El aire caliente me entrecortaba la respiración. Estuve a punto de decirle a Guzmán que me dejara en los almacenes Madrid-París según alcanzábamos la avenida Pi y Margall. Pasábamos frente a los soportales. Me quedaría mirando los escaparates y regresaría caminando a casa con tal de liberarme de él, pero no fui capaz de abandonar su cuerpo junto al mío. Sus dedos acariciaban lentamente el dorso de mis manos, arrebujadas en los encajes de mi vestido azul. Y sobrevino entonces su voz, dulce y calmada, hablándome de cosas sin importancia, como si fuera su esposa, con una cotidianidad que me hizo sentir su mujer, como si nos conociéramos de toda la vida y siempre nos hubiésemos pertenecido, aun sin saber que existíamos.

—No sé si sabrá… que ayer… el enorme oso blanco de la Casa de Fieras se escapó de su jaula. Estuvo deambulando durante horas por el Retiro. Cundió el pánico por todo el parque y atacó a varios paseantes. ¡Tremendo!

Su voz templada intentaba provocar en mí alguna reacción para sorprenderme.

—Y a finales de enero —continuó, señalando hacia la calle—, aquí mismo, en plena avenida, el Fortuna lidió a un mismísimo toro, ¡en la calzada! Se le escapó a un desaprensivo ganadero. El pobre animal subió por el puente de Segovia hasta la plaza de España. Se puede imaginar el alboroto, señora mía, ¡corneó a varios transeúntes! Qué casualidad que el torero estuviera paseando. Lo que no pase en esta ciudad…

—¡Me enteré! —respondí secamente—. Todo el mundo habló de ello. Lo del oso no, la verdad. ¿No me estará tomando el pelo? —dije, un poco despechada.

Yo seguía mirando hacia los nuevos y compactos edificios a medio construir que me recordaban a esas ciudades americanas de las revistas. Intentaba mantener la dignidad y no mirarle a los ojos.

—Soy una mujer con obligaciones —añadí envalentonada—. No tengo tiempo de chascarrillos de sociedad. Me dedico a mi familia y a ayudar a los demás, que tanto lo necesitan. No me interesan esas tonterías.

—No le pareció ninguna tontería al guarda de la Casa de Fieras. Ese oso era de verdad, casi acaba con él.

—No quería decir eso, y usted lo sabe.

—No suelo hacer interpretaciones de lo que dicen las mujeres que de verdad me interesan. Prefiero ceñirme a sus palabras y disfrutar de ellas.

—No lo creo —dije.

—Usted es una de ellas. Cuando quiero algo, no hay nada que pueda hacerme abandonar esa causa. Soy muy obstinado. Y recompenso con creces lo que me dan.

—Qué generoso… es usted.

—No sabe bien, Lucía, hasta qué punto puedo serlo. Si me deja… yo…

—No se ría de mí, se lo ruego. Tenga algo de decencia y… ¡suélteme! No sé cómo se atreve… a todo esto. ¡Me avergüenza! No entiendo cómo he permitido…

—Que fallezca ahora mismo si ésa es mi intención. Y la decencia no tiene nada que objetar a lo que usted me hace sentir.

Vi a Guzmán, por el retrovisor, atento al tráfico. Respiré aliviada.

—Es usted un imprudente. Esto parece una declaración que no puede admitir una mujer de mi posición.

—¿Por la posición?

—Situación, quería decir situación. ¡También posición, no me quiera confundir!

—Lo sé todo de usted, Lucía Oriol de Farnesio. No tiene que decir ni una sola palabra que yo no sepa. Y lo acepto todo. Y para todo hay solución, Lucía, menos para la muerte. Nos espera una vida…

Pero no le dejé terminar:

—Deje de incluirme en su vida. Y no sea tan prepotente, por Dios.

Francisco esbozó una sonrisa preciosa y dijo, mirándome como se mira una vida que está naciendo:

—No lo puedo evitar. Me encantan las mujeres rebeldes. Está tan… atractiva. Resistiéndose aumenta su poder. Lo sabe muy bien.

—¡Deje de hablar en plural! Es un donjuán, un orgulloso, un dominante, piensa que tiene a todas a sus pies, y razón no le falta, pero no voy a caer en sus baratas redes de provincia…

Y callé. Intenté repararlo pero él se puso a reír casi a carcajadas. Parecía divertirle y yo estaba cayendo en su juego. Temía que Guzmán escuchara nuestra conversación: yo estaba levantando la voz. Me sudaba la frente. Llegábamos a las inmediaciones del Paseo del Pintor Rosales para dejarlo en su nueva casa que parecía no importarle. Algunas calles estaban en mal estado, el coche sorteaba socavones en la calzada. Antes de llegar a la calle Ferraz, pasada Ventura Rodríguez, se nos cruzó un carro tirado por unas mulas viejas que apenas podían con la carga. Salían de un callejón. El coche viró violentamente y Fran me abrazó para que no me golpeara según nos estampábamos contra una montaña de arena que invadía el empedrado, frente a un portal en obras. El morro del Duesenberg de mi padre se hundió entre la arena.

Guzmán, con un susto de muerte, maldijo al carro, a las mulas y a los obreros que trabajaban en el edificio. Salieron varios hombres gritando del portal con sus gorrillas blancas de tela anudadas a la cabeza. Fran abrió la puerta rápidamente y me ayudó a salir. Nuestro chófer estaba lívido. Nunca había tenido el menor incidente en todos sus años de conductor y menos con ese automóvil. Las medias se me habían roto y Francisco corrió a ver qué me había sucedido. Me reconoció la rodilla como si fuera un experto cirujano. Pero no pasó nada, solo una carrera en las medias y un pequeño rasguño que me acarició pasando el dedo índice por mi piel como acariciando terciopelo. Se sacó la cartera de un bolsillo del pantalón mientras yo me calmaba y le dio a Guzmán un puñado de billetes diciéndole que solucionara el incidente, que él se encargaba de llevarme a casa. A simple vista el automóvil no había sufrido daño alguno. Guzmán no diría nada a mi padre del suceso, cuidaba del Duesenberg como si fuese su vida, capaz de alcanzar los ciento noventa kilómetros, aunque por prudencia nunca superaba los noventa. Un automóvil americano importado de París. El rey conducía el otro que circulaba por Madrid y, según mi madre, por regalo del marqués de Pescara, el importador.

Salimos de allí apresurados. Torcimos la calle rápidamente

llegando a Ferraz como si acabáramos de cometer un robo. Respiré hondo. Él no dejaba de observarme. Me olvidé el sombrero en el coche y el sol me daba de lleno en la cara con un calor de mil demonios. Fran, por fin, se atrevió a pasarme el brazo por el hombro para protegerme de la luz como si fuera lluvia y él el agua que deseaba empaparme. Bordeamos el Cuartel de la Montaña. La bruma caía como una maldición evaporando rápidamente el agua de los charcos que había dejado la tormenta. Me sentí el vestido sudado y él parecía tan fresco, con un traje de lino beige que le sentaba tan bien, como si fueran las nueve de la mañana y acabara de salir de su casa, como un pincel, sin perder la compostura tras el leve accidente y ese enorme calor.

Francisco era un hombre alto y corpulento, con la cara angulosa y fuerte. Tenía treinta y cinco años, acababa de leerlo en la escritura. Era un tipo que debía de enloquecer a las mujeres. Su rostro era compacto, ancho, de nariz ligeramente aguileña y los ojos verdes y algo saltones que miraban como si todo lo supieran, unos ojos que no necesitaban ver porque daba la sensación de que todo lo adivinaban. Me llevaba abrazada como si fuera lo más natural del mundo, caminando por mi barrio que a partir de entonces sería también el suyo. A su lado me creía especial. Me hacía sentir que él me lo daría todo. Me hacía parecer fuerte en mi pequeñez absurda de mujer burguesa. Me protegería con su propia vida, hasta de Roberto; estaba segura. Y lo decía todo sin hablar, sujetándome con sus manos grandes, casi groseras, y sus brazos fuertes y largos de trabajador refinado que no necesitaba para ganar dinero. Nunca los necesitó para lograr la fortuna que amasó a lo largo de toda su vida. Unos brazos que me hacían enloquecer cuando me rodeaban. Desactivaban cualquier resistencia. Nunca he llegado a saber cómo el cuerpo de un hombre puede tener un poder semejante, el poder al que me rendí desde el primer momento. Un poder que duró toda la vida. Esa tarde lo supe. Pero me solté de sus brazos y me apoyé sobre una fachada de la calle Ferraz, para tomar aliento, antes de que alcanzáramos Pintor Rosales. En un edificio de ladrillo rojizo utilizado como almacén para los decorados del Teatro Real, por el que entraban y salían montañas, paisajes, ocasos, columnas romanas y arcos del triunfo, ninfas y diablos de cartón piedra; hasta un Partenón esperaba una mejor vida. Ése era mi barrio, y conocía cada inmueble, cada portal, cada banco y cada árbol como se conoce el cuerpo que se ama.

Me ardía la cara, el calor aplastaba el aire haciéndolo irrespirable. Intenté inspirar hondo y abrí el bolso para entregarle mis llaves de la casa, que a partir de ahora sería suya. Nos quedaban unos metros para alcanzarla y creí que no podría dar un paso más. Al otro lado del bulevar unos coches militares circulaban para entrar en el cuartel que coronaba la pequeña colina. Fran miraba de reojo sus gruesos muros, intrigado, y las escaleras que subían hacia el fortín. Los árboles del paseo daban algo de sombra a la calle, y una ráfaga de aire fresco y perfumado procedente del parque del Oeste me alivió el rostro.

—Jamás de los jamases pensé que este hotelito, que va a ser su hogar, dejara alguna vez de pertenecerme —dije con todo mi dolor, sacando del bolso las llaves que no había entregado a mi padre en la notaría—. Nunca he llegado a tener nada mío en él. Siempre ha estado vacío, parece que le estaba esperando a usted. Me alegra que se instale en él.

Con sumo cariño, Fran me retiró el sudor de debajo del labio con su pañuelo arrinconándome sobre la fachada del almacén del teatro en la que permanecía apoyada. Seguí hablando nerviosamente y dejé caer las llaves. Él las atrapó en el aire y, según las miraba, como algo extraño y familiar al mismo tiempo, las dejó caer en mi bolso medio abierto, que colgaba de mi brazo. Con un gesto lento y cariñoso lo cerró y, sin decir nada, continuamos paseando calle arriba, como una pareja normal, entre el calor sofocante de las tres de la tarde. Pasamos la barbería, cerrada a cal y canto, y luego las tapias de un convento de monjas que acababan de mudarse al barrio. Me extrañó encontrar al vendedor de limonada a esas horas, con la que caía. Un excombatiente, con la piel curtida y negra, tras los cartones de su puestecillo. Me saludó con un cansado quejido y nos ofreció unos vasos de limonada que estaba caliente. El hombre tenía una cicatriz de lado a lado de la frente y le faltaba un brazo. Yo dije que no con la cabeza y seguimos de largo, a pesar de la sed que teníamos. Francisco se lamentó con cierta preocupación de que las guerras con África habían llenado las calles de hombres derrotados, que era indignante ver cómo el rey abandonaba a sus soldados, con un militar en el poder.

No dije nada. Ya dejábamos Ferraz.

Seguimos caminando lentamente el uno al lado del otro sin decir nada. Le miré. Llegamos a Pintor Rosales, más arbolada y fresca, con casas refinadas de reciente construcción, y el gran parque al otro lado del bulevar. Intenté despedirme de él y huir de su lado para continuar hasta Marqués de Urquijo y alcanzar el edificio de mis padres. Vivía con ellos y con mis dos hermanos pequeños. Me había trasladado unos meses antes de dar a luz a Claudio para no estar sola. Roberto no dejaba de viajar en los últimos meses. Mi madre era una mujer protectora con sus hijos y desconfiaba siempre del servicio, estaba convencida de que conspiraba a nuestras espaldas y eran todos bolcheviques. Su preocupación por el comunismo había llegado a su cénit con la Revolución rusa, que según ella iba a invadir Europa. Y nunca pude reprocharle su excesiva preocupación por nosotros cuando sugirió que cerráramos la casa que había comprado Roberto en el barrio de Salamanca, y que puso enseguida en venta en cuanto me quedé embarazada. Quedarnos sin residencia en Madrid nos acercaba a Roma y volver a casa de mis padres tras mi matrimonio parecía lo más conveniente.

Ya habíamos llegado a su nuevo hogar. No deseaba ver por última vez la fachada de piedra rosácea de Calatorao, traída desde Zaragoza por mi padre para su construcción. Las ventanas ojivales, los cristales emplomados, con columnas y capiteles corintios enmarcando la puerta de entrada daban al edificio cierto aire de palacete gótico, de una rara belleza que destacaba por singular en el barrio elegante en el que me hallaba protegida. El hotel había quedado sin la balconada de piedra para el primer piso que incluía el diseño original, junto a una tercera planta que tampoco se construyó en espera de una posterior ampliación. Pero la edificación daba la impresión de estar completamente terminada. Parecía una vivienda habitada desde siempre, pero se encontraba vacía desde que se terminó de construir. Mi padre la levantó en un solar entre dos altos edificios de ladrillo rojizo, de tres alturas, quedando el hotel como custodiado. Un poco extraño. Me gustaba el pequeño jardín en la parte trasera, tenía dos cipreses y una fuente, y un pequeño pozo a la izquierda para un huerto sin labrar y anegado de malas hierbas.

—Vamos a ser vecinos. Esto no tiene lógica —dije, abriendo el bolso por segunda vez, en la puerta de su casa, para entregarle de nuevo sus llaves, sin saber qué añadir para salir corriendo—. Hay un jardincillo que le va a encantar a su hija, es un lugar mágico. Y también dos cipreses —volví a repetirme—, pero si no le gusta pueden plantar frutales, son más alegres y…

—Guárdelas, las necesitará —dijo Fran apretándome la mano con las llaves dentro—. Enséñeme usted la casa. La he visto solo una vez… y fue tan rápido… Confíe en mí, Lucía. Quiero imaginarme cómo sería la vida a su lado. Solo unos minutos y se va: la libero, se lo juro. Y si no lo desea, no volveremos a vernos nunca.

Yo mantenía la cabeza alta sin atreverme a pestañear para evitar que las lágrimas se me cayeran. No podía soportar deshacerme de esa casa. Ahora la quería. Observaba, al otro lado de la calle, la quietud de las hojas de los árboles del parque, el bello jardín en que se había convertido ese laberinto de cuestas y caminos hasta el Paseo de la Florida, de solitarias lomas y verdes prados recorridos por un riachuelo. El parque más bello y salvaje de Madrid, hacia el oeste, entre los jardines y el palacete de la Moncloa y el enorme recinto militar sobre la montaña del Príncipe Pío, junto a la estación del Norte. No sé por qué me acordé en ese momento, mirando hacia el cuartel, de los fusilamientos del 2 de mayo sobre aquella colina, anteriores a la construcción del recinto militar, y que Goya retrató con ese dolor. Quizá porque ese cuadro era el único objeto que decoraba la casa que acababa de perder: una reproducción de los fusilamientos de 1808, sobre la chimenea del salón principal. Hubo un día un comentario en casa sobre el lienzo, una baratija sin apenas valor; «y es además muy desagradable», dijo mi marido. Mi madre le dio la razón y cambiamos de tema.

Fran abrió la puerta con dificultad, era demasiado pesada, y puse un pie en la oscuridad del interior. Entonces ese lugar adquirió otra perspectiva, como si fuera la primera vez que cruzaba su umbral. La escalinata de mármol que ascendía al primer piso se perdía en la penumbra. Las puertas de las habitaciones se escondían entre tinieblas, tras la barandilla de bronce de la primera planta. Unas habitaciones que pronto iban a ser habitadas por él y por su hija, según les había escuchado comentar en la notaría.

Nos encontrábamos en el salón principal, impúdicamente desnudo, y nos quedamos los dos como anclados delante del cuadro de Francisco de Goya, enmudecidos, frente a la chimenea, observando esa escena terrible. Me rodeó con sus brazos y sentí un latigazo. Tuve la sensación de que él ya había puesto los pies en ese salón y visto antes el cuadro, por su gesto protector y cariñoso, condescendiente y dispuesto a complacerme. Los rayos del sol se escurrían entre las lamas de las contraventanas iluminando la fiel reproducción. La estancia estaba fresca y me sentí reconfortada. Había dejado de sudar. Los techos eran altos y abovedados. Estaban pintados de azul cielo. Los frisos de un fuerte añil oscurecían aún más a los veintinueve hombres, unos ya ajusticiados sobre el suelo y otros a punto de ser masacrados por los soldados de Napoleón, sin cara, sin rostro, sin identidad, sobre el monte pelado del Príncipe Pío y un misterioso Madrid al fondo, en la oscuridad del lienzo, entre las sombras de la madrugada de un trágico mes de mayo.

El cuadro se extendía por la pared de la chimenea como si la guerra se hubiese quedado sobre aquella pared para no terminar nunca. Los soldados estaban preparados para disparar sus bayonetas sobre un hombre con los brazos en alto. El reflejo de la muerte estaba en su cara, iluminada misteriosamente por una luz. Tres hombres le sujetaban, como yo me aferraba a Fran; algunos se tapaban el rostro, y otros, los oídos, porque así no se darían cuenta de que iban a morir. Yo estaba segura, Fran jamás se desharía de aquel cuadro, aunque no valiera nada, porque en aquel momento los dos supimos que aquella guerra ya formaba parte de nuestra vida. Me dejé llevar por él sin decir nada, sin pronunciar ni una sola palabra, sin negarme a ninguno de mis oscuros deseos que él interpretaba a la perfección, como si leyese mi atolondrado pensamiento.

Hicimos el amor tirados en el suelo, desnudos, sobre las frías baldosas de mármol, ante esa chimenea y ese cuadro que eran testigo de un fin, y de un comienzo.

Sobre las seis de la tarde salí de aquella casa, llena de amor y de espanto por lo que se me avecinaba. No hacía más que sacudirme el vestido según caminaba por la acera, como intentando sacarme de encima una mancha y una suciedad que solo yo era capaz de ver. Me sentí como un animal que se restriega por el barro para quitarse los parásitos, para arrancarme la sumisión y la indiferencia hacia Roberto. Francisco quiso acompañarme como símbolo del refugio que siempre me daría. Sus pasos sonaban seguros y protectores, siguiéndome discretamente calle tras calle hasta que entré en mi portal y él continuó tranquilo por la avenida fumándose un cigarro, con el sombrero ladeado.

Y supe, antes de tomar el ascensor, que nada malo podría pasarme. Pero transcurrió casi un año sin que volviera a verle. No quise escuchar su nombre hasta que irrumpió en mi vida Jimena Anglada y me devolvió a su padre.

Tres Robles, 1929

Aquel verano, Jimena tenía dieciséis años. Hasta entonces apenas había salido de Tres Robles. Salvo los días odiosos en que Jacinto la llevaba a Zaragoza a examinarse y salía de las aulas antes que nadie, resoluta y satisfecha de ser la primera en terminar los largos ejercicios que nadie como ella resolvía mejor para aprobar, curso tras curso, con las mejores notas. De su ama había aprendido cuanto sabía de la vida y del mundo. Su tío, David, con su eterna paciencia, y desde que llegó a Tres Robles para no irse jamás, le había enseñado matemáticas, ciencias y literatura. No podía olvidarse del noble Jacinto, su maestro del pueblo. Con él había aprendido a leer y a escribir, a los tres años.

En junio había aprobado el bachillerato y llegó el temido momento en el que no quería ni pensar. Ni sentir cómo su infancia se esfumaba de verdad, al igual que se esfuma el humo de una lámpara que ya jamás volvería a encenderse. La oscuridad. El silencio. La soledad. El miedo. Terror de abandonar Tres Robles y a su tío. Sobre todo eso: a David.

Su madre la trajo al mundo en su blanco dormitorio, en el mismo dormitorio en el que no podía conciliar el sueño, bajo ese dosel con gasas transparentes enrolladas en las cuatro columnas torneadas con flores y granados que en esa oscuridad se transformaban en árboles siniestros. También de niña en esa cama había reído y saltado hasta sacar la lana del colchón. Su madre la abrazaba y jugaban juntas enredadas entre la colcha y los almohadones, hundidas entre el mullido colchón que olía a infancia, a tierra mojada, a tormenta de verano, a heno recién segado; también a cuadras y a caballos, establos y graneros. Eran los olores de su ropa y de su piel; y pronto la abandonarían para mostrarle cuál era su nuevo lugar en el mundo, porque el mundo giraba y se daba la vuelta como un calcetín. Se trasladaba a Madrid. Juliana no estaba para impedir ese viaje, ni para estrecharla entre sus brazos y protegerla de su padre. Hacía tiempo que no recordaba a su madre con aquella claridad y desasosiego. Las dos se parecían tanto que a veces dudaba si ella era Juliana y estaba viviendo una vida que no le pertenecía. Era como si su madre se hubiera reencarnado en su cuerpo de adolescente para vivir eternamente en su carne. Sentía el latir de su corazón como dos corazones estallando contra su pecho.

Era la una de la madrugada y su alcoba le era extraña en una última noche que marcaba un nuevo principio. Ahora lo que deseaba hacer era abrir el sobre que sus manos apretaban bajo la almohada. Le pesaba la cabeza, como si en ella se hallaran todas las disculpas que su tío habría escrito en esa carta. Cuando Jimena entró en su habitación supo que en esas líneas escritas se encontraba la despedida de David. Se había desnudado frente a ella y se puso el camisón como si fuera él quien ocupaba el espacio del papel y de la tinta, y la guardó bajo la almohada cuando se acostó, sin abrir, sin querer saber lo que decía porque lo imaginaba.

Su ama dormía en la habitación de al lado. Oía la profunda respiración de Fernanda a través de la pared confundiéndose con los murmullos de la noche: el chirriar de los grillos entre los matorrales, el ulular de un búho en la quietud del calor, sobre la rama de un árbol en algún lugar del jardín. El rumor feliz del agua de la alberca y el olor de la adelfa junto a su ventana la ataban a aquella tierra y a sus campos. Con los ojos abiertos como dos lunas azules, observaba a través de la ventaba abierta el último cielo de Tres Robles, solo roto por los miles de estrellas de una calurosa noche de verano. La memoria y el recuerdo de su madre bullían en su cabeza en imágenes remotas de las que nunca se quería acordar. Pero en seis horas partiría de la finca. Se arrepentía de haberle jurado a su tío que estudiaría una carrera; era incapaz de decepcionar a David. Su padre la obligaba a seguirlo a la ciudad y había sido su propio tío el que, con gran ilusión, había tramitado la matrícula en la Universidad Central de Madrid. Sería la primera mujer licenciada en la historia de la familia Anglada. Una imposición familiar a la que Jimena, con aquellas notas brillantes que siempre había sacado, se sentía incapaz de oponerse; si por lo menos hubiera suspendido alguna vez todo sería más fácil. Y después estaba el piano; el odioso piano en el que su padre se había empeñado. En realidad ella solo tocaba de oído para agradar a David y verle cerrar los ojos al compás de los acordes.

Una red invisible la enredaba esa noche entre sus hilos.

El olor de los establos entraba por la ventana. El olor del forraje y de la piel sudada de los caballos le hizo poner un pie en las losetas del suelo y calzarse las chinelas. Salió de la casa escondida entre los oscuros corredores, en busca de ese olor que era el olor del recuerdo y de la pena: el olor de la muerte de su madre.

Al abrir la puerta de la cocinilla le pareció sentir a Sara, la yegua de Juliana, quien también parecía llamarla desde los establos con sus violentos bufidos. Hasta creyó oír su último relincho mientras atravesaba el empedrado del patio de atrás, junto a las cocinas y el lavadero y las leñeras cercanas al recinto donde vivían los criados, dormidos desde hacía horas. Jimena salió por detrás del largo caserón para evitar la portada principal y escapar de la atención de los guardeses; de Saltador, su anciano mastín pero bravo todavía. Si le llegaba su olor no dejaría de perseguirla; y sobre todo escapaba del sueño ligero de Fernanda. Desde el dormitorio, encima de la galería y de la puerta de entrada, su ama vigilaba día y noche quién se acercaba a Tres Robles por el camino de arena amarilla de la finca, entre adelfas y viejos álamos blancos.

La luna acompañaba la alta y delgada figura de Jimena hasta llegar a los establos. Proyectaba la sombra de su largo camisón de seda sobre los muros encalados de la cuadra. Despacio, silenciosa para no despertar los sueños ni inquietudes, descorrió el pasador de hierro y empujó la puerta.

Los caballos estaban tranquilos, dormían sobre el arrullo de la paja. Aquella sensación la acompañaría siempre. Vio monturas y cinchas sobre los clavos de las blancas paredes, sogas, estribos y herraduras, y balas de heno amontonadas. La goma estaba enrollada en el grifo. Al lado había un cubo con agua y dos cepillos. Le asustaba el crujir del albero al pisar sobre él con sus finas chinelas. Recorrió aquel paisaje rozando con los dedos la textura rugosa de las portillas de los cubiles, hasta llegar al de Sara, el último de todos; vacío desde hacía diez años. Diez años sin entrar en la cuadra. ¡Diez años, Dios mío! Y todo estaba igual que entonces, con el tosco banco de madera frente a la portezuela de Sara. Sara otra vez. Qué nombre para una yegua. El que eligió su madre. Era imposible olvidarse de Sara, de su pelaje marrón intenso, de su fuerza y de su nervio.

Por qué ahora, en el preciso momento en que estaba a punto de marcharse de Tres Robles, había buscado en la memoria de la noche el lugar más frecuentado por su madre, y al que nunca quiso volver a entrar desde la muerte del animal. En ese cubil, ahora vacío, su madre había pasado las horas y los días, sentada en el banco o cepillando a la yegua, acariciando a ese animal medio salvaje como acariciaba a su hija. Un amor enloquecido que Juliana Roy repartía entre Sara y Jimena y que negaba a Francisco Anglada. Jimena lo presentía, siempre lo había sospechado, desde el mismo momento en que su madre la aupó por primera y única vez a lomos de la yegua.

Y veía en la oscuridad, inquieta y excitada, los ojos melancólicos de su madre, abiertos con horror todo lo azules que eran, al escuchar las duras palabras de su padre cuando éste vio a su niña montada sobre Sara. Pero Jimena entonces reía, le gustaba el roce de sus pequeñas piernas contra la grupa caliente de la yegua, la tensión de su cuerpo, un poco asustado, pero con ganas de trotar sobre el fascinante animal; pero solo daba vueltas tranquilas entre los tres viejos robles que dan nombre a la finca, frente a la solana de la casa. Con las riendas en la mano, su madre iba delante guiando el lento paso de Sara. Era imposible olvidar el aspecto de Juliana, con una blusa de flores, un pantalón de lona azul muy ancho y unas botas de montar. Estaba radiante con el pelo suelto, hasta la cintura. Pero sus ojos nunca le llegaron a gustar a Francisco. Eran cada vez más salvajes, más azules, como un lago sin fondo que esconde oscuros secretos.

Su padre se acercó a paso ligero cuando las vio a lo lejos, desde el cenador. Arrancó a la niña de la grupa de Sara con violencia. Jimena oyó hablar a su padre en un tono que nunca olvidaría:

—No vuelvas a poner en peligro a nuestra hija, ¿me has oído, mujer? ¡Nunca! Mátate tú si quieres, pero nuestra hija… ¡Ni se te ocurra volver a subirla en semejante bestia! ¡Es sagrada! ¿Me has oído? ¡Sagrada!

Y se llevó en brazos a la niña sin prestar atención a las súplicas de la madre. Jimena jamás volvería a montar a Sara.

Había pasado una eternidad desde aquella tarde, pero tenía de ella un recuerdo preciso y exacto, como la instantánea de un daguerrotipo quemado por los bordes. Veía el precioso pelo de su madre ondeando en el viento, sobre Sara, trotando desquiciada hacia el monte, mientras Francisco se la llevaba al ama Fernanda para la merienda y le sacudía el vestido de la pelusa de la montura. Ahora, diez años después de esa tarde, le pareció como si nunca hubiesen existido ni su madre ni Sara. De hecho, a lo mejor tampoco ella existía y ese momento también formaba parte de los recuerdos de un difunto.

Pero levantó la vista y vio en la claridad de la noche el nombre de la yegua todavía grabado sobre la madera de la portilla. Y era ella, Jimena Anglada, quien de verdad estaba dando el último adiós al paisaje de su infancia, en camisón, muerta de frío a pesar del calor del verano. Y ya era una mujer. Pensó que nadie se había tomado la molestia de borrar el nombre de la yegua de su puerta, como si el destino quisiera que recordara para siempre la muerte del animal, unida indisolublemente a la muerte de su madre.

Corría por entonces el año 1919. En aquella época su tío vivía en el seminario. Llegó a la finca a finales de octubre para asistir al entierro de Juliana, y se volvió a marchar a los tres días a Zaragoza donde comenzaba a dar clases de filosofía. Tres días de tregua para Jimena por estar con David que vinieron a empañarse con su partida.

Había anochecido cuando regresaban del responso en el cementerio por el camino de la finca. Iban los cuatro en el automóvil. Cuatro espíritus perdidos cruzando sus campos de olivos. Francisco y David delante, y Jimena con Fernanda detrás. La sotana de su tío estaba más áspera que nunca y más vieja y más fea; su aspecto de pordiosero, que no come desde hace una semana, indignaba a su padre que parecía un marqués al lado de un mendigo. Fernanda iba de un luto total como un alma en pena, acariciando a Jimena durante todo el trayecto, entre los baches del camino y el crujir de las ruedas sobre una tierra que ahora sepultaba a la madre de la niña.

Jimena creyó que todo aquello podría ser un desagradable juego, porque su madre aparecería tras la colina, de un momento a otro, montando a Sara de nuevo, y la tristeza terminaría. Pero su lápida había sido esculpida en un mármol duro y brillante con un breve bajorrelieve que quería decirlo todo sobre ella:

AQUÍ YACE
JULIANA ROY ALONSO
FALLECIÓ A LOS 24 AÑOS DE EDAD
1895-1919
R.I.P.

Se acordaba del brillo de las letras del nombre de su madre, recién esculpidas sobre el suelo del panteón de la familia Anglada; de las flores blancas con un olor nauseabundo a muerte en aquel mausoleo del cementerio de la colina, rodeado de olivos, de piedras y de tierra arcillosa, de camino al pueblo; de la cara irreconocible de su tío con la sotana harapienta, rezando sin parar con el rosario entre los dedos, con los ojos hinchados, arrodillado ante las sencillas lápidas de sus padres, con el símbolo familiar grabado sobre el mármol. Era una hamsa: una mano extendida, hacia abajo, con la letra A de los Anglada, en su círculo central; y debajo los nombres de Ezequiel Anglada y Miriam de Vera, fallecidos los dos en 1912.

Francisco mantuvo la compostura de nuevo viudo hasta que el padre Ignacio terminó el oficio y salieron de allí, en la más estricta intimidad. El joven sacerdote, a la salida, bajo el sol de un día claro y hermoso, y ante la puerta de hierro del panteón, intentó estrechar la mano de Francisco, pero éste la rechazó ensimismado en su propio dolor. El padre Ignacio se dirigió a David y lo abrazó con cariño. Habían estudiado juntos en Zaragoza y residían en el mismo seminario; había llegado esa mañana directamente para celebrar la misa de la difunta cuñada de su buen amigo David Anglada, a petición de éste, quien le había solicitado intermediación en una situación tan triste. Francisco se había negado a celebrar una misa en el panteón familiar por el alma de Juliana Roy. Renegaba de cualquier oficio religioso, pero David insistía y, le dio tantos argumentos, que acabó por condescender y aceptar a Ignacio Echevarría, hijo de comerciantes navarros, y resignarse a los deseos de su hermano. Al fin y al cabo, David había elegido su propio destino y para él sí era trascendente una misa de difuntos por el alma de su amada cuñada Juliana Roy.

La familia Anglada procedía de judíos conversos, antiguos hebreos de las tierras altas de Aragón, obligados por un sello y un edicto, el de Granada de 1492, al bautismo o al exilio. Ninguno de sus antepasados pudo entender una condena que llenaría de maleza y espinas a todos sus descendientes. Prefirieron la persecución, la servidumbre a nuevas costumbres, olvidar su religión, su raza y su identidad que salir de Sefarad y vagar errantes por las extrañas tierras del norte de África, Salónica, Esmirna, Turquía o Grecia. Aunque la diáspora sefardí ya había comenzado con el pogromo y las revueltas un siglo antes a la expulsión.

Generaciones anteriores a Ezequiel Anglada y Miriam de Vera habían llegado a las tierras de Molina de Aragón y fundado Tres Robles. Y todas habían intentado educar a sus descendientes en las costumbres católicas, protegerlos del estigma del cristiano nuevo; del marrano, como se les llamaba, para su estigma social. La familia Anglada asistía a misa las fiestas de guardar en la ermita del pueblo. Donaban a la Iglesia cantidades respetables de dinero. Vivían al resguardo, en sus fincas, asilados y a salvo de cualquier peligro. Protegieron a sus hijos como a ellos les habían protegido sus padres, y así en una cadena que los mantenía unidos en el tiempo. Educaron a Francisco y a David según las leyes de la Iglesia para evitar los males que habían azotado a toda su estirpe en el pasado.

Solo conservaban una antigua y pequeña menorá de bronce, con cuatro siglos de antigüedad. ¿Qué familia custodiaba una reliquia de épocas remotas? E intentaban mantener vivos los resquicios de una lengua tan antigua como las fortalezas de Castilla, perdida en el tiempo de caballerías. Y, sobre todo, conservaban el libro de las genealogías, el mayor tesoro de los Anglada, salvaguardado en un cofre. En él estaba el registro de toda una raza arraigada en la península desde las Guerras Púnicas, o desde ese anillo encontrado en Cádiz con inscripciones en hebreo seis siglos antes de Jesucristo. Y ahí estaban, en 1919, en un entierro cristiano, tres supervivientes de una familia judía.

Ningún objeto familiar de su antiguo culto había sobrevivido desde su época *Bnei Anusim*, de españoles forzados a la conversión, en la aljama de Huesca, de callejones estrechos y empinados y dinteles y puertas decoradas con estrellas de David. Ningún pergamino de la Torá en español, escrita por sus antepasados, como era tradición, había llegado hasta ellos; tampoco una *Megillah* para recordar el libro de Ester. Se habían olvidado sencillamente de vivir perseguidos. Todos menos Francisco Anglada de Vera. Nunca se sintió a salvo. Era como si la memoria colectiva de su origen estuviera presente en cada acto de su vida para agradecer a sus padres su inmenso amor por Sefarad. Muchos años atrás, mientras Ezequiel Anglada terminaba de atender sus asuntos con el contable de la finca, al caer la tarde, Miriam de Vera llamó al joven Francisco a su sala de costura. Acababa de terminar un bordado y le sentó junto a ella, frente a la ventana. Le dijo su madre que deseaba hablar con él antes de que David acabara su clase de latín. Y, en ese instante, le rogó todo el apoyo que un hermano fuera capaz de dar a otro hermano, a la sangre de su sangre, en la decisión familiar de entregar al pequeño a la llamada de Cristo y de la Iglesia de Roma y salir de Tres Robles, por propio deseo de David. Francisco no entendía esa noticia, e ignoraba el incidente que vino a cambiar el rumbo de la vida de su hermano y de la suya. Miriam de Vera había encontrado a David y a Juliana Roy desnudos cuando abrió la puerta del dormitorio de su hijo. La joven había entrado media hora antes a colocar unas ropas almidonadas y Miriam no la vio salir cuando cruzaba la galería. No le había pasado por alto las miradas de los jóvenes y el rubor de David en presencia de Juliana cuando la joven criada trajinaba por la casa o se encontraban en el patio. También conocía el empeño de su hijo menor en enseñar a Juliana a escribir con corrección y leía los pasajes de la Biblia en alto cuando la joven limpiaba los estantes de los libros y su hijo estudiaba con el profesor Alvarado sobre la mesa de la sala de estudio. Juliana dio un alarido al ver a la señora con los ojos abiertos, del horror, con el pomo de la puerta en la mano, sorprendida y crispada, ante la visión de los dos adolescentes, como vinieron al mundo. David estaba sobre Juliana, acaparándola con su esbelto cuerpo de juventud, encima de la colcha de su cama. Sus glúteos, firmes y contraídos, parecían estallar sobre las estrechas y blancas caderas de Juliana Roy. Los dos se levantaron rápidamente al escuchar la puerta, ella saltó de la cama y él se interpuso entre su madre y su amante. Juliana se tapaba el oscuro y brillante vello de su pubis, encogida, y arrancó a sollozar.

—¡Vestíos y salid de aquí! Pero… ¡qué hacéis, por Cristo Nuestro Señor…! Y tú, David… —le señaló con el dedo, furiosa—, baja inmediatamente a mi cuarto de costura. Contigo… hablaré después.

Miriam de Vera desconocía durante cuánto tiempo llevaría ocurriendo esa situación que nadie parecía conocer, tras interrogar al servicio esa misma tarde con absoluta discreción. Ni siquiera la fiel Fernanda, su criada de confianza, había notado ningún comportamiento extraño en los dos jóvenes. Una encrucijada de pesar y desconcierto se cernía sobre Miriam de Vera. Juliana era la única hija de Felipe Roy, un buen hombre, fiel amigo de su esposo, que conservaba igual que ellos el secreto de su origen judío; ni siquiera la joven Juliana conocía su verdadera procedencia, y David se lo confirmó a su madre en el interrogatorio, en la sala de costura: «Se lo juro, madre, por lo más sagrado, que no se lo he contado y nunca lo haré. Le ruego perdón e indulgencia para ella y para mí, y le prometo por Dios Nuestro Señor, que si la deja en paz, no volveré a mirarla». Al hablar con David, su amado hijo, le había visto transigente y dócil, dispuesto a remendar su falta y no volver a mirar a Juliana Roy; se lo había prometido con la mano sobre su biblia, tras las amenazas de su madre de expulsarla del servicio y contárselo a Felipe Roy.

—¿No te das cuenta, hijo mío? No puedes tirar por la borda tu vocación. ¡No lo voy a consentir! ¡Eso… nunca!

Se lo recriminó con toda la dureza que fue capaz de encontrar en su corazón. No pensaba renunciar a la posibilidad, por fin, de ver entrar los apellidos Anglada de Vera en el corazón de la Iglesia y desterrar de una vez por todas la agonía del pasado; y por mucho que no le gustase a Ezequiel Anglada, se acostumbraría, era un privilegio al que no pensaba renunciar. Hasta se había ilusionado con la idea de ver a David ordenarse en la mismísima Roma. Y ella debía proteger también a la muchacha. No pensaba contarle el incidente a Ezequiel, pero ocurrió algo todavía más terrible esa misma noche.

Juliana era dos años mayor que su hijo, pero aun así tenía solo quince años y una belleza tan especial que podía entender a David. Y confiaba en la palabra de su hijo, en su fe católica que despuntaba desde niño, y creyó que las amenazas podrían salvar el escollo sin tener que meter a su esposo en el asunto y por consiguiente a Francisco, su impulsivo hijo mayor. Aquella falta no debía convertirse en una mancha para David. Miriam se levantó esa noche, de madrugada; algo dentro de ella no la dejaba descansar, excitada por los acontecimientos del día. Juliana vivía en la casa de los criados, en una pequeña habitación que daba a los patios de atrás. Le había encomendado a Fernanda no dejar de vigilarla en ningún momento: «No te separes de Juliana, ni un solo segundo, ¿me oyes? Hasta que David parta al seminario has de ser su sombra. No deben verse. Si se puede evitar… no quiero mandarla de vuelta con su padre». Y esa madrugada Miriam de Vera volvió a entrar en el dormitorio de David, la luz se veía tras el cerco de la puerta.

En esta ocasión no encontró a Juliana Roy.

David estaba de pie, desnudo de cintura para abajo y las piernas abiertas. Con una mano se sujetaba el pene y con la otra unas tijeras. Vio su madre cómo los dedos de su hijo estiraban la piel del prepucio en un intento de cortarla, y observó en ella un rasguño que comenzaba a sangrar ligeramente, como si fuera el segundo intento de hacer algo terrible y doloroso.

Sobre la mesita de estudio había una botella de cristal con alcohol, trozos de algodón y unos rollos de vendas junto a tres lámparas de aceite que iluminaban la habitación.

Un joven de trece años intentaba circuncidarse a sí mismo. ¡Oh, Señor, no era posible! ¿Qué oscuro pacto significaba esa acción por parte de un cristiano con elevadas aspiraciones?, porque así se hacía llamar su hijo desde niño. En el pueblo y en la iglesia se hablaba de él como un buen católico y conocía los evangelios del Nuevo Testamento casi de memoria. Hubiese entendido a Francisco en esa acción. ¿Pero a David? ¿Es que renegaba de su fe, y era un acto de rebeldía contra su propia familia que siempre había ocultado su antigua religión? ¿Una acción de ofensa a su madre por separarle de Juliana Roy? Ni siquiera Ezequiel Anglada estaba circuncidado, ni se conocía a ningún antepasado familiar al que se le hubiese realizado esa práctica enterrada en el tiempo y en la memoria. ¿Por qué David?

—¡¿Pero… qué haces, hijo mío?! —gritó Miriam de Vera al verlo—. Nunca serás un hombre libre si haces eso. Te marcará para siempre.

David la miró con sus ojos saltones y enrojecidos por el dolor y las lágrimas, y dijo con una voz aflautada de niño en plena transformación:

—Es mi pacto con Dios, no con los hombres. Quiero irme lejos de aquí, madre. ¡Ayúdeme!

Y tiró las tijeras al suelo y levantó las manos, más muerto de miedo que de dolor.

Miriam llamó a Fernanda y entre las dos le curaron la pequeña herida, sin mayores consecuencias, en el silencio de la noche. Nadie debía enterarse. En aquel momento Miriam de Vera afianzó aún más su decisión de convencer a Ezequiel y enviar al seminario a David. El secreto de aquel episodio se lo llevó Miriam de Vera a la tumba, dos años después, y Fernanda guardó silencio como nadie sabía hacer. «No se preocupe, doña Miriam, son cosas de críos, pero cuanto antes salga de Tres Robles, mejor para todos», fueron las palabras de Fernanda a su señora. David estuvo de acuerdo en la decisión, debía pagar por lo que había hecho. Y a Francisco le debía de bastar con la decisión de sus padres de hacer de su hermano un monaguillo del párroco de la ermita los fines de semana, e ingresaría, en cuanto fuese posible, ese mismo año de 1910, en el seminario de Zaragoza. Francisco se quedó mudo de sorpresa y se preguntaba el porqué de esa noticia: «¿Y nuestros sentimientos…, y nuestra familia? ¿Qué pasa con todos nosotros? ¿Es que no valemos nada para él? Es un niño, madre, ¿por qué sacerdote?», y se llevó a la garganta sus manos manchadas de yeso cuando se enteró. Estaba construyendo el nuevo establo con el capataz. Miriam miró a Francisco con todo el amor que pudo reunir, le despeinó el flequillo, acercándose a él como una madre cariñosa se acerca a su hijo cuando le embarga el desconcierto y la tristeza, y le explicó:

—Te recuerdo que estamos bautizados: no lo olvides nunca. Somos pasado y hemos de ser futuro.

—Ya lo sé, madre. Pero ello no tiene que pagarlo David —dijo él, con el pelo revuelto, y salió corriendo de la sala de costura llevándose a su paso el bastidor que había dejado Miriam sobre la mesa para darle la noticia.

Así fue como sacaron de Tres Robles a David, con trece años. Francisco se sintió desconsolado y solo en la inmensidad de sus campos y de su finca para llevar la casa con su padre Ezequiel que le enseñó todos los secretos de la administración de sus tierras y su fortuna. Dos años más tarde murieron Miriam de Vera y Ezequiel Anglada en una epidemia de gripe.

Los cinco asistentes al funeral de Juliana Roy, nueve años después, cruzaron las tapias del cementerio y el arco de la entrada, sin ningún letrero o inscripción, tan solo una pequeña cruz esculpida sobre la puerta de madera. Francisco, David, Fernanda y Jimenita entraron en el coche, de regreso a Tres Robles, sin ver a Felipe Roy acercarse a dar el último adiós a su hija. El padre Ignacio caminó hacia su automóvil, tras despedir a la familia. Su chófer le esperaba en el camino, junto a un pequeño sembrado, bajo los cipreses, con la puerta de atrás abierta. Los dos vehículos tomaron caminos distintos y pronto sus huellas desaparecieron entre la arena y los olivos del monte.

Las únicas palabras que pronunció Francisco Anglada desde que salieron de Tres Robles fueron para su hermano, en cuanto entraron en el automóvil, tras el responso en el panteón. Él mismo conducía.

—Estarás contento, hermano: todo se ha hecho como tú has querido. Siempre se hace lo que tú decides. Ya la tienes en cristiana sepultura.

—Como todos nuestros antepasados, te recuerdo —le contestó David con la vista perdida en el paisaje de la colina, como si en ella se hallara todo lo que había perdido y que nunca podría recobrar.

Ni siquiera miraba a la niña, que no hacía más que reclamar su atención tirándole de la manga de la sotana en cuanto podía. Fernanda la llamaba al orden. Jimena parecía invisible para su tío y su padre. Era como si la muerte de la madre la hubiese hecho también a ella desaparecer. David, en los tres días que había estado en la finca, no la miró ni tampoco advirtió su soledad. ¡Era ella quien había perdido a su madre!, pero él, recogido, meditabundo, abstraído, se escondía en sí mismo como la tortuga en su caparazón del que le era imposible sacar la cabeza.

Luego, en la casa de la finca, todos estuvieron nerviosos y se mostraron ajenos los unos con los otros. El mastín acudió hacia ellos en cuanto salieron de la cochera. Fernanda llevaba de la mano a Jimena, que vestía un nuevo vestido azul marino con un lazo de terciopelo en la cintura, y entraron en la casa. Francisco se encaminó hacia las cuadras. David lo seguía arrastrando su faldón deshilachado por la tierra, sujetándolo del brazo. Forcejeaban el uno con el otro; David intentaba cortarle el paso a las cuadras, pero Francisco abrió el portón de par en par. La puerta golpeó sobre la cal y cayó un pedazo de enfoscado sobre la tierra. Los dos hermanos entraron a paso ligero, cruzaron los cubiles hasta llegar al de Sara. La yegua estaba inquieta. Con la pezuña había hendido el yeso de las paredes, desgarradas de coces, mordiscos y arañazos. La paja de su cama apestaba. El animal no había salido de su cubil, de tres por tres, desde que regresó sin Juliana, dos días atrás. Francisco dio órdenes de que nadie se acercara a la yegua, ni a su cuadra, ni le dieran de beber ni de comer. Había dado el día libre al capataz y a los criados, para que nadie fuese testigo de la desgracia de una familia.

Los dos se pararon el uno frente al otro intentándose adivinar las intenciones, junto a la yegua. Los rizos largos y alborotados de David le caían por la frente dándole aspecto de ermitaño con aquella sotana remendada por los codos y la cara henchida de odio. Fatigado. Sus grandes ojos gritaban el dolor que su garganta silenciaba. Y agarró a Francisco por el brazo.

Francisco se deshizo de los fuertes brazos de David.

—¡Nunca debió regresar sin mi mujer! —gritó Francisco, con una fusta en la mano.

Los demás caballos se revolvían, inquietos ante los gritos de su amo.

—¿Tu mujer…? ¡¿Ahora es tu mujer?! ¿Antes quién era: la criada? La mujer a la que nunca has hecho caso…

—¡Cállate!

—¡Ya es tarde para lamentos! ¿No te parece? —le recriminó David—. ¡La culpa de todo la tienes tú! ¡Dios nos ha castigado! No debiste casarte con ella.

—¡Te habrá castigado a ti que crees en él! —contestó Francisco tirando la fusta al suelo.

—Jamás la cuidaste. No te has comportado como un marido —le recriminó David mirando las paredes de aquella cuadra en la que nunca le había gustado entrar, ni de niño.

—Pero tú sí, ¿no? —dijo Francisco.

—Eres un infame.

—No, no soy un infame. Mantengo en Madrid nuestro nombre y nuestra casa. Y tú te escondes en Zaragoza, entre faldas y crucifijos. No somos muy distintos… Los dos la hemos abandonado, por motivos diferentes, pero abandonado: tú por amor y yo por… ¿indiferencia?

—¡Eres un villano, Francisco!

—Otra vez te equivocas: solo soy un hombre. ¡Y eres mi hermano; no lo olvides nunca! Te he perdonado que te hicieses cura, y nunca entendí por qué saliste de Tres Robles ni por qué nuestra madre te apoyó en ello. Nunca lo comprendí o quizá nunca quise plantearme si alguna vez tuviste algo con Juliana.

—¿Te casaste con ella solo por sospechas? —le recriminó David—. ¿O quizá porque salí de estas tierras, quise estudiar y te dejé solo?

—Me pasaste a mí la total responsabilidad de la casa. ¡Huiste! A la muerte de nuestros padres no fuiste capaz de regresar. Y tu Juliana ni siquiera me ha podido dar un varón. Nuestro apellido se esfumará como te has esfumado tú de la vida.

David se sentó en el banco, frente a Sara, y se tapó la cara con las manos. Su enorme espalda se curvaba. Las cintas de sus sandalias asomaban rotas bajo el hábito. Su llanto no inmutaba a Francisco, apoyado ahora en el murete del cubil del animal mientras los ollares de la yegua rezumaban espuma y su clara falta de alimento casi no la dejaba mantenerse en pie. Y la miró por última vez: su belleza, el pelaje ahora opaco por el sudor y la suciedad y las crines recortadas al gusto de Juliana.

Francisco salió de las cuadras para regresar a los pocos minutos con un rifle en la mano. Lo dejó sobre el banco y se sentó junto a su hermano que observaba a la yegua con el pesar de la muerte.

Desde la casa se oyó la detonación de un disparo y el bramido de agonía de un caballo. Fernanda corrió a cerrar la ventana del dormitorio de Jimena, la estaba desvistiendo, tras el entierro. La niña la miró con horror, con esos ojos inmensos, como los de Juliana. A partir de entonces esos ojos supusieron un castigo para todos, y adivinaban lo que estaba pasando en las cuadras de su madre. Se tiró de las trenzas intentando arrancárselas, se quitó los lazos y se golpeó la frente una y otra vez contra la pared de su cama para luego salir corriendo hacia la puerta y llegar hasta Sara. ¡Sara! Lo único que quedaba de su madre. Fernanda le cortó el paso y la abrazó todo lo fuerte que la vida le había enseñado.

Esa misma noche de funeral y de la muerte de Sara, la niña se despertó de madrugada. Sudaba. Hacía calor. La imagen del ataúd de su madre, de la mañana anterior, en el centro del salón, junto al antiguo piano, durante horas, en espera del sepulturero, no le permitía descansar. Fernanda dormía junto a ella, en su cama. No la había dejado sola ni un segundo desde que llegaron del cementerio. Le dio leche y galletas y la bañó, le restregó suavemente la espalda con jabón de lilas hasta relajar la tensión del día y la besó en la frente, en las manos y en la espalda, y la acostó antes del anochecer acurrucándola contra ella para empezar a ser la madre que había perdido. Jimena había soñado con el rifle de su padre, con perdices y liebres muertas, dispuestas en filas de diez, cubriendo la tierra de sangre, como una alfombra de muerte, cuando los hombres llegaban de cazar. Pero era Sara la que estaba en el suelo con un tiro en la cabeza como un siniestro trofeo. Escuchó el respirar inquieto de su ama, su perfil redondo apoyado en la almohada y su olor a limpio y a jabón.

En el fondo de la casa se oían ruidos y susurros de conversaciones secretas, y eso no era un sueño. Saltó con cuidado por encima del cuerpo dormido de Fernanda y cruzó el dormitorio, el pasillo y la galería hasta llegar a la puerta entreabierta del despacho.

El bello cofre de guadamecí de su abuelo Ezequiel Anglada estaba abierto, encima de la mesa, junto a carpetas, papeles y libros de cuentas. Siempre se hallaba cerrado y guardado bajo llave en el armario, detrás del escritorio. Era un cofre de cuero de badana con el símbolo familiar repujado en oro y plata. Había sido un encargo del abuelo Ezequiel al abuelo Felipe Roy, y éste al final no quiso terminar de cobrarlo, en parte como regalo de boda de su hija con Francisco Anglada. Sin embargo, Ezequiel y su esposa Miriam de Vera fallecieron antes de ver terminado el fino trabajo de Felipe, destinado a guardar el libro de la familia que se había comenzado a escribir siglos atrás. Reconstruía el árbol familiar de los Anglada con todos los antepasados y sus esposas e hijos. Era el cabeza de familia el que debía inscribir los nacimientos, matrimonios y decesos de sus miembros.

Y ahí estaban esa noche los dos hermanos, ante los ojitos escondidos de Jimena tras una rendija de la puerta del despacho, bajo la luz de la lámpara del aparador y las siete velas de la menorá, un pequeño candelabro de bronce labrado. Escribía Francisco con una pluma sobre una página amarillenta del libro el nombre de su esposa.

David estaba sentado en un sofá de piel de cordero, junto a la ventana. Su rostro, en penumbra, se dirigía al otro lado de la noche, hacia los campos que había abandonado. No deseaba ver a su hermano escribir en aquellas hojas antiguas y agrietadas el nombre de Juliana Roy por última vez, al igual que había hecho con el nombre de Jimena al nacer. Francisco cerró el libro y lo depositó cuidadosamente en el fondo del cofre, como si guardara las tablas sagradas de la ley. Las velas alumbraban el símbolo familiar labrado sobre la piel del libro. Sopló las siete velas del candelabro, las retiró de sus brazos, las depositó en un cajón de la mesa y guardó el candelabro dentro del cofre, sobre el libro. David no deseaba presenciar aquel ritual secreto, de modo que volvió la cara cuando su hermano cerraba el cofre con llave. Era una reliquia del pasado, un ritual que habían prometido a sus padres y que éstos prometieron a los suyos para no olvidar el tronco del que procedían, aunque David se hubiese hecho sacerdote. Aquel candelabro significaba para los Anglada la creación del hombre y de la tierra, tierra a la que había regresado Juliana Roy ese día.

David se levantó del sofá. Su corpulenta sombra se proyectaba como la de un fantasma sobre la pared.

—No sé por qué sigo aquí aún y no me he marchado ya de esta casa —dijo David, mientras Francisco cerraba la puerta del armario, tras el escritorio.

—Porque perteneces a la sangre de la que reniegas, hermano —le contestó, guardándose la llave del armario en el bolsillo.

Se dio la vuelta y se quedó frente a David mirándole con compasión. Lo veía sufrir como pocas veces en su vida lo había visto.

—No entiendo cómo eres capaz de encender esas velas. Si tú no crees en ningún Dios —dijo David, echándoselo en cara.

—Pero creo en nuestra familia, en nuestros antepasados per- seguidos, en su memoria. Vi a nuestro padre encender la menorá cuando escribió tu nombre en nuestro libro. No lo he olvidado nunca, hermano. Recuerdo su cara iluminada por las llamas; y ese fuego lo llevo en el alma, ¿lo entiendes? También esas páginas amarillas y arrugadas. Y sí, es cierto: no creo en Dios, pero creo en el hombre, lo contrario que tú; exactamente al revés que tú.

—He de salir de aquí; no aguanto más. ¡Me falta el aire!

Y David salió de allí y de Tres Robles. Francisco se quedó de pie, en medio del severo y oscuro despacho que había pertenecido a su padre Ezequiel Anglada. ¿Y si perdía a David definitiva- mente? Tenía que recuperarlo.

Jimenita salió corriendo por el corredor al escuchar cómo se arrastraba por el suelo la sotana de su tío en dirección a la puerta.

David se marchó esa misma noche de la finca, sin despedirse de Jimena. Y su padre, al día siguiente, a Madrid. Pero antes de partir, a primera hora de la mañana, Francisco ordenó a su capa- taz mandar construir una gran alberca para su hija, revestida de azulejos, con una escalerilla y un empedrado fino para tomar el sol, tal y como le había pedido Fernanda para la niña, en vista de los días de terrible calor que llegarían con el verano.

Todas aquellas escenas le vinieron a la mente a Jimena mientras sus ojos llenos de lágrimas miraban el cubil vacío de la pobre yegua de su madre. ¿Qué culpa podía tener el animal de aquel accidente? Le era imposible odiar más a su padre y amar con más fuerza a su tío, que regresó, a los dos años, a la finca para no irse nunca de su lado. Tras aquella discusión en el despacho por la muerte de su madre habían conseguido que David volviera.

Y ahora era ella quien se marchaba.

Jimena creyó que David había curado todas sus heridas con su regreso. Fueron los años más felices de su vida. Siempre dio gracias a Dios de que su padre nunca estuviera en casa. Se sentía libre cuando lo veía abandonar Tres Robles para dejarla en paz con su tranquila vida campesina mientras el tiempo transcurría, rodeada de todo lo que amaba: la vieja y enorme casa de los abuelos; su alberca; los hombres amables con las manos agrietadas y sucias de labrar sus tierras y de recoger las cosechas; los criados y los gañanes; los capataces que desfilaban por los graneros y la pequeña oficina de su tío en la que éste llevaba las cuentas del campo.

Francisco visitaba la finca, a lo sumo, un par de veces al mes, y se volvía a marchar a Madrid tras encerrarse con su hermano en el despacho durante el día entero para hablar de negocios, de cuentas y de números. Llegaba con su Austin Seven repleto de regalos y telas lujosas para los vestidos de Jimena, pulseritas de plata, zapatos de charol, jabones y colonias con aromas refinados. Siempre había algo también para Fernanda, aunque ésta se enfadara por aquel despilfarro. ¿Dónde luciría Jimena todo aquello?

Y ahora había llegado el momento. En pocas horas sería ella la que saldría por el camino de la finca acompañada de su ama y cargada con baúles y maletas para vivir con su padre en Madrid. El coche esperaba cargado con las ropas y enseres personales que había seleccionado Fernanda, sobre la grava de la entrada, junto a los tres robles. Si tuviese el valor necesario montaría a Velero hasta las ruinas de la ermita, donde encontraron el cuerpo de su madre. Pero le atemorizaba pensar en la noche y en los campos oscuros. Ella no era Juliana. Ni sabía montar como su madre. También podría ir caminando al pueblo, al taller de su abuelo, y despedirse de él. Sentir por última vez el olor de la piel curtida, del tanino y del alumbre, y le diría que lo necesitaba, que le impidiera a su padre sacarla de la finca. Hasta sería capaz de irse a vivir con Felipe Roy a su choza del pueblo con tal de que la salvara de irse de allí. Pero sabía que todos esos pensamientos no eran más que ilusiones y deseos que se desvanecían con el transcurrir de las horas de aquella madrugada.

Salió de allí derrotada y llena de temores. Abandonó las cuadras bajo el cielo estrellado y entró en la casa sorteando los parterres de flores y los árboles que rodeaban el edificio. Todos dormían. Cruzó la galería y el pasillo hasta el recodo que accedía a la habitación de su tío. No le había visto en todo el día; la había estado evitando durante toda la semana. Escuchó durante un minuto, tras la puerta del dormitorio de David. Nada se oía en su interior. Con los nudillos llamó silenciosa a la puerta. Nadie contestó. Esperó unos segundos. Volvió a llamar y dijo en susurros:

—David, David, ábreme la puerta, soy yo.

Y volvió a repetir lo mismo otra vez y luego otra. Y otra más. Levantó el pasador de hierro y la puerta se abrió. Sus chinelas se posaron con suavidad en el interior del dormitorio de su tío. La luz del plenilunio entraba por la ventana e iluminaba la cama vacía, sin deshacer; el embozo perfecto; el armario sin espejo. Ya no habría ninguna sotana dentro, quizá en algún baúl del desván. Solo vio ropa vieja de labriego que David no se quitaba, una mesilla con una lámpara de aceite, una estantería de basta madera de pino con unos libros de piel, una simple silla y un crucifijo en la pared. Se sentó en el suelo con la puerta abierta y ahí le estuvo esperando, apoyada en la madera, con los ojos enrojecidos y la piel de gallina suplicándole a la noche: «No me abandones, David, no me abandones», hasta que oyó a Fernanda llamarla para el desayuno, justo cuando los gallos cantaban.

Se fue de Tres Robles la mañana del 24 de julio de 1929, de sus amplias y suaves colinas, de sus campos de trigo y de los olivos del monte, sin despedirse de su tío, con su carta de despedida sin abrir, en el bolso. David no apareció hasta bien entrada la mañana cuando ya se hubo ido.

Jimena Anglada tenía dieciséis años.

Tercer testimonio

Jimena estaba asomada a la ventana de la primera planta, con los brazos caídos, huesudos. Tenía aspecto de comer poco. Llevaba un vestido de encaje blanco, sin mangas. Su mirada era brillante y amenazadora, y escapaba de sus profundos ojos azules que parecían el cielo de un día sin nubes, volando soñadores por la lejanía del parque. Lentamente se iban posando en los detalles del paisaje arbolado. Frente a la casa, el parque del Oeste alcanzaba el mismísimo horizonte cubriéndolo de verde. Las parejas paseaban cogidas de la mano por el bulevar que dividía la amplia avenida de Pintor Rosales. Los quioscos que bordeaban los jardines estaban llenos de gente charlando animadamente, tomando un refresco, disfrutando de una tranquila tarde de verano.

Yo la observaba desde la calle, dentro del coche de mi padre, aparcado bajo un sauce del paseo. Le dije a Guzmán que parase discretamente frente a la casa; me moría de curiosidad por verla. Ese día llegaba a Madrid y no pude resistirme. Ya habían descargado los pocos enseres y el equipaje que traían de la finca, compuesto por sencillos baúles y maletas de piel curtida.

Me había asegurado de que Fran no estuviese por allí. Llamé a primera hora a mi padre al despacho y me dijo que Francisco había pasado la noche en su oficina de la calle del Factor y que, tras recibir a su hija, saldría sin entretenerse hacia la Bolsa para reunirse con él. Debían vender unas acciones cuanto antes. Había lamentado tener que dejar a Jimena recién llegada, pero estábamos en plena crisis del 29. Los empresarios estaban preocupados por la situación política, los partidarios del rey cada vez eran menos, la peseta se hallaba por los suelos, el Directorio Civil era incapaz de controlar la situación, con un Parlamento que era una farsa, y hasta los propios militares habían atentado contra Primo de Rivera en su peor momento. Estudiantes, obreros, socialistas y todas las izquierdas, junto a monárquicos, antimonárquicos y radicales estaban convirtiendo Madrid en una ciudad cada día más difícil, pero aun así era capaz de conservar su buen humor.

Me impactó verla mirar hacia el infinito, en plena tarde, con el sol descendiendo hacia el oeste sobre su rostro, tiñendo su cara de un amarillo espectral. Tenía el cabello negro como el carbón, y muy liso, la piel translúcida y unos ojos perturbadores, un poco saltones, como los de su padre. Nadie me había comentado lo hermosa que era la hija de Francisco. Quizá porque yo siempre me sentí una mujer fea y él lo intuyó. Y me había hecho ver dentro de mí a la mujer más bella que podía encontrarse el día que cambió mi vida en la casa de Pintor Rosales, donde ahora veía a su hija pasear de habitación en habitación, dueña del territorio en el que por primera vez me sentí una mujer feliz.

Recuerdo las raras ocasiones en que le había escuchado hablar, tiempo después, de esa extraña criatura que tenía por hija. Su cara se transformaba como si hablara de algo profundamente sagrado y llegué a la conclusión, por pequeños comentarios casuales, que su esposa debía de haber sido una mujer tan bella y extraña como Jimena; y al mismo tiempo, notaba en él un íntimo rechazo hacia las mujeres hermosas. Nunca supe por qué. Mi madre me decía de niña que las guapas eran menos queridas que las feas, y mucho más desgraciadas. Yo la miraba molesta porque me sentía aludida y ella me abrazaba con tal cariño que parecían verdaderas aquellas palabras. Desde luego, tanto mi marido como Francisco Anglada me amaron hasta el final de sus días. Por lo menos en esto sí se cumplieron las sentencias de mi madre.

Enseguida vi desde mi escondite, bajo el sauce, al ama de Jimena. La escuálida criada de los Anglada vestía de luto total con un largo mandil negro. Se asomó varias veces a la puerta de la calle. Miraba a derecha e izquierda con curiosidad. En la acera quedaban todavía unos pequeños bultos tapados con colchas que la mujer con mucha rapidez iba metiendo en la casa. Miré hacia el interior, tras la puerta entornada, y me pregunté cuánto tiempo resistiría el siniestro cuadro de Goya sobre la chimenea, y si habría sido del gusto de Jimena. Quise eliminar cualquier pensamiento de aquella tarde frente a ese cuadro, con su padre. De pronto, la criada se agachó para coger el último bulto envuelto, sobre la acera, y miró inesperadamente hacia mi automóvil y se quedó observándome con curiosidad, como si me conociera de algo: me había descubierto. Tenía profundas arrugas en el rostro y en la comisura de los labios y la tez oscura de campesina, con el pelo recogido en un moño, bajo una redecilla, y la nariz demasiado gorda para su cara. Nuestras miradas se cruzaron. Nos observamos durante unos segundos la una a la otra intentando adivinarnos.

Yo me mantuve fría, con la frente alta, tras el chófer. Guzmán leía distraído el diario de la tarde; y pensé que si ya me había descubierto, para qué ocultar nada. La vi darse la vuelta en su falda negra que parecía una basquiña y meterse para dentro cerrando la puerta de la casa que me había pertenecido. La casa que habíamos vendido a Francisco Anglada. Supe que la había perdido para siempre. Me sentí extraña y vacía, enfadada, como si me hubieran arrancado un trozo del alma.

Cuando miré hacia la ventana en la que había visto a Jimena, la muchacha había desaparecido. Pero aquella primera imagen ya nunca se me borraría: se quedaría intacta en mi memoria. Como si no hubiera muerto, como si siempre tuviera dieciséis años. Con ese vestido de encaje sin mangas y el pelo suelto hasta la cintura.

Con aquella infinita tristeza. Me entraron unas ganas terribles de bajarme del coche y llamar a la casa, decirle que deseaba conocerla en ese mismo momento, y por supuesto también confesarle quién era yo; y que esa casa había sido mía y que mi padre nunca debió vendérsela al suyo. Sentí que había usurpado mi territorio; el territorio en el que me había amado su padre por primera vez.

Pero antes de pedirle a Guzmán que arrancara, vi cómo, allí arriba, la criada enlutada nos observaba tras los visillos. El coche comenzó a rodar lentamente hacia la plaza de España, entre una multitud de coches y camionetas militares que salían del cuartel. Esperamos a que el tranvía pasara y le pedí al chófer que nos dirigiéramos hacia el Palacio Real por la Cuesta de San Vicente. Quería dar una vuelta por los jardines del Campo del Moro. Bajamos por la cuesta empinada que bordea las caballerizas reales del palacio. Debía relajarme y olvidar lo que había vivido, diez meses atrás, con Francisco tras las paredes de aquella casa ocupada ahora por su familia. Guzmán estacionó en la puerta de la Cuesta de la Vega. Al salir del coche percibí el olor a cieno que ascendía del río. Un grupo de mujeres subían de los lavaderos del Manzanares charlando, alegres y rollizas, por la cuesta, cargadas con barreños y ropa limpia. Junto a la cancela de entrada al Campo del Moro, una vendedora de flores ofrecía rosas y claveles. Le compré un ramo de rosas y lo llevé hasta el coche. Guzmán, arrellanado en el asiento, me dijo, limpiándose el sudor de la frente con el dorso de la mano, tras quitarse la gorra:

—Señora, en una hora tengo que recoger al señor marqués de su despacho.

—Tranquilo, Guzmán, llegará a su hora. Enseguida estoy de vuelta.

Entré por el paseo central de los jardines. Los blancos muros del Palacio Real, al fondo de la fuente de las Conchas, se alzaban imponentes tras la muralla. Era un lugar tranquilo y apacible. Caminé un rato entre grupos de palmeras y secuoyas. Un camino de arbustos con rosas blancas se adentraba en la espesura.

Encontré enseguida la pequeña casita de madera de estilo tirolés, y al lado, un banco, bajo unos tejos que encajonaban el pequeño chalet en un rincón umbrío y fresco. Me senté un rato a meditar en ese lugar que frecuentaba de vez en cuando para intentar poner mis ideas en claro. Llevaba en la cabeza la cara de la hija de Francisco. Decidí que esa noche tenía que verlo. Iría a la reunión. Y ahí estuve un rato, en auténtica soledad, únicamente rota por el graznar de las aves. Tras las escalerillas de madera del pequeño porche, salió un pavo real y luego volvió a esconderse entre los tejos. Oí a alguien acercarse. Apareció una gitana con el pelo recogido. Llevaba ramas de romero y olivo sobre el brazo. Se sentó junto a mí en el banco. Me sentí incómoda en aquel aislamiento. Los jardines tenían unas veinte hectáreas, desde el río Manzanares hasta el Palacio Real. Me levanté y comencé a caminar hacia el paseo central. Ella hizo lo mismo y me asaltó enseguida tomando una rama de olivo entre sus oscuros y rollizos dedos. Era una mujer de mediana edad, debía de sacarme por lo menos veinte años.

—Tome usted, zeñorita, por un amor que ze le antoja prohibido.

Yo continué a paso rápido. Me seguía con la rama en la mano intentando dármela. Yo aceleré y llegué enseguida al paseo. Me había alcanzado.

—No me toque —le dije.

—No ze ponga así, que no le hago na.

—Sí, sí, claro —asentí.

Volvió a decirme lo mismo un par de veces con esa rama en la mano dándome con ella en el brazo. Respiré hondo. Abrí el bolso y le solté las monedas que llevaba. Se las guardó en el bolsillo del mandil y le cogí la rama a ver si se largaba y me dejaba en paz. Me miró de frente, levantando el mentón. Tenía los ojos azules y la tez oscura.

—Ez un mozo arrogante, loco por uzté. Pero ama a otra también, más joven —dijo, cogiéndome la mano.

Me solté enseguida.

—¿Le leo la mano, zeñorita?

—¡Ni hablar!

Bajo el mandil le asomaba un andrajoso vestido de flores e iba descalza.

—¿Quién es ella? —dije de golpe.

—Es de la zangre de él. No ze preocupe, mujer. La ama con locura, a uzté. Pero…

—Pero ¿qué?

—Que durará toda la vida. Y la veo entre doz hombres.

—Siempre dicen ustedes lo mismo.

—Yo no, zeñorita. Yo ziempre digo la verdad. Lo que me dicen zuz ojos bonitos.

—¿Y qué dicen? —Y la miré abriéndolos bien.

—Na, déjeme y guarde la rama. De eza rama procede el hombre que la ama.

—¿Qué rama, qué dice?

—No lo zé, pregúntezelo a él.

Y siguió su camino arrastrando los pies descalzos, bordeando la fuente hasta que la vi desaparecer. Salí de allí con la rama de olivo en la mano, entré en el coche y la metí entre las rosas. Guzmán se alegró de verme. Me sentí feliz pensando que de verdad Francisco Anglada me amaba. Lo había dicho la gitana.

Esa noche le vería de nuevo, tras el tiempo en que le había estado esquivando en todas las reuniones en las que era posible encontrarme con él. Hasta dejé de acompañar a mi padre al hipódromo. Esa noche mi padre había organizado en casa una reunión política y de negocios. Roberto vendría de Roma antes de cenar si no encontraba contratiempos en los enlaces y los trenes llegaban a su hora.

El sol anaranjado del atardecer iluminaba los balcones cubriendo de ocaso las fachadas de la calle Ferraz cuando dejábamos atrás el Campo del Moro, recordándome que la vida eran momentos como aquéllos, momentos espurios de tristeza y felicidad, y por qué no en un atardecer de verano. Había perdido una casa pero descubierto a un hombre. ¿Qué más podía pedirle a la vida? ¿Qué debía de hacer con él? ¿Dejar pasar un amor que probablemente nunca volvería a llamar a la puerta de una mujer casada? Me sentía horrible cuando no pensaba en él, como un armario repleto de caros vestidos que intentaban reparar la manera en que yo me veía. Desde esa mañana de septiembre de 1928, en la notaría, no hubo un día en que no me levantara pensando en el momento de ver otra vez al viudo provinciano de las manos grandes, con el pelo negro y la raya a un lado, que siempre se estaba retirando hacia atrás con la mano; un gesto que repetía continuamente como un tic nervioso. Las posturas extrañas y viriles que adquiría su cuerpo, un poco encorvado por la altura, me producían un extraño sentimiento de excitación y entusiasmo por la vida, desconocido hasta entonces. Y ahora llegaba su hija y me sentía dispuesta a lo que tuviese que pasar.

Cuarto testimonio

Después de cenar, un par de veces a la semana, se reunían en casa, invitados por mi padre, un desfile de personajes conocidos, casi todos amigos y empresarios, o políticos en apuros; unas veces para hablar de negocios, encerrados en el despacho durante horas, o en distendidas tertulias en el salón a las que yo podía asistir, normalmente sin intervenir, aprobando o desaprobando para mí misma los comentarios que allí se exponían en la más estricta privacidad, dejando que los hombres arreglaran el mundo. A menudo permanecían reunidos hasta altas horas de la noche, hablando de política y de cómo sortear los vaivenes del poder, de la moneda, del malestar popular, de los sindicatos y las proclamas revolucionarias que prendían por todo el país, avivadas por una oleada de malestar que venía gestándose desde que Primo de Rivera tomara el gobierno. Tanto los monárquicos como toda la clase política, sin excepción, acusaban al rey de traición.

En el anonimato de la noche, subían y bajaban de casa ciertos políticos en sus oscuros coches oficiales, envueltos en capas negras para convertirse en sombras. Fran enseguida se hizo un fiel asiduo a aquellas reuniones, invitado por mi padre, en las que era presentado como el hombre de máxima confianza del marqués del Valle. Roberto no acababa de ver bien esa amistad de mi padre, pero esa noche tenía intención de venderle a Francisco Anglada todas sus acciones de la fábrica textil de Mataró, la única inversión de Roberto en España y de la que deseaba deshacerse. Llegó de Roma antes de cenar, cumpliendo el horario previsto. Guzmán lo fue a recoger a la estación de Atocha. No me sentí con ilusión de acompañarlo. Hacía demasiado calor y el regreso de Roberto me deprimía. Había escuchado por la radio lo que hacían los camisas negras, la disolución de los partidos políticos y el establecimiento de la censura de prensa. Eran tantas las reformas fascistas del Duce y de su partido, en el que Roberto era un hombre con cierta posición, que no deseaba dar crédito a tanta preocupación que levantaba Italia en los periódicos de Madrid.

A eso de las diez de la noche empecé a impacientarme. No deseaba preguntar a nadie si al final vendría esa noche. Fran no aparecía por casa, a pesar de que había sido convocada una reunión para después de cenar a la que asistiría un ministro del gobierno. Varios banqueros iban a estar presentes. Mi padre estaba haciendo muy buena amistad con Francisco Anglada. Había encontrado en él el apoyo y la fuerza que necesitaba para llevar a cabo sus intrigantes aspiraciones políticas que nunca cuajaron. En Roberto no pudo hallar al hijo que esperaba encontrar en un yerno, y mis dos hermanos eran demasiado pequeños, además de revoltosos y malcriados. Francisco era un hombre que convencía con su presencia y mi padre quería sacar partido de ello teniéndolo a su lado, ya que a Fran nunca le interesó la política en particular. Estaba volcado en sus negocios, que entonces comenzaban a ser verdaderamente importantes. Había oído que mi padre y Fran se habían embarcado en compras inmobiliarias en el ensanche norte de la Castellana, al norte del hipódromo. Muchos días acudían juntos a la Bolsa. La verdad es que no me interesaban en absoluto sus intrigas y cuchicheos mercantiles que tanto los emocionaban a ellos.

A las diez y veinte se presentó Francisco Anglada. El corazón casi se me para cuando lo vi entrar. Mi madre y yo habíamos dejado la partida y estábamos recogiendo el tapete de la mesa, en la salita de verano, con una fresca vidriera orientada al norte. La criada lo hizo pasar y guardé la baraja en el cajón de la mesa de juego sin saber dónde meter las manos ni cómo moverme ante él. Tan alto y grande, y su franca sonrisa de conquistador. Saludó a mi madre y luego a mí, que me escondí tras ella para disimular el temblor que me produjo su presencia en mi casa. Dijo que acababa de dejar a su hija. Mi padre y Roberto estaban en el despacho con sus invitados. La criada entraba y salía con la bandeja en la mano.

—Ruego me disculpen el retraso, señoras. Me alegro de encontrarla tan bien, doña Emilia. —Y se levantó el sombrero con tal encanto que mi madre lo miró embobada—. Cada día la veo más hermosa. Buenas noches, señora de Arzúa —añadió, dirigiéndose a mí, para recalcar mi posición de esposa.

—Por Dios, Francisco, menos cumplidos —dijo mi madre—. Si acaban de entrar ahora mismito. Y le agradezco el halago. Hoy he tenido un buen día… ¡fabuloso! Ni un solo dolor en mis entumecidos huesos.

—Lo celebro, doña Emilia. Hoy también ha sido un día feliz para mí. He llevado a mi hija a cenar al Casino y a dar una vuelta por la plaza del Callao. Hemos bajado por Preciados hasta la Puerta del Sol, luego a la plaza Mayor y… En fin…, ha sido toda una experiencia para ella.

—Una buena caminata para un primer día —comenté.

—Yo soy así, apasionado. Quería que viese lo bonito que es Madrid. Esta ciudad va a ser su hogar a partir de ahora.

Mi madre lo miró risueña y me observó de reojo.

Pocas veces vi a Fran tan exultante y alegre como esa noche. Estaba de muy buen humor. Hizo varias bromas a mi madre y le entregó una caja de bombones, y para mí hubo una mirada que me ruborizó. Tuve que decir:

—Los señores le esperan en el despacho, don Francisco.

—Menos ceremonias, hija —dijo mi madre, y me echó una sucinta mirada y se despidió de él.

Se retiraba a descansar y a poner orden en el dormitorio de mis hermanos que se oían al fondo, alborotados, tomando el pelo lo más seguro a la pobre Dolores, que había dormido a mi Claudio y se dedicaba después a acostar a los mellizos. Salimos de la salita los tres y yo le acompañé al despacho por el largo pasillo con ese olor a habanos que llenaba la casa. Él me seguía por detrás, tan cerca que creí que me iba a tropezar. Me rozó el brazo, la cintura, sentí el calor de su mano y el deseo de darme la vuelta y besarlo y decirle que todos esos meses sin verlo habían sido una tortura. Que lo odiaba por no haber sido capaz de secuestrarme. Deseé besarlo hasta que se me parara el corazón. Pero llamé a la puerta del despacho de mi padre. Roberto la abrió, para mi sorpresa. Me quedé sin saber qué hacer de nuevo, entre los dos. Francisco saludó con cariño a mi marido, extendiendo su fuerte y rotundo brazo, como si fueran amigos desde niños, con una sinceridad que no dejó de asombrarme y que desactivó al instante la rigidez de Roberto al verme con Francisco Anglada.

Me sentí consternada de estar con él en público, delante de mi familia y de Roberto, ajeno éste a cualquier sospecha. O eso deseaba creer aunque, en realidad, siempre se lo imaginó.

Los asistentes a la reunión salieron sobre la una de la madrugada. Yo aguardaba ansiosa la salida de Fran del despacho de mi padre. Esperaba impaciente en la salita de verano y recorría el pasillo una y otra vez para entrar y salir de la habitación de mi hijo que dormía en su cuna. Dolores, la nodriza, esperaba mis órdenes para irse a descansar. Mientras, la mujer pelaba una naranja sentada en la mecedora junto a la ventana. Claudio había cumplido el año y medio, sus cabellos rubios y ensortijados hacían de él un niño gracioso. Era fuerte y sano y siempre reía. La habitación olía a cáscara de naranja y a bebé, a colonia infantil y a polvos de talco. Dolores seguía pelando cuidadosamente su preciada naranja, ajena a mi incertidumbre. Las mondas caían enroscadas en su faldón de paño, entre sus piernas carnosas y bien alimentadas. Su sobrina amamantaba todavía a mi hijo un par de veces al día. Y mis pechos estaban secos. Habían perdido el vigor que los mantuvo con vida después del parto. Me alegraba de que no me dolieran y me sentía cómoda dejando atrás los terribles momentos de dar a luz a mi primer hijo. Le dije a Dolores que se acostara en su dormitorio de la buhardilla. Esa noche quería dormir con Claudio y escapar de Roberto.

Y oí abrirse la puerta del despacho. Salí disparada de la habitación. Los hombres se despedían con un apretón de manos. Presentí que la reunión había sido un éxito para mi padre porque sonreía amigable a sus invitados que ya se iban en silencio. Mi padre despedía al último de sus invitados. Creo que el ministro fue el primero en salir, como un rayo. Me situé tras la fuerte figura de mi padre. Fran se acercaba a la puerta echándose por encima la americana, con un pitillo en la boca, sin encender, y sonriendo a Roberto que ya estaba a mi lado. Vi a mi marido satisfecho y me agarró por la cintura.

—Francisco ha donado una muy apreciable suma para tu *obra* —dijo Roberto, mirando complacido mi escotado vestido de seda rosa que marcaba mi delgadez—. Estarás contenta, tesoro.

—¿Y eso…? Estamos mal pero…, no sé, así de pronto… Yo lo agradezco de veras, pero… ¿De quién ha sido la idea?

Y me estiré el vestido con un gesto nervioso. Mi marido me lo había traído de Italia ese mismo día. Casi todo lo que compraba para mí era de color rosa; decía que ese color me sentaba bien. Y le gustaba que estrenase sus regalos al momento. Roberto me trataba como si fuese de cristal, siempre con el temor a que lo nuestro se pudiera romper.

Francisco nos miraba, atento, a Roberto y a mí, y asintió con seriedad:

—Ha sido iniciativa mía al enterarme de su obra, doña Lucía. Ahí dentro hemos hablado de muchas cosas… No tiene nada que temer, ni agradecer.

Y mi padre añadió:

—Mañana, querida Luchi, vendrá a cenar a casa la hija de Francisco. Tendremos el honor de conocer a Jimena.

Y dirigiéndose a Fran le dijo, bajando la voz como refrendando algo que llevaba en la cabeza:

—No se arrepentirá de lo de Cataluña. Es una inversión que, aunque algo arriesgada, dará sus frutos, ya lo verá... No se arrepentirá...

—Lo estoy deseando —intervine, para llamar la atención, intentando separarme de Roberto—. ¡Qué buena idea! Prepararemos algo especial de bienvenida, para que se sienta en familia.

—Se lo va a poner difícil, Jimena come bastante mal —contestó Fran poniéndose el sombrero—. Sobrevive a base de huevos fritos. Pero no se preocupe porque es agradecida, eso la salva de todo.

La gruesa figura de mi padre se volvió hacia mí con su actitud paternal y los brazos cruzados sobre la barriga. Acto seguido sacó un sobre amarillo del bolsillo de su chaqueta, delante de Fran y de Roberto. Mi padre y mi marido se miraban con cierta complicidad. Francisco bajó los ojos. Cada vez entendía menos lo que pasaba. Tuve la sensación de que mi padre, mi marido y el hombre al que amaba se confabulaban para comprarme.

—Esto es para mi hija favorita: la joven más piadosa de Madrid —dijo realmente satisfecho, entregándome el sobre amarillo que blandía en la mano, con el anagrama de la familia Anglada, una especie de arabesco que me recordó la mano de Fátima—. Un generoso donativo para tu colegio, querida, de Francisco, que ha conocido la situación que estáis pasando. Su generosidad va a salvar a tus niños, y a tus monjitas. De momento, se os han acabado los apuros, aunque si esto sigue así, no sé qué va a pasar. Mañana temprano lo haces efectivo en el Hispanoamericano de la plaza de Canalejas. Le entregas el pagaré al director y lo saludas de nuestra parte: de Francisco Anglada y de tu padre, el marqués del Valle. No lo olvides, princesa, hazlo tal y como te lo digo. Y ahora me vais a disculpar, que vosotros sois jóvenes. La gota no perdona y mi amada esposa lleva ya mucho tiempo sola, y eso un caballero no puede consentirlo.

—Padre, por favor, qué va a pensar don Francisco —le contesté airada y molesta por el último comentario que parecía una advertencia directa a mi marido.

—No seas tan remilgada, Luchi —me contestó, mientras se daba la vuelta y desaparecía por el pasillo dejándonos a los tres, y a mí con el sobre amarillo en la mano sin saber qué hacer con él.

Fran se marchó enseguida, siempre tan natural, con una seguridad en sí mismo que encantaba a todo el mundo. Yo me quedé vacía y Roberto, satisfecho: le había endosado a Francisco sus acciones de la fábrica de Mataró en la que nunca se sintió cómodo. Esa fábrica era el último lazo económico que le unía a España. Aquella noche todos hicimos negocio.

Roberto sacó una rosa del florero del aparador de la entrada. Vi la rama de olivo de la gitana entre ellas, en el ramo que yo misma había colocado por la tarde en un jarrón de cristal, comprado a la vendedora de flores a la entrada del Campo del Moro, después de espiar a la hija de Fran. Me la entregó y me besó en los labios. Sus ojillos burlones parecían contentos. Le dije que me iba a dormir con Claudio, que estaba malito. No dijo nada.

Abrimos la puerta de la habitación del niño y vimos a la nodriza dormida en la mecedora con las mondas de la naranja sobre el regazo. Roberto cerró la puerta sin hacer ruido y nos quedamos observando con nostalgia, durante unos minutos, el sueño tranquilo de nuestro niño. Dejé la rosa a los pies de la cuna de Claudio y mi marido me abrazó con ternura, asegurándome que era un hombre afortunado y me prometió todos los hijos que yo fuera capaz de darle. Salió de la habitación con paso decidido y cerró la puerta.

Me sentí a salvo. Besé el sobre amarillo de Francisco, lo miré bien, le di varias veces la vuelta y pasé los dedos sobre el relieve del anagrama como si se tratase de un sobre sagrado. Me gustó aquel dibujo extraño. Lo guardé en un cajón del secreter y desperté a Dolores para que saliese de la habitación.

Quinto testimonio

Jimena, en silencio y sin decir nada, observaba con atención el pollo recién asado sobre la bandeja de plata, con cierta aprensión, como si no le gustase la carne y fuera a salir un gusano de ella. La criada le servía el cuarto trasero más pequeño, atendiendo sus indicaciones, y siguió con la guarnición: una pequeña patata y una sola col de Bruselas. Sus prominentes ojos azules iban y venían por el mantel de la mesa, saltando de plato en plato. Esperaba a que el anfitrión acabara de parlotear con su padre para continuar con una cena que sin duda le incomodaba. Con los dedos daba pellizquitos a la miga de su pan sin llevárselos a la boca. Me pareció un pajarillo revoloteando sobre la mesa, posándose en los cubiertos de plata que habíamos colocado en su honor, en las copas de cristal tallado, en las rosas del centro, en el bordado de las servilletas. Su mirada era tan tranquila como la de su padre, relajada y reflexiva con todo lo que iba observando, sin que le pasase por alto ningún detalle de la mesa, y sin prestar atención a las personas que estábamos en ella. Repasaba atenta todos los objetos que decoraban el comedor: los cuadros, las cortinas de tafetán, las lámparas de bronce, las figuritas de marfil de las vitrinas…, como si todo llamase su tranquila atención. Su presencia acaparaba todo el esmero de mi familia. Ni mis padres ni mis dos hermanos pequeños perdían detalle de cualquier gesto que pudiera hacer la muchacha.

—Sí que eres guapa —le dijo Alfonsito a Jimena, a quien tenía enfrente—. ¿Te gusta el pollo? —Y le pegó un puntapié a Toño, bajo la mesa.

—Sí, sí, claro.

—¡Quiquiriquí...! —gritó Toño.

Los mellizos se echaron a reír entre ellos y comenzaron a lanzarse miguitas de pan por debajo del mantel.

Mi padre presidía la mesa y llenaba continuamente de vino la copa de Fran, que estaba a su izquierda, y la de mi marido, a su derecha. Temí que bebieran demasiado. Brindaban una y otra vez por cualquier cosa, y la más importante: por Jimena, que no hacía caso a ninguno de los tres, pasándose la mano por el pelo como si estuviese despeinada. Mi madre le hizo los honores sentándose a su lado. Yo la velaba al otro. De vez en cuando, se llevaba a la boca pequeños trozos de pollo, tan diminutos que apenas se veían. Bebía su gaseosa a sorbitos, con elegancia, retirándose el largo cabello hacia atrás y depositando la copa sobre el mantel con delicadeza. Medía todos sus gestos con naturalidad. Mi madre miraba de vez en cuando las dos mariposas de esmalte que llevaba prendidas del pelo, una a cada lado, enmarcando su blanquecino rostro con forma de corazón. El pelo, negro y larguísimo, tapaba completamente el respaldo de la silla, por fuera, liso como una tabla; un cabello que asombraba a mis hermanos, que durante el aperitivo se arrimaban a ella disimuladamente para tocárselo, como si no les pareciese de verdad. Jimena tenía el aspecto de haber salido de un cuento.

Durante toda la velada nos empeñamos mi madre y yo en hacerle hablar, pero únicamente fuimos capaces de arrancarle escuetos monosílabos. La criada retiró su plato con el pollo desmenuzado, la patata sin tocar y la col entera. El postre lo devoró todo: el platito de arroz con leche y dos barquillos. Mi madre se consoló con ello.

Tras la cena, pasamos al saloncito de las vidrieras. Mi madre estaba alegre. Su vestido de color berenjena le favorecía, pero había engordado un poco más de la cuenta y le quedaba muy justo. La artrosis la dejaba por largas temporadas tendida en la cama, por lo que su actividad social en el último año se había extinguido. Apenas salía, únicamente para asistir a misa. Ese día se había levantado ágil como una colegiala y su humor era excelente.

—A ver, vosotros dos, ¡levantaos de aquí! Si no os estáis quietos, os vais a la cama —regañó a mis hermanos que se habían sentado con estrépito en el sofá, uno a cada lado de Jimena, como dándose prisa por tomar la mejor localidad del espectáculo y los echó del sofá.

Mi madre se sentó junto a ella, a la izquierda de la chimenea. Yo tomé asiento enfrente y los hombres se acercaban charlando entre ellos. Me ponía nerviosa la presencia de Fran hablando amigablemente con mi marido. Mi madre tomó la mano de Jimena con cariño para observar atentamente su anillo de oro con una bonita perla. Mi padre sirvió unos coñacs. Fran no le quitaba el ojo a su hija y apenas me miraba. Cuando lo hacía, era como si no me viese, como si no hubiéramos estado nunca juntos.

Roberto colocó un disco en el gramófono y mis dos hermanos se habían sentado en el suelo con la baraja de cartas, junto a la chimenea todavía con hollín del invierno pasado. No se ponían de acuerdo en la elección del juego y se tiraban de las mangas de la camisa.

—Tienes unas manos preciosas —le aseguró mi madre a Jimena, acariciando la perla de su anillo. Estaba muy cariñosa con ella—. Es una perla muy delicada. Teníamos verdaderas ganas de conocerte. ¡Qué bien que estés aquí! Madrid es una ciudad muy alegre. ¡Hay unos cines… en la plaza del Callao! Y ciertas jóvenes de buenas familias deseosas de conocerte a las que les he hablado de ti.

—Es un regalo de mi tío —contestó Jimena con aspereza, encogiendo el brazo, con ganas de soltarse de mi madre y de su discurso.

Todavía no había empezado el asalto de verdad, ni la batería de preguntas que se avecinaban. Jimena se encontraba incómoda, con la cabeza en otro lugar; incluso triste.

—Sabemos por tu padre que te gusta la filosofía. ¡Qué interesante! Si Dios quiere, vas a tener la suerte de terminar la carrera en la facultad en la nueva Ciudad Universitaria. Y muy cerca de tu nueva casa, todo un regalo, hija mía. —Y miró a mi padre que la interrumpió con su copa de coñac en la mano:

—Todavía falta, todavía falta. No cantemos victoria. La junta constructora todavía anda por ahí, en Norteamérica, copiando las grandes urbes universitarias. ¡Se han gastado un dineral del erario público! El rey quiere pasar a la posteridad con una ciudad de facultades; ¡eso es megalomanía…! Pero no está mal… ¡Todo lo que sea construir genera prosperidad! ¿Verdad, Francisco?

—Padre —intervine—, el rey ha donado los terrenos. Va a ser un gran lugar… en los pinares y la Dehesa de la Villa y de la Moncloa… ¡Qué suerte, Jimena! Vas a poder disfrutarlo. Cuánto me gustaría…

—¿Qué te gustaría? Tienes suficiente entretenimiento, tesoro —dijo Roberto, que no se había puesto la guerrera, pero llevaba su camisa negra de rigor.

—Ya, Roberto, no quiero decir eso, pero comentan que la nuestra va a ser como la de Boston, Chicago o Nueva York.

—Ahora me entero de que te gusta el mundo —me replicó Roberto.

Francisco daba pequeños sorbos de su copa. Estaba callado como un muerto, pendiente de Jimena, a la que parecía no importarle en absoluto la polémica.

—Bueno, bueno. A ver si vamos a discutir por eso —intervino mi madre—. Jimena, hija, San Bernardo también está cerca de casa. En tranvía llegas en media hora, y luego Dios dirá. Estamos muy contentos de que viváis en Pintor Rosales. Un barrio muy distinguido. ¡Cuánto me alegro de que seamos vecinas! Y por cierto, ¿qué tal se encuentra tu tío David? Le hemos invitado, pero sabemos que no es fácil venir desde tan lejos… Sabemos de su fe y de sus relaciones con el Altísimo y…

—Mi hermano no ha podido dejar sus obligaciones —contestó Fran, adelantándose a su hija—. Las tierras son muy exigentes y a él no le gusta mucho el ajetreo de la capital. No saben ustedes cómo están las cosas en el campo.

—Su hermano ha debido de sentirse muy triste con la partida de Jimena; es tan adorable… —añadió mi madre—. Es una joven con una gran educación, ustedes dos han hecho una labor impresionante. Estoy deseosa de conocer a don David. Ha de ser un hombre muy interesante; un gran hombre.

—Un hombre de Dios —interfirió mi padre.

—Dicen las malas lenguas que ha colgado el hábito —saltó mi madre con una de las suyas—. Dios no lo quiera.

—No seas indiscreta, querida.

Mi madre parecía interesada en la vida de David Anglada y le daba lo mismo lo que pensaran Francisco y Jimena, así que continuó:

—¿No conocerá a don José María Escrivá? Ha estudiado también en el seminario de Zaragoza… Hemos oído hablar de su causa. El otro día lo comentábamos…

—No, no, David no está en ninguna orden ni obra en particular. No sé si conoce al señor José María. Mi hermano daba clases en la Facultad de Teología. Ahora lleva los negocios del campo. Pero sigue siendo sacerdote —dijo Francisco para zanjar el tema.

—¡Cuánto nos gustaría conocerlo y que nos explicara, Francisco! Debe de ser un hombre muy culto. No me extraña que seas tan exquisita, hija mía —dijo a Jimena.

Ésta, lejos de hacer ningún caso a mi madre, mantenía la vista clavada en mí en todo momento. Yo le sonreía. Sus ojos, claros y tenaces, me escrutaban sin ningún recato. Su expresión ausente y burlona no lograba engañarme. Nada de lo que decíamos se le pasaba por alto. Hubo un instante en el que creí que su padre tal vez le había contado algo de mí. Pero era imposible.

Me di cuenta de que sonaba una melodía de piano que relajaba un poco el ambiente. Me levanté y fui a servirme un anís seco, necesitaba algo fuerte. Jimena me siguió con la mirada. Me sentía como un cazador cazado. Tomé un libro de un estante distraídamente y me acerqué al mueble de las bebidas. Enseguida fui hacia mi madre con intención de que se callara de una vez, con una copa también para ella, cosa que celebró de un trago. Me volví a sentar y abrí el libro por una página, al azar. Vi un grabado del purgatorio y rápidamente lo cerré y le di la vuelta. No estaba para ninguna *Divina Comedia* en ese momento.

—Roberto, siempre tan atento con la música española —exclamó mi padre, tarareando la melodía que había elegido mi marido.

—Granados no tiene nada que envidiar a Puccini —contestó Roberto, situándose junto a Fran con la intención de darle conversación.

—¿Qué le parece Wagner?, ¿le gusta? —le preguntó Francisco—. Dicen que es el compositor preferido de Hitler. ¿Tiene Mussolini alguno de su agrado?

Se hizo el silencio en la sala.

—«La Giovinezza», ¿la conoce? Se la recomiendo.

Yo me ponía de los nervios. Mi padre entregó una segunda copa de coñac a cada uno, los tres brindaron de pie, y dijo mi marido:

—Me gustan tanto las goyescas, Francisco… Son tan… ¿españolas? —Y me miró.

Roberto parecía hablar en clave, era su estilo.

—No hay una música igual en el mundo —añadió Roberto subiendo el mentón y moviendo la cabeza al compás de la melodía de Granados, sin percatarse de que Fran me observaba de soslayo, absorto en no sé qué pensamientos en los que sin duda me encontraba yo, sin darse cuenta de que mi madre nos miraba.

Fran se acercó a Jimena y le acarició el pelo por detrás del sofá.

—Padre, me molestas —soltó de pronto Jimena, muy bajito, pero todos lo oímos.

Fran se quedó cortado y automáticamente retiró la mano. Se dio la vuelta con la copa, moviendo el coñac, en dirección a mis hermanos y a su aburrida partida de cartas.

—¡Qué delicia de música has puesto, Roberto! —exclamó mi madre moviendo la cabeza—. Nunca conseguí que Lucía aprendiera a tocar el piano, una lástima. A veces se siente demasiado libre, podríamos decir —ironizó—. ¡Es tan distinguido que una mujer sepa tocar correctamente! Jimena, sabemos que eres una pequeña virtuosa, y por eso quiero anunciar que tengo una sorpresa para ti como regalo de bienvenida: he hablado con don José Cubiles para que te dé clases él personalmente, si a ti te apetece, por supuesto. ¿Qué le parece, Francisco? Igual tenemos a una Chopin en la familia; porque eres ya de nuestra familia, querida.

De pronto, la muchacha se levantó del sofá y salió hacia el baño, disculpándose. Su padre la siguió con la mirada hasta que salió por la puerta. La música invadía la salita y la tenue iluminación me hizo sentir relajada. Mis hermanos se estaban quedando dormidos con la baraja de cartas en pequeños montoncitos dispersos por la alfombra. Mi madre se apresuró a comentar antes de que volviera Jimena:

—Francisco, su hija me tiene impresionada. Es extraordinaria. Tiene una educación sensacional, unos modales…, y es tan hermosa. Y toca el piano. Tenga mucho cuidado con ella. Jóvenes así son difíciles de ver hoy en día, tal y como están las cosas, y cada vez peor. La mujer está perdiendo su papel en la sociedad. Muchas andan pidiendo el voto como marimachos, y eso no es lo peor, lo peor está por llegar. Ya no hay educación. No, no la hay.

—Madre, la educación hace libres a las mujeres; y qué tiene que ver el voto con las marimachos —rebatí, sin ningún entusiasmo.

La verdad es que me daba lo mismo. Yo era de la opinión de que la política lo corrompía todo, y cuanto menos nos mezcláramos las mujeres con ella, mucho mejor.

Mi marido puso como mal ejemplo a la señora Clara Campoamor. Mi padre no pudo evitarlo y se sumó en contra de la abogada de ideas socialistas y revolucionarias que andaba revolviéndolo todo, con esas asociaciones de mujeres republicanas enemigas del gobierno, palabras textuales de mi padre.

—Pero si esa señora no hace daño a nadie, padre —protesté—. Lucha por una causa.

—Eso es lo que tú te crees, tesoro —dijo Roberto.

Fran intervino para zanjar el tema y se dirigió a mi madre que respaldaba a ambos.

—Muchas gracias, marquesa, por intermediar con el maestro Cubiles. Estoy emocionado; y es cierto, Jimena es una joven especial. Pero haciendo justicia he de decir que todo ha sido labor de mi hermano: ha hecho de ella una auténtica dama. Y cuando acabe la carrera, llegará a lo más alto en mis negocios. Tengo grandes planes para ella.

—Me imagino que debió de ser muy duro para ustedes… sin una mujer, sin una madre, que todo lo es para la familia —contestó halagada mi madre por lo de marquesa. Le encantaba el tratamiento que casi nunca usaba—. Ustedes dos han aprobado con matrícula de honor, se lo aseguro, y eso que todavía no conozco bien a Jimena. Transmítale a su hermano de parte de nuestra familia mis más sinceras felicitaciones, y dígale que está invitado a nuestra casa en cuanto se decida a venir por Madrid, y salir de su encierro.

Yo ya estaba aburrida de tanto boato y deseaba poner fin a la velada. Jimena tardaba en regresar. Mi padre y Roberto se pusieron a hablar de literatura y Fran se unió a ellos, dispuesto a escuchar atentamente.

—El naturalismo de Galdós es un poco pastelero, pero correcto, no ese expresionismo literario que se lleva por Europa. Es un atentado contra la virtud y la familia —dijo Roberto.

—*Fortunata y Jacinta* es la cima de la novela española, ¡cómo puedes decir eso de pastelero! —repuso acalorado mi padre—. ¿Qué piensa usted, Francisco, de don Benito Pérez Galdós? ¿Qué literato le gusta a usted? ¿No será partidario de esos modernistas republicanos…?

Francisco no deseaba participar en la conversación, y en ese momento entró Jimena, y Dolores detrás, para llevarse a la cama a mis hermanos que seguían jugando a las cartas en el suelo, medio dormidos. Desde el umbral me asintió con la cabeza respecto al sueño tranquilo de nuestro Claudio.

Jimena se apostó en la puerta, mirando a su padre con ganas de irse, sin atreverse a entrar del todo. Tenía la tez blanca y espectral y los brazos caídos y flácidos bajo una mantilla blanca que se le escurría hacia un lado. Me dio un vuelco el corazón al verla tan delgada. Me pareció un fantasma, vestida toda de blanco, como la primera vez que la vi; con el pelo tan oscuro y brillante sobre los hombros, y los ojos transparentes que parecían vacíos. Pensé que nadie se daba cuenta de lo que yo veía en ella, algo que quise apartar de mi pensamiento. Fran la miró con inquietud, con esa mirada observadora que ponía cuando algo le preocupaba de verdad. Nuestras miradas se cruzaron. Él parecía otro hombre en compañía de su hija, excesivamente pendiente. Pensé que era normal. Las adolescentes suelen ser raras, pero por motivos opuestos a los que yo percibía de ella.

Mi madre se apresuró a pedirle a Jimena que nos tocara una pieza al piano; hacía mil años que no se usaba, pero cumplía espléndidamente su función decorativa en un extremo del saloncito, junto a la cristalera. Mi madre solía tocarlo cuando era más joven, antes de que la artrosis le deformara los dedos. Jimena miró con terror a su padre y él le sonrió con cierta tensión, invitándola con la mirada a que se sentara en el taburete del piano. Yo salí en su defensa:

—Madre, el piano está desafinado. Y seguro que Jimena ya está cansada. Es la una de la madrugada.

Pero Jimena sabía defenderse sola.

—Se lo agradezco, doña Lucía, me encantaría tocar para ustedes. Será para mí un honor, pero hoy me siento indispuesta. Y es un poco tarde. —Se apoyó en el marco de la puerta como mareada.

Jimena tenía la tez como la harina y parecía cierto que se encontraba mal. Apenas había probado la cena, aunque sí el postre.

Mis hermanos se despidieron para irse a la cama, pero nadie les hizo caso, pendientes de la joven, y Dolores se los llevó de la mano. Pedimos a la criada que trajese las sales y una jarra de agua. A Jimena, con muy mala cara, le habían salido unas pequeñas rojeces en las mejillas. Mi madre aseguró que siempre anunciaban fiebre. Yo corrí en su ayuda y la senté en una silla junto a la cristalera del balcón por el que entraba el frescor de la noche. Olía a jazmín y a madreselva. Fran se acercó a nosotras y le tocó la frente a su hija; parecía tener algunas décimas.

—No me extraña, don Francisco…, con el ajetreo del traslado. Madrid tiene un clima tan seco y hace tanto calor… —comentó mi madre, sacando su abanico de su bolso Pompadour prendido de su falda—. Los viajes a mí también me indisponen. No sé cómo Roberto puede con tanto ajetreo: no son buenos para nadie. Seguro que mañana se encontrará bien. Si no es así Lucía se encarga mañana sin falta de enviarle al doctor Monroe, nuestro médico y gran amigo, y que mire a ver qué puede pasarle. Es una edad que hay que vigilar de cerca; no son ni mujeres ni niñas.

Ya no lo soportaba. Sentí que mi madre había estado hablando demasiado toda la noche. Sus comentarios debían de molestar a Jimena. Yo sí la veía como una mujer.

Jimena se recuperó un poco y Fran se la llevó a casa. Antes de que salieran, fui corriendo hasta el sillón y cogí el libro que había estado ojeado. Un precioso ejemplar en italiano de la *Divina Comedia*, encuadernado en piel, que Roberto me había traído el año anterior de Italia. Jimena, con su toquilla sobre los hombros, lo miró despacio y me dio las gracias por el préstamo con un beso en la mejilla. La alegría me encogió el corazón. Fran me miró con cierta tristeza, y Roberto, abrazándome delante de todos, orgulloso, añadió que era un ejemplar cosido a mano e ilustrado por Gustave Doré. Mi madre, cómo no, comentó que no era un libro adecuado para una jovencita, y aprovechó el momento para recordarle a Francisco su interés por conocer a David.

Después, mis padres se retiraron a descansar y Roberto y yo salimos al balcón a respirar con alivio, tras la horrible velada. La calle estaba silenciosa y un tranvía parecía dormir al final de la cuesta. Las luces de las farolas de Marqués de Urquijo se veían pequeñitas desde la altura. Tuve un deseo irresistible de salir a pasear y refrescarme las ideas, olvidar la tensión de la velada. Se oían los pasos del sereno. El eco de su bastón recorría todos los rincones del paseo desierto. Los árboles movían el aire agradable y húmedo que subía del parque del Oeste.

Sexto testimonio

Al día siguiente de la cena en la que conocí a Jimena, al atardecer, me hallaba sentada a la mesa de madera de pino, que ocupaba casi todo el despachito, firmando pagos, con montones de facturas y papeles que atender, la mayoría deudas y algunas peticiones de asilo, también panfletos en contra de nuestro convento de caridad y de la misión que me había propuesto como destino en mi vida. Normalmente no quería leer las octavillas, ni dar crédito alguno a esas proclamas incendiarias de los panfletos; pero ahí estaban, sobre un extremo de la mesa, colocadas con cierto orden por la hermana Juana para hacer presente su incertidumbre. Estaba anocheciendo. La luz que entraba por el ventanuco, casi pegado al techo, iba apagándose lentamente. Me costaba trabajo leer.

La noche anterior habían ingresado en el colegio tres hermanos, de dos, cuatro y diez años, desnutridos, con piojos y harapos, y descalzos, traídos de la mano de su propio tío, hermano del difunto padre de los pequeños. O eso nos dijo el muerto de hambre. Creíamos lo que nos contaban. Y éste era un hombre soltero que no tenía donde caerse muerto, escuchimizado, más delgado que el viento y con una cara alargada de gusano que impresionaba, pero con cierta dignidad. Intentó ofrecerse como mano de obra por unas pesetas para gastarse en la taberna. Olía a vino rancio. La hermana Juana lo rechazó rápidamente, no sin antes tomar sus datos, por lo que pudiera pasar con los niños, si es que había que informar a las autoridades, y le entregó un par de saquitos de lentejas para consolar una pérdida de la que el hombre se lamentaba con poca convicción.

Traía a los niños como quien guía el ganado. Nos aseguró que su hermano y la madre de los desgraciados habían fallecido unos meses atrás de una enfermedad que no supo explicar bien. Intentó cuidar de ellos como pudo. Los había alojado con él en su cobertizo de un patio de vecinos de la Ribera de Curtidores. La comunidad había acordado, no sin antes mantener tres o cuatro reuniones enfrentadas, permitir que los niños se cobijaran en el chamizo del patio de luces por la paga de cinco días de salario para repartirse entre todos. El hombre trabajaba vendiendo pescado en la plaza de Cibeles, pero tres bocas que mantener y ninguno en edad de trabajar, le era una carga imposible de asumir; aunque nos imaginábamos que los había puesto a mendigar por las iglesias hasta enfermarlos, tras las lluvias de la primavera y las humedades del patio.

Los dos más pequeños llegaron tuberculosos, necesitaban un médico y los aislamos. Al mayor se le dio una aspirina que escupió como si fuera veneno y se le acomodó en un jergón sobre el suelo, junto a las camas del resto de los muchachos, en el largo dormitorio bajo la cubierta del edificio, acondicionada para ellos y sus estrechos armaritos, hasta conseguirle una. En el orfanato habíamos llegado más allá del límite de nuestra capacidad; las hermanas, en muchas ocasiones, cuando el dinero del obispado se retrasaba y el mío se empleaba para pagar deudas, pasaban hambre de verdad. El hambre que te avisa la mirada y te retranquea las mandíbulas, como las de la hermana Juana.

La monja entraba en el cuarto ya oscurecido, con unas velas en la mano y un brasero encendido.

—No malgastemos el carbón, hermana Juana. Estamos en verano, o es que no se ha dado cuenta —dije nada más verla entrar.

—Si es para secar el ambiente, doña Lucía. Este sótano es traicionero, ¡que me lo digan a mí! Ni en agosto se secan los rodales de estas dichosas paredes —dijo mientras dejaba las velas sobre la mesa—. Lleva usted toda la tarde sin moverse de aquí. Le voy a traer ahora mismo una tacita de caldo y unas gallinejas. La hermana Cloti las fríe mejor que nadie. Esta mañana nos las ha traído el casquero de Buena Vista. Se ha puesto la mar de contento cuando ha visto el parné que sacábamos para pagarle los tres meses de fiado.

Me di cuenta de que su hábito había menguado, como si hubiera encogido. Sus alpargatas estaban rotas y le asomaban los juanetes enrojecidos y deformes.

—No me traiga nada, se lo agradezco, Juana. Mañana mismo le compro unos zapatos; no puede usted ir así. ¡Y cuídese esos pies, por Dios! Da pena verlos.

—No, no, si cuando viene alguien me pongo algo mejor. Tengo un hábito a buen recaudo, algo más decente. Lo conservo como oro en paño. Aunque a veces, con tanto trabajo se me pasa y, cuando me miro los pies, me pongo mala. ¡Que el Señor solo me dé esta pena! —aseguró, mirándose los orificios de la lona.

Encendió un par de velas que colocó en dos palmatorias de porcelana y las puso cerca de los papeles y facturas amontonadas que yo estaba repasando.

—Hoy estoy muy contenta —añadió, con una sonrisa en su cara regordeta—. Y no por ese cheque… que nos va a salvar la vida por unos meses, sino por esos tres que hemos sacado de la calle y que van a comer a diario, esperemos; y estudiar lo que den de sí; son obedientes, aunque el mayor viene picardeado de veras. A los pequeños vamos a tener que llevarlos al hospital de la inclusa. No les baja la fiebre y necesitan cuidados que aquí no tenemos. Los tres han traído las rodillas destrozadas. ¡Dónde se habrán metido esos chiquillos!

Y mientras tomaba asiento en una silla de enea, frente a la mía, estirándose el hábito para no añadirle más arrugas, dijo:

—La hermana Beatriz se queja de que no puede con tantos

en su clase. Voy a echarle una mano desenterrando mi francés. ¿Me oye, doña Lucía?

Yo apenas le prestaba atención. Mi cabeza estaba en otro sitio.

—Juana —me dirigí a ella con solemnidad—, aunque con este dinero podamos solucionar todas las deudas y estar un poco desahogadas, no caben más niños, empiezan a estar hacinados. Y lo siento en el alma, pero no podemos. Me ha de prometer que no va a acoger a ninguno más. La situación no me gusta. Y no quiero panfletos encima de esta mesa, ¿me ha oído? Nunca más. Sé perfectamente cómo están las cosas. En este santo lugar nadie se ha de preocupar por cuestiones políticas. Nuestra misión es ayudar, y eso es todo. De momento, con treinta y dos bocas, más ustedes cinco, ya estamos sirviendo a Dios más que suficiente. No sé cómo pueden con tanto trabajo.

—Lo sé, lo sé, doña Lucía. Cristo le pagará con el Cielo. Le recompensará con creces por este lugar que con tanto cariño han donado para la causa de nuestra comunidad, que también es la suya. Dios se lo devolverá con creces, ya lo verá…

—No me venga con lo mismo, hermana, vamos a zanjar ese asunto. Este sitio era un almacén abandonado, y López de Hoyos es una vía alejada. No valen nada estos terrenos. Mi familia está encantada de ayudar. Pero si usted trata con estas lisonjas de que admitamos más niños, vaya olvidándolo. Además, a mi padre no le viene mal un poco de caridad. Rece usted por él. No sé en qué anda metido con tanto negocio. Ahora le ha dado por criticar al rey. No lo entiendo.

—El marqués del Valle es un hombre sensato y honorable. No enjuicie a su padre.

—Honorable desde luego, pero sensato… No lo sé, hermana, no lo sé. Compra y vende con tanta alegría… Y esos caballos ingleses que se empeñó en adquirir… Creo que no tiene claro el rumbo, o eso dice mi marido.

En ese momento me dije que no debía juzgar las decisiones de mi padre.

—Y vale de cotilleos —zanjé—, que luego me arrepiento hasta de lo que pienso. Ahora, a relajarse y a hacer las compras pendientes, incluido un hábito nuevo.

—Una indiscreción, si me permite, doña Lucía —añadió Juana, poniendo ojos de inocencia, con una mirada sagaz por encima de los lentes que se había colocado—. ¿De quién proviene el generoso donativo?

—Ya que acabará por enterarse, como siempre, se lo voy a decir: es de don Francisco Anglada.

No sabía cómo continuar. Respiré hondo y estampé mi firma deprisa y corriendo en un cheque.

—¿Nos conoce de algo? —preguntó mirándome con curiosidad por encima de las lentes.

—Es un caballero generoso, amigo de mi padre, con el que anda haciendo negocios. Hermana Juana, siempre tengo la sensación con usted de que he de contarle todo lo que me preocupa —añadí para cambiar de tema—. Con usted la vida parece tan fácil…

—Por lo visto tenemos un nuevo benefactor —dijo, dando golpecitos en la mesa con un lapicero—. No deberíamos ser desagradecidas. ¿Qué le parece que le invitemos a que conozca nuestra comunidad y la labor que hacemos? Que nos honre con su visita y compruebe con su presencia la utilidad de su donativo.

Juana solía tener buena retórica cuando se lo proponía.

—Es un hombre ocupado —dije al instante—. Le transmitiré de su parte todo el agradecimiento de nuestra comunidad.

Se limitó a observarme como si fuera un insecto extraño de una especie nueva por estudiar. No preguntó más. Mi silencio era más esclarecedor que cualquier palabra indiscreta que yo pudiera pronunciar. Sabía que era la única persona en el mundo que me podría comprender de verdad. Pero yo no me lo iba a permitir. Ni uno solo de los pensamientos que alteraban todos los minutos de mi vida saldría de mi boca. Pasamos a comentar los gastos, las compras que había que hacer y revisamos juntas las cuentas hasta muy tarde. El tiempo volaba en su tranquila y afable compañía.

Se levantó y me dio un beso en la mejilla con ternura. Me apretó la mano y se despidió. Dijo que tuviese paciencia y confiase en Dios. Él nos había enviado la protección del señor Anglada. Se dio la vuelta y salió hacia el refectorio. Cuando abrió la puerta oí ruidos de platos y cubiertos y griterío infantil dispuesto a devorar su cena.

Juana era una religiosa atípica, no tenía más de cincuenta años. Era bajita y gorda, con cara ancha de niña grande. Ingresó en la comunidad cumplidos ya los treinta años. Había tenido novio durante años. Le pegaba tales palizas que llegó casi a matarla. Tenía cicatrices por todo el cuerpo. Las disculpaba con una sonrisa sesgada entre pena y añoranza, como si ellas también le recordasen, surcando sus muslos, su espalda y sus brazos, que la vida era más dolorosa de lo que estaba dispuesta a soportar. Procedía de una familia pobre. Prácticamente había sido regalada a una pareja francesa. La adoptaron sin haber cumplido los cinco años. Recibió una esmerada educación costeada por el matrimonio francés, ya mayor, acomodado y sin hijos, del Paseo del Prado. La prometieron a un joven maltratador de buena familia, medio loco, que luego la abandonó. A la muerte del matrimonio, Juana era ya religiosa, y la modesta herencia que obtuvo la entregó a la orden, pero de eso hacía mucho tiempo. Su comunidad había sido dividida y trasladada de un convento del pueblo de Fuencarral cuando mi familia puso a su disposición una sencilla construcción, junto a su terreno, que había sido utilizada por labradores primero y luego como almacén de harinas, en la calle de López de Hoyos que donamos a la orden, tras una pequeña reforma de adaptación con el fin de fundar el hospicio.

Todo lo había organizado mi madre, antes de que la artrosis la dejara como un alambre retorcido. Y la cuestión era que yo misma también me había volcado con esas mujeres abandonadas a su suerte, la mayoría de pobrísima condición, dedicadas en cuerpo y alma a su fe y a servir a los demás. En los últimos dos años habían muerto tres hermanas, ya ancianas. Las que quedaban eran jóvenes y fuertes, con un espíritu rebelde y ansioso por lograr la difícil misión de salvar el mundo con pequeñas acciones.

Con el dinero de Francisco íbamos a poder pagar todas las deudas y comprar alimentos frescos para los niños, sobre todo leche y carne, y también equipar la botica. La hermana Rosa estaba terminando enfermería en el hospital de San Carlos y suponía un gasto añadido, aunque nos libraba continuamente de llamar al médico. El doctor Monroe, tan amigo de mi madre, se negaba a pasar consulta sin cobrar. Y ni la subvención del gobierno, ni la aportación del obispado nos llegaba para mantener ni a la mitad de los huérfanos que acogíamos: treinta y uno con los nuevos. Me decía a mí misma que era imposible que lo poco que llegaba de las arcas públicas nos fuera retirado, como pretendían las continuas proclamas de los sindicatos que no dejaban de acosar a las instituciones religiosas. Pero mientras el gobierno conservador de Miguel Primo de Rivera permaneciese en el poder, yo esperaba que nada malo nos pudiera pasar y que el dinero siguiera llegando cada mes.

De repente vi lo tarde que era. Las velas alumbraban completamente el cuartito que parecía una celda. El ventanuco se había apagado con el ocaso del día y entraba por él el ruido de los carros que pasaban por la calzada de tierra. Recogí mis cosas, me cubrí con la toquilla y salí de allí.

Había anochecido. López de Hoyos estaba desierta. Deseaba caminar hacia el centro de la ciudad para tomar el tranvía. Unas farolas moribundas, aquí y allá, iluminaban mortecinamente la carretera solitaria. La tierra del suelo estaba seca. El polvillo y las chinas se me clavaban entre las sandalias. A los lados de la calle se extendía el campo despoblado y sin construir. Poco a poco iban apareciendo chabolas y refugios de chapa y maderas sacadas de aquí y allá. Dejé atrás el antiguo almacén convertido en orfanato que albergaba a los niños que llamaban a su puerta, de los barrios más pobres del centro de Madrid. Niños que vivían en sótanos, buhardillas, desvanes, en la calle, en casas de dormir. Muchos del barrio de Latina e Inclusa, con casas de vecindad donde la hacinación era mayor y las madres morían, sobre todo de tuberculosis. Aquello estaba en una barriada extramuros y alejada del casco urbano, hacia el noreste, de camino hacia humildes y destartaladas casitas bajas de trabajadores, pintadas de blanco, que serpenteaban por la cuesta de López de Hoyos, hacia la Prosperidad.

Se levantaba viento. Me tapé la cabeza con la toquilla. Me la anudé sobre el cuello y aligeré el paso para llegar cuanto antes a la zona mejor iluminada. Unos cuantos hombres desaliñados subían cansinamente por la acera hacia sus viviendas tras acabar la jornada. Varios carros pasaron levantando más polvo cuando vi un automóvil subiendo lentamente por el otro lado de la calzada. El corazón me dio un vuelco al ver a Fran al volante, buscándome con los ojos, con una sonrisa que pareció ver el cielo cuando me saludó sacando el brazo por la ventanilla. Dio un volantazo, cambió de sentido y paró en seco junto a mí, abrió la puerta y yo entré en el coche sin pensarlo dos veces.

—Es muy tarde para que una señora ande sola de noche por estos barrios —dijo, socarrón.

Parecía desaprobarme, cosa que no me gustó. Ya tenía bastante con mis padres y un marido.

—Yo ando por donde me da la gana, y más si salgo de trabajar de un lugar sagrado. No me puede pasar nada malo.

Saqué del bolso la polvera para mirarme el pelo y disimular el nerviosismo y la alegría de verlo. Pensaba en el aspecto que podría tener después de toda una tarde metida en un frío sótano, atendiendo nuestra situación financiera sin preocuparme por mi apariencia. No solía arreglarme cuando iba al colegio de mis huérfanos.

—Muy beata te veo. Y aunque dicen que Dios está en todas partes, no está en ninguna. Más vale que te cuides. O me dejes a mí hacerlo y no le des a Dios una misión tan peligrosa. Por cierto, estás guapísima; siempre me sorprendes.

Lo miré con desaprobación. Él me observaba de reojo con la mano en el volante.

—¿A qué se debe este asalto repentino? ¿Cómo sabías que estaba aquí? ¿No te parece demasiado tiempo desde...? No sé cómo llamarlo.

—Desde que nos vimos... por primera vez.

—Eso de verse será un eufemismo, ¿no?

—Posiblemente. No puedo esperar más.

—Pues espera sentado. ¿Quién te crees que eres?

—Dímelo tú.

—Me desconciertas, Francisco. Eres un grosero. Venir hasta aquí, a estas alturas... Y después de ese numerito del cheque, en mi propia casa... Vas por el mundo comprándolo todo. Pero a mí...

—No te pongas trágica. Vengo en son de paz.

—Encima te burlas.

—Te sienta muy bien esa toquillita, casi ni te reconozco. He estado más de una hora dando vueltas por este lugar perdido, buscando un convento, un hospicio o lo que sea esa obra tuya...

—No es un hospicio, es un colegio de huérfanos. Y no te mofes —contesté haciéndome la enfadada, pero contenta al mismo tiempo, feliz de tenerlo ahí—. Es un colegio muy agradecido por lo que has hecho, pero que sepas que ha sido la primera y la última vez. No voy a aceptar tu dinero, ¿me oyes? No sé cómo te las ingenias para conquistar a todo el mundo.

—Yo solo quiero conquistarte a ti.

—Soy una mujer con familia —repliqué con el corazón en un puño—. Y tú no estás en ella. Somos amigos, especiales, pero amigos. Nada más.

—No me imaginaba que fueses una mujer tan liberal y católica, al mismo tiempo.

—Pues ya ves que sí. Una cosa nada tiene que ver con la otra. Soy liberal y católica. ¿Pasa algo? Y de Madrid.

—Eso es manifiesto —me contestó socarronamente, con un

pitillo en la boca y conduciendo atentamente, sin decirme hacia dónde íbamos.

Con él perdía el sentido de la orientación y del tiempo.

—Como sé que eres una mujer con familia, liberal y católica, te voy a secuestrar únicamente un ratito, para enseñarte algo, y después te dejo con ella, para que cumplas con tus deberes cristianos. Pero solo hasta la semana que viene. Mañana temprano me marcho a la finca a ver a mi hermano. Perder a Jimena le ha sumido en la tristeza.

Abrí los ojos asustada pensando en que no iba a poder resistir una semana sin verlo ahora que había aparecido de nuevo en mi vida. No pensaba dejarlo marchar.

Conducía seguro de sí mismo su elegante coche del que se sentía orgulloso, levantando la cabeza para mirarme con sus cálidos ojos verdes. Sujetaba el volante con una mano y con la otra me abrazó por el hombro. Fuimos hacia el oeste. Dejamos atrás los suburbios obreros, casas con corrales y pequeños huertos desordenados. Subimos por la Cuesta del Sagrado Corazón. Llegamos a una especie de nueva barriada entre Chamartín de la Rosa y la carretera de Aragón. Algo así como una pequeña ciudad de chalets y grandes casas de lujo. Jamás había estado en aquel lugar, tan alejado de la ciudad, al sur del pueblo de Fuencarral. Y entonces me acordé de que mi padre tenía participaciones en la Compañía Madrileña de Urbanización. Me vino a la cabeza lo que dijo en la notaría, de que iba a urbanizar las parcelas de la Ciudad Lineal, a las que nunca me había llevado. Una zona nueva que pretendía ser un barrio residencial. Recuerdo que una mañana le escuché contar a mis hermanos, durante el desayuno, para entretenerlos, que en las ciudades del futuro todo el mundo viviría en chalets con jardín, y nos había comprado una parcela individual en Arturo Soria con la intención de construirnos una casa a cada hijo. Yo entonces pensaba en otra cosa y mis hermanos dejaron de dar guerra el tiempo que tardó mi padre en contarles esa historia a la que no presté mayor atención.

Me acordé de aquello cuando pasábamos junto a la caseta del vigilante por la avenida que parecía la principal, mejor iluminada. El tranvía pasaba por el bulevar central, entre acacias y pinos. Según circulaba Francisco, despacio y tranquilo, en aquella calma nocturna, se veía el trazado de las calles, cuadriculado y regular. Todas las casas poseían jardín y terreno a los lados, elegantes cocheras y altas tapias con cancelas de hierro. Bajo la luz eléctrica de las farolas se veían bien las calles arboladas. Parecía un pueblecito lujoso y ordenado. Y aunque cada casa era distinta (unas enormes, hasta con tres cuerpos y varias plantas a medio construir, y otras más pequeñas, de una altura), había un orden preciso, tanto en su estructura como en su disposición. La mayoría de las cubiertas, inclinadas, a cuatro aguas, me recordaron las casas del norte, con miradores acristalados y escalinatas de piedra.

Fran conducía muy despacio. Oía el crujir de la arena bajo las ruedas, casi parándose en cada hotel, donde podíamos leer sus nombres a la tenue luz de las farolas: Villa Rosa, Villa Brunete, Villa Fleta… Mi Cabaña, en la manzana 74, era toda una finca. Sus tapias de ladrillo visto se perdían en la noche. Sus dos altas torres, con tejados como cucuruchos, pinchaban la oscuridad de la noche. Giramos a la izquierda y la bordeamos. Dejamos atrás la huerta, los frutales y la vivienda del guarda. Sentí a Fran ilusionado. Yo me arrimaba a él sobre el asiento para oler su cuerpo y decirme que no era un sueño. Paseábamos con el coche por ese lugar extraño, no sé con qué propósito. Yo inspiraba los minutos como si el tiempo me los fuese a robar. No deseaba pensar en la hora. Francisco paró el automóvil frente a un hotelito como de estilo alemán. Oí un ulular. La luna se asomaba entre sus tejados. En una placa de estaño, sobre la verja de entrada, se podía leer: VILLA JIMENA.

Aparcó el coche frente a la cancela de entrada. Echó el freno de mano y nos quedamos dentro, sin movernos, en silencio, como si el tiempo se hubiese paralizado en ese reloj invisible de nuestras vidas el mismo día en que me abrió la puerta de Pintor

Rosales. El corazón se me desbocaba. No dejaba de pensar en lo que había dicho: «Mañana temprano me voy a la finca a ver a mi hermano». No sabía cuánto tiempo estaría fuera.

—¿Y Jimena? Si acaba de llegar… —dije de pronto sin venir a cuento—. ¿Qué va a hacer tu hija una semana sola, sin conocer a nadie en Madrid?

—Su mucama la cuida como una madre, y sola, mi hija, no ha estado nunca —dijo con sequedad cambiando el tono de la voz—. Puedes sacarla por Madrid. Ya os conocéis. Me ha dicho que le gustas.

—¿Ah, sí? ¿Le gusto…? ¿Crees que soy una niñera? Tengo muchas obligaciones, Francisco.

—Le encantas, como a mí. Y necesita a alguien, una amiga, hasta septiembre que comience la universidad. Podrías presentarle a jovencitas de su edad. Conoces a muchachas de buena familia; habla con tu madre. Me gustaría organizarle una fiesta de presentación. Por todo lo alto.

—No vayas tan deprisa. Yo me puedo encargar, pero poco a poco. Primero, tengo que conocerla mejor, digo yo; y a saber cómo es. Es hermosa.

—No tanto como tú. La belleza no solo se lleva en la cara, Lucía. Tú eres la mujer más bella que he conocido jamás. Y nunca encontraré a nadie como tú, porque sencillamente no existe.

La luz mortecina de una farola sobre el automóvil le iluminaba medio rostro. Me cogió las manos con ternura. Las formas del mundo comenzaban a tomar vida en mitad de la noche. Yo enloquecía con aquellas palabras y el tacto de su piel, y me apetecía llorar. Maldecía en mi interior no haberlo conocido antes. En la oscuridad del coche nos miramos. No deseaba parecer sorprendida por el nombre inscrito en la placa de estaño. Sus ojos brillaban más grandes que nunca, llenos de ilusión. Salió del auto, despacio, desgarbado. Me abrió la puerta haciéndome una reverencia y agachó la cabeza. El pelo le brillaba bajo la luz amarilla que bañaba la calle. Había refrescado y la humedad se iba posando sobre el suelo.

—¿Qué te parece? Toda entera para nosotros —dijo, extendiendo su largo brazo hacia la casa, emocionado, esperando mi reacción.

Salí del coche. Me abrazó todo lo grande que era, en medio de la acera.

—Cuánto me gustaría que fuese tu nombre el que se hallara en esta placa. Quizá algún día… —dijo.

Y me besó. La calle estaba desierta. No había ni un alma por ninguna parte.

Teníamos delante aquel hotel, enfoscado, de dos plantas, raro, algo extraño, como si no pegase con el clima seco de Madrid. Rodeado de una verja de hierro de más de dos metros, protegiendo un tétrico jardín. Del tejado inclinado, de oscura madera, salía un alerón, sesgado, para proteger el porche. En el primer piso una galería acristalada, de lado a lado, recorría la fachada. En cada ventana había un tejadillo a dos aguas de la misma madera oscura de la cubierta. Me dijo que la casa estaba decorada con muebles lujosos que habían pertenecido a los antiguos propietarios, una familia alemana, que se la habían vendido a buen precio. Residieron en Madrid durante una temporada, antes de trasladarse a Oriente.

Abrió la cancela de entrada y me invitó a pasar. La puerta chirrió como el lamento de un gato. El jardín estaba oscuro y frondoso, lleno de maleza. Sus árboles proyectaban sombras alargadas. Le dije que ya era muy tarde. Tenía que regresar. Pero me empujó suavemente hacia el porche, agarrándome con ternura por la cadera. Las tablas del suelo crujían. Se separó de mí y abrió la puerta de la casa.

No encendió la luz. Me arrastró de la mano hacia unas escaleras, en la penumbra del interior. Olía a humedad y a madera. Todo era leve, extraño, como un sueño del que no deseaba despertar. Subimos por los escalones, uno a uno, hacia la primera planta, tras cruzar el recibidor, envueltos en una espiral que succionaba a nuestro paso todo lo que se hallaba fuera de nosotros. Me abrazaba con sus fuertes y ágiles brazos hasta hacerme desaparecer en ellos. Su piel era cálida. El vello de su pecho me acariciaba el rostro, luego sentí sus caderas contra mis labios y el olor de su sexo, grande y hermoso. Pero sus fuertes y morenas manos me sujetaron del pelo y me hizo ascender hacia su boca, carnosa, salvaje y tierna, como un fruto exótico y lejano. Y me besó hasta sacar de mi garganta la angustia y el desánimo.

Ya estábamos en un dormitorio. Caí suavemente sobre una cama, empujada por sus brazos, que me protegían en todo momento. Vi en la ventana el contorno blanco y redondo de la luna, en lo alto del cielo. El rectángulo de sus hombros, el vigor de sus muslos, avanzaban sobre mi cuerpo llenándolo de tal desesperación y placer que rompí a llorar. Lloré debajo de su cuerpo. Me limpiaba las lágrimas en su piel, en su rostro, en los viriles poros de su cara. Mi sollozo rompía el silencio como un arma que yo disparaba hacia el centro de mi corazón y que él desactivaba con sus tiernas manos. Las baldosas rojas del suelo brillaban bajo la luz de la ventana, y su ternura y sus caricias hicieron brotar en mí a la mujer que habitaba en el desierto de mi matrimonio. La rigidez, la ansiedad y la culpa desaparecieron al ritmo que marcaban sus caderas contra mis caderas acompasadas, sobre las sábanas retorcidas bajo nuestros cuerpos desnudos. Oí el chirriar del somier contra la madera hasta que algo en mi vientre explotó, con el salvaje placer de su sexo dentro de mi sexo. Eyaculó dentro de mí como la primera vez, con esa felicidad imposible de soportar. Llegaron las mismas sensaciones que me había esforzado por olvidar, tras el primer encuentro en el frío y vacío salón de la casa que me había pertenecido, ante el tétrico cuadro de la chimenea. Aquella batalla se había convertido en la paz de los sometidos, vencidas todas mis resistencias por Francisco Anglada.

Me acarició la frente y los labios. Su cara junto a mi cara, sobre la almohada, sonreía con dulzura con una franqueza en su mirada imposible de no amar. Dibujó en mi piel con el sudor de mi cuello un camino que luego besó y siguió besando hasta llegar a mis pechos. No había en él ansiedad, solo deleite y cariño. Su forma de amar era el amor en sí mismo. Y pensé en Roberto. No deseaba compararlos, ni sentirme desgraciada cuando volviera al lecho conyugal. Pero momentos como ésos me resarcían de todas las tristezas y de todos los vacíos futuros.

Francisco se incorporó lentamente y apoyó su fuerte espalda contra el cabecero pintado con flores granates y amarillas, sobre la dura madera. La noche estaba tranquila. No se oía ningún ruido ajeno a nuestros cuerpos en aquella oscuridad. El resplandor del exterior, entre la luna y la luz de las farolas, sobre su rostro, hacía que sintiese que todo aquello era un sueño maravilloso en un lugar que no existía de verdad.

—Dime que no es un sueño —le supliqué—. Por favor, dímelo.

Sonrió. Su boca grande y sincera me decía que me amaba.

—Dime tú a mí que volverás a esta casa —replicó.

—Dime que volverás a buscarme en medio de la noche.

—Dime tú a mí que no me vas a esquivar.

—Dime que me vas a amar toda la vida.

Tomé un extremo de la sábana y me cubrí hasta la cintura. Sentí pudor.

—Te amaré siempre, Lucía. No sé lo que pasará en el futuro, pero siempre estaré aquí, esperándote.

—Lo sé.

—¿Sí? ¿Lo sabes…?

—Sí. Me lo ha dicho una gitana.

—Ah… Debemos creer a los gitanos.

—No te burles.

—Lo digo en serio.

—Me dio una rama de olivo. Dijo que de esa rama procedías tú.

—Curioso…

—¿De dónde venís, Francisco? Apenas sé nada de ti. Tú, en cambio, lo sabes todo de nosotros. Habéis aparecido en nuestras vidas acaparándolo todo.

—¿Te sientes insegura?

—Son pensamientos.

—No hay ningún misterio, Lucía. Mi familia procede de Aragón, de Jaca, en la provincia de Huesca. Fuimos bajando hacia el sur…, a través de generaciones, y ahora en Madrid. Somos como los gitanos. Errantes. Libres.

—¿Qué significa el grabado del sobre amarillo que nos entregaste con el cheque para el colegio? ¿Es un anagrama?

—Cierto.

—¿De vuestro apellido?

—Es nuestro símbolo familiar. Eres lista. Te quiero.

—Te sigues burlando… Pero no se parece en nada a un escudo familiar. ¿Es la mano de Fátima?

—Algo así. Para nosotros es la mano de Miriam.

—¿No es lo mismo?

Me quedé mirándolo. Se puso serio hablando de su pasado. Cambió de voz. Ahora me resultaba casi trágica.

—Cariño, Fátima fue la hija de Mahoma y Miriam la hermana de Moisés. Pero es algo parecido. Es una mano abierta con la inscripción de nuestro apellido. Mi madre se llamaba Miriam. Miriam de Vera.

—No sabía…

Me abracé a su cintura y le besé en los labios para sellar con mi boca todo lo que quisiera contarme.

—Murió de una infección pulmonar, y mi padre después. Hubo una gripe que asoló nuestras tierras. Aunque nuestro símbolo viene de mucho antes. De siglos atrás. Las mujeres de mi familia siempre se han llamado Miriam.

—Llámame así.

Sonrió.

—¿Por qué no pusisteis Miriam a Jimena?

—Mi hija nació después de la muerte de sus abuelos. En parte, también, por recomendación de David. Creyó que debíamos romper con la tradición y poner a nuestra niña otro nombre; yo me negué a que fuese el de mi mujer. Así que Jimena me pareció el más correcto, y viene de Simón. Quiere decir «el que sabe escuchar a Dios». Espero que mi hija sepa hacerlo.

—Mira por dónde ahora el religioso vas a ser tú.

—Puede. Pero qué más da, preguntona. Eres una preguntona. Y yo te pregunto: ¿volverás a mí? —Y se encorvó para abrazarme.

Sentí el rozar de su piel contra la mía. Me llenó con su cuerpo otra vez y volví a perder el sentido en esa cama, bajo el dosel y las paredes blancas y estriadas. Quise explicarle que había pasado toda la vida huyendo de algo que ahora encontraba en él y en esa casa tenebrosa de la Ciudad Lineal.

Salimos de allí muy tarde. Decidí no pensar en Claudio ni en mi ausencia, y solucionarlo sobre la marcha. De vez en cuando me quedaba en el colegio hasta altas horas. Ya pensaría… Esperaba que mi padre no hubiera mandado a Guzmán a recogerme.

Un estrecho camino, a la derecha, llegaba hasta la cochera, por el tamaño, para varios automóviles. Me aseguró Francisco que la vivienda tenía teléfono y buena luz eléctrica, aunque de vez en cuando se quedaba a oscuras, como esa noche. La central se encontraba muy cerca y no era normal que fallase. Nos abrazamos bajo el plenilunio antes de salir del jardín asilvestrado, por un camino salpicado de lilos. La impudicia de los momentos futuros que nos esperaban por descubrir juntos, en ese lugar extraño, me excitó otra vez, en el anonimato de un exótico y lejano barrio. Entramos abrazados en el umbral del jardín como sombras de una noche que pronto desaparecería. Me inquietaba la casa, grande y siniestra. Me quedé pensando en los alemanes. Confiaba plenamente en Fran. Pero en la oscuridad de esa noche, al regresar de nuevo a la realidad, sentí desasosiego. Armábamos nuestro refugio en una ciudad fantasma. Y los dos parecíamos seres que no existían, conspirando por mantenerse a flote en un mundo irreal que no estaba segura de que pudiese pertenecernos alguna vez.

Entramos en su automóvil. Me abrazó por el hombro y me llevó así durante todo el trayecto. Tatareaba una canción, era un amante feliz y satisfecho. Mi mente reposaba saboreando nuestro reencuentro. Enseguida me dejó a la vuelta de la esquina y esperó a que entrara en el portal, para continuar por Marqués de Urquijo hacia la suya, con un cigarro encendido entre los dedos.

De una manera que me es difícil comprender, empecé a vivir el adulterio como un regalo. Me vi predestinada a amar a dos hombres que me pertenecían por igual, sin ningún remordimiento, sin llegar a sentirme jamás culpable por ello. Descubrí que mis creencias católicas eran frágiles y me alegré. Habían sido incuestionables hasta que él entró en mi vida.

Y si era Dios quien había puesto en mi camino a un hombre como Francisco Anglada, debía averiguar por qué.

Un mar de olivos

Madrugada del 24 de julio de 1929. David caminaba desesperadamente entre un mar de olivos acuciado por sus pensamientos, en plena noche. Se apoyó en un árbol y tomó aliento. La tierra recién labrada, bajo la luz de la luna, parecía un océano de plata y olía a la humedad que cubre a los muertos. El viento agitado llevaba el aroma del heno. La tierra no lograba sepultar su rabia. El dolor. Otra pérdida que soportar. Mascaba otra vez la soledad como arena, como piedra, como roca inmóvil, como una montaña en el desierto que se remueve para demoler su ánimo. Apelaba a Dios y a sus padres que le dieron la vida, y a sus abuelos que llegaron a esas tierras que ahora se llevaban a Jimena.

No tenía ningún derecho a sentirse así. David no tenía derecho sobre nada, ni sobre nadie, y menos sobre ella. Era lo que más dolía. Las nubes habían desaparecido. Las estrellas, como alfileres, se clavaban en el cielo como si fuera carne, oscura e infinita. Entornó los ojos y los abrió de nuevo esperando que su partida no fuese cierta. Oía en su cabeza las palabras de su hermano sobre la conveniencia de sacar a Jimena de Tres Robles, y veía el miedo en los ojos de su sobrina del día anterior. Él la estuvo esquivando toda la semana y ella se colaba por todos los rincones de la casa intentando hablar con él, llamando al despacho a cada hora, abriendo puertas y desvanes, preguntando por su tío a su ama, al capataz y a los criados. David era incapaz de decirle a los ojos, por última vez, lo que era mejor para ella. Y ahora volvía a ser el solitario, el sin nada, perdido como un niño, como cuando era pequeño y Francisco lo protegía de todos los peligros. ¿Acaso era Fran el que debía decirle continuamente lo que tenía que hacer? ¿Es que no había tenido suficiente? De nuevo su hermano se lo quitaba todo; la historia se repetía a sí misma y Francisco se llevaba con él lo que David siempre había amado. Se abría de nuevo la herida que creyó cerrada; pero era solo una ilusión, un espejismo, porque seguía abierta sin principio ni fin.

Miró hacia el cielo de color añil repleto de estrellas y le pidió a Dios, si estaba mirándolo por alguna parte, que fuese valiente y diera la cara; necesitaba las fuerzas necesarias para perder a la niña. Por un instante odió a su hermano como Caín odiaba a Abel, sin ningún pudor. Las lágrimas corrían por su cara y se sintió un cobarde. Oía voces. Susurros entre los árboles. El eco de las hipócritas palabras del hijo pródigo, rogándole que regresara al hogar para cuidar a Jimena cuando perdió a su madre, al año y medio del funeral. Era hora también de cuidar las tierras que eran tan suyas como de Francisco y Jimena. Cayó en la debilidad de sentirse dueño de todo otra vez, dueño de su vida, de la niña, de su infancia y de su juventud; de lo que era suyo y se había negado a sí mismo durante tantos años.

Tomó aliento. Permaneció temblando por unos minutos, exhalando, con los puños apretados sobre las rodillas, con las botas entre los surcos del trigo. Siguió subiendo, obsesionado en sus pensamientos cuando alcanzaba los olivos de la colina. Tropezó con unas piedras y pequeños mojones que salpicaban el sembrado. Llegó hasta un murete de piedras que daba paso a otro paisaje. Se apoyó en él y respiró hondo arañando las piedras apiladas, unas encima de otras, que separaban los sembrados del olivar. Las tapias blancas del cementerio, ya cercanas al otro lado de la pendiente, parecían iluminadas por alguna luz misteriosa que descendía del cielo sobre el campo renegrido.

Obsesionado por la quemazón de la angustia, se agachó, cogió del suelo una piedra desprendida de la empalizada, puso la otra mano con la palma hacia arriba sobre el pilar de piedras y, aspirando el aire frío de la noche, se golpeó con el canto de la piedra en la mano izquierda, con tal brutalidad que la sangre brotó de su palma como un manantial que escupe la tierra.

Fue estúpido regresar a Tres Robles. Como si no hubiera tenido suficiente. Había cometido el error de abandonar las clases del seminario y volver a casa con su hermano; era su deber, tras nueve años de ausencia. Cuando se fue pensó que sería para siempre. Francisco comenzaba una nueva vida con Juliana Roy y él sobraba en Tres Robles.

Había transcurrido demasiado tiempo y habían pasado demasiadas cosas. Nueve años intentando olvidar una vida, y ahora volvía a quebrarse. Ése era su destino, una ruptura continua. Y ahí se encontraba otra vez, cara a cara, con lo que había tenido siempre: un Dios que no le amaba. Primero le había quitado a Juliana y ahora a su hija.

Un fuerte dolor le llegaba a la mano. Le relajaba. Sintió placer. Su sangre, cálida y reconfortante, le resbalaba por el antebrazo goteando sobre el rocío de la noche. Por fin encontraba una sensación más fuerte que la ansiedad.

Le parecía vislumbrar entre las oscuras matas el rostro de Jimenita, con ocho años, su sonrisa infantil, abierta y feliz de verlo. Las trenzas le caían por la espalda y recordaba con felicidad cómo corría su sobrina por el camino de la finca en cuanto lo vio aparecer de regreso a casa. Ella se había aferrado a sus piernas y se había puesto a llorar. La cogió en brazos. La niña lo abrazó, lo apretó fuerte. Lo llamaba «papito» continuamente, una y otra vez hasta que se calmó y las lágrimas cesaron. Sus besos, pequeños e inocentes, llenos de amor, lo curaban todo. Le prometió a su sobrina que jamás se iría de Tres Robles. Pero habían transcurrido ocho años desde ese regreso, como un abrir y cerrar de ojos; y pasaría toda una vida junto a ella, si fuera necesario. Pero ahora era Jimena quien se iba, convertida en una mujer, quizá para no regresar más.

Se presionó la herida con la mano para retener la sangre y continuó caminando a trompicones; caía hacia los lados como ebrio, delirante, en un afán infructuoso por correr. Se apoyaba en cada olivo hasta llegar a la tapia del cementerio. La bordeó y alcanzó la pesada verja de hierro de la entrada. Sacó la llave, del bolsillo del pantalón de paño, con torpeza. No atinaba en la oscuridad, la mano le temblaba. Consiguió introducirla y dar media vuelta. Se oyó el ruido metálico de la cerradura al abrirse y, empujando con el hombro, se coló por el hueco para entrar en el cementerio.

La luna estaba en lo alto del cielo e iluminaba un pequeño mar de tumbas y de lápidas, cruces y abultamientos. Había perdido el sentido del tiempo. Las blancas losas parecían fantasmas medio enterrados por el abandono. Continuó presionándose la mano herida. Anduvo cada vez más rápido, en la oscuridad de los caminos abiertos, entre los mármoles y las cruces que sembraban el terreno. Oyó el ulular de un mochuelo y un suave aleteo cruzando tras él. Unas ligeras nubes ocultaron la luna durante unos segundos. Volvió la luz sobre las lápidas al poco tiempo. Se palpó el corte con las yemas de los dedos y pensó que la hinchazón disminuiría enseguida. Le relajaba esa noche de luna llena. Se paró frente a una pequeña cripta. Labrado sobre la piedra, bajo la cornisa de entrada, estaba esculpido el símbolo familiar de los Anglada. Y a izquierda y derecha los nombres de dos generaciones de sus antepasados que allí yacían; la de sus padres y abuelos. Deslizó el cerrojo de la cancela y cruzó la verja de hierro que rodeaba el panteón. Dos altos cipreses franqueaban la entrada, quietos y mansos como guardianes del tiempo, inmutables en su ascenso. Sacó una llave y abrió la puerta del mausoleo. Oyó un leve chirriar.

La bóveda era alta y estrecha, fría como los muertos que la habitaban. En la pared norte presidía el pabellón un pequeño altar, sobre cuatro escalones de mármol. El interior de la cripta lo formaba una sencilla capilla con los sepulcros a los lados. En las paredes este y oeste descansaban mármoles blancos con los nombres, esculpidos en la piedra. El espacio central estaba vacío, como esperando a que los fieles salieran de sus tumbas para comenzar la misa. Se acercó a la lápida de Juliana Roy. Su mano estaba hinchada y había dejado de dolerle. La sangre, alrededor del corte y de la carne desollada, se había coagulado. Agradeció percibir las sombras de la noche escurriéndose entre las altas y estrechas ventanas. Los cristales emplomados producían en el interior de la cripta una luz ilusoria más allá de lo real.

Observó el pequeño altar y el jarrón con flores frescas. Felipe las renovaba cada semana. Hacía tiempo que no entraba. Antes, durante los primeros años tras su regreso, solía hacerlo a menudo, hasta en un par de ocasiones celebró una misa con él como único representante del mundo de los vivos. Se sentó en el suelo junto a la lápida de Juliana Roy y pensó en ella, en la impresión que daba, como si sus ojos no quisiesen saber nada del mundo de los vivos, idénticos a los de Jimena. Madre e hija parecían dos gotas de agua del mismo río del que nunca se atrevió a beber.

Juliana Roy era misteriosa y sencilla. Hablaba poco y apenas se relacionaba con la gente. Le gustaban los animales y hablaba con ellos. Le había sorprendido algunas veces hablando con los cerdos y los caballos, cuando trabajaba en la casa y pensaba que nadie la veía, echándoles alfalfa en los establos. Pero él la perseguía y sabía en todo momento por dónde andaba Juliana Roy. Odió el cuerpo pequeño y dócil de aquella mujer que él había deseado hasta la extenuación, desposado prematuramente por su hermano, sin que él hubiese sido capaz de decirle que era una barbaridad aquel matrimonio por deber; Juliana servía en su casa desde los ocho años y era la única joven que no suponía una amenaza para ellos. Luego se largó de allí, el mismo día de la boda, sin esperar las siete bendiciones, tal y como Francisco había ordenado en la ceremonia, bajo un palio de madera de enebro instalado en el jardín como símbolo de la casa que debía acoger a la pareja desde ese día, y antes de que los novios bebieran de la misma copa de vino. Se negó a ser testigo de esa ceremonia y no quiso ver cómo los novios se cubrían con un mismo manto.

Guardaban luto por la muerte de Ezequiel Anglada y Miriam de Vera. Nadie asistió a la boda más que él, Felipe Roy, dos criados que hicieron de testigos y el sacerdote borrachín del pueblo que ofició la singular ceremonia sin poner ningún impedimento a las extrañas peticiones de Francisco Anglada.

La sed le abrasaba la garganta. Sacó un pañuelo de un bolsillo de su pantalón de paño basto. Se lo enrolló en la mano. Taponó la herida. Se sentó en el suelo, apoyó la cabeza sobre el frío mármol bajo el que descansaba el cuerpo de Juliana y cayó agotado en un profundo sueño.

—¡Otra vez, don David, aquí dormido! —oyó lejana la voz de Felipe Roy.

David abrió los ojos. El hombre estaba apostado bajo el friso de la puerta, sin atreverse a entrar del todo en el interior del mausoleo. Llevaba en la mano un cubo y una escobilla.

Había amanecido. Vio al guarda, emborronado, como si formara parte del sueño que se resistía a abandonar. No dijo nada. Le llamó la intención la chaquetilla de pana de Felipe. Estaba desgastada y hecha jirones por las mangas. La reconoció de inmediato, por el color granate que no había perdido y los bolsillos grandes y pespunteados de amarillo. Había pertenecido a su padre. Juliana por aquel entonces trabajaba en la casa, y fue mucho antes de casarse con Francisco cuando esa chaqueta, en una de las limpiezas intensivas que su madre solía mandar, fue desechada. Y de aquello hacía más de quince años. Recordaba el fardo con pellizas viejas, pantalones y vestidos pasados de moda que Miriam de Vera mandó llevar al pueblo para los pobres. La chaqueta todavía se veía buena, aun en el cuerpo viejo y desaliñado del guarda del cementerio. Felipe Roy se estaba quedando ciego. Había cerrado el taller y hacía pequeños trabajos por encargo con dificultad y lentitud, curtía algunas pieles y hacía dos años que su vista le había retirado de repujados, cinceles, pinturas y barnices. Limpiar cementerios era un entretenimiento con el que se ganaba unas perras.

David se incorporó enseguida. Se escondió tras la espalda la mano golpeada. De pronto tomó conciencia del intenso dolor. Sobre el mármol del suelo vio una mancha de su sangre. Por fin Felipe se atrevió a entrar en la cripta, arrastrando su pie enfermo.

—Mi nieta se va de aquí. No ha querido ir a mi humilde casa ni a despedirse —comentó el viejo, dejando el cubo en el suelo.

Se quedó mirando a David y añadió:

—¡Mírese cómo está usted, señorito! ¿Qué le pasa en la mano? ¿Otro… accidente? Ande, vaya a curársela y a descansar como Dios manda, que tengo que limpiar aquí dentro. Ya es muy tarde para llorar a los muertos. Ande, levante.

David se puso en pie como si su cuerpo no fuera realmente el de un hombre de treinta y tres años, sino el de un anciano, cansado y herido, escuchando la voz carrasposa del guarda: las mismas palabras, la misma cantinela en cuanto lo veía. David solía evitarle. El viejo lo tenía ahora a su antojo para volver con lo mismo:

—Mi hija nunca debió casarse con su hermano, don David. Nunca. Y menos estar aquí enterrada, entre su ilustre familia.

—Felipe, déjelo estar. La tierra es la misma en todas partes. Éste es el lugar que le corresponde a Juliana, el que ella eligió al entrar en mi familia. Y también el de usted, aunque no lo quiera. Aquí hay lugar para todos. No voy a permitir que ande usted lejos de su hija —contestó David, mirando hacia el vacío de la cripta en la que yacían dos generaciones de la familia Anglada.

El viejo se encogió de hombros como si le diera igual.

David se sacudió la ropa, se estiró los andrajosos pantalones. Se recolocó el cuello arrugado de la camisa, adecentándose; se sentía como el ladrón que pillan con las manos en la masa. Ahora solo deseaba marcharse de allí y regresar a su habitación de Tres Robles para rezar en soledad hasta que el cuerpo aguantase.

—Aquí descansaremos todos, incluido usted, Felipe, cuando Dios nos llame —dijo apretándose la mano herida.

—Es usted muy joven, don David, para pensar en la muerte.

Debería encontrar a una buena esposa y marcharse de estas tierras. Ya no son buenas para nadie.

—No diga tonterías. Sigo siendo sacerdote, no se tome licencias que no le han dado.

—Pues no haberse quitado la sotana. Un alzacuello no le vendría mal para que parezca lo que es.

El guarda cruzó el pequeño altar renqueando, se santiguó ante la cruz y sacó un trapo del cubo. Comenzó a pasar el polvo sobre el crucifijo de la pared. Sus ojos estaban velados por una membrana blanquecina.

—Si el difunto don Ezequiel levantara la cabeza… no iba a lamentar que colgase los hábitos. No era muy cristiano que yo recuerde. Pero sí un gran hombre, generoso, bueno; y su querida madre, una santa, aunque no creyese en santos precisamente.

Y miró hacia las tumbas de los padres de David con ternura y desaliento.

—Yo amo a Nuestro Señor Jesucristo por ellos y por todos mis antepasados. Deje usted tranquilos a los muertos, Felipe. Que descansen en paz.

—Y en paz están. —Y se santiguó el viejo—. En estas tierras encontraron la paz sus abuelos.

—Por eso hemos de estar agradecidos, Felipe. Tierra y paz es todo lo que necesita un hombre. Y aquí lo hallamos nosotros. Quizá por eso regresé… Es como si llevara la huida en la sangre. Cristo me llamó y luego me expulsó de su protección.

—Son figuraciones suyas. No diga usted esas cosas, don David. Hizo usted muy bien en colocar aquí esta cruz del Señor. Y mucho mejor el quitar esa mano de ustedes… La gente habla… Su hermano… Don Ezequiel y doña Miriam se merecen descansar en paz.

—Dejemos eso. Tengo que regresar a mis asuntos.

—Perdone por meterme donde no me llaman, soy un charlatán. Pero va para dos semanas que no hablo con nadie. La soledad me mata.

Siguió restregando el trapo sobre el Cristo, con esmero.

—Y déjeme decirle que no es vida la que usted lleva. Y menos ahora que la niña se nos va. Yo, al fin y al cabo, nunca he tenido a mi nieta. Ha vivido separada de mí. Y para el tiempo que me queda, me entretengo limpiando cementerios y la vida pasa en un santiamén. Van para tres los que llevo, don David, y me gusta; ya lo creo que me gusta. Mis ojos han mejorado. Es un buen trabajo, tranquilo, no tengo más amo que los muertos que apenas molestan. Y, por lo menos, estoy cerca de mi Juliana. La pordiosera de mi mujer nos abandonó cuando la trajo al mundo, y es todo lo que tengo, una lápida blanca con el nombre de mi hija.

—No diga esas cosas…

Los primeros rayos de sol entraban por las vidrieras de colores de los ventanales. Algunas losas se movían al pisar en ellas Felipe. Las lápidas estaban perdiendo el brillo y oscureciéndose los huecos de las letras.

—Habría que cambiar algunas losetas, don David.

—Mandaré que las reparen.

—Ni hablar. Yo me encargo, no me mande usted a nadie. En mi cementerio no quiero a ningún gañán.

—Felipe, pase por la finca y le doy lo que haga falta… Y le cuento qué tal ha llegado su nieta a Madrid. Un día se viene conmigo y le hacemos una visita. Parece ser que mi hermano ha comprado una buena casa. Allí será feliz, ya lo verá usted. Y universitaria, Felipe. Va a tener usted una nieta con carrera.

—¿Por qué voy a querer ir a Madrid? Se casará, tendrá hijos, vivirá como la dama que es. Si ya perdí a mi nieta antes de que naciera…; antes de que su hermano, señorito, sepultara a mi hija bajo estas piedras —dijo el viejo mirando hacia la lápida de Juliana—. Que Dios la tenga en su seno. Mi única hija.

—Deje tranquilo el pasado y no piense mal de Jimena —dijo David con intenciones de salir de allí. Ordenaba las flores del altar ocultando la mano herida, tras el jarrón—. Es una buena chica. Lo que pasa es que todo es tan difícil… Mi hermano no le aconseja bien; ya sabe usted cómo es. Yo intento hablar con ella…, siempre dice que vendrá a verlo. Y usted es más bruto todavía, podría haber venido por casa en estos años y romper el hielo. Ha cumplido los dieciséis y usted es un cabezota.

—¡Mi chica no debió casarse nunca con su hermano! La hija de un pobre no puede juntarse con personas como ustedes. Y sabe una cosa, don David, que yo en su casa no pinto nada, ése no es lugar para mí —concluyó molesto—. No me gusta acercarme ni por los caminos de su finca. No sería nada bueno que un día de éstos me topase con don Francisco, que se la tengo jurada.

—Felipe, venga a verme alguna vez; voy a encontrarme muy solo. Aunque con mucho trabajo. Y no tema de mi hermano ni amenace a nadie. La vida viene como viene. Es el camino que Dios nos ha trazado. Y más vale que vaya a confesarse más a menudo. Nunca le veo por la iglesia del pueblo.

—Deje de hablar como un cura.

—Es lo que soy.

—Usted es, señorito, mucho más que un cura; también es un hombre. Y eso lo sé yo…

A David la mano le dolía cada vez más. Dentro de la herida se habría quedado algo de arenilla. Tenía los dedos hinchados y parecía un gigante al lado del viejo. Le había crecido el pelo demasiado, los rizos rubios le caían por la cara.

Se preguntó por qué se dejaba llevar por la desesperación. ¿Por qué siempre pasaba lo mismo y tenía que castigarse cuando las cosas se ponían feas? ¿Es que acaso era el responsable de las decisiones de su hermano, eternamente? ¿Por qué mendigaba consuelo en el castigo que imponía a su cuerpo para poder hallar la tranquilidad y el placer? La madrugada que llegó a Zaragoza tras la boda de la hija de Felipe, se castigó durante horas hasta caer desmayado. Atormentó su cuerpo de todas las formas posibles, y cuando encontró la tranquilidad que Dios quiso enviarle, enfermó, con una fiebre fantasma que le aliviaba el sufrimiento. Poco a poco, se acostumbró al dolor y al consuelo de ese vértigo de ser víctima y verdugo de sí mismo. Se prometió en lo más profundo de su fe, el día que regresó del seminario para hacerse cargo de la hacienda y de los negocios del campo, tal y como su hermano le había pedido: dejaría de azotarse y se esforzaría por ser un hombre corriente, y no el que buscaba a Dios en el dolor, sin encontrarlo. Se preguntó si habían servido de algo nueve años de seminario y docencia en Zaragoza para hallar de nuevo la soledad en Tres Robles. La angustia de la que había huido y con la que volvía a reunirse.

Deseaba alegrarse de volver a estar solo y regresar a sus rutinas de soledad y disciplina, sin tener que dar cuentas a nadie, sin miedo a que Jimena oyese alguna vez lo que hacía él con su cuerpo por las noches. Había discutido violentamente en un par de ocasiones con Francisco por ese feo asunto. Su hermano no entendía cómo un hombre culto como David podía llegar a semejantes acciones consigo mismo. Solo en los dementes podría estar justificado tal comportamiento. Y le recriminó esa fe de seguir el ejemplo de la cruz en su propia carne y, le advirtió, una vez más, del peligro de caer en el misticismo de esa religión. Y entre ese mar confuso de pensamientos, David escuchaba al viejo Felipe hablar y hablar de sus penas sin prestarle atención.

—Cuando yo quiera verle, me vengo para acá y hablamos —le escuchó decir al viejo—. Siempre anda usted en el cementerio. Parece más muerto que vivo, don David. Además, la finca de los señores me da tristeza; para qué ver sus malditas cuadras. Y yo soy un pobre hombre, la iglesia no es para mí. ¿Y qué más iglesia que ésta? La tumba de mi hija es mi santuario. ¿Para qué quiero otro?

David se despidió sin escuchar demasiado al anciano guardián del cementerio, casi sin vista, pensando que a esa hora ya habrían partido su nieta y Fernanda hacia Madrid. La noche anterior estaba todo preparado, dispuesto el automóvil para salir con la primera luz de la mañana. Pensó si Jimena habría leído ya la carta de despedida que le había dejado sobre su cama. Y después desapareció.

Bajo la claridad del día, David Anglada era un hombre desnudo y herido, deslumbrado por el sol que brillaba con crueldad sobre las lápidas del cementerio. Se protegió los ojos levantando el brazo y echó a andar sorteando los cipreses.

Estuvo vagando por sus tierras. No soportaba estar allí para despedirla y ver cómo se alejaba por la estrecha carretera que salía a la general, atravesando los extensos campos de trigo, las dehesas de encinas y la pequeña sierra que resguardaba de los vientos del norte todas sus posesiones.

No quería recordar el tiempo pasado. Bajó la colina corriendo todo lo rápido que podían aguantar sus piernas. Corría y corría cual gigante amenazado por un espíritu invisible. Debía olvidar una mañana fría y destemplada de febrero, nueve años atrás, al terminar la clase de Teología de su asignatura «Los Libros Proféticos del Antiguo Testamento». Sus alumnos salían de clase, alborotados, dejaron las bancadas desiertas en pocos segundos. Y él, medio sentado en el canto de su mesa, encima de la tarima, con el hábito descolorido y la barba de tres días, los miraba con satisfacción al ver con qué hilaridad salían al patio sus jóvenes alumnos. Se puso a limpiar la pizarra y borró un largo escrito con su letra, de extremo a extremo: la misión de Abraham, Moisés, Gedeón, David, y de todos los llamados a la misión del pueblo elegido: patriarcas, jueces y reyes, designados para salvar al pueblo de Israel. Eso borraba, un cuadro sinóptico. Una cadena de letras y frases en tiza blanca. Deshaciéndose en un polvillo que se pegaba a la felpa del borrador y, de pronto, como si se hubiera abierto una ventana hacia el norte, presintió que alguien se colocaba tras él, bajo la tarima, observándolo; un alumno con una duda que despejar, o algún problema personal que comentar en privado. David conocía la vida de cada uno de sus muchachos. Se volvió y se quedó clavado delante del encerado, con el borrador entre sus grandes dedos manchados de tiza.

Francisco llevaba a la niña de la mano con su mejor vestido y un abriguito de terciopelo granate. Jimenita contenía la alegría por salir corriendo y tirarse a los brazos de su tío. En cuanto el padre dio la orden, se soltó de su mano y se abalanzó hacia David, gritando. El cepillo cayó sobre la tarima con un pequeño chasquido formando una nube de polvo que le salpicó la sotana. David corrió a abrazarla. La cogió en brazos elevándola hacia arriba como si fuera un gatito, y miró a su hermano sin entender aquella repentina visita que nadie le había anunciado: una simple carta, un telegrama…

—¡Qué sorpresa…! ¿Cuándo habéis llegado? —dijo, acariciando el suave rostro de la niña.

Desconfió. No le gustaban las visitas inesperadas y menos la de su hermano. David no se creía lo grande que estaba Jimena. La dejó en el suelo con cariño y la volvió a abrazar tiernamente, arreglándole el cuello del abrigo sin saber cómo comportarse con aquella tierna criatura. Era un saquillo de huesos. Cada día se parecía más a su madre.

—Ayer por la tarde —contestó Francisco, observando atentamente la cara de su hermano al abrazar a la niña—. Ha sido un viaje rápido y ha merecido la pena. Qué bien te veo. ¿Has… engordado?

Y sin darle a David tiempo a reaccionar, extendió sus largos y fuertes brazos, sonriéndole abiertamente.

—Mi *bene meritus* hermano… ¡Dame un abrazo! Venga, hombre, que no muerdo.

Los dos se miraron, el uno frente al otro, como dos vaqueros a punto de disparar sus armas. Francisco seguía con los brazos abiertos. Había algo en ellos dos, en su tamaño, en la forma de sus cuerpos, en el color de sus ojos que los unía como si en medio hubiese un espejo. Francisco dio un paso al frente, subió el escalón y abrazó a David.

—Sí, sí, he engordado un poco —respondió David dándole la razón, sin pensar en lo que contestaba.

Se soltó de su hermano con un gesto arisco y bajaron de la tarima.

Con ademán nervioso, David se retiró hacia atrás los desordenados rizos dorados que le caían sobre la frente, en un movimiento que Francisco también repetía muy a menudo. Una marca de familia.

—Me alegro… Es buena señal —contestó Francisco—. Estabas un poco… ¿enfermo? la última vez que nos vimos, hermano.

—No me acuerdo. Será mejor que empieces a contarme a qué has venido a Zaragoza. No creo que ése sea el motivo.

Jimena le tiró de la sotana para reclamar su atención. Lo miraba ensimismada, desde abajo, con esos grandes ojos azules, sin creerse que estuviera, por fin, junto a su tío. David abrió el cajón de su mesa y sacó un cuaderno y lapiceros de colores esparciéndolos por encima. La niña se sentó de un brinco en su silla.

Los dos hombres se alejaron hacia el fondo del aula.

—Menudo lugar, querido hermano… Un seminario impresionante este de la Universidad Pontificia —comentó Francisco.

Observó la imagen de Benedicto XV colgada de la pared en un sencillo marco de pan de oro. Se frotó las manos sin saber cómo empezar.

—No sé, este edificio parece una cárcel. Aunque a ti… eso te gusta, ¿verdad?

—Mira, Francisco, ve al grano. No creo que hayas venido a meterte conmigo, ni a criticar mi facultad. En la que por cierto, te informo, llevo dos cursos impartiendo una asignatura sobre los libros proféticos, y jamás te he visto interesado por nada referente a mi vida personal. La docencia… ahora es mi profesión.

—¿Profe qué? ¿Llamas a esto una profesión? —Y miró con desprecio hacia los bancos y las paredes del aula—. ¿Enseñar una religión que nos ha perseguido durante siglos?

—Desvarías, Francisco. No sabes lo que dices… Nuestros antepasados no somos nosotros… Y todos somos hijos de un mismo Dios. Nuestro padre y nuestra madre nos educaron en libertad, Francisco. No lo olvides.

—Estás chiflado… Pero no hablemos de filosofías… Hoy no. Hoy quiero estar más cerca de ti, hermano. Te echamos de menos. —Y le pasó el brazo por el hombro.

David no le quitaba el ojo a Jimena. Lo mucho que había cambiado en los últimos meses, lo mayor que estaba. El parecido con su madre le alarmaba. Y era a Juliana a quien veía con esos mismos siete años haciendo los recados de su madre. Y se acordó de que fue él mismo quien le había enseñado a leer y a escribir, a escondidas, en un rincón del corral, jugando a hacerse el mayor y el protector de los pobres y los desamparados.

—Es una pena que te desperdicies en este lugar —dijo Francisco, e hizo un gesto hacia el aula y la imagen del Papa—. He venido a hacer las paces, a borrar el pasado. Tienes que entenderme, David. Siempre he procurado lo mejor para todos. Te lo juro por lo más sagrado. —Y añadió observando a su hija cómo dibujaba sobre el papel—: Mírala, es idéntica a su madre.

—¡Déjate de retóricas y suéltalo! No vas a sembrar más dudas en mí, Francisco. La tierra ya ha dado sus frutos.

—Como quieras. Parece que la diplomacia de la Iglesia ha calado en ti.

—¿Has venido a pelear… otra vez? Esos tiempos pasaron. Déjalo ya, Francisco…

—Mira…, hermano, querido David, cómo decirte que te necesito. Necesito que regreses. No puedo seguir solo, con la niña, con los problemas que me acucian. No tienes ni idea del trabajo que hay. De lo que tenemos, David: nuestro patrimonio. El tuyo. Todo lo que hemos adquirido en estos años: inmuebles, terrenos y solares en Madrid. La Bolsa nos hace más ricos de lo que podamos soñar… Y tú… perdiendo el tiempo. Has de tomar las riendas de las tierras de nuestros abuelos, ahora más numerosas y productivas… Si no… habrá que venderlas. No va a haber más remedio, salvo que regreses. Y necesito para ello tu firma. Yo… no paro entre Madrid y Tres Robles. No puedo más. Y está la niña…

—Pero qué dices, ¿estás loco? ¿Quieres vender las tierras de nuestra familia? ¿Ahora me vienes con ésas…? ¿Es un chantaje?

—Jimena está sola, con el ama. La educa como a una campesina. Yo no dispongo del tiempo suficiente para dedicarme a mi hija como merece una joven de su posición. No pretenderás que la mande a un internado, tan pequeña. ¡Tu sitio está en Tres Robles, David! Regresa con nosotros. Te lo ruego. Dedícate a la niña y a las tierras, y no habrá que vender nada. ¡Tengo muchos proyectos! Créeme, por favor; te van a gustar. Todo va a ser diferente… Te lo juro por Dios.

—¡No jures en vano, Francisco! Yo no soy responsable de tus decisiones ni de la niña.

—Es tu sobrina, la hija de Juliana. ¡Podría haber sido tuya si hubieras tenido más arrojo! —Y le sujetó el brazo—. Perdóname, lo siento… Estoy desesperado, David. Desde la muerte de Juliana no levanto cabeza. Por favor, perdóname. Regresa con nosotros.

—No puedo ayudarte en esto —contestó David amargamente, negando con la cabeza.

—Es tu obligación.

—Nunca creí que pudieras ser tan cruel apelando a la memoria de tu esposa y a la herencia de nuestros padres. Mereces el sufrimiento de perder a un ser amado. Nunca has querido a nadie, y menos a ella; no vengas con ésas, por favor. Me pregunto si quieres a tu hija.

—David, hermano, tienes ahora la oportunidad de que también sea la tuya. Es tu niña, David, nuestra niña; está haciéndose mayor, y puedes ayudar mejor a tu Iglesia desde fuera que desde dentro; con dinero, David. Eres un hombre muy rico, ¡úsalo! Puedes disponer libremente de todo lo que necesites. No voy a poner ninguna objeción a lo que decidas gastar o donar a tu Iglesia, pero vuelve.

—¿También quieres comprarme?

—Eres mi hermano.

—¿Sabes lo que me estás pidiendo? Éste es mi lugar, aunque te niegues a aceptarlo. Tú eres como la lluvia que cae; hay que dejarla caer.

—Di lo que quieras.

—Eres un hombre sin dignidad. Deberías leer a Shakespeare. Te ayudaría a entenderte, Francisco; estás lleno de pasiones.

—Lo que tú digas: leeré a Shakespeare y a Cervantes. Eres un quijote, querido hermano, un quijote que lee a Shakespeare. Buena combinación.

—Vete por donde has venido, Francisco. Tengo una clase dentro de cinco minutos.

—¡Estoy desesperado! —gritó, cortándole el paso—. Ya sabes la flema que tengo. ¡Los encargados nos engañan, los jornaleros se están sindicando; nos quieren quitar las tierras! ¡Vamos a perderlas! ¡No puedo encargarme de todo! Es imposible. No te enteras de lo que está pasando…

Francisco estaba descompuesto. La ira le asolaba el rostro por no ser capaz de convencer a su hermano. Necesitaba un hombre como él, y lo quería de regreso. Se desabrochó el primer botón de la camisa y se aflojó la corbata. Se echaba el pelo hacia atrás continuamente, lacio y brillante de gomina.

—Escúchame: tenemos en Madrid negocios importantes de verdad; no tienes ni idea, pero déjame que te explique. Seguimos dependiendo de nuestras tierras, con ellas somos fuertes. ¡Piénsalo! Te pido que recapacites. Juntos, somos invencibles. Te quedas en la finca, tranquilamente. Montamos un despacho mayor, contrata ayudantes… Lo que quieras.

David seguía de pie, con sus grandes brazos cruzados sobre la descolorida sotana, observando a su hermano hablar con vehemencia como cuando eran niños. Francisco proseguía con su discurso:

—Te tengo que enseñar los libros, no te lo vas a creer. Puedes hacer todas las obras de caridad que te dé la gana. Puedes rezar lo que quieras, llenar la casa de santos y crucifijos. Construimos una capilla en la finca y una buena iglesia en el pueblo… ¿Qué más puedo ofrecerte? ¿Quieres que me arrodille y te pida perdón? ¿Quieres que me humille? ¡Me humillaré!

—Deja de decir sandeces. No soy ningún estúpido. —Y extendió la mano hacia su hermano pidiéndole que se echara a un lado.

Y así se veían a sí mismos, dos hombres enormes discutiendo. Con las mismas manos grandes y el andar desgarbado. David menos elegante, más descuidado y atractivo, aunque llevara una sotana vieja y desaliñada y los zapatos sin lustre, de cordones despeluchados y suelas desgastadas.

La niña levantaba los ojos del dibujo cada dos por tres. Observaba a las dos personas que más quería, sin perder detalle de la conversación; dibujando con ahínco, con esa tenacidad que ponen los niños cuando los adultos se pelean y perciben en ese enfrentamiento una amenaza invisible. Por su actitud prudente y temerosa de niña aplicada, se daba perfecta cuenta de la importancia de lo que estaba pasando y de lo que significaba para su padre aquella visita a su tío. Habían mencionado a su madre, sabía que se peleaban por ella. Se levantó, bajó de la tarima y fue hacia los dos, con el dibujo en la mano para enseñárselo a su tío, y que su padre dejara de levantar la voz.

Era el momento de decir lo que papá le había pedido que dijera, en el coche, cruzando el Ebro a su paso por la ciudad, junto a la basílica del Pilar, repitiéndoselo una y otra vez para dar el golpe de gracia a su tío: «Vente a la finca conmigo y cuídame, quiéreme. Enséñame cuanto sabes, tío. Se lo debes a mi madre». Pero esas palabras no le salían porque no eran suyas.

Francisco recogió su bufanda del respaldo de un banco y agarró a su hija de la mano con la intención de salir de allí. Jimena miraba a David con esos ojos azules y vacíos que todo lo podían, menos en esa ocasión. Se soltó de su padre y le entregó el dibujo a David, abrazándose lo más fuerte que pudo a las faldas del hábito de su tío, que respiraba agitado.

David se quedó inmóvil. Su hermano, como siempre, conseguía levantar el mar revuelto de sus aflicciones.

—No sabes el daño que estás haciendo a tu hija. Y aunque te desprecio por ello, voy a pensarlo.

David se quedó parado en medio de la clase, con la niña aferrada a él con el dibujo en la mano, cuando los alumnos empezaron a sentarse en los bancos. Francisco cogió a Jimena de la mano y salieron de allí haciéndose un hueco entre los jóvenes seminaristas que llenaban el aula con ese alboroto juvenil que David no oía.

Comenzó la lección pensando en otro lugar, en otras personas, en el dolor de recordar otros tiempos. También con cierto placer. Por lo que era capaz de hacer su hermano para que volviera y por todo lo que haría para mantenerlo a su lado. Nunca había experimentado, como ese día, la sensación placentera de sentirse tan importante para Francisco. Podrían volver a ser hermanos. Sería capaz de perdonarlo. Agachó la vista hacia el dibujo de su sobrina. Había tres árboles. Sus ramas verdes y enormes ocupaban la hoja entera. Jimena había dibujado una pequeña cruz sobre la hierba. Un hombre con sotana la llevaba a ella de la mano.

Ése fue el último curso que David impartió en la Universidad Pontificia de Zaragoza.

Regresó con su hermano al terminar el año lectivo de la Facultad de Teología, y pasó todo lo que estaba escrito que tenía que pasar. Dejó de cortarse el pelo y empezó a parecerse más a Jesucristo que a un cura renegado. A partir de aquella renuncia, abandonó su aspecto. Su dejadez se convirtió en un motivo más de crítica velada por parte de su hermano, que, a lo lejos, no lo diferenciaba de los jornaleros que trabajaban en sus tierras. Cambió el hábito por una indumentaria que lo hacía sentir cómodo entre las gentes sencillas, hambrientas y humildes que habitaban las destartaladas poblaciones de los alrededores de la finca. Quería ser uno de ellos. No compartía el esmero en la elección de la ropa que ponía Francisco, elegante y siempre con un pequeño peine en el bolsillo de la chaqueta que sacaba a menudo para echarse el pelo hacia atrás, como delante de un espejo invisible. Se sentía cómodo en sus anchos pantalones verdes de cazador furtivo, salpicados de remiendos y que nunca se quitaba, salvo para ir a la iglesia.

David era tres años menor. Al lado de Francisco parecía un niño grande; un niño responsable y taciturno decidido a dedicarse a su sobrina como si fuera su propia hija y su nueva religión. Se encargó de su educación y preparó con ella las asignaturas. Jimena creció feliz y despreocupada en su vieja casa de Tres Robles. Correteaba en sus solitarias tierras de olivos, encinas y sembrados, junto a su tío, los criados, el ama Fernanda, los guardas y capataces que llegaban al caer la tarde para hacer las cuentas con David, como si el mundo se redujera a sus campos y a dos hombres que la protegían.

Pero la fortaleza que había sido construida para ella se venía abajo como un castillo de naipes soplado por un niño.

Séptimo testimonio

Tras la marcha de Francisco a Tres Robles, a ver a su hermano, yo llamaba al timbre de Pintor Rosales. Giré la palometa de bronce pasadas las cuatro de la tarde. Pienso que fue atrevido por mi parte estar allí, frente a aquella casa sin que Francisco me hubiera presentado antes a Fernanda; pero él daba pocas explicaciones de su vida y amistades a nadie, y menos al ama. Fernanda abrió la puerta enseguida, deseosa de conocer a la acompañante de su niña. Supe rápidamente, por la cara que puso, que reconocía en mí a la mujer que la había estado espiando desde el asiento trasero de un vehículo, estacionado al otro lado de la calle, el día que llegaron a Madrid. Francisco le había dicho a Fernanda que sacaría esa tarde a Jimena a dar un paseo por Madrid, y no se me ocurrió nada mejor que llevarla a que conociese a la hermana Juana y el orfanato. Salir del centro, al otro lado del ensanche, donde la ciudad se desdibuja en mil caras distintas, pobres y sin rostros definidos, me pareció una buena idea para dar comienzo a una nueva relación, que me preocupaba. Francisco la había sacado a pasear en varias ocasiones, y Jimena ya tenía una idea bastante clara de la ciudad. Me dijo Fran por teléfono, con una voz decepcionada, que Madrid no había levantado en su hija ninguna ilusión. La veía abatida y triste, y sus ojos totalmente despojados del brillo de la ilusión. Recorrieron la ciudad como dos personas que no se conocen. Cibeles, el hipódromo, la plaza de Neptuno o el Paseo del Prado no habían conseguido arrancarle una sola palabra de admiración, más allá de escuetos monosílabos. Tampoco la Casa de Correos o el Café Oriental de Preciados le habían causado el menor interés.

Fernanda me lanzó una media sonrisa, me dijo que era una alegría conocerme.

—Se van a llevar bien, lo sé. Es usted más joven de lo que pensé.

Y me ofreció pasar al salón sin más preámbulos, llevándose las manos al negro mandil. Vi en ella a una mujer sincera e inteligente, de mirada sagaz, pero llena de compasión. Decliné el ofrecimiento y preferí esperar en el recibidor.

Me sentí desconcertada. No veía a Jimena desde la cena en casa de mis padres y al final no fue necesario llamar al doctor Monroe por aquella indisposición fruto quizá de la tensión por conocer a mi familia y su nueva casa. Francisco confiaba en mí para ayudar a su hija en su atroz camino hacia la madurez. Salir de Tres Robles había supuesto para ella el comienzo de una nueva vida llena de interrogantes. Y yo no sabía cómo era esa muchacha, pero sí había algo en ella que me intrigaba. No era fácil comenzar una amistad con la hija de tu amante. Pero ella poseía una especie de imán, suponía un reto, lo que me atrajo desde el primer momento.

Jimena salía del gabinete de su padre guardándose en el bolso un libro descolorido. Llevaba el cabello recogido en una larga trenza, hacia atrás. Me dijo «hola» sin mirarme a la cara, lista para acompañarme, sin ningún saludo cortés, como obedeciendo órdenes inquebrantables. Antes de que cerrara las puertas de la biblioteca, con sus manos blancas y delgadas, pude ver en la *boiserie* de la pared del fondo la colección de libros antiguos que Fran le había comprado a un anticuario de la calle de Bailén, a precio de saldo.

Caminamos hacia Alberto Aguilera. Subimos por Rey Francisco, bordeamos las tapias de los jardines del Palacio de Liria, por Mártires de Alcalá, hasta la parada del tranvía. No sabía cómo hablar con ella. Tan silenciosa. Sujetando su bolso como si lo fuese a perder. Sus pasos apenas hacían ruido, y ya en la parada, le dije, por entablar conversación, que Alberto Aguilera había sido el alcalde de Madrid que creó el parque del Oeste; esos jardines, frente a su ventana, que llegaban hasta la Florida cuyos atardeceres estaban grabados a fuego en mi memoria. «Ah… Me alegro», contestó, y siguió su lento observar. Sus ojos enormes recorrían las fachadas, con languidez, y algo más allá que solo existía en su pensamiento. Me crucé de brazos y esperé tener mejor suerte.

Llegó el tranvía. Seguramente era la primera vez que lo tomaba. La vi nerviosa. Sus piernas temblaron al alcanzar la plataforma. La notaba insegura, pero con el mismo orgullo de su padre ante lo desconocido. Nos sentamos en la parte de atrás. Tenía un perfil de gatita salvaje, con la nariz pequeña y chata, y se limitaba a mirar por la ventanilla, sin pestañear, con la misma atención que ponía en todo. Me pareció bella e inteligente. Realmente era una niña, con su bolsito de piel, sobre las rodillas, abultado por el libro, y las manos cruzadas sobre él. En varias ocasiones me dirigí a ella para llamar su atención sobre los edificios por los que pasábamos, antes de salir de nuestro barrio de Argüelles. Levantaba la vista para mirar hacia ellos con una cortesía ausente. Sus modales eran en exceso correctos. Le pregunté de qué trataba el libro que había tomado de la biblioteca de su padre. «*El Príncipe*», me contestó, mirándome por encima del hombro, como dándome a entender de que podría ser una lectura fuera de mi alcance. «Interesante», respondí. Me levanté y me dirigí hacia la plataforma, llegaba nuestra parada. Jimena me siguió obediente y algo satisfecha de sentirse superior.

Caminamos hacia el alto de la calle López de Hoyos. Jimena iba distraída. Yo me preguntaba cómo podría abordarla con éxito hasta aflojar la tensión entre nosotras, tras el incómodo trayecto en el tranvía en el que hablar con ella había supuesto una empresa imposible.

Aceleramos el paso para llegar cuanto antes a las puertas del colegio que pretendía que conociera. No me preguntó en ningún momento hacia dónde íbamos. Creo que le daba igual, venía conmigo de una forma involuntaria, una orden que cumplir, como uno de esos autómatas que andan y se mueven accionados por un mecanismo. Era la típica mañana madrileña de un mes de julio cualquiera, seca y vibrante, perfecta, que formaba parte de un largo y caluroso verano.

Laura nos abrió la puerta del colegio. Una joven hermana con la cara salpicada de marcas por una viruela que no había podido desfigurar su dulce rostro, de cejas finas y nariz pequeña, redonda y chata. Se alegró tanto al vernos que nos besó las manos con verdadera veneración, cosa que sorprendió a Jimena, que encogió el brazo, un poco incómoda. Antes de atreverse a entrar, Jimena echó un último vistazo al edificio, con pequeñas ventanas en línea, de lado a lado de la extraña fachada, sin que su cara expresase ningún interrogante. Ya dentro las presenté. La hermana Laura se quedó conmocionada, con la boca abierta por el aspecto de Jimena, tan alta. Enseguida nos abrió el paso por el oscuro y fresco pasillo hasta cruzar la puerta para llegar al patio de atrás. La luz volvió a aparecer de golpe. A la izquierda se veían huertos y corrales. Se escuchaba el cacareo persistente de las gallinas, su olor corría por el aire. Nos sentamos en unos taburetes que nos colocó la hermana Laura, a la sombra de un manzano del que ya brotaban sus frutos, ácidos y verdes. La joven y tímida Laura nos anunció la llegada de la hermana Juana y se retiró inclinándose en una reverencia excesiva. Tuve que decirle que no hacía falta tanto tratamiento y ella se ruborizó. Jimena se quedó mirándola mientras se alejaba casi de puntillas entre los pequeños frutales.

—¿No quieres saber dónde estamos? —le pregunté, cansada de su silencio.

—Me lo imagino. Aunque esto no parece un convento —contestó, mirando las paredes grises del edificio.

Rosas enormes, en los parterres, florecían junto a la tapia encalada. Al otro lado se extendían barbechos y encinas de una pequeña dehesa. De pronto, unos niños pequeños se asomaron por las ventanas armando alboroto, y se escondieron enseguida, en cuanto miramos hacia arriba. Oímos risitas infantiles y juguetonas que llamaban nuestra atención. Algunas vocecillas pronunciaban mi nombre.

—Es y no es un convento, ésa es la cuestión —le contesté a Jimena que se colocó la trenza hacia atrás.

Me miró arrugando su naricilla pequeña y agudizó el oído para escuchar mejor las risitas que llegaban desde la planta alta.

—¿Qué honra más el espíritu: sufrir los ataques de la injusta fortuna o tomar las armas contra la adversidad, combatirla y aniquilarla? Morir es… dormir. No más. ¿Y…? —Se quedó callada esperando que yo continuara, cosa que no hice porque nunca pude memorizar a Hamlet—. No importa. Al final vas a conseguir caerme bien —concluyó, al tiempo que me miraba desafiante, como si hubiera encontrado mi punto débil.

Pero me sentí feliz por haber sido capaz de hacerle hablar tres frases seguidas.

—No sé qué tramáis mi padre y tú, pero has de saber que, sea lo que sea, no lo vais a conseguir. ¿Qué pinto yo aquí, Lucía? ¡No pretenderéis meterme a monja! Estoy segura de que le encantaría a mi padre; ya seríamos dos en la familia —añadió de seguido.

—Ni mucho menos, querida —respondí—, ni mucho menos. Para eso hay que valer.

—No me has traído aquí para ofenderme, ¿verdad? —dijo, acercando desafiante su cara a la mía, nublándome con sus ojos blanquecinos que me asustaban, como si de pronto hubiesen revivido.

Me entraron ganas de abrazarla, de acariciarle las mejillas, de decirle que no hacía falta ser así, que podía sentirse segura a mi lado; yo la protegería, aun sin saber exactamente de qué, pero lo haría. Presentía una amenaza sobre ella, en el fondo de esos ojos heredados de su madre. Una sensación que me transmitía también Fran cuando me hablaba de ella, con una voz turbada, como caminando de puntillas para no llamar a los demonios que podrían despertarse en el interior de esa hermosa niña que nos desconcertaba a todos.

Me planteaba si había sido buena idea aquella visita al orfanato. Había deseado llevarla y presentarle a las hermanas. Quería mostrarle el trabajo al que dedicaba mi ser y mi esfuerzo. Y su padre confiaba en mi influencia. Debía controlar los pasos de su hija, protegerla de alguna manera de los jóvenes radicales, en cuanto ese septiembre comenzase su primer curso en la vieja universidad de San Bernardo. Todos sabíamos lo que pasaba en las aulas, las manifestaciones y los alborotos de los estudiantes, siempre en confrontación política. Francisco estaba seguro de que el ama Fernanda conocía bien a su hija, y le había ordenado que la vigilase día y noche en el Madrid al que él la había condenado.

Pero Fernanda, estoy convencida de ello, la vigilaba de cerca, incluso antes de que su padre se lo pidiera de forma explícita y contundente cuando salieron de Tres Robles. Esa mujer conocía a Jimena mejor que nadie. Y yo compartía la preocupación de Francisco, cuando en la intimidad de su hogar, él debía de observar el rostro melancólico de su hija, hasta siniestro, tan discreta siempre, silenciosa, mirando todo de reojo como asustada. Nunca sabías qué podía estar pasando por su cabeza. Había en ella un falso comportamiento que intentaba presentar como auténtico. Incluyendo su esfuerzo por ocultar su mala salud.

Los chiquillos volvían a asomar la cabecita por los ventanucos. Sacaban los brazos como pajarillos, piando por salir del nido.

La hermana Juana llegaba a nuestro encuentro corriendo, arreglándose la toca, cosa que agradecí.

—¡Venga, para dentro, truhanes! —gritó sofocada, mirando

hacia arriba y haciendo el gesto con la mano de darles un azote en el culo.

Juana me abrazó con más sentimiento de lo normal. Parecía agitada. Tenía los carrillos rojos, la vi azorada, con las manos hinchadas por el duro trabajo que intentaba ocultar frotándoselas nerviosamente. Abrazó a Jimena con cariño. Llevaba un hábito más nuevo que el de costumbre.

—¡Qué honor conocerla, señorita Jimena! —exclamó, tomándole las manos y llevándoselas a los labios—. ¡Qué ganas teníamos todas de que viniera a visitarnos! Hemos pedido tanto al Señor por toda su familia… Los niños, benditos, tienen un regalo para usted que han hecho ellos mismos, ¡criaturas de Dios!

—No debieron molestarse… —contestó Jimena titubeando, dando vueltas a la correa de su bolso entre sus dedos afilados y huesudos.

—Juana es la hermana superiora. Es mi consuelo y mi conciencia —dije.

Miré a Juana; se mostraba algo más tranquila.

—¡Qué hermosa es usted! —exclamó afilando la mirada, incrédula ante tanta belleza.

Juana miraba a la joven profundamente, con muchas preguntas sin respuesta. Las que sin duda deseaba hacerme a mí.

—No he tenido el honor de conocer todavía a su querido padre, pero es como si lo estuviera viendo a través de usted. Estoy segura de que tiene un rostro tan bondadoso como el suyo. Nos gustaría que viera la clase donde enseñamos con humildad nuestros conocimientos a los niños; y el comedor; y su dormitorio; la enfermería de la hermana Rosa, que ya es titulada; y a la hermana Cloti que cocina de maravilla y hace milagros con las patatas, incluidas sus mondas. La hermana Laura es una buena bordadora. También tiene un recuerdo para usted.

—Juana, va a intimidar a nuestra invitada. No le quedarán fuerzas para volver y me encantaría que lo hiciera a menudo, a partir de ahora. Éste es un lugar mágico, donde nada malo puede pasar, estoy segura —dije, mirando a Juana para tranquilizarla por lo que sin duda me tenía que contar.

—No crea tanto en la magia, doña Lucía, y confíe más en Jesucristo. Él es el único que puede salvarnos de todo lo que está pasando. Y no esperamos nada del gobierno, que nos ha dado la espalda. Pero vayamos para dentro... Nada de malos augurios...

Jimena, por primera vez, escuchaba con atención, sin decir nada. Observaba con los ojos bien abiertos a la hermana Juana. Parecía sentirse cómoda junto a ella. Me dio la sensación de que todo era nuevo para Jimena y que apenas había tenido instrucción religiosa. Algo extraño para ser sobrina de un sacerdote.

Estuvimos más de una hora en la que recorrimos, junto a la figura regordeta y amable de Juana y sus explicaciones, todos los rincones del almacén reconvertido en convento y orfanato que protegía del abandono a más de treinta niños, entre los dos y los dieciséis años. Los mayores en ese momento no estaban, salían temprano hacia los trabajos que yo me encargaba de buscarles en los mercados, en la construcción, en fábricas, en talleres que necesitaran aprendices. Donde se podía. Volvían por la tarde para cenar y acostarse hasta el día siguiente. Era el único lugar al que podían regresar. Y algunos ya no lo hacían. Si les iba bien, sus patrones los dejaban quedarse a dormir en los talleres donde se ganaban el jornal, pero la mayoría acababan en estrechos sotabancos, malviviendo, afiliándose a partidos radicales o a sindicatos obreros. Las hermanas se apenaban cuando ya no recibían noticias suyas y rezaban por ellos. No habíamos tenido todavía la suerte de que alguno quisiera continuar con los estudios más allá de los quince años, e ingresar en un seminario o en la universidad. Madrid, en 1929, descubría su máscara más pobre y siniestra, tenebrosa. Era una ciudad de hambre y revuelta. Una masa de gente, en estado lamentable de pobreza y necesidad, habitaba en sus calles y en sus casas de corralas.

Todas las hermanas abrazaron a Jimena hasta marearla. Los niños se quedaron impresionados por el color de sus ojos, por su trenza larga y oscura como el carbón que nos faltaba para calentar los dormitorios en invierno, por su ropa elegante y sencilla, y ese aspecto que lucía de muchacha medio enferma. Tan frágil. Juana se mostró muy cauta en sus comentarios y la hermana Laurita le entregó un delicado pañuelo de hilo bordado por ella con las iniciales de Jimena:

J. A. R.

Cuando vio el pañuelo lo tomó en sus manos y pasó los dedos por las letras, notando el suave y fino relieve que formaban los hilos, como si fuera terciopelo. Un bordado sutil y excelente. Jimena dobló con cuidado el pañuelito, visiblemente cansada, y lo mantuvo en la mano todo el tiempo que permanecimos en el colegio.

Entramos en el dormitorio de los niños. Había un fuerte olor a Zotal. Las camas estaban en formación, apretujadas contra las paredes blancas con rodales de humedad. Me di cuenta de que a Jimena le sudaban las manos. Con disimulo se limpiaba en el pañuelo de hilo. Una y otra vez se restregaba con él como si así pudiera hacer desaparecer el sudor. Escuché a Juana comentar que habían recibido órdenes muy claras del arzobispado. Éste se encontraba negociando con el gobierno. No debían abrir ni dejar pasar a desconocidos al interior del colegio, ni dar refugio a nadie, de momento, y tenían que apagar las luces al anochecer para no llamar la atención. Aquello no le gustó a Juana, pero el obispo ordenó mantener los ojos bien abiertos por todo lo que estaba ocurriendo en las calles de Madrid.

De pronto, en medio del dormitorio, Jimena se puso muy tensa. Los niños le tiraban de la falda reclamando su atención, peleándose por hablar con ella como si fuera una actriz extranjera. Juana les regañó y les ordenó ponerse en fila delante de sus camas, en formación. Sus vocecillas agudas y desafinadas nos pusieron la piel de gallina con una canción en francés que les había enseñado Juana. Ése era el regalo que los niños habían preparado para su joven benefactora, tímida y siempre alerta; sin atreverse a tocarlos, como si esos mocosos abandonados le diesen miedo, un miedo irracional que no necesitaba cuestionar ninguna pregunta.

Yo no entendía por qué Jimena se mostraba tan incómoda con los niños. Quizá porque en sus semblantes adivinaba un triste presagio. Como si ella tuviera la habilidad de columbrar el futuro que llegaría años más tarde para su hijo.

A la salida nos despidió la hermana Laura, y todo fue un reconocimiento de amor hacia ella.

Ya en la calle la noté más relajada, reconfortada, contenta de respirar el aire puro que bajaba de la sierra con el viento del norte. Y entonces la miré. Encontré una sonrisa crispada en sus labios. Estaba tensa. Como si algo en su interior la hubiese impresionado. Algo que a mí se me escapaba.

Una fila de carros cargados con ladrillos y sacos de cemento, tirados por mulas perezosas, circulaban por la calzada en dirección norte. Anduvimos juntas y en silencio un largo trecho hasta tomar el tranvía. Recordé a su padre viniéndome a buscar a esa misma calle, su cara burlona y sensual al volante del automóvil. Yo nunca dejé que el chófer me acompañara al colegio. Procuraba vestir sencilla para adentrarme en esa zona de Madrid que en el fondo me asustaba también. Y no por peligrosa, sino porque la pobreza en sí misma contiene un profundo terror y una amenaza que nos hace sentir vulnerables y débiles.

En el tranvía de regreso, sentadas la una junto a la otra, Jimena me tomó la mano. Sentí su amistad. Pero me solté de sus dedos largos y fibrosos, extraños.

—¿Te hace ilusión entrar en la universidad? —dije, de pronto.

Las puertas se abrieron en una parada y ella se quedó mirando a un joven de su edad que subía, con un libro en la mano.

—Si te soy sincera, no lo sé. Es posible. Tendré que averiguarlo.

—Es posible..., ¿nada más?

—Creo que no debí salir de Tres Robles —dijo, fijando la

mirada en la correa de su bolso que sujetaba con tensión e inquietud.

—¿Por qué dices eso?

—Tampoco lo sé. Ahí dentro he sentido algo muy extraño. La vida no es lo que parece. —Y vi un terror escondido entre el brillo de ese azul descolorido de sus ojos—. No me va a ir bien en Madrid, lo sé. Y Lucía, una pregunta: ¿por qué ese orfanato?, ¿por qué me has llevado? No me gustan los niños. Esos niños me asustaron.

—Creí que te iba a agradar, nada más. Lo siento si te he ofendido en algo. No era mi intención. Y no hay nada que temer de ellos, Jimena. Son criaturas que lo han perdido todo.

—¡Por eso mismo! —Y noté miedo en su voz—. Como yo lo perderé todo, lo sé. No me gusta tu orfanato. No quiero volver, te lo ruego; no me vuelvas a llevar. Hay algo en él que no me gusta.

Había en aquellas palabras un significado imposible de entender. Era como si entre aquellas paredes hubiese aprehendido un espíritu que solo a ella se le había manifestado.

—Te lo prometo, no te preocupes; no pasa nada. Pero no me has contestado.

Y dijo, sin mirarme a la cara, que solo deseaba complacer a su tío, y:

—Para él es muy importante. Voy a ser la primera mujer en mi familia con un título universitario. Es su ilusión, y yo no se la voy a quitar.

Dio por zanjada toda la conversación. Seguimos en silencio todo el trayecto mientras subíamos por los bulevares, hacia la calle Princesa. Y así estuvimos un rato, sintiendo una amistad que comenzaba. No quise pensar. Había desaparecido la resistencia que noté en ella apenas cuatro horas atrás. Se podía adivinar por el lenguaje de su cuerpo que me había acompañado forzada por su padre. Quiso partir con él a la finca para ver a David. Me imaginaba la escena que debió de producirse entre ellos dos, la discusión que tuvieron cuando me la contó Francisco: ella deseaba irse de Madrid, acompañarle. Su ama le quitó de las manos la maleta que se había preparado; apenas un par de vestidos y unos zapatos. «La tuvimos que sacar del coche entre Fernanda y yo. Casi no podíamos con ella. Se agarró al volante con una fuerza desconocida en mi hija. Estaba irreconocible. Su rostro, Lucía, su dulce rostro se le había transformado en algo muy feo», me explicó Francisco cuando me telefoneó, preocupado, para advertirme de la situación.

—Es normal, dale tiempo; yo me encargo. Y vete tranquilo —le dije. Y así había sucedido.

Era posible que me pudiera estar enamorando de la ilusión de tener una hija de la que me separaban tan solo nueve años. Quizá hasta habría podido ser ella, en otra vida, y no haberme casado nunca con Roberto. Una nueva vida que hacía posible su padre. El contacto con su piel había sido el contacto con la piel de Francisco. Y en silencio transcurrió el regreso a casa de ese día agitado que no había terminado aún, con la sensación de que nacía en mí un extraño amor hacia la familia Anglada.

Mi joven amiga se empeñó en que no hacía falta que la acompañara hasta su puerta cuando nos apeamos del tranvía en la esquina de Princesa con Marqués de Urquijo. Nos paramos en mi portal. Me sentí tranquila, sin necesidad de imponer ninguna decisión de ser yo quien la acompañara hasta su casa, como era mi deber.

No quería pensar en Claudio. Estaría dando guerra por el pasillo y se tiraría a mis brazos pidiéndome jugar en cuanto me viera. La tarde estaba transcurriendo agradable. La invité a tomar un té en el gabinete del ático; desde allí se veían los tranquilos pinares de la Casa de Campo, como si estuviésemos dando un paseo entre ellos. Jimena declinó la invitación, tenía que estudiar una complicada pieza de piano. Me dio un beso en la mejilla, retirándose la trenza hacia un lado. La vi hermosa haciendo ese gesto, con la boca entreabierta y los ojos cerrados. Me sonrió con franqueza y se marchó calle abajo.

Sentí el arrebato de tomar de nuevo el tranvía e ir al despacho de su padre y quedarme allí hasta que regresase para tirarme en sus brazos y me hiciera el amor hasta matarme, decirle que me llevara a la casa de la Ciudad Lineal. Pero estaba a doscientos kilómetros. Quién sabe lo que estarían hablando los dos hermanos, mientras yo paseaba a su hija por Madrid.

De pronto, no supe por qué me estaba deprimiendo. Por qué, de repente, me sentía tan mal. La vi alejarse por Marqués de Urquijo, bajando con su bolso en el hombro, hasta llegar al quiosco de música de Pintor Rosales. Su falda se hinchó por el viento rodeando sus piernas delgadas, y se inclinó para atarse la tira del zapato. Torció la calle y desapareció con la brisa del atardecer que ya planeaba por el parque del Oeste.

Esa noche, en la soledad de mi dormitorio, pensaba en su padre. En la misma habitación que me había pertenecido desde la infancia y que ahora ocupaba como una extraña en casa de mis padres, casi siempre sin Roberto. Mi hijo descansaba en la habitación de invitados, al fondo del pasillo, velado en todo momento por Dolores.

En el fondo, había sido una complicación que Jimena viniera a Madrid. Su cuerpo huesudo y blanco, escurrido como un sable, sin apenas senos que pudieran amamantar algún día, me preocupaba. Era como el cuerpo sagrado de una virgen, imposible de profanar. Llegué a tener miedo de mis propios pensamientos hacia su futuro, que excitaban mi imaginación deseando escapar de sus límites. No quise sentirme su madre. Su madre estaba muerta y enterrada y su padre ahora me pertenecía. Las fronteras de mi imaginación comenzaban a relajarse para dar paso a las fantasías. Acaricié las sábanas de hilo deseando que fuese la piel desnuda de Francisco y me quedé dormida soñando con él. Con sus dedos y sus labios envolviendo mi piel, hasta arrebatársela a mi marido. Esos días Roberto estaba en Italia.

Comencé a querer a Francisco Anglada con toda mi alma, casi de una forma desesperada. Los vínculos con él se habían estrechado, como si la irrupción de Jimena en Madrid y en nuestras vidas hubiese supuesto una unión más allá del amor. Había entre ellos dos un cariño singular del que yo estaba comenzando a participar, con intriga. Tenía la percepción de que Jimena rechazaba a su padre, y ese pensamiento me alteraba. Necesitaba saber por qué. Pensé que David Anglada debía de tener todas las respuestas acerca del carácter de esa joven. Había algo extraño que debía averiguar. Daba vueltas y vueltas a ese asunto y debía preguntarle a Fran por su hermano en cuanto la ocasión fuese propicia. No sé si me iba a atrever, pero necesitaba saber cómo era David, qué aspecto tenía, qué clase de vida llevaba, por qué dejó las clases en el seminario y la vida religiosa para llevar los negocios de la familia, años después de morir su cuñada. Intentaba atar cabos sueltos y conocer la relación de los tres. Las respuestas a mis preguntas debían de estar en el tío de Jimena. O al menos eso creí entonces.

Octavo testimonio

En septiembre de aquel año de 1929, como todo estaba previsto, Jimena ingresó en la universidad. Ese verano pasó con una lentitud insoportable. En julio partí de viaje a Italia con Roberto y Claudio. Mis padres salieron para Pontevedra, a nuestra casa de Galicia; mis hermanos a finales de junio ya no aguantaban más el aburrimiento de la ciudad. Y a mí se me hacían interminables y tediosas las tardes, a más de dos mil kilómetros de mi playa tranquila de Sangenjo, en compañía de mi suegra, soportando sus impertinencias durante el paso de los días, en su villa de la ciudad costera de Ostia, a media hora de coche, al suroeste de Roma, en el mar Tirreno. El pueblo balneario, bajo el mando del partido, crecía, y se avanzaba en los trabajos de excavación y restauración de las ruinas de la Ostia Antica, supervisados por los delegados del ministerio que llenaban las terrazas del paseo, al atardecer. Ese verano estuvieron las playas más llenas que de costumbre. Mi suegra se estuvo quejando diariamente de un dolor desconocido en el hombro. Roberto, los escasos días que permaneció con nosotras, se dedicaba por las mañanas a jugar con Claudio en la playa y a contarle historias de gladiadores y romanos. Por las tardes acudía con su madre a ver al médico, a la clínica del balneario. Me encargué de ella en ausencia de mi marido, que se ausentó por sus obligaciones con el partido durante semanas, hasta que regresamos Claudio y yo a principios de septiembre a España.

Cuando regresé, Francisco y Jimena estaban en Madrid, habían permanecido en la capital durante el verano. Se entregaron a dar paseos por los jardines de La Moncloa, visitaron los pueblecitos de la sierra del Guadarrama, y Francisco alquiló a principios de julio un elegante chalet con piscina en El Escorial, a través de Feijóo que residía junto al monasterio durante el verano y conocía a todo el mundo. Jimena se negó, desasosegada, a trasladarse durante esos meses, y no quiso ni conocer la residencia. Fran perdió el dinero entregado por el importe de dos meses. Aun así el verano transcurrió tranquilo para todos.

Sin embargo, ese invierno Madrid vivió revueltas en las calles y ataques continuos contra la monarquía y el jefe de Gobierno. No había institución que no fuese criticada con dureza por partidos políticos y sindicatos: desde la Iglesia al poder militar, pasando por un rey desprestigiado que ya no sabía cómo frenar su impopularidad; la caída de la peseta, las huelgas, el paro y tanta pobreza.

A finales de enero de 1930 dimitió Miguel Primo de Rivera, incapaz de controlar la situación. Alfonso XIII nombró a otro general como jefe de Gobierno. El rey fue a despedir a Primo de Rivera en su Duesenberg a la estación de Atocha y todos los periódicos retrataron esa mañana desangelada y neblinosa de enero a los dos hombres despidiéndose como viejos amigos, unidos por un destino que entonces se empezaba a vislumbrar. Nunca más volverían a verse. El dictador murió acosado y enfermo, a los dos meses, en París, y al rey le esperaba el mismo destino de exilio un año y medio después, tras unos pactos en San Sebastián en los que se unían los partidos republicanos para preparar una nueva Constitución y proclamar el fin de la monarquía y dos pronunciamientos militares.

En Jaca, el 12 de diciembre de 1930 se colgó la bandera republicana en los balcones del ayuntamiento, saldado con detenciones y capitanes fusilados.

De Cuatro Vientos partieron dos aviones para lanzar octavillas sobre Madrid para proclamar la república, el 15 de diciembre. Horas después se intentó bombardear el Palacio Real. El gobierno lo sofocó enviando a la base aérea sublevada fuerzas de artillería e infantería que rodearon el aeródromo con carros de combate.

Si Francisco hubiese sospechado alguno de estos acontecimientos, con su hija en las aulas de la universidad, en la capital del país que vivía un cambio político y revolucionario de esa índole, jamás habría traído a Jimena a Madrid. Pero así estaban las cosas a principios de 1931.

Ya no había vuelta atrás.

El 12 de abril de ese año se convocaron elecciones municipales, tras una reforma constitucional. Fueron tan adversas a la monarquía que Alfonso XIII tuvo que huir, siguiendo los pasos de Primo de Rivera, en su propio coche, junto al ministro de Marina, quien lo acompañó desde el Palacio Real hasta Cartagena. Allí embarcaron con destino a Marsella, donde llegaron a la mañana siguiente. En el muelle del puerto francés, a las seis y cinco de la madrugada, el rey se despedía de su pueblo, con sus maletines en la mano, en una carta que le entregó al ministro, que cerraba en ese momento su vida oficial. Al salir de las aguas jurisdiccionales de Marsella se izó la bandera republicana en el buque español por orden del nuevo gobierno salido de las urnas.

Ese domingo de comicios yo no salí de casa. Los resultados fueron tan adversos a la monarquía que mi padre y Francisco estuvieron atentos a la radio durante todo el día, concentrados en el despacho de Fran en la calle del Factor, frente al Palacio Real. En las garitas de la plaza de Oriente la policía retiraba carteles republicano-socialistas, mientras subían por las escalerillas que salvan el terraplén de la calle del Factor, el corredor de bolsa Feijóo acompañado de varios socios de mi padre y de Francisco, envueltos en el griterío de la calle que festejaba ya la república, para asistir a una reunión de urgencia.

El *Heraldo de Madrid* ya anticipaba el resultado:

Trasciende el triunfo de republicanos y socialistas desde primeras horas de la mañana. Miles de madrileños hacen cola para votar en los colegios electorales.

Desde el Ministerio de Instrucción Pública hasta el de Fomento corren aires republicanos.

En la Puerta del Sol hubo altercados durante toda la mañana. La policía montada a caballo invadía las aceras y simulaba cargas contra los alborotadores que huían por la calle de la Montera y Alcalá. La gente se refugiaba en la estación central del metropolitano. A un joven lo tiraron al río Manzanares sospechoso de comprar votos. Yo llamé a la casa de Pintor Rosales esperando que Jimena no hubiese salido. Su padre le había prohibido ese día moverse de casa. Pero me dijo Fernanda, con un tono de voz alarmado, que no estaba en casa. Temía que hubiese quedado con el joven de la facultad que la rondaba. No pudo cortarle el paso. «¡Ay, doña Lucía, estarán las calles peligrosas, llenas de comunistas y revoltosos! Espero que la niña esté de vuelta antes de que el señor llegue a casa. De lo contrario, no tendré otra que echarme en su busca. Es un desatino, doña Lucía», me dijo agobiada con su voz seca y fuerte de mujer con temple. «No salga de casa, Fernanda, si tarda Jimena me llama y vemos qué hacer. Pero no salga sin mí», le contesté antes de colgar.

Un cortejo peligroso

A Jimena le era suficiente con cerrar los ojos para tener la sensación de sentirse siempre al lado de David, y ver su sonrisa amable avivada por sus cabellos rizados y rubios, como pequeños muelles traviesos revoloteando por la cara ancha y robusta de su tío. La carta de despedida de David estaba fechada el 24 de julio de 1929. Lo que había leído en ella, con avidez descontrolada, durante los dos últimos años, le seguía incendiando por dentro. Esperaba sentada, bajo un árbol del parque del Oeste, a Pere Santaló, con la carta en la mano y las piernas flexionadas sobre la hierba. Pere era su único amigo en Madrid y su relación con él le merecía poco aprecio. Era un chico con las piernas demasiado cortas para su gusto, una cara un tanto crispada y los labios tan finos que parecían no haber probado bocado en su vida. Pero la distraía su carácter beligerante, siempre dispuesto a servirle de compañía y rompía su aburrimiento.

Había estado leyendo durante horas la carta que sujetaba entre las manos, desde que salió de casa. Había esperado a que Fernanda estuviese atareada para escaparse e incumplir su promesa de no salir de Pintor Rosales. Se guardó la carta, arrugada y leída mil veces, con los bordes envejecidos, en un bolsillo del vestido cuando vio a su amigo acercándose apresurado entre los árboles del parque, con una visera blanca y un pañuelo de cuadros anudado al cuello.

Le vino a la cabeza los días en que empezó a entablar la primera palabra con él, el esfuerzo de Pere durante meses para conseguir el propósito de salir con ella. La seguía por los pasillos. En la biblioteca procuraba sentarse a su lado, se asomaba a las aulas para saber si estaba en su lugar de costumbre, nunca atenta al profesor. Intentaba acapararla como si fuese su propia sombra, en todo momento, hasta la seguía a la parada del tranvía, frente al paraninfo de la universidad, con las manos en los bolsillos vacíos, para decirle adiós en cuanto ella montaba en el tranvía. Según se alejaba y la perdía de vista, daba una patada al aire para darse la vuelta y esperar a que regresara al día siguiente. Su paciencia había dado resultados y, en tres meses, en diciembre del primer curso, consiguió hablar con ella. Convertirse en su amigo le costó otro par de meses. En parte porque la soledad, entre tanta gente distinta, se le hacía insoportable a Jimena; las clases tediosas, arrinconada, sin entablar conversación jamás con ninguna compañera, a quienes esquivaba. Éstas enseguida le hicieron el vacío, en cuanto sufrieron su mirada de desinterés e indiferencia. Jimena mantenía el mentón en lo más alto y se protegía bajo su pelo sedoso y compacto como si fuera un escudo.

En cambio, a Pere le sobraban los amigos. Era popular y se rodeaba de camarillas con las que conspiraba.

Pertenecía a una familia obrera llegada del campo: sabía muy bien cómo sacarle su rédito. Su fama de exaltado y rebelde se la había ganado a pulso. El año anterior se había afiliado a la CNT, y su cabeza pequeña y delgada despuntaba en todas las manifestaciones y revueltas de Madrid. Pero ante Jimena, sentado a su lado, en clase, con cara de buena persona, cruzaba sus cortas y esqueléticas piernas dentro de un pantalón ancho de color añil, y se las daba de intelectual afectado. Se ajustaba las gafas y rebatía a sus profesores según le parecía, mientras le guiñaba el ojo a ella. Derogar los planes de estudio universitarios se había convertido en su reivindicación preferida. Su repertorio de anécdotas sobre Madrid y sus políticos divertía a Jimena y le hacía más llevadero entrar cada mañana por las puertas de la calle San Bernardo. En enero de ese año lo detuvieron en la plaza Mayor por agitador, a la cabeza de una manifestación en contra de la construcción de la nueva Ciudad Universitaria, en los terrenos de la Moncloa, que concluyó con diecisiete heridos. Según Pere, era un despilfarro capitalista.

A finales del primer curso comenzó a acompañar a Jimena a casa. Se arrimaba a ella y la tomaba por la cintura en cuanto subían al tranvía. Solía dejarla a unos metros de su edificio. «Invítame a tu casa, Jimenita. Estudiamos un rato y luego me voy, venga, mujer, no seas así. Anda... déjame entrar.» Pero Jimena decía un no rotundo con la cabeza, aceleraba el paso y una llama de temor se encendía en sus ojos, con los libros pegados al pecho como si llevase algo que ocultar.

Pere se daba la vuelta con las manos en los bolsillos vacíos y su cartera descolorida cruzada al pecho. De regreso a su barriada, hacia los locales del sindicato de su distrito o a los mítines en la vía pública en los que participaba, Pere se colaba en el tranvía. Sentado cómodamente, antes de que llegara el revisor, cruzaba las piernas y anotaba en una libreta todos los detalles del barrio de Moncloa, el número y la calle de la casa de Jimena, quiénes vivían en ella, sus horarios y costumbres. Cualquier detalle era apuntado con pulcritud en sus anotaciones. Miraba con atención en cada comercio y portal, se quedaba con la cara de los porteros y comerciantes, y de la gente que entraba y salía de los portales, como si estuviese trazando un mapa exacto del barrio y de sus gentes. Gentes muy distintas a las que él estaba acostumbrado a tratar y a las que decía combatir, hasta en sus propios pensamientos. No se fiaba de nadie ni de nada, y su mirada era difícil de olvidar.

Esa tarde llegaba jadeando y se sentó junto a Jimena, sobre la fresca hierba del parque. Un riachuelo anegaba los prados cercanos. Pere apoyó la cabeza en el tronco del abeto y respiró profundo, sacó de su cartera cruzada al pecho unos libros y un fajo de panfletos rojos y negros de propaganda sindical que esparció a los pies de su amiga, como las cartas de una baraja. Ella ni le miró. Seguía con la cabeza perdida entre las letras y las palabras escritas por su tío. Observaba tranquila los pajarillos revoloteando entre las copas frondosas de los árboles, por las que se filtraban los rayos del sol. A Pere le molestó el poco caso que le hizo Jimena, absorta en sus ensoñaciones.

—¡No entiendo cómo estás tan tranquila, con todo lo que está pasando! —le recriminó, limpiándose las lentes pequeñas y redondas de sus gafitas de pasta, con un gesto de desagrado, y añadió rodeándola con los brazos por la cintura—: Las calles están llenas de gente que quiere la revolución. ¡Una nueva era ha comenzado, Jimenita! Tenías que haber venido, so lela. La gente se salía de los colegios electorales… He corrido como un cochino delante de los guardias… Esto acaba de empezar…

Jimena se entretenía en acariciar la hierba suave y tierna que crecía a su alrededor y empujó a Pere para mantenerlo a distancia, exaltado como estaba.

—El rey se ha ido con el rabo entre las piernas. Anda, vamos a celebrar la república, Jimenita. En la Puerta del Sol no cabe una rata…

Pere la abrazó, exultante, lleno de fuerza y dispuesto a todo con ella.

—Me da lo mismo —contestó Jimena, deshaciéndose de las pequeñas manos de Pere—. He tenido que escaparme de casa para quedar contigo.

Éste la miró de arriba abajo; el vestido de piqué y unas medias finas cubrían sus piernas, tostando su piel descolorida. Jimena apoyó la cabeza sobre el hombro de Pere sin decir nada, observando las castañas diseminadas por la pradera que descendía, para volver a subir hasta el mirador en lo alto del cerro, desde el que se divisaban las ondulaciones del parque y parte de las tapias de la Casa de Campo.

—No sé en qué estás pensando…, siempre en tu mundo. ¡Nunca me escuchas! Claro, como la vida para la señorita es un jardín de rosas…, como no tienes que levantarte a las cuatro de la mañana para ir a la plaza de los Carros a descargar esas malditas mulas… ¡Tendrías que salir de tu bonito barrio burgués para darte cuenta de lo que pasa en Madrid, de cómo viven de verdad los obreros! —le reprochó con sus ojitos minúsculos tras las gafas gruesas de miope, recorriendo con desprecio el vestido recién planchado de Jimena.

Se miró sus pantalones desastrados y viejos, y los zapatos abarquillados.

—¡Espabila! —le gritó, mirando hacia unos jóvenes que saltaban para cruzar el riachuelo.

Con la palma de la mano Pere le dio un golpecito en el hombro a Jimena y la tiró hacia atrás. Ella, en un acto reflejo, se apoyó con los codos en la hierba y se quedó mirándolo.

—No te da vergüenza… ir así vestida… Parece que has salido de un cuento, Jimenita. Las chicas ya no van así. Estamos en 1931 y no en el siglo pasado. Todo está cambiando. Hemos echado al rey, la república es imparable, y luego… la libertad, y el Estado a la basura… que es donde tiene que estar.

A lo lejos se veían las excavaciones y las tierras removidas para la construcción de los nuevos edificios de la Ciudad Universitaria. La tarde iba posándose sobre el oeste y el sol teñía de naranja el cielo.

—Espero que se paren esas malditas obras —dijo Pere, y dio una patada a una pequeña piña, aguardando a que Jimena se incorporase.

—Me importa un bledo lo que digas. Me importa un bledo tu república —respondió Jimena, limpiándose la tierra de los codos.

—Podrías cortarte el pelo. Me gustan las chicas con el pelo corto, a lo chico. Es lo que se lleva ahora —dijo Pere haciendo un gesto con sus pequeños dedos como si llevara unas tijeras—. Pero ¿no te das cuenta de lo que va a pasar a partir de ahora?

Jimena se miró el vestido y se tocó el cabello que le llegaba a la cintura, suelto y peinado, negro, brillante. Algo de razón podría tener Pere. Se inclinó hacia él y le dio un beso en los labios. Él la agarró del pelo y la tiró definitivamente hacia atrás, metiéndole la lengua por todas partes de una forma grosera y llena de violencia.

Jimena se soltó de él, se incorporó y sacudió su vestido con el dorso de las manos poniéndose de pie rápidamente. De una patada, levantó del suelo los panfletos de Pere para salir en estampida cuesta abajo, hacia el mirador, corriendo entre los arbustos y los setos, riendo, gritándole si era capaz de pillarla. Él se guardó afanosamente en la cartera los libros que había tirado sobre la hierba y, dejando allí las octavillas, salió tras ella, metiéndose la gorra en un bolsillo del roído pantalón planchado una y otra vez hasta dejarlo sin lustre.

Pere la alcanzó a los pocos metros. La derribó como si le hubiese tirado un lazo. La abrazó. Le sujetó las manos a la espalda. Forcejearon. Se puso a reír como un loco, abriendo la boca, sacando sus dientes de tiburón, y la besó como se besa lo que es imposible de besar, lo que nunca sería suyo. La mordisqueó con sus puntiagudos dientes en el cuello hasta hacerle una herida. Las manos pequeñas y ásperas del joven, del trabajo duro y penoso, encallecidas de descargar en el mercado, estrujaban la frágil carne de Jimena lo más fuerte que podían, temblando, como queriendo resarcirse de lo que la vida le había negado, sin entender por qué. Por qué a él. Con un deseo desesperado buscaba resarcirse en ella. No era casualidad ser su amigo. La venganza era el elixir de la felicidad, y la tenía entre sus brazos con deseos de ahogarla; y no a ella en particular, sino lo que representaba. Jimena reía. Y Pere soñaba encima de Jimena cómo sería su vida si conseguía un matrimonio así. La aplastaba con toda su fuerza. Le subía el vestido poco a poco. Escurría sus dedos por debajo de las ligas para romperle las medias, pero deslizó una mano equivocada dentro de un bolsillo del vestido, palpó un papel y lo sacó.

—A ver… ¡Una carta! ¡Déjame ver!

Y se apartó de ella, echándola a un lado como se retira un plato del que se está saciado. Jimena se incorporó con el vestido revuelto. Intentó quitarle la carta. Forcejearon. Él levantaba la mano blandiendo el sobre en el aire como un banderín.

—Dime, ¿de quién es? ¿De un pretendiente? ¿Me engañas? ¿A ver, de quién es la maldita carta?

—¡Suelta eso! —gritó furiosa, con los ojos saltones como dos enormes bolas azules a punto de estallar.

—¡Déjame leerla y te la devuelvo!

—¡No tienes derecho!

—¿Cómo que no? ¡Soy tu novio!

—¿Desde cuándo, imbécil?

—Desde ahora mismo. Y nos vamos a casar, antes de terminar la carrera.

—Estás loco, mi padre no lo iba a consentir.

—¿Por qué? Porque soy un obrero, ¿verdad? Dile a tu estirado padre que voy a hacer carrera en política, y que se ande con cuidado. Vienen otros tiempos. Vuestra buena suerte se está acabando. Te interesa estar conmigo, Jimenita. Te lo aseguro.

—Eres… un chulo. Déjame en paz.

—Ya… y a ti te gustan los chulos, por eso eres mi novia y nos vamos a casar. En cuanto te haga una barriga.

—Eres muy desagradable cuando te lo propones. No me pienso acostar contigo.

—Ya lo sé, por eso nos vamos a casar. Porque eres decente. Y rica.

—¡Devuélveme la carta! ¡Es de mi tío, idiota!

—Oh… del curita. Ése va a acabar muy mal, ¿lo sabías? Te conviene estar a mi lado.

—Eres un escuchimizado, pero qué dices. ¡No hables así de mi tío! Que sepas que, si sigues por este camino, vas a tener que enfrentarte a dos padres. Tarea difícil para un desarrapado que no tiene nada —dijo Jimena, con un fuerte tono de venganza y varias lágrimas de impotencia, mirando la carta que Pere mantenía en la mano fuera de su alcance.

Y dando un paso más, rompió la carta en mil pedazos, tirándola hacia arriba con todas sus fuerzas. Los papelillos blancos echaron a volar por el parque, empujados por el viento. Jimena corrió tras ellos, desesperada, en un afán infructuoso de atraparlos, como quien intenta apresar el viento con las manos. Él la miraba correr tras los trozos de papel y pensó que se había excedido, se dejaba llevar por los impulsos y a veces no calculaba bien las consecuencias. Echó a correr tras ella pidiéndole perdón, intentando coger para Jimena los papelitos que seguían planeando. Presintió en ese momento que también volaban sus pretensiones, su oportunidad; luego pensó que no, que los revolucionarios son de esa manera: pasionales, valientes, audaces. Era su deber enseñarle a no ser tan ñoña.

Jimena se echó a llorar con los puños cerrados, apresando los trozos de papel. Se dejó caer en el suelo, sobre una alfombrilla de flores minúsculas que crecían libres por el prado.

Pere abrió su cartera, sacó una pistola y se arrodilló a su lado.

—Anda, no llores. Mira lo que tengo —dijo con voz conciliadora, entregándole el arma por la culata—. A que es bonita. Esta noche hay reunión del sindicato, vente conmigo. Y te presento. Te vendrá bien conocer a otro tipo de gente, luchar por algo. Venga… no llores, solo era una carta. El curita te escribirá más. Dame un beso.

Jimena cogió la pistola. Le dio varias vueltas, calculó lo que pesaba y le apuntó a la cabeza sujetándola bien con las dos manos.

—Y si ahora… disparo y te mato. Diría a todo el mundo que me querías violar. Piensas que soy una idiota, ¿verdad? Pero estás equivocado. Sé muy bien quién eres. Eres valiente, y una mala persona. Pero me gustas. Si no fuera por eso, apretaría el gatillo y te volaría la cabeza ahora mismo. Y puedo hacerlo, créeme. Me sobra valor.

—¡Así se habla! Pero te faltan huevos. Te puedo conseguir una, si quieres.

Pere se tumbó en la hierba con una pajita seca en la boca, y apoyó la cabeza sobre los brazos cruzados. Jimena lo seguía apuntando con la pistola.

—Venga…, Jimenita, a ver si se te va a disparar… Ahora sabes lo que es tener un arma en las manos —prosiguió satisfecho al ver la valentía de Jimena apuntándole sin que le temblara el brazo—. Te gusta, lo veo en tus ojos. La gente te respeta; como yo te respeto ahora. Sabes una cosa: me encantaría matar a alguien.

—¡Te voy a matar, Pere! ¡Por romperme la carta! —dijo Jimena, cerrando los ojos, con una sonrisa de placer y el arma bien sujeta a la altura de sus ojos llenos de pasión—. Por mi tío…, soy capaz de cualquier cosa.

—Yo también quiero matar, sobre todo a los clérigos corrompidos que andan por ahí manejando a la gente… Tú y yo formamos buena pareja, lo veo en tus ojos, en esos ojitos que dan miedo a todo el mundo menos a mí. Venga, vamos… Te voy a llevar a un sitio.

Se levantó y extendió la mano a Jimena para que le devolviera el arma.

—Dámela, a ver si se te va a disparar. No seas idiota, Jimena.

La joven bajó la pistola y se la entregó.

—Voy contigo, pero luego me acompañas a casa. Mi ama me andará buscando.

Salieron del parque. Tomaron un tranvía en la plaza de España hasta una barriada más allá de Ventas. Anduvieron después cerca de media hora. Entraron en un suburbio obrero y destartalado de la periferia. Él tiraba de ella y andaba deprisa. Jimena estaba cansada. Empezaba a cojear de un pie. Con el sudor un zapato se le iba clavando en el empeine. Se le había hinchado. Cruzaron un descampado y alcanzaron una zona de casas bajas y humildes, talleres, corrales y huertos. Las calles eran de tierra y sin aceras. Se pararon en una casa vieja con la fachada de cemento agrietado. Pere llamó a una puerta de metal. La chapa resonó en el interior como a hueco. La puertecilla se entreabrió lentamente y se asomó un hombre obeso, con un mono azul y las uñas renegridas de tinta. El hombre miró por encima de ellos, desconfiado, y les abrió el paso.

—Un poco pronto. No ha venido nadie —gruñó el hombre—. Pasad.

Era una imprenta. En el interior no había nadie, las máquinas estaban en reposo y todo se veía muy desordenado y sucio.

Cruzaron un patio interior. Entraron por una portezuela verde a un almacén con resmas de papel apiladas contra las paredes. Sobre una larga mesa hecha con tablones había paquetes de propaganda, carteles con proclamas revolucionarias y pasquines anarquistas. Ellos eran los primeros en llegar. Del techo colgaba una bombilla pelada que daba una luz mortecina al almacén. Jimena miró a su alrededor intentando buscar alguna ventana. Las paredes tenían manchas oscuras que habían sido mal limpiadas. Olía a humedad y a desinfectante, también a tinta y a grasa. En un rincón vio una silla, y sobre ella una soga colgada del techo.

Jimena fue echándose hacia atrás, despacio, asustada, bajo la luz amarilla. Le dijo a Pere que debía marcharse antes de que alguien la viera allí. Era tarde. No debía enfadar a su padre. Estarían preocupados por ella. Quién sabe si habrían llamado a la policía. Pere la miró furioso y confuso, como si no creyese lo que estaba escuchando. Abrió su mandíbula de tiburón para gritarle, pero no lo hizo. Tranquilamente cerró la boca. Fue hacia el rincón y se sentó sobre la silla de la soga. La luz de la bombilla le daba en la cara. Cruzó los brazos, sin saber qué hacer con ella, y dijo:

—De todas las chicas del curso, eras la que creí más lista y valiente, por eso empecé a salir contigo. Por eso te he traído. Siento que seas una cobarde, además de capitalista y burguesa, y asquerosa a veces, como ahora. ¡Puedes irte a la mierda! No pienso acompañarte. —Se pensó dos veces lo que debía decir—. Mañana te veo en la facultad y te cuento nuestras líneas de combate. Vamos a hacer la revolución. Puedes apuntarte cuando quieras, ¡ahí está la puerta!

Jimena solo pensaba en salir de allí antes de que empezara a llegar la gente que temía. No podía verse involucrada con aquello. Se dio la vuelta y salió sin decir ni una palabra; no hacía falta decir nada. El linotipista que los había dejado entrar no estaba por ningún sitio y logró salir a la calle cruzando de nuevo la imprenta. Las máquinas, paradas, le resultaron amenazantes, negras y brillantes de grasa, como si fueran a ponerse en marcha de un momento a otro para imprimir su cara llena de terror.

En la calle el miedo se apoderó de ella. No sabía realmente dónde estaba. Había seguido a Pere sin preguntar. Tendría que reconstruir el camino de vuelta, y anochecía. Debieron de cruzar el ensanche. No se le ocurrió preguntarle a Pere cómo regresar; ni pensaba entrar de nuevo. Torció en la esquina alejándose de allí lo más rápido que pudo. Comenzó a caminar sin rumbo entre callejuelas desordenadas y tapias sucias. Las casas se iban iluminando tras los cristales y la noche se le echaba encima. Unos perrillos se metieron por un agujero del cercado de un corral. Las gallinas revolotearon asustadas. Caminaba cada vez más deprisa, ya perdida del todo, intentando reconstruir el camino. Todo el bullicio de Madrid en la calle, festejando la república, parecía haber desaparecido, como si caminara por otro país. Definitivamente debía pedir ayuda. Se apoyó en un árbol, respiró, aflojó la tensión y se quitó el zapato. Tenía una ampolla en el empeine. El miedo era más poderoso que el dolor. Continuó caminando con el zapato en la mano y vio a unos hombres salir de un chamizo levantado completamente de uralita. Maldijo no haber cogido el reloj. Cuando salió de casa lo había olvidado sobre la mesa de estudio. Era un pesado reloj de oro y le incomodaba llevarlo cuando veía a Pere. Poco a poco también estaba cambiando su forma de vestir. Era el segundo año en la universidad y creyó haber aprendido lo que debía y no debía llevar. Pensaba en la hora, en su padre, en su ama, que estaría preocupada, en Lucía que se metía en todo y que también habría llamado a casa en un día tan señalado. No había probado bocado desde el desayuno. Tenía un agujero en el estómago y le dolía.

Empezaba a refrescar. Soplaba un viento helado de primavera. La tarde luminosa había dado paso a la noche más profunda. Entonces, vio cercanos los postes del tranvía y echó a correr ha-

cia ellos como si hubiera visto la luz al final del túnel. Se le clavaba la tierra en el pie descalzo. Siguió por las vías, cojeando, con el
zapato en la mano hasta llegar a la parada. Estaba desierta y oscura, sin marquesina donde resguardarse. Se quitó las medias rotas, tras unos matorrales, y las tiró allí mismo. Se sentó en el
suelo a esperar. El tiempo pasaba, sin entender cómo había logrado meterse en aquel lugar. Por fin, a lo lejos, llegaba el tranvía. Dos luces se aproximaban lentamente. Se puso de pie, aliviada, y subió corriendo en cuanto paró el tranvía.

Eran más de las doce de la noche cuando llamaba al timbre de
casa. Su padre abrió la puerta con el traje desaliñado, tras las horas de espera y un día largo y duro para los Anglada. Movía nerviosamente entre los dedos la cadena del reloj.

Francisco miró a su hija de arriba abajo. La vio sin medias,
con aspecto cansado y abatido, como si se hubiese peleado con
alguien. La estrechó entre sus brazos pidiéndole una explicación
que calmara su inquietud. La cara de horror de Francisco esceni-
ficaba una fea sospecha que fue negada inmediatamente por Jimena; no había pasado nada por lo que él pudiera sentirse ofendido, ni trastornado. Le dijo, simplemente, que había perdido el
tranvía y tuvo que caminar y caminar. No fue buena idea ir a visitar a una compañera de la facultad, enferma desde hacía semanas, y menos ese día de comicios. Había resultado estar más lejos
de lo esperado. Tenía que pasarle unos apuntes para los exámenes; luego, se había perdido de regreso, y los tranvías iban tan
llenos que apenas pudo montarse en los últimos que circulaban.
Desconocía que Madrid fuese una ciudad tan grande y desperdi-
gada, y que su amiga viviera en un barrio al otro lado del ensanche. Toda una locura aquella excursión.

El ama Fernanda ponía toda su atención escuchando por la
rendija de la puerta de la cocina. Jimena lloraba en los brazos de
su padre, con el pelo más negro que nunca, enredado, ocultando
su rostro demacrado y huidizo tras sus dedos largos y huesudos.

Tosía ligeramente. Cuando levantaba la cabeza, asomaban sus mejillas que volvían a sonrosarse por la fiebre. Pidió ver a Fernanda. Quería echarse en sus brazos, esconderse de la regañina. Francisco se echaba el pelo hacia atrás mecánicamente sin saber cómo afrontar la situación: si regañarla duramente o consolarla del disgusto y olvidar los lúgubres pensamientos que lo habían desesperado durante las horas que estuvo haciendo guardia en la puerta de la calle, subiendo y bajando las escaleras, en su despacho, levantándose continuamente del diván, consumiendo un cigarro tras otro, dando vueltas por la casa, como un tigre que espera que se abra la puerta de la jaula. Fue entonces cuando salió Fernanda de la cocina como un rayo, y literalmente se la arrancó a Francisco de los brazos. Se la subió escaleras arriba hasta el dormitorio. Le tocó la frente sospechando que la verdad solo la conocía Jimena.

—Mi hijita —dijo el ama—. Nunca he visto a tu padre tan desesperado. Iba a llamar a la Guardia Civil. Hoy andan por las calles turbas de gente. Y tú, mi niña, fuera de casa, ¡a estas horas!

—Mamita, te preocupas demasiado. Tengo dieciocho años. A mi edad muchas mujeres ya son madres y algunas llevan armas. No he visto nada de lo que dices, las calles estaban tranquilas, y la gente a lo suyo.

—¡Dónde te habrás metido, Dios santo! —suspiró juntando las manos.

Le abrió la cama y echó las cortinas para cegar la luz de las farolas de la calle.

—Esta tarde tenías clase de piano. Don José ha estado más de media hora esperándote; un músico tan principal, ¡qué vergüenza! Hoy tenía ensayo en el Real y ha salido antes del teatro solo para darte a ti clase. ¿Tan importante es esa amiga a la que has ido a ver que te me has escapado como una ladrona? Llamaré a doña Lucía para que esté tranquila y sepa que has regresado. Y ahora a dormir. Mañana, bien descansadita, me cuentas qué te ha pasado y por qué vienes sin medias. Parece que te has peleado con esa amiga…

Fernanda hacía rato que hablaba sola. Con el moño en la nuca y un faldón oscuro hasta el suelo, parecía una niñera antigua desvistiendo a Jimena que se había quedado dormida. Su ama la descalzó cuidadosamente y vio que en el empeine de un pie tenía una enorme rozadura en carne viva. La piel de ese zapato tenía un rodal de sangre. Bajó a por unas gasas y agua desinfectante con el vestido de piqué sobre el brazo y los zapatos de Jimena en la mano.

Al cabo de un rato, Fernanda, en el silencio de la madrugada, subió despacito por las escaleras, apoyándose en la barandilla para no hacer ruido, hasta el desván del ático. Los escalones crujían. Le gustaba mucho pasar el tiempo observando desde allí arriba toda la calle arbolada, desde el Paseo de Moret hasta la calle Ferraz. Divisaba todo el parque del Oeste y la Casa de Campo. Y enfrente, ligeramente a la izquierda, el Cuartel de la Montaña. Se quedó mirando hacia él ensimismada, pensando en los soldados, en los oficiales, en sus uniformes, en cómo dormirían allí dentro, en esa vasta edificación rectangular de granito con más de dos mil hombres. Frente a su casa. Lo que hubiera dado por asomarse a alguna de las ventanas que lo recorrían para observarlos con sus camisetas blancas, medio desnudos. Desde la altura de la buhardilla, por su ventanuco, podía ver los dormitorios de algunos oficiales y parte de uno de los patios, donde los soldados de infantería formaban y realizaban la instrucción. De vez en cuando, militares de rango entraban y salían en coches oficiales. En algún momento, se le había pasado por la cabeza que podría casarse, si fueran otros tiempos, con alguno de esos hombres uniformados… Añoró la juventud. Había entrado muy joven a trabajar en Tres Robles para la señora Miriam de Vera y ahora había llegado hasta Madrid con su nieta.

Se sentó en un taburete y pensó en su pobre vida y en la vida de los Anglada. Abrió un baúl y sacó una enorme muñeca de trapo. Una muñeca tan grande como Jimena. Le arregló el pelo de lana amarilla y creyó ver en los botones azules de sus ojos los ojos de su niña. La volvió a guardar en el baúl, se tumbó en el frío suelo de cemento y se quedó dormida acurrucada sobre sí misma.

De madrugada, todavía seguía soñando con los soldados, cuando oyó a Jimena delirar. Se levantó, se sacudió el negro mandil y bajó enseguida. Le tocó la frente. Tenía fiebre. Retiró la sábana hacia un lado y se asustó al ver el cuerpo tan delgado de la joven. Tenía el camisón empapado por la nuca. Debía de haber llorado en sueños. Las lágrimas habían horadado un profundo surco bajo sus ojos que Fernanda limpió con el dorso de la mano. Pero Jimena no estaba allí, volaba entre el delirio de la fiebre en un intento de recordar el texto de la carta que había desaparecido en pedazos por el parque.

La carta de despedida de David, escrita dos años atrás deseándole suerte; siempre la querría más que a nadie en el mundo, aunque se hiciera una mujer, y se casara, y tuviera hijos, y envejeciera con lindas arrugas que le sentarían tan bien. No soportaba presenciar su partida, y era mejor una despedida escrita que siempre pudiera leer en los malos momentos para ser el consuelo de sus penas, que ojalá nunca tuviera; y para que, en los buenos, pudiera recordar que su tío siempre estaría ahí, aunque no volvieran a verse más. Que lo perdonara por ausentarse en su último día en Tres Robles, pero las despedidas nunca supo afrontarlas como Dios las enviaba.

Jimena no podía soportar esas palabras. Intentaba acordarse de más cosas bellas que había escritas y que no volvería a leer. En su delirio quiso coger una pluma y rogarle que reescribiera aquella carta fechada un 24 de julio de 1929. La había releído hasta morir en esos dos larguísimos años de tristeza y soledad que ya no soportaba.

Las lágrimas acudían a sus ojos buscando un camino. Fernanda intentaba bajarle la fiebre con una gasa empapada en agua fría. La luz de la calle iluminaba suavemente la habitación y todos los temores de Jimena. Los fantasmas de sus pensamientos hicieron que se odiara a sí misma por haber tenido miedo; por haber quedado mal con Pere; por ser una cobarde; incluso por haberlo conocido. Lloraba. Su ama le metió una píldora en la boca. Jimena se volvió a quedar dormida en el arrullo de la fiebre, deseando volver a estar con David, soñando que él viajaba a Madrid para sacarla de allí; como cuando era una niña y él lo curaba todo con una sonrisa enorme, rodeada de rizos rubios y salvajes.

A las diez de la mañana del día siguiente, se oían ruidos en la habitación de Jimena. Fernanda cruzaba el umbral de su puerta con una bandeja en la mano: dos huevos fritos, patatas asadas, un tazón de leche y pan recién horneado. El sol entraba a raudales por las ventanas. Era lunes y comenzaba la resaca de los comicios. El país entero parecía explotar de júbilo. Menos ellos y la familia Oriol.

Jimena estaba sentada ante su tocador. Se cepillaba el pelo. Había arrojado del armario casi todos sus vestidos, unas faldas y varios pares de botines amontonados sobre su otomana de terciopelo verde, junto a la ventana. Parecía recuperada del malestar nocturno.

—¡Fernanda! —gritó Jimena, completamente restablecida.

Se sujetaba el largo y desordenado cabello sobre la nuca mientras pasaba el cepillo por las puntas revueltas.

—Haz un paquete con esta ropa y llévala hoy sin falta al convento de Ferraz. Todos los días se ven mujeres haciendo cola por un plato de sopa, seguro que ellas le sacarán mejor partido que yo. Y a partir de ahora, cuando quieras entrar en mi habitación, llamas primero.

—Jimena, hijita —exclamó el ama, buscando un lugar donde dejar la bandeja.

Toda la habitación estaba revuelta y las puertas de los armarios abiertas de par en par.

—¿Te has vuelto loca? ¿Qué estás haciendo? Con lo que cuestan esos vestidos, por el amor de Dios, todos nuevos, recién entregados por la modista. Si don Francisco se entera se va a disgustar. ¿Qué te pasa, mi niña?

El ama dejó la bandeja sobre el chifonier, desplazando unos

sombreros. Observó la habitación con ganas de gritarle, de decirle que qué narices estaba haciendo con sus ropas caras y bonitas.

—Deja de llamarme «mi niña». Y márchate, no tengo ganas de ver a nadie —dijo duramente mirando con desprecio su vestuario sacado del armario—. Llévate la bandeja, no tengo hambre. Hoy no voy a salir de casa, si eso es lo que quieres escuchar. Y saca esta ropa de aquí, te lo ordeno. ¡Desaparece!

Fernanda la miró asombrada. No reconocía el semblante de Jimena, ni aquellos modales. Ni tampoco su cabello enmarañado, hasta la cintura, de haber dormido con fiebre; blanca como la porcelana, sin los colores con los que apareció por la noche.

—Pero ¿qué te he hecho para que me trates así? —preguntó el ama, preocupada por la actitud de Jimena; la niña de sus ojos, el bebé que había criado desde que nació.

Fernanda pasó a ocupar el puesto de su madre cuando murió Juliana Roy. Y en ese momento apenas reconocía a la niña dulce y cariñosa en la joven arisca en que se estaba convirtiendo Jimena desde que llegaron a Madrid, y más aún desde que comenzara esa dichosa carrera. Pero sabía que la joven amable estaba ahí, escondida en algún lugar, luchando por salir del confinamiento al que había sido sometida por la revelación repentina de una nueva personalidad, en pugna continua por enterrar su infancia. Desde que había entrado en la Universidad Central, su carácter se había hecho más agrio, más triste. Nunca había sido habladora, pero sí atenta a todo y un poco vivaracha, pero en el último año apenas pronunciaba palabra. Fernanda recordaba a su madre como si la estuviera viendo en esa habitación, con dieciocho años. Lo mucho que las dos se parecían. Lo injusta que había sido la vida con Juliana Roy. Las criadas la querían. Olvidaron pronto que Juliana había sido una de ellas. Su carácter era afable y cariñoso, jamás se habría comportado como lo hacía ahora Jimena.

—¿Qué te pasó ayer? Anda, dímelo —preguntó el ama, con ojos de lince, agudizando el olfato.

Observaba atentamente a la joven, cómo ésta daba vueltas por la habitación, igual que un león en su leonera.

—Doña Lucía va a venir a las cuatro, por orden de tu padre. Va a sacarte a dar una vuelta. Creo que quiere llevarte a que veas algo.

—¡Lucía, Lucía, Lucía, estoy harta de Lucía! Es la sombra de mi padre, y seguro... que más cosas —gritó Jimena poniendo cara de suplicio y las manos clamando al cielo.

Miraba a Fernanda sin verla. Sus ojos azules estaban blanquecinos, como cubiertos por una telilla que le impidiera ver bien la luz que se filtraba por los finos visillos. Se levantó ante la desolada mirada de su ama y comenzó a abrir los cajones de su mesilla, revisó las medias y la ropa interior. Se acercó a las ventanas y echó las pesadas cortinas que se arrastraban por el suelo. La habitación quedó a oscuras. Dos ojos plateados se movían en la oscuridad con una precisión felina.

—Vete, Fernanda, déjame sola. Quiero dormir. No voy a ir a clase. Tengo fiebre y estoy cansada.

Fernanda tuvo miedo, un escalofrío le recorrió la espalda. Se dio la vuelta y salió preocupada. Jimena se tumbó en la cama de un brinco, encendió la lamparita de la mesilla y se puso a leer, sin poder concentrarse.

Francisco llamó por teléfono a mediodía para tener noticias de su hija. Fernanda no volvió a entrar en la habitación de Jimena durante toda la mañana y tranquilizó a su padre con suaves palabras: se encontraba mejor, no había sido nada lo de la noche pasada; cierto que se había perdido por un Madrid obrero, desconocido para una joven como ella, tan protegida. Le aseguró que no volvería a ocurrir; ella misma iba a procurar que no volviera a pasar. El disgusto, gracias a Dios, se había saldado con un ligero catarro. Abril en Madrid era traicionero, pero un par de días en casa y a la universidad de nuevo. Francisco conocía a Fernanda, no se fiaba del todo de sus palabras tranquilizadoras. A las tres, Fernanda llamó a la puerta de la habitación de Jimena con el corazón en un puño. Deseaba que se le hubiese pasado el ataque de ira. Jimena no contestó. Llamó otra vez con el oído pegado a la puerta y abrió lentamente.

Jimena dormía con la luz de la mesilla encendida. El ama descorrió los cortinajes y la luz de la tarde iluminó el dormitorio. Era el mejor momento para salir a pasear. Los pajarillos revoloteaban de rama en rama sobre los árboles del paseo. Jimena se desperezaba estirando los brazos con el libro sobre la colcha y su ama la besaba en la frente inclinándose sobre ella. La fiebre había pasado y parecía de mejor humor. Ni rastro de la actitud extraña que le había preocupado. La bandeja seguía con los huevos, las patatas, la leche y el pan. Fernanda se la acercó a la cama y Jimena se tomó a regañadientes los huevos fritos, que estaban fríos, y el pan, presionada por su ama que casi se lo metía en la boca. No quiso nada más.

—Fernanda, me voy a la facultad. Hoy tengo una cita con un profesor; lo había olvidado. No te preocupes. Estoy bien, mamita. Ayer fue un día raro. Eso es todo.

—¿Me lo vas a contar, mi niña?

—Olvídalo, mamita. Dejemos eso. Te prometo que no volverá a pasar.

—¿Estás bien para tomar el tranvía y…?

—Perfectamente.

—Mira que hoy la gente andará celebrando…

—No te preocupes, sé cuidarme sola.

—En fin, hija… Si no hay más remedio.

Jimena le dio un beso en la mejilla a su ama. Fernanda le ayudó a vestirse con una falda de invierno y una blusa blanca bajo una amplia chaqueta de lana. Jimena tenía frío, estaba destemplada. Unas leves ojeras le afeaban el rostro.

Bajó por las escaleras disimulando el cansancio para salir por la puerta. Su ama la observó tras la barandilla, con las manos en la cintura, preguntándose si hacía bien dejándola acudir ese lunes a la facultad, cuando oyó el suave cerrar de la puerta.

Nuevos desconciertos

Jimena salió a la calle obcecada en ir a ver a su padre. Era su principal y último objetivo. Hablar con él y decirle que ya no soportaba más esa ciudad: deseaba salir de allí cuanto antes y volver a Tres Robles. Se subió el cuello de la chaqueta roja, como si fuera invierno y el viento de la sierra destapase todo el desasosiego. Solo tenía que bajar por su calle, subir por Bailén y tocar el timbre del despacho. No albergaba ninguna intención de ir esa tarde a la universidad. Fue un embuste decirle a Fernanda que tenía una cita con un profesor. Caminó hacia el final de Pintor Rosales por la acera de la izquierda, hacia la plaza de Oriente.

Madrid había amanecido cubierto por una capa de arena esparcida el día anterior. Jimena oyó cascos de caballos de la policía. Los veía bajar desde las caballerizas hasta entrar en la plaza de España. Pasó varios portales y llegó a Ferraz. Se paró frente al quiosquito de periódicos en la esquina con Ventura Rodríguez. Todas las portadas de la prensa llevaban en sus titulares el éxito de los comicios municipales para los partidos republicanos, con las listas provisionales del escrutinio y los escaños conseguidos por los partidos convocados. El *ABC* abría su portada con la grave situación política con la victoria de la coalición entre socialistas y republicanos, obteniendo en Madrid 270.000 votos, frente a los 84.893 de los monárquicos. Madrid estaba dividida en diez distritos, y en todos habían ganado las izquierdas. Se proponía el 28 de junio como fecha para unas elecciones a Cortes Constituyentes.

Se preguntaba Jimena, participando ahora del desánimo de Fernanda, si sería eso el principio de los problemas para el marqués del Valle. El Palacio Real estaba cerrado a cal y canto. Se respiraban malos vientos para la familia real.

Y ella no había vuelto a la calle del Factor desde que su padre la llevó una tarde para enseñarle las vistas del palacio y de la catedral de la Almudena, desde la sala de juntas, como si estuviese a dos palmos de allí. Francisco sonreía feliz, orgulloso de haber comprado el edificio entero, a través de Feijóo, su corredor de bolsa. Un antiguo y sobrio palacio a la vuelta de la calle Mayor, sobre un terraplén desde el que se veía la calle de Bailén y el oeste de la ciudad, que desciende hacia el río.

Anduvo y anduvo calle tras calle. Le entraba vértigo de pensar en todo lo que debía decirle a su padre. A esas horas estaba en su despacho reunido. Gente con la que hacía negocios en Madrid. Constructores, políticos, personas que ella no conocía de nada. Temió presentarse y no ser bien recibida. Una noche, tras las puertas del gabinete de casa, escuchó cómo su padre le decía a Feijóo que él había arruinado a muchas personas, y no podía hacer nada por evitarlo, más que retirarse y esperar a que se hundieran, sin hacer mucho ruido. Feijóo le contestó que la gente se hundía sola. Era posible que Francisco también se comportara así con su hija. Y hasta con su hermano. Como se comportó con Juliana Roy. Hundía a la gente sin hacer ruido.

Jimena intentaba vivir el presente, pero era imposible. El presente estaba enajenado de todo sentido. Era el pasado lo que intentaba recobrar. Por eso sus pasos la guiaban hacia el despacho de Francisco. Pensaba decirle que se iba de Madrid para regresar a Tres Robles con David y que nada se lo iba a impedir. Él había llamado a David, lo había metido en sus vidas y luego lo echó cuando le vino bien, sin hacer ruido, en silencio. Y David obedeció y salió de la vida de Jimena sin hacer ruido. Quizá se parecieran más de lo que ellos dos deseaban parecerse. Cómo era posible que David se comportara con aquella indiferencia hacia ella, con una carta ridícula para dejarla marchar y limpiar así su responsabilidad. Casi se alegraba de que Pere se la hubiese roto. Porque oía en su cabeza la voz desapasionada de su tío:

«Pobre niña mía, pobre su madre y pobre de todos nosotros», le había dicho a Fernanda cuando murió Juliana Roy, en la cocina. Con una pena en la mirada que nunca encontró en los ojos de su padre. Pero sí hallaba entusiasmo cuando hablaba de Lucía Oriol.

Alcanzó las caballerizas reales y cruzó los jardines de la plaza de Oriente, la estatua ecuestre de Felipe IV, las columnas del teatro y las blancas esculturas en simétrico orden formando el círculo perfecto de la plaza. Se proponía, con valor, llegar cuanto antes. Agradeció la chaqueta de lana. Tenía frío. Se tapó los oídos ahuecándose la trenza. La tarde era clara y templada, pero le parecía un día de invierno.

Tras una pequeña explanada de tierra vio la cuesta de la calle de Rebeque, sobre las escaleras de la plaza de Oriente. Empezó a sudar. Le temblaban las manos. Intentaba recuperar la calma según subía por los anchos escalones de piedra que salvan el desnivel con la calle de Bailén. La dejó debajo, a su derecha, para subir hacia la estrecha calle del Factor, que llegaba a Mayor. ¿Y si su padre no la recibía y le ponía mala cara, esa cara suya de prepotencia y escepticismo, en cuanto le diera a conocer sus intenciones de volver con David y abandonar la universidad? Se le echaban encima los exámenes del segundo curso y todavía le quedaban por aprobar cuatro asignaturas de primero. Podría consolarlo con la opción de estudiar en Zaragoza. David la conocía bien, era influyente y podría ayudarla con el traslado. Faltaban solo dos meses para finalizar el curso y se sentía atrapada en unas pruebas que no superaría. Estaba segura. Le costaba concentrarse y no soportaba a los compañeros ni a los profesores.

Oyó las campanas de la iglesia de San Nicolás y una bandada

de palomas la asustaron, según alcanzaba la cima de la escalera. Llegó arriba, no sin esfuerzo. Se sentó en el murete de piedra que soporta las tierras del desnivel y cruzó las piernas levantando el rostro para calentarse. Se cubrió mejor con la chaqueta roja y la falda plisada. El sol de la tarde le daba en el rostro. Abrió los ojos y vio la cripta de la Almudena y la entrada a la catedral. Un grupo de sacerdotes salían por una puerta lateral.

Dio unos pasos calle abajo, pasó frente a las verjas del cuartel de los alabarderos del palacio, y enseguida llegó el viejo caserón de ladrillo y piedra arenisca, con dos plantas y balcones. El número 5 de la calle del Factor. Se aproximó al portal y reconoció el grabado familiar con su apellido. Un anagrama por el que habían discutido, tiempo atrás, su padre y su tío. Ella nunca entendió del todo su significado ni ellos deseaban explicarle claramente la historia de los Anglada. Sintió algo extraño recorrerle la piel al ver ese símbolo estampado sobre los cuarterones de una puerta de madera en el centro de Madrid. Y fue cuando oyó ruidos dentro del edificio. Alguien bajaba por las escaleras de su interior hasta llegar a la puerta. Corrió a esconderse tras los arbustos del jardincillo retranqueado entre el muro norte del edificio y el terraplén.

La puerta de cuarterones se abrió y a continuación oyó el golpe seco de la madera al cerrarse y pasos de gente que salía. Caminaban rápido calle abajo. Se asomó y vio la espalda de la figura enjuta de Feijóo, el corredor de su padre, acompañado de otro hombre que llevaba un sombrero negro de ala ancha. A Feijóo lo había visto en alguna ocasión, de refilón. Fernanda, una tarde, tras colgarle el teléfono al corredor diciéndole que el señor no estaba en casa, había murmurado entre dientes: «sefardita».

Los dos hombres no habían llegado todavía a la calle Mayor cuando sintió un automóvil salir de una angosta calle cercana. Un taxi se paró frente al número 5, la puertezuela de atrás se abrió y vio salir por ella, para su sorpresa, a Lucía Oriol.

El viento agitaba los arbustos y pensó que podría ser descubierta. Pero Lucía salió sin ver, sin mirar, como obcecada en una idea, en un pensamiento. El taxi siguió calle abajo y Lucía se quedó inmóvil, sin llamar, frente a la puerta del viejo caserón de Francisco Anglada. Jimena la tenía a unos metros. La oyó llorar. Se asomó entre las matas y vio que las manos de Lucía sujetaban un sobre. Llevaba unos zapatos altos azules, una fina cartera a juego debajo del brazo, un traje de chaqueta azul marino, blusa blanca y su peinado. Una bonita onda discurría por su media melena castaña. Le ocultaba medio rostro. Y los labios pintados de rojo. No parecía ella. Tan arreglada. Era, sin duda, una mujer elegante, y libre. Una libertad que solía ocultar tras su rígida educación religiosa.

Desde su posición Jimena observó con toda claridad cómo Lucía sacaba del sobre, abierto con anterioridad, una hoja de papel y la leía, desesperada, con la misma desesperación que ella había leído mil veces la carta de su tío. Con la misma avidez y horror de lo que no se quiere leer. Y Lucía, con el papel en la mano, se apoyó sobre la fachada, junto a la jamba de la puerta, respiró hondo y cerró los ojos. Las lágrimas le habían estropeado el maquillaje. Y Jimena vio cómo el sobre estaba abierto con descuido, azarosamente, roto en su vértice, mientras caía al suelo un papel. Jimena quiso salir de su escondite y ayudarle de alguna manera. Consolar su dolor. Le dio pena. Sintió aflicción por esa mujer amiga de su padre. Siempre le había parecido delicada, pero valiente y fuerte. Y sobre todo buena. Una buena mujer que no encajaba con Francisco. Además de religiosa. Él siempre había sentido desprecio por los católicos, y ahora parecía encandilado por uno. Lucía bajó la cabeza, guardó en el sobre su hoja escrita que Jimena no podía distinguir y llamó a la aldaba de la puerta. Enseguida se abrió, como si Francisco se hallase detrás y la estuviera esperando. La puerta se cerró tras ella.

Jimena, sin pensarlo dos veces, se agachó y salió furtiva a recoger el pequeño papel. Estaba doblado en cuatro partes y lo desplegó. Era una factura con el importe de unas pruebas médicas: análisis de sangre y orina, sin especificar más datos. El membrete era del doctor Chacón, jefe del departamento de obstetricia del hospital de San Carlos. Nada más. Se guardó la factura en el bolsillo de la chaqueta roja y decidió cruzar la calle. El despacho de su padre estaba en la primera planta y daba a la calle con un largo balcón. Y ahí estaban los dos, tras el ventanal. Veía sus siluetas de vez en cuando, pero nada más. Estuvo unos minutos observando, cruzada de brazos, pegada al edificio de enfrente, como una vulgar espía. Unas mujeres, con pañuelos negros en la cabeza, subían charlando por la calle y torcieron hacia la derecha. No repararon en ella.

Había elegido un mal día para su empresa porque la puerta de cuarterones se volvió a abrir, ante su asombro, y salió por ella Lucía, huyendo. Se tapaba la cara con las manos y lloraba ahora con mayor intensidad. En su precipitación no se había fijado que en la otra acera estaba Jimena, con los ojos abiertos como platos, paralizada. Lucía echó a correr calle abajo y Jimena aprovechó para esconderse en el retranqueo del portal de al lado. Lucía intentaba acelerar el paso hacia la calle Mayor. Sus tacones resonaban en los adoquines, y se apoyaba en las fachadas para no caer en su deambular. Francisco salió a continuación del edificio, despeinado y con la cara roja y desquiciada, gritando su nombre:

—Lucía, por Dios. Lucía. Lo siento, Lucía. ¡Lucía!

Pero Lucía seguía en su empeño por escapar de él. Antes de llegar a la esquina, Francisco le dio alcance. La agarró por los hombros con ternura y la pegó a la fachada del Palacio de Abrantes, a la vuelta justo de la calle Mayor. Colgado en el vértice del compacto edificio, Jimena vio ondear un estandarte verde, rojo y blanco. Era la embajada de Italia. Su padre arrinconó a Lucía contra el muro, bajo una larga ventana, y la abrazó con tal desesperación que Jimena se puso a temblar. El pelo le caía despeinado sobre la frente y besaba a Lucía con loca pasión por todo el rostro, en los ojos, en los labios, manchándose de carmín. La acaparaba con su fuerte y robusto pecho hasta hacer desaparecer a su amante entre sus férreos brazos de amor.

Y vio también, desde arriba de la calle, cómo las manos de su padre subían por las piernas de seda de Lucía y se deslizaban bajo su falta, con el arrebato de penetrar sin ningún pudor. Lo vio enloquecido. Parecía otro hombre. Un desconocido. Y se dio la vuelta para escapar de esa visión turbadora.

Deseó salir cuanto antes del barrio de los Austrias, de sobrias casas palaciegas entre callejuelas estrechas y umbrías, y regresar a Tres Robles.

«¡Qué vida lleva mi padre! —se dijo—. No es ninguna casualidad el lugar donde vivimos, a unas cuantas manzanas de los marqueses del Valle. Y esa elección del edificio de la calle del Factor, junto a la embajada de Italia.»

Francisco Anglada había trazado el mapa de su vida alrededor de Lucía Oriol.

Y le vino a la cabeza Roberto, y la desagradable y fanática opinión de Pere y de todos sus compañeros de la facultad sobre el gobierno fascista de Italia. No consideraba tan abominable al marido de Lucía, aunque fuese un camisa negra. Tampoco al marqués del Valle ni a su mujer. De lo contrario, Lucía no se habría atrevido a vivir con esa libertad.

Pensó que cada uno intentaba sobrevivir con lo que le había tocado. Ella también.

Torció por la callecita del Biombo, para esfumarse como la espuma de una ola que ha destapado un fondo turbulento. Encontró las puertas de la iglesia de San Nicolás abiertas y entró. El templo estaba vacío. El dulce olor del incienso le recordó su infancia perdida, como se perdía esa ola entre la arena. David la llevaba a la ermita del pueblo a ver al párroco todas las semanas. Iban cargados con botellas de vino, gallinas, pollos y algún cordero. Y mientras ella aprendía a rezar, su tío le entregaba un sobre con dinero a don Cipriano, en la sacristía. Y luego la invitaba a un refresco en el bar de la plaza, compraban algodón de azúcar y pastillas de leche en el colmado de Jacinta. Los días de función David sacaba dos entradas para el teatro al aire libre, montado por los vecinos con tablones y sillas de tijera en un corral, llamado Lope de Vega.

Tomó asiento en el último banco de la bóveda y rezó como entonces. Rezó como le había enseñado David. Rezó por él, por volver a su lado, y se quedó dormida, sobre el duro respaldo, cansada y triste, haciéndose preguntas sin respuestas por lo que había presenciado.

El comienzo de la misa la despertó. La frialdad de las baldosas le llegaba hasta la espalda, y le dolía. Los bancos estaban casi vacíos y salió de allí. Bajó por la calle San Nicolás hasta la plaza. Tenía sed y hambre.

El olor del incienso le había devuelto las ansias de alejarse de Madrid y regresar junto a él. Pero la vida parecía seguir su curso cuando por fin salió de esas callejuelas enredadas. Un grupo de viandantes se arremolinaban frente al Palacio Real. Protestaban y levantaban los puños alrededor de un hombre que vociferaba a través de un megáfono. Quiso entrar en el Café Oriental y tomar una gaseosa, despejarse la cabeza del sueño y la visión de su padre acariciando las nalgas de Lucía. Pero estaba abarrotado. El humo y las conversaciones, subidas de tono, de una tertulia la sacudió en plena cara en cuanto abrió la puerta. Los camareros se estiraban para poder pasar, bandeja en mano, entre las mesitas redondas atestadas de tertulianos. Hombres y mujeres discutían con pasión. Encima de la barra se amontonaban los periódicos de la mañana y de la tarde con la noticia del año. *El Sol*, *El Imparcial*, el *Heraldo de Madrid*, *ABC*... Los comicios municipales acaparaban todas las portadas. Un hombre, de unos treinta años, le sonrió desde una mesa, a la izquierda, frente a los espejos. Le decía con la mano que pase y reía tontamente. Sujetaba un pitillo entre los labios, con destreza, llevaba pajarita y un elegante traje verde de lanilla. Estaba junto a un grupo metido en conversación, pero él se había fijado en Jimena desde que ésta abrió la puerta de cristal del café. Se quedó paralizada, se estiró la falda y dio la vuelta para salir del umbral cuanto antes. Tres hombres mayores, con bastón y sombrero de copa, intentaban entrar. Saludaban desde afuera a los camareros.

Ella siguió su camino. De vez en cuando metía la mano en el

bolsillo de la chaqueta y tocaba la factura doblada de Lucía Oriol. ¿Qué haría con ella? Debía guardarla y ponerla en un lugar seguro. El día terminaba en sus azules pupilas desencantadas y encendía de atardecer la piedra del ya abandonado Palacio Real. La familia al completo partía hacia el exilio, mientras ella regresaba a casa.

Fernanda no vio cómo Pere salía de entre los árboles del parque cuando el joven divisó a Jimena caminando a lo lejos, por la otra acera del paseo, acercándose cabizbaja desde la calle Ferraz, como escondida entre el viento para hacerse invisible. Fernanda, expectante y atenta a lo suyo, que era fantasear con los militares del cuartel, desde el redondo ventanuco del desván del ático, subida en una banqueta, ni la vio aparecer.

El olor a madera seca y a polvo acompañaba el vacío de la buhardilla en la que Fernanda pasaba el tiempo muerto, reconfortada en su suerte de trabajar para Francisco Anglada y verse ahora en Madrid. Sus ojos negros y redondos se recreaban en los fornidos hombres vestidos de verde caqui. Deseó aquellos fuertes hombres que nunca la llevarían en brazos a ningún hogar ni a ningún lecho, tras ninguna boda en ninguna iglesia, sin ningún hijo que esperase impaciente el regreso de su padre del cuartel o de la guerra para tomarle la lección o sacarle a jugar al fútbol. Un hombre al que nunca esperaría en ninguna parte ni en ningún hogar.

Pere llevaba toda la tarde haciendo guardia entre la arboleda. Desesperado. Su impaciencia aumentaba hora tras hora. Harto de anotar en su libreta cualquier detalle de aquel parque y de aquel bulevar. No le pasó por alto la presencia de la bruja tras el ventanuco de la buhardilla, ni su negro ropaje moviéndose por el estrecho cristal, como una luz entre la niebla. Había visto al ama varias veces husmeando por las ventanas, en la habitación de Jimena, en la salita de música… Sabía perfectamente que también ella la esperaba impaciente.

Pero él se pensaba adelantar.

La fantasía de Pere le mantuvo toda la tarde escondido en los arbustos. Sacaba la cabeza de vez en cuando hacia la calle, frente a la puerta de Pintor Rosales. Envidiaba la residencia inalcanzable en que vivía Jimena; los hombres y mujeres, bien vestidos, saliendo de sus portales; los lujosos vehículos cuyas carrocerías brillantes y limpias circulaban hacia las cocheras conducidos por chóferes uniformados; los niños pequeños tan pulcros junto a sus niñeras con trajes blancos como recién salidas de una revista. Una criada cruzaba la calle, tras dejar el parque con un niño en brazos, cargada con sus juguetes. Era una vida que iba a encontrar tarde o temprano. Por algún hueco se colaría, estaba seguro. A la caída del sol llegó su recompensa.

Pere abordó a Jimena en medio de la acera; le dio un susto de muerte. Miró rápidamente, como un ladrón, hacia las ventanas de la casa, por si la bruja lo había visto también desde su escondite del tejadillo. La agarró del brazo, tiró de ella hacia el frondoso interior del parque del Oeste. Con violencia y rabia empujó a Jimena y la arrojó a un rincón escondido, resguardado entre unos altos matorrales. Un lugar previamente estudiado para retenerla. Le sujetó las manos y le pegó unos cachetazos en la cara. Había procurado enfadarse con ella lo suficiente para hacer aquello, excitado de imaginar todo lo que sería capaz de hacerle en cuanto la viera, si se atrevía. Desconocía sus propios límites con las mujeres. Le excitaba ponerse a prueba.

Se abalanzó sobre ella. Se conmovió al sentir el cuerpo de Jimena, débil y tierno, como una hormiga a la que pudiese aplastar con la suela desgastada del zapato. Los senos de la joven, bien pegados al tórax, se expandían bajo la blusa que él intentaba desabrochar torpemente, arrebatado. Le desabrochó el sujetador. Le besó los pechos pequeños y blancos. La apretó contra él como si quisiera confundirla con la tierra húmeda que horadaban sus rodillas, mientras la tenía debajo de su cuerpo, sintiéndose el dueño de todo. Jimena endurecía los músculos de sus piernas para formar una férrea barrera que le impidiese a Pere conseguir sus propósitos. Si Pere tomaba algo, tendría que arrebatárselo a la fuerza. Y él la embestía, como un becerro herido que cornea un cuerpo que se esconde.

Las caderas de Jimena eran golpeadas violentamente por un empuje, duro y afilado, revolviéndose por escapar de los pantalones de Pere. Él la besaba en el cuello, en la boca, que hacía una mueca impenetrable. Le sujetaba las manos por detrás y ella arqueaba la espalda intentando resistirse, con la trenza deshecha, ladeando la cabeza diciendo que no, una y otra vez, sin gritar; gemía, le pedía que parase. Suplicaba a Pere con un hilo de voz que no continuara con aquello. Todavía estaba a tiempo de rectificar.

Pero él se abandonaba a la furia, al instinto, al placer insensato que recorría su sangre, hasta que explotó inmisericorde, aullando como un lobo que muerde la carne de su presa sin haberla matado antes.

Respiró hondo sobre el frío rostro de Jimena, que era como la blanca máscara de una muerta. Acercó su aliento a la boca entreabierta de ella y la besó con fuerza. Rebosaba bienestar y fortaleza. No encontró oposición alguna en los labios finos y abandonados de aquella chica que se dejaba besar, resignada a lo que tuviese que ser, escapando con la mente de aquel lugar, como hace una mujer cuando se da cuenta de que nada la podrá salvar, y que si aguanta todo acabará antes y será más rápido. Y él insistía en sus besos. Intentaba ahogarla con su lengua, como si quisiera sacar de su boca el amor que ella jamás le daría. Y aflojó, le soltó las manos de detrás de la espalda y ella relajó la tensión. Jimena sintió alivio; lo rápido que había sido todo. Parecía que Pere se había conformado con el roce y el balanceo y el empuje violento. No se había atrevido a más, creyó Jimena. Su pequeño miembro, como el de un niño, no había podido encontrar la calidez y humedad de una mujer en el vientre de Jimena. Se había perdido entre los pliegues de su falda.

Pere se echó a un lado, sobre la hierba y las hojas de los tilos. Exhausto. Le pasó la mano por la frente y la besó en el hombro con delicadeza, pidiendo clemencia. El pelo de ella se extendía a su alrededor como una corriente oscura que salía de su cuerpo.

Jimena seguía inmóvil, hundida en la madriguera, entre los matojos y las ramas de los árboles que le cerraban el cielo, con la falda levantada y las piernas estiradas sobre la hierba aplastada, delgadas y largas como las de una mantis religiosa. Pere, tumbado junto a ella, boca arriba, jadeaba. Recobraba poco a poco el pulso de la respiración.

Oyó de pronto todo el murmullo del parque. Una voz angustiada de mujer, a lo lejos, llamaba a un niño en el crepúsculo del día.

—No he podido evitarlo; me vuelves loco, Jimena. Pero te habrás dado cuenta de que te he respetado. Voy a casarme contigo.

El cielo se llenó de Hurracas. Sus aleteos provocaban alboroto.

—¡Di algo…! ¡Y deja de hacerte la víctima!

Jimena permanecía como muerta, sin oír el alboroto de los pájaros antes de dormir. Había decidido no oír tampoco a Pere. Su voz llegaba lejana, apagándose poco a poco; se confundía con el ruido de los gorriones arremolinándose en las copas de los árboles, en un piar desordenado para encontrar el sueño. Con la llegada de la noche Jimena no deseaba moverse por miedo a que algo se hubiera roto dentro de ella y que, al levantarse, se le pudiera caer a pedazos.

—No ha pasado nada, ¿o es que no lo ves? Me he quedado con todo. ¡Mira…, cómo tengo el pantalón! —E hizo un gesto grosero mirándose el calzoncillo sucio que le asomaba por la bragueta abierta—. Venga, mujer…, que no ha sido para tanto.

Jimena volvió la cabeza para no verlo. Miraba sin pestañear las raíces retorcidas de un ciprés que se hundían entre la tierra, ahuecándola.

Pere se incorporó y permaneció sentado, como espabilándose. Se arregló el pantalón, se atusó el pelo con la mano y se quedó mirándola, como quien mira a alguien que no tiene remedio. Luego, sacó de un bolsillo de su chaquetilla una revista doblada por la mitad y comenzó a hojearla distraídamente. Ya casi no había luz. Las farolas del parque se encendieron de golpe. Se aburría. Buscó con los ojos el bolso de Jimena, tirado en el suelo, y le guardó la revista dentro. Al hacerlo, tiró de la punta de un pequeño pañuelo de hilo. Se quedó mirándolo con una tonta expresión y se lo guardó en el bolsillo de su vieja chaquetilla.

Jimena seguía sin mover un músculo, en la misma posición, boca arriba. Pere le bajó la falda para taparle las piernas y le abrochó la blusa, bajo la chaqueta de lana. Habían saltado unos botones, en su lugar la tela se había rajado. Le avergonzaba verla tan débil y, al mismo tiempo, se sentía un cobarde por haberla dejado escapar sin su merecido. No se atrevió a dar el último paso; lo había tenido tan cerca…, quizá no tuviera otra oportunidad, o quizá sí. Pero le faltaron las fuerzas y le sobró ímpetu. Le tomó la mano, fría y medio muerta, y se la llevó a los labios.

—Te quiero, Jimena. Quiero que nos casemos, ya te lo he dicho. Quiero conocer a tu padre, y todo eso… Ya sabes… Después de esto tendríamos que preparar la boda.

—¡¿Tú estás loco?! —saltó de pronto Jimena de entre la tierra, incorporándose como si hubiera visto al diablo—. ¡Eso jamás! Antes, te entierro en el cementerio, ese que hay al final del parque.

De pronto pareció revivir. Se le encendieron las mejillas y los ojos que abrió como una loca, con un odio que a Pere le impresionó. La miró asombrado y se quedó pensativo.

—Eres… una asquerosa —dijo, doblando los labios hacia abajo, mostrando sus dientes de escualo, pequeños y triangulares—. ¡Tenía que habértelo hecho; ya verías qué suave te ibas a quedar! ¡Burguesa de mierda…! Lo que necesitas es que te… —Y levantó la mano con intención de golpearla en la cara.

Pero ella se puso de pie sin dejarle acabar la frase. Cogió el bolso del suelo y salió corriendo. Se cruzaba la chaqueta con las manos para taparse la blusa medio rota. Sintió el papel de Lucía en el bolsillo, el sujetador desabrochado, el alma desquiciada, mientras corría entre los árboles. Salió del parque, cruzó la calle sin mirar y llegó a la puerta de su casa que en ese momento abría Fernanda.

El himno de Riego

Un mes más tarde, la muchedumbre se movía agitada. Como una alfombra de hormigas avanzaba por la calle Alcalá desde la Puerta del Sol, en dirección a la plaza de Cibeles. Formaba un solo organismo. El murmullo de la multitud iba a morir en la fachada del Banco de España y en el Palacio de Comunicaciones. La Castellana estaba colapsada desde la redacción del diario *ABC*. En los tranvías del Paseo del Prado era imposible subir. Algunos hombres iban montados sobre la plataforma exterior agarrados a la barandilla.

Jimena se tapaba los oídos al subir por las largas escalinatas de Correos, con una carta en la mano. Titubeó insegura, antes de llegar a los buzones del paseo. A punto estuvo de equivocarse de buzón, pero enseguida vio: PROVINCIAS en letras de latón. Miró el sobre una vez más, su caligrafía en tinta negra de infantiles letras redondeadas. Pensó en el remite y en la cara que pondría David al ver el nombre de Jimena, escrito con pulcritud. Dudó si dejar resbalar el sobre por la rampa del buzón, donde se confundiría con otros escritos con mayor o menor esmero, o darse la vuelta y salir de la avalancha de gente que la empujaba para entrar por las puertas giratorias del enorme edificio hasta el vestíbulo principal.

El himno de Riego sonaba escandaloso por pequeños altavoces en los vehículos. Daban vueltas alrededor de la fuente de Cibeles, a toda velocidad, con banderas republicanas agitadas por las ventanillas. Cuatro semanas atrás se había izado en la fachada de la Casa de Correos la bandera de la Segunda República. En la acera, pegado a la fachada del edificio, un joven organillero había dejado de mover el manubrio y observaba entre excitado y divertido el espectáculo. Los pequeños ojos grises del adolescente se desviaban inquietos hacia las piernas de Jimena, mientras ésta bajaba de Correos, tras haber decidido no enviar aquella carta.

El chaval titubeaba si acercarse a ella o seguir distraído con el barullo de Cibeles. Unos hombres se habían encaramado al carro de la diosa, símbolo de la tierra y la fecundidad, en el centro de la plaza, y habían cubierto la escultura con la bandera de la CNT. No se dio cuenta Jimena de la presencia del organillero. Ni del platillo que llevaba el chico en la mano. La incertidumbre, la preocupación y la importancia de ese envío, junto a las declaraciones atrevidas que había escrito en esas hojas con una letra perfecta, le nublaba la vista más allá de su caligrafía. Había redactado esa carta durante las cuatro últimas semanas, sin salir apenas de su habitación. Destruyó decenas de hojas hasta conseguir retratar su vida en Madrid desde que salió de Tres Robles, y los proyectos de futuro que había imaginado, incluyéndole a él en todos. Dejó de asistir a la facultad para escribir con su puño y letra la historia de su vida.

Era la primera carta que escribía a su tío desde que había salido de la finca. En esos dos años, había utilizado sus silencios como la más ardua de las protestas para mostrar su inconformismo, con apariencia de tierna docilidad, a la que pensaba poner fin. Necesitaba salir de una ciudad de individuos anónimos, extraños, dispuestos a cualquier cosa con tal de alcanzar su propio destino. Una ciudad alborotada y cruel luchaba por sobrevivir.

Volvió a mirar la carta, dentro de su puño cerrado, ya arrugada, con la tinta corrida por el sudor de la mano, excitada por el miedo y el gentío callejero. Llegaban a sus oídos gritos de mujeres, lamentos de gente mayor que rezaba entre dientes corriendo por la calle. Muchos bajaban por Alcalá huyendo del humo y de varios incendios que se habían producido en el centro.

En su dilema, se sentó en el último escalón del edificio, pensativa, ajena a todo ese barullo revolucionario. Se sujetaba la cabeza con las manos, los codos apoyados en las rodillas, y miraba al frente, al tráfico infernal, a los transeúntes andar veloces. Algunos gritaban consignas políticas. El sobre, en su regazo, estaba arrugado, como si lo hubiera estrujado para arreglarlo de nuevo. Se miró la piel de la palma de la mano, manchada de tinta negra de la pluma con la que había escrito, en el silencio de su habitación, deseos que nunca se harían realidad. Intentó limpiarse en el vestido para saldar la rabia. Pero la tinta estaba seca y se había mezclado con su piel. Se miró las manos con miedo, como si fueran las culpables de lo que había escrito. Se restregó una y otra vez. Se arrepentía de haber puesto esas palabras que daban nombre a sus miedos, con trazos inseguros, con duras palabras y sucesos que no quería recordar, observando indiferente a la multitud alrededor de la fuente de Cibeles que vaticinaba tiempos difíciles.

Volvió a la inmediata realidad cuando sintió una mano en el hombro. El organillero extendía su platillo con unas cuantas monedas de cobre de dos céntimos. Jimena intentó espabilarse del todo. Agarró su bolso por instinto y se puso inmediatamente de pie, dispuesta a no darle nada y salir corriendo. Pero el pícaro la sujetó del brazo.

—No seas así…, dame algo. Venga, y te toco lo que quieras.

Era casi un niño, no tendría más de trece años.

—No me gusta el organillo. Y déjame en paz. ¡Suéltame! —le gritó.

Le miró los ojillos hundidos y grises, pequeños, como ratones que salen hambrientos de su agujero. Era la clase de niño que Lucía recogía de la calle.

El chaval se encogió de hombros, como si no mereciese la

pena tener un altercado por una remilgada así. Un coche de los que daban vueltas por la plaza armando alboroto se precipitó sobre la acera frenando en seco junto a ellos. Jimena y el niño se echaron hacia atrás.

—¡Vamos, sube! —gritó Pere, al volante.

Sacó su pequeña cabeza por la ventanilla e hizo un gesto para que Jimena entrara. Un coche polvoriento y grisáceo.

Una puerta se abrió y Jimena entró detrás sin pensarlo dos veces. Respiró aliviada de librarse del chaval. Pere iba acompañado. Un hombre mayor y grueso ocupaba casi todo el asiento trasero. Se echó a un lado para dejarle un hueco a Jimena.

—Madrid… es un infierno —titubeó insegura cuando el coche arrancaba a toda velocidad para subir por la calle Alcalá.

El hombre le clavó la mirada. Sus ojos redondos eran brillantes y astutos. Se parecía a Pere en la boca, fina y ondulada, como una brecha, abierta a golpes en la piel. Su sonrisa le dio asco. Y tomó conciencia en ese instante de su precipitación al subirse al vehículo. El copiloto de Pere era un adolescente, no habría cumplido los catorce años, con la misma boca, que, al abrirla para gritar por la ventanilla himnos y proclamas de revolución, aparecían esos dientes que le eran familiares.

—¿Qué hacías en Correos? ¿Otra… cartita? —dijo Pere, y lanzó un vistazo rápido por el espejo retrovisor.

Lo movió para ver la cara de Jimena, sus ojos azules transparentes y su boca delgada y elegante, perfecta para su cara redonda como un corazón. Ese rostro le encantaba. Un rostro para conquistar permanentemente.

Ella prefirió no contestar.

—Di algo, que hace un mes que no te veo, Jimenita. ¿Has estado enferma? Mira que yo no te hice nada… Eres una chavala delicada, sí señor, delicada. No tienes buena cara.

Y volvió a mirarla a través del espejo. Su hermano iba a lo suyo y el padre no le quitaba ojo.

—Sí, sí, he estado mala. Pero ya estoy bien, gracias —acabó por decir.

Jimena no olvidaba la deuda que debía cobrarse. De lo del parque, de lo ruin que había sido con ella; casi la había violado. Quizá él estuviera acostumbrado a comportarse con violencia, a tomar lo que le apetecía.

Pere conducía orgulloso de hacer sonar el claxon todo el tiempo y de tener a su chica con él, como si ya formara parte de la familia y fueran novios formales o estuvieran casados. Se ajustaba las gafitas a la nariz y la miraba sin recato por el retrovisor.

Ella iba pendiente de su carta, hecha una pelota dentro de su mano, sin querer reconocer que Pere estaba en todos los lugares, como si adivinara en cada momento dónde podría encontrarla. Sin embargo le gustó verlo frente a Correos y ser rescatada. Lo odiaba y le gustaba al mismo tiempo. Tenerle detrás le daba moral y era una sensación agradable, podía recurrir a él en caso de necesidad. Ella siempre estaba en crisis. Y oyó:

—Éstos de aquí son mi padre y mi hermano —exclamó por fin, presentando a sus acompañantes.

—Encantada… —dijo, con un hilo de voz.

Jimena se los imaginó dejando el delantal sobre el fogón para desertar del trabajo en plena vorágine para echarse a la calle y tirar propaganda. El padre no hacía más que mirar a Jimena y liar cigarrillos. Se le veía satisfecho de ver a sus retoños cumplir obedientes sus aspiraciones de revolución. Se mostraba como el jefe de la manada. Daba órdenes continuas a su hijo por dónde circular, sentado como se sientan los hombres obesos porque no pueden juntar las piernas. Al mismo tiempo arreaba al pequeño que gritaba por la ventanilla, con voz de niña en plena transformación. Ella miró nerviosa hacia atrás. Varios coches los seguían en comitiva, en dirección a algún lugar previamente acordado.

El grupo de manifestantes de las calles ahora se desplazaba como por impulsos. A la altura del Círculo de Bellas Artes se dividía. Una parte tomaba Conde de Peñalver y otra continuaba Alcalá hacia la Puerta del Sol. La gente colapsaba las aceras.

—Sácame de aquí —le dijo a Pere tocándole el hombro por detrás, sin atreverse a mirar al padre.

—Hoy, Jimenita, vamos a quemar conventos. Muchos ya están ardiendo. Y los que queden en pie... los vamos a derribar. Hoy es un gran día. Nos divertiremos...

—¡Para el coche, yo me bajo! —gritó Jimena, perdiendo el control.

El padre de Pere no abría la boca. La miraba con curiosidad. Sabía perfectamente quién era ella.

—¿Otra vez vas a huir? —preguntó Pere, socarrón—. No te van a quedar sitios para meterte dentro de poco. Pero hoy, tú te vienes conmigo y abres bien los ojos, ¿me has oído? Luego te llevo a tu casa y, de paso, saludo a tu padre y a la bruja que tenéis allí.

Pere ahora conducía despacio, sorteando el tráfico de Gran Vía.

—Además... —continuó, mirando con placer por el retrovisor la cara de angustia de la joven—. Te vienes con nosotros a Alberto Aguilera. Vas a ver cómo arden tus curitas, y luego al colegio de Chamartín de la Rosa.

—¿Te gusta mi hijo, eh...? —preguntó de pronto el padre de Pere con un mondadientes en la boca—. Me supongo que habrá que conocer a tu familia. Eres más guapa de lo que éste contaba. Me gustas, muchacha, pareces buena chica, y de buena familia. Eso está muy bien..., muy bien. Este golfillo, por una vez, ha tenido buen ojo.

Jimena no le contestó. Buscaba cómo abrir la puerta del coche y escapar de allí.

—Mi hijo es un poco bestia, pero es buen muchacho, ya verás cómo te deja contenta; de eso... sabe mucho. ¿Verdad, Pere? —le gritó desde atrás—. Buen maestro ha tenido el chaval.

A la altura de la plaza del Callao el coche tomó una pequeña travesía. El humo les cortaba el paso. Una iglesia ardía al fondo de la calle. Por el rosetón salían llamas que ascendían hacia un cielo sin ninguna nube, claro y azul, de un cálido y transparente día de primavera. La gente se arremolinaba, alejándose de la humareda, del olor y del crepitar. Pere se vio obligado a dar marcha atrás para volver a Gran Vía. Pero estaba prácticamente cortada por la multitud. Los incendiarios gritaban en contra de la Iglesia y los jesuitas.

Jimena quería salir del auto como fuese. Sacó la mano por la ventanilla para deshacerse de su carta convertida en una bola deforme que había estado escondiendo desde que entró en el coche. Una motocicleta pasó a toda velocidad y escondió la mano a tiempo de que no se la arrancara. Ahora maldecía la mala idea que tuvo de subirse a ese automóvil. El hermano de Pere había sacado una banderola de la CNT por la ventanilla y gritaba a comparsa de los más indignados. Las estrechas calles del centro, cercanas a la calle Flor Baja, se habían convertido en una ratonera. Dos hombres corrían con bidones de gasolina en la mano. Unos jóvenes se refugiaban en un portal cercano.

El padre de Pere se arrimaba a ella cada vez más, con un olor repulsivo a aceite refrito. No quitaba ojo a lo que Jimena ocultaba en la mano. El coche paró bruscamente en la calle Leganitos. Los caballos de la policía galopaban hacia ellos. La Guardia Civil corría con porras en la mano. Oían las sirenas de los bomberos. Jimena aprovechó para abrir la puerta del coche y salió corriendo. Se coló enseguida entre la multitud que bajaba hacia la plaza de España. Al padre de Pere no le dio tiempo a retenerla, sorprendidos los tres por el encontronazo con la policía. El hombre encogió la barriga y se agachó a recoger de la sucia alfombrilla la pelota de papel que se le había caído a Jimena al salir huyendo. Cruzaron Flor Baja de nuevo.

La Casa Profesa de los jesuitas ardía en llamas. Los incendiarios se interponían entre las llamas para impedir a los bomberos extinguir el fuego, pero éstos se mantenían impasibles presenciando el incendio. La Guardia Civil acordonaba las calles que salían a la plaza del Callao y echaban para atrás a la gente, custodiando la salida de los religiosos vestidos de paisano. Pere dio marcha atrás para largarse de aquella ratonera y logró llegar a la plaza de Ópera.

Hacía más de dos horas que el profesor de piano había abandonado la casa de Pintor Rosales. No era la primera vez que Jimena le daba plantón, y desde luego sería la última. El maestro Cubiles, antes de marcharse y sin entender cómo una joven bien dotada para la música podía sacarle así de quicio y desaprovechar su talento, llamó por teléfono a Francisco Anglada desde la biblioteca, delante de Fernanda, muy disgustada por la tardanza de su niña y la impaciencia del profesor, que estaba rojo como un tomate y dispuesto a abandonar la casa inmediatamente para no volver jamás. El generoso pago por sus clases no justificaba los desplantes de la joven. Su llamada telefónica acertó a encontrar a Francisco Anglada en el despacho a punto de salir hacia un encuentro con el Círculo de Empresarios. Había convocado una reunión de urgencia para tratar los sucesos que estaban ocurriendo ese día en Madrid, Valencia, Alicante, Murcia y en las ciudades andaluzas, como si de pronto el odio religioso hubiese explotado a comparsa por todo el país. No eran pocos los que pensaban que la llegada de la república había abierto esa caja de Pandora para liberar las fuerzas ocultas y más siniestras del hambre y la pobreza.

Don José Cubiles, erguido y orgulloso, se despidió a través del auricular de baquelita como profesor de Jimena, ante la desolada mirada de Fernanda. Alegó la falta de disciplina de la joven, y, sobre todo, la poca disposición que había mostrado en los últimos meses, siempre distraída, sin completar sus ejercicios, refugiándose en su inspiración y en la improvisación creativa, que era desestimada inmediatamente por la ortodoxia del brillante maestro que no podía soportar la falta de esfuerzo y sacrificio. Salió de la casa de muy mal humor, enfundado en su impecable traje gris, acompañado hasta la puerta por Fernanda que iba tras él dando todo tipo de excusas, a ver si acertaba con alguna creíble que le hiciese reconsiderar la decisión. El profesor llevaba en la cartera unas nuevas partituras seleccionadas con ilusión para ser interpretadas por su alumna. Y le dijo a Fernanda que había sido todo un error acceder a impartir aquellas clases a una niña mimada. Fernanda seguía reteniéndolo.

Se agachaba con humildad y deseaba que Jimena llegara de una vez por todas.

Pero no llegó a tiempo. Una nueva frustración para el señor Anglada. Otra vez disgustado y triste, chocando contra una pared invisible, impotente por no poder convencer a su hija, y más ahora que era una mujer y se la veía sin ningún entusiasmo por esos estudios de música y, por supuesto, tampoco con los de la universidad. Fernanda siempre pensó que nunca debió emprender esa extraña carrera. Jimena no había logrado aprobar ni el primer curso completo.

La niña se hacía mayor como un árbol que se va torciendo poco a poco.

A las dos horas de salir el señor Cubiles, Fernanda oyó la puerta de la calle, corrió escaleras abajo desde la buhardilla que había convertido en su cuartel general. Desde ese escondite divisaba el barrio, la montaña del Príncipe Pío, el parque del Oeste y la Casa de Campo. Se pasaba las horas muertas observando la calle, a la gente, a los militares del cuartel. Se había fijado en un cabo de mediana edad, un poco mayor para esa graduación. Pensaba en ese hombre todos los días, intentando memorizar los horarios en que salía a la calle por si se encontraba con él, así de sopetón. Pero nunca fue capaz de acercarse a él cuando lo veía cruzar la explanada del cuartel, siempre en dirección hacia la plaza de España, con un cigarro en la boca. Andaba deprisa, con la cabeza alta, sin obedecer a nada ni a nadie más que al destino de su uniforme. Nunca supo si estaba casado o viudo, o con hijos, o si era un sinvergüenza, o un buen hombre que deseaba acariciar a una mujer con la piel más joven, sin amargura, que lo distrajese de las rígidas rutinas militares y supiese leer y escribir.

La puerta de la calle se abrió y volvió a cerrarse, de golpe. Jimena no le dio oportunidad a Fernanda para hacerle ninguna pregunta cuando se chocaron en las escaleras. La joven se encerró en su habitación. El ama, más preocupada que nunca, la dejó estar. Entró en la cocina y se dispuso a ayudar a la cocinera para matar el desasosiego preparando la cena al señor. A las nueve y media llegaría a cenar con doña Lucía Oriol. Todo un acontecimiento. Ese mediodía había llamado Francisco Anglada para que todo estuviese organizado.

Nada más entrar en su dormitorio, Jimena corrió las cortinas de un tirón, se desnudó completamente dejando su vestido a los pies de la cama, como quien deja algo querido que va a perder para siempre. Olía a cocina, y se le había pegado al vestido. Se deslizó entre las sábanas sin más ánimo que el de olvidar a Pere y a sus dos acompañantes que le atormentaban la imaginación. La oscuridad la relajaba de la tensión del día y de la inmensa luz de Madrid de aquella mañana, también del humo, de sus cenizas, del fuego; deseaba perderse en un sueño que la sacase de Madrid. Tenía al padre de Pere en la cabeza. Una sensación de vértigo la perseguía desde que entró en aquel coche que daba vueltas y vueltas a la fuente de Cibeles, entre el griterío de anarquistas, comunistas, sindicatos, republicanos contra el gobierno, el Estado, la propiedad, la religión, la riqueza, el hambre y la pobreza. No podía ni imaginar cómo sería su vida casada con Pere. Tener por familia a un hombre obeso con acento indescifrable de un remoto lugar de España.

Durante los dos años que le duró la facultad a Jimena, en la que ni un solo día había dejado de ver a Pere Santaló en el aula, con su vieja cartera cruzada al hombro, siempre sentado detrás de ella como una sombra, el joven nunca le había dicho en qué barrio de Madrid vivía. Era un misterio para ella y él desviaba la conversación con habilidad. Procedían de un pueblo del norte, sin mayor concreción. Su familia estaba formada por su padre, su madre y aquel hermano pequeño. Nunca le escuchó hablar de su tierra ni de su extraño idioma que practicaba en casa. Pero había algo del joven que ya conocía: los dientes de escualo heredados del padre y sus modales groseros y prepotentes. Se imaginó a Pere transformado en un hombre cruel con olor en la ropa a guisos sencillos. Siempre estaría lleno de odio si su revolución no llegaba a consumarse. Jimena no podía soportar la imagen de los tres metidos en ese coche sucio y destartalado, y reparado mil veces, a medio camino de entrar en el desguace, y de las manos carnosas y coloradas del padre que se le abalanzaban en cada curva como una amenaza.

Encerrada en su dormitorio, su único refugio, le atormentaba volver a la universidad. Por eso llevaba un mes sin pasarse por allí. Hacía esfuerzos para no vomitar. Pero, al mismo tiempo, quería vaciar de su cuerpo y de su mente todo lo que había visto esa mañana de camino a casa. Los conventos de Madrid ardían como piras hechas de carne y de fe que incendiaba el alma de una ciudad que ya no creía en Dios. Y si Dios había muerto, ¿por qué mantener su religión?

¿Y... David?, sin su sotana, guardada en algún lugar de Tres Robles, bajo llave, desde que abandonó el seminario. Le hacía tan alto y fuerte. Sus rizos rubios y salvajes le caían por el cuello, casi como a Jesucristo. Se levantó de la cama y buscó en su vestido. ¿Dónde estaba la carta que le había escrito? ¿Por qué no la habría echado al buzón de correos? ¿De qué tenía miedo? No lograba entenderse a sí misma. Quizá no había nada que entender. Ella era así, una medusa a la deriva, sin una idea clara que no fuese regresar a la finca. Buscó bien entre la enagua y el sujetador. Es posible que se le hubiera caído mientras corría asustada por Gran Vía, o al bajarse precipitadamente del coche de Pere. Quizá fue pisoteada por la misma muchedumbre que un día, a lo mejor, encarcelaba a David, o algo peor que no quería ni imaginar. Como tampoco quería ni imaginar que se le hubiera caído dentro del automóvil y alguno de los tres escualos la pudiera encontrar. Era mejor no pensar en la carta y dejarlo estar. Darla por perdida. Estaba segura de haber pegado los sellos con el franqueo adecuado; si alguien la hallaba, solo tendría que echarla a un buzón.

No podía quedarse dormida. Se dio cuenta de que lloraba. Las lágrimas corrían por su cara, desesperada. No podía dormir en plena tarde con el sol acariciando el parque del Oeste tras su ventana. Pero se durmió agotada. Sobre las nueve de la noche se despertó aturdida de una siesta demasiado larga, con un agujero en el estómago; si mantenía las piernas encogidas, podía aguantar el dolor. El último resplandor de la luz del ocaso apenas se filtraba por el grueso tejido de las cortinas, alcanzando su cuerpo demacrado que sintió enfermo. Se incorporó lentamente y salió desnuda y descalza al silencioso pasillo.

Por el hueco de la escalera subía el trajín de la cocina y del comedor. Fernanda lo montaba para la cena. Escuchaba el ruido de los cubiertos de plata y la vajilla de porcelana inglesa. Abrió una puerta contigua a su dormitorio. Palpó el interruptor, lo giró y la luz la cegó. De un manotazo la apagó enseguida, asustada, como si hubiera visto a un fantasma porque le dio tiempo a tomar conciencia de su cuerpo desnudo al verse en el espejo de la pared. Un espejo en forma de sol. Se vio tan delgada, huesuda y blanca como una calavera que se levanta de la tumba buscando a tientas cómo volver a la vida. Quizá si comiera más tendría mejor aspecto y no esos continuos deseos de vomitar que revolvían su estómago en cuanto veía un trozo de pan o el plato de lentejas que el ama le obligaba a tomar tres veces a la semana. Y los filetes de hígado que después vomitaba a escondidas en el retrete. Encendió la lamparita de encima del piano. Se sentó en el taburete para sentirse en la intimidad de su sala de música, tapizada escandalosamente con grandes flores rojas y negras al gusto de algún decorador extravagante. Deslizó los dedos por la tapa del piano, brillante y fría. La levantó. Recorrió la vista por las ochenta y ocho teclas alemanas. Su padre se había presentado una mañana con cinco operarios que lo subieron en un alarde impresionante de delicadeza, hasta la primera planta. Francisco dijo que el polvo se acumulaba encima de ese buen piano. Y la humedad, en la residencia deshabitada que había comprado a las afueras de Madrid a una pareja extranjera, acabaría por destrozarlo. No dio más explicaciones. Había sido un buen negocio esa compra, en un nuevo barrio con futuro. A Jimena le dio igual de dónde procedía un piano que no le apetecía tocar. Por otro lado, Francisco compraba y vendía inmuebles por todas partes y la obligaba a pasar las tardes, después de estudiar, con la mejor compañía que podía tener una muchacha madrileña, aunque lo fuese de adopción: un piano alemán.

Pero ninguno de los deseos de su padre se cumplía.

Tocó unas notas. Las teclas se hundieron. Los martillos hilvanaron una vibración que le recorrió a Jimena los dedos, los brazos, la espalda…; le pareció de una belleza que no merecía. Se excitó. Se acarició los pechos y el placer le raspó la piel. Sintió a Pere encima de aquellos senos rosáceos apretándolos con la fuerza del arrebato de su infeliz deseo, tan sucio como ese sueño que se repetía cada noche. Soñaba que sus pechos pequeños y tersos eran amados por David, acurrucados y constreñidos por sus grandes manos…, y juntos huían de Madrid. De una ciudad que se había convertido en un peligro para ella. Lo sabía, lo sentía cada mañana al despertar.

¿Por qué no podía recuperar lo que había dejado atrás? No estaba hecha para Madrid, ni para los estudios, ni para el piano, ni para la alta sociedad, ni la baja sociedad, ni la media, ni ninguna; no estaba hecha para nada, más que para vivir en sus tierras en las que había sido feliz, especialmente cuando regresó David, sin entender cómo pudo estar alguna vez ilusionada en abandonarlas y en dejar a su tío allí solo, con los capataces y la gente ruda y tranquila del campo que no ejerce resistencia a nada y cumple las órdenes con miedo y sin rechistar. Añoró más que nunca sus tierras arcillosas de colinas suaves y verdes en primavera, salpicadas de encinas; las cosechas de su infancia; los trigales… La tranquilidad del tiempo que avanzaba sin sobresaltos, sin tumultos, sin gentío, ni multitudes que vinieran a interrumpir el sosiego natural en el que se había criado.

La luz de la lamparita del piano iluminaba un cuerpo tal y como había venido al mundo, sentado en la banqueta, encorvado, oculto tras su negra melena que lo arropaba como un manto confortable. Ladeaba la cabeza. No se había dado cuenta de que sus dedos se deslizaban por las notas formando una melodía que amaba. Un nocturno de Chopin. Una pieza que había llegado a interpretar con una perfección exacta para la ilusión de su tío y de su padre, cuando aún se sentaba en las rodillas de ambos después de cenar. Amaba sus voces seguras y cálidas, protectoras, perdidas ahora en esa noche de los tiempos que no regresaría jamás. Se miró los dedos, largos y desarrollados prematuramente para asemejarse a los de una vieja acariciando el *Opus póstumo* de Chopin. Sentía la melodía tan española como el piano de Granados y Albéniz. Corcheas, sostenidos y silencios se enredaban en el aire emocionando a su ama que escuchaba detrás de la puerta, en silencio y a punto de llorar.

—¡Pero… qué haces así, chiquilla! —exclamó Fernanda cuando abrió.

La vio de espaldas, sentada en el taburete, con el pelo suelto y salvaje ocultando su delgado esqueleto como si fuera una aparición.

—¡Tápate ahora mismo! Acaba de llegar tu padre, ¡muy disgustado! Menos mal que lo acompaña doña Lucía, que si no… Don José se ha despedido, ¡estarás contenta! Ya te has librado de él. ¡Vístete y baja inmediatamente! Le he dicho a tu padre que has ido hoy a la facultad a estudiar esas tonterías que no estudias. Por la cara que ha puesto no me ha creído. ¿Y dónde te has metido hoy? El padre de ese joven, que dice ser tu novio…, se ha presentado en el despacho de tu padre en busca de camorra.

—¡Déjame en paz, Fernanda!

Jimena le daba la espalda, recta y relajada, sobre el taburete. Orgullosa de su desnudez.

—¿No te da vergüenza salir desnuda de tu dormitorio? ¿Quién es ese con el que vas? ¡Y la pinta que me tiene, por amor de Dios! ¿Has perdido el juicio, hijita? Si tu madre levantase la cabeza…

—¡Deja a mi madre en paz en el cementerio! Y métete con el que está ahí abajo, entre los vivos, revolcándose con una mujer casada.

—Cállate, Jimena. ¡Vístete y baja a cenar!

Su ama no podía estar más desconcertada y de peor humor. Se dio la vuelta sin cerrar del todo la puerta de la salita y Jimena salió tras ella como un mal viento. Su intención era vestirse y bajar a cenar, hacer la pantomima y olvidar lo que había visto aquel día. Pero en su dormitorio cambió de opinión y no tuvo fuerzas para hacer otra cosa que meterse otra vez en la cama, hacer caso omiso de las recomendaciones de Fernanda, e ignorar lo que se esperaba de ella.

Noveno testimonio

No me esperaba nada bueno de la cena a la que me había invitado Francisco en Pintor Rosales. Cómo estaba prevista, cómo había querido Fran que fuese: como una empleada a la que se va a despedir, como alguien del que se prescinde, también como la mujer a la que iba a abandonar. Fran necesitaba hablarme de algo y no había encontrado un lugar mejor para ello que la casa que una vez me perteneció. Todo allí me era familiar y extraño al mismo tiempo, creí que todavía quedaba algo mío entre aquellas paredes que yo misma había mandado decorar con delicados papeles pintados traídos de Italia, con la idea de que mi padre se encontrase como en su propio despacho. Al final no fue así y decidió vender la propiedad a Francisco Anglada, y pronto se olvidó de su proyecto de abrir una correduría en pleno barrio de Moncloa, a cinco minutos de Marqués de Urquijo. Pero eso era agua pasada y ahora llegaban momentos de cambio.

Como me había imaginado Jimena no bajó a cenar. Fernanda la disculpó en cuanto llegamos. Nos dijo, sin haber cruzado la puerta, con su voz de mujer segura, que había llegado de la universidad con fiebre. Ese día Jimena había decidido acercarse por clase, tras las últimas semanas sin pasar por allí. Ella misma le había subido una taza de caldo y dos tabletas de aspirina. Fran, con el sombrero todavía en la mano y retirándome el chal de los hombros, le hizo un gesto despectivo con la mano: ya era suficiente declaración de intenciones, y parecía no aceptar los embustes convincentes que Fernanda trataba de darnos.

Nos recibió sin quitarse el mandil negro, anudado a la cintura, tan largo que lo arrastraba por el mármol reluciente del suelo del vestíbulo. Llevaba el pelo recogido en un moño que acentuaba su aspecto severo, casi intimidatorio. Actuaba con la autoridad de una madre, sin demostrar la más mínima inquietud por la joven, con seguridad y orgullo al mismo tiempo; más aún, se explicaba con la simplicidad que tiene lo que es cierto.

—Esa chica suya no acaba de encontrarse del todo bien. Ha llegado cansada. Esa fiebre puñetera le sonrojaba las mejillas cuando le abrí la puerta. Eso de querer acabar bien el curso... ¡Ay, criaturita mía!

—Fernanda, ¿ha visto usted a mi hija acompañada de algún joven, últimamente? —le interrogó Francisco, ya en el comedor.

La mujer no sabía qué contestar y se acercó a mí y me ofreció un refresco.

—¡Nada de refrescos! —dijo Francisco, irritado y de un humor de perros. Parecía cansado. Descubrí bajo sus párpados unas abultadas ojeras—. ¡Pónganos un coñac! ¡Y conteste a mi puñetera pregunta!

Fernanda se restregó las manos sobre el mandil y contestó achicando sus pequeños ojos como si le hubiera dado una bofetada.

—Bueno..., un jovenzuelo de la universidad. Lo veo por la calle de vez en cuando, viene con ella del tranvía. Pero... nada más, don Francisco. Parece inofensivo. Un poco gañán sí lo veo... Pero hoy en día, los jóvenes...

—Puede irse, Fernanda, y dígale a mi hija que... Bueno, mejor no le diga nada.

Fernanda se acercó al mueble bar, nos sirvió dos copas de coñac y desapareció del comedor de puntillas, intentando hacerse invisible.

Yo le caía bien, estaba segura. Ella se mostraba amable al dirigirse a mí, pero con una frialdad cortés y educada para ser una mujer del campo. Debería de rondar los cincuenta años. Pensé muchas veces que no tenía más remedio que compararme, aunque no quisiera, con la difunta esposa de Francisco a quien habría conocido muy bien. Me preguntaba qué pensaría de la clase de amistad que me unía con su señor.

Nadie hacía comentarios acerca de Juliana Roy, como si hubiese muerto hacía siglos, como si fuera un pariente lejano que no había dejado ninguna huella, ninguna herencia, ningún rastro; pero un hijo es el testimonio más incuestionable que puede tener un muerto para no ser olvidado.

Probablemente, ninguno de los cuatro componentes de aquella hermética familia de los Anglada —sumando a Fernanda— debían de hablar jamás, ni tan siquiera entre ellos, de aquel tema tabú; más aún, estoy por apostar que todos (Fran, Jimena, David y Fernanda), por un motivo o por otro, tenían necesariamente que recordarla, de forma constante, porque Jimena, según decían, era el espejo en el que se reflejaba la viva imagen de Juliana Roy. Imposible de olvidar. Una madre que desaparece, y más en un trágico accidente como el suyo, dejando a una niña pequeña, por mucha ama, institutriz y criadas que se tenga, es irreemplazable. La huella que deja es tan dolorosa, tan atroz, tan trágica que es algo así como la muerte de una familia. Yo estaba segura: Fran nunca amó a Juliana Roy. Entendía perfectamente un matrimonio desclasado: la soledad del campo, la muerte de sus padres, y la responsabilidad de un hermano en plena adolescencia con aspiraciones religiosas, sin la protección de otros familiares. Un cóctel perfecto para precipitar un matrimonio.

Supe que los dos hermanos se habían quedado solos con la administración de una herencia agraria extendida a través de miles de hectáreas de buenas tierras cultivadas, bosques de encinas, olivos y monte bajo. Campos de regadío y cereales en el sur de Aragón y el norte de Guadalajara, ampliadas hasta el señorío de Molina, en cuyas tierras se habían establecido los abuelos de

Francisco y David, llegados del norte. Creo que Fran se debió de ahogar un poco. Sobre todo porque David iba para cura y se le echaba encima todo aquello, sin haber cumplido los veinte años. Aunque fue peor el remedio que la enfermedad, porque su matrimonio con Juliana Roy fue un fracaso. Ésa era mi particular reconstrucción de la vida del hombre al que amaba. Y parece ser que Francisco nunca le perdonó a su hermano que lo abandonara en aquella situación por un celibato que lo apartaba de la realidad y de sus obligaciones, porque David renunciaba a todo compromiso familiar, contratos, cargas y cuentas; no era para él administrar una herencia como la que sus padres y abuelos habían acumulado a lo largo de los últimos cien años. Creo que David debió de optar por un camino distinto al de ayudar a su hermano en el control de todo aquello. Aunque luego regresara. Yo también sospechaba y sentía por el tono de voz de Francisco, al hablar de su hermano, un litigio entre ambos más profundo y conflictivo que todas estas explicaciones. Pensé que el retiro intelectual de David lo había apartado de su hermano y de Tres Robles, y también de Juliana Roy. Me imagino a Juliana Roy taciturna y solitaria, alejada cada vez más de Fran y de su hija, obsesionada con los caballos y el campo, que curiosamente le causaron la muerte.

Parecía que nadie en aquella familia estaba dispuesto a ayudar a Francisco Anglada, tampoco su hija cuando creció. Sé que el trabajo lo era todo para Fran, tampoco existía otra alternativa. Cualquier movimiento de él era táctico, continuamente al servicio de sus intereses. No solo se hizo con el mando de todas las tierras, delegando en David cuando éste volvió a Tres Robles, sino que emprendió nuevos negocios con una intuición de lobo solitario y astuto, perspicaz, realista y siempre alerta a cualquier oportunidad. Doy fe de que las aprovechó todas. Creyó en la idea de que el futuro estaba en las ciudades, en el crecimiento y la especulación. Y no se equivocó. Aunque nunca encontró lo que buscaba. Consiguió alcanzar el espejismo de un futuro que siempre le devolvió su propia imagen. Y acumuló una gran fortuna. También sospechaba que la relación de los dos hermanos no era tan estrecha y amistosa como Fran intentaba demostrar a todo el mundo.

Eran las diez de la noche del 11 de mayo de 1931. Yo estaba embarazada y le notaba inquieto. Se frotaba las manos continuamente como intentando lavárselas de una suciedad invisible. Apenas habíamos probado un poco de pisto y unas pescadillas fritas. La tensión subía por momentos entre Francisco y yo a lo largo de la mesa. Sin Jimena, la cena me pareció triste y melancólica. Con ella desconozco lo que habría pasado. Fran no paraba de beber, copa tras copa. Intentaba ocultar su mal humor. Sus ojos verdes permanecían fijos en el plato y en su copa de vino. Se llevaba el tenedor a la boca con ansiedad, bocado tras bocado, con ganas de terminar, deseoso de poner fin al menú. Hubo un momento de silencio atroz. El batir de los cubiertos resonaba en el comedor como espadas desenfundadas. Presentí que llegaba el momento de la verdad. Esas distancias eran en sí mismas una declaración. De un momento a otro me diría que debía dedicarme a mis tareas conyugales, desatendidas desde que nos habíamos conocido; lo nuestro había supuesto la mejor etapa de su vida. «Muchas gracias por todo, Lucía, desgraciadamente mis negocios requieren de todo mi tiempo, en peligro por la desastrosa situación económica y política del país.» Yo iba anticipando esas palabras que Francisco no se atrevía a pronunciar. Jimena lo necesitaba más que nunca; sin contar que nuestra relación comprometía la amistad y los negocios con mi padre, en sus peores momentos. Roberto ahora lo iba a tener muy difícil en España, con un gobierno de izquierdas. Había elecciones generales en junio. Le podrían prohibir la entrada en España y yo definitivamente debería seguir a mi marido a Italia.

«Ha sido maravilloso, mientras ha durado. No sé cómo darte las gracias, pero lo nuestro no tiene futuro. Has significado algo muy importante para mí, Lucía, pero la vida continúa y no podemos olvidar que eres una mujer casada con obligaciones irrenunciables por atender. Tienes un hijo que educar; y ahora el segundo. Roberto sabrá hacerte feliz», le escuchaba en mi cabeza aunque no hablara, aunque estuviese callado como una tumba que se revuelve por dentro, limitándose a masticar, llevándose la copa continuamente a los labios sin mirarme a los ojos. Su cara grande y poderosa como una máscara de pesadumbre me agobiaba. Su silencio hacía daño. El corazón me latía desbocado; pensé que me daría algo si continuaba encerrado en el mutismo. Tampoco yo me atrevía a darle conversación. Su semblante era una férrea muralla difícil de abordar.

Fernanda no apareció en toda la cena y una muchachita de apenas quince años nos sirvió, sin que a Fran le importase lo más mínimo ver cómo la joven metía los dedos en los platos cuando los dejaba con torpeza sobre el delicado mantel. No se oía más que el tictac del reloj sobre el aparador. La casa poseía el silencio de un cementerio.

Necesitaba disculparme, hacerle entender que no lo había buscado. Fue un fallo absurdo, inoportuno; no lo deseaba, tenía que creerme y apelaba a su compasión. Pero no dije nada por miedo a su respuesta y seguí secundando el silencio.

Tras la cena me sujetó del brazo y entramos en la biblioteca. Me sentó en el diván; me seguía apretando fuerte en el brazo, casi me hacía daño. Me excitaba sentir la atractiva fuerza de sus manos, y su rostro ancho y varonil increpándome. Los músculos de sus brazos se tensaban bajo la camisa. Mi embarazo lo excitaba. Yo me acariciaba el vientre. No, no me iba a dejar; lo habría hecho entre las pescadillas enroscadas y las migas de pan que tiraba sobre el mantel de muy mal humor, auxiliado por los efectos del vino. Yo ya estaba inquieta por la hora, aunque en casa nadie me esperase. Roberto había salido esa misma mañana para Roma, mi padre llegaba tarde cada noche, mi pobre madre con otro ataque de artrosis que la dejaba inmovilizada se había acostado temprano. Quise que me arrancara la ropa. Y al mismo tiempo pensaba en Claudio como si él fuera el único al que debía rendir cuentas, el único que me hacía sentir profundamente culpable.

Pero… quién es un hijo para reprochar nada a una madre.

No me iba a apartar de mi pequeño escondite de libertad. Y yo había decidido que la libertad era Francisco, porque llenaba el espacio vacío que existía entre mi hijo y yo. Entre el amor y la desesperanza había un solo nombre posible. Ese nombre tenía un apellido y era Anglada y estaba segura de que lo iba a perder.

Hasta la biblioteca llegaban las voces de la radio. Aun con la puerta cerrada, se oía la voz aguda del locutor enumerando uno a uno los centros religiosos incendiados y saqueados de aquel día, como quien enumera los goles del Real Madrid contra el equipo visitante. En la cocina, Fernanda estaría cosiendo pegada al transistor, escuchando los lamentables incidentes que Jimena podría haber presenciado.

Fran me sirvió un oporto. Fumaba un cigarro dibujando en el aire anillos de humo, pensativo, reflexionando, sin querer decir nada. Se sentó a mi lado con las piernas cruzadas, en el diván de rayas, y se tomó la copa de un trago. Se levantó con pesadez, se sirvió otro y volvió a sentarse junto a mí. Ahora daba lentos sorbitos a la copa, con los ojos acuosos, acariciándome tiernamente las rodillas. Sus grandes y bonitos dedos se deslizaban con cariño por mi piel tras la seda de las medias, pero él pensaba en otra cosa. Un pensamiento más allá de mis piernas y de mi cuerpo. Estaba segura de que de un momento a otro Fran soltaría lo que deseaba decirme.

Esa velada era importante para él. Había antepuesto nuestra cena a la primera sesión del Círculo Monárquico, a la que también asistiría mi padre. Se inauguraba esa tarde por el director del diario *ABC*. No siempre huía un rey de un país, ni se conspiraba para su regreso, ni se instauraba una república, ni la gente se volvía loca quemando edificios religiosos y el patrimonio cultural de una nación como aquel día y el siguiente y muchos otros que vinieron después. Mientras, él cenaba con su amante, pesaroso, acuciado por sus problemas personales, como si en ese 11 de mayo de 1931 no hubiera pasado nada; un día normal y corriente como otros en Madrid.

Tras levantarse y servirme otro oporto se acercó a la librería.

Parecía tomarse su tiempo para decirme que me abandonaba. Cogió un libro amarillento y gastado, una edición de *La riqueza de las naciones*. Lo hojeó y volvió a dejarlo en su hueco, como si la lectura hubiera perdido todo su valor. Yo esperaba de un momento a otro que comenzara a hablar. La voz del locutor radiofónico había cesado y sonaban los primeros acordes de la obertura de una zarzuela conocida. Le pregunté a Francisco si le apetecía escuchar música. Miré hacia los discos colocados en orden junto al gramófono en un mueblecito de caoba. Falla podía ser una buena elección, quizá contribuyera a mejorarle el humor y a dar un contrapunto a la velada, pero dijo que no estaba para músicas. Y recordé el regreso precipitado de Roberto de Italia, un par de meses atrás. Nos hizo perder las entradas para *El amor brujo*, en el Monumental Cinema. Un acontecimiento en Madrid al que no pudimos asistir tras haber pagado en la reventa una verdadera fortuna por dos butacas. Atando cabos, Fran no se mostró contrariado entonces, más bien diría que apenas le importó, y entusiasmó a mis padres con nuestros palcos, enviándole a mi padre a su despacho las dos localidades. Nunca me quise plantear lo que mis padres podían pensar de mi amistad con Fran, ni de sus límites ni horizontes porque jamás preguntaban, exceptuando algunos ácidos sarcasmos de mi madre, siempre elegantes y nunca en presencia de mi marido. A veces me molestaba ese mirar para otro lado, pero otras lo agradecía. Es la lucha eterna de la doble moral, de lo correcto o incorrecto dependiendo de las simpatías y de las adhesiones, por no decir intereses.

Nuestras vidas eran una gran partida de ajedrez, donde mis padres hacían de rey y de reina; Roberto, de torre; David, de caballo; Jimena, de alfil; y yo, uno más de los peones, como el resto de las personas de mi historia: todos negros peones al servicio de una partida, con un único jugador que nos movía a todos. Y ese jugador era Francisco Anglada.

Por fin Fran rompió su silencio.

—Cuánto agradezco que mi hermano esté en la finca y no haya tenido que ver lo que hoy ha pasado en las calles de esta ciudad endiablada. Y para colmo, mi Jimena ha participado en una algarada callejera —comentó pensativo, preocupado, con el rostro algo enrojecido por la bebida.

Pero aun así su atractivo era capaz de no dejarme descansar ni un minuto. Se había sentado con las piernas abiertas, la copa en una mano y con la otra se retiraba el cabello hacia atrás nerviosamente, levantando la cabeza, como desesperado.

—¿Cómo lo sabes? —dije, indignada, bebiéndome de un trago el segundo oporto.

Hubo un silencio incómodo. Crucé las piernas. Él recorrió la mirada desde los tacones de mis zapatos rojos hasta mis rodillas ardientes y delgadas. Quizá lo que empañaban sus ojos no era el hijo que podríamos tener juntos sino la hija que le había dado Juliana Roy. Dejó la copa en el suelo y encendió otro cigarro sin dejar de mirarme, con millones de preguntas que deseaba hacerme. Yo podía leer claramente en sus ojos verdes, líquidos por el alcohol: «¿Cómo has sido capaz? ¿Por qué? ¿Es que no te doy todo lo que deseas? ¿Es que no soy suficiente? No puedo hacer nada por salvarte: lo has destrozado todo». Pero esas preguntas no salían de sus labios, sino otras diferentes.

—Porque me lo han dicho —explicó por fin.

—¿Que te han dicho qué?

—Mi hija se encontraba entre esos fulanos que hoy quemaban conventos por todo Madrid.

—¿Crees que Jimena…? ¡Eso es imposible!

—Me han entregado una prueba, una dolorosa prueba que tuve que quemar para olvidarme de que mi hija escribió semejante aberración. Una abominación. Mi amada hija. Creo que lo mejor es sacarla de Madrid y enviarla al extranjero. Me alegro de que no haya bajado a cenar, ha sido mejor así. Hoy no podría mirarla a la cara, esa cara que amo más que a mi vida. Siempre veo en ella a la niña que fue. Sé que está todavía en alguna parte de esos ojos fríos que me miran sin piedad.

—Jimena no es una niña, por mucho que te empeñes. Es normal que esté en las calles, es joven; los jóvenes son valientes y necesitan luchar por algo, aunque estén en un error. Yo lucho por ti, aunque no lo creas. Sé que me he equivocado, que tenía que haber sido más cauta, estar más atenta. ¿Por qué las mujeres tenemos que llevar siempre la responsabilidad? No has de contestarme, no soy una mujer al uso y tampoco lo es nuestra relación.

—Mi querida niña idealista, no mezcles los temas; y mi hija no lucha por ninguna revolución. No tiene ni idea de lo que significa. A ella la república le trae sin cuidado y la monarquía también. Lucha por algo bien distinto —dijo con odio, estrujando la colilla en el cenicero, consumida—. ¡No me importa si estoy equivocado o no! Y tu lucha…, Lucía, no es mi lucha. ¡Yo lucho todos los días por algo que me gustaría que sucediera!

—Como qué, dilo, como qué.

—¡Dejémoslo! —atajó con una voz que nunca antes le había escuchado, descompuesta, y añadió—: Jimena ha escrito una carta a mi hermano diciendo cosas desconcertantes sobre sus sentimientos hacia él.

—¿Qué quieres decir?

—Creo que mi hija no está en su sano juicio. La he leído con mis propios ojos y quisiera no haberlo hecho nunca. Tuve que quemarla en el cenicero de la mesa de mi despacho para que nunca nadie pudiese leer todo aquello; ni tan siquiera yo mismo otra vez.

»Esta tarde se me ha colado en el despacho el padre de un joven con el que mi hija parece querer casarse. Un malandrín de la facultad. Ha estado saliendo con él últimamente, a escondidas. Por esa carta, creo que la intención de mi hija es tomarse la revancha por la muerte de su madre y por la de su maldita yegua; y cosas locas y deshilvanadas de nuestra vida en Tres Robles. Había en esas hojas arrugadas palabras terribles, ideas extravagantes… —Y se volvió a retirar el pelo de la cara—. Ignoro lo que tiene mi hija en mi contra, pero parece que me odia, en vista de todo lo que ha escrito. No te puedo dar detalles de su lectura, porque es para matarla. Pero ese hombre, el padre del joven, me ha asegurado que Jimena me tiene miedo y que no se atreve a hablar conmigo, que su hijo la adora y la respeta, y que es un buen muchacho, trabajador… lleno de virtudes. Necesita un buen trabajo para mantenerla como se merece. Y que su hijo será capaz de hacerla olvidar ese amor insano y antinatural. Me dieron ganas de pegarle un puñetazo en esa boca afilada y sacarlo a rastras de encima de mi alfombra, manchada con sus asquerosas alpargatas de mierda. Pero me contuve hasta dejarlo terminar: «… la relación entre ellos está muy avanzada», dijo con cara de placer. No quise ni imaginar ni preguntar lo que podía significar ese «muy avanzada». Pero te juro, Lucía, que va a ser mi propia hija quien me lo diga. No te puedes hacer una idea cómo era ese hombre. El tipo no se quitó el palillo de la boca en todo el tiempo ni para hablar conmigo. Irrumpió en mi despacho hablándome de tú a tú, como si fuéramos iguales. No sé de dónde ha salido ese elemento; sus pintas eran algo… Me quedé helado ante la desfachatez de ese individuo pequeño y obeso, y sobre todo de su maldad por entregarme unos papeles arrugados que resultaron estar escritos por mi hija. No sé de dónde los habrá sacado, pero me juró que se le habían caído a Jimena, dentro de su coche, esta misma mañana. Me explicó con todo detalle que Jimena estaba en compañía de unos maleantes cuando se la encontraron gritando en contra de la Iglesia, y que el bueno de su hijo casi se pelea con los camorristas con los que iba, jóvenes de la facultad. Éstos llevaban en la mano bidones de gasolina para quemar la escuela de Artes y Oficios de la calle Areneros, regentada por los jesuitas a los que iban a linchar. «Sé que su hermano es uno de ellos», me amenazó. Su voz era de una hipocresía detestable, con una boca pequeña e innoble.

—No te lo creas, Fran. ¡Eso es imposible! La conozco, estoy segura de que no es así. Tienes que confiar en tu hija. Ese individuo es un malvado. ¡No le creas!

—Cómo puedo confiar en la hija que me traiciona. No puedo contarte lo que decía esa carta escrita por el puño y letra de Jimena, eso es seguro. Hoy no ha ido a la facultad, y hace mucho que no va; aunque eso ahora es lo de menos. Sé que pierde clases, falta a menudo, ha abandonado el piano… Pero esa carta… No paro de dar vueltas y vueltas a esa carta… Parece que Jimena únicamente quiere a David. Pero no de la forma que debiera.

—Fran, a veces no se tienen muy claros los sentimientos y todo se revuelve. Habla con ella. Seguro que está confundida. Es muy joven. Madrid es una ciudad ahora complicada, está siendo difícil para ella…

—No se lo puedo reprochar a mi hermano, él ha sido mejor padre que yo. David amaba a su madre, lo sé; cosa que yo no hice. —Escuchaba en su voz un tono de culpabilidad desconocida en él—. Nunca la quise, lo admito. La verdad es que me casé con ella por sentido del deber, o por yo qué sé… Quizá para dar continuidad a nuestro apellido, también por revancha. Mi hermano se había largado a hacerse cura y me dejaba solo, y siempre sospeché que mis padres lo alejaron por algo relacionado con Juliana Roy desde muy jóvenes. Lo cierto es que ellos murieron llevándose el secreto a la tumba, si es que había algo que llevarse, y mi mujer era el silencio en persona. Eso del seminario siempre me pareció una maldita idea. En un momento de mi vida quise pisarle todo lo que pudiera amar.

»El mundo se me venía abajo, era demasiado joven cuando mis padres murieron de una terrible e injusta epidemia y toda la carga recayó sobre mis espaldas y, sin pensarlo dos veces, me casé con Juliana Roy. En esa decisión también intervino otro factor de peso más oculto y extraño…

—No tienes que darme ninguna explicación. La vida viene como viene. Yo nunca te voy a juzgar.

—Está bien… No pienso mirar al pasado y he de tomar medidas. No voy a permitir que esa gentuza se acerque a mi hija. El dinero lo arregla todo, Lucía. Todo.

Fran se quedó pensativo. Continuó con su desahogo:

—Voy a darle un empleo a ese joven…, alejarlo de Madrid. Investigaré a esa gentuza. No he visto en mi vida a un hombre más tonto que ése. Dejó bien claro que busca dinero. Y ahora, que tanto te necesito, no estás en condiciones de ayudarme. No has sabido orientar nuestra relación. ¿Qué voy a hacer contigo?

Me quedé inmóvil. Seguía apostada contra el mueble bar, paralizada por la confesión, y dije:

—Ahora has de pensar en todos nosotros y actuar con prudencia, sin precipitación. Hablar con ellos dos. Pensar en su futuro y en el nuestro.

—Tú, Lucía, no estás ahora precisamente en situación de opinar. Y *tu* futuro es el que *tú* has buscado. No es mi futuro ni el de mi hija. —Esas palabras fueron puñales, directos al corazón—. Si no te conociera como te conozco, pensaría muy mal de ti, ¿o sí he de pensar mal? Ni tú misma sabes lo que has hecho. ¡¿Y qué crees que hago yo… más que pelear conmigo mismo?! Si antes existía una remota salida para lo nuestro, esa esperanza… se ha esfumado. ¿Crees que me puedo sentir bien en la situación en que me has colocado? ¿Crees que voy a ser capaz de ver cómo crece tu vientre y quedarme impasible? ¡No soy ningún villano! ¿Crees que voy pasearte por Madrid ¡embarazada…!?, y de quién: ¿de mí o de Roberto? Si antes comentaban… ¿qué va a ser ahora? No eres ninguna furcia. Te tengo que proteger aunque sea de ti misma; ¿no te das cuenta?

No deseaba escuchar lo que podría seguir a aquella declaración de intenciones. Yo me agarraba al mueblecito de caoba. La biblioteca giraba en mi cabeza. Se aproximaba el instante en el que iba a ser abandonada por quien más quería, por esas manos salvajes que me acariciaban hasta perder el sentido. Su cuerpo y su cara era lo máximo a lo que yo jamás podría aspirar. Y llevaba dentro de mí la continuación de ese amor feroz convertido en ser humano.

—¡Hoy es el peor día de mi vida! ¿No tienes nada que añadir? —dijo, mirándome fijamente, embriagado para soportar la triste velada.

Era como si me pidiera que hiciese de abogada de mí misma. Pero me era imposible.

En el fondo me sentí importante. También estaba yo en ese

día, por encima de la vida y de la muerte de su mujer de la que sentía celos y a la que quería matar en ese momento por haberse casado con él. Y me despreciaba.

—Estoy harto de esta situación —dijo de pronto levantando la mirada de la copa—. También de tu grotesco marido. ¡Es un fascista! Son una nueva Inquisición, ¿no te das cuenta? Con ese uniforme del que presume paseándose por Madrid como si esta ciudad le perteneciese. Odio a ese hombre y todo lo que representa. Son gente peligrosa, unos fanáticos. Lo que no entiendo es... por qué contigo es de otra manera y te consiente que lo engañes y lo tengas de cornudo por todo Madrid. No parece un hombre tonto, o es demasiado listo y un día nos pega un tiro en la calle a los dos.

—¡No digas eso ni en broma! —dije.

Se levantó del diván. Era tan grande que temí que hubiese perdido el control. Su tez morena se había transfigurado. Las venas de la frente se le hincharon de sangre y levantaba las manos hacia arriba. Yo estaba como clavada en el suelo, delante del mueble bar, y él frente a mí. Tuve el valor necesario para contestarle.

—¿Vas ahora a ser el puritano? Cuando tú y solo tú me has arrastrado por el fango de este Madrid que de pronto te preocupa. Y ahora también te importa que Roberto sea un cornudo. ¿No será porque estoy embarazada? Sí, Francisco, sí; eres un villano. Un sinvergüenza. Y quiero pensar que dices todo esto porque estás celoso y borracho y la tensión con tu hija te nubla el raciocinio.

—¿Celoso de quién? ¿De ese... individuo deleznable? Me da asco que estés con alguien así. ¡Me das asco! ¡A mí jamás me habrías engañado como a él! Pero lo estás intentando, y eso no te lo voy a permitir. No te das cuenta; soy demasiado hombre...

—¿Para quién? ¿Para una mujer como yo? Dilo, anda, dilo; ¡insúltame!

—¡No tienes ni idea de quién de los dos es el hijo que llevas en tu vientre! ¿Acaso puedes saberlo? ¿Lo sabes? —Y me agarró del brazo zarandeándome.

—¡No me ofendas tanto, Francisco!

Me soltó arrepentido y dio unos pasos hacia atrás.

—Ahora… ¿te ofende la verdad?

—No encuentro la factura del hospital —dije, en un intento de cambiar de tema—. Creo que la he perdido. No ha de caer en manos de nadie…

—¿Ponía algo de lo que tengamos que temer? —preguntó con esa voz suya de hombre de negocios siempre alerta. Y levantó las cejas.

—No recuerdo bien, pero creo que solo venía el importe de las pruebas. Si me quisieras de verdad todo te daría igual. Me protegerías…

Me miró con tal desprecio que creí que me iba a pegar. Se echaba el pelo hacia atrás y le caía hacia la nuca brillante y lacio por la gomina. Me miraba desde esa altura que le hacía superior al resto de los mortales, con una camisa blanca tan grande como él, desabrochada, hueca por el cuello. Nuestras voces debían de escucharse por toda la casa. Subirían por el hueco de la escalera hasta la habitación de Jimena.

—No soy un villano, soy de otra especie peor. Quiero que desaparezcas de mi vida. Así de simple. Dedícate a *ese*, y a cuidar a tus hijos —y me miró el vientre con unos ojos desbocados y locos—, que yo con mi hija… tengo suficiente.

No le contesté. Me había quedado muda como una muerta, y muerta estaba desde la mañana que supe de mi embarazo, muerta como Juliana Roy, muerta como quise estarlo esa noche y el resto de las noches de mi vida.

Un fugaz pensamiento me hizo buscar refugio en la hermana Juana. Se me presentaba en ese momento como una tabla de salvación en la que podría sujetarme. Ella me ayudaría. Ella siempre tenía soluciones para las cosas difíciles. Buscaría una solución, me hablaría con cariño, y yo haría lo que ella me dijese. Sí, lo que me dijese. Eso me salvaría.

Me di la vuelta y me serví un oporto y luego otro. Me los tomé de un trago, apoyada en el mueble. Él se sentó de nuevo en el diván y se cubrió la cara con sus manos de gigante. No entendía cómo fui tan ingenua de quedarme embarazada. Le odié con toda mi alma. No había otra elección que Roberto. Creo que ese día perdimos la oportunidad que la vida nos había ofrecido regalándonos un hijo. Me había equivocado de principio a fin si alguna vez soñé que Fran lucharía por mí para enfrentarse abiertamente a un marido y a una familia.

Se levantó de un salto y fue a cerrar la puerta de la biblioteca con llave, como si se hubiese acordado de algo. Vino hacia mí lentamente, con ojos de lobo salvaje preparado para descuartizar a su presa y comérsela entera hasta reventar. Yo sujetaba débilmente la copa de oporto, medio embriagada, sin pensar en el futuro, en mi vientre, en lo que pasaría cuando saliese de allí. Me quitó la copa de la mano y me acarició el cuello. Era tan alto y tan grande, con una sonrisa indescriptible, a medio camino entre el reproche, el odio y la indulgencia. Y me hizo el amor desesperadamente, encima del diván de rayas que se abrían en el ímpetu de su embestida, con la rabia de un final precipitado, en la desnudez insoportable de esas paredes empapeladas con grandes flores azules que se encaramaban a nuestros cuerpos, llenándome de la fuerza necesaria para aguantar lo que se me venía encima. Solo por aquel momento de tener a Francisco Anglada amándome de esa manera habría sido capaz de vender mi alma al diablo y de hacer todo lo que él jamás me pidió que hiciera. Habría abandonado a mi hijo, a mi marido, a mis padres, me habría puesto el mundo por montera. Pero nunca me pidió nada, cosa que le agradecí años más tarde.

Esa triste noche de abandono comenzaba a latir un nuevo corazón dentro de mí. Me daba igual a quién de los dos hombres de mi vida pudiera pertenecer. Esa cuestión nunca me importó. Lo que sí me importó fue no volver a verle hasta mucho después del parto de Blasco, mi segundo hijo, y que al despedirme esa noche en la puerta de Pintor Rosales no me acompañara a casa y, me dijera que, si encontraba la factura del hospital por su despacho, me lo haría saber. Ésa fue su despedida.

SEGUNDA PARTE

El comienzo del fin

1933

Décimo testimonio

Los dos años siguientes transcurrieron con una lentitud abrumadora. Eran pasos cansados en mi vida y arrastraban todo el hastío de la humanidad. Una humanidad que se había convertido para mí en lo menos humano que uno pueda imaginarse.

Separarme de Francisco era el castigo divino que Dios había mandado a Eva envenenándole la manzana. Y Eva había parido a su segundo hijo con todo el dolor de su mala conciencia y bajo los efectos del veneno.

En cuanto vi salir el cuerpo enorme de Blasco, ensangrentado y azul por la asfixia al atrancarse en mis entrañas, supe de quién de los dos hombres de mi vida era hijo.

No albergaba duda alguna: Francisco había arrojado en mi útero la semilla de su estirpe. Una estirpe que por entonces ya intuía. Y lo amé y lo odié aún más, también por ese secreto que tan mal ocultaba. Y me juré, por lo más sagrado, que jamás le confesaría la paternidad de Blasco. Le negaría tres veces o las veces que hiciesen falta, si llegaba el momento, el hijo que jamás tendría con ninguna mujer. Mi hijo no sería un Anglada, aunque llevara su sangre. Y aunque él se viera reflejado en ese niño, como una gota de agua en la superficie de un estanque, se lo seguiría negando hasta dejarme quemar en la mismísima hoguera en la que debieron de morir los antepasados de Francisco Anglada; y en la que ya, sin duda, se habían consumido todos mis sueños de abandonar a mi marido por él. Fue un villano al rechazarme con aquel hijo en mis entrañas, como a un perro sarnoso al que se le arroja un hueso lejos de la casa y se le cierra la puerta en los hocicos para que no vuelva a molestar. Y por ello, tuve la valentía de hacerme un segundo juramento: nunca abandonaría a Roberto Arzúa de Farnesio, que miró siempre a ese hijo con amor.

Al final no me atreví a pedirle consejo a la hermana Juana, ni a hablarle como a una amiga de la adolescencia de todos mis problemas desde que conocí a Francisco Anglada. Pasé una depresión tras el parto, y debía respirar hondo y despacio para no ahogarme con mi propio fracaso. Roberto, angustiado por mi estado emocional, pasó el embarazo a mi lado, sin moverse de Madrid, para mayor desesperación. Llegado el momento, llenó la habitación del hospital de la Princesa con docenas de flores. Fue una idea cursi y horrible. Desproporcionada. Me eché a llorar. Quise quemar en mi propia hoguera cada una de esas flores. Inundaban la habitación de un olor nauseabundo a humedad y a muerte. Pero no hice nada, no dije nada y seguí llorando. Solo me consolaba pensar en mis dos juramentos y consumar mi venganza hacia Francisco Anglada.

El parto de Blasco me había redimido, en parte, de toda culpa al entregar un nuevo hijo a Roberto. Deseaba recompensarle de todos sus esfuerzos y de su voluntad de permanecer a mi lado. No terminaba de reponerme del embarazo ni del parto difícil de un niño tan grande y fuerte, nacido de nalgas, con el cordón umbilical alrededor del cuello. La lactancia de Blasco había sido un calvario hasta que cogió el biberón para no soltarlo. Era tragón y casi no cabía en el moisés. No éramos suficientes para amamantarlo entre la nodriza y yo. Las exigencias de mi hijo llegaron a su límite cuando contraté a una segunda nodriza que se despidió a los tres días, seca y exhausta, viendo lo que se le avecinaba, delgada y alta como una torre y ojos como puntas de alfileres que lloriqueaban al salir de casa. Mi madre, desde que había nacido Blasco, apenas hablaba conmigo, siempre con esos dolores suyos tras los que se escondía cuando algo no le gustaba. Nunca dijo nada, pero con la forma de mirarlo le era suficiente para darse cuenta de lo que pensaba. No me atrevía a pedir su consejo en nada referente al niño. «Un niño grande y tranquilo. Y qué poco se parece a Claudio, tan guerrero; en fin...», dijo un día cerrando la puerta de su habitación, mientras yo paseaba a Blasco, pasillo arriba pasillo abajo, con él en brazos, esperando a la nodriza, pues ya tardaba. «Lo que usted diga, madre», repuse, cuando el timbre de la puerta sonaba.

Un viaje a Roma prometía mi vuelta a la normalidad. Necesitaba salir de Madrid. A Roberto no se le iba de la cabeza nuestro regreso definitivo a Italia, y yo me las iba apañando para sortear la situación. Durante mi embarazo entró en el Círculo Monárquico, de la mano de mi padre, empeñado en llevar a cabo su cruzada particular a favor de la Iglesia española. Se involucró personalmente, preocupado por la expulsión de la Compañía de Jesús. Ayudó a varios jesuitas a salir de España y a instalarse en Italia. Uno de ellos, el padre Gustavo Adolfo, de la casa profesa en la calle Santa Isabel, nos esperaba en la residencia eclesiástica de Roma, junto a la Piazza di Spagna, en la Via dei Condotti, para hacernos los honores, en cuanto saliéramos de Madrid. El sacerdote era un hombre altanero, bajito de estatura, de dedos pequeños y uñas cuadradas e impecables, y una mirada curiosa tras sus gruesas gafas de pasta. Mantenía con mi marido largas charlas teológicas y auguraba el futuro más oscuro para España, por la inminente llegada del comunismo, si Dios o Mussolini no lo evitaban. El día que lo visitamos en Roma, nos dijo, con su corta nariz arrugada y las gafas bien ancladas, de pie y sujetando los visillos del ventanal de la sala de visitas de la residencia: «¿Quién va a dirigir a las almas de este mundo, ahogado por el nihilismo anarquista que ha llegado al gobierno en manos de la diabólica república? ¡Ese Azaña es un masón! ¡Estamos gobernados por la masonería!». De vez en cuando, miraba a trasluz las escalinatas que ascienden hacia la Trinità dei Monti como si algún masón estuviese bajando por ellas.

El momento más dulce de Roberto con el fascismo italiano llegó de la mano de los pactos de Letrán, en el 29, tras reconocer Italia la soberanía de la Santa Sede. Unos pactos que negoció Mussolini con el apoyo del rey, Víctor Manuel III, para fundar el Estado de la Ciudad del Vaticano. Un concordato de prebendas volvía a restaurar el poder de la Iglesia en Italia, y aseguraba la estabilidad del gobierno del Duce que, según Roberto, todo el país celebró. Con ello se ponía fin a las diferencias entre el Estado italiano y la Iglesia, ahora con una jurisdicción propia. Roma se convertía en la capital del mundo católico, el italiano en el idioma oficial del Estado Vaticano, y sus propiedades en soberanas e inviolables. «Justo al contrario que en tu país, tesoro —me decía—. ¡Vosotros... siempre a contracorriente de Europa!» Para mi marido la palabra clave era orden, orden y renacimiento. El orden que alcanzaba Italia nos aseguraba un futuro estable y sin riesgos excesivos. La Santa Sede dispondría de un territorio autónomo para dirigir la Iglesia con total soberanía y sin interferencias. Un gobierno de Cristo. «Eso nos da seguridad, no lo olvides, Lucía. Porque donde está el Papa está Dios», exclamaba Roberto con unas ideas religiosas más místicas que nunca, enardecidas por el laicismo del gobierno del presidente Azaña.

Según palabras de Roberto, España suponía un peligro para los intereses de mi familia. Desde que había nacido Blasco, Roberto intentaba convencerme para nuestro traslado a Roma, ilusionado con su fuerte Italia. Yo no quería ni oír hablar de ese tema, ni podía soportar la idea de dejar Madrid. La pequeña ciudad en la que había nacido, todo lo que ella significaba para mí, y las personas que no podría abandonar, incluido el colegio de López de Hoyos al que había dedicado mi alma y nuestro dinero. Intentaría reponerme en Roma del vacío y la atonía que supuso perder a Francisco Anglada. Ya no frecuentaba las reuniones de casa y se dedicaba completamente a su hija, obsesionado por su salud y sus compañías. Paralizó su vida social, y su existencia debía de transcurrir únicamente entre las calles del Factor y Pintor Rosales; ese corredor oeste de Madrid con sus atardeceres rojizos siguiendo la estela del sol al ponerse tras el Palacio Real y la sierra del Guadarrama.

Por otro lado, esos dos años marcaron un antes y un después en las vidas de nuestras dos familias, coincidiendo en el tiempo la venida al mundo de un hijo de Francisco Anglada y el desatino de éste en sacar de Madrid a Pere Santaló, el supuesto novio de su hija, cuando Francisco leyó aquella terrible carta de Jimena. Fran nunca me dijo lo que pudo leer en ella, pero sin duda provocó ese momento de inflexión en una familia que deja de ser una familia para romperse en mil pedazos. Y creo que, a partir de ese 11 de mayo de 1931, en que comenzaron a arder los conventos de Madrid, Fran empezó también a quemar la imagen de ese puzle revuelto de su familia y decidió arrojarlo a las llamas de un infierno en el que yo comenzaba a creer.

Francisco había cometido un grave error. Su temperamento arrogante. Su cálida voz de hombre seguro de sí mismo, con una larga cifra de ceros a la derecha en el Banco de España, era la mismísima voz del poder del dinero. Había cerrado un acuerdo con el padre del joven Pere, el chico de sonrisa de tiburón. Creyó que una suma considerable podía garantizarle el alejamiento del muchacho de Madrid y de su hija. Y fue otro desastre, sobre todo para Pere, que regresó pensando en hacerse con todo el botín y no darse por satisfecho con unas migajas del pastel, si podía comérselo entero; pero en la ciudad que era entonces Madrid, en 1933, encontró algo bien distinto.

Quizá Francisco no halló otra salida que mandar al lobo a cuidar de las ovejas y lo empleó en su fábrica de tejidos cercana a Barcelona, nido de anarquistas y comunistas, en plena lucha social. En enero, en la ciudad catalana se había intentado proclamar el comunismo libertario en una revolución que terminó en revueltas, huelgas e incendios, asaltos y todo tipo de disturbios. Parece ser que a Pere le había encontrado la Guardia Civil en la habitación de su pensión de Mataró más de treinta y cinco bombas y material explosivo. Lo arrestaron y salió a los tres días. En Valencia, se declaró al tiempo el estado de guerra y se cerraron los sindicatos obreros. Creo que Francisco tomó la decisión menos acertada al introducirlo en el cinturón industrial de Barcelona. Al final nos llegaron noticias del cierre de esa fábrica, paralizada por las huelgas. Pero ya estaba hecho, y el regreso del joven a Madrid vaticinaba más problemas para los Anglada.

Roberto supo adelantarse a los acontecimientos deshaciéndose de ella, cuando se la vendió a Francisco, aconsejado por mi padre. Me pregunté alguna vez si esa venta de acciones habría sido la pequeña venganza de mi marido hacia la familia Anglada, para resarcirse en lo posible, anticipándose inconscientemente a todos los agravios que Francisco iba a causar en nuestro matrimonio. Y yo intenté volver a ilusionarme con Roberto. A los seis meses del parto de Blasco, salimos los tres hacia Roma, con nuestra ama Dolores. No vino muy entusiasmada, detestaba viajar y tuve que comprarle varios vestidos, unos mandiles nuevos y varias enaguas, para estar a la altura de la familia del señor y de doña Lucrecia, como me dejó bien claro cuando le comuniqué el viaje.

Yo necesitaba alejarme de Madrid y de la familia Anglada, y mi marido cada vez estaba más nervioso. Desconfiaba de todo. El fallido intento de golpe de Estado del general José Sanjurjo le colmó de impaciencia por sacarme de Madrid. No entendía de su fracaso, ni de la fortaleza de nuestra nueva república, que aplacó a tiros la insurrección en la Puerta del Sol cercando a una exigua y mal organizada columna militar que a duras penas consiguió llegar a la plaza de Cibeles. El levantamiento fue una patochada, el hazmerreír del ejército y de Madrid entero. El propio Azaña, desde los balcones del Ministerio de la Guerra, en Castellana con Conde de Xiquena, había observado atento la escaramuza golpista como quien ve rodar una película en plena calle. Tras el tiroteo, la Guardia de Asalto los dispersó hacia el hipódromo. Roberto y mi padre conocían bien al grupo de militares que, con gabardinas bajo los uniformes, esperaban armados, en los cafés de Recoletos, el comienzo de una sublevación que pretendía poner punto y final al gobierno socialista. Aquel fracaso de instaurar el orden correcto, como decía mi marido, influyó en mi decisión de acompañarlo a Roma y esperar a que el tiempo dejase su pátina de olvido, tras la llegada al mundo de mi hijo Blasco.

Pero Italia, entonces, fue otro fracaso para mí, hastiada de esperar a que la vida me devolviese en Roma lo que me había robado en Madrid. Me sentí una extranjera en la residencia de los Farnesio, una exiliada, ajena a toda emoción. Una mujer anónima y vacía en una ciudad en la que se respiraba el orden artificial de un régimen edificado sobre viejos mitos y símbolos del pasado.

El culto a la figura del Duce se encontraba presente en todas las calles, las esquinas, en los callejones y las grandes avenidas. Su imagen era la del héroe invencible encarnando la esencia y la virtud de Roma en el semblante de un excéntrico rostro, en carteles, fotografías y emblemas que lo elevaban al arquetipo itálico de gestas extraordinarias. La ciudad se sumergía en la imagen de Mussolini en cientos de pintadas sobre muros y fachadas. Lo idealizaban con las credenciales de la obediencia, la lucha y el sentimiento de una nación que intentaba renacer de su pasado.

Nunca vi tan feliz a Roberto, ni tan entusiasmado por Italia. Casi no lo veía, pero siempre estaba de excelente humor, me abrazaba por la cintura, delante de su madre, como un enamorado, intentando convencerme de que Roma era lo más conveniente para mí. Ella ni me miraba. Agachaba la cabeza hacia el bastidor del bordado que siempre le ocupaba las manos. La casa y la ciudad me parecieron más grandes y más vastas de lo que eran en realidad, con todos sus años reventando los surcos de cada piedra, y más monumental de lo que nunca me pudo resultar; no hacía más que compararla con Madrid.

Mi ensimismamiento no me dejaba presentir que iba a envejecer en esa ciudad eterna, que todas las arrugas de los años caerían sobre mí entre sus antiguas plazuelas y fuentes con ninfas y animales mitológicos, entre sus sucias calles con miles de años bajo sus cimientos. Roberto atribuyó mi desánimo al embarazo, a un parto difícil de un niño de casi cinco kilos.

Me colmaba de caprichos y me compraba cuanto pedía, hasta una tarde fuimos a pasear como dos inocentes enamorados por la Piazza San Pietro y las callejuelas del viejo Trastevere. Presumen sus vecinos de ser los únicos y verdaderos romanos y de tener las mejores *trattorias* de toda Roma, también las más sucias. En la Basilica di Santa Maria in Trastevere se celebraba una boda y no quisimos entrar. Pero me dijo Roberto, bajo el pórtico, que nos sentáramos un rato en la escalinata de la fuente de la plaza. Estaba inquieto, no hacía más que tocarse el bigote como queriendo arrancárselo y sus dedos nerviosos me hablaban por él.

Me sujeté el vestido y nos acomodamos sobre un peldaño de piedra. No sé por qué pero de pronto dije:

—Me gusta estar a tu lado.

—¿Cómo vas a estar a mi lado si no cuento para nada en tu vida? —replicó, con un tono lastimero—. Voy a pasar por alto lo que haya sucedido en tu vida en Madrid. ¡Empecemos de nuevo, Lucía! Estoy harto de hacer el ridículo ante tus padres. No voy a poder seguir soportándolo.

—No sé de qué hablas. Roma me es extraña…

—Soy tu salvador, ¿no lo entiendes? No arruines nuestra familia, ¡te lo suplico! Regresa a mí.

Una mujer se asomaba a la fuente. Cogió con las dos manos un poco de agua y la bebió. Tenía las caderas gruesas y abultadas. Retiré la vista.

—Nunca te dije al casarnos que abandonaría Italia —dijo—; más bien fuiste tú quien necesitabas tiempo para hacerte a la idea de dejar Madrid. ¡Y el tiempo se nos ha ido de las manos! Estoy dispuesto a todo para recuperarte. No puedo seguir viajando tanto, lo siento. Madrid cada vez está más lejos y…

—No digas tonterías, Roberto.

Y me miró fijamente, sin aspereza. La mujer se fue, y dijo:

—Déjame que te ayude. Hay hombres que parecen trozos de

algo, Lucía: no son de verdad, son como un puzle al que le faltan piezas. Y tú jamás las encontrarás; no seas ingenua.

¡No era posible! ¿Conocía Roberto mi relación con Francisco Anglada? Era claro y evidente, y yo no podía aceptar la blanda condescendencia de mi marido. Ahora quería «salvarme». ¡Pobre Roberto! Su uniforme planchado y nuevo y sus galones y emblemas militares los vi vacíos, sin autoridad alguna. Parecía estar harto de firmar cheques y pagarés para intentar retenerme. Me puse de pie y le extendí la mano, la tomó y se incorporó, con aspecto cansado. Me abrazó allí en medio de la plaza, y dijo: «Volvamos a ser felices, por favor. Hazlo aunque sea por nuestros hijos».

Reanudamos nuestro paseo y no volvimos a hablar del escabroso tema en todo el viaje. Intentaba no mirarle a los ojos, y él dio por sentado de que tomaba nota.

En Roma procuramos reunirnos con algunos miembros desperdigados de su familia. Sus viejos amigos de la infancia siempre se encontraban fuera de la ciudad, o eso me decía. Y nunca conocí a nadie de los órganos del partido. Roberto marcaba una línea infranqueable entre la familia, su actividad política y sus empresas. Era como si nos quisiese proteger de un peligro que debía de intuir. Un peligro que rodeaba la ciudad y que estaba escrito en el propio rostro de Mussolini. Fe, voluntad y entusiasmo era lo que también Roberto me ofrecía, manteniendo a su familia al margen.

Los discursos del dictador tenían modales plebeyos, magnificados con ardor a través de la radio y de la prensa. Se excitaba a la población al culto de la imagen épica y sobrehumana del primer ministro. Margherita Sarfatti, la amante judía del Duce, lo definía como la encarnación de lo que era esencialmente romano, en su libro sobre el *Dux* que fui a comprar una mañana a una librería de la Via del Pellegrino, tras dejar a Claudio en el gimnasio de la escuela de la Piazza di San Silvestro.

Con cinco años a Claudio le entusiasmaban los extenuantes ejercicios gimnásticos con los más pequeños, los campamentos y la disciplina militar de los muchachos de la organización juvenil del PNF, en la que Roberto le había inscrito en cuanto llegamos a Roma. Los jóvenes eran organizados en escuadras, centurias, cohortes y legiones, en tres niveles: los más pequeños eran los *Figli della Lupa*; los *Balilla*, niños de ocho a quince años; y en el siguiente escalafón, los *Avanguardisti*. Algunos ya pertenecían a los Fascios Juveniles de Combate. Yo dejaba a Claudio en la entrada del colegio con su gorrito de fieltro. El pompón le caía sobre la frente y lucía orgulloso la cincha blanca alrededor de la cintura, cruzada en el pecho, sobre la camisita negra, para el ritual del saludo diario en el patio central. Cientos de muchachos formados, con el brazo en alto, daban comienzo a su dura jornada deportiva, a pitido de silbato. «Vete ya, mami. Soy un *Figli della Lupa*», me decía Claudio cuando le soltaba de la mano, y corría hacia su fila para colocarse en formación. Y siempre bajo esa música de altavoces que se repetía por toda la ciudad como un recordatorio de lo que se esperaba de los ciudadanos.

Mi desesperación en Madrid se había disuelto en Roma para dar paso al desconcierto en una ciudad extraña que buscaba una gloria perdida, tan perdida como yo me sentía en ella.

Esa mañana, el centro se encontraba totalmente atascado, las calles, cortadas. Me costó llegar a una nueva librería, con las últimas novedades y libros en inglés y alemán, con una pequeña sección en español. En el Arco de Constantino cientos de mujeres estaban movilizadas en un desfile casi militar, vestidas de blanco, como enfermeras. El Duce pasaba esa mañana revista a sus «ángeles de la tierra», como eran llamadas las mujeres de Italia que participaban de la vida pública y política, proporcionando hijos y cuidando a sus maridos, mientras Roma lo apoyaba enardecida, con desfiles, manifestaciones y mítines que honraban la lealtad a los valores de una nueva identidad nacional por la que Roberto se desvivía con una adhesión inquebrantable, como buen *ras* del Lacio, nacionalista y conservador.

Con el libro bajo el brazo salí de la librería y caminé por la ribera del Tíber hacia el puente Sisto. Lo crucé tranquilamente y llegué a la Piazza Trilussa. Recorrí el Trastevere hasta la hora de recoger a Claudio, por sus callejuelas estrechas y humildes. En ese barrio la ciudad no había sufrido ninguna transformación.

No deseaba regresar a la casa de los Farnesio. Me senté en un café y leí sobre ese hombre de mirada enloquecida al que mi marido admiraba, en espera de ir a buscar a Claudio. Al cabo de dos horas salí del café.

Aquel día llevaban a los niños a la pista de atletismo del Foro de Mussolini, al norte del río, en furgones militares. Una gigantesca ciudad de los deportes, recién construida, inspirada en los grandes foros del imperio, a los pies del monte Mario. Debía recoger al niño a las cuatro de la tarde, en la entrada, bajo el obelisco. Y allí estuve con mi libro en la mano intentando tapar la portada, junto a cientos de madres que cruzaban el puente del Duque de Aosta, como si se dirigieran hacia una manifestación. En el recinto debían de haber miles de niños, parecía que todos los pequeños romanos se hallaran allí congregados. Yo esperaba apoyada en el mármol de Carrara del obelisco, de más de treinta y cinco metros de altura y cientos de toneladas. Me sentí pequeña y ajena a aquella extraña y megalómana arquitectura. Era temprano. Quise alejarme de tantas mujeres y caminé hacia el estadio de los Mármoles, bajo un sol que salía entre las nubes de un cielo tan limpio como el de Madrid. A los cinco minutos estaba frente a una multitud de estatuas de mármol de cinco metros de alto, coronando las gradas, que debían de causar la admiración hasta del propio Augusto, alrededor del estadio, recién inaugurado. Cientos de adolescentes de unos dieciséis años realizaban instrucción. Al bajar un escalón se me enganchó el tacón en el dobladillo del vestido y caí sobre el frío mármol de una grada, alcé la cabeza para levantarme y oí el rugido de la marabunta. La rodilla me dolía. Los jóvenes uniformados en el estadio gritaban palabras que yo no entendía, sin apenas moverse de sus filas. Y salí de allí apresurada, hacia la entrada del foro, con el libro en la mano y ese escozor en la rodilla que se convertiría en un moratón.

Bordeé un campo de entrenamiento. Crucé los edificios de la Academia Fascista de Educación Física, sede de la ONB, y regresé al obelisco donde ya me esperaba mi pequeño Claudio, junto a un instructor uniformado, y diez filas de niños, sanos y robustos, que daban un paso al frente según eran recogidos por sus madres para dar por concluida la jornada de adiestramiento.

Todo aquello pertenecía a la romanización que proclamaba Roberto, y el control del tiempo libre de los niños era esencial para la vuelta al imperio. El biotipo de la nueva Roma, la noble raza itálica. Y entonces decidí abandonar la ciudad y el país y evitar así que Roberto le dijera a Claudio constantemente que ellos dos, y ahora Blasco, eran los sucesores de Eneas, el héroe de Troya en su periplo por el Mediterráneo, hasta llegar a las tierras del Lacio, en las que sus descendientes, Rómulo y Remo, habían fundado la ciudad. Por eso Claudio era un Farnesio y un *Figli della Lupa*. A mi hijo le encantaba esa historia y miraba a su padre con la boca abierta y ojitos de ambición por ser un héroe, como Eneas. Me preocupaba el comportamiento de Claudio, cada día más serio y despreciativo con los juegos que antes le gustaban. Ahora le parecían tonterías de niños pequeños, y su afición por las armas y los uniformes me inquietaba. Se estaba transformando en un pequeño militar y lo veía distante, imperativo y menos cariñoso conmigo.

Y me di la vuelta, a los seis meses, de todas aquellas ficticias y populares adhesiones, para proteger a Claudio, en cuanto Roberto partió a Venecia para organizar una concentración de apoyo a su único y omnipresente líder, con los ojos puestos hacia Alemania. En el *Corriere della Sera* leí con preocupación la nueva ley aprobada por el régimen nacionalsocialista: obligaba a retirarse de la función pública a judíos y a políticos opositores, y se les prohibía el ejercicio de la profesión de maestro, juez, o cualquier cargo del gobierno. Los judíos empezaban a tener mala fama entre la población alemana. Se les culpaba del paro, de la pobreza y de la depresión económica. En Italia no encontré ningún rechazo hacia ellos. Pero el Duce, estaba segura, no se mantendría al margen de los vientos alemanes. Y menos ahora que había sido nombrado Adolf Hitler canciller de Alemania.

Me despedí de la madre de Roberto lo más cortésmente que pude, sin hacer ruido, como me enseñó a hacer Francisco Anglada. Le entregué una carta para su hijo con mi justificación, que comenzaba así:

Querido Roberto:

No pienses que estoy huyendo de tu lado, simplemente no puedo seguir en Roma y ver cómo a nuestro hijo Claudio se le adiestra para ser un integrante de las milicias italianas. Por otro lado, me siento una extranjera en tu casa y añoro mi familia. No tomes a mal mi salida de Roma, pero no puedo seguir aquí sola, con los niños, y bajo la atenta y constante supervisión de tu madre. Es una mujer fuerte y te adora y sabe cuidar de ti; sin duda, como yo no sabré hacer nunca…, pero te quiero. Necesito reflexionar sobre nuestro matrimonio y los niños. Nuestros hijos son mi mayor preocupación y no deseo que crezcan alejados de sus raíces españolas; y no sé… Me siento muy confundida, discúlpame, te lo ruego, no deseo causarte ningún daño; todo lo contrario. He de hallar soluciones. El ambiente de Roma me oprime.

Necesito pensar con libertad, hablar con la hermana Juana…; sabes lo agradecida que te está, lo que te aprecia y…

Y luego venía todo un alegato a nuestro matrimonio, mis raíces y familia, a mi madre, enferma; mis hermanos echaban de menos a los niños, y sobre todo al comportamiento insolente de Claudio y su cambio de carácter, al que dediqué un cuarto de hoja. Concluí la carta como buenamente me vino a la imaginación para aplacar la posible ira de un esposo abandonado.

A doña Lucrecia no le importó demasiado que desapareciéramos los tres de Roma. Blasco lloraba a menudo, era guerrero y a ella le molestaba tener un bebé a su alrededor. Lo miraba con

desconfianza. Creía ver en su astuta cara un brillo de perplejidad, pero podrían ser suposiciones mías. El niño había sacado el
color marrón de mis ojos, pero la forma, ¡ay…, esa forma!, pro-
minente y convexa como la de todos los Anglada. El ama de llaves no había día que no discutiera con Dolores, sin entenderse
apenas, y el ambiente en ese edificio, frío y alargado de la Via del
Corso, era todo menos un hogar. Un viejo palacio del siglo XVI
sin remodelar por lo menos desde hacía cien años. Nuestros pasos resonaban entre sus muros altos y desconchados como si estuviese deshabitado. Y siempre me encontraba sola. Ocupábamos la parte de atrás, fría y húmeda. El resto permanecía cerrado
a cal y canto.

Doña Lucrecia me aseguró en el cuarto de costura, apoyada
en su bastón, con cara de decir la verdad, que me disculparía ante
Roberto cuando regresara de Venecia y le entregaría mi carta.
«Vete tranquila, Lucía, a tu Madrid, que sabré cuidar de mi hijo,
como hasta ahora.» Ésas fueron sus palabras. Y Dolores hizo encantada las maletas y saqué a mis hijos de Italia. Claudio lloró
durante dos días, y me pegó una patada con todo su odio cuando
se enteró de que debía abandonar la escuela de la Piazza di San
Silvestro y dejar de ser un *Figli della Lupa*. Lo cierto era que yo
cumplía con mi deber de esposa y de «ángel de la tierra» solo a
medias. Deseaba regresar a Madrid y retomar mi vida y mi causa
personal como ángel de mi particular infierno. Y partí hacia Madrid y hacia mi vida. En ese tiempo había escrito varias cartas a la
hermana Juana, y las noticias devueltas por ella no eran nada
buenas. La ley de Congregaciones había nacionalizado las propiedades de la Iglesia y la expropiaba de sus bienes. Se habían
anulado las ayudas públicas y se prohibía a los religiosos su función docente. Numerosas escuelas religiosas habían cerrado, entre ellas la Universidad Pontificia de Comillas y el Instituto Católico de Artes e Industrias de la calle Alberto Aguilera. La
hermana Juana escribió: «Azaña ya dijo hace dos años que España había dejado de ser católica. Y está sucediendo, doña Lucía».

Tenía que regresar a Madrid. Como regresó Pere Santaló. Lo

hizo, ya lo creo que lo hizo, con intención de volver a seducir a Jimena Anglada y casarse con ella. A mi regreso, supe que la hija de Francisco había pasado ese tiempo recluida en la casa de Pintor Rosales. Nadie sabía de ella más que por habladurías de la gente del barrio. Mi portero, el más chismoso de todos los porteros de Argüelles, la observaba aparecer, de vez en cuando, a través de las ventanas, tras las cortinas a medio correr, delgada como una hoja de papiro escrita incansablemente con el delirio de la enfermedad. Y su mirada perdida en el parque del Oeste. Fernanda tampoco salía de la casa. Por orden de Francisco se mantenían las dos recluidas como en un convento. El ama mandaba a la cocinera a la compra y a los recados y perseveraba en la estrecha vigilancia de su *niña*. De tal manera que los Anglada desaparecieron de toda vida social de Madrid y del barrio viviendo en su propio corazón. Nadie se podía imaginar lo que estaría pasando entre esas paredes, ni en la mente de Jimena. Me preguntaba por ella y por David. Si en este tiempo habría llegado a Madrid de Tres Robles para visitar a su sobrina y a su hermano. Si habría escrito la joven más cartas a su tío con declaraciones como puñales lanzados directamente al corazón de su padre. Esa familia seguía ejerciendo sobre mí una profunda seducción, ahora más allá de su principal valedor, Francisco Anglada. Porque ya me unía a ella un vínculo más profundo que el de la amistad: mi hijo Blasco era uno de ellos. Y yo debía mantenerle al margen.

El reloj imperturbable y preciso del tiempo corría y yo esperaba mi oportunidad.

Undécimo testimonio

Creí que llegaba mi oportunidad, y se me encogió el corazón al oír hablar nuevamente de él y de su hija.

Fue al poco tiempo de mi huida de Roma, en una misa en la parroquia de la Concepción por el alma de Paula Florido, fallecida el año anterior. Acompañaba a mis padres a petición de ellos. Desde que había llegado apenas salía de casa, dedicada a mis dos hijos y al colegio, con el permanente temor de que en cualquier momento se presentara mi marido en Madrid. Desconocía su reacción ante mi carta de despedida. Su silencio me asombraba. Era posible que nunca volviera a saber de él. Pero mi familia mantenía lazos económicos y familiares con Roberto, y también callaba. Algo se podría estar fraguando a mis espaldas y sentía las miradas de mis padres clavadas en mí: cualquier reacción en mi conducta, algún indicio de una reconciliación con mi marido. Sentía remordimientos y pena por él. Y ese silencio… de tantas semanas… me inquietaba. En la cena, tras acostar Dolores a mis hijos, no se hablaba de nada absolutamente. Mi padre llegaba lo más tarde que podía y mi madre, una noche, tras carraspear al llevarse la cuchara a la boca y desmigar, con sus dedos artríticos, el pan sobre el mantel, posó en mí su mirada inquisitiva. Mis dos hermanos se dedicaban a leer tebeos que sacaban de debajo de la mesa entre plato y plato, ajenos a todo.

—¿Quieres decir, querida hija, que has abandonado definitivamente a tu marido? —dijo en cuanto los mellizos salieron en estampida, tras pelar y repartirse a medias una naranja que se guardaron en los bolsillos del pantalón.

—Oh, madre. No me reprenda.

—Lo que tú digas… ¿Crees que una madre puede consentir que una hija destroce su vida, la de sus hijos y la de un buen hombre? Y sin considerar todo lo demás…

Agaché la mirada. Supe que no había perdido completamente la confianza en mí, por su voz persuasiva.

—Que este tiempo te sirva de reflexión, e intenta confesarte y llamar cuanto antes a tu marido. Nadie te cuidará como él de ti misma.

—Yo sé lo que tengo que hacer.

—¡Pues hazlo! Necesitamos a Roberto más de lo que te imaginas. Lo necesita tu país…

—¿Qué quiere decir con eso?

—Pide perdón a tu marido y sé una buena esposa, ¿te parece poco?

Me levanté de la mesa y di por concluida la conversación.

Por su parte, mi padre mantuvo su actitud habitual. A mi regreso de Italia recurrió a un proverbio de los suyos: «Algo tiene el agua cuando la bendicen». Era una situación rocambolesca y absurda.

La misa a la que asistimos se había ofrecido por deseo expreso de la difunta. Mi madre había sido su buena amiga en Madrid, desde que Paula llegara a España. Lo cierto era que las dos se consolaban mutuamente, Paula era una mujer enfermiza e inmensamente rica, esposa del editor José Lázaro Galdiano, con el que se casó en Roma. Era su cuarto matrimonio. Todo un exotismo para los ricos y conservadores madrileños que acudían a sus fiestas, fascinados por la extravagante colección de arte del matrimonio de su residencia de la calle de Serrano. Paula era argentina. Hablaba exagerando su acento. Siempre llevaba largos collares de perlas y zafiros que engordaban aún más su rechoncha figura. Mi madre y ella hacían buena pareja. Mi padre admiraba el empeño que mostraba Lázaro Galdiano en el ejercicio de su profesión. Era el editor de la revista *La España Moderna*, y un intelectual metódico con horizontes más allá de los Pirineos. Su gran mostacho y su barba al estilo del XIX se habían puesto de moda en los salones, y mi padre decía para sí: «Qué barbaridad de imagen, como la de esos ilustrados que encima se hacen llamar católicos». Y como ilustrado adoraba el arte y lo compraba a manos llenas. Tradujo y editó en castellano a Tolstói, Flaubert, Balzac, Zola. Y como decía el propio Lázaro, estos autores contribuían a la formación de ciudadanos con espíritu crítico. También editó a Galdós, Pi y Margall, Clarín, Emilia Pardo Bazán, a quien entonces solía leer por las noches, antes de apagar la luz, y con la que había mantenido el editor y bibliófilo un pequeño affaire en sus tiempos de juventud, antes de conocer en el extranjero a Paula. El único que había criticado su labor editorial había sido Roberto, a propósito de la publicación de un repertorio de ensayos de Darwin, Schopenhauer y Nietzsche que, según él: «alimenta aún más el ateísmo de vuestro país, que no necesita de ninguna dosis de más».

Me dio un vuelco el alma cuando vi a Francisco Anglada del brazo de Jimena entrando en la iglesia, elegante, altivo, altísimo. Nosotros estábamos en los últimos bancos. Él caminaba a paso cansado, junto a su hija vestida de luto, casi tan alta como él; parecía su novia. La llevaba del brazo con cuidado, como para que no tropezara. Me di cuenta de que Jimena cojeaba y la vi menos estirada que de costumbre. Destacaban entre el grupo distinguido que acudió a la misa. Eran con diferencia los más altos de los convocados. Me alarmó lo desmejorada y excesivamente delgada que vi a Jimena, que no se atrevía ni a mirarme. Pasaron por delante de nosotros y avanzaron enseguida hacia los bancos de un extremo, junto a la sacristía.

No podía prestar ninguna atención a la liturgia, con la respiración acelerada, sintiendo los ojos de Fran encima de mí todo el tiempo y despavorida por ver a su hija tan deteriorada. Ni me di cuenta de lo concurrida que estaba la Concepción, en plena calle de Goya, ni de las emotivas y empalagosas palabras del párroco hacia la difunta. Honraba su labor filantrópica y sus obras de caridad. Yo quería salir de allí. El olor de la iglesia me mareaba. Tuve que comulgar obligada por mi madre que tampoco le quitaba el ojo a Francisco y a su hija, y no entendía mi negativa ni mi mal humor. Y, clavándome las uñas, me llevó del brazo hasta la sagrada forma que se me quedó atragantada. Mi padre la miraba con reprobación, irritado. Le disgustaba que ella me manipulase así. Él tampoco hacía demasiado caso al oficio, pendiente de sus conocidos.

Comencé a toser, cada vez lo hacía con más violencia. Creí que me ahogaba. Mi tos reseca, asfixiada, retumbaba en la bóveda devolviendo multiplicadas mis náuseas. Mi padre me daba pequeños golpecitos en la espalda, intimidado por las miradas de todos, menos por las de Fran y Jimena que parecían convidados de piedra.

A la salida de la iglesia pude observarles más de cerca. Jimena había adelgazado, por lo menos, más de cinco kilos en los dos años que llevaba sin verla. Su belleza estaba desapareciendo. Una sombra oscura bajo los párpados demacraba su rostro, a pesar del maquillaje. Sus enormes ojos azules parecían vacíos, y se veían aún más grandes y saltones sobre unos pómulos acrecentados y angulosos, abultados en exceso. Las mejillas tan hundidas… Había envejecido prematuramente. Sentí pena por ella y por Fran. Eran la evidencia de que nada bueno estaba pasando en aquella casa de Pintor Rosales.

Sentí ganas de darme la vuelta y decirle a Francisco lo ruin que había sido y el poco respeto que había mostrado hacia mí. Me pareció un hombre sin piedad. Debía explicarme lo que estaba haciendo con su hija y lo que estaba haciendo conmigo. Pero me quedé observándoles mientras se acercaban a un corrillo de hombres con chaquetas oscuras, sumándose discretamente a la conversación. Fran había envejecido: racimos de canas se extendían por su hermoso pelo negro que comenzaba a clarear. Dicen que el tiempo es el peor enemigo de las mujeres. Pero Fran era la excepción que confirmaba la regla.

Luego, los dos se nos acercaron y él saludó a mis padres y agachó ligeramente la cabeza levantándose el sombrero, sin mirarme a los ojos directamente. Enseguida se dio la vuelta para darme la espalda y conversar con mi padre que se acariciaba la pajarita de finos lunares. Mi madre y yo nos quedamos con Jimena. La iglesia se vaciaba y éramos saludadas por un desfile de personas dispuestas a dejarse ver. Casi todos nos conocíamos. Jimena se sentía incómoda. La gente reparaba en ella por su fisonomía extravagante de mujer rara, demasiado blanca y demasiado alta para ser nacional, fuera de todo canon de belleza en aquellos años.

—¡Qué afligido está don José! ¡Qué pérdida! —dijo mi madre a Jimena.

También observó que cojeaba ligeramente.

Solo le faltó decir: «Seguro que por causa de esa altura tan fea para una mujer».

La miraba igual de impresionada que yo, por su delgadez extrema, haciendo acopio para no ser demasiado indiscreta, pero dijo:

—Jimena, hija, ¿qué tal te va? Hace tanto tiempo que no nos visitas. Estás… cambiadísima.

—Algo cansada, señora marquesa, pero todo bien, gracias —contestó por fin Jimena, tras un largo silencio. Su gesto era resignado. Ladeaba la cabeza un poco nerviosa e intimidada por mi madre, excesivamente enjoyada, con un vestido de raso gris y una mantilla negra por los hombros. Estuvo toda la mañana pensando qué ponerse, recuperada de su último ataque de reuma.

—¿Y eso por qué, hija mía? Con lo joven y guapa que eres…

—La salud no me acompaña últimamente. Pasé una mala gripe en el invierno y todavía estoy recuperándome.

—¡Cuánto lo siento, cielo! Y ¿qué tal por la nueva universidad? Ya te faltará poco para terminar la carrera… —volvió a preguntar mi madre, ya dispuesta a hincarle el diente.

—Bueno… —Jimena no sabía cómo continuar. Titubeaba—. De momento este curso no me he matriculado. Igual el que viene, a ver si me repongo.

—¡Me alegro tanto de verte, Jimena! ¡De verdad, cuánto me alegra! —intervine para cortar las nuevas preguntas de mi madre que ya volaban como cuchillos.

Yo no podía evitar mirarla con pasión. ¡Era la hermana de mi hijo Blasco, por Dios! Así lo sentí en ese momento. Volver a verla fue como llegar a un oasis en medio de una tormenta de arena, al que necesitaba agarrarme para no ser enterrada por todo aquello. Le transmitía con mi cuerpo la sinceridad de mis palabras. Le tomé las manos y se las apreté. Estaban frías, noté todos los huesos, uno por uno. Mi madre me miró desaprobando mi actitud efusiva y mi cambio de ánimo a la salida de la iglesia. Y dije:

—Tenemos que seguir siendo amigas, vernos más. ¡Llámame, por favor! Vivimos tan cerca…

Pero Jimena me miró sin interés. Prometió que me llamaría, desganada. Tenía la cara triste y lo hizo con poca convicción cuando Fran se acercaba a nosotras para llevársela cortésmente. La agarró de la cintura con esas manos enormes que habían apretado mis caderas años atrás. El corazón se me disparó. Quise llorar. Me di cuenta de que no había vuelta posible. Mi madre me empujó y entramos juntas en la parte de atrás de nuestro Duesenberg. Guzmán nos abría la puerta y mi padre subía en otro automóvil aparcado delante del nuestro. Había dentro un hombre desconocido con un ancho sombrero y patillas demasiado largas.

Jimena y Fran cruzaron la calle hacia el suyo, al otro lado de Goya. Una vez acomodadas en el asiento de atrás, mi madre sacó su abanico del bolso, muy digna. Irritada. Se abanicaba con ironía y destreza. Hacía de ese objeto un arma amenazante. Me dijo enseguida:

—Eres una mujer inteligente, Lucía. No es una buena idea reanudar tu amistad con los Anglada. Ten cuidado y mira por dónde pisas.

—Soy mayorcita, madre, para que me diga lo que *no* tengo que hacer. Estoy cansada de usted. Antes bien le gustaban los Anglada, como los ha llamado.

—Sí, pero antes estabas en tu lugar; en el de una mujer respetable. Y mírate ahora…

Yo no dejaba de mirar el automóvil de Fran que desaparecía de mi vista. Bajaba por Goya hacia la plaza de Colón.

—No hace falta que te lo recuerde —continuó—: tienes dos hijos, y un marido de los que ya no existen. Tu salida de Roma ha sido todo un error. Doña Lucrecia te ha disculpado como ha podido, pero Lucía… estás jugando con fuego. No destroces tu matrimonio por alguien que no es para ti. Y no me hagas hablar… Solo te digo una cosa: intenta mantener a Roberto alejado de *esa* familia, cuando regrese a Madrid.

Yo estaba en lo cierto: algo tramaba mi familia a mis espaldas. Y cambiando de tema, guardó el abanico en el bolso y dijo, mirando hacia los árboles de la glorieta, junto al monumento a Colón por el que Guzmán circulaba:

—¿Te acuerdas de lo que dije hace un año y pico, tras visitar a la pobre Paula, en la calle de Serrano? Estaba entonces la pobrecita tan mala… Os conté durante la cena que no entendía cómo don José tuvo el valor de contraer nupcias con una mujer que había enterrado a tres maridos y dado a luz a tres hijos de distinto padre, y que por su edad dejaría al pobre Lázaro sin descendencia… Pues ya lo has visto. Solo que ha sido ella la enterrada por su cuarto esposo. Así que ándate con cuidado. Abre los ojos y mira con quién estás casada. A veces nos entierran antes de lo que pensamos. Tu marido no es ningún idiota, es un hombre poderoso. Dedícate a tus hijos y reza por que Blasco se parezca a él y nunca sospeche nada.

Me callé como una tumba que se abría por la mitad. Mi madre no habló más hasta llegar a casa. El día me alteró totalmente los nervios. Recaí en la tristeza y en una nueva depresión según pasaban las semanas. Jimena no me llamaba, ni me llamó.

Carta de Jimena

Madrid,
6 de junio de 1933

Mi amado David:

No sé cómo pedirte que me salves y vengas a por mí. Soy consciente de que es la primera carta que recibes desde que salí de nuestra casa, hace exactamente 1.470 días, días que he contado uno a uno como si estuviera encerrada en una cárcel. Y no es la primera carta que te escribo. Han sido demasiadas quizá, las que han precedido a ésta. No fui capaz de enviarte ninguna de las anteriores, tal vez por ser demasiado personales, también indiscretas. El desahogo y el odio sustentan cada letra. Todas han salido de la pluma que me regalaste, que, como verás, está un poco vieja y ya casi escribe doble. El temor a perder cualquiera de las cartas que te escribí me trastorna y abruma. Por lo cual, tomé la decisión de no sacar ningún escrito de mi cuarto ni de la caja donde los escondo, por miedo a que alguien pueda acercarse al abismo de mi persona.

Sabrás que me he venido abajo. Tal vez te hagas una idea de mi situación cuando termines de leer mis palabras de desencanto.

No deseo disculparme de nada, pero has de saber que vivo en un torbellino de ideas tristes y confusas. Y la vida es un leviatán con dos cabezas: mi padre y tú. El desconcierto abarca toda mi realidad. ¿Te acuerdas cuando me dijiste que Madrid era una ciudad segura, y en la que iba a ser feliz? Pues no acertaste en ninguna de las dos proposiciones. Han resultado ser contradictorias. Nunca debí abandonar Tres Robles. Reconozco mi ilusión de vivir en Madrid, era como la prueba de fuego que tenía que superar. La gran urbe. Un mundo a mis pies. Yo era una niña, David. Han pasado demasiadas cosas en mi vida y en esta ciudad.

No quiero andarme con rodeos. Perdóname si te digo que siento vergüenza por tener que recurrir a ti en este desagradable momento de mi vida, que ni siquiera es vida. Tú has sido como un padre para mí desde siempre, un padre mucho más amado que tu hermano, al que considero mi mayor enemigo y causante de mi más profundo desconsuelo. Ahora la situación se ha descontrolado completamente y ya no le aguanto más. Cada mañana necesito unas fuerzas para levantarme que no me acompañan.

El martes fue uno de los días más amargos de mi vida. Esta vida que detesto con una insistencia sin fin hasta que me saques de aquí, o definitivamente yo misma termine con ella. Cosa que me ronda por la cabeza a menudo. Y me consuela. No pienses que lo digo para alarmarte; nada más lejos de mis deseos. Pero mi estado de ánimo solo atina a las reflexiones más tristes e inútiles.

Mi propio padre me desfiguró el rostro. Ya sé que lo sabes pero quiero decírtelo yo. Te pido perdón por no haberme puesto al teléfono cuando llamaste, pero no sabía qué decir, ni me hallaba con el ánimo suficiente para sujetar el auricular. Discúlpame, pero de momento no puedo hablar contigo. De hecho, no pienso hacerlo hasta que sea en persona y lo haga mirándote a esos ojos que amo en mis sueños y en mi vigilia, y te juro que, entonces, volveré a ser la de antes; te lo prometo, no has de preocuparte, aunque una herida delgada y profunda recorra la extensión de mi mejilla. El doctor Monroe, cirujano y amigo de los Oriol, me ha atendido en todo momento. Su intervención ha evitado un mal mayor. Es un médico atento y le estoy agradecida, pero hay algo en sus ojos pequeños y brillantes que me desagrada. Anda como pegado a las paredes, y sus manos blandas y precisas cosieron mi mejilla con habilidad. No puedo hablar mal de su actitud ni eficacia. Gracias a él va a quedar reparada, en parte, la monstruosidad a la que tu hermano ha querido condenarme.

¡Tengo la cara deformada! El pómulo izquierdo está tan hinchado que de momento no puedo abrir el ojo. Dice el doctor que en unos meses estaré como antes, y que la cicatriz apenas se notará. Pero no es cierto. Tengo dos puntos infectados. ¡Qué me van a decir…! ¡Los odio!

Pero no voy a quejarme del trato que he recibido en el hospital, en el que disfruto de una habitación para mí sola. Me alegra no haber tenido que soportar a desagradables vecinos, sabes cuánto detesto a la gente enferma; no lo puedo evitar. Y tampoco puedo evitar odiar a tu hermano. No quiero estar con ese hombre al que aborrezco, y no me gustaría parecerte indiscreta, ni hablar mal de Lucía Oriol. Pero tengo una prueba que la acusa a ella y a mi padre de un adulterio que puede poner en peligro nuestro patrimonio y nuestra familia. Mi padre no sé si sigue con ella o la ha abandonado. Está casada con un italiano, un tal Roberto Arzúa de Farnesio. Un hombre que la deja *muy libre* y que es algo siniestro. Es un fascista de Mussolini y pisa poco Madrid. Es un matrimonio extraño. Me da la sensación de que ella no puede querer a un hombre tan ensimismado en su país y en cierta política que vosotros no veis con buenos ojos. Aunque los de Lucía solo son para tu hermano, y también para mí, desde el mismo día en que aparecí en Madrid. Te caerá bien si la llegas a conocer. Los Oriol están deseosos de saber cómo eres. Son amables y buenos católicos: creen en Dios y, por extensión también, en el diablo, elemento fundamental en estos tiempos que corren; seguro que se ha apoderado de tu hermano, ¿lo reconoces en él, verdad? Mi padre ha intentado preservar nuestro origen odiándote, como me odia a mí. Pero gracias a ti nos hemos liberado de las ataduras del pasado, de todo lo horrible que le ha pasado a nuestra familia, con tu fe, tío; que es mi fe, como tú así lo has dispuesto, ¿verdad?

David, has de saber lo que está pasando aquí. Temo que regrese con ella. Por lo que os he oído por teléfono, tu hermano te ha ocultado su vida inmoral y rastrera que tiempo atrás ha estado llevando con Lucía Oriol. Solo te cuenta los altercados de índole política que acontecen todos los días en Madrid desde que huyó el rey y llegó esta república en la que no faltan disturbios y amenazas. Sé que andáis preocupados en la finca, todos lo estamos, pero las cosas se van a solucionar allí, estoy segura. Lo de Madrid no tiene remedio.

El 15 de enero se inauguró el pabellón de la facultad en la nueva Ciudad Universitaria. Era domingo, un día desapacible y frío. A las ocho de la mañana entró Fernanda en mi dormitorio con el desayuno y la ilusión en sus ojos por acompañarme al acto. Yo detesto las congregaciones de gente, los mítines, los discursos, las caras repletas de orgullo. Me marean. Pienso en huir y un nudo en la garganta me ahoga. Me negué en redondo. Mi intención de no volver a pisar la facultad ha sido definitiva e irrevocable. Mi padre y el marqués del Valle habían sido invitados por los arquitectos miembros de la junta constructora, amigos muy personales del padre de Lucía. No podían perderse un acto así, con el presidente de la República, el jefe de Gobierno, el ministro de Instrucción Pública, el alcalde de Madrid, el rectorado y gente como Unamuno para dar lustre. Luego, la comitiva al completo almorzó en el hotel Ritz, invitados por la propia universidad, y acabaron en el teatro María Guerrero.

Así se vive en Madrid. La Ciudad Universitaria es un enorme descampado, todavía en obras, con las tierras removidas, grandes edificios de ladrillo, estructuras de hormigón aquí y allá y un campus que por ahora es una estepa. Cuando llueve se convierte en un barrizal. Han talado cientos de árboles, y desde el tranvía hay que caminar un gran trecho, cruzar la Escuela de Agrónomos y la Casa de Velázquez, o pasar por un nuevo y enorme viaducto de quince ojos para salvar el arroyo y llegar hasta la nueva facultad. Prefería San Bernardo, viejo y vetusto, pequeño y confortable en el centro del ciudad. La nueva Filosofía y Letras parece un hospital con esos altos zócalos alicatados de azulejos de distintos colores en cada planta, largos corredores, escaleras, luz a raudales. No me gustan los cambios, tanta claridad no invita al recogimiento y al estudio. Todo es enorme. Ya he cambiado demasiado en mi vida. Ahora solo pienso en regresar a Tres Robles y olvidarme de la universidad y de todos sus estudiantes.

La facultad no es lo que parece, todos sospechan de todos y los profesores son gente intimidatoria de amistosa hostilidad. Sus pasillos y salas son un mar revuelto de ideas a la deriva. Yo ya no sé qué pensar. Nunca dije nada por miedo. Definitivamente, tío, me siento incapaz de seguir con la carrera. En un principio la ciudad me gustaba, hasta había depositado algo de entusiasmo en ella. Pero esas ilusiones se han ido oscureciendo con el tiempo. Madrid, poco a poco, se ha convertido en un lugar peligroso, y me asusta. Las calles me parecen engañosas, aunque la gente es alegre, desenfadada y parece no tomarse aparentemente nada en serio y cualquier comportamiento se disculpa con ese talante madrileño un poco descarado y resuelto. Pero en el fondo se oculta algo atroz que no sé qué es. David, todas estas gentes de apariencia risueña se están transformando y son capaces de los delitos más oscuros; sí, esas mismas personas que se divierten en los toros y en las ferias y que van al teatro y llenan los cines de la Gran Vía y a las que les gustan esas zarzuelas con argumento de opereta. Madrid es un mar de apariencias que oculta la verdadera alma de una ciudad en llamas. Y no estoy loca. Hasta mis compañeros de Filosofía, que parecen estar en las nubes y son gente culta, resultan combativos y vehementes cuando hablan de política. Son capaces de matar por defender sus ideas. No hay consenso alguno en esta ciudad. ¿Quieres más motivos para sacarme de aquí? Se discute por todo. De todo se opina de una forma acalorada e intransigente. Presagio cosas horribles, horribles. No quiero volver a la universidad. Añoro el campo. Mi vida, definitivamente, está a tu lado.

Escribo, escribo. Paso de una idea a otra como si viviera en un torbellino que me desplaza hacia tantas cosas que quisiera contarte…

¡Te lo ruego, David, ayúdame! Ven a Madrid para llevarme contigo y sacarme de aquí. Tendremos tiempo para hablar, lograrás consolar lo que me oprime y desespera. Dile a tu hermano que necesito cambiar de aires y reponerme del impacto de la cruel imagen que me devuelve el espejo cada vez que me miro en él. Si eres firme y apelas al mal que me ha causado, y a la vida disoluta que lleva en Madrid, con esa mujer, puede que acepte. Se siente culpable, deprimido por lo que me ha hecho. ¿No te das cuenta?: me ha pegado en la cara con el cinturón. Se abre ante nosotros la oportunidad de estar juntos.

No soporto Madrid. Esta ciudad acabará conmigo, estoy segura. Si muero en ella, será culpa tuya. No me reconozco, tío. Tengo la mejilla hinchada y los puntos me duelen. No quiero lamentarme, ni alarmarte, pero no puedo hacer otra cosa más que decirte la verdad. ¡Estoy horrible! ¡Me odio! ¡No puedo verme en el espejo…! ¡Odio a mi padre!

Y para que entiendas del todo la situación y cómo tu hermano ha traspasado los límites de lo tolerable, te voy a resumir los motivos tal y como han pasado de verdad, no como él te habrá contado: ¡todo mentiras!

Discutimos amargamente. Como siempre. Pero esta vez se le fue de las manos. Te prometo que he intentado no enfrentarme a mi padre desde que sobornó a Pere Santaló. Sabes perfectamente que es uno de esos muchachos de la facultad, acalorado y con cierto resentimiento hacia el orden; lo reconozco, no es educado y tiene malos modales. Pero me gusta porque es valiente y en nada se parece a la idea que tiene mi padre de un marido para mí. Y sobre todo porque tu hermano le odia a rabiar: ése es el mayor atractivo de Pere. Nunca tuvo que sobornarle para alejarlo de Madrid. Estábamos saliendo, más o menos, desde el primer curso de la facultad. No estoy enamorada de él y jamás lo estaré, pero es agradable ser importante para un hombre. Me imagino que algo así debía de sucederle a Lucía Oriol con mi padre.

Pere deseaba casarse conmigo, yo no decía nada. Pero una carta que te escribí cayó en poder de mi padre y, a partir de ahí, mi vida ha sido un infierno.

Tu hermano se las arregló para mandarlo a Cataluña y alejarlo de mi lado. Dejó la facultad y yo detrás. Le dio un puesto en la fábrica de Mataró y le ha estado sobornado durante todo este tiempo con un sueldo desorbitado. En un principio me enfadé con Pere por haber aceptado esa oferta. Pero él ha regresado a Madrid para casarse conmigo.

Has de saber que *mi novio* no ha podido soportar estar lejos de mí. Ha regresado de su exilio con las ideas muy claras. Ha cambiado en estos dos años. Ha madurado. En la fábrica los encargados le han hecho la vida imposible —seguro que por orden de mi padre— pero ha sabido luchar contra toda adversidad. No es justo que se le tache de holgazán. No le ha ido muy bien en la fábrica. A Pere no le va el trabajo de un subalterno. Es un hombre de ideas. Y te puedo asegurar que no tiene nada que ver con todo lo que ha pasado allí. Pere no es responsable de las huelgas de la fábrica. Y quiero decirte, tío, que siempre trató de calmar a los obreros y a los comités, e intercedió siempre por la empresa; aunque diga tu hermano que le ha arruinado la fábrica. Mi novio no tiene la culpa de que los trabajadores estén revueltos, ni de las huelgas, ni del anarquismo, ni del comunismo, ni de nada. Pere me ha jurado que me hará muy feliz. Y le creo.

Su regreso a Madrid es lo que ha provocado nuestra horrible discusión, imposible de imaginar. Estábamos cenando. Yo no tenía apetito, no sé qué me pasa pero no puedo comer casi nada. Estoy seca y muchas mañanas me cuesta hasta caminar. Ya no salgo por el parque y me duelen las piernas. Primero mi padre protestó por lo delgada que estoy y empezó a meterse conmigo: que si no como, que si vomito, que si no estudio, que si he abandonado el piano, que no soy constante con nada. No soporta mi negativa a comenzar en la Ciudad Universitaria. En fin, la misma retahíla de siempre. Y de pronto, sin venir a cuento, me sacó unos pasquines de debajo de la mesa y me los arrojó sobre el plato, así, de pronto, colérico. Fernanda salió del comedor, la echó a grito pelado. Me abandonó a lo que él quisiera decirme, con total impunidad.

Registró mi habitación y encontró, en un bolso que no uso desde hace años, unos pasquines políticos que no sé cómo han llegado allí. Me gritó que me estaba metiendo en problemas: esa propaganda confirmaba la mala influencia de Pere. No te puedes ni imaginar lo que salió por su boca, y me prohibió salir con él. Dijo cosas terribles. Nunca lo vi tan irritado. Se le hinchó el rostro y gritaba y gritaba. No le podía seguir escuchando. Me tapé los oídos. Me levanté de la mesa enfurecida. La silla se cayó hacia atrás y, entonces, tiré del mantel con rabia: los platos, las copas, los cubiertos, la sopa volaron por el aire. En décimas de segundos todo aterrizó, chocando violentamente contra el suelo, en un ruido atroz. Los fideos quedaron pegados a sus pantalones y mi vestido manchado de vino; las paredes salpicadas y la tapicería de las sillas, empapada; las copas volcadas y los trozos de loza esparcidos por el comedor. Mi padre se volvió hacia mí, enloquecido. Miraba aquello sin creerse lo que estaba viendo. Se quitó el cinturón. Lo agarró por donde no debía. Comenzó a azotarme con él. Estaba totalmente fuera de sí cuando se dio cuenta de que me estaba pegando con la hebilla. Salió del comedor y no le he vuelto a ver todavía. No pienso mirarle a la cara nunca más.

No opuse resistencia. Me dejé pegar. Y aunque debí hacerle frente, no lo hice por respeto a mi educación y, porque a pesar del odio de ese momento, por el dolor que me estaba causando la hebilla al chocar contra mi pecho, los brazos, la espalda…, me consolaba sentirme una víctima. Notaba la hebilla caer sobre mi piel como si fuera un hierro candente. Era volver a estar con ventaja. La ventaja moral que tienen los mártires respecto a sus verdugos. Me alegré de que me estuviera pegando, lo confieso, confieso que disfrutaba. Sentí un duro latigazo partiéndome la cara en dos. La carne se me hundió. Levanté el rostro para mostrarle lo que me había hecho. Nunca vi a mi padre tan desesperado, ni olvidaré su expresión de amor perverso. No sé qué debió de ver en mi cara, pero se echó a llorar como un niño. Intentó abrazarme con esos asquerosos brazos que debieron rodear a otra mujer. Me pidió perdón como un cobarde o como un hombre desesperado. Pero ya era tarde. Fernanda estaba paralizada bajo el marco de la puerta del comedor, sujetándose a él como si se fuera a derrumbar el edificio. Sin hacer nada.

Lamento contarte esta historia. Ruego tu perdón. Mi intención es que vengas a Madrid y me saques de aquí. Si algo he aprendido de tu hermano, es a saber utilizar la adversidad para conseguir los propósitos. Esos fines que justifican los medios más abyectos y perversos. Pobre Maquiavelo, si levantase la cabeza y conociera a mi padre… Pero mis propósitos, David, no son otros que estar contigo y dejar que me quieras y me cuides como cuando era una niña. Voy a cambiar. Hasta es posible que desista de la idea rocambolesca de mi matrimonio con ese joven proletario, terror y demonio de mi padre. Pero de lo contrario, y de seguir más tiempo en Madrid, me temo que no podré evitarlo. Es agradable sentirse deseada, acariciada por unas manos ansiosas de complacer. Pere está dispuesto a darme todo el placer que sea necesario si tú no lo evitas.

Lo siento. Me gustaría que por una vez en tu vida intentaras evitar una catástrofe. Perdóname de nuevo, pero la escritura es valiente y es fácil esconderse tras ella. No sería capaz de decirte todo esto si te tuviese delante. Solo te abrazaría hasta olvidar que una vez salí de Tres Robles.

Son las cuatro de la madrugada. Mis sábanas están mojadas y estoy cansada. Me duele la mano y el estómago. Creo que la fiebre me ha vuelto a subir. Ahora no hay casi enfermeras levantadas. No he comido nada en todo el día. Me encanta escribirte de noche porque la imaginación está más viva y te puedo ver claramente como si estuvieras aquí. Me siento una niña sentada en tus rodillas como antes, solo que ahora tengo veinte años y has de tratarme como a una mujer. Ya sé que es una contradicción, pero no puedo ser de otra manera.

Tu plumilla me encanta. Escribe fino y se desliza por el papel de una forma agradable. Me gusta escribir, mejor dicho: me gusta escribirte. Un día te entregaré todas las cartas que te he escrito, por ahora son un secreto. De ser así, querrá decir que habré dejado de tener secretos para ti. Y para terminar te voy a contar uno de esos secretos que te escribo y no te envío:

> Soy feliz de saber que nunca te vas a casar porque eres un cura fiel, por eso estás condenado a vivir conmigo.

Siempre tuya,

JIMENA

P. D.: ¡NO TARDES!

Un rostro devastado

David la dejó caer sobre la mesa. En esa ocasión la carta de Jimena sí había llegado a su destino. Meditaba qué podía hacer con la delicada situación que se planteaba. Cómo contestar esas cuartillas escritas a plumilla con una letra redonda y pulcra que él mismo le había enseñado a delinear sobre el papel cuando era una niña. Empezó a pensar, consternado. La criada llamaba a la puerta del despacho con una taza de café bien cargado siguiendo sus indicaciones. Eran las once y media de la noche y ya la había leído tres veces. Necesitaba estar bien despierto para pensar con claridad y tomar una decisión que no encontraba.

El rostro de Jimena se le iba desdibujando con el paso del tiempo, manteniéndose intacto su semblante infantil; la joven de ahora le aparecía irreconocible, tras aquellas palabras. No podía imaginar su cara. Se habían transfigurado todas las imágenes que guardaba de su sobrina desde que salió de Tres Robles. Su carita de vieja y su voz repipi y altanera, de niña, dando órdenes a los criados, dio paso a otra muy distinta, más ronca, perspicaz y reservada. Según crecía, sus piernas lo hacían más todavía. Su espalda se arqueaba para soportar el peso de aquel territorio que cada día le era más hostil y desconocido a David. Crecía demasiado. Le desagradaba pensar que podría llegar a ser tan alta como él y superar a los jóvenes de su edad. Ser una mujer excesivamente alta sería un grave inconveniente para ella, sobre todo porque su espalda era débil y estrecha y le solía doler a menudo, desde el primer estirón de los nueve años y luego el de los trece, cuando empezó a andar un poco arqueada.

Sus ropas también cambiaron con el paso del tiempo. Los lazos y puntillas se convirtieron en lanas frías y tejidos más recios. Pero un día llenó su armario de medias de seda y de nuevos vestidos plisados con finas jaretas para lucir en Madrid. Y se fue. David no volvió a ver su pulcra y redonda caligrafía hasta tener delante aquella carta que no deseaba comprender. Nadie le tenía que recordar que Jimena siempre había crecido caprichosa y mimada. Ni Francisco ni él le negaron cosa alguna que se le antojase. Sus deseos eran órdenes concluyentes que cumplían los dos hermanos con una devoción casi divina. La niña. La hija de Juliana Roy y única descendiente de los Anglada, en la que habían puesto todos sus entusiasmos, se había convertido en una mujer, incluso antes de salir de la finca.

Estaba claro, Francisco y él se habían equivocado en su educación. De no haber regresado él del seminario, nada de esto estaría pasando; o quizá sí. Se sentía culpable de lo sucedido. No debió haberle hecho caso a Francisco cuando lo fue a buscar a Zaragoza. Debía haber seguido con su vida tranquila dedicada a la docencia, a sus alumnos, a Dios y a la Iglesia, y su hermano y Jimena probablemente continuarían en la finca, y no en la vorágine de una ciudad que les había complicado a todos la existencia. Francisco debía de estar pasando un calvario con Jimena, y ésta parecía no saber administrar su juventud, en medio de la relación de adulterio de su padre que no le aportaba nada bueno a la joven. ¿Por qué Francisco era tan indiscreto con su intimidad? ¿Cómo era posible que se hubiera enredado con una mujer casada? ¿Cómo había llegado al extremo de lastimar a su hija? ¿Qué prueba era la que incriminaba a su hermano y a esa mujer para poner en peligro a la familia?

No quería cargar las tintas contra su hermano. Sabía perfectamente cuánto amaba a su hija, pero David odiaba la falta de escrúpulos de Francisco, siempre había presumido de ello como si fuera un don; lo consideraba un donjuán henchido de ambición. Y perseguir a las mujeres parecía ser una vocación en él. Había esperado de Francisco un comportamiento más adecuado como ejemplo para su hija. Pero no había sido así. Nadie más que su hermano era el culpable del desastre de Jimena, cuya personalidad le pareció retorcida y enferma, ajena a la muchacha inocente y honesta que salió de aquellos campos. Y lo estaba chantajeando. ¿Qué habría sucedido en su mente y en su espíritu para que no le temblase el puño al escribir aquella carta?

David se había vuelto a fallar a sí mismo. «¿Cómo no he sabido anticiparme al destino, conociendo a mi hermano? ¿Por qué siempre he de ser tan pasivo, dejar que la vida me revuelque en el fango? ¿No he sido siempre combativo con el nihilismo? Siempre planteé la existencia como una cuestión de ideas y de fe. Una nueva culpabilidad para añadir a mi lista. Una carga insoportable.» Eso pensaba, desesperado. Aquella agresión de su hermano hacia su propia hija iba a cambiar el destino de la familia, lo presentía. Nunca debió pegarle. Y menos con el cinturón.

Se levantó de la mesa. Dio varias vueltas alrededor de ella. Se tuvo que apoyar en el respaldo de la silla para no caer. Le dolía el pecho, se ahogaba, y abrió una ventana para aspirar el aire fresco que bajaba de la colina. La noche era profunda y amarga. Jimena había sido una niña lista y ahora era una joven poco inteligente con un futuro dudoso. Había tantas cosas que se le escapaban… Sí, eran culpables, entre los dos la habían querido y protegido en exceso. La muerte de su madre, el espantoso accidente que acabó con Juliana. Se lo debían a ella. Pero el carácter callado y retraído de la pequeña ya anunciaba algo extraño.

¿Cómo traerla de regreso a Tres Robles? Imposible; ya era tarde, demasiado mayor. No había futuro para ella en el campo. Un polvorín de insurrección de braceros y campesinos, cada vez más peligrosos. Comités de jornaleros, huelgas, expropiaciones de tierras. El pueblo entero se había sumado a la revolución agraria. Lo estuvo viendo claramente durante esos años. Había dirigido las tierras con mano dura y guante blando: no era un lugar para una joven. Los tres estaban solos, exceptuando al anciano Felipe. No existía una familia; ni primos, ni tíos, ni parientes con quienes distraerse y pasar los fríos y solitarios inviernos de la finca. No había futuro para ella en aquel lugar. No fue fácil para David elegir el camino del celibato. Los hijos y el matrimonio le eran situaciones insoportables. Es cierto que Francisco podría tener hijos, pero lo creía poco probable, enamorado de una mujer con familia. Jimena podría darles descendencia y reconstruir una familia devastada.

Le entró un escalofrío de pensar en buscarle a su sobrina un marido. Jimena no era ese tipo de joven a la que se le pudiera concertar un matrimonio. David carecía de la capacidad de convencimiento e influencia que tiene una madre para estas cosas, y Francisco, violento e intransigente, no la dejaría salir de Madrid. A uno por débil y a otro por decidido, Jimena se les iba de las manos, empecinada en cometer un terrible error.

Su hermano no consentiría el matrimonio contra natura de su hija con ese joven de la universidad. Por lo que Francisco le había explicado por teléfono, no quería ni imaginar a qué tipo de chusma pertenecía. Un revolucionario, un anarquista. Le había buscado a su hermano demasiados problemas en la fábrica; había puesto a los trabajadores en contra de los Anglada. Los tachó de explotadores. Participó en más de siete huelgas en el tiempo que estuvo en Mataró. Tiraba la piedra y escondía la mano. La fábrica paró. Los comités confiscaban los tejidos y los trabajadores saboteaban y echaban a perder los tintes. El joven los organizaba, y distribuía clandestinamente propaganda para abolir el Estado y poner en manos de los operarios las fábricas de Cataluña controladas por la FAI. Pere Santaló gozaba de popularidad entre ellos.

Se miró las manos encallecidas, tan distintas a como habían sido antes. Se las vio arrugadas y morenas por el sol, curtidas por el viento y el trabajo al aire libre. Era el primero en levantarse y el último en terminar la jornada. Dieron las dos de la madrugada en el reloj de la pared. El tictac era el único sonido que escuchaba. Lo oía con placer, en soledad. Disfrutaba del tiempo, inmóvil en esa noche sin luna, en un despacho con todos los recuerdos que habían pertenecido a su padre, Ezequiel Anglada. No lo reformó a su regreso de Zaragoza, a pesar de la insistencia de Francisco por hacer que se sintiese de nuevo en su hogar.

Un despacho austero y oscuro. La pesada librería castellana, frente a su mesa, contenía libros antiguos de agronomía, ganadería, medicina y veterinaria; topografía, atlas y mapas de Castilla y Aragón. El escritorio sobre el que trabajaba a diario David era de roble y marquetería elaborada con esmero. Recorrió con la mirada los títulos académicos de sus antepasados, ya amarillentos y montados en pesados marcos de madera oscura. A esa galería de orlas y títulos, se sumaban los suyos y faltaban los de Francisco, que nunca llegó a terminar nada. Demasiado activo en los asuntos prácticos que lo habían retenido siempre extramuros de la universidad. El único varón de los Anglada que no poseía una titulación superior. Se alegraba de que Fran nunca necesitara de ellos para triunfar en los negocios.

Se miró a sí mismo. Un extraño en su cuerpo. Se dio cuenta de su aspecto ermitaño, con aquellos pantalones anchos de ojeador que nunca se quitaba y la camisa de franela vieja y gastada por los codos. Quién iba a decir que en cinco de aquellas orlas académicas, colgadas en la pared, aparecía su cara, joven y grande, pecosa y risueña. Ahora, se parecía a uno de sus jornaleros, en pie de guerra. Le gustaba su aspecto. Se sentía cómodo con él. Qué lejanos eran los días de pulcras sotanas y alzacuellos almidonados, en los que el sosiego y la paz eran algo intrínseco a la vida.

Y aunque intentara ocultarlo era un hombre atrayente, conciliador. Escuchaba siempre con amigable atención a todo el mundo, sin emitir juicio alguno, por atroces que fueran las confesiones. Lo había aprendido en el seminario. Todos sus empleados, los encargados de las tierras, los contables y hasta los jornaleros más humildes confiaban en él con los ojos cerrados, como si fuera el único hombre sobre la tierra en el que se podía confiar sin sentirse amenazado. La violencia o conflicto, de la índole que fuese, podía desactivarse si se le prestaba suficiente atención. Y decidió, cuando el reloj de la pared daba las tres de la mañana, partir hacia Madrid.

Si alguien era capaz de hacer entrar en razón a Jimena, ése era él. Y no debía meterse en la vida de su hermano. No debía meterse en la vida de Jimena. No debía meterse en la vida de nadie, ni siquiera en la suya por la que había pasado siempre de puntillas.

¿Qué iba a conseguir presentándose en Madrid? ¿Qué deseaba hacer con ella? ¿Quizá... llevársela a Tres Robles? Raptarla. Abofetear su blanco y demacrado rostro y hacerle entrar en razón. Quitársela a Francisco. ¡No! ¡Era una locura! Debía hacerle recapacitar. Sacarla de la facultad definitivamente. Era a Jimena a quien su hermano debió alejar de Madrid y no a ese muchacho, que estaba demostrando a todos que no iba a dejar a su presa fácilmente. Un joven con ansias de medrar no iba ahora a abandonar la oportunidad de su vida, y había decidido volver a por todas.

David necesitaba comprobar en qué estado se encontraba realmente su sobrina. Sentir sus ojos blanquecinos y descubrir en ellos la verdad de su fracaso. Pensó en el abuelo de Jimena, él ignoraba todo aquello. Un hombre empobrecido y solitario, abrumado por la pérdida de su única hija de la que nunca se recobró. Y David tuvo ganas de salir hacia el monte, bajo la luz de la luna, y caminar campo a través hasta el cementerio y abrazar la lápida de Juliana para hallar una salida a su angustia. Quizá Juliana Roy le ayudara a dar con una solución desde su tumba. Ése era el único lugar, el cementerio, en el que encontraba la paz necesaria para enfrentarse al mundo, salir de sus contradictorios pensamientos y horrores que le había despertado Jimena con esa carta, encima de su escritorio. Si hablaba con el viejo, él le calmaría, encontrarían juntos un camino claro por el que seguir. Era su nieta.

Se acercaría hasta el pueblo, por la carretera, como una sombra en busca del cuerpo que le pertenecía, y antes de que amaneciera, resguardado todavía por la oscuridad, llamaría discretamente a la morada del guardián del cementerio, ya cerca de la ermita, en su antiguo taller de guarnicionero ya cerrado, para hallar el camino correcto. Desahogaría su fracaso con el viejo. Se confesaría como nunca antes había conseguido hacer. Pero había algo en su conciencia que le decía que no. Debía ahorrarle ese sufrimiento al anciano, ahora feliz entre tumbas y panteones que mantenía limpios y arreglados tomándolos por hogar y por consuelo, haciendo de los muertos del cementerio sus compañeros.

Como muerta estaba su hija bajo una de aquellas tumbas de la familia Anglada. Como una premonición se dio la vuelta, y miró, como un ciego que todo lo ve en su ceguera, el armario, tras la mesa, en la oscuridad del despacho. En el suelo, al lado, había pedazos de papel escritos con su propia letra. La puertecilla cerrada, la llave echada. Dentro, el cofre guadamecí que labró el propio Felipe que contenía el libro familiar con el nombre de su hija escrito dos veces: el día de su matrimonio con Francisco y, en la siguiente hoja, la fecha de su muerte: 26 de octubre de 1919. Un día de otoño en el que hasta los pájaros pararon su vuelo en medio del cielo para caer heridos de muerte en las ruinas de una ermita abandonada, hacia el norte, a diez kilómetros de Tres Robles. Había llegado hasta allí, y ni siquiera había salido de sus tierras. Huía de su hermano. Él estaba en el seminario y ella iba a su encuentro, montada a la grupa de la yegua, tan salvaje como ella. Se lo había contado Francisco, satisfecho de su propia severidad con su mujer, aun después de muerta. Él había intentado apartarla de David y de la Iglesia, desde el principio. Y así debió de pasar. Francisco por entonces vivía en la finca con Juliana y la niña.

Caía la tarde. Jimenita estaba arriba, la bañaba Fernanda. Francisco, nada más llegar, subió a dar un beso a su hija cuando llegó de Molina de Aragón, de una larga negociación para ampliar sus tierras por el sur. Luego, bajó al despacho, y antes de entrar oyó un ruido extraño en su interior. Se aproximó lentamente a la puerta entreabierta para sorprender al intruso. Y vio a Juliana por detrás, agachada sobre la mesa, con el cofre fabricado por su propio padre abierto. Había sacado todo de su interior y su mirada, absorta en la caligrafía de todos los antepasados de su marido, recorría ansiosa el viejo libro familiar con el grabado de los Anglada. Francisco podía oír la respiración de su mujer, casi hasta el latido de su corazón, que intentaba salir desbocado de su vestido verde mar con un brocado de plata en la cintura. Con tacones bajos y la melena suelta y brillante. Su silueta era bajita y delgada, tímida. Pasaba hoja tras hoja con sus dedos finos y blancos como si deshojara el pasado. No oyó entrar a su marido y levantó sus ojos blanquecinos y extraños al verle frente a ella. Y él le cerró de golpe el libro que nunca debió curiosear.

—¿Qué significa...? Esos nombres, esas muertes, esos pueblos de Huesca. ¿Por qué nunca me dijiste nada?

Ella lo miraba desde su corta estatura con auténtico asombro. Le temblaban los labios.

—¡No hay nada que contar! —dijo con asco Francisco—. ¿Cómo te has atrevido a curiosear en mi despacho?

—Soy tu mujer. ¿Lo has olvidado? ¿Cómo habéis podido ocultarme todo lo que hay escrito en ese libro? ¡Sois... unos mentirosos! ¡Unos hipócritas...!

—¡No entiendes nada!

—A mí me da igual de dónde vengáis, quiénes seáis. Solo quiero la verdad, Francisco: la verdad. Es tanto pedir... En esta casa soy un fantasma al que nadie ve.

Y se puso a pensar con las manos sobre las mejillas, rojas por lo que había leído en el libro. Se alejó de Francisco y de la mesa, dos pasos atrás, y espetó diciendo un sí con la cabeza:

—¡Sois... unos farsantes! David es sacerdote. Él es cristiano, católico romano...

Francisco miró sobre la mesa. Su mujer había vaciado el cofre sin ningún pudor.

—Él es la oveja negra de nuestra familia. Y me opuse firmemente a esa tontería de borrar nuestra herencia. Es un cobarde. Pero mi madre, mi pobre madre Miriam de Vera, lo apoyó sin fisuras, y nuestro padre también. ¿Qué podía hacer? Dejar que siguiese su camino, que malgastase su vida en idolatrar una cruz. Al fin y al cabo yo no creo en nada. Pero sí en la lealtad. Y él nos ha traicionado. A ti también, querida esposa, por hacerse cura. Si te queda dignidad, un día me contarás lo que pasó entre vosotros.

—¿Cómo puedes decir eso? Él escogió su camino, el camino correcto; el de Dios.

—¿Tú crees?

—Sí, firmemente.

—¿Ah, sí? ¿Qué crees que hacemos en estas tierras? ¿Por qué llegamos a ellas? ¿Por qué huimos de la aljama de Huesca hace tantos siglos? Aquí nos dejaban en paz, nadie hurgaba en nuestra ascendencia. Podíamos pasar por cristianos o por lo que quisiéramos, con discreción, sin alardes. Al fin y al cabo todos venimos del mismo palo.

—¡Sefarditas!, sois unos sefarditas. ¡Eso es lo que sois!

—No, somos judíos; o éramos. Realmente ya no sé quiénes somos. Pero sefarditas son los que se fueron; ese miembro mutilado de todos nosotros.

—¡Estás loco!, te odio.

—Y tú, Juliana Roy, también eres judía. Un motivo más para casarme contigo, tan pobre y harapienta… Enamorada de mi propio hermano… ¿Crees que era ciego y sordo? Mi madre me hizo prometerle, antes de morir, que no te tomaría por esposa. Pero no pude resistirme; ella casi me dio la idea. Vengarme de David por habernos abandonado era más importante que la promesa a mi propia madre en su lecho de muerte. Y lo estoy pagando… ¿Qué pasó entre David y tú? ¿Por qué se fue tan de repente al seminario? ¡Debes contármelo! ¡Eres tan judía como yo!

—¡Mentira! Yo soy cristiana vieja.

—Ah…, vaya por Dios. Eso te lo ha contado mi hermano, ¿verdad? Porque esa fantasía solo puede venir de su mente retorcida. Está lleno de contradicciones.

—¡Eres lo peor, Francisco!

—Tú, esposa mía, representabas la única esperanza de continuidad de nuestra estirpe y nuestra sangre. ¿Ahora lo entiendes todo? ¡Fisgona! Eso te pasa por curiosear donde no debes. Y nuestra hija… es una de nosotros; ¡te guste o no!

—¡Eres un perverso!, el odio te corroe, yo soy cristiana… Yo…

—Tú podrás sentirte como te dé la gana, como cualquiera de nosotros. Pero no puedes borrar el pasado. Pregúntale a Felipe Roy…, anda, pregúntale a tu padre. Él te abrirá esos bonitos ojos que ahora se abren como una tormenta. —Y dio un paso hacia ella con intención de besarla y de rasgarle la ropa—. Estás preciosa con ese vestido verde.

—¡Déjame! ¡No me toques! Me das asco.

Él se echó a reír, e intentó sujetarla por la cintura para tomar lo que era suyo.

—¡Ni se te ocurra tocarme! Eso se acabó, Francisco Anglada. —Y le frenó con los brazos.

Él volvió a sonreír, divertido de contemplar la pataleta de su mujer y de abrirle los ojos. Echó un vistazo sobre los estantes, intentando reconocer cualquier otro cambio en el despacho. Y dijo:

—Anda, observa a tu alrededor, descubre, percibe, mira en el taller de tu padre; las figuras de las paredes, los dibujos de sus curtidos… Hasta su profesión le delata. En vuestra humilde vivienda del pueblo hay muchas pruebas. Fíjate y lee. Esto te pasa por ignorante. Y porque nadie quiere desenterrar el pasado de este país, hecho con sangre y exilio, querida mía.

—Me estás engañando… ¡Quieres confundirme! David no me diría estas sucias y retorcidas mentiras.

Se oían pasos en la galería. Fernanda estaría cerca. Juliana miró hacia la puerta y se tocó la frente como si de pronto la fiebre le quemara la piel.

—Que yo sepa —dijo Francisco sentándose en el borde de la mesa del despacho, acariciando ahora la menorá que Juliana había sacado del cofre— la Santa Inquisición fue abolida hace solo ochenta y cinco años. Lo firmó la regente María Cristina, madre de Isabel II. ¿Sabes acaso quién fue Cayetano Ripoll?

Francisco arqueó las cejas y dejó el candelabro con suavidad junto al libro abierto en la página del nacimiento de su hija Jimena, que había estado cotilleando su mujer, y pensó: «Ya veo que te has leído enterito nuestro libro».

—No conozco a ese hombre —contestó ella desconcertada—, y deja de preguntarme. Quieres confundirme. No sé quién es ése.

—Claro que no, Juliana. ¿Cómo lo vas a conocer... si murió en el patíbulo hace noventa años condenado por herejía? Lo condujeron a lomos de un asno, la cabeza cubierta con un saco negro, esposado como un asesino, y era un maestro de pueblo. Tiraron su cadáver a un barranco, dentro de un tonel dibujado con las llamas del infierno. El último auto de la Junta de Fe de Valencia. ¿Quién nos asegura que nunca van a resucitar esos tribunales de la muerte?

Ella retrocedió hacia la puerta, sin dejar de mirar a su marido, a esos grandes y redondos ojos de venganza que en ese momento hallaba en Francisco, y le gritó, tapándose los oídos:

—¡No pienso seguir escuchándote! Quieres atemorizarme... Disfrutas haciéndome sufrir; eres un egoísta, un celoso. ¡Te odio! No soy quien dices... ¡No podemos seguir viviendo juntos!

Y salió del despacho despavorida, dejando el aire impregnado de un aroma fragante a lilas.

Francisco cerró el libro, lo guardó en el cofre y puso encima el pequeño candelabro, lo cubrió con el paño de hilo y volvió a dejarlo en el armario cerrándolo bien con llave.

Se arrepintió de no haberla tirado al suelo y azotado en las nalgas hasta que le hubieran sangrado. Se lo merecía. Le hubiese gustado arrastrarla por las frías baldosas del suelo, arrancarle ese vestido tan verde como el mar de las Antillas. Y se quedó pensando en el sacrificio agridulce que tuvo que hacer para casarse con ella.

Juliana no quería volver a mirar nunca los ojos de ese hombre. Ni su pecho, ni sus brazos, ni ese cuerpo que se le echaba encima de madrugada, tan repugnante. David la consolaría como cuando eran jóvenes y él casi un niño, grande pero un niño, y ella tonta y adolescente. ¡Eran tan ingenuos!, inconscientes, zafios y honestos, y buscaban el calor de una piel contra otra piel, como quién abre la boca para poder respirar. Y luego llegó el sexo y las manos delicadas y dulces del jovencito David que buscaba en ese cuerpo mil preguntas que ella le dictó letra a letra con su boca y su sexo. Durante medio año habían yacidos juntos y David se hallaba cada vez más desconcertado. El cuerpo de Juliana lo intimidaba y, en vez de confiarse, según pasaban los meses, ella veía en él más dudas y confusión. ¿Estaban haciendo lo correcto? Engañaban a todos en la casa, a Miriam y a Ezequiel y, si Francisco se enteraba, hubiese sido la ruina de ella. David eyaculaba nada más tocar su piel, entre sus faldas. Ella lo besaba y él se enfadaba porque aquello no estaba bien. Pero se buscaban en todas partes. En los establos, en el viejo y oscuro escritorio del despacho, en la sala de costura, bajo los almendros del valle, en el campanario de la ermita y hasta en el dormitorio del propio David si no había nadie de por medio. Juliana era la gran maga de la casa. Aparecía y desparecía sin ser vista. Se escurría entre las fisuras de las baldosas y los resquicios de puertas y ventanas. Controlaba los movimientos de los criados y de los señores para estar siempre cerca de David, como un fantasma a la sombra del amor, joven y dulce.

Él siempre estaba atormentado. Dos amores se batían en su pecho; el de Cristo y el del cuerpo. No lo quería hacer dentro de ella por no causarle dolor alguno. Pero Juliana se abría para ese amor y ese rostro de niño grande y protector como un pozo sin fondo. Una oscuridad en la que David no se atrevía a entrar, hasta esa noche en que Miriam de Vera los encontró en el dormitorio y el mundo se les vino abajo.

Y Juliana cabalgó sobre Sara años después para encontrarse con él y volver a empezar donde lo dejaron. Olvidar el pasado y comenzar de nuevo, a pesar de todos los errores. El mayor: haber aceptado a Francisco por esposo. La calmada voz de David le diría que todo lo contado por el perverso de su hermano era un relato de esos que se cuentan a los niños para meterles miedo cuando se portan mal; y ese libro, una ficción escrita por Francisco.

Se quedaría con él en Zaragoza. Le serviría aunque fuese de criada en la residencia, esclava si él se lo pedía con tal de no regresar a Tres Robles.

Ya era de noche. En su cabalgar rápido y furioso, las ramas de los árboles se movían como manos hambrientas tirándola del pelo para hacerle parar. Era doloroso pensar que nunca la había amado. El sudor le empapaba el vestido. Sara relinchaba. Le costaba hacerle obedecer a golpe de fusta y de entrepierna. Le dolía la mano de golpearla en la cadera porque lo que deseaba herir con furia era la fuerte y arrogante espalda de Francisco Anglada. A la hora y media, entraba en el bosque de hayas y en las sombras de las ruinas de la ermita de San Cosme, entre los altos troncos de los árboles en la ladera del valle. Sara tropezaba. Sus patas se hundían en los helechos. El terreno se inclinaba cada vez más. Debían cruzar por los restos de la ermita, tomar el río hacia el oeste y salir a la carretera. Tras ella, el río Piedra comenzaba a horadar el terreno y a formar un profundo cañón imposible de cruzar de noche. Sara esquivó una pared derrumbada, y el bosque se abandonaba a la luz de las estrellas y a los ojos de las alimañas. Las higueras se retorcían entre los muros caídos del ábside, sobre la hierba y los matojos salvajes de un antiguo y abandonado santuario con forma de cruz romana. La hiedra cubría lo que quedaba de la mampostería. El viento del hayedo era frío y cortante. Sara iba derecha hacia el río. Y cuando lo alcanzaba, la yegua tropezó. Se oyó en el bosque el crujido de sus cascos al caer en el agua todo lo grande que era el animal. Y un pedrusco le abrió la nuca a Juliana Roy en el acto. Su vestido verde mar flotaba en el río cuando la encontraron, varada entre unas ramas podridas en un meandro. Y nunca llegaría a Zaragoza ni saldría tan siquiera de Tres Robles. Sara sí se levantó del lecho del río. Se apoyó en sus patas traseras y salió del agua.

David se fue a dormir cuando el reloj del despacho seguía su lento camino hacia las cinco de la madrugada, con la decisión tomada de irse a Madrid y el ansia de castigar su cuerpo hasta que amaneciese, hasta que la serenidad y la calma regresasen y pudiera enfrentarse a sí mismo sin la vergüenza por algo que ni se atrevía a pensar. Y aunque su hermano no le había pedido que fuera nuevamente en su ayuda, ahora a Madrid, tenía la certeza de que así era. Desde niños, nadie como David, cuando Francisco se encontraba en serias dificultades, para sacarlo de todos los apuros y de todos los problemas. Incluso cuando murió su cuñada.

Su cuerpo desnudo, moreno y moldeado por el duro trabajo del campo al que se sometía con tesón para dar ejemplo, lleno de rasguños, como pequeñas dentelladas y laceraciones que no se curaban del todo, en la espalda y en los muslos, descansaba relajado ahora sobre las sábanas cuando la primera luz del día entró en su dormitorio y dejó de pensar en que podía haber evitado el accidente de Juliana. Soñó con el rostro de su sobrina, que no era su sobrina, ni la hija de Francisco, sino un rostro cubierto por una enorme herida que sangraba. Y entre los surcos de la sangre se desvelaba el rostro devastado de Juliana Roy, hundido en el agua, blanco e hinchado por la podredumbre, masacrado en sus pesadillas.

Duodécimo testimonio

Fue Francisco quien me llamó tras el funeral de Paula Florido. El rey parecía desperezarse y comenzaba un nuevo movimiento por el tablero de una partida que había comenzado hacía cinco años.

Salí de casa inmediatamente, con una mezcla de alegría, emoción y alarma tras su llamada. Eran las cinco de la tarde y acababa de llegar cansada del colegio, y con ganas de sacar a Claudio a pasear por el parque. Blasco dormía la siesta en su cuna y Dolores estaba a punto de despertarlo para darle la merienda, luego no dormía por la noche y nos daban las dos de la mañana con el niño despabilado; solo tenía diecisiete meses.

Según sacaba mis guantes del cajón del ropero, a toda prisa por salir de inmediato, Claudio comenzó a llorar y a tirarme de la falda porque me iba de nuevo y porque era su madre quien debía sacarlo de paseo. Empezó a gritarle groserías a Dolores y a darle patadas en las piernas con muy mala idea, tirado en el pasillo. La nodriza trataba de sujetarlo. Él me agarraba de la falda con todas sus fuerzas y no me dejaba salir por la puerta. Desde que llegamos de Roma Claudio estaba irascible, peleón, enfadado con el mundo. Preguntaba a diario por su padre y su abuela, la italiana, y boicoteaba todos mis intentos por entretenerlo con cualquier cosa que se me ocurriera. Dolores lo animaba con cariñosas palabras y yo intentaba soltarme de él, con el sombrero en la mano:

—Mamá vendrá a tiempo de montarte en el tiovivo de plaza de España. Todas las vueltas que quieras. ¡Pero suelta a tu madre, bribón!

Claudio se tapaba los oídos y seguía berreando y pegando golpes en el suelo, con los cordones desatados de sus zapatos blancos.

No podía quedarme con Claudio, por mucho que me doliera; era superior a mis fuerzas no acudir al encuentro de Fran después de dos años. ¡Dos años! Me acababa de llamar desde el Hospital Provincial. Su voz me impresionó. Su necesidad de verme, tan de repente, como si algo terrible hubiera pasado en su vida, refrenó mis sentimientos de reproche. Su voz me devolvió la ilusión y la alegría, muy a mi pesar. Parecía absolutamente desesperado y yo debía aprovechar la oportunidad. Él lo significaba todo. Me sentí dichosa y me odié por ello. Y por terrible que fuera el suceso que estuviese viviendo, estaría a su lado, lo ayudaría, lo consolaría, me arrojaría a sus brazos para dejarme hacer el amor hasta que me reventara y pudiera calmar mi desesperación y su desesperación, la que escuché en su grave voz atragantada haciendo esfuerzos por mantener la calma en el refugio del auricular.

En el taxi, de camino al hospital, llegué a pensar de todo. La ilusión me desbordaba, soñaba con la posibilidad de una ruptura con Roberto. Estaba dispuesta a llamarlo por teléfono a Roma y confesarle hasta el último detalle de mi relación con Francisco Anglada; y, también, le diría que lo abandonaba. Tuve la sensación de haber vuelto a nacer, con la fuerza y el delirio del enamoramiento, capaz de pasar por encima de todo. No me importaba cómo podría reaccionar un marido abandonado, por amable y pacífico que pudiera parecer. Especulaba con la idea de que mi padre estaría de mi lado para hacerle frente; nunca le acabó de gustar Roberto y menos el partido al que pertenecía en Italia, sus ausencias de Madrid, sus viajes constantes y esas ganas de que nos trasladáramos a Roma. Si no hubiese sido por el intenso sentimiento religioso de mi marido, mi padre habría sido capaz de sospechar de él, de alguna aventura en el extranjero. En varias ocasiones le había dado un serio aviso, pero Roberto lo arreglaba todo diciendo que los viajes se acabarían cuando yo accediese a irme a Roma con los niños. Entonces, mi pobre padre arrugaba la nariz y cambiaba de tema, con un gesto de cierto fastidio. Me miraba con resignación y bajaba la vista como diciéndome que no podía ayudarme de otra manera más que con su apoyo incondicional para mantenerme en Madrid todo el tiempo posible. Mi madre, en cambio, mucho más perspicaz, se metía por medio para augurar que me iba a costar el matrimonio, si no daba mi brazo a torcer. O me iba a Roma con los niños o Roberto acabaría por abandonarme. Sencillamente, un día dejaría de venir y todo se habría terminado. Quizá fuese lo mejor.

Todos sabíamos que Roberto había liquidado tiempo atrás sus acciones del banco Hispanoamericano y las de la Bolsa. En el fondo, nos reprochaba nuestra falta de vocación internacional; se refería sobre todo a mí. Italia se codeaba con los poderosos del mundo y aquí comíamos, bebíamos, bailábamos e íbamos a los toros: todo un chiste hedonista, y yo jamás abandonaría Madrid; fue la única condición que le puse cuando nos casamos. Intentaba hacerle entender que vivir en España era lo de menos, lo importante era Madrid. No podría dejar de comprar el capón de Navidad en la plaza Mayor, ni de perderme por las salas de Velázquez del Museo del Prado, ni renunciar a acudir los domingos por la mañana al Rastro para hacerme con baratijas y muebles viejos en los puestos con capotas de tela hechas jirones. Sin contar mi barrio de la Moncloa en el que había nacido. Incluso no me molestaba la cárcel Modelo, aun con miles de presos, desde hambrientos ladrones hasta sospechosos políticos e insurrectos golpistas, en el extremo más occidental. O eso creía entonces. Roberto no tenía más remedio que aceptarlo si me amaba, si deseaba mantener nuestro matrimonio que para él era sagrado.

Llegué al Hospital Provincial por el Paseo del Prado en un taxi. Una pequeña tormenta oscurecía el cielo. Grupos de enfermeras salían y entraban del edificio charlando entre ellas, despreocupadas y ajenas a las miserias que atendían. Encontré a Fran en la entrada principal de la calle Santa Isabel. Estaba muy nervioso y muy cambiado. En cuanto me vio se me echó encima, inmenso y acogedor. Sus brazos me rodearon con calidez, con todo el amor que podía haber en un ser humano. Me besó con ansia en los labios y en la frente. No le importaba lo que hubiese a nuestro alrededor: su mundo se hundía y vi sus zapatos descuidados por primera vez desde que lo conocí.

Yo no sabía qué hacer, qué decir, lo besaba por todos los rincones de su rostro ancho y demacrado, dejando en ellos el carmín de mis labios. Seguro que la gente nos miraba y seguro que sin darnos cuenta nos fuimos retirando, desgastando la fachada gris del hospital, donde seguimos abrazados, en silencio, sin decir nada, entendiendo los dos que jamás nos íbamos a separar. Y me acariciaba el rostro como un ciego, intentando reconocer si se había producido en él el más mínimo cambio; un cambio que nunca se tenía que haber perdido. Le notaba tan familiar, tan mío, como si hubiera sido ayer cuando hicimos el amor por última vez en el gabinete de su casa, mientras oíamos la voz del locutor dando el parte de los conventos saqueados. Simplemente éramos felices. Lo único que necesitaba era a ese hombre grande y apasionado entre mis brazos, saber que siempre me acariciaría el rostro como si quisiera meterse bajo mi piel y recorrer mis frías venas para reventarlas. Penetrar en todos los escondites de mi cuerpo y reconstruir lo que quedaba del pasado.

Nadie era capaz de amar como Francisco Anglada. Con ese amor total que no existe más que en las novelas. Él lo hacía posible.

Parecía haberlo robado de los libros de los anaqueles de su biblioteca hasta dejarlos en blanco para hacerlo realidad. Y al igual que en las novelas, yo era la adúltera infeliz que ama alocadamente hasta que llega la tragedia.

Me tomó de la mano. Cruzamos la plazuela y bordeamos el pabellón del hospital de San Carlos, a toda prisa. El callejón del

Niño Perdido estaba lleno de basuras. Subimos por la calle Santa Isabel hacia la Facultad de Medicina, torcimos a la izquierda por San Cosme y San Damián y entramos en uno de los pequeños bares que hay a cientos por todo el barrio de Lavapiés. La tasca era como una caverna horadada en la piedra del edificio. El humo y el olor a taberna y a barrica, a vino agrio, salía hacia la calle. A esas horas de la tarde, el bar estaba medio vacío y mal iluminado. Nos sentamos a una mesa de madera, bajita y tan vieja como el propio tugurio. Fran tenía que encoger excesivamente las rodillas sin saber cómo colocarse. Yo pedí un anisado y Fran una copa de coñac que nos dejó sobre la mesa el taberne-ro, saludando a Fran con una familiaridad castiza que solo los madrileños poseen, con un mandil de rayas, mal anudado alrede-dor de su abultada barriga.

Me sentí como si fuera otra persona en esa cantina de cin-cuenta céntimos el chato. Los cuatro clientes que había, apoyados sobre la barra, hablaban con voces campechanas y ruidosas, con tal familiaridad como si se conocieran de toda la vida y sin em-bargo acababan de conocerse. Los parroquianos discutían de po-lítica, y de la nueva plaza de toros de Las Ventas, a grito pelado, mezclándolo todo.

Enseguida nos aislamos de sus toscas voces y Fran y yo en-tramos en un túnel que habíamos construido para escapar hacia otra vida. Fran me contó tantas cosas, tantos sucesos, tantas difi-cultades: el destierro al que había enviado al joven Pere, que le estaba amargado la vida con su regreso para meterse en su casa y llevarse a su hija; el daño que él, sin querer, le había hecho a Ji-mena, enloquecido de rabia por una situación que escapaba a su control. La fábrica cerrada y tanto dinero perdido era lo que me-nos le preocupaba ahora. Les habían expropiado varias fincas y terrenos, la Bolsa bajaba a diario y la salud de Jimena lo descon-solaba. Me insinuó que podía estar volviéndose loca.

Me quedé enmudecida durante dos horas. Pasaron como dos minutos, como dos segundos, como si el tiempo se parara cuan-do estaba con él para volver a ponerse en marcha al despedirnos.

Su rostro anguloso, de pelo encanecido, me resultaba tan familiar como si yo misma hubiera envejecido con él. No dejaba de observar sus extravagantes ojos verdes que estaban ahora rodeados por unas abultadas bolsas oscuras. Sus ojeras delataban el desasosiego. Me miraba fijamente. Parecía pedirme todo el tiempo el perdón que sus palabras no se atrevían a pronunciar. Me hablaba con suavidad y sosiego, me acariciaba delicadamente los antebrazos con sus dedos grandes y atentos que me ponían la carne de gallina. En un momento de la conversación, observé cuánto había cambiado. Me vino a la cabeza una discusión que tuve con Roberto a principios del año anterior por la nueva ley del divorcio, y que yo entendí como un avance y mi marido como un retroceso ignominioso contra la Iglesia que llevaría a cientos de familias a la destrucción. En aquel momento, las palabras de mi marido me parecieron huecas y absurdas. Y por primera vez en mi vida, me sentí libre, en aquella apestosa taberna que me parecía una puerta hacia la libertad.

Desde entonces no se me iba de la cabeza la idea de la separación. Pensaba en el divorcio. Revoloteaban mil posibilidades de abandonar a mi marido, mientras Fran hablaba todo el rato como si fuese ya su mujer y estuviésemos casados, poniéndome al corriente de su vida durante los últimos años como si hubiesen pasado tan solo unos días. Le dije que yo había perseguido su sombra por todos los rincones de Madrid y que solo había hallado vacío y desolación hasta el momento en que había descolgado el auricular, esa tarde.

Ahora, existía una esperanza real para casarme con Francisco Anglada. Me alegré, me sentí feliz, seguí soñando mientras lo miraba, sin pestañear, con los codos apoyados en el tablero de pino, hasta que acabó el relato de su desgracia. En ese momento se ponía punto y final a nuestra separación para comenzar algo nuevo a mi lado. Salimos de la taberna sin darnos cuenta de que estaba llenísima de gente que bebía y charlaba entre el humo de cigarrillos, en medio de un bullicio que de pronto se me hizo insoportable.

Bajamos hacia el hospital.

Según avanzábamos por el largo corredor de la segunda planta, lo sentí nervioso y titubeante en su caminar. Me llevaba de la mano y tiraba de mí, inquieto y en constante alerta. Nos íbamos encontrando siniestras colas de enfermos, unos en camillas y otros sentados por los suelos. Esperaban a ser distribuidos por las grandes salas, divididas en secciones. El hospital era enorme y muy antiguo. Sus techos eran altos y abovedados, con gruesos muros de piedra, alrededor de un patio central tan grande como el claustro de una catedral. Las enfermeras eran la mayoría Hermanas de la Caridad. Iban y venían, con sus aparatosas cofias blancas, con bacinillas y palanganas de porcelana e instrumental médico en la mano. Entraban y salían de las salas, junto a los médicos, y ayudando a los enfermos a desplazarse. Nunca me gustaron los hospitales. Su olor me revolvía el estómago, pero me armé de valor, dispuesta a hacer lo que hiciera falta. Avanzamos por largos pasillos y galerías acristaladas. Las ventanas, todas enrejadas con gruesos barrotes, me estremecían. Alterada por la inquietud, abrí lentamente la puerta de una habitación que me señaló Francisco. Me miró y supe que habíamos llegado. Me cogió la mano y me la apretó fuerte. Sus dedos, gruesos y firmes, no me dejaban ir.

—¡Suerte! Habla con ella, te necesita —me dijo tan asustado como un niño grande. Pude sentir su dolor—. Te espero aquí. Gracias, Lucía.

Me soltó la mano y acabé de abrir la puerta. Fran se quedó en el pasillo.

Jimena estaba en la cama. Su largo rostro apenas destacaba entre las sábanas tan blancas como su piel. Parecía adormilada. A través de los barrotes de hierro de la ventana, el sol de la tarde se hacía un hueco entre nubes de tormenta que se iban deshaciendo para iluminar la austera habitación. Me costó reconocer a la joven que había retenido en mis pensamientos. Jimena volvió la cabeza al sentirme y fue cuando vi la mitad de su rostro vendado. Me acerqué a ella, indecisa, con el sombrero en la mano sin saber qué hacer. Me fui quitando los guantes lentamente. Una sonrisa de bienvenida se dibujó en sus labios. Me acerqué hasta su cama. Tenía que pronunciar una palabra mágica que diluyera cualquier resistencia, cualquier temor. Pero fue ella quien se adelantó, con un gesto doloroso, para incorporarse.

Se recostó sobre el cabecero con dificultad. Todo lo que había en la habitación era blanco: las sábanas, la cama de níquel repintada varias veces, las paredes y los techos. Su piel se camuflaba en el entorno como la de una serpiente. Su oscuro cabello destacaba al igual que el de una peluca siniestra. Un apósito le cubría media cara, desde la ceja hasta la barbilla. Su pelo negro, hasta la cintura, sedoso y tan bien peinado de antes, era una maraña recogida en una coleta desordenada y revuelta.

Se quedó mirándome con los brazos cruzados como si llevara una camisa de fuerza.

—Sabía que vendrías —dijo, con su voz aflautada de siempre—. Has tardado menos de lo que pensaba. Enhorabuena. ¿Te ha traído mi padre o has venido por ti misma?

El tono que empleó deseaba ser el de siempre. Me sonó tan familiar que me vinieron a la memoria, de pronto, todos y cada uno de los momentos en que habíamos estado juntas. Intentaba recomponer su bello rostro en mi cabeza, olvidarme de cómo se hallaba ahora. Me pareció una Jimena irreconocible. Parecía concluida la transformación que se anunciaba cuando la vi en la misa de Paula Florido y que tanto nos impresionó a mi madre y a mí.

Entonces ya había comenzado el cambio, el camino hacia el precipicio.

—Me alegro de verte —contesté.

Me acerqué más a ella, como quien se acerca a la jaula de un animal peligroso. Había algo que daba miedo. Y dije:

—¿Qué más da quién me haya traído? Lo importante es que estoy a tu lado.

—¿Lo crees de verdad? Ya no le queda nadie. Está solo. Por eso ha vuelto contigo.

Yo estaba dispuesta a permitírselo todo, hasta que se desahogara.

—Te tiene a ti —contesté—, que eres lo que más quiere en el mundo.

Me sentí como la hermana Juana, conciliadora, también un poco ridícula. Estaba segura de que Jimena pretendía protegerse tras esa máscara que ocultaba una herida más profunda que la que desfiguraba su rostro. Necesitaba una madre y yo me sentía con ánimos de serlo, como madre era de Blasco.

—Pero no por mucho tiempo —me replicó, con cierta arrogancia en la voz—. Su problema es que no sabe querer a nadie.

No encontré en ella ningún pudor por su aspecto. Seguía apoyada en el cabecero y no me atreví a mirarle directamente el vendaje.

—¡Ven, acércate! No muerdo —dijo, haciendo un ademán con la mano. Se movió y me hizo un hueco a su lado para que me sentara junto a ella.

Había una silla en la habitación y una mesita metálica con ruedas entre cuatro paredes recién pintadas. Todavía olía a pintura fresca. Me senté en un extremo de la cama.

—Dale una oportunidad, Jimena, es tu padre. Te adora.

—Yo no soy como tú… ¡Nunca lo seré! —me reprochó—. Y no confío en él. Quiero irme con mi tío, salir de Madrid. ¡No entendéis nada…! Nunca pensé en casarme con Pere. Era él quien insistía. Yo solo le seguía la corriente…

—Ya pensarás en eso. Ahora has de ponerte bien. Pensar en el futuro con tranquilidad.

—Y tú, Lucía…, ¿piensas en el futuro? ¿Pensaste en el futuro cuando te quedaste embarazada de Blasco?

—¿Qué quieres decir? No te entiendo.

—Nada…, tonterías; olvídalo. —Me sentí acorralada y sorprendida. ¿Podría saber más de la cuenta?, y añadió—: Ahora que hay divorcio deberías casarte con mi padre y abandonar a tu marido. ¿O te pasa como a mí que te gusta jugar a dos bandas?

—No hables así, Jimena; te lo prohíbo. Y jugar… No sé lo

que es jugar desde que era niña. Y no voy a casarme con tu padre. Acabaríamos reproduciendo las rutinas que todo lo destrozan.

—¿Me propones que sea yo también una eterna amante? ¿De quién? ¿De Pere o de mi tío?, que es a quien amo de verdad y lo que me está quitando la salud. ¿Quieres que te diga una cosa? ¡No me importa en absoluto lo que mi padre me ha hecho, en el fondo se lo agradezco! Él solito me ha allanado el camino para largarme a Tres Robles.

—Qué cosas dices… Te disculpo porque estás bajo los efectos de… todo esto. Te repondrás, Jimena. Recobrarás tu precioso rostro y te enamorarás de un muchacho que te hará olvidar estos momentos.

—No me engañes, Lucía. ¡Por Dios! No hay ningún muchacho para mí, y mi rostro es el que tengo. Soy un bicho raro, ¡¿o es que no lo ves?! No me gusta Madrid, ¡lo odio!, ni la gente que hay aquí. Me voy a marchar y nadie me lo va a impedir, y menos mi padre. Si mi tío no tiene el valor de venir a Madrid, yo tendré el valor de ir en su busca. David no quiere enfrentarse a su hermano: le tiene miedo, ¡pero yo se lo voy a quitar!

Hizo un gesto de dolor y se tocó el vendaje aflojándolo para hablar mejor. Le tomé la mano y se la apreté. Estaba fría. No hizo ningún gesto para desasirse.

—Jimena, tienes que relajarte. —Y le apreté la mano aún más para que sintiera mi apoyo—. Eso no hará más que sembrar la desgracia entre los dos. ¿Tanto odias a tu padre que eres capaz de una cosa así? Porque no me creo que lo digas en serio, ni que pienses de verdad semejantes disparates. Estás bajo los efectos de un trauma. Y te comprendo.

—¡No comprendes nada!

—No grites, los puntos se te pueden abrir, no seas loca.

—Ya estoy loca; eso dice mi padre.

—¿Qué crees que iba a hacer él si se cumplieran tus deseos? En caso de que tu tío te siguiera el juego, claro; cosa que dudo mucho. No pienses que tu padre se iba a quedar con los brazos cruzados. No me lo quiero ni imaginar... Sería capaz de cualquier barbaridad. ¿No te das cuenta de que son hermanos? ¿No te das cuenta de quién eres tú?

—¡Tú no sabes nada de nuestra familia! Pienso vengar a mi madre. Y a la pobre Sara.

En ese momento ya no quise oír nada más. No podía con aquello, con su madre, no; ¡era demasiado! Y le pregunté quién era Sara.

—Eso deberías preguntárselo a mi padre... Él sabe muy bien quién era Sara y lo que le hizo. Y con qué crueldad la mató.

—Basta, Jimena, no deseo llevar sobre mi conciencia más carga todavía. ¡No quieras también hundirme a mí, por favor! ¿Es que nadie te importa? Dejemos que el tiempo nos ayude a todos; a ti y a mí. Déjame cuidarte, estar a tu lado. Vamos a esperar un par de meses... Te recuperas...

—Yo no soy uno de tus huérfanos. No necesito tus cuidados, necesito tu amistad.

Recalcó estas dos últimas palabras mirándome de una manera fría y aterradora. Con media cara oculta por la venda y un solo ojo blanquecino y tenaz resultaba monstruosa.

Todavía sujetaba su mano, sobre la cama. Se la solté como si quemara, y me miró de una forma extraña y acusadora que apenas reconocí. Casi podía notar su mala idea tras esa máscara que ya no era el hermoso rostro de antes. Era otra, sencillamente. La Jimena que había conocido cinco años atrás se había esfumado.

—No deberías avergonzarte —añadió con sarcasmo, casi sin mover los músculos de la boca. Sus labios, finos como un dibujo, eran una línea apenas marcada—. Deberías ser valiente, Lucía, tomar lo que deseas. Pero tus deseos son peligrosos, ten cuidado. —Ahora me amenazaba—. Mi padre nunca se casará contigo. Y no porque ya estés casada y con dos hijos, es por algo que no entenderías nunca. Aunque volvieras a nacer.

Su ojo sano me aterró. Se movía como si fuera de cristal.

—No eres de los nuestros —continuó—, por mucho que te empeñes. Mi padre y mi tío me pertenecen. ¡Nadie los va a alejar de mí! ¿Lo entiendes bien? Ni que parieses mil hijos de mi padre lo conseguirías. Y por una sencilla razón: nosotros somos diferentes.

—Todos somos iguales a los ojos de Dios, Jimena. Ya no sabes dónde están los límites. Hay que saber parar a tiempo. No podemos abandonarnos a los impulsos. Hay que elegir el camino correcto.

—Te equivocas. Yo no he de elegir: he nacido de ellos. La que no lo entiendes eres tú. Y que sepas… que tú no has elegido a mi padre, mi padre te ha elegido a ti, porque le sirves, de momento. Te voy a dar un consejo, Lucía: no malgastes tus fuerzas, tu orfanato te necesita. Hay muchos pobres en las calles de Madrid, dedícate a ellos.

La puerta de la habitación se abría. Una monja bajita, con una cofia blanca de enfermera, entraba a pasos decididos agitando un termómetro. Me pidió amablemente que saliera. Iba a hacerle la cura y no podía estar allí. Sujetaba una bandeja con gasas y material médico que dejó sobre la mesita. Me acerqué a la hermana y le pregunté por la herida. Me aseguró que sanaba bien, y me despachó con mala cara diciendo que bastantes privilegios había ya en aquella habitación, tal y como estaba el hospital. La cena venía de camino y me despedí de Jimena, asegurándole que a las nueve de la mañana estaría allí de nuevo, puntual, para hacerle compañía. La enfermera me abrió la puerta y me echó.

Fran no se hallaba en el pasillo. Me lo encontré en el rellano de la escalera, en la planta baja. Pisaba la colilla de un cigarrillo y todo él olía espantosamente a tabaco. Sus ojos delataban la inquietud por conocer mi opinión sobre su hija. Se metió las manos en los bolsillos del pantalón, encogido de hombros como un muchacho a la espera de mi relato. Me miraba fijamente con los mismos ojos saltones de Jimena pero, a diferencia de ella, su cara angulosa era robusta y fuerte, de un hombre sano; casi podría haberme parecido un leñador de no ser por su traje elegante de buen tejido que lucía como si hubiera nacido con él.

—Ahora te cuento, salgamos. Hay mucha gente. No quiero que nos vea el doctor Monroe, podría estar por aquí —dije, adelantándome a sus preguntas.

Me agarré a su brazo y salimos a la calle.

Me sentí desconcertada tras la tormenta que se había esfumado y sumida en mil interrogantes sobre la tal Sara que habría asesinado Francisco, según las palabras retorcidas de Jimena. Yo fingía una sonrisa para sofocar las preguntas que él no se atrevía a formular. Demasiado tiempo sin verme para que ahora se mostrara impaciente. Le castigaba con mi silencio. La conversación con Jimena había sido difícil y me veía obligada a suavizar la conversación mantenida con ella.

En cuanto entramos en su automóvil, un Austin Seven nuevo, con capota negra, aparcado frente al hotel Nacional, me abrazó. Me besó en el cuello con dulzura y levantó la mirada. Una mirada que lo significaba todo. Que te dice lo que va a suceder, lo que es inevitable y no vas a poder impedir, y tienes el estómago en la boca y quieres que suceda ahí mismo, en ese instante, para que no termine nunca todo lo que hay escrito en sus ojos que te va a hacer.

Arrancó el automóvil y condujo con violencia hasta llegar a su chalet de la Ciudad Lineal. Me miraba continuamente, ansioso por llegar, y por lo lejos que nos parecía entonces del centro de Madrid. De un frenazo aparcó en la puerta, sin paciencia de abrir la verja y guardarlo en la cochera. Y allí estaba, sobre la puerta enrejada, la placa de estaño con el nombre de Jimena, medio oculta entre las hojas de una salvaje enredadera que había poblado toda la cancela y que ya se encaramaba por las paredes de la casa, hasta el tejado. El jardín parecía abandonado, semejante al de una mansión deshabitada. Me dio la impresión de que Fran no había vuelto a aquella casa desde que había estado conmigo. Me pareció tan extraña… Me invitó a pasar. El interior estaba oscuro y fresco, olía a humedad y a cerrado. Era como cruzar las puertas de un mausoleo destinado a ocultar nuestros cuerpos.

Nos dieron más de las diez de la noche. Yo no había llamado a casa y tuve miedo en aquella casa solitaria. Mientras me vestía, Fran andaba nervioso por la habitación, con el traje puesto y ya peinado, distraído, pensando en otras cosas, ausente, cariñoso pero distante, con una familiaridad que me molestó. Daba por sentado que nuestra relación se había reanudado en el lugar exacto donde la habíamos dejado. Una vez maquillada y en un intento de animarlo, le conté la conversación en el hospital con Jimena. No quiso conocer los detalles, ni me preguntó por el embarazo, ni por el parto, ni por Blasco, ni por nada que le recordara por qué me había abandonado.

Su aspecto era descuidado y elegante, y le dije, sin pensarlo dos veces:

—¿Quién era Sara?

Se dio la vuelta y me miró como si le hubiera caído un cubo de agua helada.

—¿También te ha hablado mi hija de ella?

—Sí. Pero ¿quién era? ¿Quién era Sara?

—¡Una yegua, Lucía, un animal! La yegua que mató a su madre.

Y respiré hondo como si me hubiesen quitado un peso de encima. El pelo le caía por la frente y lo vi transformado tras pronunciar esas palabras.

—¿La mataste tú?

—¡No quiero hablar de ello! Deja de hacer tantas preguntas. ¡Solo era una maldita yegua!

—¿Y tú… no tienes nada que preguntarme de todo este tiempo? —me encaré a él—. No soy la misma mujer que dejaste tirada una noche en el gabinete de tu casa porque llevaba un hijo en su vientre.

—Creo que no has entendido nada, Lucía. Yo no puedo ni quiero tener más hijos. ¿Te queda claro?

Me explicó, sentándose en un extremo de la cama, que el centro de sus preocupaciones estaba ahora en su hija y en sus negocios, en las reformas del gobierno que ponían en completo riesgo el esfuerzo de toda una vida. Las revueltas crecían y las nuevas leyes aterrorizaban a empresarios como él.

—¡Para, Francisco, no me cuentes tu vida! Ya he escuchado demasiado. Déjame en casa, por favor. Te lo ruego…

Se levantó, tomó las llaves del automóvil de encima de la cómoda y fue hacia la ventana, a mirar a la calle, a esperar a que acabase de vestirme.

Ya no tenía sentido explicarle el terror que sentía cada vez que pensaba en Roberto. Pronto se presentaría en Madrid. Estaba segura de que para darme un ultimátum. Mi partida tan precipitada de Roma lo había irritado y podría pasar cualquier cosa. Todo en la cabeza me daba mil vueltas. Esa pelea con Jimena…

Había sido capaz de lastimar el rostro de su hija de esa forma. Me había abandonado.

Ahora regresaba a mí para que lo ayudara con su hija y encima no había tenido reparo en matar a ese animal…

Y no me pidió nada de lo que yo esperaba. Me sentí vacía y ridícula en aquella habitación con olor a humedad, después de hacer el amor con él por primera vez en dos años. Todas mis expectativas se me caían encima. Me vestí despacio, me abroché el vestido botón por botón. Miraba de reojo su actitud distante y fría, preocupada, dándome la espalda, que lo alejaba de mí y de aquel dormitorio. No hablé con él hasta que nos despedimos. Me quedé muda y desalentada. Tenía miedo a que ese hilo de seda que él había lanzado para llevarme a su lado se volviera a romper. Actuaría como la oruga que fabrica hilos resistentes para hacer su capullo y meterse dentro. Me acordé de los dos juramentos que me había hecho para vengarme de él. Ahora se diluían como dos gotas de tinta en el mar. Me era imposible luchar contra Francisco Anglada.

Me besó distraído en los labios cuando me dejó discretamente a la vuelta de casa, en la calle Martín de los Heros. Bajé de su Austin como si en esos dos años el tiempo no hubiera cambiado nada entre nosotros. Pero con la sensación de que nos habíamos despertado en otro mundo, en un lugar que nos amenazaba, como autómatas de hojalata que repiten siempre lo mismo hasta que se les termina la cuerda.

Había pasado de ser su amor a ser la querida. Una división que quizá nunca había existido más que en mi imaginación. Veía todos mis sueños desvanecerse con el corazón hecho trizas, fracasada, mientras cruzaba el vestíbulo y tomaba el ascensor.

Decimotercer testimonio

Desde que te fuiste no he dejado de pensar en nosotros. El miércoles llegaré a Madrid. Te espero en el hotel Florida a las 14 horas. Ven con los niños y vuestro equipaje para viajar definitivamente a Italia. De no venir, entenderé que nuestro matrimonio ha concluido. Y no volveré a ser una molestia para ti. Tu marido, al que abandonaste en Roma.

ROBERTO ARZÚA DE FARNESIO

D ejé el telegrama sobre la mesita de entrada del recibidor. Las manos me temblaban. Lo había subido el cartero, la criada me lo acababa de entregar y yo había firmado el acuse de recibo. No era posible ese anuncio repentino. Mi madre descansaba en su dormitorio y mi padre ya había salido con mis dos hermanos; antes de acudir al despacho los dejaba en el colegio del Sagrado Corazón, a tres manzanas, en la calle Ferraz. La noticia me pillaba con la chaqueta puesta para salir de casa, hacia el hospital. Claudio desayunaba en la cocina con Dolores y Blasco aún no se había despertado.

No era posible. Volví a mirar la fecha: ¡hoy era el día señalado por Roberto para su regreso! Más bien, para un último aviso que yo esperaba desde la espantada que di en Roma. Había tardado. Sin duda debió de encontrarse en una encrucijada.

¿Cómo afrontar la situación planteada por su esposa? ¿Qué hacer conmigo? No se le había ocurrido nada mejor que presentarse en Madrid, sin avisar, alojarse en un hotel y esperar a que su mujer abandonase su vida y le siguiera, o regresar solo con un matrimonio deshecho. No era su estilo, ¿o sí? Nunca conocemos a las personas como nos imaginamos. Aunque, mirándolo bien, ni yo me conocía a mí misma; me sentía culpable de haberle separado de sus hijos y también feliz de ser libre. ¿Era posible que Roberto renunciase a nosotros tan fácilmente? Sin luchar. ¡Eran sus hijos! ¿Dónde estaba su ideología conservadora y sus ideas sobre el orden familiar? Nunca las había puesto en práctica. Quizá era demasiado débil, o en el fondo de su alma no deseaba realmente que regresara con él a Roma. Quizá detrás de todo aquello se encontrase la mano negra de doña Lucrecia.

Me sujeté a los bordes de la mesita redonda, mareada. Guardé el telegrama en el bolso, junto a un paquete de chocolatinas para Jimena. Me puse el sombrero y salí por la puerta antes de que Blasco se despertase y Claudio reclamara mi atención. Desconcertada. En el ascensor, mientras bajaba, saqué el telegrama del bolso y lo partí en los trocitos más pequeños que pude. Cuando se abrieron las rejas metálicas de la puerta, los dejé caer por el hueco del ascensor. Haría como si ese telegrama no hubiese llegado a su destino, no pensaba acudir al hotel Florida.

Desde que habían ingresado a Jimena, Fran me esperaba apostado en la puerta del sanatorio, con su traje descuidado y la corbata holgada (pues dormía en el despacho), el pantalón arrugado y una camisa limpia. Con la barba sin afeitar y aspecto de hombre del cromañón intentaba disimular con un litro de perfume caro. Me besaba con aire distraído y con el cigarro en la mano, me deseaba suerte con su hija. El doctor Monroe le había conseguido una habitación para ella sola, y, hasta que le dio el alta, yo intentaba arreglarme lo mejor posible cada mañana con la ilusión de cuidar a Jimena y de ver a su padre.

Llegué al hospital mareada. En el taxi no dejaba de pensar en Roberto, en el hotel Florida de la plaza del Callao. Un hotel de lujo, pero no del estilo de mi marido. Algo de la historia no me encajaba. Pensé que podría acercarme un momento hasta allí, sobre la una de la tarde, y hablar con él. Pero… ¿qué le iba a contar?

Enseguida vi a Francisco. Vino hacia mí mientras yo bajaba del taxi. Tiró la colilla del cigarro al suelo, consumida hasta quemarse los dedos, y me abrazó. Olía a tabaco, a sudor, a desesperación. Le dije que se fuera a casa a adecentarse un poco y que luego nos veríamos.

—No, ahora no puedo, más tarde; pero entra, entra; acaba de salir Fernanda… y Jimena está sola.

Eso me dijo, y me llevó hacia el interior del edificio. Me volvió a besar en los labios y añadió:

—He de subir a hablar con el doctor. Tengo un recado de él. Me espera a las nueve y media en su despacho de la segunda planta.

—¡Te quiero!

Se dio un beso en los dedos, me lo lanzó y enseguida lo vi desaparecer entre las galerías. Compré unas revistas a una vendedora, en la misma puerta del hospital, y me dirigí hacia la escalera con sentimientos enfrentados.

Entré en la habitación con las revistas de moda en la mano, a las que Jimena prestó poco interés. No me saludó. Las dejé caer encima de la cama, sobre la que me senté. Abrí el bolso para sacar las chocolatinas y ella se lanzó sobre la caja hasta vaciarla. Después la tiró al suelo como si fuera un animal. Sobre la mesa estaba la bandeja con un vaso de leche y las galletas sin probar. No había tocado el desayuno.

—¡No pienso comerme esa bazofia… hasta que venga mi tío! —dijo, con la comisura de los labios manchada de chocolate.

Tenía un humor de perros. Fernanda, sobre las nueve de la

mañana, dejaba el hospital y yo llegaba para sustituirla. Y añadió, al ver que no le hacía caso:

—¡He vomitado! ¿Lo oyes? ¡Vo-mi-ta-do! No he pegado ojo en toda la noche. Las malditas monjas me han obligado a tomar ese asqueroso aceite. No he parado de vomitar. ¡Me voy a deshacer! Fernanda ha discutido esta noche con una de esas brujas. Y me duele la espalda. Lo oyes: la-es-pal-da.

David no aparecía por Madrid, ése era su auténtico dolor de espalda del que se quejaba continuamente. Yo no le daba importancia. Demasiado alta. Los altos andan encorvados y no pasa nada. Lo había heredado de los Anglada. Yo recordaba haber visto una foto de su madre en un marco de plata sobre la chimenea de Pintor Rosales. Era una mujer de pelo largo y oscuro, pequeña como un pajarillo, sentada a lomos de un caballo en un prado. No me gustaron sus ojos claros y brillantes; parecían dos puntos de luz sobre la fotografía.

—Ven, acércate —me pidió.

Se ahuecó el vendaje de la cara y me mostró el buen avance de los puntos. Un par estaban ligeramente enrojecidos, quizá algo infectados. Por lo demás, la herida seguía su curso hacia la curación.

Una hermana entró. Su solemne toca blanca me hizo acordar de Juana. Si ella alguna vez habría llevado esa aparatosa prenda almidonada. La monja se dirigió a mí para decirme que el doctor Monroe me esperaba en su despacho.

—Ahora vengo —le dije a Jimena.

—¿Por qué no viene él aquí? ¡¿Qué ha de ocultarme?! —le recriminó Jimena a la hermana que salía sin hacerle caso.

—Ya te lo diré —le prometí.

Y salí de inmediato a reunirme con él.

Llamé a la puerta del despacho tras recorrer casi medio hospital.

—Pase —dijo la voz del doctor Monroe.

Vi a Francisco sentado frente al médico. Su cara era de profunda amargura. Sobre la mesa del doctor, y en los estantes de la pared, se acumulaban pilas de carpetas con informes médicos y cientos de papeles en un desorden preciso. La ventana daba al claustro del hospital. Tomé asiento junto a Fran.

—Mire, Lucía —se dirigió a mí el doctor—, le acabo de exponer a don Francisco la situación de su hija. Le voy a dar el alta. La herida de la cara ya no justifica mantenerla ingresada. Poco podemos hacer aquí por ella. Este hospital no reúne las condiciones que requiere Jimena. Como médico y amigo mi deber es ser franco y llamar a las cosas por su nombre. La joven tiene que ganar peso, su estómago es tan pequeño como el de un niño de seis años; no puede mantener un cuerpo tan alto como el suyo, por eso cojea y le duele constantemente la espalda. La tiene muy débil y hay una curva que me preocupa. Además, esas piernas no pueden con el peso de su esqueleto. Ya saben que se niega a comer… Sin contar, perdónenme por lo que voy a decir, que presenta un cuadro de neurosis histérica.

—No nos alarme, doctor. Esas palabras suenan muy mal.

Fran me hizo un gesto grave con la mano para que lo dejase continuar.

—Es joven, se curará. No quiero levantar alarmas excesivas, pero sí reclamar la atención y poner los remedios, y éstos pasan por sacarla de Madrid. Lo siento, Lucía, pero así es. —Y me miró asintiendo con la cabeza—. Es absolutamente imprescindible, don Francisco. —Y le miró ahora a él, acariciándose la recortada perilla—. Tal y como diagnostico ahora, cualquier afección trivial podría acarrearle una grave enfermedad; quizá fatal. Hasta una gripe podría tener un mal desenlace.

Francisco abrió los ojos como un loco. Sudaba, descompuesto. Con el corazón en un puño se echaba nerviosamente el pelo hacia atrás. Recordé que los hermanos Anglada habían perdido a sus padres a causa de la gripe.

—¿Qué podemos hacer, doctor? —dijo Francisco.

El médico continuó comedido, pensando cada palabra que decía para ayudar a ese viudo acaudalado, muerto de miedo por su única hija:

—Permítame, don Francisco, que primero le manifieste que no entiendo cómo su hija ha llegado a este estado sin que usted haya acudido antes a mí, conociendo mi relación de amistad con la familia Oriol. —Y me dirigió una mirada astuta—. ¿No ha visto su delgadez, sus manías, por decirlo suavemente, que saltan a la vista de cualquiera?

Fran se excusó explicando como pudo que su ama la cuidaba como madre y como enfermera. Se compraban los mejores alimentos para ella: leche, huevos, sardinas, chocolate, hígado de ternera… Era difícil convencerla para que comiese.

—Jimena es tozuda. No hace caso a nadie —acabó por decir.

—Bueno, dejemos estar el pasado y vamos a por soluciones de futuro —intervine.

—Lucía, eso es una sabia sentencia —aseguró el doctor—. Y mire, don Francisco…, yo paso consulta en un sanatorio, en San Sebastián. Es un lugar privilegiado, solo para señoritas. Y casos complicados. Allí tratamos de curarlas y tenemos éxito, y mucho, créame. Es un balneario de lujo. Digamos que indicado para ciertos trastornos de la conducta, y nada que ver con esas tonterías del doctor Freud tan en boga. Desarrollamos nuestros propios métodos, muy eficaces para los nervios: paseos por la playa, sedaciones, recogimiento espiritual, aislamiento, curas de sueño, tratamientos con aguas medicinales que relajan el espíritu, siempre con la justa y necesaria medicación específica para cada caso; y algo también muy importante: la categoría de las pacientes, y su edad, jóvenes de buenas familias llegadas de toda Europa por la fama y prestigio que ha adquirido nuestro establecimiento en los últimos años. Está junto a una hermosa playa, entre un bosque de árboles frondosos. —Y sus cejas se arquearon—. Anexo al sanatorio, y más resguardado, en el bosque, hemos inaugurado hace escasamente tres meses un pabellón para largas estancias. Para casos más complejos que requieren un trato especial y más aislado, con terapias algo más agresivas, pero de un resultado que está maravillando a las familias de las internas.

Se me puso la piel de gallina mientras escuchaba al médico hablar en un tono de excesiva placidez de Bildur, que es como se llamaba su balneario del norte.

Nos lo dejó muy claro: «La única posibilidad de recuperar a Jimena pasa por sacarla de Madrid. Y cuanto antes». El doctor Monroe nos aseguró conocer muchos casos como el suyo. Él los atendía personalmente. Las pacientes mejoraban en un par de años, a lo sumo, y fuera de todo peligro. La mayoría de las jóvenes no deseaban salir de allí.

—Le voy a comentar un caso, don Francisco: tuve una joven y hermosa paciente, la llamaremos Dora. Tiene ahora veintitrés años, y le cuento: lleva en Bildur desde los dieciséis. Es decir, siete años. Y desde hace cuatro está por voluntad propia. No necesita salir, créame, se ha encontrado a sí misma entre las playas y los bosques de Bildur, entre sus montes verdes y tranquilos. ¡Es un paraíso! Su distinguida madre la visita cada verano, comprueba lo feliz que está y regresa a Hamburgo, encantada de que su hija siga entre nosotros. Por supuesto tiene el alta desde hace tiempo, y es libre de marcharse, pero prefiere seguir mejorando y la he tomado de ayudante. Es una excelente relaciones públicas y me ayuda a manejar a las nuevas internas. Me lo agradecerá, don Francisco, pruebe con Jimena una temporada. No va a perder nada. Se lo aseguro. Yo me encargo de todo. Confíe en mí.

Me di cuenta de que el doctor Monroe nunca me había gustado. De niña, me daba miedo ese hombre desgarbado con ojos de gato que me miraba la garganta como si dentro fuera a descubrir una cueva de ratones. Un hombre que nunca envejecía. Cuando nació mi primer hijo busqué los servicios del mejor pediatra del hospital de la Princesa, y lo evité en todo lo posible. Procuraba acudir a él únicamente cuando a mi madre le daban esos ataques de reuma que la hacían rabiar y que, según ella, solo el doctor Monroe sabía medicar. Lo cierto es que el doctor siempre llevaba en su maletín unas pequeñísimas píldoras rojas que calmaban a mi madre y la dejaban adormecida, medio muerta, y de las cuales ella no podía prescindir cuando los ataques se sucedían día tras día en períodos de dolor que avanzaban con los cambios de tiempo. Mi madre jamás se separaba de su pastillero. Mi padre adoraba al doctor y sabía agradecerle generosamente lo que hacía por su esposa.

Por mi parte, no le comentaba a Fran las conversaciones que Jimena y yo manteníamos en la intimidad de la habitación. Me las arreglaba para suavizar todo lo que salía por la boca de su hija. Y me angustiaba pensar en ese nombre extraño del balneario, en la otra punta de España, junto al mar Cantábrico. Un mar frío, un clima lluvioso. Pero los desvaríos que me contaba tan a menudo Jimena, las alucinaciones que sufría, me hicieron pensar que realmente estaba trastornada. Debía de haber algún motivo por el cual estaba cayendo en ese abismo de pensamientos siniestros y hasta malvados; no era posible que realmente amara a su tío, y mucho menos ser correspondida por él como ella argumentaba constantemente. Hablaba de ello con vehemencia enajenada, de una forma obsesiva. Contaba las mismas fantasías: ese amor entre David y ella estaba por encima de cualquier parentesco. Francisco los había separado y era el culpable de todas las tristezas de su hermano. La cara herida y deformada de la joven se había transformado en una mueca de odio y rencor hacia su padre. Yo deseaba conocer a David. Cada día me intrigaba más, e intentaba comprender lo que estaba pasando por la mente de esa muchacha que veía precipitarse al vacío, como anunciaba el doctor.

Jimena llegó a exigirme, hasta con malos modales, bombones y tabletas de chocolate. Era el único alimento que la mantenía con ánimos.

—Y no te chives, ¿eh? —me ordenaba, sentada en la cama, tirando al suelo los envoltorios dorados, uno tras otro, hasta vaciar las cajas.

Lo comía a escondidas para que nadie la viera. Delante de mí se mostraba sin prejuicios. Antes de que llegara Fernanda para sustituirme a eso de las cinco de la tarde, sacaba las tabletas de debajo del colchón y se las comía a puñados para que su ama no la viera. Me di cuenta de que tenía caries y manchas oscuras en las muelas. Me confesó que le dolían las encías, inflamadas y enrojecidas. A menudo le sangraban. En mi presencia se levantaba continuamente de la cama para dar vueltas por la habitación como un animal herido.

Hablaba entre dientes. Se asomaba a la ventana, nerviosa por si veía a su tío bajarse de un coche para entrar en el hospital, o decía haberlo visto saliendo de la estación de Atocha, que se veía desde su ventana. Estaba segura de que de un momento a otro aparecería en su vida. Y yo, como esa invitada de piedra, me sentía impotente. Me acercaba a ella para tranquilizarla, le retiraba el pelo de la cara y le tomaba las manos para llevarla a la cama de nuevo. Me afligían las obsesiones que rondaban su cabeza, en las que David solía ser el protagonista de una felicidad que se le torcía. Y culpaba de nuevo a su padre por haberlos separado. Llegó a pensar que Francisco lo había planeado todo para acabar con ella, como había hecho con su madre y con Sara. Sara la obsesionaba: «Ese disparo, Lucía, ¡ese disparo! Resuena todavía en mi cabeza. La bonita yegua de mi madre..., ¡reventada! No me dejaron ver su cuerpo. Y mi tío se fue esa misma noche, ¡por su culpa! No volví a verlo en mucho tiempo. Mi padre nos ha destrozado la vida».

Esa mañana, al regreso del despacho del doctor, se tumbó boca abajo, sobre las sábanas, y me dijo, levantándose el camisón hasta el cuello:

—Te voy a enseñar otra cosa. ¡Mira... lo que tengo en la espalda! ¡Nadie lo sabe! ¡Es un bicho que vive dentro de mí!

Y se tocó entre unas vértebras ligeramente torcidas. Yo no veía más que una pequeña mancha muy suave al tacto, como una vellosidad protuberante que apenas se notaba. Un quistecito como de terciopelo. Un pequeño lunar de nacimiento en el que era difícil reparar, un poco abultado.

—Por las mañanas me duelen las piernas, Lucía. Estoy perdiendo la sensibilidad en ellas de estar tanto tiempo en la cama. No se lo he contado al doctor Monroe. Odio sus manos pequeñas y blancas cuando se acercan a mí con el instrumental. Me hace daño y me mira como a una mona de feria. ¿Qué habéis conspirado en mi contra?

Parecía adivinar las intenciones del doctor.

—Tiene una mirada extraña, pero es un buen médico. Jimena, confía en él. Es el director del hospital. ¡Y no tienes ningún bicho en la espalda! Es un bultito. Te pondrás bien.

—¡Pero me duele como si fuera un gusano que me muerde por dentro! —exclamó dándose la vuelta. Su cara era atroz.

Me llegó a dar miedo y me eché hacia atrás. De pronto me pareció una vieja, una anciana de cien años con un cuerpo de veinte en progresivo deterioro. Recordaba a aquella joven de cara extravagante y mirada de azul infinito, tímida y larguirucha, recién llegada a Madrid. No podía creer lo que veía. ¿Cómo en cuatro años pudo haber cambiado de esa manera? ¿Qué habría producido esa transformación tan extraña? ¿Se estaría volviendo loca? La vi como un insecto, batiendo las extremidades largas y finas sobre la cama, como una mantis religiosa con el tórax inflado y medio rostro vendado. Su ojo azul, ahuevado, escrutaba todo a su alrededor nerviosamente. Llegué a pensar que, una mañana al abrir la puerta, me la encontraría transformada en un insecto, esperándome agazapada en una esquina hasta que abriera el bolso para caer en picado hacia el envoltorio de las tabletas de chocolate que me exigía a diario.

Y salí de la habitación. Eran demasiadas impresiones para un solo día. Fran se había marchado y bajé a la calle para tomar el fresco. Necesitaba salir del agobio del hospital. Me senté en un banco de la plazuela y creo que perdí la noción del tiempo. No sabía qué hacer con mi vida. Si subir a esa habitación a enfrentarme con aquella muchacha o ir en busca de Roberto al hotel Florida. Finalmente subí a recoger mi bolso y el sombrero; Jimena estaba acostada, bajo las sábanas. Tranquila. Y oí la puerta, a mi espalda, entreabrirse lentamente.

Me quedé perpleja cuando vi a Roberto asomarse tras ella, y entró en la habitación. Debió verme la cara de terror que puse.

Llevaba un impecable traje de lino beige que desconocía y en la mano el sombrero. Por primera vez lo veía sin esas camisas oscuras con el emblema de su partido. Se quedó mirándome con inmensa tristeza y desconsuelo, en medio de la habitación. Jimena se apoyó en los brazos y se incorporó de la cama también sorprendida, en cuanto lo vio entrar.

Los tres nos quedamos mudos. El semblante de mi marido era todo un desafío. Se acercó a la cama de Jimena con el sombrero bajo el brazo y se lo guardó en un bolsillo de la chaqueta, arrugándolo todo. Sentí poco sincera su actitud con ella cuando le tomó la blanca mano de enferma para besársela como un caballero. Pidió disculpas por presentarse sin avisar. Yo dije para mí: «Alabado sea el Señor si puedo salir de ésta. Me lo tengo merecido por despreciarlo así. Ni tan siquiera he pensado en acercarme al hotel, a disculparme. Ha venido desde Italia a por su mujer y lo trato como a un vulgar indeseable».

La desgracia de Jimena me servía de excusa. Yo intentaba culparle a él de mi propia infelicidad. Tampoco Roberto había sido capaz de establecer los límites a la libertad de su mujer, como hacían los demás, y ahora estábamos donde estábamos. Pero él era diferente, por eso me casé con Roberto, aun sin amarle demasiado. Era hombre de mundo, un extranjero españolizado. Era de los nuestros, de mi familia, exquisito y educado, y fanático en sus ideales políticos; eso, con dieciocho años, me gustaba. Pero en 1933 yo era otra persona: una desconocida incluso para mí.

Roberto echó un rápido vistazo por la habitación. Intentó disimular la impresión que le causaba Jimena. Yo ignoraba quién le habría contado lo del hospital; muy posiblemente mi madre, esa mano negra manipuladora. Su rostro iba cambiando de color. Me parecía otro hombre con esa ropa, sin su uniforme.

De pronto, oí que Roberto decía:

—Mi mujer te adora, Jimena. No sé qué le habéis dado tú y tu padre… pero por vosotros descuida a sus propios hijos y me trata a mí como una basura. —Esas palabras me devolvieron a la realidad. Miraba a Jimena incluso con desprecio—. Y ahora, además, decide alejar a mis hijos de su padre.

—¡Estás sacando las cosas de quicio y ofendiendo a Jimena!

—Por mí no…; por favor; por mí no discutan —dijo ella.

Y la vi desaparecer bajo las sábanas haciéndose pequeñita hasta casi desintegrarse.

—¡Por Dios, Roberto! —le supliqué.

Se acercó a mí, me agarró del brazo y me arrastró fuera de la habitación. En el pasillo, me empujó contra la pared e hizo un amago de pegarme una bofetada con el dorso de la mano. Pero no lo hizo. Se contuvo. Inspiró intentando tomar aire para calmarse y bajó el brazo, arrepentido. Yo le supliqué:

—¡Lo siento! ¡Lo siento! ¡Lo siento!

—¡Tú…! —me gritó y me señaló con el dedo como si empuñara su arma al mismo tiempo que se agarraba la mano que había levantado como si realmente me hubiera abofeteado—. ¡No sientes más que necesidad de ser *una*…!

Y paró antes de decir una barbaridad.

—Una qué, dilo, ¡insúltame! Hazme parecer una furcia ante el mundo. Pero no puedo seguirte. ¡No puedo!

Y me llevé las manos a la cara para esconder las lágrimas. Una enfermera se acercaba atraída por el escándalo. Nos recompusimos. Roberto se apartó de mí. «No pasa nada, hermana. Cosas de matrimonios», dijo cogiéndome otra vez del brazo para seguir por el pasillo hacia las escaleras. Bajamos hasta el patio central y salimos al aire libre. El frescor me despejó. El agua de la fuente relajaba la tensión en su tranquilo borboteo.

—Esto es una despedida. ¡No sabes lo que estás haciendo! ¿No te das cuenta de que te estoy dando otra oportunidad?

Me desplomé sobre el asiento de uno de los bancos en una esquina del jardín. Él se quedó parado, mirándome desde arriba, como si yo fuera una púa que se le había clavado en el zapato.

—Lo siento —dije—. Soy un fracaso de esposa, soy un fracaso de mujer, soy un fracaso de todo lo que uno pueda imaginarse.

A nuestro lado caminaban enfermos y familiares y yo no los veía. Eran invisibles bajo los árboles. En el rostro de Roberto había una mezcla de dolor y odio. Creo que encontraba la verdad en mis ojos y en mi boca, en mis manos vacías que esperaban llenarse del amor que no sentía por mi marido.

—¡Me marcho! No regresaré jamás a esta ciudad de ¡porquería! —Su rostro parecía haberse bloqueado—. No voy a llevarme a mis hijos a la fuerza, Lucía…, por tus padres, por ellos; no se merecen tenerte por hija. ¡Por el amor de Dios! ¡No me insultes así!, solo hay que mirar a Blasco a los ojos para entenderlo todo… ¡Esos ojos que no son míos! Solo he intentado amarte. ¡Eres una desagradecida! Sabes que no sería capaz de entrar en casa de tus padres y sacar a mis dos hijos de allí. Siempre has jugado una partida ganadora escondiéndote tras ellos. Pero llegará el día, ¡escúchame bien!, que me necesitarás…, y estaré con la espada en todo lo alto para cortarte la cabeza.

Me observó de arriba abajo, por última vez, como si fuese algo que ultrajar, y dijo:

—¡El tiempo habla con autoridad! Recuérdalo cuando me necesites; y va a ser más pronto de lo que crees.

Sacó el sombrero del bolsillo de la chaqueta, arrugado y maltrecho, se lo colocó y salió del jardincillo del patio, hacia la salida, tras cruzar la fuente, con una furia que nunca había visto en él, ocultando la mano con la que había intentado pegarme. Lo vi desaparecer por el pasillo principal del hospital sin mirar a nadie, tropezándose y apartando a todo el mundo.

Me quedé de una pieza, sin saber cómo encajar aquello. No quise pensar en lo que podría pasar en mi vida sin él, en Madrid, ahora que lo había perdido. Sin el único freno capaz de pararme.

Dejaba que yo fuera mi juez y mi verdugo en una caída libre a la que me precipitaba y en la que él no deseaba tomar parte. Me abandonaba. Debía decidir el destino de nuestro matrimonio. Sus ojos marrones y tristes me llenaron de melancolía. No parecía el hombre que organizaba los exaltados desfiles del Duce. O yo no deseaba verlo de esa manera.

Tuvimos, sin mirarnos, la misma extraña sensación cuando entré en la habitación para pedirle disculpas a Jimena: se acababa de producir una visita irreal y era el fantasma de mi marido lo que había pasado por allí. No pude pronunciar palabra. La desolación no dejaba brotar mis palabras.

Se levantó de la cama para estirar las piernas y bajar la tensión. No decía nada, como el animal herido que huele la sangre a su alrededor. Muda y sorda, dispuesta a consolarme por lo que se imaginaba, dio unos pasos hacia mí sobre las baldosas cuando la puerta de la habitación se volvió a abrir inesperadamente. Las dos miramos hacia ella esperando ver a Roberto, pero no era él. Esa visita iba a ser tan incómoda como la anterior, porque Jimena lanzó un grito que me heló la sangre.

Bajo el marco de la puerta, entornada, sin atreverse a entrar del todo, una carita de chivo, audaz, que nunca había visto, sonreía tontamente, apretando sus finos labios como una delgada cicatriz. De la calle entraba por la ventana la melodía de un organillo callejero. Jimena desvió la vista hacia mí, ahora sí, sorprendida de verdad.

El joven dio un paso al frente. Sus zapatos desgastados y viejos bien podían pertenecer a los de un mendigo, pero el resto de su ropa estaba limpia y planchada. La chaquetilla con brillos. Como si la madre hubiera sacado de un viejo arcón la mejor ropa del muchacho, empeñándose en mejorar esa camisa deslucida de los domingos y fiestas de guardar, con los picos del cuello levantados.

—¿Se puede…? —preguntó el jovenzuelo acercándose a nosotras.

Sin quitarme la vista de encima, me miró de arriba abajo, según entraba. Parecía complacido de vernos solas, como si hubiese acertado al escoger el momento. Me sorprendió no encontrar en él ni un gesto de sorpresa, ni una mueca de asombro o lamento al ver el rostro vendado de Jimena que lo miraba, incrédula, junto a la ventana, apoyada en la pared.

—¡Encantado de conocerla, doña Lucía! —dijo, sin presentarse, con la gorrilla en la mano, agachando la cabeza con fingida sumisión.

Daba por sentado quién era yo y quién era él. Me tomó la mano, se cuadró como un militar y la besó en el dorso. Jimena se tapó la cara con las manos para ocultar el vendaje. Pero él, en tres pasos decididos, avanzó hacia ella y la abrazó como si fuese su hermana y llegara de la guerra. Jimena comenzó a sollozar, de pronto, como una criatura indefensa en los brazos de aquel joven que me imaginaba perfectamente quién era.

Hasta que no lo vi sonreír con la boca abierta, como un tiburón que ha obtenido su presa, no me di cuenta de la aversión que producía ese muchacho en la gente. Me di la vuelta para no verles abrazados. Pere estaría sintiendo el calor de Jimena, la dureza de sus huesos que traspasaban una piel como papel de arroz. Pere le besaba las lágrimas en la parte del rostro libre de vendaje y yo me agitaba en un deseo furioso de echarlo de allí. Pero me contuve. Me senté en la silla. No pensaba dejarlos solos, e intervine en la escena de amor:

—Jimena no puede recibir visitas. Desconozco quién le ha dejado pasar.

—Pues quién va a ser, las monjas esas que andan por todas partes.

—Lucía, ¡es Pere! Ha venido…

Pere me miró. Su cara era de victoria. Le tomó las dos manos, y sus pequeños ojos recorrieron el blanco camisón que le llegaba a los tobillos. Me levanté y salí de allí inmediatamente. La rabia me hizo llorar en el pasillo. Me apoyé en la pared, entre el bullicio y el ajetreo de la planta. Me apeteció fumar por primera vez en mi vida. Pensaba en qué podría hacer: si salir corriendo en busca de Fran o volver a entrar y sacar a ese muchacho de allí. Podría ir en busca de una enfermera que lo echara, o marcharme a casa con mis hijos; a la estación en pos de Roberto, o al colegio por el que hacía días que no aparecía. La hermana Juana estaría preocupada, con las últimas facturas por pagar sobre el escritorio.

Pero decidí entrar. Seguir adelante sin pensarlo dos veces, como el ratón en su laberinto en el que él mismo se ha metido.

Jimena tenía entre sus manos el pañuelo de hilo que le había bordado la hermana Laura con sus iniciales. No había vuelto a verlo desde el día en que se lo regalaron en el colegio. No estaba en la habitación, ni entre la ropa que el ama Fernanda le llevaba a diario.

—¿De dónde ha salido ese pañuelo? —pregunté.

—Anda, díselo, Jimenita.

El joven le hacía arrumacos; estaban los dos sentados en el borde de la cama.

—Me lo ha traído Pere. Se lo presté… en señal de amor. Ahora vuelve a mí para sellar nuestro compromiso. Lo ha llevado todo el tiempo como talismán, ¿verdad, Pere?

—Deja de decir tonterías, Jimena —protesté—. Y usted, joven, márchese ahora mismo. Puede visitarla en su residencia, si su padre lo permite. Aquí, no puedo consentirlo ni tengo autorización para ello. Jimena está pasando por un momento muy difícil. Haga el favor de irse.

—Si ya me iba…, mujer. Ya he cumplido la misión que traía.

—Y sonrió con sus finos labios con las manos ahora metidas en los bolsillos del pantalón.

—¿A qué misión se refiere?

—Muy sencilla. Prefiero que sea Jime la que se lo diga. El tiempo y *mi exilio* nos han hecho fuertes. Vamos…, díselo, Jime.

Y le guiñó un ojo, colocándose la gorra con idea de salir.

—Estamos… prometidos, Lucía. En cuanto me reponga nos vamos a casar. Quiero salir de esa casa y Pere me va a ayudar, ¿verdad, Pere? —Él asintió con la cabeza muy alta y los ojos bien abiertos—. Nos vamos a vivir a Tres Robles, con mi tío. Él nos acogerá, viviremos los tres en mi finca, la que nunca debí abandonar. Nos largamos de Madrid.

No podía creer que estuviese sucediendo de verdad todo aquello. Pere salió de la habitación cuadrándose de nuevo como un pobre soldado vestido de paisano, y yo me quedé helada. Si alguien podía evitar aquel desastre, era David.

Decimocuarto testimonio

Los cálidos destellos del sol comenzaban a calentar una mañana luminosa y clara que escribía sobre el cielo de Madrid el inicio de los peores momentos que le quedaban por vivir a Jimena Anglada.

Me había rogado, con su típica voz lastimera, arrugando la nariz gatuna que ponía cuando quería conseguir algo, que fuera yo quien la acompañase a casa. No quería ver a nadie. Fernanda la esperaba con impaciencia en Pintor Rosales. Media hora después de darle el doctor el alta, la enfermera le retiraba cuidadosamente el vendaje del rostro poniendo en su lugar un apósito más discreto, que únicamente cubría la cicatriz, y le liberaba el ojo dañado. Tenía buen aspecto; un poco más cerrado que el otro, con el párpado inflamado todavía. La joven hermana introdujo cuidadosamente la prescripción médica en una cajita de metal con forma de libro que yo le había regalado a Jimena esa mañana. Pasó los dedos cuidadosamente por el relieve de la tapa, y guardó los analgésicos prescritos por el doctor Monroe.

La claridad del día la hizo tambalearse nada más salir del hospital. Se sentía aturdida. Se agarraba a mi brazo intentando caminar erguida. El sol proyectaba su esbelta sombra en la fachada del sanatorio mientras la sujetaba en cada paso. La ayudé a entrar en el coche con delicadeza, como si se tratase de un pedacito de cristal a punto de resquebrajarse. Fran nos esperaba al volante de su Austin, con el corazón encogido y aspecto de no haber dormido durante esos cinco días de hospital. Intentaba alegrar a su hija con el nuevo automóvil que le habían enviado de Londres por más de seiscientas libras. Quizá se animara a dar una vuelta por la ciudad y le sacara una sonrisa.

El auto rodaba despacio. Sorteaba el tráfico de un Madrid con demasiado ajetreo. Jimena no estaba de humor para ello.

—Necesito dormir. Llévame a casa —dijo, secamente, y Fran cambió de sentido de un volantazo.

Cruzó la plaza de España, tomó Ferraz, pasó el cuartel, ante las miradas curiosas de la gente por la velocidad que llevábamos, y paró en la puerta de su casa. La vida parecía plácida y alegre junto al parque, y las calles del barrio se veían tranquilas, como las de otra ciudad. Jimena abrió la puerta del coche, salió rápido y yo tras ella. Las campanas de mediodía llamaban a la misa del domingo.

El ama Fernanda nos abrió la puerta con los ojos hinchados. Sujetaba una punta de su negro mandil con el que se limpiaba el lagrimal irritado por el que resbalaba una lágrima. Comenzó a besar a Jimena en la frente y en las mejillas con un amor que yo envidiaba. Le tocó el pequeño apósito que le cubría la herida de la cara, de extremo a extremo, y suspiró. Jimena no estaba para achuchones y se quitó de encima a su ama. Un triste interrogante se me pasó por la cabeza: ¿podría querer yo a mis hijos como esa mujer amaba a aquella joven, que ni siquiera llevaba su sangre? Cruzó el umbral, dejó a un lado a Fernanda con la palabra en la boca y echó a andar, cojeando, escaleras arriba.

Francisco dejó el sombrero encima del aparador y entró con pasos endiablados a la biblioteca donde aguardaba una visita. Fernanda salió tras él y, con una mirada furtiva y rápida, volvió la cabeza hacia la biblioteca para avisarle de quién lo esperaba. Francisco la apartó de su camino y cruzó el umbral del gabinete. Yo me quedé en el recibidor.

Enseguida reparé en él a través de la puerta entornada. Estaba de pie, de espaldas a la librería, y abrazaba a Fran. Supe quién era. Mi inquieté de pronto. Oí a Jimena bajar por la escalera alocadamente disimulando la cojera y entró en la biblioteca como un vendaval, pasándome por delante. Me quedé pasmada en el corredor. Me puse nerviosa. No sabía qué hacer, cómo entrar, cómo presentarme, cómo sería presentada, con qué ojos me miraría David, que de pronto me intimidaba más que su propio hermano. Cuál sería la reacción de Fran ante él. Ante ese hermano que había guardado, años atrás, doblado delicadamente en un armario, entre bolas de naftalina, el hábito que hacía de él un hombre diferente al resto de su familia.

Me sentí tan fea, horrible, mirándome a mí misma como un bicho raro. Deseé huir y encerrarme en mi casa y abrazar a mis dos hijos que tenía abandonados. Volví a pensar en Roberto, en mi familia deshecha.

Me imaginé la llegada de David y la impresión de Fernanda al recibirlo. Habría llamado a la aldaba del portón a las seis de la mañana. Fernanda abriría la puerta, extrañada por la hora y por no haber escuchado el timbre. Y ahí estaba, todavía de noche, todo lo largo que era, con una pequeña y usada maleta en la mano. A Fernanda se le habría olvidado su altura; lo delgado y rubio que debió parecerle. La impresión de ver a David tuvo que ser profunda y desoladora, a pesar de conocerlo desde niño y de haberlo visto crecer. Qué alegría desconcertante verlo allí, en Madrid. Parecía otro hombre. Un extraño. Un espectro que llegaba a la ciudad al amanecer, caminando bajo las hojas caídas de los árboles de la acera, junto al parque, hasta dar con el número seis de la calle. Debió de pararse ante la casa y mirar hacia arriba, esperar, contar los segundos y los minutos y dudar si todavía estaría a tiempo para darse la vuelta, con el corazón golpeándole en los recuerdos, como golpeaba ya su mano la aldaba sobre el portón de madera. Sin vuelta atrás.

Comencé a balbucear mil excusas a Fernanda para irme a casa y salir de allí cuanto antes. Lamenté no haberme puesto un vestido más apropiado que aquél tan sencillo. Parecía una túnica, pero resultaba cómodo para pasar el día en el hospital. Le recordé al ama mi prisa por marcharme. También me esperaban en el colegio, con la urgencia de una semana sin haber aparecido. Era hora de retomar mis obligaciones cuanto antes. Pero Fran venía hacia mí, salía de la biblioteca. Fernanda casi no me escuchaba. Miraba por encima de mi hombro lo que ocurría dentro. Fran le ordenó que no nos molestara nadie y ella agachó la cabeza y se fue a la cocina. Él me tomó por la cintura y me empujó suavemente para llevarme hacia dentro. Yo me resistía y él seguía empujándome. Cerró la puerta tras de sí y no quise pensar en lo que podría encontrarme.

Estaba claro, Jimena había heredado los ojos de los dos hermanos. Pero su extraño color azul era el de Juliana Roy. Los tres se parecían, pero David era rubio a diferencia de Jimena y de Fran, aunque éste se peinara hacia atrás con fijador para alisárselo. Los rizos informales de David le daban un aspecto de hombre joven y campechano, y su ropa delataba un abandono que le hacía atractivo. Nunca conocí a ningún hombre que vistiera con esa dejadez y no pareciera descuidado.

Jimena había resucitado, llena de vida, agitada, como si de pronto hubiera regresado a la infancia. Abrazaba a su tío sin dejar de sollozar, sentada a su lado, en el diván. Juntos, desencajaban: ella, con un vestido de popelín por encima de sus huesudas rodillas y unos zapatos planos de color azul cielo, y él con un pantalón deslucido de pana marrón y botas anchas como de pescador. Hacían una extraña pareja. Nunca la había visto llorar de aquella manera. Fran le pedía calma y se resistía a mirar la escena: Jimena abrazada a su hermano como si fueran padre e hija. A Francisco lo ignoraba completamente. Fran, con un mal humor de perros, se ahuecaba la corbata como acalorado, y me sirvió una copa de coñac que yo rechacé.

Los puntos de la herida de Jimena estaban tiernos. No había que gesticular, ni emocionarse demasiado, ni llorar de esa manera porque él ya estaba en Madrid para salvarla. David rodeaba a

Jimena con sus brazos de una forma conmovedora. No era posible imaginar el sentido tan amargo de aquel abrazo que Fran tuvo que presenciar con un nudo en la garganta. Los dos nos mirábamos perplejos, observando cómo David consolaba a Jimena con suaves palabras que llegaban de otra dimensión, en un tono que jamás había escuchado. De la misma manera, nos sentimos todos reparados, salvados, con el consuelo de sujetarnos a un flotador que nos ayudaría a no hundirnos en el agua que ya nos llegaba por el cuello.

No tuve la menor duda de que ese hombre tenía algo especial, desposeído de todo orgullo. Me di cuenta de algo: los dos formaban parte de la misma cosa; dos bocas de un mismo organismo; dos naturalezas que se contraponían para complementarse, para seguir viviendo. Al verlos juntos, entonces, entendí muchas cosas que no pueden explicarse con palabras, cosas que había intentado hacerme comprender Jimena con sus torpes palabras de amor hacia su tío; y también de odio y de resentimiento. El mismo que percibía entre los dos hermanos en su lucha particular. En una batalla sin cuartel que hacía de ellos dos seres inmunes al resto del mundo, en el que se hallaba aquella joven por la que se batían en duelo. Los dos lo intuían perfectamente: era Jimena quien daba sentido a esa familia de tres personas. Una familia que se extinguía lentamente. Y yo necesitaba formar parte de todo aquello. Yo era la pieza del juego que podría hacer que ninguno de ellos perdiera la partida. Porque ahora existía un sucesor para los Anglada, mi hijo Blasco.

David se dirigió a mí por primera vez.

—Me alegra conocerla, Lucía. Me han hablado muchísimo de usted.

—Igualmente, David. Todos teníamos ganas de que estuviese entre nosotros.

Los brazos de Jimena, como los de una cigarra, le rodeaban el cuello. Él intentaba desasirse de ella, incómodo. El rostro de David se alargaba aún más y sus rizos se movían gritando «¡no!» con un gesto de cabeza. Por fin, Jimena aflojó y se tapó la cara con las manos, ocultando tras ellas emociones desbocadas. David añadió:

—Le doy las gracias por sus cuidados y por el cariño que ha puesto en mi sobrina desde que llegó a Madrid. Y sobre todo… por estos últimos días.

Su boca era grande y exagerada, y sus ojos, redondos y saltones como los de Fran. Era una cara grande y sincera. Me pareció un hombre interesante, diría que hasta bello.

—No sé cómo recompensarla —continuó—. Me ha informado mi hermano del bien y del consuelo que le ha procurado a mi sobrina. Endeudado me quedo con usted, Lucía.

—No…, no hay por qué. Yo quiero a Jimena… ¡muchísimo! —respondí, azorada.

Nunca habría imaginado, ni en el peor de mis sueños, una situación tan comprometida: Jimena recién llegada del hospital, con el rostro desfigurado, ante su padre y su tío, y una extraña que nadie sabía el papel que jugaba en la familia.

Ella parecía no oírme. Levantó la cara hacia David. Su ojo inflamado, dañado, medio hundido le había transformado el rostro. Apenas tenía fuerzas para fijar la vista. Apoyó la cabeza en el hombro de David y se fue quedando lentamente amodorrada. La mejilla cubierta por el apósito exhibía el cuerpo del delito de su padre que ninguno de los tres queríamos mirar, echando la vista hacia un lado. Por la forma adormecida de actuar de Jimena, y la sonrisa tonta que aparecía en su boca, pensé que el doctor le habría suministrado las mismas píldoras rojas que recetaba a mi madre. Enseguida reconocí, en la forma de comportarse de la joven, la misma docilidad aletargada. Pronto perdería la noción del tiempo y del lugar, como si se quedara dormida sin estarlo del todo. Los deseos irrefrenables de Jimena por ver a su tío se habían diluido en algún rincón de su mente.

David se encontraba incómodo sin saber qué hacer, acaparado por su sobrina que lo amarraba ahora por la cintura. Fran estaba dispuesto a terminar con el comportamiento irritante de su hija. Fue hacia la puerta, la abrió y enseguida entró Fernanda, que debía de estar con el oído pegado. La mujer se agachó hacia el diván, sustrajo a Jimena de su tío y se la subió al dormitorio sin que la joven ejerciera resistencia alguna, como un saco de huesos.

Yo observaba a ese hombre grande acariciarse la barbilla, preocupado. Debió de verla tan cansada, delgada, deteriorada. Por su cara de extrañamiento le estaría costando reconocer a su propia sobrina. Se frotaba continuamente las enormes manos para relajar la tensión que de pronto noté en él cuando Jimena salió de la biblioteca acompañada por Fernanda. Los generosos rasgos de la cara de David, entonces, adquirieron toda la pesadumbre. Las arrugas de su frente se hicieron más profundas y sus gruesos labios se tensaron.

El silencio era incómodo. Ninguno de los dos hermanos se atrevía a iniciar una conversación que prometía tensión y disputa. Tuve miedo de lo que David pudiera reprocharle a Fran; era evidente que no lo había hecho muy bien con su hija en Madrid. Fueron unos minutos inmensos de vacío, parecían no terminar nunca. Creo que ninguno de los dos deseaba comenzar la trifulca que flotaba en el aire. Fui yo quien, armándome de un valor que desconocía, abrí lentamente la caja de los truenos.

—David, le agradezco que esté aquí. Espero que pueda quedarse una temporada, ella le necesita. Estoy segura: va a mejorar enseguida. Ha de aclararse las ideas. Es tan joven... Tiene toda la vida por delante.

—Usted también, Lucía.

—Sí, sí. La vida es más difícil de lo que parece —dije.

Fran miraba hacia las cortinas como si en ellas hallara las soluciones que necesitaba. David me observaba con atención, paciente, sin ganas de hablar con su hermano, como si aquello no fuera con él. Sus rizos alborotados me llamaban la atención. Era un hombre singular, parecía un romántico más allá del desorden del mundo, sentado en el diván con las piernas entreabiertas.

—Lo importante ahora es Jimena —continué—. Su ánimo

no acompaña la recuperación que necesita. Debería salir de Madrid.

Fran se había terminado la primera copa de brandy. Los dos parecían aceptarme como mediadora en un pacto tácito de silencio que me otorgaba el lugar que yo deseaba en esa familia. Me sentí tranquila y refrendada ante dos hombres orgullosos, llenos de fortaleza, cada uno escondiéndose del otro. Me atreví a continuar.

—No hay que alarmarse, pero el joven… que todos conocemos… se presentó ayer en el hospital. Parece que ha regresado dispuesto a llegar hasta el final con Jimena.

Noté un gesto de disgusto en David. Me intrigó saber qué grado de conocimiento tendría de esa relación. Fran, inesperadamente, dio un golpe con el puño cerrado sobre la mesita del teléfono en la que había dejado la segunda copa. El teléfono cayó al suelo, y gritó:

—¡Voy a matarlo!

Me arrepentí de haber hablado. Fran se agachó y recogió el aparato. David ni se inmutó. Cruzó las piernas con elegancia aireando sus botas de vendedor de pescado, y dijo con tranquilidad:

—Querido hermano, tienes que mantener la calma y pensar con claridad. Si todavía puedes. No creo que estés en situación de matar a nadie…, y menos a tu futuro yerno.

—Deja a un lado tu estúpida ironía. Tienes tantas miserias como yo, hermanito. Quizá alguna más.

—Te equivocas otra vez comparándome contigo, Francisco. Posees la triste medalla de haber acabado con la madre, y ahora vas a por la hija. Por otro lado, el que nuestra niña se case con un joven que no es de tu clase ni de tu raza no quiere decir que tengas que matarlo.

—Es un sinvergüenza, un perverso, un maltratador, y no tienes ni idea de la calaña de esa gente. Si tú…, ni estás en el mundo ni te interesa. Podrías callarte y hacer algo que no sea esconder la cabeza debajo de la tierra, para hurgar en los muertos. ¡Cuatro años, cuatro, has tardado en venir a verla! ¿Qué vienes a contar ahora?

David levantaba sus cejas rubias y pobladas. Juntó las manos y cruzó los dedos para apoyarlos en la nariz. Un gesto de sacerdote.

—Solo sé que no has sabido cuidar de tu hija. Y hasta la has agredido como una fiera. Que es lo que eres —dijo.

—Los reproches no conducen a ninguna parte —supliqué.

Se dieron cuenta del camino erróneo que estaba tomando la conversación. Pero necesitaban reprocharse lo peor del pasado para intentar seguir adelante, al igual que un viejo matrimonio mal avenido: incapaces de vivir juntos ni separados. Observé que no había odio entre ellos. Seguía indemne el cariño que vi en el abrazo que se dieron al encontrarse.

La conversación continuó más tranquila. Se pusieron sobre la mesa todas las opciones posibles. Los dos estaban de acuerdo en que Jimena abandonase definitivamente los estudios en la universidad. El ambiente revuelto de la facultad no era lo mejor para ella. David decidió quedarse un par de semanas en Madrid, hasta el restablecimiento de su sobrina. Luego, tomarían entre los dos la decisión más conveniente: mandarla a San Sebastián, a Bildur, según la propuesta del doctor Monroe, que a mí me preocupaba, o David se la llevaría a la finca. También, si mejoraba en esas dos semanas, podría viajar al extranjero por una temporada en compañía de Fernanda.

—En Roma Jimena podría restablecerse. El clima es bueno y es una ciudad conocida. Creo que en ella tiene usted familia —dijo David, dirigiéndose a mí. Fran abrió los ojos. Ya los tenía algo encendidos—. Podría ser un buen lugar para alejarla de Madrid.

—Oh… sí —dije algo consternada—. Es una bonita ciudad. La gente siempre está dispuesta a conseguir el mundo por una moneda en la Fontana di Trevi.

—¿Ha tirado usted muchas monedas a esa fuente, Lucía?

—Lucía no es de tu incumbencia, hermano. Déjala en paz —intervino Fran con el brandy en la mano.

Se apoyaba en la librería y no dejaba de mirar el fondo de su copa. Como si hubiese tirado en ella todas las monedas de su bolsillo. Yo me defendí:

—Mi marido es italiano, vive en Roma. Podría ayudar a Jimena y lo haría encantado.

Levantó las cejas y expresó a continuación su deseo de visitar el Vaticano. Tenía amigos del seminario establecidos en Roma, y hacía años que esperaba encontrarse con ellos. Lamentó la expulsión de la Compañía de Jesús y el sentimiento antirreligioso de nuestro país. Lo vi preocupado. Fran encendió un cigarro por primera vez en todo el tiempo. Se fue hacia un rincón a fumar.

Hablamos David y yo de las relaciones de Roberto con la Santa Sede, de sus negocios con el gobierno italiano, del interés para nuestras familias de sumar alianzas en Italia, más allá de las establecidas en España. Encontré en David un buen interlocutor. Ni mi padre ni Roberto confiaban en el gobierno de la República: ni en éste ni en ninguno que pudiera salir de las urnas. Fran parecía no estar de acuerdo, por su mirada turbia, como si estuviese en otra parte y no deseara sembrar en mí duda alguna, reservándose la réplica y explicación, y sus ideas sobre el gobierno republicano; sin duda más benévolas. David tampoco dijo nada al respecto, ellos sí parecían confiar en las próximas elecciones, por lo cual me callé y cambié de tema. Me sentí confusa.

David se retiraba los rizos de la cara. Un gesto que repetía Fran a menudo. No quiso darnos detalles concretos de los problemas del campo, dijo sencillamente que lamentaba no disponer de más tiempo para quedarse en Madrid. La vida se le complicaba con las expropiaciones sujetas a la reforma agraria del año anterior. Todas las fincas que en un principio habían quedado exentas de la aplicación de la ley, no se estaban salvando de la ocupación por jornaleros mal organizados en cooperativas y sindicatos. Los paros se sucedían casi de continuo. Las cosechas se perdían. La colectivización de la tierra, puesta en marcha por la ley y aclamada por los comités revolucionarios, ponía en peligro la producción de los Anglada, dedicada sobre todo a la exportación de cereal.

—La insurrección desprestigia la ley —dijo David, con preocupación. Fran había encendido otro cigarro y no intervenía—. Grupos descontrolados de campesinos, que conocemos con nombres y apellidos, se arman y asaltan nuestras tierras. Son violentos y peligrosos. Interpretan la ley como quieren.

—No nos vamos a dejar estafar por esa panda de bellacos —añadió Fran—. Si es necesario, se les pega un tiro.

—Deja de pegar tiros a nadie, hermano. Te veo muy envalentonado aquí en Madrid. Los toros se ven muy bien desde la barrera. Y por cierto, ¿qué tal andan tus terrenos y tus casas de la Ciudad Lineal? Dicen que es un barrio muy moderno, tan moderno como tus costumbres.

Abrí los ojos. Por su tono estaba claro que algo sabía. En los últimos meses, la generosidad de Fran había llegado a su cénit rescatando ciertos negocios de mi padre de una situación de quiebra. Le había comprado todos los terrenos de la Ciudad Lineal que mi padre había adquirido como accionista de la Compañía Madrileña de Urbanización. Compra que realizó Fran a un precio más que alto, altísimo, teniendo en cuenta que el barrio había entrado en decadencia. También le compró todas sus acciones de la CMU. Habían perdido más de la mitad de su valor. La compañía se encontraba en quiebra técnica. Desde la muerte de Arturo Soria, su creador, la zona residencial se había estancado. El valor de las acciones de la compañía caía en picado. El proyecto de ciudad jardín de Arturo Soria, urbanizado por la CMU, no acababa de completarse. Fran había adquirido en ella numerosos terrenos, manzanas enteras para construir, y cinco residencias, incluido el hotel Rubín, la propia vivienda de Arturo Soria, en la manzana 90, frente al velódromo. Ahora, cerrada y vacía. Sus herederos habían subastado su contenido en una famosa almoneda a la muerte del urbanista: pinturas, tapices, relojes, toda la biblioteca… Según las malas lenguas, la familia había malvendido a Francisco Anglada la casa, con tres plantas y más de quince habitaciones, por algo menos de cincuenta mil duros. Fran jamás me hablaba de dinero y, mucho menos, de los negocios y martingalas que se traía con mi padre, que le había aconsejado invertir en el ensanche norte. Madrid crecía y crecía. Cobijaba a todos los hambrientos que llegaban del campo. Y el precio del terreno era cada vez más alto.

—Bien, señores. Me encanta su compañía —interrumpí—, pero es hora de retirarme.

David se puso en pie, tan alto y desgarbado. Se despidió besándome la mano. La curva que hizo su espalda me impresionó.

—Lucía, ha sido un placer —me dijo el hermano pródigo—. Lo mejor de su vida está por llegar.

—Deja de mostrarte como un adivino, cosa que no eres —le reprochó Fran—. Lucía no es asunto tuyo.

David se dio la vuelta sin contestarle y salió de la biblioteca. Había un refinamiento innato en ese hombre, en todos y cada uno de sus gestos. No dejaba de ser un hombre de campo, acostumbrado a la soledad, aislado, celoso de una intimidad de eremita en la que sin duda no existía más que Jimena y sus viejos recuerdos, pasajeros moribundos encerrados en un vagón que recorre sin fin el tiempo pasado.

Fran me acompañó a casa. Subimos dando un paseo por la acera del parque. Tenía la sensación de que había transcurrido una eternidad desde que salimos del hospital. La mañana era espléndida. Un vientecillo fresco corría por la acera. No es tan fiero el toro como lo pintan. Mi posición se afianzaba entre dos hombres que ahora formaban parte de mi vida. Paseábamos bajo las acacias, los olmos y las ramas lloronas de los sauces. Sentí a David como una realidad que había descendido de un mundo ideal para convertirse en un hombre de carne y hueso, como su hermano y su sobrina. Ya no era una idea abstracta en mi cabeza. Fran y yo nos sentíamos relajados e incluso felices.

Subimos los peldaños de las escalerillas del quiosco de música, en la esquina de Marqués de Urquijo con Pintor Rosales. La calle estaba animada. Los tranvías pasaban a nuestro lado con su agradable sonido metálico. El sombrero se me pegaba en la frente y Fran tiraba de mí para entrar en el quiosco, ahora vacío. Era domingo y no parecía que hubiera concierto. Las sillas estaban plegadas en el centro y las lamparitas colgaban de finos hilos de cobre. Nos cobijamos como dos amantes que buscan un escondite donde ocultarse. Lo sentí liberado, contento, sonreía despreocupado y me abrazó fuerte, todo lo fuerte de lo que era capaz. Estaba relajado, diferente, con esa descarga de responsabilidad que podría suponer para él el que su hermano estuviese en Madrid. Ya era hora. Pocas veces le había visto tan contento. Se asomó a la barandilla, y yo por detrás lo abracé. Los coches pasaban bordeando el quiosco sin reparar en las dos figuras que dentro del templete, donde los músicos alegran el barrio las mañanas festivas, jugaban a ser novios y a no pensar en el futuro ni en el pasado. Vimos gente sentada en los merenderos, al otro lado del paseo, bajo las verdes acacias que bordean el parque del Oeste por la cuesta de Urquijo. Se dio la vuelta y me besó. El perfumado viento de Madrid de un mediodía cualquiera nos hizo sentir felices de que David estuviera, por fin, entre nosotros.

Una corriente de aire

Los días que siguieron a la llegada de David a Madrid, la alegría de Jimena llenaba los rincones de la casa de una falsa felicidad desconocida e ilusoria que nunca había existido entre aquellas paredes, como si el pasado hubiera tapiado ventanas y puertas para envolverla en la tranquilidad que precede a la tormenta.

Y Fernanda callaba, vigilaba, observaba a su niña y al señor, tan cambiado desde que lo había visto la última vez en la finca. Ella leía el futuro de aquellos tres seres que eran todo cuanto esa mujer, de profundas arrugas, poseía en la vida; seres humanos con secretos guardados y dolorosas pasiones que ella conocía, cual pitonisa que todo lo ve.

Atendía a Francisco, silenciosa y eficaz, cuando éste regresaba a altas horas de la noche. Desde que había llegado David, Fernanda oía salir al señor muy temprano para evitar encontrarse por la casa con su hermano y su hija. En poco tiempo, Francisco se había convertido en un fantasma que dejaba las camisas sucias sobre la cama y los zapatos para ser embetunados como a él le gustaba. El perfume de Lucía flotaba entre las sábanas de su cama, que apenas revolvía Francisco en un sueño cansado, cuando Fernanda las sacudía temprano para hacer la cama. No dormía más de cuatro horas.

Pasaban los días y el ama los contaba con el corazón en un puño. Deseaba que David regresara cuanto antes a la finca. Que la normalidad volviera a esa casa. Le molestaba encontrarse con él por las escaleras; en la biblioteca, leía todo el tiempo; rezaba oraciones tres veces al día, arrodillado en el reclinatorio instalado para él en su dormitorio, siempre con la sombra de Jimena a sus espaldas, hasta la hora de acostarse.

Fernanda había oído a Jimena una tarde susurrar a su tío, detrás de la puerta del dormitorio de éste, mientras David oraba con las cuentas de su rosario en la mano: «Déjame entrar..., tío. Déjame entrar y rezo contigo. Si quieres me hago católica, y te juro que rezo por el alma hereje de mi padre». Fernanda se acercó a ella y le dijo: «Niña, deja a tu tío en paz. Y tu padre no necesita que nadie rece por él. ¡Venga, sal de aquí!». Y Jimena la había mirado como quien mira a un insecto molesto que hay que eliminar.

Fernanda prefería la anterior tristeza de su niña a esa sonrisa trastornada que llevaba puesta en los labios desde que se levantaba. Tío y sobrina, juntos e inseparables, pasaban los días muertos en el jardín de detrás de la casa, aislados del mundo exterior. David le leía los periódicos cada mañana y guardaba para sí las oscuras noticias políticas. Fernanda los escuchaba conversar como niños, sentados al fresco, bajo los cipreses del jardín que parecían tocar el cielo, frente al muro del edificio de atrás. Jimena regaba con agua del pozo los crisantemos plantados por ella, alrededor de los dos árboles. Escuchaba embelesada la tranquila voz de su tío poniéndola al corriente de todo lo acontecido en la finca durante esos años como si se tratase de unos cuantos días de verano sin importancia. Todos los empleados de Tres Robles añoraban a Jimena y la echaban de menos: Arón, el capataz, le había entregado para Jimena un gatito, superviviente de una camada albina, pero David no se atrevió a presentarse con un animal en Madrid. Pero, sobre todo, había una persona que necesitaba saber de ella: su abuelo Felipe Roy.

David le leía a Jimena, en el pequeño jardincillo, el pasaje de un libro que había tomado de un estante de la biblioteca. Conversaban sobre el destino que el autor había preparado para sus héroes que desafiaban a los dioses y a los hombres, llenándoles de razones. Los dos, bajo ese trocito de cielo, se sentían felices por los caminos de la misantropía, en el umbrío jardín que colocaba escenario a todas las batallas que se libraban en el corazón de ambos. Al fin y al cabo tampoco había existido el divino Eneas y nadie ponía en tela de juicio sus aventuras ni viajes, ni se negaba a sus descendientes la fundación de Roma.

—Yo también estoy dispuesta a suicidarme por ti, como Dido. Envíame a Iris para que me ayude a morir.

—Deja de decir tonterías… Lo que quiero es que llames a tu abuelo —dijo David, levantando la vista del libro IV de la *Eneida*.

Esa mañana se sentía algo fatigado. No dormía bien en la habitación de invitados, contigua a la de su hermano. A las seis de la mañana el ruido de la calle lo había despertado: los cláxones, el traqueteo del tranvía, la flauta del afilador, el tráfico. Los vendedores de leche y mantequilla hacían sonar las campanillas y gritaban el precio del día.

Jimena se acariciaba el cabello y miraba embelesada la cara de su tío, grande y perfecta. «Una cara grecorromana», pensó.

—Está muy mayor. ¿Me has oído, Jimena?

—¿Qué quieres que haga…? Llévame contigo y te juro que iré a verlo todos los días. Desde Madrid es tan complicado…; yo le quiero, y por ello no soportaría volver a salir de Tres Robles y dejaros allí.

Se levantó de la silla. Fue hacia el parterre, tronchó un crisantemo por el tallo y se acercó de nuevo a él, sujetando la flor, mientras observaba el rostro de David ensimismado en sus palabras. Ella sentía la herida de la cara, le dolía, la piel le tiraba. Una línea abultada enrojecía la piel de su mejilla.

—¿Por qué no me contestas?

Él no sabía qué contestar. Los dedos finos y blancos de joven mujer de Jimena deshojaron la flor hasta dejarla sin pétalos. Uno por uno caían en la tierra del jardín, frente a los pies de su tío.

—Puedes escribirle una carta. Cuéntale cosas bonitas de este barrio, y de la casa elegante en la que vives. Las cartas acercan a la familia casi tanto como verse en persona; a veces, incluso más; y se te da *muy* bien escribir. No deberías ignorar a tu abuelo, es el padre de tu madre.

—Yo ya no tengo madre —dijo Jimena de pronto—. Y estoy cansada de escribir cartas, ¡las odio! ¿Por qué no me sacas de aquí?

—¡Claro que tienes una madre! Los muertos nunca se van. Se quedan para siempre entre nosotros hasta que nos llaman, querida sobrina.

—¡Siempre tan funesto…! No me amargues el día. Hoy me he levantado de buen humor.

—No te pareces en nada a la joven que salió de Tres Robles.

—Ésa… ya no existe. Y ni tú ni nadie, tío, va a hacer que se abra la lápida de Juliana Roy.

Jimena se colocó tras él y le rodeó con sus largos brazos. Él permanecía sentado, con el libro abierto sobre las piernas.

—David… —le susurró al oído—. Ahora mi madre soy yo, ¿no lo entiendes? Yo soy la mujer que se va a casar contigo; por eso ya no eres cura. Sabes perfectamente que soy su reencarnación, y me amas. ¿Verdad que me amas?

—Jovencita, es usted una presumida. No digas tonterías.

Ella le observaba la nuca, por detrás. Le acarició el pelo largo y los rizos abiertos y suaves. Él disfrutaba con los ojos cerrados de las caricias de Jimena. Los dedos de ella ahora recorrían su frente, sus ojos; de pie, detrás de él, como la mismísima sombra de Juliana Roy.

—Muérdeme… —le ordenó suavemente, ofreciéndole el antebrazo—. Hazme daño, como cuando era niña.

—Nunca te he lastimado. ¡Jamás! ¿Por qué me dices eso…?

Y le retiró suavemente el antebrazo blanco como la nieve. Antes lo besó con ternura. David se dio la vuelta y reconoció en la cara desfigurada de su sobrina locura y rencor. Sin saber cuál de las dos se estaba apoderando con mayor rapidez del rostro extraño de la joven.

Ella le acariciaba el torso, duro, cálido, protector, por debajo de la camisa.

—Siempre me has estado haciendo daño. Sin saberlo, pero me has lastimado. Tú y mi padre me habéis herido con tantas cosas… Con la muerte de Sara, por ejemplo.

De pronto se puso seria, se sentó en la silla para mirarlo a los ojos.

—Debiste haber frenado a mi padre —le reprochó—. ¿Por qué dejaste que matase a Sara?

—Tu padre no mató a Sara.

—Encima le proteges. ¡Odio lo mucho que os parecéis!

David levantó la vista y dijo:

—Yo maté a Sara, Jimena. ¿De dónde has sacado que fuera él quien lo hizo?

Se quedó muerta, más blanca aún de lo que era. Tan alta… y tan vulnerable ante aquellas palabras. No podía creerle.

—Él trajo el rifle, dispuesto a todo. No podía consentir que lo hiciera él. ¡Se lo debía!

—¡Eres un cobarde, una mala persona! Yo… todos estos años culpándole de algo tan…

Jimena se puso la mano en la boca y empezó a toser. Se atragantaba con su propia saliva. Él le sujetó la cabeza. Ella la levantó y dijo:

—¡Y no me mires así! Esta cicatriz me hace horrible.

—Dentro de unos meses ni se notará.

—¡Eres un malvado! Matar a Sara… Me da igual lo que digas. ¡Mira!, ¡estoy horrible! Soy un monstruo, al igual que vosotros dos. —Y levantó la mejilla. «Para lo que me importa esta mierda de cara», se dijo a sí misma cuando se oían voces que llegaban del interior de la casa.

Fernanda parecía discutir con alguien en la puerta y franqueaba la entrada. Su voz resonaba áspera y autoritaria. El ama sujetaba el portón con el pie. Alguien en el exterior insistía en ver a Jimena; no se iría sin hablar con la joven porque sabía que estaba dentro.

Pere llevaba tres días haciendo guardia en el parque, frente a la puerta de la casa. David se apresuró en largas zancadas a interponer su enorme cuerpo entre Fernanda y el joven raquítico que deseaba intimidarla con malos modales. Jimena, detrás de David, se hizo un hueco y se coló hasta enfrentarse a Pere.

El chico miró a Jimena, aliviado, con orgullo. Estiraba el cuello y pensó que vencía resistencias.

—¿Qué haces aquí? —dijo ella.

Pere achinó los ojos. Su cara era de perplejidad. No se amilanaba ante la enorme figura de David. Éste levantaba el pecho, con los puños cerrados, dispuesto a golpearlo si era necesario. Y Jimena añadió:

—No quiero verte más. ¡Lárgate! ¡Esfúmate! Nadie te ha llamado.

—Pero, Jimena… ¡Soy yo!, tu novio. ¿Es que no me reconoces? Me dijiste en el hospital que nos iríamos a tu finca, a vivir, a casarnos…

La cara de Pere se transformaba en una fea arruga. La boca se le curvaba hacia abajo y el pánico llegaba a su encuentro. Y volvió a escuchar:

—¡Olvídame! Y no vuelvas a pisar mi casa. ¡Jamás! ¿Me oyes? Lo nuestro se ha terminado.

Fernanda, detrás de David, dio un respiro de alivio y un paso hacia atrás. Juntó las manos y dio gracias a Dios por tener un problema menos.

—Mira, muchacho, ya lo has oído. Y ha sido muy clara —dijo David, sujetando el canto de la puerta.

—¡Tenéis cuentas que saldarme! Malditos… ¡Esto no se va a quedar así! No, no se va a quedar así.

—Pues se saldará lo que tenga que saldarse, pero no seré yo quien lo haga. Y ahora…, caminando. Y no vuelvas por aquí. No busques jarana.

—Mi tío tiene razón, Pere. He sido una cría. Lo nuestro nunca ha tenido futuro. Lo siento.

Jimena aflojó el tono. Pere tenía el rostro descompuesto.

—¡Sois todos una mierda! Lo vais a pagar. ¡Asquerosos…! ¡Marranos…! ¡Fascistas…!

Pere maldijo a la familia Anglada, lloró para sí con la cara enrojecida. Se encajó la gorra con violencia y, señalándoles con el dedo, los apuntó con un arma invisible que sujetaba entre las manos. Empezó a disparar al aire, a la fachada de la casa, a las ventanas y por último hacia la espalda de Jimena que se daba la vuelta para cerrar la puerta, sin darle importancia. Cosas de chiflado.

En cuanto el ama se hubo retirado, Jimena se apoyó en el brazo de David. Se sentía desvanecer.

—No me encuentro bien, estoy muy cansada. Ese Pere…

Se sujetó en la barandilla de la escalera. Un dolor insoportable en la columna le paralizaba las piernas. «La maldición de Pere», se dijo medio en broma arqueando la espalda para relajar el dolor. David la cogió en brazos. Fernanda salió de la cocina y echó a correr escaleras arriba para abrir la puerta del dormitorio de Jimena, diciéndose para sí que los problemas no se acababan nunca.

Jimena no dejó que Fernanda llamara al doctor Monroe y se tomó un par de píldoras rojas y una aspirina. La fiebre comenzaba a subir. David se sentó a su lado, sobre la colcha de la cama. Fernanda trajo unos paños mojados y la joven enseguida la echó de la habitación.

—Déjanos solos, vete.

Y ella obedeció.

Él acariciaba el rostro suave y magullado de su sobrina. La besaba en la frente y en la mejilla, cuya cicatriz desfiguraba esa cara amada desde que era una niña. Preocupado, se apretaba las sienes con las palmas de las manos en un intento de sacar la mala suerte de su familia. Todo lo que podía haber de malo en ella. Se arrodilló en el suelo, junto al lecho de Jimena, y rezó durante más de una hora. Deseó azotarse en la espalda hasta hacerla sangrar para redimir los pensamientos de su sobrina y todo lo que había sucedido. Enseguida oyó el rumor del sueño en Jimena y salió del dormitorio en silencio.

Tenía trabajo pendiente. Se encerró en el gabinete, consternado y de mal humor. Llamó a la finca varias veces. Las noticias allí tampoco eran buenas. Arón, el capataz, le contó el tiroteo de la noche anterior. Un grupo de furtivos habían entrado en Tres Robles y habían quemado la granja de crías de perdiz. La Guardia Civil detuvo de madrugada a cinco hombres del pueblo. Por lo demás, no había por qué preocuparse. Pero debían presentar cargos contra ellos o serían puestos en libertad en un par de días. «Que los suelten. No vamos a denunciar a nadie», dijo antes de colgar y de conocer los nombres y apellidos de los asaltantes, y continuó atendiendo sus asuntos.

Caída la noche una tormenta se desató en la ciudad. El viento llevaba el olor de la tierra mojada hasta la habitación de Jimena. Los visillos de seda se movían. Los árboles se batían en el parque, y el viento del oeste levantaba las hojas caídas en un torbellino silencioso que barría el paseo.

Esos días llevaban el germen de la felicidad artificiosa, esa felicidad impostora que se esconde tras los grandes infortunios. Jimena se sentía mal de salud. Estuvo fingiendo un bienestar que no poseía con tal de no preocupar a su tío. No había querido hablarle a nadie del dolor de espalda que sufría. A veces no podía ni caminar. Las piernas se negaban a obedecerla; pero un dolor como el de aquel día, jamás.

Se despertó mareada. Se incorporó y no vio a su tío. ¿Por qué no estaba velando su malestar? Eran las once de la noche. Con el pelo revuelto y sin ponerse la bata, bajó por las escaleras. Sus manos se apoyaban en la barandilla, peldaño a peldaño, colocando la chinela roja en el escalón preciso para no resbalar. El dolor en la columna se había convertido en un reflejo nervioso de algo que ya se iba. Se enderezó y se sujetó la espalda como una embarazada. Toda la casa estaba en silencio. El mármol brillante de los peldaños le devolvía los reflejos de la oscuridad. Desde la escalera podía ver el cuadro de Goya, a través de la puerta entornada del salón. La luz de la calle se colaba por las ventanas iluminándolo.

El lienzo se hallaba encima de la chimenea. Estaba allí mucho antes de esos muebles lujosos y los tapices adquiridos al gusto de Lucía. Ese cuadro le daba a Jimena malos augurios. Era desagradable como la guerra que representaba. Cuántas veces le había pedido a su padre que lo cambiara de lugar, sin que él le hiciera caso. Que lo subiera a la buhardilla, o se lo llevara a su habitación si tanto le gustaba.

No entendía cómo su padre disfrutaba al contemplarlo cada noche, a media luz y con una copa en la mano, al llegar del despacho o de cenas de trabajo. Ni comprendía tampoco el gusto macabro de ponerse ante él y recrearse en los fusilamientos del 2 de mayo de 1808. Seguro que algo habría en esos crímenes que levantaban en Francisco aquella fascinación, ejecutados en el mismo lugar en que se había construido el Cuartel de la Montaña. Justo frente a su casa. Su padre conocía perfectamente cada pincelada, cada trazo, cada matiz como si lo hubiese pintado él mismo. Francisco estaba cambiado, nunca antes había reparado en el arte y le daba igual un buen lienzo que una copa de coñac o un cigarro habano. Pero le gustaba contar esa historia a sus invitados. Presumía de ello, de que, cruzando la calle, se encontrara el lugar representado en ese cuadro. Jimena pensó en el cuartel. Lo veía desde la ventana de su cuarto, sobre el pequeño promontorio. Antes era un descampado en el que las tropas francesas habían construido el fortín para tomar la zona oeste de Madrid.

Mientras Jimena miraba la reproducción, se había sentado en la escalera para descansar la espalda, antes de alcanzar al vestíbulo. Se tocó las vértebras. Las sintió aplastadas. Oía ruidos entre ellas. No lograba descansar. Era infantil creer que habría clemencia para los que resistían. Las tropas francesas fusilaron a más de cuarenta civiles enfrente de su casa. Quizá el ruido de sus huesos era la voz del hombre que gritaba. Le habría gustado saber lo que estaría saliendo por su garganta, al ser consciente de que le quedaban unos segundos de vida, frente a los soldados sin rostro, como máquinas anónimas de matar. Los franceses no dejaron sepultarlos para escarnio público. Se pudrieron sobre la tierra arrebatada con su sangre. Todos, como hermanos de Antígona, llevaban el castigo de Creonte. Al final, enterraron los cuerpos en el cementerio de la Florida, cerca de la ermita, en el requiebro más profundo que horada la calle del Marqués de Urquijo, llamada antiguamente la Cuesta de Areneros. En ese pequeño cementerio, aislado y desconocido, fueron dados sepultura, en las mismas entrañas del parque del Oeste.

Eso pensaba Jimena, sentada en un escalón, con la barbilla apoyada en la fría barandilla, en medio de la penumbra, cuando oyó ruido en el gabinete de su padre.

David revisaba papeles y papeles, con los codos apoyados en el escritorio y las mangas de la camisa remangadas en un gesto de concentración. La única luz procedía de la lamparita verde de la mesa, y alumbraba abultadas carpetas azules y papeles, notas y facturas. El resto del gabinete permanecía en la oscuridad. Su tío no percibió que la puerta se abría, concentrado en los libros contables.

Jimena se acercó por detrás, de puntillas, y le dio un beso en la mejilla. Él se sobresaltó. Se echó hacia atrás, sorprendido, y ella aprovechó para sentarse sobre sus piernas, empujando la silla hacia fuera. Jimena lo rodeó con los brazos, sus manos firmes y heladas buscaban un cuerpo. Lo besó en el cuello, en el rostro, en las mejillas, en los ojos, en la nariz, por todos los lugares que encontraban sus labios en una huida hacia el placer. David se dejaba besar, inmóvil, petrificado. Su pluma cayó al suelo.

La piel joven y tersa de su sobrina lo invitaba al pecado más oscuro. No debía hacer nada, ni un gesto, solo dejarse llevar por el sueño de otro tiempo. Era Juliana quien lo besaba con el ardor de la vida. Y sentía su regreso, en la piel de su sobrina, para no marcharse jamás. La realidad era realidad porque vivía del pasado, y ese pasado se encontraba en el cuerpo de Jimena. La abrazó y se dejó desnudar por frágiles y eficaces dedos que conseguían acariciar un cuerpo enorme y viril, cada vez más desnudo.

Se dejaron caer sobre la alfombra, enredados. Furtivos en la ciega e inocente oscuridad, se amaban perdiendo el sentido. Se revolcaban en la misma tierra de Tres Robles que habían estado evitando desde que Jimena se hiciera una mujer. Y si ella se parecía tanto a su madre, sin duda, se lo había mandado Dios. O el diablo. Hicieron el amor una y otra vez, como si sus cuerpos no fueran de carne, sino de la materia desconocida de la que están construidos los sueños. Para seguir soñando eternamente.

Pero Fernanda puso fin a esa febril ensoñación cuando abrió la puerta del gabinete. Con la mano se tapó la boca. Quiso gritar pero no lo hizo. La luz cegadora entró al mismo tiempo para alumbrar dos cuerpos tirados en el suelo, desnudos como vinieron al mundo: su niña, escondida bajo la enormidad de David, y él protegiéndola con sus fuertes brazos. Jimena volvió la cabeza y le gritó a Fernanda que saliera. El ama cerró la puerta de un golpe que retumbó por toda la casa, haciéndose de nuevo la oscuridad en el gabinete. David se incorporó con gran destreza para ser tan grande. Se sentó sobre la alfombra y se llevó las manos a la cabeza como un niño enorme.

El rostro de Jimena, oculto en la oscuridad, escondía la deformidad de su cara. Se abrió de piernas y lo llamó:

—Ven… No va a decir nada. Tengo veinte años: ¡vuelve a mí!

Él no respondió. La voz de su sobrina le pareció hueca, como salida de una tubería. Ella volvió a llamarlo de una forma extraña y fría:

—¡Nadie… nos va a separar! Me voy contigo a la finca. Pero ven, entra de nuevo en mí. Por favor…, ven.

David no la escuchaba.

—¡Te odio! —gritó ella—. Escríbele un carta y dile que estoy enferma por su culpa, y que me llevas contigo hasta que me reponga de lo que él me ha hecho. ¡De esta cara desfigurada, y de esta espalda que me está matando!

David la escuchó retorcerse por el suelo, como un insecto que te rompe el sueño. Extendió el brazo y le acarició los muslos desnudos. Le excitaban. Su mano buscaba consuelo en un pubis poblado de oscuro vello. Un escalofrío le apartó la mano, como si el calor de la sangre, entre las piernas de su sobrina, le hubiera quemado los dedos.

—Me tengo que ir, Jimena. Lo siento. Esto nunca ha pasado, ¿me oyes…?, ¡nunca ha pasado! No debí venir. Lo sabía. Eres inocente. Me equivoqué. Quise pensar que eras ella, pero eres tú, su hija, de carne y hueso. Me tengo que ir de aquí. Lo siento. Perdóname. ¡Perdóname!

Se levantó y huyó del gabinete.

En el piso de arriba, apoyada en la pared del corredor y velada por las sombras, Fernanda lo observaba subir por la escalera, con su ropa en la mano, desnudo y agachado. Un hombre con casi dos metros y parecía un niño. Al cruzar el corredor, David oyó una voz que surgía de la penumbra:

—Todo lo que ha traído lo tiene preparado, don David. He llamado a un taxi. Le espera en la puerta para llevarlo a la finca. No vuelva por esta casa.

—Nunca debí… —susurró para sí, cerrando la puerta del dormitorio.

Su pequeña maleta estaba sobre la cama. Se vistió y tomó su equipaje como quien toma posesión del mayor fracaso de su vida. Bajó rápido, huía como la sombra de una llama. Al pasar junto al gabinete vio la puerta cerrada; todo en silencio. Desgarbado, con la camisa a medio abrochar, cruzó el recibidor y salió raudo a la calle, con la maleta en la mano, como la misma mañana en que llegó.

Un coche se acercaba en medio de la noche con los faros encendidos. Rodaba silencioso por el adoquinado para sacarlo de Madrid como a un fugitivo.

La lluvia había despejado el cielo. La calle Pintor Rosales era un espectro bajo la luz de la luna. El automóvil bajó hasta tomar el Paseo de Moret. David miraba el parque del Oeste a su izquierda, oscuro y tenebroso. La espesura se agitaba para esconder en él la llave del futuro que nunca encontraría. Alcanzaron las altas tapias de la cárcel Modelo. En la plaza de la Moncloa el coche desapareció para siempre llevándose a David Anglada a Tres Robles. Jamás volvería a ver a su sobrina.

Jimena, todavía en el gabinete, desnuda y tirada en el suelo, mientras un taxi negro atravesaba Madrid con el hombre que más amaba en su vida, no oyó la puerta de la calle cerrarse. Los minutos pasaban. El silencio era metralla que acribillaba los muros de la casa. Empezó a tiritar, enroscada en sí misma. Buscó con los ojos algo que echarse encima. Se dio cuenta de lo que estaba pasando y gritó como una loca. Él no iba a regresar. Se levantó del suelo y de un manotazo encendió la luz. Comenzó a tirar los libros de los estantes. Gritaba en nombre de él y en el de todos sus antepasados trashumantes y abrasados por el fuego, y odió a la humanidad. Las carpetas azules, de encima de la mesa, caían al suelo. Fernanda entró y le sujetó las manos. Le abrió la boca a la fuerza y le introdujo un puñado de píldoras rojas que Jimena quería escupir. Su ama la tiró al suelo y, encima de ella, le tapó la nariz y se las hizo tragar. Las lágrimas le anegaban los ojos. Se atragantaba. De un empujón Jimena apartó a Fernanda con sus largos brazos y salió a la calle en busca de David.

Echó a correr calle arriba, desnuda, descalza. Sorteaba las acacias en plena noche. Cruzó el bulevar hasta llegar a las tapias del cuartel. Empezó a andar más despacio. Se sujetaba en la pared norte para tomar aliento. Sus uñas se rompían al arañar el granito. Se ahogaba. Respiraba hondo para poder seguir. No era posible que la hubiera abandonado. Corrió tapia arriba, sin hacer ningún caso al escuchar: «¡Alto, ahí! ¡¿Quién va?!». Unas voces le gritaban desde las garitas de vigilancia. Luces brillantes y pequeñas enfocaban la tierra que pisaba. Sus pies, su rostro, su piel casi invisible era iluminada por mil círculos de luz en plena noche. Oía en la lejanía voces de hombres gritando que ahí no podía estar.

Los soldados de guardia vieron a una mujer desnuda que caía en el suelo desmayada, o muerta, o herida, o violada. Luces blancas cada vez más cerca. Puntos de luz se movían en la noche alcanzando el cuerpo desnudo de Jimena. Luces, como bocas abiertas, le mordían los ojos y los labios; sin poder hablar, moribunda y aletargada, tapándose la desnudez con las manos sobre la tierra fría y reseca de su existencia, en un gesto de rendición. No volvería a estar con él, ni a verlo ni a tocarlo. Lo último que sintió Jimena antes de perder la consciencia fue la sensación de ser pisoteada por miles de botas, botas de militares moviéndose a su alrededor hasta reventarla.

Cuando Fernanda recogió a Jimena de la enfermería del Cuartel de la Montaña, le habían puesto un pijama gris, duro y áspero de los que usan los quintos cuando caen enfermos. Su ama llevaba en la mano un morral con ropa para vestirla. El joven cabo primero, ayudante de enfermería, lavó a Jimena lo mejor que pudo, ayudó a adecentarla y le colocó paños de agua fría en la frente. Más tarde, las acompañó hasta su casa siguiendo las órdenes del sargento, preocupado por la joven. El cabo primero se alegró de que hubiera ido a parar a las tapias del cuartel, a esas horas de la noche. En un lugar solitario. Quién sabe qué podrían haber hecho con ella, tan escuchimizada y frágil como la encontraron, alta como una torre que se cae a pedazos. Se alegró de servir de ayuda a una joven de buena familia, estaba claro, en una situación delicada. Una muchacha hermosa, con la cara herida, en estado de enajenación, medio inconsciente, sin saber dónde iba, ni quién era, ni lo que hacía; desnuda como un pájaro que cae del nido. Algo grave debió pasarle, y más al presentarse al poco tiempo su criada, envuelta en un chal negro, rodeada de misteriosa incertidumbre. Era una suerte para la joven haber corrido hacia el cuartel y derrumbarse allí sin sentido.

El joven cabo estaba orgulloso de prestar servicio a dos damas en apuros, y de salir un ratito al fresco. Hablaba deprisa mientras cruzaba la calle para acompañarlas, fusil al hombro. Tenía una hermana más o menos de la edad de Jimena. Él entendía muy bien de trastornos femeninos, ennoviado además con una mujer diez años mayor. No ganaba para damas desquiciadas, se decía mirando a Fernanda con ojos de hombrecillo sabio, recolocándose la gorra y pegándose a ellas que caminaban deprisa por la acera. Fernanda tapaba a Jimena con su toquilla. El ama había intentado deshacerse del militar con unas pesetas que lo ofendieron. Él se resistía a abandonarlas en medio de la madrugada, en plena calle, protector hasta donde fuese preciso llegar.

El padre de Jimena abrió la puerta. El gabinete estaba abierto y se veía el desorden, los libros y las carpetas tirados por los suelos. Parecía como si hubieran asaltado el gabinete, y David no estaba en la casa. La cara de Francisco era un poema de desconcierto y preocupación. Una violenta corriente de aire parecía haber arrasado la casa. Para más desasosiego, su hija y el ama llegaban acompañadas de un soldado. Fernanda dijo dignamente que más tarde le explicaría lo sucedido al señor; pero no había por qué alarmarse, y subió enseguida a Jimena al dormitorio.

El soldado siguió a Francisco hasta el salón de la chimenea. El cabo, pasmado, se recolocó el pesado fusil y se cuadró ante el lienzo de Goya. «¿Es auténtico, señor?», le preguntó. «No», recibió por respuesta. Y como militar pasó a darle el parte de campaña al padre de la joven con todo detalle de lo que había sucedido esa noche. Fran no podía dar crédito a esa absurda historia. Rendido a la evidencia, llamó a Fernanda, ésta bajó sofocada y tuvo que endulzar el relato ante la cara de sorpresa del cabo: Jimena había salido a pasear por el parque, a tomar el fresco. Es cierto que estaba un poco triste después de despedir a David. Había partido de improviso hacia la finca, tras la llamada telefónica de Arón. Al parecer, había ardido la granjilla de perdices. «Pero nada serio, señor.» Y Jimena estaba débil… Comía fatal y se había desmayado junto al cuartel, ya regresando a casa. Menos mal que los soldados, amables y caballeros, la habían auxiliado de un vahído sin importancia. Cosas de mujeres.

Lo que no había oído Fernanda es lo que el cabo le había contado a Fran, sin omitir detalle del estado en que encontraron a su hija y la sangre que había entre sus piernas. «Pero no piense mal, señor. Encontré un arañazo profundo en el abductor derecho producido, sin duda, por el canto de un cristal, al caer sobre el descampado, junto a la tapia. Hay una escombrera cerca, la gente es tan sucia…»

Francisco no quiso saber más: «Ya he escuchado suficiente, cabo. Le agradezco las molestias que se ha tomado por mi hija». Y echó a Fernanda del gabinete con desabridas palabras. Abrió la cartera y metió un billete de cincuenta pesetas en el bolsillo de la guerrera del cabo, dándole las gracias y confiando en su discreción, al tiempo que lo acompañaba hasta la puerta.

El soldado, mientras cruzaba la calle, sacó de la guerrera el billete. ¡Cincuenta pesetas! Más de la mitad de su salario, con el retrato del pintor que daba nombre a esa calle y él ni lo conocía, tras observarlo al trasluz de una farola, achinando los ojos, en cuanto llegó a la acera del cuartel. En el reverso del billete vio la imagen de *La muerte de Lucrecia*, a la que apenas miró de refilón cuando lo doblaba en cuatro partes para guardárselo en el bolsillo del pantalón. Celebró la buena estrella de sus huesos por ir a parar al Cuartel de la Montaña, dos años atrás. Le habría apetecido irse a la taberna con los amigos a celebrar su suerte. Pero entró en el recinto amurallado para seguir con la guardia, en la enfermería.

Estaba a punto de amanecer. Las copas de los árboles de la calle Ferraz se mecían por el viento, y las agujas de los pinos se sacudían el agua de la lluvia pasada.

El sanatorio de la clepsidra

A primera hora de la mañana, el chófer ajustaba un par de maletas de piel sobre el capó del Austin Seven de Francisco Anglada. Tiraba de las correas de cuero y comprobaba su buen anclaje. Fernanda estaba nerviosa. Entraba y salía de la casa con bolsos y paquetes que Jimena no iba a necesitar. Revisaba el equipaje, un equipaje excesivo que regresó con ella. Había guardado gaseosas y bocadillos en una bolsa de tela. La tensión de aquellos días y los preparativos del viaje la hacían sudar por el cuello y la espalda. Su moño, bien pegado a la nuca, estaba mal sujeto por la redecilla. Se le salían algunas horquillas de lo rápido que se había peinado al amanecer. Apenas pegó ojo en toda la noche.

En el norte no hacía el buen tiempo de Madrid. Y en el barrio, las lluvias otoñales comenzaban a teñir de verdor el parque del Oeste. Ya habían dejado de florecer las caléndulas y las dalias plantadas a finales de verano en los arriates del paseo.

Jimena subió al automóvil. Fernanda le había elegido un vestido de paño grueso, de cuadritos grises y granates, con falda tableada hasta debajo de la rodilla y unos zapatos planos y sencillos. El pelo lo llevaba recogido en una larga trenza que su ama le había hecho frente al tocador a las ocho de la mañana. Jimena había dejado de oponer resistencia a las decisiones tomadas por su padre, y Fernanda se ocupaba de ella como cuando era niña, abandonada a su suerte. No hablaba con nadie, ni siquiera con el ama para elegir su atuendo. El único sonido que salía de sus labios era para sollozar en silencio, sin lágrimas, porque las lágrimas se le habían terminado. Se habían secado como se seca un río perdido en medio del desierto sin encontrar el mar.

Fernanda entraba en el automóvil, tras Jimena, y se sentaba a su lado, con su ropaje de luto. Francisco, más circunspecto y amargado de lo habitual, estaba al volante con una chaqueta de lana y sombrero de fieltro. El chófer, de copiloto, esperaba a que al señor, a quien le gustaba conducir, le cediera el lugar cuando estuviese cansado. El viaje iba a ser largo y tedioso. Julián había sido contratado para el viaje. Solía prestar sus servicios a la familia Anglada. En una ocasión llevó a Jimena al hospital, a la revisión de la herida; de vuelta la llevó a dar un paseo por la ciudad, a ver escaparates desde el automóvil, pero pasaban ante los ojos indiferentes de la muchacha. También había acercado a Fernanda a la modista y a por algún que otro recado.

Tras cinco horas por la carretera de Madrid a Irún, el paisaje había cambiado después de cruzar los campos de Castilla y los pasos montañosos del norte para entrar en los montes vascos de suaves laderas. Aminoraron la marcha en numerosas ocasiones, parando incluso tras filas de carros con animales de tiro, cargados de mercancías. La carretera recorría kilómetros de cuestas empinadas y curvas cerradas, antes de llegar al mar. Comenzaron a aparecer, ante los ojos indiferentes y vacíos de Jimena, los verdes prados que iban a transformar radicalmente el paisaje de su vida. Una alfombra de verdor descendía por recortadas montañas hasta el horizonte, donde el mar esperaba ansioso en su eterno movimiento y depositaba en el aire salitre y humedad. Empezaron a ver caseríos de tejados oscuros y empinados, ya cercanos a la costa. Llegaron a San Sebastián al anochecer.

Jimena había pasado el viaje adormilada, con la cabeza apoyada en el hombro de Fernanda, sedada y tranquila por las píldoras rojas y diminutas del doctor Monroe. Había tomado tantas que veía espectros veloces, como tigres sin manchas, corriendo junto a su ventanilla en su viaje a Bildur. El paisaje le era esquivo, falseado por el sueño. El viento oceánico era de una naturaleza fresca y salada, desconocido para ella. Nunca había visto el mar. Las laderas se cerraban sobre la carretera, sitiándola. Veía a las vacas pastar, como pinturas gigantes sobre verdes pastos. Sus grandes ubres la asustaron, eran bolsas a punto de reventar. Ovejas con la cabeza negra rumiaban por todas las laderas. La realidad se transfiguraba en su confusa mente.

Fernanda le hacía tomar las píldoras cada cuatro horas. Ante ella seguían apareciendo vacas y ovejas, repitiéndose en cada curva del camino. Jimena le pedía más pastillas para calmar los dolores que volvían de pronto como tormentas de piedras que la dejaban medio muerta y arrellanada sobre el asiento. El bultito de terciopelo de la espalda se había convertido en una aguja que se le hincaba más adentro, con cada bache de la carretera. No se quejaba. Aguantaba el dolor como parte del castigo al que debía someterse para liberar a David de toda culpa y purificar su alma. El efecto de las píldoras rojas le adormecía la memoria y conseguía sacar de su mente los brazos poderosos de él, sobre su cuerpo esquilmado. Y olvidar su boca y sus besos y la dureza de su pene rasgando su virginidad. La desolación formaba parte del paisaje. Las vértebras comenzaban a retorcerse por su larga espalda como una serpiente que le hincaba los afilados colmillos para inyectarle todo su veneno. El veneno del amor no correspondido, transgresor y hasta ridículo. Jimena se secaba por dentro sin que nadie se diera cuenta.

La noche había entrado en la ciudad cuando llegaron al monte Igueldo. Las farolas del Paseo de la Concha iluminaban con tristeza amarillenta la bahía. La ensenada, surcada por las caricias de las olas, era la misma estampa de una postal en invierno. La espuma del agua rompía sobre las algas de la orilla. El rumor del agua ascendía por la arena de la playa y el corazón de Jimena se conmovió de pronto cuando el Austin bordeaba la bahía más bella del norte, envuelta en la neblina. La contempló más de cerca. Bajó la ventanilla todo lo que pudo y, por primera vez en mucho tiempo, se emocionó y quiso gritar y gritar y salir huyendo.

Fernanda sugirió parar un segundo y estirar las piernas. Sentir la arena de la playa, aunque fuese bajo los zapatos y la luz de la luna. Un solo segundo. Pero Francisco, con un gesto adusto de barbilla, le ordenó a Julián que continuara por la carretera de la costa, hasta salir de la ciudad, dirección Francia. Jimena se volvió a arrugar en el asiento. Quizá la belleza de la vida estuviese prohibida para ella.

Enseguida se adentraron en un bosque, tras acceder, como a unos diez kilómetros al norte, a una estrecha y sinuosa carretera, con curvas cerradas y profundas. Dejaban atrás los acantilados. El automóvil se abría paso por un camino de abedules y hayas, hasta el centro del valle. Entre la umbría arboleda apareció un alto edificio de piedra, en plena noche. Era Bildur, un sólido caserío de tres plantas con dos torres, rodeado de espeso follaje y empinadas montañas.

El automóvil avanzó lentamente sobre la blanca gravilla de una amplia rotonda, frente a la fachada principal del sanatorio. Estaba alumbrada por unas farolas con luz mortecina. Las vidrieras de la puerta principal estaban iluminadas y todas las luces del edificio, encendidas; tras él todo parecía oscuro y misterioso: el bosque, los árboles, la humedad. Dos hombres con traje y pajarita, erguidos y serios, en la puerta los esperaban cuando el Austin paraba frente a ellos. Era la una de la madrugada.

Había algo curioso en el centro de la rotonda. Sonaba el rumor de un caño de agua como el de una fuente. Jimena no quería ver a través de la ventanilla del coche frente al sanatorio y en el centro de la plazuela una gran clepsidra de barro. Tenía arabescos esculpidos en sus paredes y se elevada sobre una peana de piedra arenisca. Se oía el agua saltar lentamente de la vasija labrada hacia un amplio y profundo cuenco de cerámica. El fluir del caño marcaba la medida del tiempo, el paso de las estaciones, el día y la noche y todos los minutos que Jimena permanecería en Bildur: «el sanatorio de la clepsidra», como ella lo llamaba, y que nunca olvidaría. Entre la espuma amarillenta del agua se apreciaban los signos del zodíaco, dibujados con fuertes colores en la base del cuenco. La clepsidra de Bildur dejó en la memoria de Jimena la huella de los desniveles que existen entre la vida y la muerte, entre el sueño y la vigilia, entre lo vivido y lo imaginado, atrapándola en el eterno círculo del tiempo del que nunca pudo escapar.

El director del sanatorio y el doctor Monroe se acercaron a recibir a Francisco. Éste descendía del automóvil y estiraba las piernas tras el largo viaje. Dos altos enfermeros uniformados de blanco salían del interior de Bildur en su ayuda. El chófer seguía las instrucciones del doctor Monroe en el vestíbulo y dejaba el equipaje de Jimena, a la entrada de un pasillo. Se asomó y vio un largo corredor perderse en la oscuridad, y puertas de oscura madera cerradas, a ambos lados. Frente a él había una escalera de piedra, hacia las plantas superiores.

Fernanda, todavía dentro del automóvil, le arreglaba a Jimena los pliegues arrugados de la falda. Preocupada y nerviosa, le temblaban las manos como a una anciana. Intentaba alisarle a su niña el vestido de cuadros, sudado. Se le pegaba a las piernas delgadas y largas. Francisco, junto al director del centro, bajo los arcos de entrada, nervioso y decidido a dejar a su hija lo antes posible en ese lugar solitario, le ordenó varias veces a Fernanda que salieran del coche. Hubo varios intentos fallidos. Jimena no obedecía las órdenes de su padre. Su ama le acariciaba la cara y le limpiaba las lágrimas que corrían por la herida de la mejilla. Resbalaban entre los puntos de la cicatriz. Unas lágrimas mudas, silenciosas y desoladas. Fernanda tenía angustia en el estómago y temblores en las manos. Le susurraba a su niña palabras tranquilizadoras al oído para que nadie las pudiese escuchar, ni tan siquiera el mismísimo silencio: enseguida se verían, en unos meses estaría curada; la alegría volvería a su rostro, sin duda. Iría a visitarla muy pronto, en cuanto se levantara el aislamiento que necesitaba su espíritu y su juicio, que habían jugado perversamente con ella. Si todo era culpa suya, ¡vieja descuidada…! Nada había salido bien desde que abandonaron Tres Robles. Tenía la sensación de que todo aquello no podía estar sucediendo de verdad. Y se preguntaba: «¿Cómo no evité esta situación? Si he sido testigo durante todos estos años del siniestro proceso que ha conducido a mi criatura a la enfermedad más cruel, perversa y oscura. ¡No me sale nada a derechas! ¡Y *él*, ese diablo, sin decir ni pío, desde que lo eché de casa!». No quiso acordarse de la inquina que empezaba a tenerle, y nunca se perdonaría el no haber sabido evitar ese incesto; si se veía venir.

Ahora Jimena necesitaba descansar, volver a ser la joven alegre que de niña corría por la finca, llena de entusiasmos y promesas.

Pero su niña no escuchaba las órdenes de su padre, ni las tiernas palabras de Fernanda, ni las blanduzcas frases del doctor Monroe sugiriéndole desde el exterior, ahora adelantado al director de Bildur y su padre, que saliera inmediatamente del vehículo. Y se tapó los oídos con las manos, y apretaba los labios cuando los dos corpulentos enfermeros se asomaron por la ventanilla. Unas caras angulosas y barbilampiñas. Fernanda abrió la portezuela con todo el dolor de su corazón y salió enseguida. Se cubría la cara para esconder el llanto y la angustia que se había apoderado de su dolorido rostro.

Los dos enfermeros abrieron las dos puertas del coche, cada uno por un lado, y entraron. Acorralaron a Jimena en el centro. Ella se aferraba al asiento delantero y clavaba las uñas en el cuero. Los enfermeros hablaban entre ellos en una lengua gutural e ininteligible; le parecieron seres extraños, de lugares inconexos con el mundo. Mientras, en la rotonda, el doctor tomaba por el brazo a Fran y le invitaba a pasar al sanatorio, dejando que los enfermeros se encargaran de la joven rebelde que se negaba a entrar en Bildur.

«Es normal al principio, don Francisco. Ya verá cómo enseguida Jimena vuelve a ser la de antes, una joven feliz. ¡Ya lo verá, hombre!, no se preocupe así… ¡He visto a tantos padres consternados…, y luego tan felices…!»

Nadie sabe qué pasó dentro del coche, ni lo que los enfermeros debieron decirle o hacerle, pero Jimena salió por su propio pie, dócil como un cordero, escoltada por los dos hombres vestidos de blanco hasta el interior del edificio. Ella, incluso con zapatos planos, custodiada por los dos enfermeros, era tan alta como ellos, aun con la cabeza gacha y encogida como caminaba, arrastrando los pies por la gravilla del suelo. El sonido de sus pasos cansados se perdía entre el murmullo del agua de la clepsidra.

Y los tres se perdieron en un laberinto de pasillos grises y puertas cerradas, sin que su padre ni su ama pudieran despedirse de ella porque ya formaba parte de las muertas en vida de Bildur. «Mejor así, para evitar trágicas despedidas», les aseguró satisfecho el doctor Monroe, con los pulgares en los bolsillos del chaleco. El director del sanatorio, tras él, como su mismísima sombra, se mantenía en silencio y en la retaguardia. Un hombre grueso, bajito y calvo; con la cabeza demasiado redonda y la cara que delataba una edad más que avanzada, como advertían las arrugas finas y profundas en la comisura de sus labios. Hablaba mal castellano y su acento era indescifrable.

Fernanda entró en el automóvil, ya vacío y desolador. El perfume sutil de Jimena flotaba en el aire como una maldición. No podía creer lo que estaba pasando en esa familia, cómo el señor dejaba a su hija en aquel siniestro lugar tan alejado de Madrid, entre esas personas extrañas que vaya usted a saber lo que harían con ella.

Buscaba en su cabeza de mujer sencilla y sensata pretextos, excusas, consuelos. Si la señora Juliana Roy levantara la cabeza y viera a su hija entrando en aquel funesto sanatorio, le prendería fuego: a Bildur y a los dos Anglada, empezando por el señor Francisco y acabando por el traidor de David, que consumó el deseo por la madre en el cuerpo de la hija. Pero qué podía hacer una muerta, sino esperar que Dios la acogiera en sus brazos, como esperaba que Él protegiese a Jimena de Bildur.

A la media hora, Francisco Anglada y el conductor entraban en su Austin Seven para salir hacia Madrid en plena madrugada, antes del amanecer. Julián arrancó, despejado, tras beberse dos tragos de café cargado del termo que llevaba en la guantera. Fernanda agachó la cabeza para no mirar el fúnebre caserío según se alejaban, llevándose las manos a las mejillas en una soledad infinita. Vio algo blanco en el suelo y se inclinó a recogerlo. Era el pañuelo de Jimena, caído bajo el asiento. Se lo acercó a los labios y besó las iniciales de la joven, tan bien bordadas. Fernanda quiso morirse en ese momento y hacer que desaparecieran de la faz de la tierra todos los antepasados de aquella familia. Convertirlos en polvo y soplar fuerte para devolverlos al desierto del Sinaí. Era la primera vez en su vida que odiaba a los padres del señor: Miriam de Vera y Ezequiel Anglada, por aceptar como criada a una niña de diez años. Claro que, en el fondo, Juliana también pertenecía a su pueblo. Y también se veía venir que acabaría casada con uno de los dos hermanos. Pero todo lo que sucedió después estaba proscrito en los mandatos de Dios. Y como Moisés, David había roto las tablas de la ley contra el becerro de oro.

Mientras amanecía, atravesando la costa de Guipúzcoa, Fernanda deseó, con toda su alma, ver a Juliana Roy cabalgando por las montañas de Bildur para sacar a su hija de allí y llevarla a su Tierra Prometida.

Decimoquinto testimonio

C uando me enteré de que habían expul-
sado a Jimena de Bildur, no daba cré-
dito a su suerte. No habrían pasado ni tres semanas de su ingreso
en el sanatorio. El doctor Monroe le había solicitado a Fran una
reunión urgente, en su despacho del Hospital Provincial.

Fran no perdió la compostura en ningún momento, cogió el
teléfono y me llamó a casa desde el mismo sanatorio, delante del
doctor. La criada le dijo que doña Lucía estaba en el colegio, y
una hora después, Julián, el conductor de Francisco, me vino a
recoger. La hermana Juana me puso el chal sobre los hombros y
me interrogó con el rostro sombrío. La reprobación apareció en
sus ojillos diminutos. Tuve que tranquilizarla; no sería nada, cosas del señor Anglada.

—Espero que no sea para alarmarse —me dijo, cruzando los
brazos.

Debió observar en mi cara turbación e intranquilidad y no
quiso preguntar más. Le di un beso en su mejilla colorada y, con
el sombrero en la mano, salí corriendo dejándolo todo para reunirme con ellos.

Eran días difíciles. Y yo no hacía más que extender cheques
contra la cuenta de mi padre para pagar facturas. La hermana
Rosa hacía horas extras en el hospital de San Carlos desde que

terminó enfermería, hacía ya tres años, y nos entregaba el dinero del escaso jornal que le daban por las guardias en el hospital. La hermana Juana la regañaba cuando veía en el botiquín remedios que antes no estaban. Esa mañana, había llegado Rosa helada de frío y consternada, desde la estación de metro de Atocha, tras más de doce horas de guardia nocturna. Su hábito, bajo el abrigo, estaba tieso y con rodales blanquecinos, y nos había explicado con todo detalle, en el despachillo, a Juana y a mí, todos sus miedos por el suceso nocturno acontecido en el hospital.

A las cuatro de la mañana, unos asaltantes habían entrado en el Hospital Universitario de San Carlos con la intención de echar a todas las monjas que allí trabajasen, daba igual su condición. Acarreaban todo tipo de armas caseras y banderas revolucionarias. Los médicos lo habían impedido pero a uno de ellos, al doctor Prada, lo apalearon hasta casi matarlo. La Guardia Civil tardó más de cuatro horas en desalojar a los asaltantes de los quirófanos, salas de enfermos y de todas las dependencias que habían tomado. Cuatro horas estuvo la hermana Rosa escondida en un depósito de leche medio vacío, en las cocinas. Y ahora, sin dormir y asustada, Rosa se disponía a atender con el mejor humor del que pudo hacer acopio a varios niños con fiebre, uno con escarlatina, y a otro pequeñín con una herida abierta en la rodilla tras caerse en el patio.

El Hospital Universitario era contiguo al Provincial. Cuando bajé del Austin de Fran, todavía estaba la Guardia Civil en la placita de entrada a los dos hospitales. Fran llevaba un abrigo negro de solapas de terciopelo y un pantalón gris oscuro. Me abrazó nada más llegar al umbral de la puerta del despacho del doctor. Me estaba esperando. Había salido al pasillo a fumar un cigarro y calmar los nervios y el disgusto que lo invadía. El doctor le había anticipado la decepcionante y atroz noticia y necesitaba mi ayuda y consejo. Cuando entramos, el doctor Monroe se paseaba por su estrecho cuchitril como un perro enjaulado, contrariado por el curso de los acontecimientos. Me apretó la mano nada más verme y nos invitó a sentarnos, con un gesto de auténtica preocupación en unos ojos cansados que antes nunca había visto en él.

El director de Bildur le había telefoneado. Y le comunicaba una lamentable noticia: Jimena tenía que marcharse de allí. Inmediatamente. No podían seguir ayudándola en su estado, salvo que el embarazo se malograse. «Los tratamientos que necesita su enfermedad no son compatibles llevando en su vientre un feto.» Así se lo dijo al doctor Monroe, en una conversación muy dura.

—¿Cómo que un feto? Por el amor de Dios —salté.

Me preguntaba qué habría pasado en Bildur. ¿Qué le habrían hecho a Jimena en ese lugar? ¿Cómo era posible que estuviese embarazada?

El doctor, recostado en su sillón de piel, se rascaba la perilla, disgustado, más sombrío que nunca. Fran intentaba aparentar tranquilidad y buscaba en su cabeza soluciones que no encontraba, hundido en la silla, como si lo hubiese aplastado un tranvía.

—Son términos médicos, querida. Estará de catorce o quince semanas, más o menos; no podemos saberlo porque se niega a decir palabra. Y lo peor es que el haberlo ignorado ha llevado a someterla a cierto tratamiento que no es precisamente compatible con una vida en su vientre. Pero estamos a tiempo.

—Pero… ¿Qué diablos le están haciendo allí… *incompatible con la vida*? ¡Me lo puede usted explicar, doctor! ¿Se lo puede explicar a su padre?

—Mire, Lucía…, no empeore las cosas —ahora me llamaba de usted—, y han de tener muy claro, ¡pero muy claro!, que Jimena ha llegado embarazada a Bildur. De eso… ¡no existe la menor duda! —Y levantó el dedo con frenesí, un poco fuera de tono—. En cuanto lo detectaron le han suspendido, ¡con inmediatez!, la medicación. Y están a la espera de que digamos algo.

—¿Decir qué? —preguntó Francisco.

Había sido un dura declaración la del doctor, y vi en el rostro de un padre herido, en lo más profundo de su dignidad, una gran inquietud. Sus párpados estaban hinchados y sus ojos verdes eran aguas revueltas de pesadumbre.

—Podríamos ver la manera de arreglarlo —expuso el doctor dirigiéndose a Fran—. En la vida hay soluciones para todo. Siempre y cuando… lo autorice usted, don Francisco. ¡Solo tiene veinte años! y sufre de alucinaciones. El estado mental de su hija le legitima para actuar en su nombre. Recuerde: hasta los veintitrés no será mayor de edad.

El doctor Monroe agudizaba su acerada cara gatuna, escrutando las posibles reacciones en el rostro de un padre maltrecho. Con la pluma en la mano hacía garabatos en una hoja en blanco para relajar la tensión de la respuesta.

—¡Lo que insinúa, doctor, lo desprestigia! —respondí, sin dar crédito a lo que escuchaba—. ¿Quién se ha creído que es usted…? ¿Dios?

»¡Fran! —exclamé, dirigiéndome a él. Le sujeté el brazo. Su cara no expresaba nada. Era una máscara de indiferencia—. ¡Saca a tu hija de Bildur inmediatamente! No tienes derecho a autorizar eso.

—¿Ha dicho mi hija de quién es? —preguntó Fran tranquilamente, recostándose sobre la silla. Creí que la partía.

El doctor lo negó con la cabeza.

—Ese joven descastado… Ese anarquista —dije, entre dientes.

Fran me miró muy serio, tan serio que me dio miedo. Su cara grande y pálida se desfiguraba en una mueca de odio, pensando profundamente en lo que yo acababa de sugerir. El hermoso color tostado de su rostro había desaparecido.

—Eso da igual —intervino el médico—, de momento. No hay ninguna prisa por conocer la paternidad de algo que a lo mejor ni nace. Vamos a ver cómo transcurren las semanas. Jimena no está en disposición de ser madre ni de dar a luz ni de nada. Es rebelde. El tratamiento no ha tenido tiempo de dar sus resultados. Se niega a colaborar. La dirección de Bildur no la quiere allí. Es una institución de prestigio, don Francisco. Aunque siempre se puede hacer algo. El centro es grande y tiene muchas necesidades por cubrir… Me dice el director que disponemos de un quirófano en un ala apartada y discreta que… solucionaría los problemas de todos.

Y se encogió de hombros y arrugó sus ojillos de gato como si fuesen detrás de una sardina, esperando a que Fran aceptase su propuesta.

No pude más y dije:

—Yo iré a buscarla con Fernanda. ¡Me la llevo! No voy a ser cómplice de un aborto. Mi tío tiene una casa, cerca de San Sebastián, que nadie utiliza, ni en verano. Está cerrada. La abriremos para Jimena hasta que dé a luz; yo me encargo de todo. Luego… ya veremos. Y si ella no quiere al niño cuando nazca, yo me lo quedo. Sea de quien sea.

Resulté tan convincente que Fran abrió sus ojos saltones y acorralados percibiendo un rayo de luz en la noche oscura en que se había convertido su vida. Lo sentí de pronto aliviado, satisfecho por haberme llamado. Sabía que yo siempre estaba ahí para hacer lo que él no se atrevía.

—Doña Lucía —me dijo seriamente el doctor. Sus ojos deseaban estrangularme—, sinceramente, no creo que esté en ninguna situación de opinar. Tiene una familia a la que rendir cuentas. Y un hijo muy pequeño por el que preocuparse.

—Doctor Monroe, ¡hasta aquí hemos llegado! —Y me puse en pie—. No le tolero insinuaciones de ningún tipo que desagradarían a mis padres tanto como a mí, o mucho más.

Fran intervino. No le gustó nada aquella referencia a Blasco.

—Creo, doctor, que vamos a zanjar el tema. —Y me acarició la mano.

Fran me pidió que me sentara, los tres debíamos mantener la calma. Obedecí. Fue entonces cuando, con una seriedad de hombre de negocios que nunca había visto en su rostro, le dijo al doctor que yo recogería a su hija tan pronto como pudiera solucionarlo todo, emprender el viaje y organizar el alojamiento de Jimena hasta que diera a luz. Y sabría agradecerle *muy generosa-*

mente, tanto a Bildur como a él, todas las molestias que la familia Anglada les hubiera ocasionado.

Deseábamos salir de esa madriguera llena de papeles, radiografías, expedientes. Con fotografías desagradables de disecciones y enfermedades atroces, mal colgadas por las paredes. En un lado de la mesa había un cráneo, y junto a la ventana, un esqueleto al que le faltaba una mano.

Nos levantamos y Fran se despidió del doctor con un serio apretón de manos. Le notaba contento por hacer lo correcto. No se había desabrochado el abrigo y el doctor Monroe, con esa bata blanca tan larga, parecía a su lado un enano.

—Mañana mismo recibirá un cheque con mi máximo agradecimiento —concluyó Fran, muy serio— para liquidar el sanatorio y recompensar todo lo que está haciendo por mi hija, doctor Monroe. Y no se hable más.

Fran me agarró del brazo y salimos los dos de allí, victoriosos, como padres de una muchacha en apuros que han sabido encontrar la solución adecuada.

A los tres días Fernanda y yo partíamos con la Compañía de los Caminos de Hierro del Norte de España, hacia Francia, desde la estación del Príncipe Pío. Fueron meses muy ajetreados. Cada tres semanas tomaba la línea Madrid-Irún, hasta que Jimena dio a luz. Las instalé en la pequeña casita de campo de mi tío Constantín Oriol, el hermano mayor de mi padre. Residía en Venezuela desde hacía más de veinte años, y poseía, a las afueras de San Sebastián, cercana a una aldea de pastores, una pequeña casa; pero, más que casa, le había escuchado decir a mi padre que era en realidad como un aprisco, usado por labriegos y pastores, décadas atrás. Nadie se acordaba de su existencia, ni tan siquiera el tío Constantín. Jamás hacía referencia a esa propiedad en ninguna de sus cartas. Creo que simplemente se olvidó de ella. Formaba parte de la herencia de mis abuelos y había ido a parar a mi tío en el reparto; creo que jamás la había visitado. Me las arreglé para conseguir las llaves y no dar explicaciones a mis padres. Para todos Jimena seguía en Bildur restableciéndose de su mal de espalda. En el desván del ático se amontonaban los trastos viejos. Tuve fortuna tras interrogar a mi madre. Recordaba vagamente la caja donde se guardaban llaves viejas que habían pertenecido a todas las propiedades de los Oriol y los Palacios. Y allí estaban, para mi suerte, en un polvoriento estuche de puros habanos, metido en el tercer cajón de un desvencijado escritorio de roble que había pertenecido a mi abuelo, donde las encontré prendidas por un cordel a un cartón amarillento en el que rezaba la dirección de San Sebastián del tío Constantín. Las letras estaban casi borradas, pero no sería difícil localizarlo, en el valle de Oyarzun. Lo que me preocupaba era su estado, podíamos encontrarnos con unas ruinas inhabitables. Quizá, había sido demasiado optimista y precipitada al ofrecérsela a Francisco. Pero ya estaba hecho, buscaría soluciones sobre la marcha. Lo importante era sacar cuanto antes a Jimena de Bildur.

No se cumplieron mis temores. El derrumbado aprisco de mi imaginación era en realidad un acogedor refugio de piedra. Tenía humedades y olía a madera podrida, por las traviesas del techo. Pero enseguida la ventilamos y encendimos la chimenea que calentó con rapidez su única y alargada planta, luminosa y acogedora. Las pocas veces que salía el sol, llegaba hasta el fondo por las largas ventanas de oscura madera, orientadas al sur. Un pequeño refugio bien construido, típico del norte. Limpiamos el jardín. La maleza crecida había protegido la puerta y los ventanales del viento y la lluvia.

La hojarasca acumulada durante años, como una alfombra anaranjada, preservaba un manto de hierba tierna y mullida. Lo importante era la cubierta, de tejas de pizarra inclinadas, en perfecto estado; y la bodega, un pequeño sótano al que se accedía por una trampilla desde la zona de la cocina que permanecía seca y sin filtraciones. Contraté a una criada en Oyarzun para los recados y la limpieza.

El día que recogimos a Jimena de Bildur me dio la sensación de que se había quedado ciega. Me impresionó. Siempre me impresionaba ver de nuevo a esa muchacha tan alta, cada vez más encorvada y con aquella piel de serpiente albina que parecía recubrir sus huesos, cuando la vi sentada en el solitario sillón verde de la salita de espera del sanatorio. Tenía las rodillas juntas y un vestido de cuadros grises. Su vista estaba perdida en el techo blanco y con rodales de humedad por las esquinas, cuando el director abría la puerta y nosotras entrábamos para sacarla de allí. Parecía drogada, con los brazos cruzados sobre el pecho, como si se hubiese acostumbrado a una camisa de fuerza. Pero percibimos en sus ojos una chispa de alegría cuando nos vio a Fernanda y a mí entrar por la puerta vidriada, tras el director. Yo sujeté a Fernanda del brazo para evitar una escena delante de un hombre extraño y taciturno que llamaba a gritos a un celador para que llevase al automóvil el equipaje de Jimena.

No dimos ninguna explicación al director de Bildur ni él nos la pidió. Desde que habíamos entrado en el sanatorio no hacía más que agacharse en mil reverencias, como si fuéramos reinas de Vasconia. Ya estaba todo más que hablado y pagado por Francisco. Era embarazoso para todos la salida de Jimena. «Que les vaya muy bien, señoras. A su disposición para lo que necesiten, señoras. Ha sido un placer atenderlas, señoras», fueron las últimas y empalagosas palabras de ese hombre bajo y fornido, como un levantador de troncos, en un traje en el que no se debía encontrar a gusto. Nos hizo otra reverencia excesiva a las tres, según nos abría la puerta del taxi. Al salir de la rotonda de Bildur reparé en la fuente extraña que había en el centro. El sol la iluminaba.

—¡Venga, hombre! —dijo Fernanda al taxista—. Salgamos de aquí. Este lugar me da escalofríos.

En el asiento de atrás abrazó a Jimena con tal ternura que se me humedecieron los ojos según nos alejábamos por la sinuosa carretera de aquel siniestro caserío. Me pregunté por qué estaba pasando todo aquello en nuestras vidas. Si había algún significado más allá de una sucesión aleatoria e inexplicable de hechos sin otro sentido que la propia existencia.

Jimena llevaba el pelo recogido en dos trenzas enrolladas alrededor de la cabeza. Había sido peinada como una joven aldeana. Solo le faltaba el traje regional. El óvalo de su cara quedaba enmarcado por un flequillo recto y negro. Estaba guapa, muy guapa. A pesar de que tenía los ojos más claros aún —o eso me pareció— y la espalda más curva y retorcida. No llegué a distinguir si había engordado. Su vientre dibujaba una curva suave en su perfil. No la encontré con mal aspecto, a pesar de haber sido sometida a un tratamiento que ignorábamos.

«¡Una señal, es una señal!», no hacía más que repetirme Fernanda en cuanto abandonamos los bosques de Bildur, ya de camino a Oyarzun. Y volvía a abrazar a su niña, como ella la llamaba. Jimena se abandonaba a la pasividad de lo irremediable.

«¡Una señal, doña Lucía, Dios le ha enviado una señal!»

Fueron meses tranquilos y los recuerdo con dulzura. Fran confiaba en mí, sabía que yo cuidaría de Jimena y aliviaba con ello su conciencia. En el fondo, no estaba muy convencido de haberme hecho caso. Por su cabeza pasaban temores e interrogantes. Esperaba que fuese un acierto haberla sacado del manicomio, que es lo que era en realidad Bildur. Un manicomio del que no se salía cuerdo. Ni Fernanda ni yo quisimos imaginarnos las terapias del doctor Monroe. Sus palabras me explotaban en la cabeza y se hacían peligrosas en mi imaginación: «tratamiento incompatible con una vida en su vientre». ¿Y si el niño nacía con problemas? Llegué a soñar con un monstruo en el vientre de Jimena. Pero debía apartar la incertidumbre y disfrutar del embarazo de la joven, como había disfrutado del embarazo de su hermano Blasco, aun abandonada por Francisco. La vida debía celebrarse como el mayor regalo.

De todas formas, Fran no sabía ocultarme su preocupación. Lo que ocurriría cuando su hija pariera. Cuando se hiciera carne y alma el problema que la joven llevaba en el vientre. Todos confiábamos en que parir le cambiase el carácter, que recuperara el equilibrio perdido. Desde que la habíamos recogido en Bildur no la había oído hablar de David, me extrañaba que no lo mencionara nunca. Me alegraba por ello y esperaba que hubiese superado aquella fijación enfermiza que poseía por su tío. Quizá se acordara de Pere. Era normal que se acordara de Pere.

Me di cuenta enseguida, en cuanto nos instalamos en el refugio, de las inquietas miradas de Fernanda al vientre de *su niña*. La trataba con cierta acritud, diríamos que hasta mal. Nunca la había visto así con Jimena, ni el tono adusto de su voz que no podía evitar en cuanto se le pasó la pena. Pensé que ver crecer el vientre de Jimena podría impresionarla de alguna manera. Al fin y al cabo, ella jamás llevaría un hijo en sus entrañas; era demasiado mayor. Pensé que podría tener celos. Fernanda era una mujer anticuada, rural, vestía de luto, no se había casado ni se le conocía pretendiente alguno; ver a *su niña*, sin marido y sin padre para ese bebé, debía llevarla por el camino de la amargura. Y una noche, tras acostarse Jimena, al calor de la lumbre de la chimenea, no pude más y se lo dije:

—¿Qué le pasa? Debería estar más contenta. La hemos salvado de algo terrible. Va a ser madre, y eso debería alegrarle a usted. La vida siempre recompensa, Fernanda, no lo olvide. ¿De qué tiene miedo? Ese tratamiento no va a poder con nosotras. Haremos frente a lo que venga.

—Señora, sabe tan poco de esta familia…

—Pues dígamelo. Y déjeme compartir su zozobra. Estoy de acuerdo, Fernanda: esta familia tiene demasiados… ¿misterios?

—Sí, señora, sí, misterios, y muchas cosas que no se pueden ni nombrar.

Los troncos de madera crepitaban en el fuego. El olor de la leña se extendía por todo el refugio. Habíamos comprado dos mecedoras a un chamarilero de Oyarzun, y los muebles precisos para pasar el invierno: tres bastidores de madera con sus colchones de lana, una mesa de pino para la cocina y cuatro sillas; una cómoda para la ropa, dos percheros, los utensilios más imprescindibles de cocina y ropas de cama. Esos enseres sencillos y rústicos amueblaban la única estancia. Separamos la cocina, que hacía de comedor y salón, de los dormitorios con pesadas cortinas de lana mal tejida de un color parduzco e indefinido.

El calor reconfortante y el olor a madera quemada era la mejor situación para la intimidad. Y quise explicarle, sentada en la mecedora, frente a ella:

—Todo tiene nombre, Fernanda, pero no hace falta usarlo si no lo desea. Y Dios ha bendecido a Jimena con un hijo.

—¡Bendecido! ¿Sabe usted lo que dice? Dios ha castigado a la familia con esta criatura.

—No diga esas cosas, mujer… Dios no castiga con la vida.

—Depende de qué Dios, doña Lucía. El de ellos… es el Dios de los judíos. Y no me haga hablar de más… No se merece mi niña todo lo que está pasando.

—¡De qué habla, mujer! ¿De qué está usted hablando? Dios es el mismo para todos.

—Yo no deseo mal a nadie…, doña Lucía. Y menos a quien me ha dado de comer durante toda la vida. Cristo sabe lo que he pasado yo con esta familia…, ¡y lo que les he querido! Esta servidora veneraba a don Ezequiel, admiraba de corazón a doña Miriam; nunca me importó que fueran lo que fueran; judíos o conversos o ateos, o lo que les diera la gana. Siempre callé y fui comedida, y jamás di oídos a sordos. Y me alegré en el alma cuando don David se ordenó. Pensé entonces que era lo mejor. Pero la muerte de Juliana Roy y… ¡todo!, ¡todo…! Y una ya no puede aguantar según qué pecados. Lo que yo estoy pasando…, doña Lucía. ¡Lo que yo estoy pasando no lo sabe nadie!

Vi a la mujer totalmente consternada, clavada en la mecedora, estricta y rígida como esas viejas de Castilla, duras y austeras, de mandiles oscuros de la mañana a la noche y manos encarnadas. Sus faldas negras caían entre el balancín, y su tez morena y apergaminada me dio la sensación de que llevaba la culpa de un pecado que no se atrevía a confesar. Pero lo confesó. Estaba deseando. Le quemaba la garganta y el corazón. Y dijo:

—La criatura que espera mi niña… ¡Oh, Señor!, no es de quien todos ustedes piensan.

—¿Qué dice, Fernanda?

—Le digo yo que no es de ese joven que la ronda.

—¿No es de Pere Santaló?

—Ni de ninguno que se esconda entre los bosques de Bildur, señora.

—Si sabe algo debe decirlo, Fernanda. Dígame que no la han violado. —Qué horrible palabra era aquélla, pero debía pronunciarla.

—De ninguna de las maneras, doña Lucía. Si mi Jimena lo estaba buscando, lo perseguía, era su sombra y su mala conciencia… Pero no seré yo quien diga el nombre del padre; eso nunca, ni debajo de una lápida. Imagine usted lo que deba y saque sus conclusiones… No quiero perjudicar a ninguno de los dos.

Y pensé en el viaje de David, su precipitado regreso a Tres Robles. Eché cálculos, se cruzó por mi mente el calendario y las fechas… Los números bailaban en mi cabeza deseando que no coincidieran.

—¿Está segura de esa insinuación deshonrosa para don David?

—Estoy tan segura como que esta noche hay luna llena.

Miré a través de una ventana y vi la luna redonda y blanca en el cielo estrellado de aquella noche de invierno. Me estremecí.

—¿No estará usted imaginando de más, Fernanda?

Vio en mi cara la incredulidad y quiso asegurarse:

—¡Si lo he visto todo! Esa escena en el gabinete del señor; ¡desnudos como vinieron al mundo…! ¡Quise arrancarme los ojos y quedarme ciega!

Escondió la cara entre las manos y agachó la cabeza con los

codos apoyados en la cintura. Se echó hacia atrás y la mecedora crujió.

—¡No me dé más detalles! Le pido que recapacite sobre lo que acaba de decir… Existen posibilidades que no controlamos. Pere estaba con ella, era su novio. No hay certeza absoluta. Nuestro deber es siempre pensar el mejor supuesto: y lo que dice usted haber visto no se lo desmiento, ¡Dios me libre!, pero… Lo siento, Fernanda. También es posible la paternidad de Pere Santaló. ¿No se da cuenta? La última palabra la tiene Jimena.

Cuando me rehacía de mis palabras vi sus ojos diminutos y llorosos entre tanta arruga, y me asustaron. No quise ver en ellos lo que debieron de presenciar. Y dijo, balanceándose con suavidad y observando fijamente el crepitar de los troncos de haya:

—¿Quién de los tres será capaz de escribir el nombre de esta criatura, a punto de venir al mundo, en el libro extraño que guardan en un cofre? En él están escritos los avatares de todos los Anglada en el transcurso de los siglos. ¡Lo tienen todo escrito! ¡Todo…, doña Lucía! ¿Qué tipo de familia puede registrar a cada uno de sus miembros durante tantas generaciones? Su huida de Huesca, siglos atrás. Todo lo que perdieron, lo que les usurparon… Una auténtica fortuna que fueron rehaciendo, generación tras generación, en su vagar por Aragón y Castilla… Los que llevaron sambenito y fueron juzgados por la Inquisición… ¡Qué terrible, doña Lucía, qué pena! Si nada bueno les puede pasar a quienes no quieren mezclarse con los demás.

¡Aquellas palabras, sí, las últimas palabras de Fernanda podrían ser el motivo! Me quedé tan de piedra como los gruesos muros que nos rodeaban.

—¿Cómo es que se casó Francisco Anglada con Juliana? —dije, de pronto, sin saber cómo habían llegado esas palabras a mis labios.

—Señora…, aunque criada, Juliana provenía de judíos y era la única en nuestras tierras en edad casadera. Ni siquiera ella lo sabía. Y además, el señor Francisco es muy vengativo… Llevó muy mal que su hermano se ordenara, y otras cosas que no puedo decir. Lo siento, doña Lucía.

Entonces comprendí muchas cosas de las que decían Jimena y Francisco. Y por qué se había desentendido Fran totalmente de mi hijo Blasco. ¿Es posible que llegase a tanto? ¿Y yo... no merecía tener un hijo de él como Juliana Roy?

—Fernanda, tanto usted como yo somos cristianas y no podemos entender según qué cosas.

—Así es, señora. Los Anglada son una familia aragonesa. Muy antigua. Creo que allí eran médicos y gente pudiente. En Tres Robles escuchaba a don Ezequiel hablar en un castellano viejo y raro con la señora Miriam. Lo hacían cuando no había nadie por medio, y hasta el señor Francisco conoce esa lengua porque se la enseñaron de niño. Aunque desde que los señores desaparecieron no la he vuelto a oír. Don David la odia, y el señor Francisco creo que ha debido de olvidarla porque nunca le he escuchado usarla con su hija.

Necesitaba tomar el aire. El cuello del jersey me rozaba la piel.

—¿Jimena conoce toda esta historia?

—Ya lo creo que la conoce, señora. Si es un secreto a voces en nuestra tierra, y ha sido el motivo de muchas de las discusiones de los hermanos. ¿Por qué cree que se llevan tan mal? Cada uno tira para un lado de la cuerda y la niña siempre en medio. ¡Y así ha pasado esta catástrofe! Ella siempre tomó partido por su tío. Porque, aunque don David sea sacerdote, ¡siempre será judío! Le ha arrancado el futuro a mi pobre criatura y creo que también se lo arrancó a su madre.

—No sea ahora racista, Fernanda. Y no tome a la ligera los votos de un sacerdote. Lo que usted cuenta no justifica el incesto. Es un pecado también para el pueblo judío. Tienen nuestros mismos mandamientos, incluso no sabe usted cuántos más. ¿Está segura de lo que dice? ¿Tiene pruebas? Mire... que son muy serias esas acusaciones.

Asintió con la cabeza. Por su férreo semblante supe que todo era cierto. No insistí en pedirle detalles. Con aquello era suficiente. Creí desvanecerme sobre la mecedora y no supe decir otra cosa:

—Váyase a descansar. Mañana… será otro día. Pero una última pregunta: ¿por qué quiere tanto Jimena… a su tío?

Y contestó sin pensarlo dos veces:

—Pregúnteselo usted a ella. Su madre lo quería igual. A veces, doña Lucía, sufro por don Francisco.

¡Dios mío… qué familia!, pensé. ¿Dónde me había metido? Y dije como pude, intentando incorporarme de la mecedora que me parecía un barco a la deriva en un océano tempestuoso:

—Dejemos que el tiempo decida. Y amemos a ese niño todo lo que podamos. No puedo decir otra cosa en estos momentos.

Adelantó el cuello hacia mí para contarme, como si fuese un secreto, arrugando la comisura de sus finos labios, que el señor solía reunirse en la calle del Príncipe con otros caballeros de su misma condición, sefarditas y personas acaudaladas, en una especie de logia. Iba siempre acompañado de Feijóo. El corredor era su sombra. Y ambos parecían hacer negocios y más cosas que ella no llegaba a comprender. En esa calle se reunían banqueros, comerciantes, médicos; republicanos y conservadores, todos mezclados pero unidos por algo que latía en su origen y en su bolsillo. Se defendían del ataque de los periódicos y de los partidos radicales.

—¿No lee usted los periódicos y esos libros que circulan por ahí, doña Lucía…? Hasta les echan la culpa de la caída del rey y del general, que quiso traer a España a los que echaron los Reyes Católicos, ¿será posible?

Dijo que todo aquello era una locura y que no le gustaba la actitud del señor. Antes no se metía en esas cosas, y era arrastrado por Feijóo para desmentir que la república estuviera levantada por judeomasones. Si don David lo supiera… No quería ni imaginarse la que se iba a montar. Claro que… ahora con lo que había hecho…

—Todo son mentiras, injurias, habladurías… Hay mucha envidia en nuestro país. ¿Cómo sabe usted todo esto?

—Porque una tiene ojos y oídos… y ha aprendido a leer; y soy muy vieja. Llevo toda la vida en la *casa*.

—No me cuente más cosas, Fernanda, se lo ruego.

Me levanté. Deseaba dar un paseo alrededor de la casa. No podría abrir la cortina y meterme en el camastro para mirar las vigas del techo sin pegar ojo durante toda la noche. Necesitaba tomar aire fresco y quitarme de encima ese olor a chimenea que me asfixiaba. Necesitaba meditar, pensar en todo aquello y exculpar a Pere Santaló de lo que había pensado de él.

—¡Lo que quiero yo a esta niña…! Lo siento, doña Lucía, lo siento. Perdone a esta mujer que ha sido siempre una tumba, pero usted se merece la verdad. Toda la verdad. Buenas noches.

Se levantó y vi desaparecer su negra figura tras el cortinaje.

El embarazo de Jimena transcurría tranquilo y silencioso. La veía agradecida a mí y a Fernanda y asumía su parte del trato como una mujer adulta y sensata, dispuesta a aprovechar la oportunidad de comenzar una nueva vida. Yo no podía ni creer el cambio gestado en ella, y no precisamente por su internamiento en Bildur, del que nunca hablaba, como si no hubiera existido. Era como un gran agujero negro. Podríamos decir que Jimena era feliz con discreción, tan feliz como yo nunca la había visto. Se miraba y acariciaba el vientre ante el espejo, y éste crecía sin darle ninguna preocupación. La cicatriz de la cara le marcaba una hendidura en la mejilla que había dejado a su paso un rostro asimétrico.

Poco a poco había adquirido la costumbre de caminar descalza. Y descalza daba largos paseos al amanecer por las veredas que rodeaban el refugio, siempre mojadas, sin importarle la humedad del suelo ni la frialdad de los caminos. Se levantaba ligera y rauda y salía a caminar a primeras horas de la mañana, mientras su hijo crecía en su vientre en los solitarios montes de Guipúzcoa, como ella creció en sus extensas tierras de la frontera de Castilla y Aragón. Fernanda la miraba con inquietud a través de las ventanas del pequeño hogar que habíamos formado entre las tres esperando al niño, y contábamos cada día arrancando una hoja en el calendario de 1934. Era maravilloso experimentar los anhelos de la maternidad compartida entre mujeres aisladas del mundo. Ni los pastores se acercaban por los alrededores.

Según avanzaban las semanas, hacia el mediodía, le costaba caminar. Su débil columna no aguantaba el peso de su hijo. Se tumbaba en la cama y contaba las horas en el reloj invisible del techo. Quizá pensara en Bildur. Pero aguardaba con sosiego la llegada de ese niño. La paternidad de su vientre ya no era un misterio, pero las tres callábamos. Como si las palabras pudieran desenterrar al demonio que esperaba a Jimena en algún lugar, agazapado, al acecho. Y ese niño no era la obra de Dios, como había dicho Fernanda en una ocasión, sino la de un hombre. Las dos vivían los días grises del norte, esperando. Cuando llegaba de Madrid las ayudaba a bordar la ropita del bebé y ocupábamos las horas de luz en los preparativos del nacimiento. Para llegar al refugio, pequeño y acogedor, había que recorrer un sendero de helechos y rododendros que florecían a finales de invierno, de más de un kilómetro hasta entrar en un pequeño prado. Todos los días llovía al amanecer. Con el viento del sur llegaba el olor de los establos y de la leña quemada; y con el del norte el del salitre y el mar. Si Bildur era un lugar misterioso y oscuro, dentro de un bosque encerrado en un valle, la casa de Constantín, a treinta kilómetros de San Sebastián, suponía para ellas un pequeño paraíso.

Por las mañanas nos traían del pueblo mantequilla, y leche recién ordeñada, panes y queso fresco. Más tarde llegaban las verduras, las frutas y la carne de ternero. En nuestra fresquera prácticamente no entraban más alimentos, alimentos que en Madrid solo estaban al alcance de muy pocos bolsillos. Pensaba con desazón en la despensa vacía del colegio y en la falta de leche por las mañanas para tanto niño. De camino a Madrid, cargaba cuanto podía para la hermana Juana, queso y carne roja que ella celebraba besándome las manos como si yo fuera una Virgen, y no era más que una mentirosa ayudando a parir a la hija de su amante, desatendiendo a sus propios hijos y engañando a un marido que la había abandonado, aburrido de sus mentiras. Y mis hijos que, bien cuidados, me echaban de menos más de lo que nunca quise imaginar.

Mis ausencias de Madrid, durante los días que pasé con ellas, las excusaba ante mis padres inventando viajes a Valladolid, Palencia, León o Zamora. Debía entrevistarme con las candidatas que nos pedían admisión en nuestra comunidad de López de Hoyos. Conocer sus vidas y realizar visitas a los conventos de la comunidad en Tierra de Campos, me ayudaba a reorganizar el orfanato. Y era cierto, en parte; numerosas cartas nos llegaban al colegio con peticiones de trabajo y de ingreso en nuestro centro, pero no estábamos en situación de mantener más bocas hambrientas de las que ya teníamos.

Iba y venía en tren. Fran me acribillaba a preguntas sobre la salud de su hija mientras me ayudaba a descender del vagón en la estación de Príncipe Pío; y yo, como un río desbordado, le ponía al corriente del embarazo de su hija y de la situación en la casita de Oyarzun. Cada vez lo veía más viejo y más amordazado. Pero para mí fueron viajes de libertad. Mi madre me arrinconaba con sus largos sermones sobre el matrimonio y la familia católica y Roberto hacía gala de marido despechado al otro lado del Mediterráneo. Mis padres o conocían o se imaginaban el estado anímico de Roberto y mi padre sabía mucho más que eso. Por el transcurrir de los acontecimientos, tiempo después, supe que los dos conspiraban un ardid que reforzaba la influencia de Roberto en mi vida, en nuestra familia y también en nuestro país. Silencioso como un cordero, mi marido se agazapaba tras su partido fascista para echarse sobre nosotros, aunque tuviese que esperar varios años para ver cumplidas sus aspiraciones. Yo entonces pensaba en mi padre, en su silencio sobre mi ruptura matrimonial, ese silencio que esconde secretos. Mi padre durante esa época hizo varios viajes a Roma, según él a resolver sus negocios en Italia, pero al igual que mis viajes a Oyarzun, de ello no se hablaba en casa. Mi madre y él conversaban en voz baja y comencé a notar que algo se me ocultaba. Todos en aquella casa de

Marqués de Urquijo parecíamos esconder secretos. Y todavía llevo a mis padres en la memoria, sentados el uno junto al otro, calentándose los huesos en la chimenea, pasando las hojas de los diarios, sorprendiéndose de las noticias y mirándose el uno al otro en silencio.

Y respecto a mi vida, en cuanto Jimena pariera y su hijo estuviese en condiciones de viajar, me los llevaría a Madrid, quisiera o no quisiera Francisco Anglada. Claudio y Blasco me necesitaban y ya eran insostenibles aquellos viajes. Retomaría mi vida donde la había dejado.

Decimosexto testimonio

Él de ninguna de las maneras quería en su casa a ese niño, bastardo de alguien a quien odiaba con toda su alma. Pere Santaló había desaparecido de la vida de los Anglada y, de momento, nada se sabía de él, tras la salida de Madrid de Jimena para ingresar en Bildur. El muchacho literalmente se había esfumado. Francisco estaba seguro: se escondía como un cobarde. Pero yo no era quién para contrariar la idea que se había forjado Francisco sobre la paternidad de su nieto. La realidad podría ser terriblemente peor que culpar al joven, y a lo mejor, con suerte, Pere era el padre de Tomás y tampoco aparecería de nuevo en sus vidas y se perdería por la ciudad con otra novia u otra vida.

Por otro lado, Francisco temía como un mal viento el regreso de su hija y la vuelta a las preocupaciones domésticas, añadiendo ahora una más: un bebé en la casa de Pintor Rosales. Habría que acondicionar una estancia para él, una habitación contigua a la sala del piano y a la habitación de su hija, al final del corredor de la primera planta, lo más lejos posible de su dormitorio. No podría soportar tener cerca el llanto del niño, ni tan siquiera la respiración de ese pequeño que personificaría todos los valores que odiaba. Se consolaba con la idea de tener por fin amarrada a su hija. Pero, sobre todo, el nuevo problema para Francisco era de origen biológico, genético, según sus propias palabras. El niño llevaría en su sangre la maldad de esa cínica familia de usurpadores y anarquistas que podrían presentarse en cualquier momento y hundirles la vida y la economía.

La tensión por el parto de Jimena se le hacía insoportable. Todos los planes e ilusiones que había depositado en ella desde que salieron de Tres Robles se le vinieron abajo. Lo veía taciturno y cansado. Pasaba los días y las noches encerrado en su despacho de la calle del Factor, en compañía de su corredor que lo acompañaba en todo momento, sin separarse de él, desde que salió Fernanda de Madrid. Por otra parte, su hermano, cuando supo del embarazo de Jimena, por Fran, y su posterior salida de Bildur, se había encerrado en el más absoluto de los mutismos. Fran no le comentaba detalle alguno sobre la evolución del embarazo. Como si no existiese. David tampoco preguntaba por su sobrina y aceptó sin objeción la decisión de Francisco de enviarla al refugio de Guipúzcoa y sacarla de Bildur para salvar al niño. David parecía amordazado por su propio silencio, escondido en un paréntesis del tiempo. Y Fran respiraba de que fuese así y no le pidiera, de momento, explicaciones ni detalles de cómo le había podido suceder semejante fatalidad a su sobrina. Francisco ya tenía suficiente con sus propios reproches y culpas. Le agradecía a David su reserva, y creyó que su hermano respetaba su luto por la tragedia de la joven. Era su explicación a la falta de preguntas de David.

No sabíamos de él más allá de los asuntos de la finca. La tierra arcillosa de Tres Robles se lo había tragado.

Francisco estaba más unido a mí que nunca, tranquilo de saber que Roberto ya no vendría por Madrid, y más con las noticias que llegaban de Italia y su amistad con Alemania. Yo necesitaba reflexionar acerca de todo lo que había descubierto sobre ellos. Fran se había rendido a mis decisiones en todos los asuntos importantes de su vida privada. Diríamos que Lucía Oriol había pasado a ocupar el papel de una esposa, y prácticamente de madre de Jimena; algo que había deseado desde que Fran irrumpió en mi vida. Y por fin, casi lo había conseguido.

En el mes de abril me encontraba en Madrid organizando el viaje para ayudar a Fernanda con el parto. Tenía preparados todos los encargos: el ajuar del bebé, ropita de cuna, medicamentos, una radio… Fran y yo nos encontrábamos en su casa de la Ciudad Lineal. A la mañana siguiente me acompañaba a la estación.

Me hallaba en la extrañeza de pisar en falso. Un terreno movedizo se agitaba bajo mis pies. Le necesitaba con urgencia y con dulzura, y su piel morena y ágil, ahora sí lo sabía, de un hombre perseguido en el túnel del tiempo, me llevaba a la codicia de amarlo con toda la nobleza de mi alma. Había tenido el valor de decirle que yo misma le esperaría en aquella casa solitaria de Arturo Soria. Tenía las llaves en mi bolso, pero nunca entraba en ella, salvo detrás de los pasos seguros y firmes de Fran para que, nada más entrar, su sombra me acaparase entera, como la concha acapara a su perla.

La bombilla de la lamparita de la mesilla de noche se había fundido. Una vela en su palmatoria de blanca porcelana iluminaba las inscripciones del dosel de la cama. Había salido del baño y olía a madera y a incienso. Quería explicarle que no se escondiera del pasado ante mí, que podía imaginar todos los avatares por los que había pasado su familia desde Adán y Eva, desde el primer relato que la humanidad contó a sus hijos. Era el momento de sentirse libre y liberarse del pasado para que la verdad nos regalase un futuro juntos.

Se tumbó junto a mí, con la toalla alrededor de sus fuertes caderas, y escuché de sus labios:

—No podré resistir la presencia de ese bastardo. Dará sus primeros pasos en el jardín de *mi casa*… Podría caerse en el pozo, en cuanto sepa subir a gatas los dos escalones y encaramarse a la polea para jugar con el cubo, prendido de la soga.

—¡No puedo creer lo que estás insinuando, Francisco!

Se incorporó y dio un puñetazo sobre la almohada. Me levanté y comencé a vestirme. Él se sentó en el borde de la cama. La placidez del sexo y del amor había dado paso en su rostro a la crispación de los peores pensamientos. Se sujetó la cabeza con las dos manos. Se podía ver la sangre de sus venas hervir a través de la luz de la vela.

—Necesito entender… ¿por qué te estás comportando así? —le reproché—. No tienes ningún derecho. Es su hijo, tu nieto. ¡Y lo vas a querer como quieres a Jimena! No estoy empleando mi tiempo, ni mi amor ni mi dinero en esos desgraciados que llegan a mi orfanato para que tú ahora cargues mi conciencia con un huérfano más. ¡No tienes ni idea de lo que es no tener una familia…! Ni nada en la vida más que miseria y hambre. Tendrías que venirte conmigo unos días a López de Hoyos y ver la cara de esos niños; darte cuenta lo que pasa fuera de *tu mundo* de negocios.

—Lucía, no te das cuenta: ¡lo hago para proteger a mi familia!

—Pues la estás destrozando. Esas criaturas de las que reniegas…

Y no seguí. Me di cuenta de los juramentos que me hice cuando me abandonó: nunca le confesaría la paternidad de Blasco, y ahora me estaba traicionando a mí misma. Estaba traicionando mi orgullo por amar una quimera.

—Hago lo que puedo. Lo siento. No lo quiero en mi casa, no lo quiero con mi hija, no lo quiero vivo. No lo quiero. ¿Es tan difícil de entender?

Su voz se volvió miserable y profunda, con los ecos de la caverna que había en él y en la que cada vez se encontraba más solo.

—Esa criatura te ayudará a darte cuenta de quién eres.

Me miró como si yo no entendiese nada.

—Dime una cosa, ¿cómo puedes querer a todo el mundo? Yo no puedo…, sinceramente. Quizá sea lo que me enamora de ti. Te voy a hacer caso porque sé que llevas razón en lo importante de verdad. Tienes el poder de abrir en mí un agujerito por el que puedo respirar cuando ya no me queda aliento. No me extraña que Roberto te ame sin condiciones.

—No metas en este entierro a quien no lleva velas. Roberto no es asunto tuyo, como bien dijiste una vez a tu hermano respecto a mí.

Guardó silencio. Levantó la cabeza y dijo:

—¿Vas a volver con él? No puedo darte lo que tú mereces. Lo siento. Quiero que te quedes a mi lado. Soy un egoísta, lo sé, pero te necesito. Te amo como jamás he querido a ninguna mujer. ¿Voy a perderte?

—No lo sé, Francisco, no lo sé.

Sobre la cama, con las piernas abiertas, desnudo como vino al mundo, mirando cómo me vestía lo amé profunda y desesperadamente. Me puse los guantes y el chal y me tumbé a su lado. Aquellas palabras suyas: «¿Cómo puedes querer a todo el mundo?» se me habían clavado en el corazón. Eran cuchillos que escarbaban en una herida abierta, porque le estaba regalando a su hija lo que yo robaba a los míos: el tiempo de una madre. Ofrecía a los Anglada el espacio de mis hijos y de mi familia.

Lo abracé y siguió sin moverse, sintiéndome, dejándose besar por mi boca deshecha. Mis labios recorrían su enorme pecho, perfecto y terso. Los pliegues de las sábanas, azules como los ojos de su hija, se enroscaban entre nosotros para amarnos otra vez. Tan grande y derrotado, y al mismo tiempo tan cruel. Me conmovió verlo en plena caída. Y supe que lo amaría hasta el último instante de su vida.

Me levanté y me ajusté los guantes. Se incorporó lentamente, arrastrando el cuerpo sobre las sábanas arrugadas, y se sentó en un extremo de la cama. Miraba las baldosas del suelo sin ver su color ni su textura. La palmatoria alumbraba la mitad de su cuerpo. Entre las tinieblas de la habitación parecía un hombre de bronce.

Y vestida me acerqué a la ventana, en silencio. La calle estaba desierta, las verjas del velódromo brillaban en la oscuridad. Ya no me gustaba ese barrio. Cada día me sentía más incómoda en él.

—Sé que haces un esfuerzo por venir hasta aquí; no hay que

ser muy tonto, mi niña. Te agradezco que estés a mi lado. Eres lo único que me queda, y te necesito. No me abandones, por favor. Buscaré otro lugar para los dos. Pondré el mundo a tus pies si me lo pides. Pero no regreses con Roberto, no te vayas a Italia.

—Eres pura contradicción, Francisco. El mundo es demasiado grande. Y éste es nuestro mundo: el real. Y esta barriada parece más un cementerio que una ciudad de verano. Se ha quedado a medias. Y dudo que se termine algún día. Las bellas mansiones casi todas se venden ahora. La gente se va de aquí. Ayer recorrí la calle de arriba abajo, ojalá no lo hubiera hecho. El teatro está abandonado y la maleza llega al escenario. Las cristaleras del restaurante se vienen abajo, el pavimento del frontón está resquebrajado y hundido. No sé si has invertido bien tu dinero en estos terrenos. Esa teoría de las ciudades lineales…, en España no sé si va a resultar. Mi padre nunca ha tenido buena vista para los negocios.

—¿Y qué importa, amor mío? ¿Qué importa ahora este lugar? Lo venderé todo. Nos iremos a la otra punta de Madrid.

De pronto, una ráfaga de viento levantó el polvo de la calle; se llevaba a su paso la tierra reseca. Se formaban nubes de arena que iban a morir sobre los muros de las fincas medio abandonadas. Los arriates del bulevar estaban yermos, desde los pinares de Chamartín de la Rosa hasta la carretera de Aragón. Había hermosos chalets a los lados de la ancha carretera que recorría los cinco kilómetros por los que discurría la Ciudad Lineal. Una linealidad de buenas casas que no daba a ninguna parte. En las calles de detrás se levantaban las más sencillas y humildes, construidas para economías menores. De noche, toda la ciudad parecía descabalada, desierta. Había perdido toda ligereza y las luces y el lujo de décadas atrás. Tan alejada, al noreste de Madrid, en pleno campo, entre los pueblos obreros y destartalados del extrarradio. Recordaba el anuncio que aparecía en los periódicos, años atrás. Lejos quedaban aquellos reclamos:

A cada familia una casa, en cada casa una huerta y un jardín.
Donde no pueda vivir un árbol, no pueden vivir las personas.
Ruralizar la ciudad y urbanizar el campo.
La Ciudad Lineal, el mejor sitio para veranear.

Desde la ventana veía la parada del tranvía. En veinte minutos alcanzaba Cuatro Caminos. De ahí hasta la Moncloa se llegaba en dos transbordos. Antes me gustaba esta nueva ciudad en ciernes, la más perfecta de las ciudades modernas, según Francisco y mi padre, que habían invertido grandes sumas de dinero en ella. Pero en realidad solo era un pequeño fragmento urbano, una ilusión venida a menos. La compañía urbanizadora estaba en quiebra. La colonia tenía un aspecto abandonado, pero aun así hallaba su propio espíritu en sus calles destartaladas y elegantes. Nunca asistí al teatro ni al parque de diversiones, a los que acudían desde Madrid cientos de personas en verano. Ahora, las atracciones habían sido desmontadas y las ovejas pastaban entre piezas oxidadas y columpios corroídos. Me parecía una ciudad fantasma al anochecer. Ni un alma por las calles sombrías de tierra, a la luz de las farolas; muchas todavía de gas porque a menudo se iba la luz. La central hidroeléctrica a veces se venía abajo. Las ovejas caminaban entre las calles mordisqueando el escaso césped de los márgenes; algunas eran atropelladas. En más de una ocasión los pastores habían organizado altercados. Mis pensamientos vagaban por el fin del mundo.

Un gato negro cruzó la calle y se coló entre las rejas del velódromo. Quitaron la pista de atletismo para construir un campo de hierba para el Real Madrid. El gato giró la cabeza antes de desaparecer en la oscuridad. Mis ojos, los únicos ojos en toda la calle de Arturo Soria, estaban sobre él; y eso para un gato no pasa inadvertido.

—Acércate —me susurró—. Ahí afuera no hay nada. Apártate de la ventana.

Me senté a su lado y le dije que se vistiera, me tenía que ir a casa. Pero sus manos fuertes y precisas comenzaron a desvestirme otra vez. Su cuerpo atlético, sobre las sábanas, pretendía no dejarme marchar. Su pene, contundente y moreno, se insinuaba en una noche de amor e insistía en no terminar nunca.

—No se me quita de la cabeza lo que has insinuado, Francisco; eso del pozo y el niño, de la soga… Me asustas. Sé que no serías capaz de desear nada malo a tu nieto.

—Venga, no me hagas caso. Sabes que soy impulsivo…; pero nada más. Ya veremos lo que hacemos con él. Te lo regalo.

—Como me has regalado a Blasco, ¿verdad?

Me levanté rápido y él detrás, como si lo hubiese abofeteado. Salí del dormitorio y le esperé en el silencio del hall a que se vistiera y me sacase de allí.

Dos días después, por la noche, me apeaba en la estación del norte de San Sebastián. Una corriente de aire me despeinó tras abandonar el compartimento y bajar del coche. El sombrero voló hacia las marquesinas metálicas que cubren las vías y lo vi descender al otro lado del andén. Iba cargada con dos pesadas maletas, así que no me sentí con ánimos de cruzar la pasarela para recuperarlo y me dirigí hacia el pabellón de salida. Un mozo vino en mi ayuda en cuanto vio en mi mano el billete de primera clase del que intentaba deshacerme. «Gracias, se lo agradezco, pero no hace falta», le dije muy seria, quitándole una de las maletas de la que ya se había apoderado. Tras un incómodo forcejeo el mozo la soltó y, en una rápida maniobra, me adelantó. Cojeaba de una pierna y me hacía ademanes con los brazos para guiarme hasta las escaleras de salida. Volvía la cara hacia mí, con una sonrisa torcida. Me dio repelús… Caminaba agachado y cojeaba de una pierna, como un esqueleto a medio romperse. En cualquier momento se le caerían los huesos en el andén. Y de pronto desapareció. Bajé todo lo rápido que pude y tomé el taxi que me esperaba, parado frente a los soportales del edificio.

Cuando llegué al refugio vi a Fernanda muy alterada. Ansiosa por verme. Se frotaba las manos sobre el mandil, encarnadas de trabajar. Llevaba un pañuelo negro en la cabeza atado en la nuca. Igual que una campesina.

—Anorexia nerviosa —exclamaba Fernanda—. ¡Anorexia nerviosa, eso es lo que decía el doctor Monroe! Una nueva enfermedad. Está débil, no come, ese niño necesita a una mujer fuerte que lo saque al mundo. He ido a buscar a la matrona. Y los sabañones se le han infectado.

Unas brillantes ulceraciones en las falanges le inflamaban los dedos a Jimena y parecían no dolerle. El invierno había sido demasiado húmedo y frío, allí en el norte. Todos los días llovía al amanecer. Casi nunca salía el sol y, cuando lo hacía, coloreaba el verdor del bosque de una forma espectral, sin calentarlo.

Todo el embarazo se lo pasó la hija de Francisco Anglada caminando por los alrededores de la casa, desde el amanecer hasta la hora del almuerzo, entre la selva de matorrales y arbustos curvados por los vientos septentrionales, cargados de humedad. Pisaba la hierba salvaje y crecida de un terreno cenagoso que la criada se afanaba en limpiar de púas y espinas. Ni Fernanda ni yo la llegamos a entender del todo. Parecía disfrutar con mirarse los pies heridos, salpicados de rojeces y pequeños cortes en las plantas que a mí me desquiciaban. Su equilibrio mental dormía en una cuerda floja y se rompía por los lados como se rompía su espalda con el peso de su hijo. La curva era ya insostenible.

La veíamos sujetarse el vientre e imaginar los movimientos del bebé. Daba vueltas continuamente por el húmedo y descuidado jardín con ganas de vomitar, como un animal encerrado. Se apoyaba con una mano en los troncos de los árboles y con la otra se apretaba la tripa para acariciar a su hijo. Era imposible hacerla calzar. Su testarudez enfermiza y sus ideas sobre el cuerpo resultaban incomprensibles a ojos de cualquiera. Cumplía con tesón su promesa de caminar descalza. Era su forma particular de agradecerle a Dios el haber metido en su vientre a ese niño para salvarla del manicomio y de la oscuridad cernida sobre ella desde que entró en Bildur.

En escasas ocasiones hacía referencia a su encierro. Parece

que estuvo recluida en una habitación sin ventanas. Y así debió de pasar todo el tiempo que estuvo ingresada, durmiendo día y noche en una oscuridad perpetua, apenas rota por enfermeros, jeringuillas, píldoras, sopas templadas, camisones acartonados, pastillas de jabón, esponjas y palanganas de agua fría. Largos corredores desiertos. Gritos y lamentos con voz de mujer tras puertas cerradas, donde se ocultaban esas voces que ponían la carne de gallina. Todas las ventanas con postigos. Y esos susurros de los celadores en un idioma desconocido y extraño. Creo que Jimena era consciente del paso del día y de la noche. Dijo que al amanecer sonaba una música constante y tenue. Emanaba como si fuese una corriente de agua por un altavoz pegado al techo, que la orientaba sobre el comienzo y el fin de la jornada por ligeras variaciones en su fluir. De noche dejaba de sonar. Y esa sucesión de sonidos y silencios marcaba el paso de los días y las noches, abandonando su cuerpo y su mente en la maraña del sueño. Creyó que esa música no era otra cosa que el sonido del agua de la clepsidra al caer en la vasija. Y por algún mecanismo extraño, estaría conectada a ese altavoz del techo de la habitación para atormentarla con el extraño y desagradable ruido que produce un caño constante de agua estrellándose contra sí misma.

Pero eso ya formaba parte del pasado. Y yo estaba segura de que el embarazo la había salvado de la locura.

El 23 de abril de 1934 nació Tomás Anglada en la cocina del refugio de mi tío Constantín, a veinte kilómetros de Hendaya, en la frontera con Francia.

Jimena gritaba con histeria. Nos rogó que no avisáramos al médico de la ciudad, y fue asistida por la partera de un poblado cercano. Una mujer de campo y de caserío. Hablaba el vascuence de las aldeas. No le extrañó encontrar aisladas a dos mujeres acompañando a una joven parturienta. El resto de la historia era fácil de imaginar. Y más llegadas de tan lejos.

Apareció en plena noche, envuelta en un mantón de rayas, seguida por su hija que era a la vez su ayudanta; una chicarrona fuerte como un caballo. Con menos de quince años y ya sabía más de partos que nadie. Sus dientes eran afilados y blancos como la nieve, y sonreía tontamente cuando Jimena mordía desesperadamente el paño mojado. Fernanda soplaba con Jimena e inflaba los carrillos cada vez que su niña hacía fuerzas para sacar de su vientre a ese hijo que se le agarraba a las entrañas y que se negaba a salir al mundo. Quizá adivinaba su futuro.

Tomás venía de nalgas. Si no hubiese sido por la habilidad de la partera, que metió el brazo dentro del cuerpo de Jimena para dar la vuelta al niño y desenredarle el cordón umbilical que le estrangulaba el cuellecito, habría nacido muerto, tras quince horas de agónico parto. Tuve la sensación de que la matrona, a más de una vaca, habría ayudado a parir, con la destreza de un veterinario. Pero lo que llegaba no era un ternero sino un niño grande y sano, de cuatro kilos y medio, blanco y con los ojos tan azules como su madre. Una mata rubia de pelo ralo le caía por las sienes arrugadas. Vi en Tomás a mi hijo Blasco: el tamaño de sus pies y de sus manos, las dimensiones del tórax y la impronta corporal de los Anglada. Y vi a Jimena cerrar los ojos cuando oyó a su hijo llorar con la furia de la vida.

El parto la dejó malherida. Nunca se recuperaría de él completamente.

La matrona, con sus manos fuertes de mujer segura, tras el parto, le colocó a Tomás alrededor del cuello un collarcito de suave junco trenzado cuando lo bañaba su hija en la palangana.

—¿Para qué es eso? ¿Qué hace usted? —preguntó Fernanda.

La ruda mujer se volvió y dijo:

—*Amaren zorte txarra kentzeko.*

—Hable en cristiano, señora —protestó Fernanda, ante la atenta mirada de la hija, que intervino escurriendo el agua templada y jabonosa de la esponja sobre la cabecita del niño:

—Dice que para librarlo de la mala suerte de la madre.

—*Seme-alabak ez dira anaiak.*

—Que el niño no tendrá hermanos.

Sacó al bebé del agua y lo dejó con suavidad y dulzura sobre la mesa de la cocina, cubierta con una manta y un lienzo de lino blanco. Le colocó un pañal y anudó con destreza las cintas sobre la tripita de Tomás.

—Pero ¿esta mujer qué es? ¿Una bruja o una partera? ¡Ande, vaya con Dios! No necesitamos brujerías —dijo Fernanda, y abrió un paño donde guardaba el dinero.

Se apresuró a darles el estipendio acordado y una buena propina por las horas de más. Las echó rápidamente como pájaros de mal agüero, arrepintiéndose de no haber llamado al médico, tal y como teníamos que haber hecho. Lo cierto es que las dos campesinas supieron hacer el trabajo tan bien como un ginecólogo, o mejor. Y no creo que la partera hubiese asistido nunca a una clase de medicina en el hospital de San Carlos.

El ama de Tomás era una jovencísima madre que la partera envió al día siguiente, con tres hijos seguidos, fuertes como árboles, que esperaban sentados en el suelo, junto a su madre, comiendo a carrillo lleno bizcochos y tazones de leche. Tras el parto, a Jimena le dolía tanto la espalda que llamamos a la ruda matrona en dos ocasiones. Jimena nos rogaba que no avisásemos a ningún médico de San Sebastián. Fernanda y yo nos entendíamos con la mirada y teníamos el pensamiento puesto en los médicos de Bildur. La partera llegó con hierbajos y pócimas de aldea que surtieron efecto. Y yo, a los cuatro días del parto, regresé a Madrid para volver a por ellas cuando Fernanda viese oportuno sacar a la madre y al niño de allí.

Jimena tardó más de dos semanas en poder levantarse de la cama.

En diez días mejoró y parecía algo más fuerte. El niño era blanquito, robusto y sano; dormía todo el tiempo. Le dijo a Fernanda en varias ocasiones y siempre cuando llovía y las tormentas arreciaban sobre el refugio: «Mi hijo tiene que hacerse fuerte, Fernanda. Resistente al frío, al viento y a todos los peligros. Prométeme que te encargarás de él. ¡Júralo!». Y Fernanda se ponía enferma con este tipo de declaraciones. Jimena solo se separaba de Tomás cuando el ama de cría lo amamantaba, siempre bajo sus ojos azules, atentos y bien abiertos. Cada día estaba más consumida. Apenas le llegaba leche a sus pequeños senos y lloraba por ello con rabia y desesperación. Envidiaba a la joven campesina y se mostraba seca y rencorosa con ella.

Y tal y como tenía previsto, regresé a Oyarzun para ponernos de viaje de nuevo y cerrar el refugio, al que ninguna de las tres regresó jamás. Ni volvimos a pisar las tierras húmedas del norte. Mi familia nunca supo del nacimiento de Tomás Anglada en la casa perdida del tío Constantín. La olvidamos, como olvidada estaba para toda la familia. Pronto creció la maleza otra vez y tapió puertas y ventanas hasta convertirla en manto y en lecho. Veinte años después me llegaron noticias: mi tío había muerto en Venezuela sin dejar descendencia legal. Apareció el título de propiedad de la pequeña parcela y su construcción en la caja fuerte de un banco de Caracas. Toda su herencia se repartió entre sus cuatro hermanos. Y le tocó a mi padre en el reparto. Al final, cosas de la vida, la heredé yo y soy su legítima propietaria.

Con el paso de los años, casi un siglo, es uno de esos terrenos algo siniestros que han quedado abandonados entre las nuevas parcelaciones. Y uno se pregunta cómo es posible que haya podido sobrevivir a la especulación. Y cómo es posible que yo haya podido sobrevivir a todas las personas de esta historia.

TERCERA PARTE

Ciudad de amor y de muerte

1936

Decimoséptimo testimonio

I ban a dar las doce de la noche cuando entraba en casa. Mi padre le dijo a su enfermera que hiciese el favor de salir de la habitación y me llamara, había oído desde la cama la puerta de la calle y deseaba hablar conmigo antes de que entrase en la habitación de mi madre a darle las buenas noches y luego a mis dos hermanos, siguiendo mis rutinas nocturnas, cuando llegaba del orfanato o de donde viniera, para acto seguido acostarme en la habitación de mis hijos. Claudio y Blasco habrían estado revoloteando todo el día con el balón, estrellándolo contra las puertas y la pintura de las paredes que ya estaban desconchadas y maltrechas; juegos de niños duros y sufridos, sin trabas ni límites, llenos de fantasía, ávidos por salir a la calle y correr y reír y no hacer caso a nadie. Esmeralda me encontró justo con la mano levantada para llamar al dormitorio de enfrente al que ocupaba mi padre ahora, a raíz de una angina de pecho del pasado mes de mayo. Reposo absoluto era parte del tratamiento, y una dieta a base de acelgas y pescado hervido para adelgazar veinte kilos. En el último año caminaba con dificultad y sus ahogos y mala respiración nos habían dado más de un susto. Estaba muy envejecido. Su dinero en la Bolsa había perdido gran parte de su valor y sus negocios inmobiliarios en el ensanche estaban casi paralizados.

—Entra, Lucía, entra.

—¿No es muy tarde, padre?

—La hora a la que tú has llegado.

—Lo siento… He tenido demasiado trabajo; estoy tan cansada… ¿Qué tal ha pasado el día? ¿Le cuida bien Esmeralda?

—Bien, bien, perfectamente… Ven, siéntate a mi lado —dijo, con una voz muy seria, dando unos golpecitos con sus dedos rechonchos sobre la colcha. Estaba recostado en el cabecero sobre dos almohadones—. Quiero hablar contigo.

Esmeralda le retiró el termómetro de la axila y disolvió unos polvos en medio vaso de agua, siguiendo las indicaciones de la receta del doctor Monroe. Antes de salir de la habitación dejó el vaso sobre la mesilla. El líquido blanquecino hacía un remolino.

—¿Ha pasado algo? ¿Se han portado mal los niños? Mañana hablaré con Dolores…

—No es eso, Luchi. Es mucho más serio: necesito tu ayuda; es un tema delicado. Pero eso después, ahora quiero prevenirte del mal humor de tu madre. La situación en casa es complicada, hija —se azaraba. Su rostro estaba congestionado. Le iba subiendo aún más el color—. Vamos a mandar a tus hermanos a Galicia con la familia de tu madre la semana que viene; no vamos a esperar a que terminen las clases. Faltan un par de semanas para finalizar el curso y pasarán el verano en Sangenjo, con los Palacios; tu tía se ha alegrado mucho y ya está con los preparativos. Tu madre ha hablado por teléfono con ella y luego con el padre Juan; los ha matriculado, esta misma mañana, en los Escolapios; empezarán allí el próximo curso. En Galicia no se ha atrevido el gobierno a cerrar los colegios religiosos. Las cosas ya sabes lo mal que están en Madrid, y peor que van a estar. Y luego… esos niños tuyos… ¡Dios mío, cuánto los quiero! Pero necesitan un padre, Lucía. ¡Esto es una locura de familia!, ¿no te das cuenta? Un desorden, un auténtico desorden, como bien dice tu madre. Tus hijos se hacen mayores, necesitan disciplina, orden... ¡Están asilvestrados! Claudio cada día es más rebelde; necesita a su padre. Nosotros ya estamos mayores y Dolores hace lo que puede.

—Todo eso es obra de ella, ¿verdad? ¿Por qué hace de mensajero, padre?

—¡No seas injusta, Luchi! Las cosas están así, y tú, hija mía, te niegas a ver la realidad. Solo queremos protegeros. Desde que te casaste has vivido con nosotros. Nunca te hemos puesto límites a lo que has querido... Has viajado donde te ha dado la gana, siempre hemos cuidado de tus hijos y sin preguntar demasiado; aparte, claro está, de la fortuna que me está costando esa obra tuya del orfanato. ¿Qué más nos puedes pedir? No estás sola, tienes dos hijos que educar. Se están haciendo mayores...

—¡No quiero discutir, padre! Creo que lo estoy entendiendo perfectamente. Dígame lo que quiera decirme y nos iremos los tres de aquí, inmediatamente.

—¡No seas cruel, hija mía! Y no os vais a ir de esta casa si no es como Dios manda, ¿me has oído? Me vuelvo loco buscando una solución, ¡pero la solución no está en Francisco Anglada!, créeme, hija, sé lo que digo. Has de poner distancias con ese hombre... Inmediatamente.

—¿Ahora lo llama «ese hombre»? ¿No era tan buen socio suyo? Ya no lo necesita, ¿verdad, padre?

—No es eso. No lo entiendes... Es una familia con problemas y nosotros tenemos los nuestros. Esa hija suya, el niño que ha tenido, sin padre; aunque hoy en día eso es lo de menos, pero no para tu madre. Se comenta de las amistades poco convenientes de Francisco Anglada, de su simpatía por la república..., por no decir otra cosa peor. Y Luchi, querida, sobre todo, Madrid ya no va a ser un lugar seguro, de momento. Esto se va a poner muy feo. Pero que muy feo.

—¿Qué quiere decir?

—Ayer he hablado con tu marido. Me telefoneó desde Italia. Y te voy a decir la verdad, Lucía: desde que se fue de Madrid le he estado viendo en mis viajes a Roma, más allá de nuestro dinero en Italia que no he liquidado, gracias a Dios. Debes volver con él.

—Padre, no se meta en mi vida; ¡eso… nunca!

Él resoplaba, movía la lengua por su boca pastosa. Me estaba acorralando.

—La guerra de Abisinia le ha favorecido. Ahora confeccionan con lanital y rayón, y sus fábricas no dan abasto para producir todo lo que el ejército demanda. ¡Víctor Manuel ha sido proclamado emperador de Etiopía! Y nuestro rey en el exilio, ¡qué vergüenza!

Parecía estar alterado por el éxito de Roberto y de Italia en las guerras con África.

—¿Y a mí qué me importa, padre?

—No hace falta que lo digas… Desea que vuelvas y que olvidéis lo que os desune. Ese hombre te ama, está loco por ti, ¡es el padre de tus hijos! Deberías volver a Italia, quedarte una temporada y probar, alejarte de Madrid, tomar distancias. Ese país nos está ayudando…

—¿A qué nos está ayudando, padre? ¡A qué!

—¡A conservar lo que tenemos, Lucía! A poner tranquilidad y orden en este país. A evitar el desastre. Nuestro rey está en Roma, negociando con Italia y Alemania. ¿Te parece poco…? Y ahora viene la segunda parte, y escucha bien lo que te voy a pedir: hay mucho en juego.

»A las nueve de la mañana has de estar en la embajada de Italia. Entrarás por la puerta de la calle del Factor; te abrirá el secretario del embajador. Te va a entregar algo en mano: un paquete que cabe en un bolso de esos que usas tú. Es muy importante, ¡muy importante! No lo olvides. No puedo mandar a nadie de mayor confianza que tú y yo no me puedo mover. Es un envío de Italia a través de Roberto y del embajador. Y no preguntes. Por tu seguridad y por la de todos nosotros no puedo darte explicaciones, pero confía en tu padre. Ya lo sabrás en su momento, y no a mucho tardar. Guzmán no te va a acompañar;

no hay que fiarse de nadie. Tomas un taxi en Princesa y vas hasta allí. Que te espere el taxista en la plaza de Oriente, junto al teatro; por allí transita mucha gente. Subes por las escaleras hasta Factor, creo que conoces bien esa calle —dijo, con alevosía. Sabía perfectamente que Francisco tenía allí su despacho—. No entres en la embajada por Mayor, ¿me oyes? Pasarás inadvertida, tu marido es italiano, vuestra amistad con el personal de la legación es conocida, pero es mejor ser discretos y que nadie repare en ti. El secretario te abrirá personalmente y te dará algo. Cuando tengas el paquete, bien guardado en el bolso y que nadie te lo vea, vuelves a tomar el taxi, en el Real. Le dices que te lleve a Embassy. Conoces bien el salón de té, Castellana con la calle Ayala. Despides el taxi en la puerta y entras. Al fondo, en la mesa de la derecha, junto a la lámpara de cristal de Murano, habrá un hombre moreno con un traje de chaqueta verde oscuro. Tendrá en la mesa un *Arriba*, desplegado, fechado en enero; ya sabes que lo han prohibido. Te sientas con él como si lo conocieras de toda la vida y te estuviese esperando. Cuando el hombre te lo diga, y no antes, se lo entregas. Él te dirá cómo hacerlo. ¡Y ya está! Tomas otro taxi y te vienes a casa, te estaré esperando con intranquilidad hasta escucharte en esta misma habitación que todo ha salido según te lo estoy pidiendo.

No sabía cómo tomarme aquello; hacer de mensajero para mi padre y mi marido, y sus complots.

—A ver, déjeme pensar… ¡No se estará metiendo en líos políticos! Mire que su salud no está para conspiraciones.

Y dijo, acariciándome la mano como cuando era una niña y deseaba tranquilizarme:

—Estate tranquila, Luchi. Vas a hacer lo correcto. Confía en mí. Y ya verás cómo se nos terminan los problemas de una puñetera vez y puede regresar cuanto antes nuestro rey. Hay que echar a ese Frente Popular ¡como sea!

Pensé que ese «como sea» sería otro intento de… No deseaba ponerle nombre, pero el nombre era golpe de Estado.

—¿Estás con nosotros, Lucía? ¿Nos vas a ayudar?

—Por supuesto, padre —dije, soltándome de su mano. Me sentí confusa y me frotaba los dedos fríos y nerviosos sobre la falda, y le pregunté—: Pero… ¿qué contiene ese paquete?

—No preguntes tanto y haz lo que te digo.

Le di las buenas noches y le besé en la mejilla. Estaba caliente y temí por su salud y por lo que estaba haciendo. Le vi vulnerable y torpe y sometido a mi madre una vez más. Yo era su hija mayor, su único respaldo; y los mellizos, irresponsables y adolescentes, se iban de Madrid y me sentí sola y agobiada. Le prometí que lo haría lo mejor posible. ¿Qué otra cosa podía hacer? Pensé que debía seguir mi camino y abandonar *mi casa* en cuanto fuera posible. En ese momento parecía desvanecerse la unión familiar que me había protegido durante toda una vida de almíbar que se hacía amarga como la hiel.

No pude descansar pensando en la petición de mi padre. La repetía en mi cabeza una y otra vez para no olvidar ninguna de sus indicaciones: el hombre con traje verde, el diario *Arriba*, que había soflamado contra los dueños de SEPU: los acusaba de explotadores por ser judíos. Recordaba el eslogan publicitario: «Quien calcula compra en SEPU». El diario *Arriba* había sido cerrado por orden gubernativa en el mes de marzo, y ese hombre lo tendría abierto sobre la mesa. Podría leer en él el ataque de un grupo extremo contra los nuevos almacenes populares, donde antes se encontraban los Madrid-París, en plena calle Gran Vía, por los que pasamos Francisco y yo la mañana en que le vendí la casa de Pintor Rosales y comenzó esta historia. Esos tiempos me parecían lejanos e irreales, escritos por una mujer que iba desapareciendo dentro de mí.

En febrero había ganado las elecciones el Frente Popular. Una coalición de partidos de izquierdas; desde republicanos hasta anarquistas. Madrid ya tenía un millón de habitantes, la butaca de patio en el cinematógrafo costaba una peseta, la del teatro un par más, la idea del fascismo asustaba en la calle, y la calle era tomada por todos como un campo de batalla en experimentación: enfrentamientos callejeros, huelgas, tiroteos, atentados. La alargada sombra de la Primera Guerra Mundial amenazaba otra vez a Europa. Cuatro años de pavorosa guerra habían terminado con cuatro imperios y desfigurado las fronteras de Europa. El mapa parecía seguir moviéndose y Alemania se rearmaba para ello. La persecución de judíos era un hecho insoslayable en toda Alemania, e Italia se sumaba al juego de los imperios. Otra amenaza se cernía sobre los europeos, y los españoles sembrábamos la nuestra. En Madrid se conspiraba al regreso de los toros, las tertulias, los cines y los teatros.

Habían transcurrido dos años desde la vuelta de Jimena con su hijo, de Oyarzun. La vida en Madrid se había enrarecido para ambas familias. Mi padre había dejado de hacer negocios con Francisco y cortado toda relación. Nosotros dos nos veíamos poco y casi por compromiso. La negativa de Fran a reconocerse como padre de Blasco se me hacía dolorosa, a pesar de que era un secreto a voces. Mi hijo era la viva estampa de los Anglada. Jimena, por su parte, comenzó una vida casi de clausura en cuanto regresamos del norte. El tiempo corría y yo no dejaba de acudir a Pintor Rosales todos los martes. Tomás, nada más verme entrar, se ponía de puntillas para hacerse el gracioso y era el momento más agradable de la semana, cuando me acercaba para ver al niño y él me llamaba Tiluchi. Me cogía la mano y me llevaba a la galería del jardín, construida para él y sus juguetes. Había cumplido dos años y era precioso y grande. Y yo le sacaba del bolso un juguetillo y ropita que le compraba en los almacenes SEPU, para llevarle la contraria a mi madre.

Jimena no salía de la casa, nunca mostraba interés por ver a mis hijos y yo me cuidaba de no llevarlos por allí. Un martes, según tomábamos una taza de café y ella remataba los hilos de un bordado de una camisa del niño, sentadas a la mesa de su cocina, me dijo, mientras Fernanda le cambiaba el pañal a Tomás:

—No deberías venir tanto a esta casa; no es bueno para ti. Aléjate de nosotros, Lucía, solo te podemos causar dolor. Me has ayudado tanto que estoy en deuda contigo: sal de la vida de los Anglada y protege a Blasco de nosotros. Mi padre no le merece.

Me sentí atropellada por un tren de mercancías conducido por ella. Apuré hasta los posos del café y me despedí inmediatamente, pero antes dije: «Ya he caído por el precipicio. El tiempo curará nuestras heridas». Hizo un gesto negativo con la cabeza y contestó: «Estás equivocada».

Pero yo seguí visitándola. En esa casa sentí que Tomás la inhibía del mundo exterior, como si existiera una amenaza para él y ella intentara protegerlo y encerrarlo en su búnker particular. Cada vez la veía más demacrada y peor vestida. El doctor Monroe le había diagnosticado, a los pocos meses de su regreso, una enfermedad degenerativa de la columna, sin cura posible, más que reposo y tranquilidad, y Fernanda era el único puente que la unía con la vida agitada de las calles de Madrid. No le interesaba la prensa ni la radio ni otra noticia más allá de las paredes de aquella casa. Francisco también había cambiado. Aceptó a su nieto como quien acepta una enfermedad incurable. Y nuestra relación se iba ralentizando, como una medusa que se mueve a impulsos buscando cálidas corrientes. Nuestras visitas a Arturo Soria se espaciaban cada vez más. Él apenas frecuentaba otro lugar que su despacho, al que iba caminando desde casa, a diario, como ejercicio de sonambulismo, con sus trajes siempre perfectos pero algo más descuidados. Yo no me daba por vencida. Intentaba resistir y desconocía el tiempo que me quedaba por vivir en Madrid y en la casa de Marqués de Urquijo.

El sueño no venía a mí esa noche, intranquila y oscura por el encargo envenenado. Pensaba en el tiempo transcurrido desde que Jimena había dado a luz. Fue un punto de inflexión en la relación con su padre cuando llegamos del norte. Y antes de las ocho de la mañana, y de que el día se acabase de abrir en el barrio de Argüelles, ya estaba en la calle de la Princesa tomando el único taxi de toda la parada de Alberto Aguilera. Había carteles por las calles detallando la huelga de tranvías, y el bullicio y el tráfico estallaban a mi alrededor.

Había elegido del armario un discreto bolso marrón, con un cierre de asta y una larga correa para llevarlo cruzado al pecho, una falda plisada de color café y una blusa de raso oscura con un lazo anudado al cuello. Cuando el taxi paró frente al Teatro Real, eran las ocho y media de la mañana. La plaza estaba tranquila. Pero no pude decirle al taxista que me esperara, era demasiado pronto, y le despedí allí mismo, frente a las columnas del teatro, cerrado por obras. Estaba nerviosa y deseaba pensar.

Anduve hacia mi objetivo. El Café Oriental estaba abierto; desde la calle se veían los diarios de la mañana sobre la barra. Entré y me senté a una mesa, al fondo, junto a la escalera, para intentar pasar inadvertida. Pedí al camarero un café solo y allí estuve más de una hora, anotando en una libreta que saqué del bolso cada uno de los posibles contenidos del paquete y, desde luego, de su destino y finalidad. Cada una de mis anotaciones era más sombría que la anterior. A las diez menos diez pagué tres cafés y salí de allí con el bolso marrón cruzado por el hombro y la libreta garabateada de ideas e hipótesis que podría hacerse cualquier mujer con sentido común.

De un momento a otro, Francisco pasaría caminando por allí, apagado y taciturno, hasta su despacho, bordeando primero el Cuartel de la Montaña y el Palacio de Oriente, para subir por esas mismas escaleras que tenía delante, frente a la catedral de la Almudena. Cuánto amaba ese barrio y esa linde hacia el oeste de Madrid y al oeste de mi vida. Oí las campanas de la iglesia de San Nicolás. Anunciaban las diez en punto de la mañana cuando subía hacia la calle del Factor. Y tal y como me indicó mi padre, cuando alcanzaba la entrada al entresuelo, pegada a la acera, se abrió la puerta y pasé por ella, agachando la cabeza. Ya estaba en el interior del Palacio de Abrantes, la embajada. Un hombre alto y rubio, con gruesas gafas de metal, cerraba la portezuela de una especie de pequeño almacén. No le conocía de nada. Todo se desarrolló rápido y en silencio. Sacó de un cajón de la mesa una bolsa amarilla con una etiqueta en medio y la abrió delante de mí, como si yo tuviera que ser testigo de un ritual. En la etiqueta, con la bandera de Italia en una esquina, estaba escrito:

VALIGIA DIPLOMATICA,
REGNO D'ITALIA
DESTINATARIO: AMBASCIATA IN SPAGNA

El hombre no me pidió ni una palabra ni una clave; y ninguna sílaba, ni en italiano ni en español, salió de sus gruesos labios cerrados a cal y canto. Podría perfectamente ser mudo y se comportaba con toda normalidad. Abrió la valija sobre la mesa y me entregó un paquete envuelto en papel de estraza, atado con varias vueltas de cordel y un lacre rojo. Tuve la sensación de que ese hombre me conocía, sentía sus ojos profundos, amenazadores sobre mí. Agachó la cabeza para dar por concluida su misión y me despidió, invitándome a salir, en cuanto guardé en el bolso el paquete, no más grande que un tomo de enciclopedia, y salí por la misma portezuela de acceso de mercancías.

En la calle no pude hacer otra cosa que subir por ella, dirección norte, pegada al edificio, como si el cielo se fuera a derrumbar sobre mí. Y sin saber por qué ya estaba delante de una puerta conocida con el grabado de una mano oriental. Era el número 5 de la calle del Factor, el despacho de Francisco Anglada. Llamé al timbre, desesperada, con miedo a que el brazo del rubio italiano se posara sobre mi hombro y, al darme la vuelta, reconociera todo mi horror proyectado en la cara de un asesino. Mi imaginación recorría los recovecos de todas las noticias de la prensa y buscaba en mi memoria: entre intentos y golpes de Estado habíamos vivido cuatro en España, en lo que llevábamos de siglo. Enseguida oí unos pasos bajar por la escalera, al otro lado de la puerta. Y ahí lo hallé, ante mí, tan grande, con un traje oscuro y camisa blanca abotonada hasta el cuello y sin corbata. Me eché en sus brazos con desesperación, y entramos rápido.

Y sin mediar palabra, abrí el bolso allí mismo, en el vestíbulo, a la luz del día que entraba por los cristales de las ventanas, y empujé el paquete hacia él como si empujara una bomba por desactivar.

Debíamos abrirlo. Él lo cogió. Se quedó mirándolo, desconcertado, frío, sin entender nada. Parecíamos estar solos en todo el edificio. Recordé la huelga de tranvías, nadie de su personal habría llegado aún. Eché un vistazo a la escalera. Había empapelado las paredes con una seda rosada —desde la última vez que estuve allí—, restaurado los artesonados del techo y las puertas, pintadas con colores ocres. El viejo palacio tomaba ahora su antigua belleza y solemnidad. Subimos a su despacho de la primera planta.

—¿Qué está pasando...? ¿Qué es esto?, tranquilízate.

Se sentó sobre el borde de la mesa con el envoltorio en la mano a esperar una explicación. Dio la vuelta al paquete varias veces. Observaba su forma, tamaño y peso y lo dejó sobre su escribanía.

—Me lo acaban de dar en la embajada. —E hice un gesto hacia la calle—. Es largo de explicar... Es un encargo de mi padre y he de entregarlo en un salón de té. Un desconocido me está esperando allí para recibirlo.

—Anda, siéntate. Y habla con tranquilidad.

—No, no tengo tiempo; me tengo que marchar. Pero antes quiero saber su contenido.

Él miró hacia el sillón de visitas, junto a su escritorio, invitándome a ocuparlo. Estaba tranquilo y sereno. Me reconfortaba encontrar a alguien que mantenía la calma. Sus movimientos eran lentos y reconfortantes. Y le expliqué el encargo de la noche anterior en que entraba en el dormitorio de mi padre para contarme paso a paso lo que debía hacer para él, y todos mis pensamientos al respecto.

—No suena nada bien lo que me cuentas... —dijo—. Si lo abrimos podemos poner a tu padre en un serio peligro, y también a tu familia. No sabemos lo que hay, pero viniendo de donde viene, nada bueno… Y esa gente es peligrosa. Hay que pensarlo bien, Lucía.

—Tú eres hábil, ¡abrámoslo! Lo dejaremos como está, ¡pero necesito saber…!

—Yo no puedo hacerlo. ¿No lo entiendes? No voy a poneros en peligro. Qué más da lo que haya en él. Al final pasará lo que tenga que pasar… Podría ser un artefacto explosivo.

—No lo creo. Mi padre no me iba a poner en peligro. Si no me ayudas lo haré yo.

—Muy bien… tú misma. Adelante.

—¿Me vas a proteger si lo hago?

—Eso siempre.

En ese momento llamaban al timbre. Me azaré. Fran dijo que estaba esperando a alguien y era de toda confianza. ¿Feijóo?, pregunté, y él dijo un no solemne con la cabeza. Bajó a abrir la puerta y enseguida oí los pasos de su acompañante subir por los peldaños de madera y entrar en el gabinete contiguo a su despacho. En cuanto lo vi aparecer de nuevo, dijo:

—Sigamos.

—¿Quién es? —pregunté.

—Un hombre. No te preocupes.

—¿Qué hombre?

—Un rabino —contestó—. ¿Estás más tranquila ahora?

—¿Un rabino?

—Sí. Vamos a lo nuestro.

Su rostro era de total normalidad. Su sinceridad me asombró y me hizo bien, y dije:

—Precisamente porque en este despacho acaba de entrar un rabino, debemos saber qué hay en este paquete. ¿No te das cuenta de lo que puede haber detrás de él?

Y no me costó abrirlo, aflojar el cordel y no romper el lacre. Al desplegar el papel de estraza vimos algo asombroso: lo que podrían ser dos fajos de billetes, en paralelo, atados con gomas. ¡Eran marcos estatales, en billetes de cien reichsmark!, y encima de éstos había otro más delgado, con dólares americanos; eran

¡billetes de cinco mil dólares! Ahí encima teníamos una fortuna. No me atrevía a tocar los marcos y desbaratar su orden. Levanté una de las gomas y saqué el fajito de dólares con cuidado. Era como realizar una operación sin que el paciente lo notase. Conté diez billetes. ¡Tenía entre mis manos cincuenta mil dólares!, completamente nuevos, como recién sacados del banco. Fran se quedó de piedra. Se limpiaba con el puño de la camisa una gota de sudor que resbalaba por su frente, como si de pronto una ola de calor atravesase el balcón de su despacho. Debajo de los fajos vimos un sobre blanco.

—No sé si debemos seguir con esto… —dijo de pronto Fran, visiblemente nervioso, mirando hacia el gabinete contiguo en el que estaba esperándole el rabino. El hombre no hacía ningún ruido.

Tiré del sobre sin hacerle caso, ciega por saber. No había ninguna marca ni sello ni escrito. Un sobre sencillo.

—Bajemos a la cocina, necesito hervir agua —dije. Y así lo hicimos.

Puse un cacillo sobre el fuego y enseguida el vapor fue despegando los bordes del sobre hasta que pude abrirlo, con todo el cuidado del que fui capaz. Y tal como pensé había un comunicado. Lo desdoblé encima de la mesa de la cocina. Era un papel marrón con imperfecciones, mecanografiado en español, sin sellos oficiales de ningún tipo, ni membrete, ni firmas. Lo llevé a la luz de la bombilla de encima de la mesa y lo que leí me dejó absolutamente perpleja. Lo volví a examinar de nuevo, palabra por palabra, escrito con tanta austeridad como un telegrama. No había confusión posible.

—Léelo en alto —me rogó Fran, impaciente. Había cambiado de semblante.

Pero me llevé el papel detrás de la espalda para ocultarlo y me di la vuelta mirándole a la cara. Nadie debía leer aquello. Lo que estaba haciendo ponía en peligro la vida de mi padre. Y le dije, con unas palabras que apenas podían salir de mi garganta como sin creer lo que mis ojos habían leído:

—Italia va a enviar aviones de guerra a Marruecos. Y en la península ya hay bombarderos italianos. Mussolini tiene preparados miles de soldados para invadir España y el Protectorado. Nuestro general de Canarias va a declarar la rebelión de las islas y un golpe de Estado. Nuestro rey, en el exilio, está detrás de todo esto. Es cuestión de semanas o de días el fin de la república. O de una guerra.

—Es una broma, ¿verdad?

—Ese dinero es para… Tenemos que volver a colocarlo como estaba. Debo protegerlo. ¡Está enfermo! ¡No sabe lo que hace! ¡Mi padre…!

Me estaba poniendo histérica y Fran me cogió por las muñecas y dijo:

—¡Venga, tranquila, lo solucionaremos! Pero ¿estás segura de que quieres colaborar…?

—¡Nunca debí abrirlo!

—La curiosidad tiene su precio, Lucía.

Ante la gravedad de lo que acababa de leerle le vi tranquilo y sereno. No sé si se estaba tomando en serio todo aquello. O disimulaba. Doblé el papel, lo metí en su sobre de nuevo para que no lo leyese, y salimos de la cocina. Nadie debía leerlo. Cuando entramos en su despacho me asusté; había un hombre en medio de la sala y suficientemente cerca de su mesa de trabajo. Observaba el paquete deshecho y los reichsmark como si fuesen la mismísima peste.

—Lucía, te presento a José Toledano, rabino de Tetuán.

—Encantada, padre. —No sabía qué decir, ni cómo dirigirme a él.

—No soy sacerdote, ni tan siquiera cristiano, señora Lucía, llámeme José; y es para mí mayor honor estar en su presencia.

Me besó la mano y agachó la cabeza con naturalidad. Muy educado. Me disculpé por ello y Fran me sonrió. Parecía un hombre normal y corriente de esos que suben y bajan de los tranvías a diario para dirigirse al trabajo, pero con movimientos más lentos y precisos, diríamos que hasta anticuados. Nunca había visto a un rabino; su presencia imponía respeto y me sentí intimidada y nerviosa.

Llevaba un traje gris claro, cruzado, barato y de verano; una camisa blanca y corbata negra. Parecía humilde y sencillo. Su barba estaba recortada y perfecta. Sin boato alguno, alto y delgado, de unos sesenta años. Encima del sillón vi su sombrero de fieltro, más pequeño que un borsalino.

—José ha llegado a Madrid para oficiar una boda por el rito sefardí, en la sinagoga de la calle del Príncipe. Es un pequeño piso particular con una habitación para el culto y una salita sencilla para reuniones. Estate tranquila, nadie es capaz de guardar un secreto como él, ya sabes a lo que me refiero. Estos billetes son un insulto en mi despacho, y sobre todo para él, que ha escuchado a cientos de refugiados alemanes llegar a España contando desgracias, huyendo de Hitler. Pero ¡Dios mío! No tienes idea de lo que está pasando en Europa con nosotros. —Me recorrió un escalofrío por la espalda al escuchar por primera vez en sus labios ese reconocimiento tan sincero, ese «nosotros» tan lleno de compasión. Nunca me imaginé una declaración con esa franqueza, y le escuchaba atenta—. España ha recibido en tres años más de tres mil refugiados judíos de Francia, Polonia, Austria... y sobre todo de Alemania. Nuestra república está dándoles asilo político, pero no trabajo. Desde Alfonso XIII se ha intentado reunificar a los sefardíes en su tierra, que es ésta. En Madrid hay ya más de doscientas familias judías, Lucía, en el anonimato. Hasta hace tres años se estaba dando la nacionalidad española a sefardíes de Turquía, Grecia, países del centro-este de Europa... Pero eso se ha terminado. Ahora el gobierno pide visado con declaración de bienes y más trabas para entrar en España. Tiene miedo de una avalancha; y aquí, delante de nosotros, tenemos el dinero del peor enemigo del pueblo judío, y por supuesto de los sefardíes.

Yo lo escuchaba como mis hijos escucharían un cuento. Me estaba volviendo loca. De pronto en mi vida habían entrado judíos, como si hubieran salido de un libro de historia o resucitado de cuatrocientos años de exilio o de una leyenda, y ahora aparecían de pronto en Madrid, otra vez perseguidos. Recordaba la antigua leyenda del judío errante, condenado a vagar sin patria ni hogar por haber ofendido a Jesús. Era una fea historia que se contaba a los niños para meterles miedo.

—Yo… no sé qué decir, Francisco, señor rabino. No tengo nada que ver con el nazismo alemán ni con este dinero y solo quiero proteger a mi padre y entregar todo esto a quien lo espera. Llevo una vida normal y corriente, tengo un orfanato de infelices y protejo a un grupo de monjas y doy mi vida por ello. Qué más puedo decirle a usted, José. ¿Que mi marido es un hombre de Mussolini, por no decir otra cosa, que yo soy católica, que no persigo a nadie y que todo esto me parece una pesadilla?

—Nadie le acusa de nada —dijo el rabino acercándose al balcón para mirar sin ver la vieja ciudad de Madrid. Cerró los ojos sumido en su interior como buscando respuestas—. No hace falta que se justifique ante nosotros. Dios protege a todos los hombres por igual. No se preocupe y actúe en conciencia.

—José, tenemos un dilema —dijo Fran—, y una situación delicada.

—Lo sé —dijo el rabino, con los brazos cruzados, esperando nuestra decisión. Nos dio la espalda con la cabeza agachada como en reflexión.

—Guarda todo eso, déjalo como estaba y te llevo a Embassy. Es tarde. Deben estar echándote en falta, salgamos antes de que se levante cualquier sospecha sobre ti.

Intenté recomponer el paquete para volver a dejarlo como estaba, en su papel de estraza y con su cordel, cuando siguiendo un impulso, dije:

—¡Toma, guarda los dólares! —Y levanté la mano con ellos—. Nadie lo va a saber… Es difícil que se enteren. Guárdalos en tu caja fuerte, para vuestra causa. Solo puedo lavar así mi conciencia; con el resto evito una desgracia a mi padre.

—¡Estás loca!, no pienso aceptarlo.

—¡Son cincuenta mil dólares, Francisco! Cuánta reparación se puede lograr con ello… ¡Oh, Señor!, dígaselo usted, José.

Y José seguía en su meditación, frente al balcón. Ni se movía, parecía no estar entre nosotros. Había sacado un pequeño libro de oraciones y lo sujetaba con una mano como si le estuviese transmitiendo la serenidad que parecía poseer.

—¿Sabes que estamos robando cincuenta mil dólares a una banda de golpistas, asesinos…?

—¡Por eso mismo!

Muy a su pesar, Fran tomó el dinero como si quemase y yo terminé de arreglarlo todo. Las manos me temblaban, pero el lacre estaba intacto, ni una brizna había saltado. Francisco cruzó el despacho y abrió la puerta central de un bargueño con forma de arca pintado de colores. Tiró de un cajón, introdujo una llave y guardó dentro los cincuenta mil dólares.

Era tarde, pasadas las once de la mañana, y dimos por concluida nuestra conversación. El rabino José volvió a la normalidad y se dio la vuelta. Su semblante no expresaba absolutamente nada, era como una puerta cerrada. Su cara redonda se veía tranquila. Se despidió de nosotros con tremenda humildad, me volvió a besar la mano y Fran lo acompañó a la salida mientras yo acababa de revisar el envoltorio. Los oía hablar en la galería de abajo. Sus susurros subían por el hueco de la amplia escalera, pero no les entendía; parecían hablar en ladino, una lengua arcaica mezcla de castellano antiguo y hebreo, de la que me habló Fernanda. Oí la puerta y Fran subió rápido. Yo había terminado de recomponer «el encargo». Fran lo miró y noté en su cara resignación.

—Es la primera vez en mi vida que veo un rabino —le dije.

Él sonrió. Me encantó ver su risita guasona. Me relajaba.

—Desconocía que existieseis en Madrid. Cuando escuchaba hablar de vosotros tenía la sensación de que formabais parte de una antigua leyenda, de lugares lejanos como Oriente o el centro de Europa, pero no aquí, a la vuelta de la esquina de mi casa. Agradezco tu confianza, Francisco, y te quiero todavía más por ello. Pero… ¿qué relación tienes con José Toledano? ¿Qué ha venido a hacer a tu despacho un rabino?

—Lucía, ya lo sabes… yo no soy religioso. Apoyo al rabino en lo que puedo. Él ayuda a los judíos que llegan a España o al Protectorado huyendo de las leyes raciales; ha venido a una boda, ya te lo he dicho. Y ya está, no te interesa saber más. Salgamos. Estás en un buen lío.

No acepté su ofrecimiento de acompañarme en su automóvil. Insistió varias veces. Pero nadie debía verme con él esa mañana. Él no se fiaba de nada y le dejé seguirme. Tomé un taxi en la plaza de Oriente, cruzamos Madrid y paramos en Embassy. El resto ocurrió tal y como me indicó mi padre, con precisión milimétrica. Y por fin…, misión cumplida. No deseaba acordarme de la cara del hombre del traje verde, su bigote fino y canoso, y ese aire militar y severo que me recordaba a Roberto. El hombre tomó el paquete y lo guardó en un maletín marrón y ni me miró a la cara. Salí de allí lo más rápido posible. Tomé otro taxi en la puerta del salón de té de los que circulaban por el Paseo de la Castellana y vi, en la esquina con Ayala, aparcado en la calzada, el Austin de Francisco. Miraba hacia la puerta giratoria del salón, entre las páginas de un diario. Desde el taxi le hice un gesto con la mano cuando pasaba junto a él. Y me hundí en el asiento, desesperada por lo que acababa de hacer, de hacérselo a él, a mi padre, a mi país, sentí que traicionaba a todo el mundo y había perdido el norte; ello me amargó profundamente, sobre todo al verlo escondido tras un diario de un mes de junio de 1936. Vi por primera vez un alma valiente, leal a sus convicciones, perseverante, dispuesto a seguir los dictámenes del deber por encima de cualquier consecuencia. Por primera vez en mi vida percibí en su cara ojos de perdedor.

Un parque muy profundo

Eran las nueve de la mañana. Tomás abría la boquita y hacía rodar el camión sobre el hule de la mesa de la cocina. Fernanda le daba una cucharada de galletas ablandadas en leche y miraba de reojo el reloj de la pared. El niño hacía ruiditos simpáticos con los dientes entre cucharada y cucharada para sacarle una sonrisa a su ama. Parecía enfadada y nerviosa. Se estaba portando muy bien, no entendía por qué Fernanda estaba tan seria. Esa mañana era distinta a las demás mañanas, pero el día era radiante y el calor del verano se dejaba sentir a través de las ventanas, aún cerradas como si estuviesen en pleno invierno. Tomás jugueteaba contento. El abuelo gruñón había salido sin despedirse; el niño había oído la puerta de la calle cuando era todavía de noche. Algo raro y diferente sucedía. Su madre y él durmieron en el cuartito de atrás, en el dormitorio de servicio del ama, junto a la cocina y al jardín. Esa noche Fernanda se había acostado en un colchón bajado del desván, sobre el suelo, junto a su propia cama, ocupada de repente por Jimena y el niño. Hizo mucho calor. El ama se negó a abrir el ventanuco en toda la noche para que entrara el fresquito y el olor de los jazmines encaramados al pozo y a las madreselvas del muro. Los extraños y continuados ruidos nocturnos sobresaltaban al ama y estremecían a su madre, que no paraba de moverse y de sudar con un olor ácido y pegajoso.

Jimena se levantó varias veces a la cocina para tomar una dosis extra de sus píldoras, pálida y con la cara demacrada, y varias veces abrió el cajón de la mesa. Crujía al deslizarse. Se podía oír el temblor de sus manos en la oscuridad al dejar el vaso de agua en la pila. Encogida en las tinieblas de la casa, de habitación en habitación, esperaba el sueño, abriendo y cerrando las lamas de las contraventanas del piso de arriba, intentando ahuyentar el jaleo de la calle, el trasiego de los coches, las luces encendidas durante toda la noche en las ventanas del cuartel, las conversaciones atrincheradas en el susurro de la madrugada a la espera de la luz del día. Tardaba en volver a la cama para acurrucarse con el niño y acariciarle el pelito al calor de su cuerpo. Y besar su piel suave con olor a bebé creyendo que ese amor era capaz de regalarle las ganas de seguir viviendo. Fernanda tampoco dormía. Sus ojos brillantes y abiertos volaron por la habitación como un pájaro que lo ve todo, lo oye todo y nada escapa a sus pupilas errantes, hasta que amaneció.

Eran las primeras luces del día. Fernanda fue al desván antes de que Tomás se despertara. Colocó la banqueta y se subió a mirar por el ventanuco el transcurso de los acontecimientos. El gentío que rodeaba el cuartel se desperezaba. Habían colocado tiendas de campaña en las aceras. Los camiones atravesados en la calzada tenían las lonas echadas para acomodar a los movilizados. Comenzaba el alboroto, el trajín, los termos de café, toques de corneta y voces. Algunos se afeitaban en plena calle con el espejo en la mano. Los tanques parecían aún dormidos, y las barricadas de sacos de arena estaban vacías. Enfrente paró un automóvil negro y Fernanda vio a un grupo de periodistas salir con cámaras fotográficas colgadas del cuello.

El cuartel, enfrente de la casa de los Anglada, había estado rodeado durante toda la noche por la Guardia Civil y cientos de milicianos. El general de división de las islas Canarias había proclamado un golpe de Estado en Melilla y en el Marruecos español. Un ex diputado y general de brigada, apartado, sin mando ni tropa y en Madrid, se había amotinado en el Cuartel de la Montaña con doscientos soldados, falangistas y monárquicos para dirigir la sublevación de Madrid, mientras Fernanda observaba el despertar del 20 de julio tras los cristales de la buhardilla.

Desde que el niño se despertó le había prohibido salir al jardín. Cerró esa puerta con llave y se la guardó en el bolsillo del mandil. Fernanda, meses atrás, había tapado el pozo con una gruesa madera porque al niño le gustaba jugar con la soga pendida de la polea. Desancló todo el soporte y lo guardó en el desván para evitar desgracias. Jimena se había quedado en la cama, pero los golpes en la puerta de la calle la despertaron.

Se repetían duros y secos, una y otra vez, con insistencia. Fernanda abrió la portezuela de la mirilla y se asomó a través del fino enrejado. La volvió a cerrar de golpe, lívida, como si el demonio estuviese ahí, clavado, para reclamar lo que era suyo. Apoyó la espalda en la puerta tratando de apuntalarla. Pero ya era tarde.

—¡Quiero hablar con Jimena! ¡Sé que está ahí! —gritó una voz aguda—. ¡Abrid!, que no os voy a hacer nada… ¡Abrid, por Dios! —seguía insistiendo una voz fina y poco varonil. Ahora golpeaba con los puños la dura madera—. ¡No me voy hasta que abráis! ¡Jimena, abre la puerta! ¡Cojones!

Jimena reaccionó de su sueño inquieto. Abrió los ojos, aterrada. Sabía que tarde o temprano regresaría; y ahí estaba. Se echó la bata por encima del camisón para tapar sus hombros desnudos y esqueléticos, blancos como la pesadilla que se hallaba esperando en la puerta de su casa.

El niño, en la cocina, llamaba al ama lloriqueando; el plato de galletas en remojo se le había caído al suelo. Jimena alcanzó la puerta de la calle sin prestar atención a los llantos de su hijo y le tocó en el brazo a Fernanda. No hacía falta decir nada. Se escuchaban violentos y sordos culatazos que retumbaban por toda la casa. Los ojos alarmados de Jimena se pusieron en marcha, daban vueltas como una ruleta intentando encontrar una idea. Los golpes se sucedían como martillazos. Estaban solas. Seguro que él lo sabía, seguro que habría dormido toda la noche camuflado entre el tumulto de la calle, frente a la regia puerta de su casa, sin perder de vista si se entraba o se salía de la finca. Era imposible que estuviesen acompañadas. El padre había salido por la cochera con las primeras luces del alba en su elegante automóvil. No era casualidad que Pere estuviese allí, descamisado, con unos viejos pantalones grises y sucios que le quedaban grandes, sujetos a la cintura con un cordel y remangados por los tobillos. Y un fusil con el que golpeaba la puerta.

—¿Qué quieres? ¿Qué haces aquí? —preguntó Jimena sin abrir la mirilla.

Fernanda quería pedir ayuda e hizo un gesto con la mano para llamar por teléfono. Jimena dijo no con la cabeza.

—¡Solo quiero verte! ¿Es tanto pedir? Saber… si estás bien. —La voz de Pere se escuchaba lejana y hueca—. Vives en un barrio ahora peligroso. Mira cómo cambian las cosas… ¡Ábreme, que no te voy a hacer nada, Jimenita…!

Se oían los cascos de los caballos al paso y toques de silbato.

—Otro día nos vemos… Deja que pase este jaleo. Estoy mala. ¡Márchate!

Jimena temía no convencerlo, pegada a la puerta. Miró hacia atrás y vio acercarse a su hijo, asustado, con el chupete en la boca y el babero manchado de pasta de galletas. Se anudó mejor la bata y se dio la vuelta.

—¿Qué te pasa, princesa? ¡Abre ya de una vez, cojones! ¿O prefieres que tiremos la puerta? Mira… que es mejor por las buenas… No te voy a hacer nada, lo juro. Pero abre de una puta vez la puerta.

—Vale, tranquilo. Está bien —dijo de pronto Jimena, ante la alarma de Fernanda que había cogido al niño en brazos para evitar que llorara, asustado por los golpes y las voces.

—Voy a ponerme algo, Pere. Ahora te abro. ¿Me prometes que no me harás daño? Estoy enferma, Pere, muy enferma.

—¿Cómo voy a hacerte daño? ¿Tú estás loca? Con lo que te he querido... ¡Abre de una vez, y hablamos!

—Espera, me cambio y te abro. Pero tú solo, ¿eh?, si estás con alguien lo despides.

Jimena dio instrucciones a Fernanda para que se escondiera con el niño donde no pudieran ser encontrados, ni oídos, si la cosa se torcía.

Fernanda negó con la cabeza, no debía dejarla sola con Pere. Y se llevó el dedo índice a los labios para rogarle silencio a Tomás y lo apretó contra su pecho.

—¿Te has acostado con él o no te has acostado con él? —pregunto Fernanda, de pronto, tomándola del brazo.

—¡A ti qué te importa!

—A estas alturas nada, hijita; solo... si puede ser el padre de esta criatura. A mí me da que no... Pero lo que yo piense no importa, lo que importa es lo que piense él; y lo que venga a reclamar. Hoy puede pasar cualquier cosa, hijita. Es un hombre peligroso, es un gañán, es un...

—No te preocupes. No va a ver a mi hijo. Tomás no es de ningún hombre. Solo es mío, ¿me oyes?: ¡mío! Y ahora vete y que no os oiga. Sé cómo manejar a ese desgraciado.

Fernanda subió escaleras arriba con el niño en brazos. La voz de Pere se volvía impaciente y subía tras ella por el hueco de la escalera.

Jimena abrió la puerta.

Pere pasó rápido, empujaba una resistencia que no encontró, casi se cae. Jimena cerró tras él y comprobó que estuviese solo.

—¡Dios!, ¡qué delgada estás...! ¡Cómo has cambiado!

La miraba de arriba abajo como no creyendo lo que veían sus ojos. La bata de seda se le pegaba a los huesos como un pellejo y exclamó, pestañeando varias veces:

—¡Si no te conozco! ¿Qué coño te ha pasado?, ¡demonios!

—Se nota que te has preocupado por saberlo. —Un hilo de voz se le atragantaba a Jimena.

—¿Qué querías que hiciera? ¿Humillarme más de lo que ya me ha humillado tu familia? ¿Ser vuestro felpudo?

Pere se quedó en medio del corredor, con las piernas abiertas y el fusil sobre el hombro. Y no era de juguete. Desafiante. Tan bajito. Más menguado, o eso le pareció a Jimena. Pere se erguía, intentando parecer más alto junto a ella. Jimena le sacaba más de una cabeza.

—Ahora, Jimenita, las cosas han cambiado. La revolución no ha hecho más que empezar.

—¡No me llames Jimenita! ¿Te has mirado al espejo?

—La estatura se lleva por dentro. ¡Idiota! ¡Más que idiota! Eres una imbécil… Ha terminado vuestra época. O es que no lees los periódicos.

Ella no pudo contenerse:

—No me hagas reír, enano. Tú y vuestras utopías. Yo solo quiero vivir en paz. Me voy a morir pronto. Vivir tranquila lo que me quede, ¡eso es todo lo que deseo!

Jimena dio un paso atrás, él se le acercaba demasiado.

—¿De dónde has sacado el fusil?

—¿Esta belleza…? —Y lo acarició—. Este juguetito lo está dando gratis el Ministerio de la Guerra. Han repartido ya más de cinco mil como éste. Había colas en el sindicato para hacerse con uno…

—No puedo creerte.

—Pues como no te des prisa… no vas a creer muchas cosas que van a pasar. Y créeme, no te van a gustar nada, pero nada. Y menos a tu familia.

Y la agarró por la cintura.

—¡Deja de amenazarme!

Jimena intentaba soltarse, pero las manos de él ya la amarraban por detrás.

Pere la dejó y se fue decidido hacia el salón. Abrió la puerta como si fuera su casa y echó una mirada rápida por encima de los muebles, parándose en los objetos de valor. Se coló en tres pasos y ella detrás quiso impedirlo.

—¡Qué cuadro tan desagradable…! ¿No será el auténtico?

Miró detenidamente el lienzo de Goya y achinó los ojos.

Jimena no se atrevió a entrar del todo en el salón. Lo observaba bajo el dintel de la puerta. Tenía la bata entreabierta.

—Para empezar, Jimenita…, ve sacando el dinero, las joyas y luego ya veremos si me voy sin más.

Él le echó una mirada sagaz a las piernas, al vientre, a los senos, a su pelo diferente y desvaído. Tan negro como siempre pero más tieso y despeinado. Le parecía otra chica, otra mujer, casi una vieja.

—¿A eso has venido? ¿A robarme?

—Estás muy equivocada, princesa. Aquí no hay nada tuyo, ¿entiendes? Todo esto no os pertenece. Aunque ahora… no sé si debería llamarte así. Se acabó el tiempo de las princesas. ¿Sabes una cosa? Me ha dado repelús abrazarte. Pareces un cadáver.

Comenzó a caminar entre los sofás y los sillones de piel, sobando el terciopelo de un diván y la textura de un sofá Chester con botones de cuero. Pasaba los dedos por los muebles como si acariciara la piel de una mujer desnuda.

—Has cambiado mucho. No sé qué te habrá pasado, pero no veo en ti a la chica que eras… A la chica que me volvía loco.

—He estado en un sanatorio, enferma; más de un año. Me han sometido a tratamientos horribles… Pero ya estoy mejor… Me voy a recuperar.

—Pobrecita… Pero ¿no has dicho que te ibas a morir pronto? ¿En qué quedamos? ¿Te mueres o no te mueres?

Ella estaba alerta a cualquier movimiento extraño. Debía correr y pedir ayuda. Reparó enseguida en un avioncito de Tomás, bajo una mesa redonda. Y dijo:

—Ahora todo es distinto, lo sé. Las cosas pueden cambiar. Quizá podríamos tú y yo… —Antes de acabar la frase Pere tenía en la mano el avión del niño.

—Pero ¿qué te has creído? ¡No te quiero, Jimena, nunca te he querido! Y ahora menos. —Pere olió el juguete para adivinar a quién pertenecía—. Quiero esta casa y todo lo que hay en ella, todo, menos tú. Tu cara me dice que no te queda mucho. A tu padre tampoco le queda mucho, y menos a tu tío.

—Sigues igual de desagradable. Sigue gustándote hacerme daño. ¡Hazme daño si quieres!, estoy dispuesta a jugar. ¡Estás como una cabra!

Y se acercó a él con la idea de quitarle el avión de la mano.

—Mira, voy a hacer la vista gorda. Sé que tramas algo, y ¡no es un juego, Jimena! Ya no me interesas, ni lo que escondes tampoco. ¡Estás muerta! Eres un saco de huesos; nunca mejor dicho. Aun así me excitas. ¡Ven aquí!

No la dejó empezar lo que iba a decir y le pegó con la culata del fusil en las piernas y la derribó, todo lo alta que era. Cayó de rodillas, y él la empujó hacia atrás. La cogió de un brazo y la arrastró por el suelo. Se sentó sobre el abdomen de ella con las piernas abiertas y las rodillas hincadas en el suelo y la golpeó con el avión del niño en los hombros, en los brazos, en el pecho… Ella no gritaba. Aguantaba el dolor, intentaba vanamente protegerse. Fernanda y Tomás no debían oír aquello, lo soportaría en silencio hasta tener la oportunidad. Pere arrojó el avión a la chimenea vacía y oscura. Le metió los dedos en la boca y le tiró del pelo. La abofeteó con sus pequeñas manos, delgadas y cortas.

—¿Has visto lo poco que te sirve ser tan alta?

Le abrió la bata, le arrancó el cinturón y él se abrió la bragueta con habilidad. Jimena sintió caer el fusil sobre la alfombra, intentaba arrastrarse hacia la chimenea con Pere encima. Vio muy de cerca el bronce de los morillos. Alargaba el brazo hacia ellos. Seguía reptando de espaldas, debajo de él, sintiendo todo el peso de la rabia. Él estaba distraído, afanado, buscaba con los dedos las hendiduras del cuerpo de Jimena, al igual que otras veces. Ella se dejaba hacer. Respiraba el olor a sudor de un animal salvaje.

Unas manos crueles entraban y salían, rebuscaban, horadaban, violaban todo lo violable que pudiera existir en ella. Jimena intentaba alcanzar el mango de hierro de uno de los ganchos. Un poco más. Lo llegaba a rozar con los dedos. Se abrazó a Pere con fuerza, intentó levantarlo, flexionó las rodillas y tomó el impulso que la acercó un poco más. Agarró el mango con habilidad, aplastada bajo el pequeño cuerpo de Pere afanado en resarcirse de todas las injurias de Francisco, de David, del mundo y de la pobreza. Pere cerraba los ojos, le mordía en el cuello y se esforzaba por echar en su vagina lo que jamás pudo derramar, y la barra de hierro cayó sobre sus caderas.

Ella se incorporó y lo golpeó con toda su fuerza una vez más. Pere se encogió, gritó y Jimena le volvió a descargar sobre la espalda otro golpe. El hierro le partió la columna. Pere dio un espantoso alarido, abrió los ojos y la boca como un pez que se ahoga, y cayó hacia un lado. Ella se apartó de él de una patada, todavía en el suelo, con las piernas prisioneras entre las piernas de Pere, y se levantó deprisa. Otro golpe cayó sobre el cuello del joven y Jimena siguió levantando los brazos, una y otra vez, y lo dejaba caer sobre el cráneo de Pere, que boca abajo ya estaba muerto. Y bien muerto.

No tuvo duda alguna, lo había matado. Y vio la sangre; ensuciaba sus piernas y su vientre, y la alfombra y el mármol de la chimenea y su bata abierta. Tardó unos minutos en reaccionar. Se escuchaba a sí misma: adónde vas, qué has hecho, lo van a descubrir, está muerto, no hay marcha atrás, por qué tanta violencia. El corazón le estallaba, la mano le ardía. Y el miedo, sobre todo el miedo a ser sorprendida por su ama y por su hijo. Mareo, vértigo, dolor de estómago como si le hubieran pegado un puñetazo, ganas de vomitar, de echarlo todo, golpes como disparos a quemarropa, y más golpes rápidos y contundentes con el hierro habían salido de su mano. Y lo tiró al suelo, junto a un cuerpo destrozado. Se apoyó en la pared, respiró hondo, el corazón en la garganta como la garra que aprieta el cuello de la gacela contra la maleza hasta estrangularla.

Una hora más tarde, tras limpiarlo todo y envolver el cadáver en una manta que encontraron en el garaje, Fernanda telefoneaba a

Lucía para implorarle su ayuda. Pero el teléfono comunicaba. Tenían que deshacerse del cuerpo. Francisco se había llevado el automóvil esa mañana. Ninguna de las dos sabía conducir. La casa estaba rodeada de milicianos. La Guardia Civil se disponía a asaltar el Cuartel de la Montaña. Fernanda miraba, de ventana en ventana, la calle, desde la planta baja hasta la buhardilla. Pere no debió de decir a nadie que conocía a los dueños de la elegante casa de Pintor Rosales, quizá deseaba el botín para él solo. Mejor así, menos problemas. Fernanda propuso la posibilidad de enterrarlo en el jardín hasta solucionar definitivamente qué hacer con el cadáver. El alboroto en las inmediaciones acabaría en cualquier momento. No iba a durar siempre. El motín del cuartel se resolvería tarde o temprano y todos se irían a sus casas. El barrio volvería a la normalidad y sacarían el cuerpo.

—¡Ni hablar! ¡A éste no lo quiero en mi casa! Lo sacamos de aquí ahora mismo. Y si entrara la Guardia Civil, a registrar… En el jardín, ni hablar. ¡No lo quiero aquí!

Nadie llamaba a la puerta para preguntar por Pere Santaló. Y Fernanda salió hacia el domicilio de Lucía Oriol, ocultándose bajo su toquilla negra. Si no estaba en casa la iría a buscar al colegio.

Decimoctavo testimonio

Fue un día para ser olvidado. Para que nunca hubiera existido en la historia de ninguna familia, ni ciudad, ni país, ni de ningún hombre; tampoco para el cuerpo del que íbamos a deshacernos.

Fernanda y yo bajábamos por el ascensor de mi edificio de Marqués de Urquijo con el temor de que algún vecino nos pudiera ver. El armazón metálico resonaba como una caja de muertos. Crujía en cada planta. El portero no estaba en su cuartito ni en su mesa, en la entrada del portal. Cruzamos el vestíbulo. El eco de nuestros pasos se perdía por el zaguán de la escalera. Empujé la puerta de acceso al estrecho pasadizo para llegar a la cochera, y entramos por fin en el patio de carruajes. El lucernario disolvía la luz de la mañana en mil puntos blanquecinos. Como dos inexpertas asesinas, despavoridas, mirando a los lados, vi en sus lugares de siempre los coches de mi padre, entre la fila del resto de los automóviles de nuestro acaudalado vecindario. Tras dos huecos vacíos, estaba el Ford de Roberto que usaba en Madrid, cubierto con su funda. Entre Fernanda y yo lo destapamos y doblamos la lona. Abrí la portezuela de atrás y la metimos dentro. Enseguida vimos lo estrecho que era el habitáculo. Fernanda y yo nos miramos.

—Aquí no cabrá, señora.

—Por Dios, Fernanda, ¡cállese! No sea pájaro de mal agüero. Ya lo veremos…

Me miró con los labios crispados y me sujetó del brazo.

—No sé cómo va a terminar esta historia. Es una locura, doña Lucía, ¡una locura! —Y se santiguó.

Las manos me temblaban. Intentaba ser fuerte. No encontraba las llaves y rebuscaba bien en el bolso. Estaba segura, si las saqué del cajón de mi escritorio y las había guardado en el bolso, en cuanto Fernanda me lo explicó todo en mi gabinete. Estaban junto a las otras llaves del colegio y de casa; no había duda, las había cogido. Cuando ella llamó al timbre yo escuchaba las noticias por la radio del encierro en el cuartel de los militares levantados y el desarrollo de los acontecimientos. Acababa de leer otra vez la carta de mi marido, recibida un par de días atrás, y reflexionaba sobre ella. Gracias a Dios había abierto la puerta yo misma y la hice pasar sin que nadie en casa lo advirtiera. Ninguno habíamos salido esa mañana. Mi padre, encerrado a cal y canto en su dormitorio, no quiso hablar ni con mi madre; estaba con el doctor Monroe y varios hombres llegados de madrugada. Nadie se esperaba una cosa así, tan cerca de nuestra casa. Mis hermanos habían partido a Galicia, y Claudio y Blasco dormían aún. Esa noche hizo mucho calor. Mi madre desayunaba en la cocina escuchando también la radio con Dolores. Y ahí estaban las llaves del coche, en el fondo de mi bolso.

Fernanda entró corriendo, en cuanto abrí las puertas del Ford. La vi frotarse las palmas de las manos sobre el mandil oscuro, una y otra vez, como tratando de arrancarse una mancha invisible. Oía el eco de su respiración intranquila, a pesar de la algarada callejera y de los golpes que pegaban al portón las gentes que marchaban en tropel calle abajo. Fernanda era una mujer de pocas palabras y agradecí su silencio. Fue fácil arrancar el coche, pero casi había olvidado la última vez que lo conduje, en tres o cuatro ocasiones, bajo la atenta mirada de Roberto que siempre se reía de mi impericia, arrugaba su nariz romana y me regañaba en cada maniobra, de la que me hacía dudar: *Guarda allo specchio! Attesa! Non riesci a vedere! Accelera! Veloce! Non eseguire! Stop!* Me ponía enferma cuando hablaba en italiano y siempre para hacerse el gracioso.

Las altas acacias de la acera, cuyas ramas sin podar caían sobre el paso de carruajes, nos ofrecían el refugio perfecto para salir del edificio sin llamar la atención. Los obuses aún no habían destrozado sus ramas; ni las bombas lanzadas desde el otro lado del parque, roto en mil astillas sus troncos. Salimos del garaje tocando el claxon para apartar a la gente de la acera que bajaba desde Princesa. Había que llegar rápido y deshacerse de un cuerpo cuanto antes. Pero nadie nos hacía caso y horadamos un hueco silencioso entre el gentío, hasta cruzar los dos metros de acera que se nos hicieron dos kilómetros, sorteando decenas de personas que formaban una sólida muralla, desplazándose calle abajo por todo Marqués de Urquijo hasta el parque del Oeste. Cantaban himnos y canciones de revolución, sin reparar en el automóvil que salía de una lujosa finca con dos mujeres en su interior muertas de miedo para ocultar un homicidio.

No me sacaba de la cabeza la lectura del comunicado que nunca debí leer. Durante semanas me sentí perseguida; veía sombras a mis espaldas por todas partes; según salía del colegio por esa bajada solitaria de López de Hoyos, ideal resguardo de asesinos; o en la calle de la Princesa o en la Puerta del Sol, tan concurridas siempre por manifestantes; una mano, una daga, un disparo podía dejarme tirada en el empedrado de una acera. Pero mi padre me recibió aquella mañana de regreso de Embassy con los brazos abiertos. Mi madre, por primera vez en mucho tiempo, fue amable conmigo. Pasaban los días y las semanas y nadie parecía haberse dado cuenta de lo que faltaba del paquete de la embajada de Italia. Quizá sus receptores no supieran con exactitud todo el contenido, la confusión política en Madrid adquiría sus momentos más altos. Mis nervios de los primeros minutos al entrar en el dormitorio de mi padre cuando le miraba a la cara buscando cualquier indicio de sospechas, dieron paso a la tranquilidad. Pero aun así, haber hecho de mensajera para los conspiradores del golpe de Estado, una catástrofe que estaba ocurriendo de verdad y no era un sueño sino una pesadilla, me ofuscaba la mente. Me sentía culpable de lo que sucedía en mi propio barrio y en mi propio país.

Mi calle, desde Princesa hasta el parque, era un trasiego de gentes desquiciadas. Casi todo el mundo, mujeres y hombres, trabajadores y gente corriente iban con fusiles en la mano, pistolas, hierros o palos. Cientos de personas bajaban hacia el cuartel del Príncipe Pío. Gritaban consignas en macabra comitiva. Ciudadanos de a pie, muchachas de servicio, cuadrillas de hombres habían abandonado sus puestos de trabajo; mujeres con niños en brazos y los puños cerrados corrían hacia el oeste como si fueran a prender una pira funeraria en la que quemar la pobreza y el hambre. Pero la muchedumbre parecía alegre bajo el sol radiante de aquella mañana del 20 de julio. El calor y el bochorno del verano los acompañaba hacia lo que iba a ser el principio de una guerra. Aunque entonces nadie lo sabía. Pronto, el bullicio callejero despertaría una terrible pesadilla que aún no se había soñado.

Fue en mi barrio donde se inició la guerra en Madrid, y en él se instaló hasta el final de sus días. Era el barrio de mis sueños y también de las pasiones e intrigas de mi vida. Tardamos más tiempo del habitual en recorrer menos de un kilómetro, el que separaba mi casa del hotel de Pintor Rosales de Francisco Anglada. El tráfico se había paralizado. Cientos de milicianos y civiles caminaban por la calzada jugando con armas de fuego. Temíamos que en cualquier momento nos pararan. Se nos podrían meter en el coche. Era fácil asaltar a dos mujeres indefensas, pero pude avanzar lentamente por Marqués de Urquijo hasta llegar a Pintor Rosales, girar a la izquierda y rodar despacio entre la gente que ya iba formando una multitud enredada. Me sudaban las manos, me temblaban las rodillas. Sentí el volante tan pesado como un muerto. Fernanda seguía callada como una tumba. Agachaba los ojos hacia su planchado y tieso mandil para no ver lo que pasaba en la calle. Yo intentaba mantener el pie pegado al freno, sin presionar demasiado, no acelerar bruscamente, no llamar la atención y no llevarme a nadie por delante.

La Guardia de Asalto y la Guardia Civil habían tomado la plaza de España. Las milicias populares desfilaban alteradas y presurosas por Luisa Fernanda, por Ferraz, por todas las vías que bajaban desde Gran Vía y Bailén hacia el Cuartel de la Montaña. Pancartas y pasquines con emblemas antifascistas se elevaban por encima de todas las cabezas. Llevaban desde el día anterior ocupando todo el barrio. Parecía un día festivo y un juego de niños, envalentonados de ponerse en marcha y entrar en acción, dispuestos a aplastar todo lo que fuese necesario aplastar.

Mantener el automóvil a la misma velocidad de la aglomeración me suponía un esfuerzo agotador. Se me caló un par de veces. Fernanda estaba blanca como una muerta, contando los segundos que nos quedaban de trayecto. Nos daba la sensación de que alguien se daría cuenta de nuestras intenciones, de lo que íbamos a hacer sin saber todavía cómo; seguro que algún militar nos daba el alto y nos truncaba el plan que aún no habíamos decidido. Pero nadie reparaba en un Ford de siete mil pesetas, brillante y nuevo, recién salido de fábrica, que Roberto mandaba abrillantar con verdadero furor cuando llegaba a Madrid.

Por fin alcanzamos nuestro destino. Ya veíamos los balcones de la casa. Fernanda se volvió a santiguar. Avanzamos lentamente hasta la entrada de la cochera. Camionetas abarrotadas de exaltados milicianos iban ocupando toda la manzana. Ya estaba rodeada. De pronto vimos la cabeza de Jimena asomar tras el portón y éste se abrió despacio. Habíamos conseguido llegar. Pero la acera parecía una muralla infranqueable. Vi con pánico una pareja de la Guardia Civil venir hacia nosotras. Y no supe bien por qué, pero nos despejaron el paso para darnos acceso, apartando a golpe de silbato a los congregados. Había cinco o seis milicianos apoyados sobre la fachada fumando un cigarro, se quitaron a regañadientes.

Junto a la acera vimos un grupito de cuatro hombres con tra-

je y corbata. Comían bocadillos sentados en el bordillo. Llevaban al cuello una cámara fotográfica. Junto a ellos, tres jóvenes
milicianas con monos verdes jugaban a las cartas sobre una mesita plegable. Estaban las tres sentadas cómodamente en pequeñas banquetas traídas de su casa. Parecían hallarse en su comedor
y no en plena calle esperando un tiroteo. Tenían en el suelo bo-
tellines abiertos de gaseosa y paquetes de tabaco. Los reporteros
no les quitaban ojo; y, ahí estaban, coqueteando con ellas, intentando hacerles fotografías. Ellas sonreían, con la baraja en la
mano, posando para ellos, que estaban más pendientes de las jóvenes beligerantes que de lo que debían fotografiar.

Ya dejábamos el tumulto. Rodábamos despacio hacia el interior del garaje. Paré el motor. Jimena corrió la pesada puerta y la
cerró con llave en cuanto estuvimos dentro. Fernanda salió del
coche. Entre las dos colocaron una traviesa de madera de lado a
lado del portalón. Se oían disparos de vez en cuando. Gritos,
canciones, emblemas, pasos rápidos, botas que corrían. Zapatos
desgastados se daban prisa y cliqueaban al otro lado.

Por fin lo vi. En un rincón del garaje, bajo unos cartones. El
cuerpo estaba envuelto en una manta. El rastro de una marca de
sangre en el suelo evidenciaba que había sido arrastrado desde
el interior de la vivienda. La puerta de acceso al interior estaba
abierta. Tomás, bajo el marco, jugaba de rodillas y rodaba su
camioncito por el cemento. En cuanto me vio abrió los ojos y
una sonrisa se dibujó en su carita. «Tiluchi», gritó, y su mirada
se dirigió hacia mi bolso buscando su regalo. Siempre había
algo para él, menos ese día. Ni a Fernanda ni a Jimena parecía
importarles la presencia del niño en aquella escena. Tomás, ajeno a la desgracia y a la muerte, no daba signos de saber lo que
estaba ocurriendo; si había un hombre muerto o dormido o era
un juego con el que su madre y su ama se entretenían, aunque
parecieran preocupadas y nerviosas y no le hicieran ni caso.
Fernanda lo tomó en brazos y desapareció con el niño sin mediar una sola palabra. Pero ya estaba todo dicho. Ahora había
que actuar.

Jimena, sentada sobre unos viejos neumáticos, escrutaba mi rostro intentando adivinar mi disposición a ayudarle con Pere, con ese bulto inerte que ya no la molestaría más, ni se movería nunca para agredirla. Le miré los pies. Los tenía limpios y blancos, los talones duros y las uñas pulidas y sin pintar. Sus dedos largos y delgados reptaban nerviosos sobre el cemento gris, al igual que gusanos probando de meterse bajo tierra. Era evidente que su vestido estaba recién planchado, recién sacado de la cómoda y recién puesto. Pero unos mechones de su pelo negro le caían por detrás pegajosos y tiesos.

Empezaba a hacer calor, mucho calor. Sudaba. Los pies me resbalaban por la suela de las sandalias. Estábamos en pleno mes de julio y el bochorno de aquel verano empezaba a ser sofocante. Y más sofocante todavía era aquella loca situación. Las dos, junto al cadáver del novio, o ex novio, o lo que fuese de Jimena Anglada, listas para hacerlo desaparecer. El único plan que había en mi cabeza era sacar a Pere de allí, o lo que quedara de él. Pero vi en la cara de Jimena un plan estudiado; cómo y dónde deshacerse del cadáver. Ya estaba rígido. La sangre de la manta se había oscurecido.

—Hay que sacarlo cuanto antes —dije por fin—. No quiero saber los detalles. No digas nada, porque te voy a ayudar.

Observé sus ojos más azules, más pequeños, más hundidos que me suplicaban ayuda. Sentada sobre los grandes neumáticos parecía una niña alta y afligida en espera de ser socorrida. Sus profundas ojeras me alarmaron, verdes como aceitunas. Semejaba la muerte recién salida del inframundo, esperando a llevarse el cuerpo de Pere al mismísimo infierno.

—Gracias —susurró. No tenía ánimos ni para hablar. Se la veía derrotada—. Algún día pienso pagarte todo lo que te debo.

—¡Lo que hay que hacer ahora es ver cómo lo sacamos de aquí! Con lo que hay en la calle, ¡Dios mío!

—Han tomado el barrio, Lucía. Esa gente… Llevan aquí desde ayer. ¡Es horrible! A esos pobres de ahí dentro —e hizo un gesto hacia el cuartel— los van a matar a todos. Y es posible que entre ellos esté el cabo que me rescató de una muerte segura la noche en que David me abandonó. Estaba orgulloso de ser militar.

Era la primera vez, en esos tres años, que hablaba de su tío, y yo no necesitaba más remordimientos.

—Ahora, Jimena, no pienses en eso. Hay que sacarlo de aquí.

Y miré hacia el bulto rígido del rincón, bajo los cartones.

—Hay un lugar… muy cerca —dijo Jimena poniéndose en marcha—. Fernanda se queda con Tomás. Nos vamos tú y yo; creo que podremos con él. Era tan poca cosa…

No quise añadir nada. Al levantarse se sujetó la espalda e hizo un gesto como si en algún lugar de esa extensión llevase un puñal clavado. Me fui hacia ella para ayudarla, pero enseguida se irguió asegurándome que no era nada. Le miré los pies descalzos y supe que era una pérdida de tiempo decirle nada. Levantó los cartones. Había sido envuelto varias veces, y atado con cuerdas de rafia. El cuerpo inerte pesaba demasiado para haber sido un joven bajito y pequeño. Golpes de culata retumbaban en el portón. El primer problema nos surgió al comprobar que no nos entraba en el maletero del Ford. Hacía cada vez más bochorno. Los ruidos de la calle nos sobresaltaban continuamente. Sujetamos entre las dos el rígido cuerpo que era imposible de introducir en el maletero. Jimena pensó en partirlo con un serrucho.

—¡Estás loca! —dije, asustada, y de repente—: ¿Es Pere el padre de tu hijo?

Levantó sus ojos azules como un mar revuelto, agitado y cruel, como si no entendiera lo que oía, y me contestó:

—¡Eso no es de tu incumbencia! Preocúpate de los tuyos… ¿Te he preguntado yo alguna vez de quién es hijo Blasco?

Me atraganté con mi propia saliva. Una gota de sudor se deslizaba por la frente de Jimena. Me dio miedo. Sentí como si se hubiese, de pronto, convertido en una asesina. Dudé por un segundo de la versión que me había ofrecido Fernanda en su relato del crimen: de haber sido en defensa propia. Jimena miraba con impaciencia las herramientas de su padre colgadas en la pared, sobre una mesa de trabajo. Tres serruchos de distintos tamaños destacaron de pronto, como iluminados por un foco. El foco de la ansiedad de Jimena por sacar cuanto antes del garaje a Pere, el foco de mis dudas y agitados pensamientos respecto a su cordura.

—Hay que cortarlo —dijo—. Fernanda y Tomás están arriba, nadie se va a enterar si lo partimos.

—Si insistes en ello… ¡yo me largo y te las apañas solita!

Y la sujeté del brazo porque ya se disponía a desanclar un serrucho tan afilado como los dientes del difunto. Creí ver la risa retorcida de Pere en esa herramienta que tanto deseaba Jimena para trocearlo.

Probamos todas las posibilidades. Parecía más alto que en vida. Se resistía a entrar en el maletero. Las puertas delanteras se abrían hacia atrás y el cadáver no flexionaba. Ahora oíamos aviones. Ruidos de fusiles y voces alteradas volaban entre los árboles del paseo. Parecía que cortar el cadáver de Pere era la única posibilidad de meterlo en el coche. Finalmente conseguimos lanzarlo desde el maletero a los asientos de atrás. Cayó sobre ellos con un ruido sordo. Lo empujamos hacia el suelo y lo cubrimos con la funda del automóvil; su color oscuro camuflaba el cuerpo completamente. No se veía nada desde el exterior. El ruido de la aviación ahora se oía más cerca. Debíamos asumir los riesgos y sacarlo cuanto antes, en pleno día, entre la multitud que se agolpaba en las inmediaciones. Jimena echó una gruesa cuerda en el maletero. Yo ni pregunté, observaba lo bien que se movía en aquellas circunstancias. Aquello habría dejado sin aliento a cualquiera. Pero ella danzaba alrededor del coche, ligera y sin cojear, con esa cicatriz de la mejilla hundiéndole medio rostro en una siniestra actitud de excitación. No vi en ella miedo, ni culpa, ni arrepentimiento.

Fran podría llegar de un momento a otro, preocupado por lo que estaba sucediendo a las puertas de su casa. Todo Madrid se había volcado para defender la república. Su hija y Tomás no estarían seguros allí, tan cerca del cuartel. Era un polvorín que iba a estallar de un momento a otro. Me dijo Fernanda que Francisco les había ordenado abandonar las habitaciones que daban a la calle, por lo que pudiera pasar, y cerrar todo bien, puertas y contraventanas, y no abrir a nadie. Debía atender asuntos urgentes. Las llamaría.

Y él me había llamado el día anterior. Pensaba sacarlas de allí si el asalto no se concretaba rápido, o no se rendían los militares encerrados en rebeldía para apoyar el golpe de Estado que yo misma le había leído en su despacho, semanas atrás. Vitoria, Cáceres y Oviedo se habían sumado al levantamiento, y él se había reunido con Feijóo y acudiría a la Bolsa a primeras horas de la mañana. Sus acciones bajaban a una velocidad de vértigo. En tres días había perdido una fortuna. Era una semana llena de confusión, las guarniciones de África siguieron a Melilla, el ejército de las principales plazas del norte de Marruecos se había declarado en estado de guerra.

Teníamos poco tiempo. Francisco podría aparecer en cualquier momento y sorprendernos con el cadáver en su cochera. La Guardia Civil no había empezado a disparar en serio, pero se oían tiros. Cuando comenzase todo no podríamos circular ni salir ni movernos en medio de la batalla. La gente acudía en masa a las inmediaciones y se iba hacinando por todo el Paseo de Pintor Rosales, extendiéndose hacia el parque del Oeste en un cordón alrededor del cuartel y de la montaña del Príncipe Pío. El asedio había comenzado.

Jimena entró en la casa y salió con Fernanda que cerró el portón en cuanto salimos. No vimos a la pareja de guardias civiles. La gente se apartaba. La confusión en la calle crecía. Los fotógrafos y las milicianas jugadoras de cartas habían desaparecido. Era difícil tomar la calle Ferraz y subir por ella. El ruido ensordecía las calles. Varios cañones, situados en Ferraz, se dirigían hacia el fortín.

De los edificios de enfrente salían pequeños altavoces exigiendo, en nombre de la república, a los soldados amotinados, su inmediata rendición. Un avión tiraba octavillas desde el cielo sobre el recinto militar. Caían como plumas rojas en el interior de los patios. Se nos cruzó un cañón remolcado por un camión de cerveza. Avanzamos hasta llegar a Marqués de Urquijo. Bajamos por ella. Nos confundíamos con la multitud que andaba a nuestro lado y entramos en el parque del Oeste. De entre los árboles y por los caminos aparecían milicianos.

Jimena contenía la respiración. Miraba de reojo el bulto de atrás; se movía con un ruido desagradable en cada bache. Yo conducía como si lo hubiera estado haciendo desde siempre, despacio para no llamar la atención. Pensaba en que el muerto podría resucitar de un momento a otro para tirarme del pelo y ahogarme con sus propias manos. Me lo imaginaba con la cabeza destrozada, sentado en el asiento trasero y levantando los brazos ensangrentados. Temía que mi imaginación me jugase una mala pasada, se me calase el coche y nos pudiéramos quedar tiradas.

Nos cruzábamos continuamente dentro del parque con camiones verdes y coches militares. Nadie parecía reparar en nosotras, ni en nuestro muerto. Si nos paraban, estaríamos perdidas. Cómo explicar la presencia del pasajero invitado. Jimena me iba indicando la dirección con toda serenidad. Lo debía tener todo bien atado, o eso me tranquilizaba pensar. Seguíamos hacia abajo, inclinándonos en la gran curva cerrada que hace la calle en dirección al Paseo de la Florida. Bajamos por su cuesta empinada hacia la ermita y la zona ferroviaria. Dejábamos poco a poco el gentío. Los árboles frondosos nos cubrían las espaldas según avanzábamos hacia el final de la cuesta. No me atrevía a preguntarle a Jimena su plan. Prefería no saberlo hasta finalizar el recorrido. Confiaba en su plan, pero ella miraba hacia atrás continuamente, como si Pere no estuviese bien muerto. No deseaba preguntárselo. Yo misma había comprobado su rigidez.

Lo había agarrado por las piernas frías y acartonadas, forcejeando con el pétreo difunto que se negaba a entrar en el coche de mi marido para realizar su último viaje.

—En cuanto nos acerquemos al cementerio ve parando —me indicó con el brazo.

Nos aproximábamos al pequeño y escondido camposanto de la Florida, y dijo:

—Vamos a enterrarlo allí. Nadie viene por este lugar, solo unos chalados una vez al año.

No me podía creer que fuésemos a deshacernos de un cadáver al final de mi calle, que, aunque larga y sinuosa, recorría la espesa arboleda del parque como una serpiente que envuelve a su presa. No dejaba de ser la calle en la que había nacido. Desconocía el tiempo que me quedaba por vivir en Madrid, pero el recuerdo de Pere me perseguiría cuando pasease por allí y columpiara a mis hijos en el corralito infantil. El parque era espeso y la zona, umbría. El cementerio era un reducto de paz, desconocido, apartado, un lugar poco accesible, escondido entre muros de mampostería, pegado a las tapias de la Real Fábrica de Cerámica. Poca gente llegaba hasta él. Las zonas ajardinadas se quedaban arriba del repecho. El cementerio llevaba años cerrado. Había leído en algún lugar que el cementerio había sido custodiado por la Cofradía de la Buena Dicha, desde tiempos de Isabel II; fallecido el último cofrade, pasó a manos de una sociedad que a duras penas les legaba las cuotas para su limpieza. El estado del pequeño cementerio era de casi total abandono. Se abrían sus puertas una vez al año, el 2 de mayo, día en que sus miembros, los sucesores de los combatientes de las milicias populares de la guerra de la Independencia, honraban a sus héroes. Ya veíamos los altos cipreses. Bordeamos despacio las verjas de entrada. Un escudo negro sobre la cancela de hierro llevaba inscrito en letras doradas:

CONGREGACIÓN BUENA DICHA. VÍCTIMAS DEL DOS DE MAYO DE 1808. MILICIANOS NACIONALES VETERANOS

El cementerio de la Florida es tan pequeño que nadie que pase por delante adivina lo que protegen sus muros, salvo que se conozca su historia, como la conocía Jimena.

En él se hallan los cuerpos de cuarenta y tres fusilados en la madrugada del 3 de mayo de 1808 por los franceses en el monte del Príncipe Pío, en el mismo promontorio que en ese instante estaba siendo de nuevo protagonista de otra batalla. Recordé las caras de los sentenciados del cuadro de Goya de la chimenea de Francisco, sus bocas abiertas de pavor contando los segundos que les quedaba por vivir, y sus ojos terribles. Una coincidencia macabra. Yo esperaba que Jimena no lo relacionase. Ella odiaba ese cuadro. Y ahora íbamos a sepultar a su ex novio junto a los hombres del lienzo.

¿Por qué el destino me había llevado a colgar esa reproducción torpemente ejecutada por un pintor desconocido en el hotel de Pintor Rosales? ¿Por qué no la saqué de la casa y la tiré a la basura cuando mi padre se la vendió a Francisco Anglada, y nos mofamos todos de su poco valor? Intenté pensar en otra cosa. Llevábamos un muerto a quien enterrar. Debía reflexionar. Era normal tener visiones macabras a causa del shock. Pensé en el rostro de Pere. No me lo podía quitar de la cabeza. Recordaba su risita de tiburón y su aspecto chulesco. Me alegré de no haber visto su cara de difunto. Ni de saber cómo lo mató Jimena. Le evité el mal trago a Fernanda y no quise escuchar detalles innecesarios para no atormentar más mi conciencia.

—Para el coche —dijo Jimena, frente a la entrada.

Dos vueltas de gruesa cadena de hierro cerraban las dos hojas de la verja. Desde afuera se veían entre los matorrales flores mustias y secas sobre no más de unas cuantas lápidas mohosas. Nunca había estado allí y todo lo vi decrépito. Un largo y estrecho camino se perdía hasta una pequeña capilla. Sabía que dentro había una cripta.

Aparqué bajo unos enormes pinos. Pegué bien el coche a la tapia del cementerio. Tras un reducido escampado estaban las vías del tren. Se veía la cúpula de la estación del Norte y la encrucijada de edificios que formaban la gran zona ferroviaria. Me empezaron a temblar las manos. No tendría valor. Ya se oían ruidos de cañones. Había comenzado el asalto. Se aproximaban aviones en formación. Dejarían bombas muy cerca. Quizá nosotras también podríamos desaparecer en el intento de deshacernos de un cadáver.

Jimena salió del coche.

—Quédate aquí, voy a echar un vistazo —dijo—. Si viene alguien, arranca y luego vuelves.

No sería capaz de una cosa así, con Pere detrás de mí. Me daba más miedo muerto que vivo. Aun tieso, desconfiaba hasta de la mismísima muerte. La tierra se movía, los árboles temblaban. Las bombas empezaron a caer a menos de quinientos metros. El silbido quedaba amortiguado por la profundidad del bosque. El suelo húmedo parecía absorber una guerra lejana. La estación había parado su actividad. No había ni un alma por los alrededores. Solo el ruido de la artillería, de árboles revolverse; de tiros, de ametralladoras, de bombarderos sobrevolando el parque. Ruido de aviones como abejas.

Agaché la cabeza y esperé impaciente las órdenes de Jimena.

La vi desaparecer. Ahora sí cojeaba. Cada vez más torcida y más delgada. Nunca se quejaba de esa enfermedad de la que no quería hablar. Enseguida la vi de nuevo por el retrovisor, me hacía un gesto con el brazo. Di marcha atrás. Las verjas del cementerio permanecían abiertas de par en par. La pericia de Jimena me asombraba porque la cadena estaba en el suelo. Ella me dio el alto. Salí rápido, blanca como aquellos mármoles lo habían sido una vez. La alargada fachada de la fábrica de cerámica nos servía de resguardo. Intentábamos darnos prisa. La tierra estaba blanda, el sol alto y los cipreses quietos. Las bombas seguían con su cometido de arrasar el cuartel. La rojiza chimenea de la fábrica de cerámica, en cuerpo presente, alta como un cíclope, observaba cómo dos mujeres desquiciadas buscaban entre las tumbas de los acribillados, hacía más de un siglo, para esconder un cuerpo que nadie encontraría entre aquellos muertos de otra guerra. Nadie se daría cuenta de que ahora habría uno de más en el cementerio olvidado de la Florida.

Percibí que perdía la noción del tiempo y de la realidad. Quizá todo aquello era un sueño, una pesadilla y nada de eso sucedía de verdad. Era desquiciante: ¿Jimena y yo sepultaríamos a Pere con nuestras propias manos? Una locura. Y más locura todavía que ella lo hubiera asesinado. Por un momento deseé que una bomba se desviara unos metros y nos cayese encima y nos ahorrase así la sucia tarea de guardar silencio para siempre.

Jimena me señaló una tumba. Era una lápida mohosa con dos argollas, no parecía estar bien anclada. Enseguida supe qué hacer cuando la vi tirar de una de ellas para mover la piedra. Yo la seguí hasta mover la lápida unos centímetros. No era pesada. La corrimos un poco más hasta dejar un hueco lo suficientemente amplio para ver lo que había dentro. Yo no quise asomarme. Pero ella sí lo hizo. Se agachó y estuvo unos segundos achinando sus ojos blanquecinos con esa cicatriz en el rostro. Enseguida me hizo un gesto con la cabeza y movimos el mármol hasta tener la abertura suficiente. Había que darse prisa. Abrimos la puerta del coche. Ahora el rígor mortis se había apoderado totalmente del cuerpo de Pere. No necesitábamos la cuerda que Jimena había guardado. Arrastramos el pesado envoltorio por la tierra, entre las dos, sin dificultad, hasta darle un empujón y tirarlo por el hueco de la sepultura. Oímos el horroroso sonido del cuerpo al chocar contra algo blando, a unos metros de profundidad. La tierra parecía abrirse para acogerlo en sus entrañas. Levanté la vista y, junto a la lápida, había una cruz griega de hierro.

Volvimos a correr la losa y esparcimos algo de hojarasca. Jimena se sujetó de nuevo la espalda con la mano. Las lápidas de alrededor estaban medio hundidas y ladeadas por el abandono. Me vi el vestido sucio y las sandalias se me hundían en la tierra levantada y hueca según caminábamos hacia el automóvil. A Jimena se le había ensuciado el vestido y el pelo le caía por los hombros, como deshilachado. Arranqué rápido y salimos de allí sin ser vistas por nadie. Las verjas se quedaron abiertas.

No pudimos regresar por el mismo camino. La Cuesta de Areneros estaba acordonada por camiones militares y tanques de combate cerrando el parque. Bajamos hacia el Paseo de la Florida por el puente de los Franceses. La vi tranquila. Se asomó por la ventanilla con los codos hacia fuera y apoyó la barbilla. Observaba con atención. El bombardeo había cesado. La multitud se dirigía por la Cuesta de San Vicente. Desde los coches se agitaban banderas. El griterío proclamaba la victoria y el fin del asedio. Todo el mundo iba hacia la Puerta del Sol a celebrarlo. Y ahora formábamos parte de la comitiva triunfal. Todos deseaban una parte del trofeo, los cerrojos de fusil y los cuerpos de los rebeldes acribillados sobre la arena de los patios que vimos después en las fotografías de todos los periódicos. El Cuartel de la Montaña había quedado casi destruido.

Intenté llegar a casa rodeando el Palacio Real. Los alrededores estaban cerrados por los carabineros. Miles de personas se habían echado a la calle. El asalto al cuartel había concluido. Poco a poco el tráfico fluía y entramos en el edificio de mi casa.

—Estoy muy cansada —dijo Jimena, con los ojos entornados y con ganas de darme un abrazo en el momento en que apagaba el motor en el garaje—. Gracias por esto. Nunca podré pagártelo. No era un buen hombre, Lucía, es lo único que puedo decirte. Y no tengas remordimientos, tú al fin y al cabo no has hecho nada malo, y le hemos dado sepultura. Pueden tus monjas pedirle una misa y rezar por su alma y ya de paso por la mía.

—Burlándote hasta el final, Jimena.

—Lo digo en serio. No voy a vivir mucho tiempo. Y esta enfermedad… Tomás me espera. Tengo frío. Mucho frío.

—No digas eso. Tu hijo te necesita.

Le miré los pies desnudos y sucios. Imposibles. Me pareció una zíngara, insensible al terreno y a la intemperie. Y dije, tomándole de las muñecas:

—Necesito saber por ti que lo hiciste en defensa propia. No voy a poder vivir con este crimen.

—Fue en defensa propia, ¿te vale así?

—Eres imposible.

—No soy imposible. No soy, sencillamente. ¿Es tan difícil de entender?

Sus manos se deshicieron de mí. Tenía tierra entre las uñas. Rebuscó en un bolsillo del vestido y sacó un papel dobladito. Lo miró varias veces. Se mordía los labios. Y dijo:

—¿Piensas que soy una asesina?

—No digas eso… ¡Claro que no!

Apoyé los codos en el volante y me llevé las manos a la cabeza. Y entonces ella me mostró el papel, con los pliegues doblados y desgastados, y me lo entregó.

—Creo que es tuyo.

—¿Mío?

Lo desdoblé y lo reconocí. Estaba mi nombre en él, y el membrete del hospital de San Carlos.

—¿Y esto?

—Lo recogí de la calle, hace cinco años. Entraba en el despacho de mi padre y lo encontré en la acera, un día después de los comicios municipales, quería hablar con él, me encontraba tan mal… solo pensaba en escapar y largarme de Madrid. Lo siento de veras… Te lo debía.

Salió del coche enseguida, antes de que pudiera decir nada, y la miré y me sentí morir, con la factura de unos antiguos análisis clínicos en la mano. Del vestido le vi sacar un pañuelo de seda, se lo echó a la cabeza, pasó por debajo del portón del garaje, entreabierto, y se perdió en la calle. Había recuperado su cojera habitual.

Volví a leer aquella factura, después de cinco años, y recordé el día que la perdí, en la calle del Factor. Debió de caerse al suelo, antes de entrar en el despacho de su padre. Iba desquiciada, llegaba del hospital con la noticia de un nuevo hijo en mi vientre. Quizá Jimena hubiera presenciado la terrible discusión con su padre minutos después. O quizá no. Ya no importaba. Ahora debía enfrentarme a subir a la casa de mis padres y hacer como si no hubiera pasado nada en nuestras vidas.

En las últimas semanas me movía como una extraña, como una espía. Escuchaba tras las puertas y en las conversaciones telefónicas el complot de mis padres. Ofrecían información a la mano negra que movía los hilos desde Italia, lo sabía, lo sentía, estaba en el aire y el agua que bebíamos. Y era mi marido la corriente que unía la resistencia a la república con el gobierno italiano. Haber servido de mensajera, con todos los muertos del Cuartel de la Montaña, y los que seguro vendrían después, con un cadáver sepultado con mis propias manos, me empujaba al abismo de un mundo irreal y mentiroso que jugaba a tragarnos a todos.

Si la república resistía, la guerra iba a ser el escenario de nuestras vidas. Roberto estaba organizando mi regreso inmediato a Roma, incluido el de mis padres, si la situación se descontrolaba, y era muy probable que fuese así. Madrid había defendido al gobierno con todas sus fuerzas y había ganado la primera batalla.

Decimonoveno testimonio

Me había negado a ver a Francisco Anglada en la Ciudad Lineal. Estaba preparando la casa para trasladarse con Jimena. Nuestro barrio, borde de la ciudad por su cara noroeste, quedaba expuesto a los ataques del frente nacional desde el Alto del León. La guerra había comenzado y Madrid era el objetivo más deseado de Franco. Las tropas del general Mola asediaban ya la ciudad por la sierra del Guadarrama; el alzamiento había triunfado en algunas provincias como en Burgos y Valladolid. En Madrid, los altos mandos del ejército de la República, en su mayoría, defendían el orden institucional y no apoyaron el levantamiento, por lo cual mi padre cayó en una depresión que afectaba a su dolencia cardíaca; el pecho se le inflaba como un globo y respiraba con la boca abierta de la mañana a la noche. El 27 de agosto de 1936 Madrid fue bombardeada por primera vez. Aviones alemanes dejaron caer sus bombas sobre la estación del Príncipe Pío y el Ministerio de la Guerra.

Una semana después, el 3 de septiembre, mi padre viajó a Italia. Se encontraba cansado y convaleciente pero lo resistió. Había mejorado. Estuvo en Roma tres días, según él para salvar nuestra vida y patrimonio. No quiso contarnos nada de lo que allí se estaba tramando, pero volvió más agitado de como había salido de Madrid. Me preocupaba. Temí que hubiera descubierto el robo de los dólares americanos, pero lo que me trajo fue una carta de Roberto. En ella, me suplicaba mi marido que salvase a nuestros hijos de morir en la guerra española; yo no era quién para inmolarlos conmigo porque no habría piedad para la república ni para los que resistieran; solo era cuestión de tiempo. Una vez más me ofrecía su comprensión, dispuesto a olvidar el pasado y recuperar a su familia. A Roberto se le había prohibido la entrada en España, por lo que había organizado nuestra salida y nos esperaría en Marsella.

La misma noche del regreso de Italia de mi padre, nos reunimos los tres en el despacho a deliberar.

«Saldremos de esta ratonera, si Madrid no cae. Esperemos que sea cuestión de semanas», terminó por decir mi padre, con la sombra del miedo en sus rojas mejillas, mientras firmaba pagarés y cheques en su escritorio, bajo la luz de la lamparita verde y la mirada desquiciada y triste de mi madre. Liquidaba deudas y obligaciones para poner punto y final a una época. «Los gemelos están bien, en la residencia salesiana de la Via Appia. Demasiadas horas de viaje desde Galicia, pero ya sabéis el espíritu guasón de los muchachos… Y todo… gracias a Roberto. ¿Hace cuánto tiempo que no ves a tu marido?», me preguntó directamente. No pude contestar a esa pregunta y me amordacé para no gritar y salir corriendo. Se levantó de su escritorio con dificultad, cansado y abatido; mi madre lo sujetó y se echó a llorar en sus brazos.

De madrugada oímos disparos y ruidos de asalto. Claudio y Blasco se despertaron y Dolores los volvió a dormir. Mi padre sacó un arma y mi madre una pistola escondida en un cajón de la alacena. Yo revisé los paquetes con las balas de reserva. Se escuchaban patrullas, voces y jaleo por el hueco del patio de manzana. Se sintieron detonaciones, tiros y pequeñas explosiones que provenían de ventanas y azoteas. Luego silencio, gritos y, a continuación, todos los vecinos de una finca cercana fueron desalojados de sus viviendas y echados a la calle. Tras las ventanas, los vimos correr por el bulevar y dispersarse entre las callejuelas. Se confiscaron sus vehículos, enseres y cuanto había en las viviendas.

Desde el comienzo de la guerra cenábamos en la cocina, alejados de balcones y ventanas de la parte exterior del edificio que habían desocupado. Dos portales más arriba del nuestro, días atrás, habían muerto varios vecinos en un tiroteo, incluido el portero. Todo el edificio fue ocupado por oficiales del ejército; las cocheras y el entresuelo como almacén de armas y municiones, y los pisos superiores como oficinas y viviendas para milicianos y combatientes.

A continuación, la casa de Marqués de Urquijo se puso patas arriba con los preparativos para abandonarla en cualquier momento.

Al día siguiente vi a Francisco Anglada por última vez en el Café Comercial de la Glorieta de Bilbao. Un café antiguo, en una de las plazas más alegres y animadas de Madrid. En guerra seguía bulliciosa, con demasiado tráfico, intersección de varias líneas de tranvía y una boca del metro. Llegué en taxi por Luchana y Juan Bravo, desde el colegio. Me acababa de despedir de Juana y de los niños allí protegidos. Llevaba el corazón partido en mil pedazos cuando vi a Francisco Anglada apostado sobre uno de los ventanales del café, junto a la puerta giratoria, esperándome con un periódico en la mano. Llevaba un traje oscuro, parecía un viajante de comercio. Entraban y salían jóvenes uniformados y todo tipo de personas. Creí que no podría descender del taxi y enfrentarme al hombre que había marcado mi vida irreversiblemente.

Fui yo quien le cité en el Comercial. Un lugar animado y público donde no pudiéramos dar rienda suelta al dolor, y obligara a mantener la compostura a dos amantes a punto de perderse para siempre. Fran odiaba las despedidas y yo necesitaba conservar la dignidad. Nos sentamos junto a los grandes ventanales que dan a la plaza y él dejó el periódico sobre la mesa.

Pasamos juntos apenas veinte minutos. Comprobé en su rostro una risa nerviosa y triste; lo dura que estaba siendo la vida con Jimena y el niño. Me dijo que salía inmediatamente hacia Tres Robles. Necesitaba esconder documentos importantes y pagarés, y debía hablar con su hermano. Madrid podría quedar incomunicada por el norte y la finca ser tomada por el ejército rebelde, como así sucedió. Cuando dijo lo de «rebelde», supe de qué lado estaba, y no era el de los Oriol ni el del marqués del Valle. Me tomó la mano. Se mordía el labio superior y su pelo ya poseía la pátina blanquecina del tiempo.

—Pasaré por tu casa a despedirme de Jimena y de Tomás y, por supuesto, de Fernanda.

—Bien… Como tú digas. Intentaré no estar.

—Vale.

—David me necesita —dijo de pronto—. Felipe Roy ha fallecido.

—¿El padre de…?

Asintió con la cabeza.

—Ya era mayor… Y ha sido de muerte natural, mientras dormía. Fue un buen hombre. Jimena no lo sabe y de momento es mejor que no se entere. He hablado con Arón y desde hace tiempo mi hermano no se encuentra bien. Han sido unos años difíciles; cada vez está más desabrido. Este año se ha negado a poner en cultivo las tierras que no nos han expropiado, así que los jornaleros lo han hecho por su cuenta. David no habla con nadie, se pasa en nuestro panteón el día y la noche desde que encontraron a Felipe sin vida. Arón dice que David hace cosas extrañas.

—¿Qué tipo de cosas?

—No sé, Lucía. La religión lo tiene trastornado. Y ahora la guerra… y tantas huelgas y conflictos en nuestras tierras… No es un hombre fuerte. Parece que no encuentra a Dios por ninguna parte y se intenta sacar del cuerpo el pecado original, según Arón.

—¡Qué estrafalarias son esas palabras! ¡Es absurdo! —dije.

«No era tan absurdo», pensé para mí. Me parecía absolutamente coherente con lo que Fernanda me contó de lo sucedido en Madrid con Jimena. Si realmente era un hombre religioso y poseía conciencia, era normal ese comportamiento; algo así debía trastornar.

—Ahora le ha dado por usar un raído hábito franciscano de arpillera —dijo Fran, con las manos en la frente y los codos en la mesa—. Duerme en el suelo y ha dejado de asearse como una persona. Ha retirado él mismo su cama del dormitorio y regalado su ropa. Apenas come y no habla con nadie más de lo necesario. Me crecen los problemas, Lucía. Y me alegro de que desaparezcas de aquí. Vendrán tiempos mejores y nos reiremos de…

Y se encogió de hombros. Abrí el bolso y saqué un pañuelo para ocultar los ojos. No debía verme llorar. Le prometí regresar enseguida a Madrid, a su lado, como si el tiempo se parase en ese mismo lugar, frente a la Glorieta de Bilbao. Su rostro terso y varonil lo vi ajado y sin brillo. Sonrió y dijo:

—Adelante, no te preocupes. Nos volveremos a ver. En unos días regreso de Tres Robles y atenderé a mi hija y a Tomás, estaremos bien en la Ciudad Lineal. Fernanda nos cuidará, y la casa de los alemanes es segura y me recordará a ti… Arturo Soria es tranquilo y nadie nos molestará.

—¿Estás seguro? ¿No sería mejor salir de este infierno? Viajar todos a Tres Robles… antes de que sea tarde…

—Ay, nenita mía… Jimena se niega a regresar. No desea volver a la finca. Voy a esperar. Es posible que todo termine enseguida. Y tú, anda, venga, no me mires así, cuida de Claudio y de Blasco. Roberto os protegerá… Me he portado como un cobarde. ¿Podrás perdonarme algún día?

—No digas eso.

Y agachó la cabeza, hundido en la derrota. Había tanto de lo que hablar… Me levanté. No podía soportarlo. Nunca había escuchado pedir perdón a Francisco Anglada. Parecía el perdón de los condenados a muerte. Me sujetó por la muñeca. Deseaba escapar de allí, del bullicio del Café Comercial. No podía articular palabra. Y él me miró con esos ojos verdes y saltones de quebranto por sí mismo, y me dijo, todavía sentado en la silla:

—No sé si usted sabrá que ayer el enorme oso blanco de la Casa de Fieras se fugó de su jaula. Deambuló durante horas por el Retiro. Cundió el pánico por todo el parque y atacó a varios paseantes. Y a finales de enero, el Fortuna lidió a un mismísimo toro en plena Gran Vía. Se le escapó a un desaprensivo ganadero. El pobre animal subió por el puente de Segovia hasta la plaza de España. Se puede usted imaginar el alboroto, ¡corneó a varios transeúntes! Lo que no pase en esta ciudad, señora mía…

—Me enteré. Todo el mundo habló de ello. Lo del oso no, la verdad. ¿No me estará usted tomando el pelo?

Y así terminó nuestra historia en Madrid, como había empezado en el verano de 1928.

Me di la vuelta. Francisco se levantó de un brinco y me agarró por el brazo, de repente. Fui arrastrada hacia la calle. En la acera me empujó sobre la marquesina del tranvía y le dio un fuerte puñetazo por no pegarse un tiro allí mismo. Le sangraban los nudillos. Tenía el rostro desencajado. Y me abrazó con tal amor, que creí perder el conocimiento. Soñé durante toda la vida con ese instante. Era como un sueño erótico del que nunca quisieras despertar y, cuando lo haces, deseas volver a dormirte y no puedes y entonces se te parte el corazón porque nunca será real.

—Quédate conmigo, Lucía. ¡No me abandones, empecemos de nuevo! ¡Haré lo que tú quieras!

—Ahora… es imposible.

Me solté de sus brazos y corrí y corrí todo lo lejos que pude por las estrechas calles de Malasaña, las que probablemente nunca volvería a pisar.

Guerra y desconsuelo

Estaba amaneciendo. La luz se abría paso entre las ruinas de la casa. Un gran agujero en la fachada dejaba la primera planta suspendida en el vacío, abierta al precipicio del paseo. Medio edificio se había venido abajo y parte de la pared del dormitorio de Jimena había desaparecido. Su habitación se unía a la geografía de la calle Pintor Rosales como si se tratase de una casita de muñecas. Los muebles, en el juego perverso de la guerra, quedaban a la intemperie: la cama, el armario, la mesilla, el chifonier y el diván, frente al espejo, desbaratados y a la espera de la mano que los colocara como habían estado antes.

En medio del polvo y de la explosión, entre las vigas desplomadas del edificio, el niño, de rodillas entre los escombros, besaba en el brazo a su madre para que despertara de una vez. La guerra había llegado a Madrid, a su propio hogar, destruido, en un otoño distinto a todos los otoños. Un otoño grisáceo y frío, desapacible. La guerra era un hecho contundente y feroz, era un inmenso gusano que mordía el borde de la ciudad para hacerse con ella. En el lugar de la fachada oeste aparecía la desolación del parque brutalmente bombardeado, entre el húmedo rocío de una mañana precipitada, sobre los árboles con las hojas amarillas, partidos, abrasados, como parte del paisaje de uno de los sueños de Jimena hecho realidad. Una espantosa geografía bruñía el nuevo horizonte de la calle, del barrio, del parque del Oeste, donde los rojos atardeceres del otoño se confundirían, a partir de ese momento y hasta que la guerra terminase, con los reflejos atroces de la batalla que ya se libraba en la Casa de Campo, en el río Manzanares y en la Ciudad Universitaria. Las tapias de la Casa de Campo, derribadas por los tanques, eran escombros que servían para amortajar los cuerpos de los soldados caídos. Toda la franja oeste estaba siendo evacuada con los primeros bombardeos que anunciaban el principio del asedio a Madrid.

Tomás no lloraba. Había caminado hasta caer rendido entre los muebles destrozados. Se entretuvo en rescatar algunos juguetes reventados y maltrechos. La escalera se había venido abajo y los peldaños de la parte alta quedaban al aire. Como un siniestro tobogán se balanceaban. El niño, de puntillas, intentaba alcanzar uno de ellos, estirándose; demasiado alto para encaramarse y subir a su habitación para recuperar sus juguetes del desastre. El pequeño había reunido una pelota, un botón de su chaqueta y el nuevo coche de bomberos que, sin ruedas y con el capó arrugado, ya no podría llevar a ningún enfermo al hospital, y menos a mamá que no se despertaba. Ella parecía dormir tranquilamente entre el polvo y los cascotes, su pecho se movía con suavidad en una respiración serena. Le consolaba acariciar la piel calentita y fina de su madre, con un olor que adoraba. Se agachó y se tumbó a su lado. Apoyó el oído sobre el pecho de Jimena para encontrar consuelo, y la abrazó. Notó una cálida caricia. Un movimiento nuevo despertaba en ella para arrullar a su hijo como si fuera un bebé. Y así estuvieron, sin saber en qué mundo se encontraban, abrazados y quietos, con miedo a abrir los ojos y mirar a su alrededor, porque el tiempo se había parado en su viaje hacia la muerte para despertar a medio camino, en medio de la destrucción.

La fría luz del amanecer proyectaba entre las ruinas de la casa una imagen espectral por toda la planta baja, incomunicada con la de arriba. Se incorporaron. Debían salir de allí. Miraron con desolación la catástrofe. La escalera estaba seccionada y la barandilla de la planta superior se abría al vacío con los hierros retorcidos. Los marcos de las ventanas parecían haber sido arrancados. Los cuadros sobre las paredes estaban ladeados como por un oleaje siniestro. Toda la casa era un pecio ya hundido. No se veía a Fernanda por ningún lado. Gritaron su nombre hasta quedarse afónicos. Ninguna señal, ningún ruido que no fueran los crujidos del desastre. Fernanda no aparecía. Jimena agarraba fuerte a su hijo de la mano para que no tropezara, sin poder creer lo que veían sus ojos al entrar en el salón de la chimenea: un agujero de dos metros dejaba a la intemperie de la calle la mitad del salón. El hueco se había abierto por el impacto de una bomba. Jimena no soltaba al niño de la mano. Él tiraba de ella sorteando los cascotes, las maderas rotas y los muebles partidos.

Tomás estuvo toda la noche correteando entre ellos, se movía con agilidad, acostumbrado al estruendo de la guerra cuyos sonidos no dejaron de oírse hasta el amanecer. Miraba a su madre y al paisaje devastado de su casa. Preguntó por Fernanda varias veces, quería una respuesta.

Jimena presintió que no la encontrarían con vida. Temía ver algún indicio del cuerpo de Fernanda. Intentaba escuchar atenta cualquier sonido que delatase su presencia en alguna parte de lo que quedaba de la casa.

—Vamos a buscarla, cariño.

—Frío, mami.

—Ven, vayamos fuera de la corriente.

La chaqueta de lanilla de Tomás había perdido los botones. Jimena se quitó la rebeca sucia y agujereada y se la puso al niño doblándole las mangas. Le tapaba las piernecitas y le llegaba al suelo. Comenzó a llover. El viento entraba en la casa formando una corriente húmeda por los boquetes abiertos en la parte oeste, desde el salón hacia las plantas altas. Gritaron y gritaron el nombre de Fernanda de nuevo, rebuscaban sin suerte entre el desastre. A través del hueco abierto del salón Jimena se fijó en que nadie transitaba por la calle. Era un silencio aterrador. El vacío.

Los coches no circulaban. La gente había desaparecido. Vio árboles caídos y un gran agujero en la acera del parque. Los postes de la luz atravesaban la calzada, y las vías del tranvía eran hierros retorcidos.

Nada podían rescatar de su casa: la ropa, los abrigos, todo lo imprescindible se había quedado en el piso de arriba, imposible de alcanzar. Todas las cartas que Jimena había escrito a David y a su vida estaban escondidas en un pequeño armario empotrado de su dormitorio, en la pared medianera, contigua a la otra habitación. Su portezuela había sido tapizada con la misma tela de flores que las paredes. ¿Y si la bomba había hecho saltar la mediana descubriendo el escondite que guardaba un paquete de cartas atado con cintas de raso negro, escritas con su puño y letra, pulcra y redonda? Eran sus particulares esquelas por la muerte de un amor esquizofrénico que odiaba insistentemente desde que David se largó de aquella casa como un cobarde, sin dignidad, en plena noche, para no regresar jamás. Ni una llamada, ni una carta de él desde entonces. Se había evaporado, como si nunca hubiese existido. En Tres Robles viviría su propio calvario. Francisco lo disculpaba. Eran tiempos revueltos y ahora la guerra. Y ella se había resarcido de aquel silencio cobarde escribiendo con nombres y apellidos, sin escatimar palabras y letras, para poner nombre a la vileza y al pecado de su tío, que no supo amarla como ella había imaginado, en aquellas cartas ahora perdidas en el bombardeo. Se imaginó el paquete deshecho; las cintas por el suelo y los sobres esparcidos entre los escombros de su vida; en eso se había convertido aquella casa. En la escenificación del completo derrumbe de los Anglada.

Jimena miró hacia arriba. Estiró el cuello como un avestruz sin encontrar la forma de encaramarse a la escalera. Pensó y pensó sin encontrar la posibilidad de alcanzar el piso superior. Si aupaba a Tomás, a lo mejor, podría el cuerpecito elástico del niño asirse al último escalón y trepar por ellos para buscar el envoltorio con sus cartas. La segunda parte era más complicada: encontrarlo en el armario, en la parte más alta del altillo. Era probable que se hubiera venido abajo. No, no debía dejar al niño solo. ¿Y si estaba Fernanda muerta y su cuerpo atrapado, bajo un cerco o una puerta o una viga y el niño se tropezaba con lo que quedara de ella? Al ama le gustaba subir al desván y pasar las horas hasta bien entrada la madrugada, asomada al tragaluz del tejado; era su único pasatiempo. No, no era buena idea, en absoluto, ¡al diablo las cartas y todo lo que había escrito en ellas! Solamente eran letras y tinta. ¡Tinta derramada por un cobarde! Mejor olvidar. Pensar que nunca las había redactado en aquellas noches, loca de odio y de rencor hacia él. Pero también con todo el amor.

Desistió de toda idea de recuperarlas y de encontrar a Fernanda. Entraron en la cocina saltando por encima del marco y de la puerta hecha añicos. Llamaron a Fernanda de nuevo. La puerta del jardín estaba atrancada; la habitación del ama, vacía. La fresquera parecía intacta y bebieron leche de una botella abierta. Tomás, muerto de hambre, devoró un trozo de queso, galletas y el pan con mantequilla que le untó su madre. Jimena no comió nada. Tenía rastros de sangre en la frente, y el cuello lleno de polvo. Las manos le temblaban y había olvidado su dolor crónico de espalda. Bebió otro trago de leche para mantener las fuerzas y salir de allí cuanto antes. Cogió una bolsa de tela, colgada en una silla, y metió un trozo de pan rescatado de la panera, galletas, chocolate y varias latas de carne y sardinas. No vio el abrelatas, pero se llevó una navaja, y un cuchillo que había en un cajón.

Tomás volvió a preguntar por Fernanda, una vez satisfecha el hambre. El niño miraba a su madre con sus grandes y fríos ojos azules, sucio, con las piernas arañadas y un hematoma en la frente. La tenía morada y una oreja le había sangrado. Llevaba pantalones cortos de lana, bajo la rebeca de Jimena.

—Vamos a buscarla, cariño. Seguro que está en casa de Tiluchi, esperándonos. Salgamos.

Pudo rescatar, tras un perchero, el abrigo de su padre con las solapas de terciopelo. Se lo puso. Había dejado de llover. Se oían crujidos de pequeños desprendimientos en la parte alta de la casa. Cogió a su hijo de la mano y asomó la cabeza hacia la calle por el boquete del salón. Podían salir. Miró hacia atrás por última vez como despedida. El cuadro de Goya seguía impertérrito sobre la chimenea. Los hombres del lienzo mantenían todavía el tipo sobre la pared, tras el bombardeo. Apretó la mano de su hijo y salieron por el hueco hacia la calle, hacia la luz mortecina del día. Regresaría para encontrar, si había suerte, a Fernanda y sus cartas que se había prometido olvidar. Debía sacar al niño de allí y ponerlo en lugar seguro. La casa se venía abajo porque la escalera se desplomó del todo levantando una polvareda justo cuando salían al exterior, agarrados el uno al otro, como andando por el filo de un precipicio.

Nada se oía en la calle desierta. El silencio absoluto era lo más demoledor. Todo vacío, las aceras levantadas, los adoquines de la calzada reventados por fuertes impactos; el parque fantasmal agujereado por socavones e impactos de obuses. Era un paisaje irreconocible. Los árboles vencidos y la humedad aplastando todo lo que quedaba en pie. La lluvia había embarrado la calle y los dos resbalaban entre cascotes y ladrillos partidos, sembrados a su alrededor. Jimena llevaba heridos los pies descalzos, parecía no darse cuenta de que los cortes le hacían sangrar, con la premura de salir de aquellas calles desiertas como un cementerio, tirando del niño, sin fuerzas para cogerlo en brazos. Se clavaba a cada paso los restos de la punzante metralla. Sorteaban torpemente hileras de sacos de tierra, unos encima de otros, formando trincheras vacías. Se le hundían los pies en el fango de la tierra esparcida que sembraban la calzada y las aceras. Le molestaba la bolsa colgada del hombro, le golpeaba en las piernas. Los soldados parecían haber abandonado su improvisado campo de batalla entre los edificios de todas las calles que bajaban hacia el parque. Las manzanas estaban desiertas, las viviendas parecían deshabitadas, con impactos de metralla en las fachadas que daban al río y boquetes abiertos por las bombas.

Madre e hijo bordeaban los hundimientos, los socavones de

la calle, sin rastro de los cuerpos que debieron yacer entre los sacos de tierra, manchados de sangre, todavía tierna. Se apreciaba el lugar exacto donde los cuerpos de muchos hombres debieron caer sobre las improvisadas barricadas. Pintor Rosales era inseguro. En el parque del Oeste y en la Casa de Campo se escondía un ejército al acecho. Andaban con dificultad entre el vacío de la muerte. Torcieron para subir por Buen Suceso. Cada pocos metros, la calle era cruzada de lado a lado por barricadas y coches volcados haciendo de parapeto. Un camión calcinado. Ni un alma por ninguna parte. Siguieron hacia el este. El abrigo largo de Jimena le protegía las piernas. Se las vio ensangrentadas. Caminaba con dificultad. El niño la seguía a remolque. Ella buscaba supervivientes, alguien entre los edificios al doblar cada esquina. Parecía caminar por un cementerio sin muertos. El niño se tocaba la frente. Empezaba a dolerle, tan morada y verde, abultada.

A lo lejos vieron gente, por fin, apoyada sobre la fachada de una iglesia. Al aproximarse le pareció a Jimena que vestían con harapos, sucios y ennegrecidos, con las caras oscuras y consumidas. Como quietas efigies, inmóviles. Serían unos ocho o diez. Uno al lado de otro, bien colocados, sobre la tapia de la iglesia. Sus puertas estaban abiertas y destrozadas. El hollín del incendio dejaba su huella encaramada por la fachada desde las ventanas enrejadas. Jimena se apresuró a su encuentro. Alguien le explicaría lo que había pasado, la desolación de las calles espectrales, vacías y yermas por la batalla.

La luz mortecina de la fría y desoladora mañana de otoño se filtraba gris e indolente entre la capa de nubes oscuras. Se movían inquietas azuzadas por el viento.

Tomás se quedó parado en medio de la calle. Se agarró a un saco de tierra. No quería seguir adelante. Jimena tiró de él. Ya alcanzaban a esa gente apoyada en el muro de la iglesia. No veía con claridad. Tomás se negaba a continuar y miraba con miedo. Se puso a llorar, no quería avanzar, de ninguna manera. Ya los veía.

—¡Venga, vamos! No pasa nada, Tomás.

Jimena se acuclilló junto a su hijo. Le dolía más que nunca esa espalda torcida. El abrigo le arrastraba y le limpió a Tomás los churretes negros de la cara con el dorso de la mano. Le besó en la frente. Tomó conciencia de sus pies destrozados. El frío le agarrotaba los dedos y se sentó sobre unos sacos, desesperada.

El niño se agachó y, con su manita, le limpió las heridas de los pies a su madre, de tierra y de suciedad. Ella miraba a su alrededor; encontró una chaqueta de militar hecha jirones. Rasgó el forro y se los vendó ante la atenta mirada de su hijo. Se encontraba mejor. Tomó en brazos a Tomás que la abrazó por el cuello y volvió la cabeza para no mirar hacia dónde se dirigían. Pero según cruzaban la calle, aproximándose a la iglesia, entre la humedad de la mañana, vio que no eran personas apostadas sino cuerpos momificados, exhumados de sus tumbas. Alguien los había colocado cuidadosamente sobre la pared de la parroquia, exponiéndolos al aire y a la vista. Los ojos de Jimena se llenaron de horror. Apretó al niño contra su pecho y le sujetó la cabeza contra su hombro para que no mirara lo que Tomás llevaba viendo desde hacía un rato.

Los rígidos cadáveres vestían ropajes religiosos convertidos en harapos deshilachados. La carne era una membrana seca pegada al esqueleto. Cuerpos desenterrados del pequeño cementerio del templo que daba a la calle de atrás. Dieron la vuelta al edificio. Había sido saqueado e incendiado. Todos los nichos, unos diez o doce, estaban abiertos y quemados; las lápidas de mármol, renegridas, y las cruces aparecían partidas y semienterradas en el jardín. Los arbustos eran ascuas extinguidas, todavía calientes.

Ahora más que nunca tomaban sentido en su vida los perseguidos, ultrajados y asesinados por nadar a contracorriente. Una nueva Inquisición parecía instaurarse y ajusticiaba a quienes habían ajusticiado. La historia se repetía y las palabras de antaño de su padre afloraban nítidas en su memoria al contemplar la brutalidad. La misma brutalidad con la que se había perseguido a los conversos, a su familia: a los Roy y a los Anglada y a miles de familias. Y supo que nunca viviría en paz con ninguna religión. ¿Por qué escondía su abuelo, y ahora su padre y David, el libro familiar de las genealogías y la menorá en un cofre, como si fuera un pecado, guardado bajo llave en un armario? ¿Por qué se avergonzaban de haber sido judíos y era un secreto del que nadie hablaba? Ahora entendía el miedo, ese miedo ancestral de los pueblos perseguidos. ¿Por qué permitieron a David hacerse cura?, ¿es que había algo que limpiar? Él siempre se creyó el salvador de la familia. Recordaba al albañil de Tres Robles echar cemento para tapar un antiguo hueco en la jamba derecha de la puerta principal de la casa, donde su abuelo guardaba un pequeño cilindro con un rollo de pergamino escrito en hebreo. Las letras estaban agrietadas por el tiempo y la intemperie. Ese cilindro, a la muerte de los abuelos, había desaparecido del hueco. David ordenó al albañil taparlo al salir un día Francisco hacia Madrid. A su regreso, se produjo una fuerte discusión entre ellos en el despacho del abuelo. El albañil, al día siguiente, levantó el cemento y limpió el hueco entre la piedra, abriéndolo otra vez. Una semana después el albañil volvió a rellenarlo, y hubo una nueva discusión en el despacho. Así estuvo el albañil abriendo y cerrando el hueco de la *mezuzah* durante más de seis meses, hasta quedar definitivamente sellado.

Y de pronto, entre esos cuerpos de monjas y de curas profanados, exhumados de sus tumbas, comprendió a su padre. Desaparecía el rencor hacia él. El dolor causado por Francisco en su alma cicatrizaba como la herida de su cara.

Pensó en el cuerpo de Pere, sepultado por sus propias manos. Nadie iría a aquel lugar a profanarlo, cementerio cerrado al culto, guardián de los sagrados cuerpos de otra guerra. Le horripiló acordarse de Pere y de los terribles golpes que le asestó hasta acabar con él. Lo había olvidado, había olvidado en esas semanas que alguna vez existió aquel hombre. Nadie había reclamado al joven en el barullo de la contienda, de los desaparecidos, de los traicionados, de los incendiados, de los saqueados, de los silenciados, de los curas y las monjas que eran detenidos y ejecutados por todo Madrid. El asesinato y la impunidad habían convertido la ciudad en una cámara de tortura. Nadie estaba seguro en la ciudad; ni unos ni otros. Todos se perseguían. Partidos y sindicatos, asociaciones obreras y monárquicas. El enemigo se hallaba en casa, en la familia, en el trabajo, en el vecino de enfrente y en los amigos de todos. Nadie se iba a salvar. Su familia tampoco.

Ni Fernanda, ni ella, ni Lucía volvieron a hablar jamás de la existencia de Pere, como si nunca hubiera nacido. Desde entonces empezó a querer a Lucía. Intuía lo que esa mujer representaba para su familia, para su padre, y era casi seguro que Blasco fuera su hermano. De un día para otro Lucía podría desaparecer. El marqués del Valle estaba enfermo del corazón, y los sospechosos e implicados en el golpe de Estado estaban siendo detenidos. Se hablaba de cientos de apresados y torturados. Y la familia Oriol huyó de Madrid antes de entrar en una checa. Los arrestos se producían por la noche, hasta los propios porteros y vecinos denunciaban a cualquier enemigo sospechoso de secundar el levantamiento.

Lucía había llegado a casa de Jimena a las once de la noche con un pañuelo oscuro en la cabeza, envuelta en un gran abrigo de visón que dejó allí, en la butaca de la entrada, para salir sin él media hora más tarde. Era peligroso moverse por el barrio. La policía patrullaba la zona y las milicias revolucionarias hacían guardia, se producían detenciones y saqueos, idas y venidas de siniestros vehículos con hombres y mujeres que no volverían a sus hogares. El barrio se había convertido en una amenaza. A Lucía le acompañaba Dolores cargada con dos grandes bolsas. Eran objetos de valor para Jimena y Fernanda, también alguna cosita para Tomás, como una cadena y una pequeña cruz de oro. Fernanda sacó de las bolsas relojes de pulsera, collares de perlas y alfileres de oro para corbatas. Abrigos de pieles, bolsos de cocodrilo y zapatos caros; todo un rico vestuario que dejaba en España para Jimena. Llevaba dos días repartiendo, discretamente, sus efectos personales y los de su madre. Un equipaje sencillo con los objetos de mayor valor era lo único que sacaban de España. Una famosa almoneda había vaciado la casa y pagado una miseria por los valiosos muebles, ropa de cama, vajillas de porcelana, cristaleras talladas y la plata del comedor. Fernanda subió las bolsas arriba y Jimena no quiso ver casi nada de lo que traía Lucía. ¿Por qué la abandonaba ahora que había empezado a quererla? La soledad volvía a golpear. Francisco no quiso salir de su gabinete cuando Lucía llamó a la puerta. Ya debían de haberse despedido ellos dos porque su padre dio instrucciones a Fernanda de que doña Lucía no le molestase bajo ningún pretexto cuando llamara a la puerta. Él había llegado esa tarde desaliñado, como si lo hubiese linchado alguien, y lo más probable es que se hubiese pegado consigo mismo, una y otra vez, por no haber sido capaz de evitar el exilio de la mujer que amaba.

Tomás dormía en el piso superior. El reloj de la pared del corredor continuaba impasible sus últimos movimientos. Lucía miró la escalera y la barandilla perderse hacia las habitaciones y la buhardilla, por última vez en su vida. No quiso entrar en el salón de la chimenea, tras ser invitada a hacerlo por Fernanda. La despedida fue rápida y contenida, en el mismo hall. Las tres mujeres, turbadas, de pie, una frente a la otra, como efigies de otra civilización, muertas hacía siglos, no sabían qué últimas palabras pronunciar. Habían ocurrido tantas cosas desde la llegada a Madrid de Jimena y Fernanda… Los acontecimientos y experiencias límite vividos por las tres juntas trazaron una línea divisoria entre un antes y un después. Ninguna sabía con certeza si volverían a verse. La presencia de Pere parecía sobrevolar por el hueco de la escalera; y también Bildur y el nacimiento de Tomás… La herida en la cara de Jimena era el recordatorio de un pasado convulso y de una guerra que extendía una pátina amarillenta sobre todos los acontecimientos de los últimos ocho años.

—Volveremos a vernos pronto, muy pronto. En cuanto la guerra termine —dijo Lucía—. Volveré a pisar esta casa y estará llena de alegría.

Las tres se miraron; ¿podría existir un final feliz para ellas?

—Claro que sí —dijo Fernanda, y rodeó con los brazos a Lucía.

Jimena apenas podía mantenerse en pie. Lucía se acercó a la hija del hombre que amaría siempre y la besó en la mejilla, sobre la cicatriz de esa cara que nunca olvidaría.

—Adiós, Fernanda. Cuídala, y a Tomás dale mil besos de Tiluchi. Le traeré de Roma el mundo entero.

—Con que regreses tú y tus hijos, es suficiente —respondió Jimena.

Enseguida Lucía se dio la vuelta, con el bolso en la mano, sin entender el fracaso y con lágrimas en los ojos. Respiró hondo, dio unos pasos al frente, abrió la puerta y salió de Pintor Rosales y de sus vidas como había llegado. De repente.

Jimena escuchó a su padre llorar como un niño esa noche, tras las puertas del gabinete. Él se servía copa tras copa hasta terminar con el brandy y el vodka. Se oía el girar del gramófono. Rompió los discos y estampó una silla contra la librería. Fernanda lloraba arrodillada tras la puerta y Jimena se encerró con Tomás en su dormitorio para no escuchar el dolor de su padre. Ingirió esa noche tantas píldoras rojas como hacía tiempo, cuando estaba en Bildur. Francisco salió de madrugada y no volvió en dos días.

Tras el asalto y la victoria del gobierno, en el Cuartel de la Montaña del Príncipe Pío de Saboya, había comenzado la Guerra Civil. Ese día la república creyó haber sofocado la rebelión, pero fue el comienzo del levantamiento de una parte del ejército, ayudado por Italia y Alemania. Ya estaban en la Casa de Campo y por la Ciudad Universitaria, atrincherados en el río y esperando refuerzos del norte. Los enemigos de la república ya habían conseguido entrar en el nuevo y todavía sin inaugurar Hospital Clínico de San Carlos.

Dentro de él se estableció un frente que duró hasta el final de la guerra. En pleno Madrid.

El tiempo era un túnel por el que corría Jimena con los ojos vendados y los pies descalzos. Llegó con Tomás a la calle Marqués de Urquijo. Miró hacia las ventanas de la vivienda de Lucía Oriol y decidió subir. ¿Y si había quedado alguien de la familia o alguna criada al cuidado de la casa? Podría refugiarse allí durante unas horas y descansar. Lavar al niño y darle de comer. El portal estaba abierto. El ascensor no funcionaba. Subieron por la escalera, y Jimena miraba por el hueco por si alguien los descubría. Llamó al timbre una vez. Parecía haber gente dentro. Alguien abrió la mirilla de la puerta. «Aquí ya no hay ninguna Lucía, ni ninguna familia Oriol. Ahora, esta casa es del pueblo. ¡Largaos o seréis detenidos!»

Jimena echó a correr escalera abajo con Tomás en brazos hasta dejar atrás el edificio tomado por entero. Se apresuró hacia los bulevares. La bolsa con los víveres se balanceaba junto a su cintura y a punto estuvo de quitársela de encima. Ya no hacía frío. Sudaba. El niño se abrazaba a ella con el mismo sudor a miedo de su madre. Tomás le pesaba cada vez más. La bolsa de tela le golpeaba la pierna, colgada de un cordel que se había atado a la cintura. De pronto vio con terror que de muchos portales comenzaban a salir milicianos y civiles armados, como si de repente hubieran tocado diana para despertarse de la pesadilla. Llegaban camiones militares y tanques desde los bulevares. Nadie les hacía caso, como si Jimena y Tomás fueran invisibles. El día había despertado para volver a la guerra.

La calle Princesa era una procesión de familias intentando escapar de la zona; tiraban de carros con sus enseres. Una carreta arrastraba el cuerpo de un caballo sin vientre y tuvo que parar para no atropellarlos. Anduvo durante más de una hora hasta Cuatro Caminos con el niño en brazos, intentaría llegar al orfanato de Lucía y pedir refugio, si es que no las habían quemado antes. Esperaría el regreso de su padre de Tres Robles. Había salido dos noches atrás y no había regresado. Algo malo debía de pasar allí. Francisco decidió ese viaje de pronto. Nadie se esperaba un bombardeo en aquel barrio, pero seguro que se habría enterado y estaría de camino.

El vendaje de los pies se le iba deshaciendo. Le dolía la espalda. Andaba cada vez más doblada soportando el peso del niño, de la bolsa y del abrigo. Pensó que flaqueaba, pero ya estaba en la parada del tranvía. Subieron en el primero que paró. La infernal actividad de guerra de la ciudad iba disminuyendo según se alejaban del centro hacia la Prosperidad. Nadie le cedió el asiento en el tranvía, abarrotado de gentes que huían con pesados bultos y maletas combadas, atadas con cordeles. Dejó al niño en el suelo y la estrechez con los demás los mantenía en pie. Al poco tiempo dejaba atrás la ciudad. Alguien los empujó en la parada y se apearon. Dio un salto, logró mantener el equilibrio, y sujetó del brazo a Tomás.

Se sentó en la tierra de la cuneta y abrazó al niño. Un inmenso descampado se abría ante ellos salpicado de casuchas desordenadas. Los raíles del tranvía seguían hacia el norte, en dirección a los pueblos de la periferia. El cielo amenazaba lluvia y el viento le levantaba el cabello escaso y revuelto, descolorido. Había perdido su negrura. Tiritaba sin poder parar. Estaba helada, al límite de sus fuerzas.

Se recolocó los harapos que le cubrían los pies y levantó al niño del suelo. Tiró de él, quería dormir. Llevaba los puños llenos de arena. Ya estaban cerca. Y vio los muros del almacén reconvertido en colegio, orfanato, convento, o lo que fuese, sin desperfectos, ni signos de ningún asalto. Le dieron buenos augurios. Pensó que no viviría para ver crecer a su hijo. Un poco más y estarían a salvo en el colegio de Lucía mientras no llegaran a por ellas.

—Lo hemos conseguido —dijo, sin aliento. Miraba a su hijo con desesperación.

Estarían todas bien, y rogaba para que la guerra acabara rápido y las dejaran en paz en la misión que se habían propuesto esas mujeres. Que nadie apareciese de madrugada para detenerlas y llevarse a los niños. Miró hacia atrás antes de llamar a la puerta con toda la fuerza que pudo reunir. Hacia el sur la ciudad se emborronaba. Era un espectro gris hundido en la lejanía. Llamó tres o cuatro veces seguidas. Volvió a llamar. Nadie abría. Oyó el motor de un automóvil que se paró a su lado. El niño se le soltó de la mano y echó a correr para meterse dentro del auto al oír a su abuelo que lo llamaba por su nombre. Jimena sintió la mano fuerte y segura de su padre en el hombro.

—¡Por fin os encuentro!

Y ella cayó al suelo. Ya no podía mantenerse en pie. Francisco la metió en el coche y arrancó enseguida. Los tres se alejaron de allí.

Cuando la hermana Juana entreabrió la puerta del colegio no encontró a nadie. Había visto desde una ventana a una harapienta con un niño pequeño llamar al portón, pero habían desaparecido. Se agachó a recoger una bolsa de pan y la abrió. Era una bendición encontrar galletas, chocolate, latas de pescado y carne y un trozo de pan duro. También había una navajilla y un cuchillo. Dio la vuelta a las tapias y los llamó con la bolsa en la mano. Se habían esfumado. Cerró rápido, no fuera que ya estuvieran por allí los milicianos, al acecho. Las monjas no habían querido huir, ni abandonar a los niños que se amontonaban por decenas desde los primeros días de la guerra. Doña Lucía le había entregado un puñado de joyas antes de partir a Roma, y venderlas sería un respiro para seguir subsistiendo. Había prometido hacerles llegar dinero en cuanto se encontraran a salvo ella y su familia.

Francisco Anglada condujo hasta su casa de la Ciudad Lineal, tranquila y alejada del frente de Madrid establecido en el oeste. Pensaba refugiarse allí con su hija y su nieto hasta que todo pasara y pudieran regresar a su casa de Pintor Rosales, reconstruirla y recobrar su vida, si todavía era posible. No pensaba huir de Madrid.

Vigésimo testimonio

Ya nadie dudaba de que la Guerra Civil era un tumor enquistado. Cruzamos la plaza de Oriente. Mi madre, mi padre y mis dos hijos escribíamos un capítulo final en nuestra historia para dar comienzo una nueva vida. Los cinco íbamos apretados y nerviosos, cargados con dos grandes maletas. Mi madre llevaba a Claudio a su lado, que no paraba de preguntar, y Blasco, sobre mis rodillas, jugaba con mi bolso a abrirlo y cerrarlo. Mi padre conducía. Guzmán había desaparecido unas semanas atrás y desconocíamos su paradero. El día era gris y estaba amaneciendo. Las nubes cerraban el cielo como un tapiz velado, envolviendo nuestro automóvil de las patrullas y la vigilancia. El barrio estaba acordonado. La neblina nos protegía y los edificios se ocultaban tras el velo blanco de la madrugada.

No quería reflexionar sobre la guerra; me negaba a aceptarla como algo irreparable. Pero estábamos huyendo, abandonando nuestra casa y nuestra vida en Madrid. Las conjuras y conspiraciones de mi marido y mi padre nos habían llevado a aquella situación. Era imposible volver atrás. El golpe de Estado era una realidad tan solo en algunas provincias y ciudades del centro oeste. En Madrid, Levante y Andalucía la república se hacía fuerte. Mi padre no quería aceptar la derrota que nos obligaba a

434

abandonar nuestro hogar y salir del país. Roberto salía victorioso de su magistral jugada y nos esperaba en Marsella.

Mi padre conducía atemorizado, como nunca lo había visto. Respiraba con dificultad y se aflojaba la corbata. Su corazón se había parado más de una vez. En los últimos meses había adelgazado más de quince kilos, parecía otro hombre, jadeaba y temí por su salud. Pasamos por delante del Palacio Real. La plaza estaba solitaria y triste, vacía. Me imaginé los campos rusos en pleno invierno. La nieve comenzaba a caer y el frío se templaba. El Palacio Real había perdido todo su esplendor y producía en mí un sentimiento desolador de abandono y de pérdida. Los cristales habían estallado en la mayoría de sus ventanas. Desde la calle se veían los salones desiertos y oscuros, y muertos los brillos de otra época. La monarquía había huido como lo hacíamos ahora nosotros. Los cortinajes no estaban. Tenía la impresión de que habían sido vaciadas todas sus estancias de muebles, tapices, espejos y alfombras. Un reino sin rey, una república sin presidente, trasladado a Valencia, fuera de Madrid y de los bombardeos que habían reventado los adoquines de la plaza de Oriente y de la calle Bailén, abrasada como los ciudadanos que deambulábamos esquivando la batalla que entraba por el río Manzanares. Algunos de los edificios de la plaza eran ruinas, destruidos por el ejército nacional que se atrincheraba tras el Palacio Real, todavía bajo la sombra del rey. Hacía cinco años que éste lo había abandonado, pero parecía que habían sido cien. Era curioso que el palacio, símbolo de la monarquía de los Borbones, hubiera quedado en medio del frente, y que ninguno de los dos bandos abriera fuego directo sobre él. El espíritu del antiguo Alcázar se elevaba sobre Madrid como un gigante de piedra observador de la muerte y del exilio de los españoles.

¿Por qué nadie había querido evitar todo aquello? ¿Por qué se estaba derrumbando todo cuanto amaba? Quise contestar tantas preguntas… Madrid se estaba convirtiendo en un mausoleo y caía sobre nuestras cabezas. Sabiendo que, al otro lado del barrio, la vida seguía su curso; la gente se divertía en los cabarets, en los teatros y en los cines de Gran Vía, llamada ahora Avenida de Rusia; los cafés del Prado y de Sol hervían de revancha y revolución. En la fiesta del horror, las corridas habían sido suspendidas. Los toros, ahora tranquilos, pastarían en las dehesas ajenos a la agonía de los hombres, ignorando que el país entero se había convertido en un ruedo sangriento.

No podíamos llegar en coche a nuestro destino. En la calle Mayor la circulación estaba cortada ya desde Bailén. Mi padre frenó entre los jardines y el muro de contención de la calle del Factor y, agachados como furtivos, abandonamos el automóvil entre los árboles, frente a la catedral de la Almudena. Sus tejados estaban blancos, con una capa de nieve. Mi madre llevaba a mis dos hijos de la mano, muertos de frío, como sujetos por una cadena invisible que los ataba a su muñeca. Yo cogí una de las pesadas maletas y mi padre la otra y su maletín. Las criadas se habían largado sin decir ni adiós, con las mantelerías de hilo escondidas entre su ropa. El miedo robaba la dignidad a las personas. Dolores se había despedido, después de trabajar en casa durante más de treinta años y de haberme criado. Mi madre le dio la cubertería de plata y un antiguo escapulario de oro de la Virgen Dolorosa. Huyó a su pueblo y se negó a acompañarnos a Italia.

En ese momento, ante la frialdad de aquella maldita mañana, mi madre me pareció una mujer desesperada que lo perdía todo. La vi envejecida y también más delgada. Echó a andar rápido, enfundada en un pesado abrigo de piel, con los dobladillos rellenos de joyas, tapándose el rostro con un frío pañuelo de seda, con mis dos hijos de la mano, sin esperar a mi padre que andaba despacio y medio ahogado, con su pesado maletín en una mano y la maleta con los objetos de valor en la otra. Si nos detenían antes de alcanzar la embajada estaríamos perdidos. No podíamos andar más rápido. Miraba a todas partes. Le quité la maleta, y me dijo:

—¡Apresúrate! No me esperes, ve con tus hijos.

Tenía el rostro enrojecido y descompuesto, con ese afán de

proteger lo que llevaba en el maletín. Lo abrazó contra el pecho para seguir avanzando calle arriba. No pensaba abandonarle aunque le culpara de colaborar en aquel desastre. Entramos en la calle Almudena, y salimos a Mayor. Perdimos de vista a mi madre y a los niños.

—¡Corre! Si nos cogen con esto —y abrazó la cartera aún más, implorándome con la mirada—, no habrá piedad para ninguno de nosotros.

Sus ojos enfermos y culpables no mentían. Si nos capturaban los milicianos seríamos llevados a una checa. Nos torturarían. Por la noche seríamos conducidos en camiones hasta una cuneta o una tapia de un cementerio para pegarnos un tiro y arrojarnos después a una fosa común, envueltos en cal viva. Si por el contrario nos detenía el ejército, podríamos salvar la vida y hasta ahorrarnos algunas torturas. Desconocía lo que podrían hacer a mis niños; hijos de sus enemigos, fantasmas que estábamos por todas partes. No quería ni imaginarlo. En cada portal, en cada familia, en cada café, en el trabajo, en las escuelas y asociaciones; hasta en los colegios se escondían facciosos como nosotros. Eso pensaba todo el mundo. La embajada italiana acababa de ser evacuada por orden de su gobierno. Había claras instrucciones para sacarnos del país. Pero estaba segura de que algo pasaría, no podríamos huir tan fácilmente. La embajada alemana había sido intervenida por las fuerzas de seguridad. El asalto a la italiana era cuestión de horas o de minutos. Hitler y Mussolini habían sido declarados enemigos número uno de la república por su decisivo apoyo al ejército sublevado.

El Palacio de Abrantes parecía cerrado a cal y canto. La bandera italiana del mástil había desaparecido. La calle Mayor estaba demasiado tranquila y el tráfico parecía cortado. Caminábamos lo más rápido posible. Apenas nos faltaban cincuenta metros para alcanzar la legación, cuando vimos un gran coche negro bajar por Mayor, siniestramente, desde la Puerta del Sol. La calle se había convertido en una alfombra blanca. La nieve se acumulaba en la acera. Vi a mi madre y a mis dos hijos colarse por una pequeña portezuela del edificio, a la izquierda de la entrada de la fachada principal. Nosotros dos ya nos pegábamos a ella, bajo la marquesina, intentando confundirnos con el muro. El coche negro giró a la izquierda y desapareció por la iglesia del Sacramento dejando rodaduras sobre la nieve. Ya alcanzábamos los dos escalones y la portezuela se abrió para salvarnos la vida.

Nos sorprendimos al ver la desolación del enorme edificio. Tan solo quedaba un hombre, el portero. Un joven nacido en la ciudad de Mantua, delgado y un poco cheposo. Nos esperaba con instrucciones para sacarnos de Madrid. Se alegró al vernos y suspiró tranquilo. Había con él dos refugiadas italianas: dos monjas que huyeron de las llamas de su convento de la calle del Pez. Hablaban perfectamente español, como si llevaran en Madrid toda la vida. Las mujeres se habían negado a quitarse el hábito hecho jirones quemados. El portero no hacía más que insistirles que debían sacarse esas ropas, negras de hollín.

Cuando entraran, no habría compasión para ellas.

En medio del gran hall de mármol travertino, inmerso en la penumbra, había un buen montón de vestidos de noche y ropa de mujer, sobre una consola veneciana de gran tamaño. El portero les señalaba a las monjas que eligieran con libertad. Él mismo había sacado todo aquello de los vestidores de la esposa del embajador. Habían huido de la legación abandonando parte de sus pertenencias. Mientras admiraba los techos altos y estucados y las columnas del recibidor, pensé en el botín en que se iba a convertir el palacio: las lámparas de cristal y algunos muebles antiguos que no se pudieron llevar. Recordé los libros en los anaqueles de la gran biblioteca. Tuve la suerte de verlos en una de las recepciones a las que había sido invitado Roberto.

Mi marido había formado parte de un salón de lectores. Solían reunirse en la biblioteca de la embajada una vez al mes para leer obras del Renacimiento italiano. Él no faltaba a ninguna lectura cuando se encontraba en Madrid. En una recepción a la que fuimos invitados en las Navidades de 1930, el embajador le mostró su más preciado objeto de veneración, era un hombre con vocación de poeta y una memoria prodigiosa, además de un experto en libros antiguos. Su colección manifestaba una muestra de su absoluta adhesión al nuevo renacimiento cultural de la Italia fascista. Recitaba de memoria más de veinte sonetos de *La Vita Nuova*, y la mitad de los noventa y nueve cantos de la *Commedia*. Presumía de poseer la mejor colección de ediciones príncipe de todos los clásicos grecorromanos, y así lo pudimos comprobar tras abrirnos la biblioteca como si nos abriera las puertas del paraíso. Eran libros muy antiguos, muchos incunables. Sacó una pequeña llave de debajo del faldón de una lujosa mesa poco iluminada por su pequeña lamparita, en el centro de la sala. Bajo el cristal había expuestas y abiertas en sus atriles tres obras latinas. Fue hacia una vitrina y sacó un volumen pesado como si se tratase de un tesoro. Lo depositó sobre la mesa con suavidad y dirigió la tenue luz de la lámpara hacia las letras escritas con una caligrafía remota. Acarició las pastas del libro como se acaricia el amado rostro de una mujer. Para nuestra sorpresa, nos precisó con vehemencia, bajo sus quevedos de oro, bien pegados a la nariz, que aquella joya bajo nuestra mirada era una edición príncipe de valor incalculable de la gloriosa *Eneida* de Virgilio. Así lo dijo: «¡Gloriosa!», escrita para encumbrar a César Augusto y publicada en Roma, sin fecha, sobre 1469. El obispo de Aleria, Giovanni Andrea de Bussi, se había encargado de su edición, entregada a la imprenta de Konrad Sweynheym y Arnold Pannartz. Era una rarísima publicación. En todo el mundo, aparte de aquel raro ejemplar que contemplaba con una emoción sagrada, únicamente habían sobrevivido tres más: uno en París, otro en Oxford y el tercero localizado en Florencia. Una edición romana posterior, fechada en 1471 usando el Códice Mediceo, se encontraba desaparecida por completo. Se acercó a mí, bajó la voz, con apenas un susurro, para decirme que le habían llegado noticias de un ejemplar en Berlín que estaba tratando de localizar. Y se lo estaba disputando al mismísimo Führer.

Me vino todo aquello a la cabeza, como un torrente, y tuve la necesidad de entrar en la biblioteca para ver si estaba esa *Eneida*. Era imposible que abandonara una fortuna semejante, junto a otros textos en latín de las obras de Virgilio, escritor fetiche del representante italiano, y todos los volúmenes que vi en aquella recepción. Si parte de esa biblioteca seguía entre las paredes del Palacio de Abrantes, debía ser protegida.

Interrogué al conserje por su contenido, mientras mi madre miraba vestido por vestido, en la consola del hall, y los tiraba al suelo para encontrar alguno normal que entregar a esas monjas testarudas. Me contestó que no tenía ni idea, con acento germano, característico de aquella zona de Italia, la misma donde había nacido el poeta Virgilio, y se encogió de hombros mirándome como un bicho raro. La embajada había estado muy revuelta en el último año y varios camiones habían sacado cientos de cajas, cuadros y objetos de valor. Pero nada sabía del contenido de la biblioteca. Nunca había entrado en esa sala, siempre cerrada con llave. Ni el embajador ni el secretario dejaban merodear a nadie del personal por allí.

—¡No es momento de pensar en libros! —me reprochó mi madre, llamando al orden a mis hijos que correteaban escalinatas arriba.

Las desarrapadas monjas, solícitas tras ellos, los agarraron al vuelo. Los niños, desconcertados, observaban los hábitos harapientos, desconfiando de ellas. El conserje nos apremiaba. Debíamos bajar al sótano y dejar de perder el tiempo con vestidos y libros. Se le veía nervioso y tartamudeaba, sin entender mi cara de intranquilidad por tan solo unos libros. Con la que estaba cayendo. Podríamos ser detenidos en cualquier momento.

—*Dobbiamo andare! Subito!* —nos gritó. Creo que del miedo había olvidado el castellano.

La penumbra de la mañana se descolgaba sobre el gran vestíbulo. Por el tragaluz del techo entraba luz cenital y tenebrosa. La nieve seguía cayendo sobre el lucernario. Se oían los copos posarse suavemente sobre el cristal. Hacía frío en el edificio. La calefacción no funcionaba. Los cuadros que antes poblaban las paredes habían marcado un rastro indeleble. El eco de nuestras voces se hacía doloroso.

—¡Usted, vaya con las mujeres! —le ordenó mi padre—. Enseguida bajamos. Y entrégueme sus llaves.

Mi padre me leía el pensamiento. Es posible que también conociera el contenido de la biblioteca, quizá mejor que yo. El hombre le entregó con desconfianza el manojo de llaves que se sacó del gabán y su silueta desapareció tras la escalinata, con la espalda torcida, muerto de miedo, detrás de mi madre, mis hijos y las dos monjas. Los perdimos a los seis de vista cuando pasaron por la puerta camuflada, tras el alto zócalo de madera. Una escalera bajaba a los sótanos del palacio y un pasillo lateral daba a la entrada de mercancías de la calle del Factor. Allí seríamos recogidos, en el mismo almacén en el que el secretario del embajador me dio el paquete a entregar a los golpistas. ¡No era posible, volver a aquel sótano! Desde entonces, mi vida no había logrado escapar de aquellas húmedas paredes, y nada volvió a ser igual; la ruina cayó sobre todos nosotros. Y me encontraba de nuevo allí, con toda mi familia para huir de España, sin Francisco Anglada. Las cosas no salieron como mi padre esperaba. Él intentó derrocar un gobierno y ese gobierno nos derrocaba a nosotros.

Mi padre y yo nos dirigimos a la biblioteca, a la vuelta de las escalinatas. La puerta estaba cerrada. Mi padre probó con cada una de las llaves. Era normal que la que abría el tesoro nunca hubiera estado entre las del conserje. La empujamos varias veces. Esperábamos que un milagro abriera el robusto portón de roble. Ni se movió. Oímos gritar a mi madre y ruidos de vehículos en la calle. Mi padre no se había liberado ni un solo momento de su cartera negra y echamos a correr hacia el sótano, abandonando nuestra empresa, despavoridos por lo que imaginábamos.

Las monjas se resistían a salir del edificio. Ya no huirían más. Mi madre trató de convencerlas con lágrimas en los ojos, encolerizada por la obstinación absurda de esas mujeres mayores, de unos sesenta años, altas y delgadas como remos, envueltas en irreconocibles hábitos de santa Catalina de Siena. Los niños y el conserje mantuano habían subido nuestras maletas al siniestro vehículo negro, el mismo que habíamos visto bajar por la calle Mayor al acercarnos a la embajada. Estaba el motor en marcha y todos dentro menos las monjas. Ellas se habían sentado en unas cajas de madera y rezaban con un pequeño rosario en las manos, frente a la puerta de mercancías. Los cristales tintados del vehículo ocultaban al conductor. El mantuano, desde su interior, nos vociferaba en italiano con la puerta abierta para que nos diéramos prisa y dejáramos en paz a las malditas monjas y sus ideas de inmolarse. No hubo manera de convencerlas. En sus ojos se veía el siniestro orgullo del sacrificio. Me aterró. Y allí se quedaron, abandonadas a su suerte. A las pocas horas entraron las fuerzas de seguridad en la embajada. Ya habíamos escapado siguiendo las instrucciones del conserje. Viajamos con salvoconductos, camuflados en lo que parecía un coche oficial de la Segunda República, hasta el puerto de la ciudad del Turia, donde se encontraba el gobierno. Ya era de noche cuando embarcamos en el puerto de Valencia con dirección a Marsella. El mismo puerto donde cinco años atrás, el 15 de abril de 1931, desembarcó Alfonso XIII para no regresar jamás.

En el barco que nos sacó de España mi padre me dijo en cubierta, mirando la estela arremolinada del mercante, bajo las estrellas de la noche, algo que nunca he olvidado. Yo trataba de enviar un telegrama a Madrid. Había discutido con el telegrafista, antes de que perdiéramos de vista la costa española. Nuestro barrio ese día fue bombardeado constantemente y había sido evacuado. Mi padre trataba de consolarme, el telegrafista se había negado a enviar mi mensaje y él lo disculpaba aludiendo a la naturaleza romántica del mismo. En Roma nos esperaba una nueva vida. Tenía que olvidar. Roberto nos salvaba de la guerra y del desastre y era lo importante. La república iba a caer; estaba seguro; tarde o temprano regresaríamos, y yo debía *pasar página* a mi *amistad* con Francisco Anglada y con toda su familia, como si mi vida durante los últimos años hubiese sido sacada de las páginas de una novela. Sus palabras reflexivas y seductoras en la popa del barco, sin apartarse un segundo de su maletín, no me tranquilizaban. El cielo oscuro de una noche de mil estrellas se confundía con los brillos del agua, y el perfil de mis costas amadas de España había desaparecido del horizonte. Me recomendó algo que nunca intenté cumplir:

—No pienses más en *ese libro*, Lucía. No hay en él más que palabras, y las palabras solo existen si son leídas.

Sabía perfectamente de lo que estaba hablando, y no era de literatura.

—¡No es verdad! ¿Quiere decir que si se pierde un libro nunca ha existido su historia?

—Hay más libros en el mundo de lo que te imaginas. Y el que *leías en Madrid* nunca te convino.

—Sí, pero ninguno será igual.

—Y qué más da… en tiempos de guerra.

—Se vuelve a equivocar, padre, precisamente es cuando hay que salvarlos.

Sus brazos, delgados y flácidos por la enfermedad, me abrazaron con un cariño triste y melancólico. Las lágrimas horadaban mis mejillas como serpientes que nunca se alejarían de ellas. Mi madre apareció persiguiendo a mis hijos, que correteaban por la popa con la ilusión de ver a su padre y de viajar a Italia, nuestra segunda patria. Estaban en pijama y excitados, y mi padre me apretó aún más fuerte, con el viento sobre nuestras caras agotadas y envejecidas. La guerra estaba destrozando todo lo que amaba.

Fue la noche más dura y triste de mi vida. La pasé en vela, en un estrecho camarote junto a mis hijos, zarandeada por el mar y por la vida. Presentía que nunca regresaría a mi patria. Y me acordé de los sefardíes, del rabino José, otro expatriado como yo lo iba a ser durante el resto de mi vida. Una diáspora más comenzaba en ese barco destino a Marsella. Religión y política volvían a golpear mi país con toda su dureza. Durante la travesía, me levanté varias veces a cubierta, mareada. En el agua oscura y revuelta del Mediterráneo me pareció ver el semblante de tristeza de la hermana Juana cuando abrí mi bolso y dejé sobre la mesa de la oficinilla un estuche de terciopelo con un collar de brillantes y zafiros con su pulsera y los pendientes. Saqué mi reloj Omega de oro, mi anillo de compromiso, tres collares de dos vueltas, una pulsera de oro repujada con monedas mexicanas y diez mil pesetas en billetes usados de cincuenta, como despedida. En un saquito de seda había guardado anillitos, collares y pequeñas pulseras de bisutería para todas las hermanas. Que las regalaran si era su voluntad de no lucir nunca adornos. Pero no había vuelta atrás. Juana lloraba tanto que no podía ni hablar. Las palabras se le atrancaban en la garganta y creyó que era el fin del universo. Pero yo confiaba en ella, era una mujer valiente y desconocía el miedo. Me juró por Jesucristo resistir los tiempos de guerra y cuidar de los niños y de las hermanas por encima de la vida y de la muerte. Socorrí a mis monjas como Francisco ayudaba a su rabino. Nunca me sentí más cerca de él que en ese adiós a la hermana Juana. Y así me despedí de todo el mundo, desprendiéndome de lo material que me ataba al pasado, en un acto desesperado de generosidad. No conservé ninguna de mis joyas: todas las repartí. Deseaba salir con los brazos limpios y las manos desnudas para arrancar el dolor de mi piel.

Las sombras alargadas de la guerra

Los últimos meses de 1936 llevaron la continuidad de una sucia guerra a la que nadie se atrevía a poner fecha. Europa intervenía en la guerra con alianzas recíprocas a los dos bandos, en unas ayudas que presagiaban la persistencia del conflicto bélico. Alemania e Italia eran duros adversarios para una república que se amparaba en Rusia y en la tímida ayuda de Inglaterra y Francia. Las Brigadas Internacionales, mal organizadas, acudían a luchar en las trincheras. La guerra gobernaba el país y las dos Españas se hacían cada vez más resistentes, como dos virus en pugna por apoderarse de un organismo cada vez más enfermo y debilitado.

No quedaba leña para pasar el invierno en el sótano de Arturo Soria. Un camión dejaba cada dos semanas un costal de carbón de estraperlo, escondido bajo una lona verde, y Jimena lo administraba hasta la siguiente entrega. Y en cada una el carbonero salía con tres piezas de plata de la cubertería de los alemanes, los antiguos propietarios de la casa, para ser dos en vez de uno los sacos que el hombre descargara a escondidas entre los árboles del huerto. La frialdad del aire cubría de heridas los pies de Jimena, cada vez más delicados en su descalzo caminar sobre las heladas baldosas del largo y húmedo pasillo de la casa, de norte a sur. El chalet había sido levantado para pasar el estío, orientado al norte y a los vientos para mitigar el calor de las noches de amor del verano. El amor que ya no vestía de rojo, ni llegaba en coche al atardecer para escurrirse entre las sábanas que escondían dos cuerpos rotos por la inquietud de la espera y el deseo. Jimena olía el perfume de Lucía por toda la casa. La impronta de ésta marcaba el destino de ese lugar, ideado por su padre para la mujer que amaba. Lucía se había convertido en un fantasma. Su olor permanecía como prueba indeleble de la utilidad de la casa. Las cortinas de seda salvaje producían en Jimena un efecto desolador. En Roma Lucía sería feliz y nadie la detendría por fascista. Italia era el imperio del fascismo. Y Jimena odiaba aquel refugio de amor porque se había transformado en el refugio de la adversidad. Quizá era el destino de aquella solitaria casa, cargada de presagios y malos augurios, como todas las casas donde había vivido. En ninguna de ellas pudo ser feliz. Pensó que quizá hubiese encontrado algo parecido a la felicidad en Tres Robles, cuando era niña, antes de la muerte de su madre y después con el regreso de su tío del seminario para cuidarla y quedarse allí para siempre.

Cada vez estaba más encorvada. Jimena luchaba por levantarse cada día y soportar un sumatorio que se le hacía eterno. El bulto de la espalda crecía rápidamente y se le enquistaba en una dolorosa parálisis que poco a poco se apoderaba de sus piernas. Por las tardes ya no las podía ni arrastrar y se encontraba sola y desvalida en ese barrio tan alejado y solitario del centro de la ciudad. Los nervios le producían un insoportable hormigueo desde las caderas hasta los dedos de los pies, congestionados por el frío; y éste acababa por realizar el resto del cruel trabajo de dejarla inválida. Por las tardes, cuando su padre regresaba de Madrid, se sentaba a los pies de su cama y le frotaba un ungüento para aliviar el prurito de sus dedos largos y amoratados. Se los vendaba con delicadeza cuando se quedaba dormida en la habitación más caldeada de la casa, un cuartito junto a la cocina. Francisco había envejecido como si en los últimos cinco meses se le estuviera agotando la existencia que le quedaba por vivir.

Su pelo negro, como el de Jimena, lo tenía ya blanco, y una arruga profunda rasgaba su adusto semblante. Poco quedaba del hombre orgulloso de mirada altiva que deseaba comprar el mundo.

Francisco Anglada había arrastrado una cama hasta su dormitorio, trasladando a su nieto con él para que dejara descansar en paz a su hija, en la habitación de al lado.

El miedo a dejar la casa por las mañanas le aterrorizaba. Tarde o temprano llegarían a por ellos. ¿Y si encontraban a su hija sola, con el niño, y él no estaba? Intentaba contratar a una mucama. Fernanda había desaparecido en el bombardeo de su casa y la zona estaba acordonada. De momento no había localizado a ninguna dispuesta a llegar hasta la Ciudad Lineal para vivir con ellos. ¿Y si daba el chivatazo?: «En un chalet de arquitectura centroeuropea vive un rico con su nieto y su hija enferma y parecen escapar de algo». El dinero no servía nada más que para apuntar sobre sus cabezas una diana a la que disparar.

El odio hacia el niño era cada vez mayor. Por las noches se sentía en una cárcel de la que no podía escapar. Oía como un martilleo atronador la respiración acompasada de su nieto; olía a bebé, a niño pequeño, a hijo bastardo, a niño de la guerra. Las pesadillas marcaban la rutina de las madrugadas, y los pensamientos funestos le perseguían en las largas vigilias junto a ese nieto. La partida de Lucía le destrozaba la memoria y los sueños nocturnos. Casi ninguna de sus amistades se había librado de los interrogatorios. Algunos de sus conocidos de la Bolsa y varios de sus socios estaban desapareciendo de un día para otro; unos detenidos y otros exiliados. Lo más doloroso: la muerte de Feijóo. Lo detuvieron en la calle Fuencarral, cuando salía de la casa Bauer, antes de llegar a la boca del metro de Noviciado. Parece que lo estaban esperando. Una de las criadas del banquero había presenciado el secuestro tras el antepecho de un balcón. Dos hombres con gabardinas azules lo habían metido a la fuerza en un vehículo privado, sobre las cinco de la tarde. El señor Feijóo fue el primero en abandonar la reunión del salón del Palacio Bauer.

Cinco horas después, encontraron su cuerpo mutilado en la orilla del río Manzanares, entre las arenas del puente de Segovia. Llevaba puesta su vieja levita de las grandes ocasiones, medio sepultada entre los bancos de arena del río: le faltaban las mangas y estaba hecha jirones por la espalda, abierta a profundas heridas.

El terrible suceso había ocurrido unos días antes de ser volado el puente por el gobierno para impedir el paso de las tropas de Franco. El diario *ABC* llevó la noticia en su portada:

> Ha sido hallado, bajo el puente de Segovia, el cadáver del empresario Midrás Feijóo, judío sefardita, de 44 años y de origen ceutí, casado y con dos hijos, a las 22.55 horas de la noche pasada. La comunidad judía madrileña se encuentra conmocionada por el brutal asesinato, y desde el Ministerio de la Guerra se recomienda tranquilidad y prudencia. Se ha abierto de inmediato la investigación por el brutal crimen […]. El presidente de la comunidad israelita de Madrid, don Ignacio Bauer (agente de la banca Rothschild en la capital), y su vicepresidente, don José Farache, se han acercado hasta el lugar de los hechos nada más conocerse la noticia. Al empresario se le oficiarán exequias privadas por el rito sefardí en la sinagoga de Madrid y será enterrado en el Cementerio de los Ingleses.
>
> El Gobierno de la República, enemigo acérrimo del nazismo, nada más conocer el deleznable asesinato, ha emitido un comunicado de apoyo a la familia y a toda la comunidad judía en España, manteniendo su colaboración con los refugiados de Europa, y hace un llamamiento a toda la comunidad, en especial a la del norte de África y de las zonas ocupadas, a resistir y a luchar por la libertad y la justicia, y se les solicita, una vez más, su apoyo generoso al legítimo gobierno de la Segunda República Española.

Cuando cerró el periódico se dio cuenta de que nadie estaría seguro. Se retiró la corbata hacia atrás porque se ahogaba. Feijóo había sido su gran amigo en Madrid. Le condujo a los mejores negocios y era afectuoso. Estuvo a su lado en los peores momentos con su hija, a raíz de su internamiento en Bildur, cuando los días se le caían encima; y luego ese embarazo… Le presentó a Ignacio Bauer y a su esposa Olga, mujer encantadora, fundadora de la Organización Internacional de Mujeres Sionistas. Ayudaba a la integración de las refugiadas del nazismo en España y les procuraba alojamiento, manutención y trabajo a través de la asociación. Feijóo era gran amigo de ella, y Francisco les acompañaba al salón, eje vertebrador de la vida judía y empresarial de la ciudad por el que pasaban los personajes más influyentes de la comunidad sefardita y asquenazí que circulaba por Madrid. Francisco nunca le habló a Lucía de Olga Bauer, se hubieran caído bien, las dos luchaban por una causa, pero le pareció poco apropiado juntar a dos mujeres de procedencias tan dispares, y el marqués del Valle nunca lo habría aprobado; se habían producido entre ellos varios desencuentros en los últimos años. Inmiscuir a su hija con judíos, casada con un hombre de Mussolini, aunque se le había proscrito la entrada en territorio republicano como enemigo de España, habría sido demasiado para cualquiera y muy arriesgado para todos.

—Francisco, no me gusta nada lo que he escuchado por ahí —le dijo una mañana el marqués del Valle, según salían de ver unos terrenos en Cuatro Caminos—. En los círculos se habla… Una cosa es el negocio y otra muy distinta la amistad con cierto grupo de personas… ¿De qué lado estás, Francisco? Ahora, tengo muchas dudas. ¿No me estarás traicionando?

Era conocida la simpatía de los judíos por la república. Margarita Nelken era diputada por el Frente Popular, muy cercana al Partido Comunista y muy activa contra el fascismo; otros judíos se alistaron desde el primer día del golpe de Estado para combatir con el gobierno en la defensa de Madrid y algunos habían participado en el asalto al Cuartel de la Montaña. Pero él siempre intentó mantener la conversión llevada a cabo por sus antepasados. Dos lados, un muro inquebrantable más férreo que cualquier muralla con la que estrellarse continuamente. Feijóo conocía su historia y sus diferencias insalvables con David. El único apoyo que le quedaba había terminado entre la arena del río Manzanares, y maldecía el día en que Feijóo le había presentado al marqués del Valle. Ojalá nunca lo hubiera hecho y así no habría escuchado nunca la voz persuasiva y sincera de Lucía Oriol, carente de toda vanidad.

«Por Dios —pensó Francisco—, es evidente: el asesinato de mi amigo es un aviso de los enemigos de los israelitas. Los extremistas monárquicos, seguidores del espíritu antisemita de Alemania, desean echarlos de Madrid. ¡Pero yo soy agnóstico!»

El asesinato de Feijóo no podía estar relacionado con los dólares que Lucía robó del paquete de la embajada; nunca hubo ningún indicio de que se dieran cuenta. La muerte de Feijóo todavía era un misterio. Es posible que el corredor anduviese metido en negocios con gente peligrosa. Cada día aparecían en la prensa noticias de trágicas muertes, el motivo podía ser cualquiera, pero su identidad era el más relevante.

Cuando se presentó Lucía en su despacho de Factor, a Francisco no le sorprendió toda esa historia del paquete de la embajada italiana, ni su contenido ni el comunicado. «¡Pobre Lucía! —pensó—. No está acostumbrada a este tipo de cosas. Me quedé con los dólares para tranquilizarla. Me angustiaba verla en ese estado de excitación, culpable de los errores de su padre. La vi tan nerviosa…, con el rabino presenciando aquella escena. Cuando lo despedí, me dijo José: "¿Cómo se justificará el hombre ante Dios?". Me quedé pensando y le contesté: "Si fuese íntegro no haría caso de mí mismo; despreciaría mi vida… Pero no puedo, José. Simplemente, la quiero".»

Francisco, en los últimos años, se había relacionado en Madrid con la pequeña comunidad judía: altos cargos de la banca y de empresas e industrias como la minera de Río Tinto. La mayoría estaban emigrando de la ciudad desde el mes de julio, aunque llegaban otros, en tránsito, huyendo de Alemania, empobrecidos y sin nada. Desde el comienzo de la guerra, en la pequeña sinagoga, apenas se celebraban oficios, aunque el *samas* permanecía en su puesto. Se sacaron, con destino a Murcia, los objetos de culto, como el Sefarim y el Hejal. Tampoco eran buenos tiempos para ser hermano de un cura, y menos con el poder y la fortuna de los Anglada; ni por su origen ni por sus relaciones semitas y católicas. En los últimos años, Madrid era una ratonera para todo el mundo.

Y a él también le llegaría el turno, sin saber de qué se le iba a acusar exactamente. Había perdido su hogar, y quitarse de la circulación era lo más apropiado. Cerró el despacho por recomendación de David, en las inmediaciones de los bombardeos y junto a la embajada de Italia, ocupada por las tropas del gobierno. Vació la caja fuerte, se llevó todos los documentos, pagarés, bonos del Estado, cuanto había que proteger, y cerró con llave el edificio. Por primera vez besó el grabado de la puerta como despedida. Quizá nunca volvería por allí. Tarde o temprano sería ocupado por la CNT, por las milicias o por los sindicatos obreros.

Cada vez que sonaba el timbre de la casa de la Ciudad Lineal, se erguía intentando ocultar el miedo, y rozaba con los dedos la pistola que llevaba día y noche en la cintura. Nunca se separaba de ella. Cada instante comprobaba si seguía ahí, amarrada al cinturón. Evitaba ser visto al entrar y salir de la casa y solía permanecer días enteros sin pisar la calle. Vagabundeaba por las habitaciones durante horas. Observaba cómo la enfermedad de su hija iba acabando con ella. Nunca debió enviarla a Bildur. Había sido una equivocación. Recordaba la cara de terror de Lucía cuando el doctor Monroe lo propuso.

Pero era por las noches cuando más amenazador resultaba ser un escondido. Solía ocurrir así: llegaba un camión en plena madrugada. Un puñado de hombres armados irrumpía en tu casa a golpes de fusil y te llevaban detenido porque estabas apuntado en la lista negra con nombre y apellidos. Simplemente desaparecías. Tu cuerpo podría ser visto en un carro, entre otros cuerpos ametrallados. Y Jimena se quedaría sola con el niño. Enferma como estaba no se levantaría de la cama ni para comer.

Moriría junto a Tomás de inanición en el refugio de veraneo de la Ciudad Lineal.

Oyó entonces la respiración del niño en la cama de al lado. Necesitaba salir de esa casa y decidió sacarlos de Madrid como fuese. Compraría salvoconductos para cruzar el frente. Tres Robles había sido ocupado. Estaba convencido de que esa criatura llevaba encima de él la culpa de la humanidad, y también toda la mala suerte. Su nacimiento había marcado el principio del fin de su hija. Intentaba no ver al niño, ni mirarlo; no escuchar su exhalación mientras dormía, ni escuchar en su cabeza la vocecita ronca y hambrienta de su nieto, y quitarse de la mente las ganas de matarlo. No era casualidad que Jimena no se alejara de su hijo ni un momento. Lo llevaba pegado a ella, renqueando, por toda la casa cuando se encontraba mejor: a la cocina, a la leñera, al huerto. El pequeño no se despegaba de las faldas de su madre, como si conociera las intenciones del abuelo que estaba en todas partes.

Por la noche, los ruidos de los vehículos militares cruzaban las calles de tierra de la Ciudad Lineal; eran secretos y amenazadores. El viento olía a pólvora, se filtraba por las rendijas de ventanas y puertas. En los silencios se acumulaban las tristezas. El calendario se había detenido. Buscaría el momento para encontrar una camioneta que los sacara de allí, hasta la otra parte; a su finca, a su vieja y antigua vida. Pasó esa madrugada en vela, escuchando en las calles a los soldados heridos con caras para olvidar, envueltos en mantas, maltratados por el frío y los golpes de la contienda, hacinados en camiones militares que cruzaban veloces hacia los hospitales de guerra de Madrid, por todo Arturo Soria.

A pocos metros de su hotel se encontraba Villa Rubín, la propiedad de Francisco Anglada comprada a los herederos del urbanista de la CMU. En los primeros meses de la guerra había sido habilitada como caballerizas militares y almacenes de suministros para el ejército, ocupada por el Ministerio de la Guerra. Aquella expropiación no se le había notificado oficialmente y se hizo de la noche a la mañana con total impunidad. Nadie adivinaba, de momento, que el paradero desconocido del propietario se hallaba a escasos metros. La mayoría de las hermosas casas o se encontraban vacías o sus dueños las habitaban escondidos como fantasmas. Las grandes mansiones, que antes abrían sus salones a aristócratas y burgueses, habían quedado aisladas unas de otras por frías estepas, componiendo una urbanización desangelada, desprovista ahora de todo su encanto y esplendor de antaño. Comunistas y anarquistas llegaban hasta allí para tomarse un respiro y ocupar por la fuerza las mejores propiedades. Eran confiscadas automáticamente en nombre del pueblo, sin orden ni ley. Era posible enriquecerse con impunidad en aquella ciudad fantasma, residuo olvidado, apartada ahora de la vida madrileña. Francisco retenía en su memoria la foto de Alfonso XIII inaugurando, frente a sus ventanas, el primer aeródromo de Madrid, un miércoles de primavera, veintitrés años atrás, en la manzana 87, convertida ahora en pasto para ovejas.

A la mañana siguiente, sobre las seis, se despertó y no estaba el niño en su cama. Se levantó rápido, oyó ruidos abajo, en la cocina, casi se cae por la escalera, y abrió la puerta. Sorprendió a Jimena estrujándose los pechos. Se los exprimía con el afán de sacar unas gotas de leche, sentada en una banqueta. Hacía meses que se le habían secado. Insistía tenazmente en ese intento diario por si un milagro renacía de su cuerpo. El niño, sentado en el suelo y con la boca abierta, miraba a su madre con cara de hambre. Francisco cerró de un portazo; no soportaba la visión de esos pellejos que colgaban de su hija. Una vez fueron pechos redondos y duros en un cuerpo sano. Sus frágiles hombros eran ahora huesos como lanzas que se salían de su esqueleto. La cara de Jimena se había transformado en una afilada calavera que lo miraba desde su infinito vacío, antes de que él diera un portazo.

Aquella visión lo trastornó. Evocó el rostro de Lucía. Siempre le pareció tan bello… Buscaba en su cabeza un refugio en el que esconderse. Rememoró la cara tranquila de su amante; un sosiego necesario para poder soportar lo que había presenciado. Necesitaba ver a la mujer serena que deseaba, dispuesta siempre a calmar las iras de un hombre crispado. Maldijo el momento en que empezó la guerra, y se alegraba infinitamente de la huida de Lucía, no así del traidor del marqués del Valle. Pero Claudio y Blasco estarían a salvo, seguros en algún lugar de Roma. Roberto cuidaría de ella. En cambio él, ¿qué era él? Un auténtico villano, un desalmado, un sinvergüenza, un egoísta. La había abandonado con un hijo en el vientre, que probablemente era suyo, y luego regresó a ella como si tal cosa, cuando le convino y porque Jimena se le iba de las manos; Lucía Oriol le arreglaría la situación sin ningún reproche. Siempre una sonrisa, una palabra alentadora, una solución a mano. Ahora ya era tarde. Era un judío que había renegado de las tablas de la ley. E intentó volver, pero ya no sabía quién era. Había perdido la identidad. La memoria era lo único que podía salvar a la familia. Una familia sin memoria no era nada, polvo sobre una tormenta de arena en el desierto del Sinaí.

No había dado tres pasos por el pasillo cuando oyó un fuerte golpe en la cocina. Un impacto sordo contra los baldosines.

—¡Jimena!

Al abrir la puerta vio a su hija en el suelo. Apartó al niño de un manotazo. Andaba asustado hacia su madre en un pequeño intento de socorro, y tan descalzo como ella. Iba sucio y olía mal. Sus pantaloncitos de terciopelo estaban remendados varias veces con las torpes puntadas de su hija. El niño cayó al suelo y comenzó a llorar.

—Por el amor de Dios, niño, ¡cállate! ¡No ves que se está muriendo!

Pero Tomás seguía llorando con la cara congestionada y los mocos en la boca. Jimena no respondía a las preguntas de su padre, ni a los zarandeos, ni a los ruegos, ni a sus súplicas desquiciadas por más que le hablara. Francisco le rogaba con la voz trastornada: «¡Vuelve! ¡Vuelve! ¡Vuelve!». Lo repitió mil veces, sin éxito. Su corazón latía desbocado. Le dio un golpe en el esternón con el puño cerrado para hacerla volver en sí. Le sujetó la cabeza. Su pulso era imperceptible. Tenía los ojos vueltos cuando Francisco le abrió los párpados pero oyó con alivio la tenue respiración de su hija, e intentaba soportar los berridos de su nieto.

El callejón del Niño Perdido

Levantó el teléfono. El sonido continuo le indicó que la línea no estaba cortada. Francisco se miró el reloj. A esa hora estaría el doctor Monroe en el Provincial. El teléfono sonaba al otro lado: una, otra vez, la tercera y la cuarta, y le perforaba el oído. A la quinta escuchó una voz adormilada, al otro lado de la línea.

—¿Hola…? ¿Doctor Monroe? Soy Francisco Anglada.

—¡Oh, Francisco! ¡Es usted! ¿Qué ocurre?

El doctor se había quedado traspuesto sobre la mesa del despacho. Una noche agotadora de ingresos y heridos de los bombardeos nocturnos.

—Tengo un grave problema. Mi hija… ¡está inconsciente! Se ha desplomado en la cocina. ¡No sé qué hacer! ¡Necesita un médico!

—Pero… ¿de dónde sale usted ahora, por el amor de Dios?

—Le necesito. Por piedad, ¡ayúdeme!

—Venga, tráigala inmediatamente. Estaré en la puerta principal, esperándolo. Dese prisa. ¿Dice que está inconsciente?

—Oh, Dios, ¡claro que sí!, ya se lo he dicho. Está sin apenas pulso, casi no respira…

—Intentaré encontrar una camilla. ¡Estese tranquilo!

La mañana caía negra y nebulosa sobre Madrid. Los bombardeos en el centro de la ciudad habían dejado su huella siniestra. Le pareció un espectro desolador al cruzar la plaza de Cibeles, la calle de Alcalá, y al llegar al Paseo del Prado y Atocha. Los grandes edificios casi eran irreconocibles. Muchos habían cambiado de uso, convertidos en hospitales de sangre, como el hotel Ritz, el Palace, el Gran Casino, o el frontón de Recoletos. Enormes carteles, de lado a lado de las calles, o pegados a las fachadas, llevaban emblemas como: EVACUAD MADRID, NO PASARÁN, ¿QUÉ HACES TÚ PARA EVITAR ESTO? EL FASCISMO QUIERE CONQUISTAR MADRID.

A las siete y media de la mañana, el doctor Monroe se mostraba preocupado e impaciente ante la puerta del hospital. Entraba y salía con su bata blanca, sin darse cuenta de lo manchada que estaba. No deseaba ser visto con nadie, era vigilado en el hospital. La falta de médicos, de momento, le aseguraba continuar con vida. Había sabido mantener la boca cerrada y para sí sus ideas políticas, pero ser el médico de cabecera y amigo del marqués del Valle y de falangistas apresados le hacía sospechoso y estaba en la lista negra.

Llegaron a la puerta dos enfermeras de su confianza. Sujetaban entre las dos una camilla oxidada, medio coja, con una sábana blanca por encima. El automóvil de Francisco se detuvo sigiloso, entre la neblina y el frío diciembre. Aparcó en la plaza, sin llamar la atención, cerca de otro recinto hospitalario: el Clínico de San Carlos, en la esquina con un pasadizo discreto entre dos edificios, llamado en el barrio el callejón del Niño Perdido.

Enseguida, las dos enfermeras con uniformes blancos salieron en su ayuda, tras el doctor. Francisco andaba hacia ellas con su hija en brazos. Llevaba un abrigo largo y un sombrero echado hacia los ojos. Se oían sirenas y el circular de los tranvías. Los árboles de la plazuela batían sus ramas peladas y frías. Entre las dos tumbaron a Jimena sobre la camilla, entraron en el hospital rápidamente y se perdieron por la galería de la izquierda del patio central. Jimena había recobrado ligeramente el conocimiento. Era consciente de los pasillos blancos y espantosos que recorría en camilla empujada por dos enfermeras. Le vino a la memoria el sanatorio de la clepsidra, el terror que encontró en sus habitaciones, en su cabeza, siempre adormilada y con ese miedo amargo en las mandíbulas como las voces que escuchaba ahora. No quería acordarse de las semanas de Bildur. Se sentía como una rama seca a punto de troncharse. Oía ruidos y un barullo siniestro tras las salas. Las galerías parecían no tener límites. Se adentraba por los pasillos de un mar de heridos y desangrados del frente, milicianos y mujeres; los niños lloraban. Vio un grupo de tres muchachas con las ropas destrozadas. Se peleaban entre ellas por algo que habían robado, en medio de un corredor. A la más joven le faltaba una pierna y las otras dos llevaban una venda alrededor de la cabeza.

Francisco perdió de vista a su hija y guardó esa imagen en su cabeza; como si padre e hija estuvieran comunicados por un trazo invisible y presintieran lo que iba a pasar a partir de ese momento. El doctor Monroe le sujetó del brazo, todavía en el vestíbulo, para detenerlo. No debía entrar en el hospital.

—Tiene que marcharse, ¡por Dios! Y no vuelva a llamarme. Cuidaré de su hija, se lo juro. Yo le avisaré.

El médico estaba demacrado por la falta de sueño y las duras horas de trabajo. Miles de enfermos se hacinaban en el recinto. En todos los rincones había hombres demacrados, funestos retratos de la guerra, tirados en el suelo sobre mantas. Habían llegado por docenas, de madrugada, tras los bombardeos en la zona de Gran Vía. A la altura del pecho el doctor Monroe tenía en la bata pequeñas salpicaduras de sangre. Una enfermera llegaba hasta él desde el control de entrada, sorprendida de verlo allí conversando junto a un desconocido, tan alto, con ese abrigo de cachemira que parecía tan suave. El doctor le dijo algo al oído y ella miró de arriba abajo a Francisco y se dio la vuelta.

—¿Dónde están las monjas? ¿Qué han hecho con ellas?

—Ya no hay monjas, ¿no lo entiende? Las han echado a todas. Esto es un desastre, Francisco. ¡Váyase! Es peligroso. Hay espías por todas partes, entre las nuevas enfermeras, entre los médicos, los pacientes... La policía política campa a sus anchas. ¡Regrese a su escondite y espere! Yo le avisaré, ¿me ha oído?

Fran le miró la bata, desconcertado y perdido.

—Vendré esta noche.

—¡Ni se le ocurra! ¿No se da cuenta de que es usted socio del marqués del Valle? Y él... ¡ha sido declarado enemigo del pueblo!

Francisco le agarró por el brazo, de una forma vehemente y desesperada. Parecía querer arrancárselo. Un mechón blanco y rizado le cubría la frente. Había desaparecido cualquier rastro de la gomina que le alisaba el cabello. Se parecía más que nunca a su hermano, y su aspecto era el de un hombre envejecido y desmoralizado.

—¡No se va a deshacer de mí!

Y le soltó. Se llevó la mano a la cintura.

—No me amenace y déjeme trabajar en paz.

—Hágalo bien y sabré recompensárselo. Se lo juro por Dios. Mi hermano está a salvo y nuestra fortuna también. Aquí va un adelanto.

Y le metió en un bolsillo de la bata un sobre con diez mil pesetas.

Llegaban voces del patio, de los corredores, un claxon sonaba en la calle, con insistencia. El doctor le invitó a salir y le llevó hasta la puerta.

Desde el dintel de piedra del edificio miraron los dos a la vez hacia el Austin Seven de Francisco. El niño estaba de pie en el asiento del conductor y golpeaba el claxon, una y otra vez, con los puñitos cerrados. Lloraba amargamente. El médico se ajustó los lentes, asombrado, y reconoció enseguida en el pequeño el rostro de Jimena Anglada. Francisco le cogió por las solapas de la bata y lo levantó un palmo del suelo; no había perdido la fortaleza ni la energía necesaria para reventar contra la pared a un hombre. El doctor se balanceaba dentro de su bata como un muñeco.

—¡Cuídela como si fuera su hija! ¿Me ha oído? ¡Como si fuera su hija!

Francisco le soltó. El doctor se apoyó en la fachada, se sacudió la bata y vio a ese hombre desesperado darse la vuelta y dirigirse a su automóvil, con el pesar del mundo sobre las espaldas, tan fuerte y corpulento como un estibador. Se alejaba cabizbajo contando esperanzas, con las manos metidas en los bolsillos del abrigo y el sombrero encajado. El niño miraba con terror a su abuelo según se acercaba al coche. Francisco abrió la puerta, agarró a Tomás por las axilas, el niño pataleaba, lo lanzó al asiento trasero, arrancó y salió marcha atrás de la esquina de aquel callejón.

Condujo sin saber adónde ir, perdido en una ciudad de sombras acosada por la guerra. Había llegado hasta la plaza de Cristo Rey. La zona se hallaba acordonada por camiones militares y paró junto a una trinchera antes de que le dieran el alto. La calzada estaba reventada y los adoquines habían servido para construir el parapeto. Una batería de carros de combate apuntaba hacia el nuevo Hospital Clínico de San Carlos. No había llegado a inaugurarse. Un hombre se encontraba en el suelo, con una bala en el pecho y la cabeza hundida en la tierra, en un extremo de la plaza, a unos veinte metros del Austin. La sangre se acumulaba en un charco alrededor de su rubio cabello. Los militares y las milicias parecían no verlo, ajenos a la muerte que llegaba en su auxilio. Las piernas se le movían en sus últimos estertores cuando un carro tirado por mulas bajaba por la cuesta desde el cerrillo del hospital. Al aproximarse, Francisco vio en su interior una montaña de cuerpos destrozados. Se balanceaban de un lado a otro, acompasando el movimiento de la carreta, como un siniestro paso de Semana Santa, dispuesto a recoger el cuerpo del hombre. No entendía cómo ni por qué había conducido hacia su barrio. Qué buscaba en él si ya no le quedaba nada en sus calles. Se oían tiros y pequeñas explosiones dentro del hospital vacío. Sus paredes se habían convertido en un campo de batalla; en su interior se libraba una que duraría los tres años de la guerra. Tropas africanas y falangistas habían entrado en el hospital, por su fachada de la Ciudad Universitaria. El Clínico era una inmensa trinchera dividida en dos, sobre un subsuelo perforado de pasadizos y túneles sembrados de minas, donde la guerra se habría de enquistar hasta el último de sus días. Se luchaba metro a metro, habitación por habitación, planta por planta; los cristales habían desaparecido, los tabiques eran demolidos según se tomaba cada sala, cada pasillo, cada metro y cada centímetro. Grandes boquetes se abrían en su interior. El cuerpo central del edificio había sido volado. Una lucha cuerpo a cuerpo, día y noche como la de Francisco Anglada por sobrevivir a su soledad. Las tropas de Franco sacaban a sus muertos para enterrarlos en la Casa de Campo y en el parque del Oeste, en tumbas a cielo raso. El ejército de la república defendía Madrid, desde el río Manzanares.

Tomás lloraba. Había logrado ponerse de pie para mirar por el cristal de la ventanilla. El niño veía cuerpos de hombres caer por la fachada del hospital como muñecos de trapo. Francisco dio la vuelta a la plaza. Pensó en acercarse a su casa y la imaginó en ruinas. Tuvo la idea fugaz de ir en busca de Fernanda, quizá encontrara su cuerpo entre los escombros de Pintor Rosales o quizá hubiese salido con vida del bombardeo. Habían transcurrido semanas y podría haber sido rescatada del derrumbe por las tropas desplegadas en el barrio. Si pudiera salvar algún recuerdo que le hiciera soñar con el pasado y recuperar un solo momento de felicidad… El futuro se abría como una zanja oscura en la que se perdía el cuerpo de la mujer que amaba. Y como un autómata, sin escuchar el lloriqueo persistente de su nieto, sucio, mugriento y con los pantalones orinados, aceleró hacia el norte, por Cea Bermúdez, dejando atrás la batalla que le había destrozado la vida.

En diez minutos aparecían nuevas chabolas crecidas alrededor del colegio de Lucía Oriol. Los helados descampados del invierno cobijaban a las familias hambrientas de los desheredados y empobrecidos. Sus hombres luchaban en el frente por un futuro que no sería suyo, fantasma imaginario que se los llevaba por millares. Las mujeres lavaban la ropa en cubos de agua helada junto a sus chabolas. Los niños hacían fogatas y jugaban con el fuego junto a sus cobertizos improvisados con tablones y chapas oxidadas. El humo levantaba un olor acre sobre una montaña de escombros según avanzaban por los descampados para llegar al barrio de la Prosperidad. Francisco deseaba huir de la idea que le rondaba la cabeza; no podía cuidar del niño, asearlo, darle de comer. Necesitaba ver a la hermana Juana. Pedirle ayuda y consuelo. Dejarlo allí hasta recuperar a su hija. Esa monja era su vínculo con Lucía, con el pasado y con la ciudad que empezaba a odiar con toda su alma.

Volvió la cabeza. El niño se había dormido con el pulgar en la boca. Lo chupaba desesperado en su sueño de infierno. Aparcó el coche en la puerta del colegio. El frío sembraba una estepa blanca en el campo abierto. Tomás no se había despertado. Cayó rendido de tanto llorar. Francisco bajó del coche y llamó al portón varias veces. Le parecía una locura buscar algo entre aquellos muros que igual estaban vacíos y todas las monjas asesinadas. Pero la puerta se abrió. La carita de la hermana Laura se asomó despacio. Nunca había visto al caballero generoso, irreconocible en aquel extraño envejecido, con tan buen abrigo. Una sonrisa turbada apareció en sus labios, preocupada por ocultar sus harapos, tras el canto de la puerta, sin abrir del todo. La hermana Juana le había ordenado abrirle, con instrucciones al respecto. Lo había visto llegar desde la ventana de su oficinilla; siempre haciendo guardia.

—Hola —dijo Francisco, asombrado, por ver a una mujer joven y sana que resucitó su ánimo—. Soy el señor Anglada.

La joven asintió con la cabeza para hacerle entender que sabía quién era.

—¿Está… la hermana Juana? Me gustaría hablar con ella.

—Lo lamento, señor Anglada. La hermana superiora está enferma y no puede recibir a nadie. Puedo darle el recado de su parte.

—¿Está enferma?

—Es poca cosa, señor —exclamó con timidez dejándole ver medio rostro de su cara, salpicado de pequeñas marcas de viruela—. La hermana superiora solo tiene gripe. Esperamos que pronto se recupere. Puedo decirle algo en su nombre. Es lo que puedo ofrecerle.

—No, no… Debo irme. Ya volveré.

—Como guste. Le diré que ha preguntado por ella. Le va a alegrar mucho saber de usted.

Francisco rebuscó en los bolsillos del abrigo y del pantalón algo que darle. Ella abrió los ojos llenos de hambre como si aquel hombre fuera a sacar un tesoro de sus bolsillos. Él le entregó unos billetes arrugados que recibieron sus trémulos y hambrientos dedos, apretando el dinero contra su puño.

Y Francisco se dio la vuelta para no tirarse encima de la hermana en ese momento y besarla en todos los lugares de su joven cuerpo, escondido tras un hábito hecho jirones. La cara de la joven lo trastornaba, su rostro picado de viruela lo excitó. Era de una belleza singular. Echó a correr para entrar en el coche cuanto antes, arrancar y alejarse de aquel lugar que profanaba con un deseo brutal. El deseo de la desesperación y de la desgracia. El ansia y la soledad llevaban escrito el nombre de Lucía, y quiso tener debajo de su enormidad el pequeño cuerpo de Laura que no era Laura sino Lucía, abrirle el hábito y besarle los pechos blancos y pequeños, hundirse en sus huesecillos y perder la cabeza. Sería virgen, nadie la habría tocado. La violarían salvajemente hasta quitarle la vida los buscadores de religiosos, si aparecían por allí. Arrancó. Se esforzaba en ser paciente y no abandonarse a la desesperación. Oía el ligero ronquido de su nieto, en el asiento trasero, y el auto olía a orín. No habían comido nada. El niño estaría desfallecido. Perdió de vista el antiguo almacén reconvertido en hospicio, en medio de la nada y de decenas de chabolas. Parecía tener un oráculo en la cabeza según conducía hacia Madrid, de nuevo. Sabía que, tarde o temprano, les tocaría a ellas. Sacarían a los niños de allí, por la fuerza, en camiones, junto a miles de criaturas más, aturdidas por el ruido y la miseria de la guerra, para ser distribuidos en trenes, en expediciones con miles de hambrientos, evacuados con dirección a

Francia, Reino Unido, o a la URSS. ¿Qué le diría a su hija si el niño se perdía en uno de esos míseros vagones, cargados de niños españoles, por la estepa rusa? ¿O era acogido por una familia belga? Ahora no podría soportar otro éxodo. La inmensa mirada azul de su hija lo sobrecogía. Apretó el acelerador tan profundo como pudo y olvidó su idea de dejar a Tomás con ellas.

La hermana Laura caminaba por el oscuro pasillo. Pensaba en la actitud del señor Anglada. Tenía aspecto de gran hombre, pero lo vio extraño y asustado, como estaba todo el mundo en tiempos de guerra. Se encogió de hombros contando los billetes y suspiró de alivio antes de llamar a la puerta de la oficinilla.

Desde la ventana, la hermana Juana veía desaparecer el coche de Francisco por el solitario camino. La tierrecilla de la calle se levantaba por el viento y formaba una nube helada hasta deshacerse de nuevo.

—¿Qué quería? —preguntó solemne, sin darse la vuelta.

—Hablar con usted, hermana. ¡Me ha dado esto…!

Y dejó sobre la mesa los billetes, arrugados y doblados por la mitad.

—¿Venía solo?

—No he visto a nadie con él, hermana. Es un hombre guapo, bien parecido, ¡qué lástima me ha dado! Parecía tan grande y tan desvalido, con todo este dinero en la mano… Si no desea otra cosa, hermana, me retiro.

—Bien, bien. Y… ni una palabra de esto a nadie. ¿Me ha oído bien? A nadie.

La joven monja se retiró, asintiendo con humildad.

En su escritorio Juana tenía un sobre abierto. Había llegado dos días atrás en el interior de un saco de harina. Era la forma habitual de pasar comunicaciones en secreto. Leyó varias veces las dos cuartillas manuscritas para tener claro lo que querían decir. No era un sueño despiadado de su imaginación, bombardeada por la guerra. Debía quemarlas antes de que nadie pudiera leer las confesiones de un sacerdote desesperado por la culpa, aunque no ejerciese como tal. «David Anglada, al fin y al cabo

—pensó—, sigue perteneciendo a la Iglesia, y los trapos sucios se han de lavar en casa.» A su edad todo era creíble, y lo que se contaba en esa carta desbordaba cualquier imaginación posible.

Pensó en la joven Jimena. Tan enfermiza y extraña… Y ahora, *ese* hijo lo empeoraba todo. No deseaba conocer el objeto de la visita de su padre en los tiempos que corrían. Tras leer la carta de David Anglada prefería mantenerse alejada de ellos y reflexionar. Dios le ayudaría a saber cómo comportarse con esa familia, si le daba otra ocasión de ponerla a prueba.

La hermana Juana sabía que nada podía hacer, más que servir de ojos y de oídos callados y mudos a Dios, y llevarse con ella secretos impensables, confesados por puño y letra de un sacerdote perturbado. Tomó asiento en la silla y se arrimó al escritorio. Cogió el sobre escrito con una letra clara y elegante para leer por última vez el nombre de David Anglada de Vera, en el remite, y el suyo propio en el anverso. Se hallaba apesadumbrada por las revelaciones de alguien a quien ni conocía. Doña Lucía le había hablado de él en varias ocasiones y recordaba una mañana, unos tres años atrás.

—He hablado con don Francisco para invitarle a él y a su hermano, don David, a visitar nuestra obra, si a usted no le parece mal. Acaba de llegar a Madrid y dispone de unos días en la ciudad —le había comentado doña Lucía mientras repasaban juntas unas facturas.

Y al final no se produjo la visita y lo disculpó. Don David salió hacia sus tierras con precipitación tras una contrariedad producida en ellas. Esperaría mejor ocasión para saludarlas.

Juana deseaba no haber abierto ese sobre y no haber leído:

… Siento este escrito, sor Juana, pero usted es mi único asidero en Madrid. Nuestra fe nos acerca y nos obliga a servirnos de mutua comprensión y ayuda. Aunque sea para confesarle las culpas de un hombre que ama a Jesucristo, Nuestro Señor, y desea continuar por el camino de la salvación, aun perdido en la villanía del hombre. Provengo de la raza extinguida de la que ya le he hablado, y salvar a mi estirpe de su antigua apostasía ha configurado el objetivo de mi vida, desde la llamada de Cristo, cuando era un niño todavía; aún hoy, me pregunto si he sido capaz de conseguirlo; solo el Señor tiene la palabra. Pido su sabio consejo y ayuda para consolar a mi pobre sobrina y a mi hijo, el pequeño Tomás. No sé cómo podrá hacerlo, pero confío en su buena voluntad, sor Juana. Mi hermano adora su bondad y me ha hablado de la excelencia de su labor, y aunque mis discrepancias políticas y religiosas con Francisco son tristes para mí, lo amo como buen hermano y cuento los días para que la guerra finalice. Me comunico con él a menudo, a través de un canal poco ortodoxo, pero eficaz. La simpatía de Francisco hacia el gobierno republicano me preocupa; sobre todo a causa de su política filojudía, aunque he de decir en alto que ya la empezó Alfonso XIII, con el senador Ángel Pulido —disculpe estos detalles ya que, seguro, no forman parte de la estela de sus preocupaciones, sor Juana—. Pero mi hermano siempre sufrió la tentación de recuperar nuestra vieja ascendencia; no se lo puedo reprochar, al fin y al cabo nuestros amados padres nunca nos la ocultaron. Confío en que el tiempo ponga todo en su sitio.

Y yo…, humilde y despreciable pecador, no paro de tropezar, sor Juana. La paternidad del niño me atormenta. Ahora sabe usted tanto como yo al respecto, tras haber leído mi confesión. Lo lamento. He abierto varias veces, en la soledad de mi alma, el libro de nuestra genealogía por su última página en blanco, con el propósito de inscribir en él al pequeño Tomás, y la he tenido que volver a cerrar, de golpe, atormentado por lo que debía escribir en ella: el primer apellido de ese hijo. ¿Cómo manchar nuestra genealogía con semejante vileza? Pensé en quemarlo y que las llamas del fuego purificaran nuestra memoria. Pero no he sido capaz. Rezo día y noche, y atormento mi cuerpo para liberar mi alma, sin resultado alguno…

Le parecía una carta barroca y fuera de lugar. Ella era una mujer sencilla y clara y no le gustaban los recovecos y mucho menos las traiciones, sobre todo de carácter familiar. No tenía nada que añadir a aquella carta. Y recibir en ese momento a

Francisco Anglada la habría situado en un lugar delicado. David le solicitaba consuelo para Jimena, «pero el consuelo lo necesitan mis huérfanos —pensó— y mis hermanas, en peligro. Él está en sus tierras, protegido por las tropas de Franco y su fortuna, y me pide a mí, a una pobre monja asediada... ¿ayuda...?».

Jimena Anglada y el niño tenían a su padre y a su tío, una fortuna y muchos recursos. ¿Qué se había pensado ese hombre, cuando miles de niños se estaban quedando sin padres y sin techo, tirados en las calles de la guerra? ¿O es que había una petición oculta en aquellas líneas y a ella se le escapaba?

Dobló cuidadosamente las dos cuartillas por la mitad, las introdujo tranquilamente en su sobre, abrió el cajón del escritorio, guardó en él los billetes doblados que le había entregado Francisco Anglada a la hermana Laura, sacó una caja de fósforos, y prendió fuego a la carta para que nadie pudiese leer nunca las culpas inconfesables de un cura. Debía proteger el buen nombre de la Iglesia de aquel desahogo de un hombre sin rumbo, y más viniendo de una familia de conversos, como la de los Anglada. Vio cómo las llamas consumían esas revelaciones y tiró sus negros rescoldos a un cubo de zinc. Esa carta no podía ser leída por otros ojos que los suyos.

Se levantó de la mesa, volvió a asomarse a la ventana y reflexionó, con las manos enlazadas, en esos tiempos de guerra. El frío de la mañana había sembrado en el campo y sobre las uralitas y los tablones de las decrépitas chabolas crecidas en los alrededores una capa blanca de hielo y miseria terribles.

«Tendré oportunidad de ayudar a los Anglada —pensó—, estoy segura. Aunque sea por todo lo que le debo a doña Lucía.»

Al día siguiente de aquella visita otra carta se escribió. Pero, en esta ocasión, de puño y letra de Jimena y no para la hermana Juana. Era el tiempo de las epístolas, de las revelaciones, de los pulsos del tiempo trazados por una pluma que constatara avatares y desencuentros.

En Madrid, y en las últimas Navidades de mi vida, de 1936

Te equivocaste, mi querido tío, al huir de mí, vencido una vez más por la razón. Un error que deberás sumar a tu afligida existencia. Te equivocas al creer que las mujeres de mi estirpe viajamos por un camino emboscado lleno de desventuras. En mi camino, en el que habéis escrito vosotros, ha germinado algo que tú has arrojado en él. Y mi estirpe es la misma que la tuya, por mucho que hayas tratado de borrar nuestro pasado cuando decidiste ordenarte como sacerdote. Creo sencillamente que eras demasiado joven para tomar una decisión como aquélla y los abuelos nunca debieron apoyarte; en eso le doy la razón a mi padre.

Pero no es tiempo de reproches. Cuando recibas esta carta, es posible que esté muerta y me halle reunida con Juliana Roy. Estaremos las dos protegiendo a mi hijo, desde arriba o desde abajo o desde donde sea, pero en alguna parte, observando cómo tu hermano intenta deshacerse de mi hijo. Eso es lo que pienso. El odio es el peor consejero para el orgullo de un hombre, y mi padre posee demasiado: está convencido de que Tomás es del pobre Pere. Decirle, a estas alturas, quién es el padre de mi hijo empeoraría la situación. No sé si odiaría más al niño si conociera la verdad de su ascendencia.

He oído que este hospital era un albergue de mendigos; y como tal moriré. No creo que sobreviva durante mucho más tiempo. A mi enfermedad ya no le queda trabajo por hacer. Ha carcomido mis huesos hasta vaciarlos y jamás podré levantarme de la cama, ni volver a Pintor Rosales —¿te acuerdas de esa casa, verdad?—, ni caminar por mi antiguo parque; creo que ya no existe. Ahora es un campo de batalla tomado por la guerra. Trincheras, pasadizos y tumbas de soldados lo perforan, las bombas han destrozado los paseos y los jardines han desaparecido. Mi facultad está sitiada. Dicen que los pilares se rompen y las losas se desprenden. Desde la Facultad de Agrónomos se han abierto profundos caminos de trincheras, por los que pueden pasar tanques. Madrid ya no es ninguna fiesta bajo las bombas.

Pero dejando a un lado la guerra, no quiero morirme sin

confesar un crimen, y quién mejor que tú para escuchar confesiones. Debo decirte que en las entrañas de ese parque del Oeste, en la parte más baja y frondosa, enterré a Pere Santaló el mismo día que comenzaba la guerra. Llamó a nuestra casa, envalentonado por el asalto al cuartel, y le abrí la puerta —sé que cometí una imprudencia y he pagado por ello—. Te voy a ahorrar los detalles, pero lo maté con mis propias manos, ¡en defensa propia!, te lo juro. Fernanda fue testigo. No tuve más remedio que pedir ayuda a Lucía Oriol; la propia Fernanda salió en su busca. ¡No podíamos sacar solas el cuerpo de Pere!, convertido en miliciano de la CNT. Entre las dos nos deshicimos de su cuerpo y le dimos sepultura en el cementerio de la Florida. Si alguna vez quisieras conocer más detalles solo tendrás que preguntar por ellos a Lucía Oriol. ¡Pobre Lucía! Temblaba, asustada como una niña, pero me ayudó. Nunca se lo podré pagar… Reza por ella. Me remuerde la conciencia; involucrarla en semejante situación. ¿Cómo pude…? ¡Es un delito! ¡Pero estaba desesperada…! Lo había golpeado con toda mi alma, él sangraba, estaba muerto, con la espalda partida, Fernanda lo limpió todo, me cambió de vestido, me lavó la cara y las manos, envolvió el cadáver en una manta y restregó el salón y la chimenea hasta hacer desaparecer el rastro de mi crimen. Las palabras del ama me hicieron reaccionar y ahora… su desaparición me llena de dolor. He llorado tanto que ya no me quedan lágrimas, descendieron como ríos de sangre por las cuestas de ese parque hasta alimentar sus árboles con mi rabia. La desaparición de Fernanda me ha sumido en la más absoluta de las soledades. Su cuerpo estará pudriéndose entre los escombros de la casa. Nuestro barrio ha sido evacuado y mi padre ha intentado acercarse por allí, pero los tanques han invadido nuestra calle.

Todos los días me despierta la misma enfermera. Lleva tatuado en el dorso de la mano la hoz y el martillo. Y esa hoz y ese martillo golpean sobre el yunque de mis días. Has de saber que en el hospital espían a sus anchas enfermeras políticas. Algunas son extranjeras: hay una cubana y una inglesa. Dicen… que envenenan con cianuro a los pacientes sospechosos de no luchar por la república con la fuerza que debieran; de ser así, me parece espantoso. Me ha contado la mujer de la cama de al lado que semanas atrás hubo un tiroteo entre ellas; a una la pillaron pasando información al enemigo. Se las reconoce enseguida, van armadas y llevan un brazalete. Ya no queda ninguna de las Hijas de la Caridad por ningún sitio; ni en la botica ni en las cocinas ni en el ropero: «En agosto, las echaron a todas —me contó mi vecina, con una voz extraña—. Huían como cucarachas, hacia el metro, y se refugiaron en los andenes hasta dispersarse por los subterráneos. Tuvieron suerte de salvar la vida».

Todas las mañanas nos sacuden las sábanas buscando armas. De improviso, a cualquier hora del día, sacan de la cama a todo el pabellón para levantar los colchones y ponerlo todo patas arriba. No me gusta cómo miran a mi padre cuando está aquí, sentado durante horas al lado de mi cama. Quiero que sepas que lo he perdonado. Y aunque sabes que no le hablaba, está junto a mí y lo necesito, y sobre todo ha de cuidar a Tomás. Y si no fuera porque viene todos los días con los bolsillos llenos de billetes, la enfermera que me despierta y me inyecta lo que el doctor Monroe le dice y me vigila a todas horas, le habría ya pegado un tiro; y solo por su abrigo y su aspecto de hombre rico, aunque estoy segura de que ya han debido de informarse de quiénes somos. El doctor Monroe, de momento, nos protege, pero él también caerá, en cuanto no le necesiten. Aquí se muere muy fácilmente, David. Desaparecen los cuerpos sin dejar rastro.

Mi padre ha conseguido estar a mi lado. Y tanto él como el doctor Monroe me miran con los ojos vacíos, como si detrás de ellos no existiese más que oscuridad y tinieblas. Tu hermano llega con la cara lívida y una mueca sombría en los labios. Apenas reconoce en mi cuerpo a la hija que había en él. No quiero hablarte de mi padre. Ahora ya no es un hombre, es un ente que vaga fuera de su cuerpo buscando la felicidad del pasado, sin conseguirlo. Me dice que Tomás está bien, pero no me lo trae. Es posible que mi hijo muera de inanición en el desván o en la leñera en la casa de Arturo Soria, donde nadie pueda oír el llanto de nuestro hijo. En ese barrio acampan a sus anchas las milicias, el ejército y la policía política, es tranquilo, pero nadie en Madrid está seguro en ninguna parte.

Aquí me están torturando de nuevo, como en Bildur. El doctor Monroe, las enfermeras…; sus agujas me perforan y mi parálisis no responde a esos líquidos que penetran en mi columna. Acabaré pronto en una caja de roble con destino al cementerio de la Almudena. Le he rogado a mi padre que tale los tres robles de la finca y me construya con ellos mi ataúd. Ya lo sé, ahora es imposible; pero la guerra acabará y mi padre podrá llevar mi cuerpo a nuestra finca y podréis darme el funeral que deseéis: cristiano o judío; me da lo mismo. Si deseáis rezarme una *Shemá Israel* o una misa de réquiem. Mi padre ordenó al albañil colocar el sepulcro de mi madre orientando sus pies hacia el este, para que el día del juicio final pudiera dirigir sus ojos a Jerusalén; pero mi corazón está en todas partes y, sobre lo que decidáis, no tendré nada que decir. Podrás llorarme, junto a mi madre y los abuelos, en el cementerio de la colina. Quizá Sara resucite y nos lleve a las dos lejos de España, a un lugar donde siempre haga calor; sabes que el verano es mi estación favorita.

Ahora, solo tienes que hacerme una promesa: cuida de Tomás. ¡Protégelo! Abre bien los ojos: mi padre no quiere nada bueno para él, y algún día deberás decirle la verdad; ¡es tu obligación! Inscribe a nuestro hijo en el libro de la familia y cuenta la verdad; no tengas miedo. Lo dejo en tus manos, que adoré, y no he dejado de sentirlas cuando rebuscaban en mí a la mujer que amabas, aunque ésa nunca haya sido yo. Solo he de pedirte que cuides de mi hijo.

David, me siento muy sola en esta enorme sala con el olor a muerte, donde nos amontonan como a cerdos que van al matadero. Hay unas cuarenta camas, divididas en tres filas. Tu hermano ha conseguido que me pongan un biombo. No quiero ver las horripilantes caras de tragedia de toda esta miserable gente que grita y desespera de atroces dolores. Apenas hay medicamentos, y los que llegan se racionan. Sé que le ha costado a tu hermano una pequeña fortuna conseguirme el biombo, la morfina que me ponen y mi traslado a un extremo de la sala, junto a la pared y una ventana; que aunque alta y con gruesos barrotes puedo mirar el cielo. Si me pudiera levantar vería la estación de Atocha y un trocito de la plaza. Oigo gemidos y lamentos día y noche, propagados por el eco de los techos de este inhumano hospital. Es un moridero. No puedo comer, tengo el estómago cerrado. Creo que lo que nos traen en platos de metal lo rebanan de los muertos de la morgue.

Mañana vendrá mi padre con Tomás, ¡me lo ha prometido! Estoy feliz. Necesito ver a mi niño y acariciar su carita por última vez. Se lo he suplicado hasta el desmayo, y me va a hacer caso, porque ha visto en mi cara el rostro de la muerte. Mis ojos ven borroso. Casi no distingo la cara de mi compañera de al lado cuando sus dedos ahuecan la tela del biombo para hablar conmigo. Es una pobre mujer con el pecho agujereado por la descarga de una ametralladora. Nadie entiende cómo ha sobrevivido. No deja de acercarse a mi cama, me pide piedad para sus hijos, ¿qué tengo que ver yo con sus hijos? No deja de lamentarse de la miseria que arrastran sus pies. Los míos son una enorme herida que recorre la extensión de mis piernas. Sus ojos de hambre me miran con estupor porque sabe que me estoy muriendo, y le he regalado tu anillo de oro con esa perla que tan mala suerte me ha dado, y los pendientes, y el broche de mi abrigo. Le he prometido parte de mis joyas, las que tu hermano sacó de la caja fuerte de su despacho antes de abandonarlo. Ya no voy a necesitarlas, pero mi padre se niega a traérmelas y necesito que la mujer lleve esta carta al correo. Me ha prometido por sus hijos que te la hará llegar. Es la única persona con la que he querido hablar desde que estoy aquí. Pronto le darán el alta.

Presiento algo horrible en cuanto la noche entre por el este. Tengo que dejarte. Apenas puedo sostener el lapicero. Los huesos de la mano me duelen, y enseguida oscurecerá. Por la noche es cuando el sufrimiento me hace añicos. Este edificio me da escalofríos. Me encanta escuchar el silbido de los trenes y pensar que voy a subir a uno de ellos con destino a nuestra finca, en la que me esperas. Me gustan tus pantalones viejos. Esos de pana gruesa, verdes y con zurcidos; eso sí, bien remendados y más gastados que los de un mendigo y que en ti parecen los de un príncipe. Mi príncipe mendigo. Ése eres tú. Ahora cae el frío sobre Madrid como puñales y esta sala está congelada. Hoy no he oído bombardeos, ni a la aviación italiana cruzar por encima de nuestras cabezas. Ayer, una enfermera pasaba por las camas pidiendo cualquier contribución para la cena de Navidad del soldado rojo. ¿Sabes qué he hecho…? Les he dado mi vestido y mis zapatos. Acabo de ver una bandada de pájaros que se dispersa volando hacia el sur. Qué suerte ser un pájaro.

Cuida de nuestro hijo.

JIMENA ANGLADA ROY

Si Dios no existe todo está permitido

Las mantas eran como seda transparente y fría. No calentaban su cuerpecito helado, escuálido y sin reservas de más, agotadas en el transcurso del invierno, y de los días y las noches sin su madre. Tomás había dejado de llorar porque estaba aprendiendo que daba igual, nada sucedía cuando lo hacía. Desde que el abuelo se había llevado a su madre al hospital, Tomás pasaba las horas solo, encerrado en el sótano. Nadie llegaba a consolarle, y la rabia cruzaba su semblante cargado de enfado. Recordaba las dulces palabras de Jimena, delicadas y tiernas: «Te quiero mucho, grandullón, te quiero mucho», continuamente, desde que había nacido. Estaba enfadado con ella porque lo había abandonado. Pasaba las horas esperando a su madre. En un rincón del techo de la habitación una araña tejía su red. A veces, se quedaba atrapada en ella algún bicho pequeñito que solo sus avispados ojos veían. Le gustaba la araña, quería jugar con ella y la hizo su amiga. Le contaba cuentos, cuentos de niño que a la araña entendía. Ella, oscura y peluda, le decía a Tomás, desde ahí arriba, prendida de sus hilos, que le siguiera contando, que no parara, porque el miedo venía y sería peor. Tomás pasaba las horas hablando con la araña del techo porque eran amigos y cómplices. Y la araña siempre ahí, laboriosa, haciéndole compañía, quieta en su red, de un lado a otro, fabricando hilos y hablándole para entretenerlo con sus historias de araña. Tomás oía la vocecilla de su araña como un crujido y observaba unas patitas moverse, con intención de bajar. Pero nunca lo hacía. Quizá su araña temía salir de su red y caer entre la pintura ahuecada de las húmedas paredes. O eso le parecía a él durante los días y las horas interminables en aquella habitación desapacible.

Desde el día del ingreso de Jimena, Francisco se despertaba de madrugada, sobresaltado e inquieto, en el desangelado sótano, junto a su nieto. Antes de dejar al niño y acudir al hospital, le diluía en un vaso de agua tres cucharadas de leche en polvo y le daba cuatro galletas rancias. Francisco había buscado dos fuertes correas de piel. Se las ajustaba bien a los pequeños tobillos del niño, antes de salir. De una de ellas salía una soga larga que lo ataba a la cama con nudos fuertes y bien hechos. Y aunque Tomás tirara con todas sus fuerzas, ahí seguía, amarrándole a una sólida cama de madera, anclada a la pared con dos gruesas argollas de hierro. Francisco había bajado la cama con sus propias manos, arrastrándola por las escaleras, y en ella dormían los dos. Acondicionó el sótano para que les sirviera de refugio durante el tiempo que Jimena estuviese en el hospital. Francisco se aseguraba de esa forma de que el niño no escapara ni pudiese llamar la atención. A su regreso del sanatorio, soltaba a Tomás, le daba de comer y lo dejaba corretear bajo su supervisión, sin dejarlo salir de las cuatro paredes de ese nicho subterráneo de la casa de la Ciudad Lineal, comprada a los alemanes; escondido como un búnker, sin ventanas ni salida al exterior, donde el silencio era una voz machacona. Cuando llegaba, después de mediodía, tenía que recoger los excrementos del niño y limpiar el cemento. Le restregaba la cara con un trapo mojado y le cambiaba la ropa cagada y meada, maldiciendo su suerte. El cuartucho olía a inmundicia que echaba para atrás, aunque Tomás y su araña se habían acostumbrado al hedor, una mezcla de orines, tierra húmeda y mierda de niño pequeño.

Era el sexto día sin su hija y regresaba del hospital, abatido, con esa cara grande y demacrada, cada vez más pálida, y ese abrigo cada vez más sucio y desastrado. Lo estaba perdiendo todo. Feijóo estaba muerto, los Bauer habían salido hacia Jerusalén, a la sinagoga no iba nadie, sus socios de la Bolsa habían huido, y él abría la puerta del búnker otra vez, con el temor de quien abre una cueva de serpientes. Tomás no sabía si era de día o de noche. El tiempo carecía de significado para el niño. Se alegró de ver al abuelo y se puso a llorar. Sus ojillos azules y saltones como los de todos los Anglada estaban irritados. Las legañas le cubrían los ojos y casi no los podía abrir. Francisco lo vio sentado en el suelo, con las piernas cruzadas como un faquir, con sus pantalones de terciopelo desvaído y el abrigo desabrochado. No se había hecho caca en todo el día y apenas estaba mojado. Le dolía al intentar orinar y prefería aguantarse las ganas. Mejor así. De pronto le entraron unas ganas horribles de comer, y miró con decepción las manos vacías del abuelo. Se incorporó, tambaleándose. Nada que llevarse a la boca.

—Bien, bien, niño bueno. Te has portado estupendamente. Hoy hay premio —dijo Francisco.

Le levantó el abrigo azul marino y le sacudió el culo de arena, que se desprendía de las paredes. Los pantalones del niño estaban mojados de la humedad del suelo. Le desató tranquilamente, aflojándole las correas. Él se había cambiado de camisa y se había puesto encima un jersey grueso de pico. Resultaba extraño lo tranquilo que había encontrado al niño, parecía asumir su situación de encierro con tranquilidad.

Tomás estaba quieto. Lloriqueaba contenido y callado, con miedo a las consecuencias de un imprudente llanto. Estaba débil y con pocas fuerzas. Miró a su araña, sabía que ella le cuidaba mejor que el abuelo.

—Vamos a salir de aquí un ratito. ¿No te irás a poner tú ahora también enfermo? Venga, Tomasín…, vamos a encender la chimenea y a comer caliente.

Tomó al niño en brazos y le frotó los tobillos inflamados por las ataduras, debían entrar en calor. Le hizo un gesto para que se estuviera calladito llevándose el índice a los labios mientras subían por una escalerilla de madera, con los peldaños inestables, hacia un rincón de la cocina. Dejó la trampilla abierta para ventilar el escondite. Hoy estaba de mejor humor, había visto a su hija algo más tranquila. «Parece que todo va bien —le había dicho el doctor Monroe, tras recibir otro sobre con cinco mil pesetas. El médico había ordenado inmediatamente a la enfermera otra dosis de morfina—. Tenga paciencia, Francisco, le ha bajado la fiebre y se le atiende en todo momento. Tenga paciencia.»

Al salir del hospital fue a comprar al estraperlo unas latas de carne, naranjas, una botella de vino, chocolate para el niño y algunos alimentos imposibles de encontrar. El niño tenía mala cara. Mañana se lo llevaría a Jimena; lo había prometido. No podría presentarse sin Tomás. Ella no soportaría un día más sin ver a su hijo. Y él no podía mirar a ese niño sin ver en él la cara de su hija y la de toda su familia; tenía esos bonitos labios gruesos de su madre Miriam que había heredado David. Y deseaba odiar a la criatura. No encontraba en él ningún parecido con el enano de Pere Santaló. Pensó en el joven, quería desgarrarlo de su memoria, hacerlo desaparecer para siempre de la existencia de su hija. «He leído su nombre, padre —le había dicho Jimena, tras cerrar un periódico de un día de septiembre, con las listas de voluntarios enrolados en los diferentes batallones. Se había dado prisa en llevarlo a la cocina y encender con él el fogón para ocultar la mentira. Y le había dicho, levantando la voz—: Pere se ha alistado en el 4.º Batallón de Pueblo Nuevo-Ventas, padre. Sale para el frente de Buitrago del Lozoya.» Recordó Francisco el consuelo que sintió en ese momento. Las unidades milicianas defendían los canales y embalses que abastecían Madrid y pensaba en los muertos que regresaban del frente de Somosierra. Se contaban a cientos. Sería una suerte que no volviera.

Encendió la chimenea del salón con abundante leña. Antes compró ventanas y puertas. Miró tras las cortinas, desconfiado. Nadie debía sospechar. Sobre una mullida alfombra que colocó como mantel, en el suelo, junto al hogar, se acomodaron para el banquete. Tomás no quitaba ojo a las latas y a los envoltorios de papel de periódico. Enseguida el calorcito los templó. En media hora le subieron los colores al niño. Engulló hambriento la rica comida. Francisco se tomó la botella de vino entera, sin respirar, copa tras copa, anestesiado por el calor casi desconocido que despedía la chimenea. Como en otros tiempos. Aquel brandy que solía tomar con Lucía… Tras la cena, se quedaron dormidos sobre la alfombra. Escuchaban el crepitar luminoso del fuego. Un dulce sueño fraternal lo reconciliaba con su nieto. El niño se le había abrazado a las piernas, y el calor del pequeño le reconfortó por primera vez desde que nació.

A las dos horas, los rescoldos habían llegado a la alfombra. Ardía en llamas cuando el fuego lo despertó. Intentó apagarlo. Era inútil. Las cortinas, cerca de la chimenea, se retorcían en llamaradas y el fuego corría de ventana en ventana. Se dio cuenta de que Tomás no estaba. Miró desesperado por todos los rincones del comedor. Los sillones comenzaban a arder cuando vio al niño al lado de la puerta, sentado en el suelo, encima de su abrigo, mirando absorto el incendio. Francisco enseguida lo tomó en brazos y cogió al vuelo el abrigo del niño y salió corriendo hacia el edificio de la cochera. Retiró los cartones que camuflaban su automóvil y encerró a Tomás dentro, con llave. Fue hacia la leñera, a la vuelta del garaje, en un rincón del jardín. Empujó unos sacos de carbón, levantó unas tablas del suelo y abrió la caja fuerte. Sacó su maletín, con papeles, pagarés y documentos, una bolsa de joyas y el dinero que guardaba. Ahí estaba todo lo que había pensado que podría necesitar en Madrid y que no se llevó a la finca cuando empezó la guerra y cerró el despacho.

Abrió el maletín, sobre unos sacos de carbón. Una bisagra oxidada chirriaba batida por el viento. Por la puerta abierta entraba olor a quemado. Pronto el fuego saldría hacia el exterior del comedor, por las ventanas. Se quitó el cinturón y deslizó la cremallera del reverso. Lo había comprado, años atrás, a un guarnicionero del barrio de Salamanca, en la calle Villanueva. Era uno de esos bonitos cinturones de piel de tafilete para esconder dinero. A él le pareció útil cuando lo vio en el escaparate, y salió de la tienda con un envoltorio en papel de seda. Francisco no iba a perder el tiempo rememorando su pasado y odió recordar que con él le había pegado a su hija. Sacó del maletín un documento y los dólares americanos de Lucía y los fue introduciendo en el cinturón con habilidad y paciencia. Cerró la cremallera, aplastó con los dedos el grosor del cinto y se lo ató al pantalón. El fuego crepitaba en el interior de la casa y oía al niño aporrear el cristal del coche en el garaje. Salió de la leñera y entró en el Austin, escondió el botín bajo su asiento delantero y arrancó el motor para salir de la cochera, del jardín, de la Ciudad Lineal y volver con la persona que más quería.

Ya era noche profunda. El frío de diciembre helaba los árboles de toda la calle de Arturo Soria. Los efectos del vino habían desaparecido de su cabeza y se encontraba despejado. La casa ardería como una tea, pensó. Deseaba que fuese así. Nunca la tomarían las milicias, ni el ejército; no sería bombardeada como la de Pintor Rosales. Un rastro menos. Mejor que la casa ardiera en una pira que borrase el rastro de su amante y dejar de sufrir por el amor de Lucía Oriol.

Circulaba con los faros apagados por la calle desierta. La humedad formaba una niebla blanca y espesa sobre la calzada. Las mansiones se desdibujaban vacías entre el frío invernal. Ni rastro de los militares, ni de la guerra. Allí, en el noreste de Madrid, todo era silencio y tranquilidad. El niño, encogido sobre el asiento trasero, se había dormido. De pronto, antes de bajar por la Cuesta del Sagrado Corazón, se dio cuenta de que no tenían dónde ir para mantenerse a salvo. Se vio por el espejo del retrovisor hecho un viejo, con un buen jersey de lana que daban ganas de robárselo y un montón de dinero debajo del asiento que podría comprar la vida hasta del presidente de la República. Tenía que ir en busca del hombre que lo iba a sacar de Madrid. Debía aproximarse al domicilio de su contacto, esperar a que saliera a primera hora de la mañana en dirección al Ministerio de la Gobernación. Era un alto cargo del ministerio y Francisco no debía dejarse ver por las inmediaciones. Su confidente le había prohibido acercarse por el ministerio, y menos por su casa. Francisco Anglada estaba en la lista negra y no podía ser protegido, más que ayudándolo a escapar. Pero, ahora, los planes debían retrasarse hasta que saliera Jimena del hospital. Unos días más y podría caminar, o se la llevaría como fuese, en cuanto su hombre, miembro en la recién creada Junta de Defensa de Madrid, los mandara buscar. Pero las cosas habían cambiado.

Se salió de la carretera y paró el coche sobre un promontorio, entre los árboles de un pinar. Desde esa parte alta veía Madrid, en candilejas, oscurecida. Si no hubiera sido por la aviación, habría pensado que era una lluvia de fuegos artificiales lo que caía sobre la zona oeste de Madrid, en la lejanía. Los bombardeos no cesaban. Pequeños aparatos, casi invisibles en la noche, dejaban caer sus bombas, una tras otra, sobre la zona de Getafe y Argüelles. Los edificios crepitaban desprendiendo estelas de humo negro. Francisco temió un bombardeo sobre la zona de Atocha, donde se encontraba el Hospital Provincial. Tenía que sacar a su hija del polvorín en que se estaba convirtiendo Madrid. Reconoció una formación de Junkers JU-52. Pilotos alemanes sobrevolaban toda la ciudad. Hacía frío. Francisco salió del coche sin poder creer lo que estaba sucediendo. Creyó ver bombarderos Savoia S-79 en formación, de la aviación legionaria, aviones que Mussolini había puesto al servicio del general Franco. Todo lo que leyó Lucía en su despacho, con esa voz atragantada, se hacía realidad. Pensó que no lograría escapar de Madrid con una enferma y un niño. Pero no había otra solución. Si lo conseguía, viajarían fuera de España, Jimena se curaría y empezarían una nueva vida. Madrid iba a ser arrasada.

Arrancó de nuevo y entró en la carretera. Se confundía con la tierra. Rodaba despacio en dirección a la ciudad. Oía ruido de camiones en algún punto del camino que no veía. La niebla se extendía hacia el sur. Y lentamente volvió de nuevo a salir de la carretera para tomar un camino que se adentraba en el espeso pinar. Un buen sitio para esperar el amanecer. Se quedó en la

oscuridad, con los ojos bien abiertos. El niño seguía en su inquieto respirar. Imaginó que los pinos bajaban hasta el mar y,
que la arena, bajo el cuerpo dorado de Lucía, soportaba el dulce
peso de su espalda. Ella tomaba el sol y pronunciaba el nombre
de Francisco con ternura pidiéndole un beso. Oía el ruido de las
olas acariciando la playa y los pies de Lucía, pero eran las agujas
de los pinos moviéndose por el viento que anunciaba una lluvia
salvaje. Y se quedó dormido sobre el volante.

Se despertó bajo un torrente de agua. Arrancó el Austin y
salió del pinar con el cielo gris cayendo sobre la carretera. Había
amanecido. Madrid parecía no querer despertar tras el limpiapa-
rabrisas que no daba abasto para despejar el río de agua sobre el
cristal del automóvil. Tomás siguió durmiendo hasta entrar en
el Paseo del Prado y se puso a llorar en cuanto despertó. Fran
abrió la guantera y sacó una chocolatina. El niño se calló de golpe y se entretuvo en librarla del envoltorio. Llegaron a las inmediaciones del hospital y aparcó en la calle de Santa Isabel. Dejaría
el niño con Jimena y saldría en busca de su contacto. Si era preciso, le entregaría todo el maletín para que los sacara de la ciudad.
Llovía tanto que no veía los dos hospitales, el de San Carlos y el
Provincial, ni el asfalto, ni su inmensa fachada de piedra gris. Salió entre la lluvia con el niño en brazos y entraron en el edificio.

Nadie del personal le preguntó adónde iba. Enfiló escaleras
arriba hasta la segunda planta, en el ala izquierda del patio. El
olor le echó para atrás. Olía al desinfectante de las cuadras de su
finca. Las enfermeras entregaban el desayuno a los enfermos de
los pasillos, en camas improvisadas. Consistía en un vaso de leche en polvo y una rebanada de pan negro. Francisco miró hacia
los lados del largo pasillo buscando la sala V. Una enfermera pasaba delante de ellos con un saco de rebanadas de pan. Un médico salía de una sala y ella fue a su encuentro dejando impruden-
temente el saco en el suelo. Fran metió la mano y sacó un puñado
de rebanadas que se escondió en el pantalón y siguió su búsque-
da. Le dio al niño una, y éste se la llevó a la boca inmediatamente. Enseguida vio lo que buscaba.

La sala V era una cuadrícula perfecta de camas en fila, una tras otra formando largas líneas, de muro a muro. Francisco corrió un biombo de lino blanco y ruedas de goma. Jimena no estaba en su cama. Francisco dejó a Tomás en el suelo y el niño echó a correr hacia una cama vacía con el colchón enroscado y dado la vuelta. No había ni sábanas. Francisco cogió al niño en brazos y salió de la sala. Buscaba a la enfermera. Nadie le hacía caso. Los enfermos ni siquiera lo miraban, acostumbrados a la locura de la gente. En el pasillo, salía de otra habitación la enfermera alta y espigada con un brazalete en la manga, enseguida lo reconoció. Miró al niño con ojos maliciosos. Francisco la cogió por el brazo y la zarandeó como a un olivo, para sacarle los frutos.

—¡Suélteme! Salga de aquí.

Pero no la soltó, empujó una puerta y entraron en otra sala con camas y enfermos por todas partes. Tomás se echó a llorar sobre el hombro de su abuelo.

—¡¿Dónde está mi hija?! ¿Dónde se la han llevado? ¡Hable o le vuelo la cabeza!

—Pues… ¿dónde va a estar? En la morgue. ¿Qué se creía usted…? ¿Que lo iba a esperar para fugarse? Y limpie los mocos a este niño; no ve lo desastrado que está.

La enfermera no había podido contener la noticia. Debía retenerlo hasta que llegaran para detenerlo, pero el ansia pudo con ella. Ya deberían de estar por la planta para llevárselo a una checa e interrogarlo, de una vez por todas. Seis días por el hospital y ese traidor seguía libre.

Francisco dejó a Tomás en el suelo. Al incorporarse, sacó la pistola de la cintura, extendió bien el brazo, y le disparó en la cara a la enfermera. La cabeza estalló como un globo de sangre. Y, con la pistola en la mano, cogió al niño y salió corriendo entre las camas de los atónitos enfermos que no reaccionaban. Levantaban sus cabezas, boquiabiertos. Los trozos de carne del rostro de la mujer habían volado por los aires. Unos cuantos aplaudían. Otros se escondían bajo las sábanas. Un hombre sin pierna se levantó. Se oyeron aplausos. Uno tras otro se fueron animando. Abandonaban sus camas y se acercaban al cuerpo de la enfermera sin cara. Francisco Anglada huía escaleras abajo, se cruzaba con médicos y más enfermeras que subían alertados por el disparo. Milicias armadas bajaban de dos vehículos, ante la puerta del hospital. Cuando llegaron los médicos a la sala descubrieron el cadáver.

Tomás seguía llorando. Su abuelo lo llevaba abrazado con tal fuerza que el niño respiraba con dificultad. Llegó hasta el patio central del hospital. Los árboles se balanceaban y el aire levantaba la hojarasca del suelo. Se escondió tras una columna. Los arcos de los largos corredores del patio le ofrecían un buen resguardo. Oyó el ruido de la fuente. Bajó por una escalera de mármol. Cruzó más pasillos. Se escurrió por más escaleras ahora más estrechas y oscuras; se adentraba en las lóbregas entrañas del antiguo hospital, tras cruzar la lavandería y los roperos. Buscaba el depósito de cadáveres. Era como encontrar una aguja en un pajar. Jimena estaría en él. Debía enterrarla cuanto antes y no dejar que profanaran su cuerpo. En tiempos de guerra a los muertos no los retenían más de lo necesario para ser sacados del edificio, abarrotado de enfermos y moribundos. Se necesitaba camas y espacio. Pero ella era diferente, pensó. Él tenía dinero, mucho dinero. Todos lo sabían, esperarían a que apareciese el padre rico y se llevase el cuerpo de su hija. A los sin familia los metían en fosas comunes. Pero no el cuerpo joven de una mujer con dinero. El doctor Monroe debía saber de ella. Siempre le mintió. La enfermera le había engañado, los odiaba, era una resentida.

«¡No puede estar muerta!» De pronto abrió una puerta. Sobre el dintel había una plancha de piedra en la que estaba escrito: SALA DE SAN JUDAS TADEO.

Supo que era la morgue. Cerró tras él y se coló en el oscuro interior de un primer sótano. Olía a formol. La luz mortecina se filtraba por largas ventanas rectangulares y enrejadas que recorrían la pared de la enorme sala, pegadas al techo. Francisco oía el agua al golpear la acera. Llovía con fuerza. Se acordó de su contacto al que iba a pedir ayuda; ya habría salido de su casa y estaría en el ministerio. Se encontraba aturdido de haber corrido tanto con el niño en brazos, de esconderse, de buscar a su hija como un loco por el endiablado hospital. Había recorrido cientos de metros de pasillos, quirófanos, almacenes, despachos, escaleras, registrándolo todo. Sudaba. La presión en el pecho le ahogaba. Tomás ahora no decía nada, comía trocitos de pan que su abuelo le sacaba de vez en cuando de los bolsillos del abrigo para mantenerlo entretenido.

No había nadie en la sala. Poco a poco se fue acomodando a la escasa luz hasta ver una fila de mesas forenses de metal, en batería, en el centro de la sala. Los techos eran altísimos. Gruesas escayolas formaban gordos racimos de uvas que caían por las paredes pintadas de ocre. En todas las mesas había un cadáver tapado con un lino blanco. Se quedó paralizado con el niño en brazos. Tomás se le agarró al cuello para no ver la oscuridad de ese lugar que lo asustaba más que la muerte de la enfermera que había presenciado. El niño tenía sangre de ella en los zapatos, trozos de carne pegada a los pantalones, y la boca llena de pan y de salivas blancas. Espesas babas le ensuciaban aún más el abriguito azul marino.

Francisco recorrió con la mirada las vitrinas, apoyadas sobre las paredes, con pequeñas cerraduras doradas. Sujetó bien al niño contra su pecho. Glicerina, alcohol, fenol, timol, arsénico, cloruro de sodio, cloruro de zinc, sulfato de potasio, hidrato de cloral, ácido acético, bicarbonato de sodio, leía en las etiquetas de cientos de frascos y cajitas con polvos que nunca había visto. Era una sala forense y una gran aula de disección bien equipada, con estanterías repletas de gruesos libros de anatomía. Leyó en sus lomos: evisceración, histología, embalsamamiento, Andries van Wesel, *De humani corporis fabrica*… Sobre las desangeladas paredes había dibujos horripilantes y retratos de cirujanos ilustres que debieron de pasar por allí: Gimbernat, Ribas, Lacaba, Queraltó… Contó en sus orlas más de veinte nombre ilustres.

Desconocía para qué servían los instrumentos de disección, bien colocados sobre paños blancos, que observaba con repulsión atroz dentro de las vitrinas, bajo llave. No quería pensar. Dejó a Tomás sentando en un taburete redondo, y, con un pequeño movimiento de mano, lo hizo girar suavemente. Eso le gustó al niño, y sonrió. Recordó las historias siniestras sobre el hospital que circulaban por Madrid y a las que nunca dio crédito. Construido en 1587, había funcionado como manicomio clandestino. Decían que los pacientes eran atados con grilletes en las paredes de los subterráneos de ese monstruoso edificio que había llegado a tener más de cinco mil camas. También había sido hospital anatómico forense, y en aquellos sótanos había pasadizos que comunicaban con el Real Colegio de Cirugía. El Hospital Provincial proveía de cadáveres al colegio y a la Facultad de Medicina para disecciones, experimentos, estudios... Lo había leído en el periódico. Todo cuadraba con lo que estaba viendo en aquella sala.

Se acercó a las mesas de autopsias y fue destapando uno por uno todos los cadáveres, hasta que llegó al de Jimena. Estaba irreconocible. La muerte le había arrancado con toda crueldad su belleza y la vida. Tuvo que sujetarse a la fría mesa. Quitó la mano como si quemara y rozó unos guantes de goma y una mascarilla que colgaban de un gancho, en un extremo. Las lágrimas corrieron por su cara como la lluvia lo hacía por la calle. Abriendo surcos de dolor, de amargura, de odio, de compasión por su única hija.

Observó su delgado cuerpo, inmóvil y tendido. No había sido abierto ni hurgado. Llevaba el camisón con puntillas que él mismo le había llevado dos días atrás. Antes de cubrirle la cara, la besó en la frente y tapó a su hija delicadamente con el lino como si estuviera dormida. La envolvió bien en él y le hizo una mortaja. Debía enterrarla bajo tierra. Volvería a por ella, en cuanto dejara al niño en algún lugar seguro.

Levantó a Tomás del taburete y salió de allí con idea de volver cuanto antes. El pequeño estaba fatigado de tantas idas y venidas y le dolía el estómago. El frío y la humedad de aquellas oscuras catacumbas y pasadizos con olor a herrumbre le asustaban. Le temblaban los deditos buscando el calor en el cuello de su abuelo.

Era imposible experimentar un dolor mayor. El odio se apoderó del corazón y del cerebro de Francisco. El sufrimiento, con forma de enorme campana, golpeaba todos los órganos de su cuerpo. El hígado, el riñón, los pulmones, los intestinos, todo iba a estallar. Y continuó corriendo, corriendo, corriendo, era lo único que deseaba hacer: ¡correr! Corría y corría con el niño en brazos subiendo escaleras, empujando al personal que salía a su encuentro, a los enfermos que andaban por los pasillos, hasta llegar al despacho del doctor Monroe. Había conseguido dar esquinazo a todo el mundo. Empujó el picaporte y entró. No estaba el médico. Su mesa, llena de papeles, la halló tan desordenada como siempre. Había estado allí varias veces. No quería acordarse de Lucía, sentada en una de las dos sillas, frente a esa mesa, diciendo que era un error mandar a Jimena a un sanatorio. Bildur fue una de las grandes equivocaciones de su vida. De un manotazo tiró todas las carpetas, incluida la lamparita. Al caer, estalló sobre el suelo la tulipa verde. Abrió una puerta y entraron los dos en una habitación contigua, en la que encontró un pequeño lavabo y una estantería repleta de libros de patología forense y medicina ósea.

Se sentó en el suelo. Se cubrió la cara con las manos. El niño no se atrevía a moverse de su lado, empachado de pan negro. Así pasó un rato hasta que le aupó al lavabo para limpiarle la cara y darle agua con sus grandes manos manchadas de sangre. Le frotó bien con un jabón azul. Al sacarlo de la jabonera, vio grabado en el fondo de la porcelana el nombre de Bildur. Las letras tenían forma de serpiente y parecían moverse por la jabonera. Se restregó bien los ojos hinchados y rojos, más abultados que nunca, y, entonces, oyó la puerta del despacho. Alguien entraba.

El doctor Monroe vio todos sus expedientes por los suelos. Se sacó de la boca inmediatamente la pipa y se la guardó en un bolsillo de la bata. El olor del tabaco llegó hasta la habitación contigua, donde Francisco le tapó la boca al niño con la mano, detrás de la puerta. El médico se agachó a recoger los papeles y la lámpara y Francisco salió de la habitación, sin el niño y con la pistola en la mano, seguro ya de que no había entrado nadie más con el médico. Y mientras el doctor Monroe se agachaba buscando una carpeta importante, se abalanzó sobre él y lo derribó.

—Pero… ¿qué hace? ¡Está usted loco! Suélteme, ¡por Dios!

Forcejeaban en el suelo. Francisco aflojó y el doctor se deshizo de él y se levantó con rapidez. Se sacudió la bata. Francisco se incorporó, con el pelo revuelto y hecho una calamidad, empuñó la pistola y apuntó al médico. Su nieto salía de la habitación contigua y observaba la escaramuza de los dos hombres, con sus enormes ojos. El doctor Monroe miró al pequeño, atónito. Se dio cuenta inmediatamente de la situación. Francisco ya sabría de la muerte de su hija, pero lo que no sabía el médico era que la había encontrado en la morgue sobre una mesa de autopsia.

—¡No hemos podido hacer nada…! ¡Se lo juro! Lo hemos intentado todo. No me puede culpar. La he cuidado como a una hija, créame. Lo hemos intentado ¡todo, todo! —repetía, mientras era apuntado con un arma por Francisco Anglada—. Y usted… ¿qué ha hecho?, por el amor de Dios. ¿Qué le ha hecho a la enfermera?

Francisco lo miraba con ganas de apretar el gatillo, pero se contuvo. Sentía el calor del metal de la pistola como si estuviese viva. Le faltaba una bala. Él no era un asesino. No debía matar a ese hombre. Su nieto caminaba hacia él y lo abrazó por las rodillas. El niño evitaba que apretase el gatillo, tiraba de sus pantalones. Empujó al médico a un lado y se alejó de él. Se sintió alto y fuerte al lado del insignificante doctor.

—¿De qué ha muerto…? ¡¿De qué ha muerto mi hija?!

—Espina bífida oculta. Lo siento. —Y levantó los ojos hacia el techo como si Francisco conociera esa enfermedad—. Una rara enfermedad, solo se detecta al final. Tenía los días contados desde su nacimiento, ¡se lo juro! Alégrese por lo que ha vivido

—respondió el médico, ya junto a su mesa, y sacó del cajón una pistola.

Apuntó a Tomás y dijo:

—Coja a su nieto, no sea idiota, salga de aquí y no vuelva más. Váyase de Madrid. Le doy una oportunidad para seguir viviendo. Lamento lo que ha pasado, se lo juro. No me obligue a matarlo.

—Me llevo el cuerpo de mi hija, ¡lo he visto! Es usted un miserable.

—Lamento decirle que el cuerpo de Jimena no le pertenece. Es ahora propiedad del Hospital Universitario. Yo no dicto las leyes de guerra. Olvídese de ella, salve a su nieto, sálvese. Usted ha matado a una enfermera. Es un asesino, ahora lo busca todo el mundo. No se librará de una checa.

Francisco lo miró atónito. Nada de aquello era real, y si lo era, no tenía más remedio que inmolarse. Dejar que matara al niño, eso nunca; él dispararía a esa alimaña. Nadie hurgaría en el cuerpo de su hija. Pero el suelo tembló de pronto. Una fuerte explosión se había producido en el edificio. El estruendo asustó a Tomás. El ruido de la aviación tronó sobre los cristales. Francisco levantó al niño y echó a correr con él en brazos como hiciera desde que había entrado en el hospital, al amanecer. El médico salió tras él, con su arma en la mano, y, en la galería, junto a una ventana, frente a la estación de Atocha, Francisco se paró y se dio la vuelta con esa criatura contra su pecho, levantó el brazo empuñando la pistola con firmeza y apretó el gatillo dos veces hacia el corazón del doctor Monroe. La sangre cubrió rápidamente su bata escribiendo en ella el nombre de la muerte.

La confusión era enorme por las galerías. Una bomba había estallado en el lado sur, destruyendo una parte del hospital. El caos se apoderó del edificio. El personal sanitario iba de un lado a otro para socorrer a los enfermos de la zona afectada. Francisco corría a grandes zancadas protegiendo la cabeza del niño de los desprendimientos que caían del techo conforme se aproximaban al depósito de cadáveres. Iba a rescatar a su hija. Era im-

487

posible cruzar el patio central, montañas de escombros cerraban la entrada a la escalera que bajaba a los sótanos. La explosión y el derrumbe provocado por la bomba se había producido en el ala de la morgue. No podía acceder a ella. Debía salvar el cuerpo de Jimena de la destrucción. El humo y el fuego se levantaban en columnas en el interior del patio. Los productos inflamables de los laboratorios y del depósito detonaban en pequeñas explosiones, precipitando el incendio y la destrucción en la zona afectada de los subterráneos. Y sin saber por qué sus piernas no obedecían sus deseos, y salieron los dos del edificio por la puerta principal de la calle Santa Isabel aprovechando la confusión, sin poder hacer otra cosa que escapar del fuego.

Ya en la calle miró hacia arriba. Todas las ventanas tenían gruesas rejas de hierro forjado. En el pabellón más dañado, se encontraban los soldados heridos de guerra. Se oían gritos en el interior. Intentaban salir, despavoridos, entre los barrotes, mientras Francisco cruzaba con el niño los jardines de la plaza. La Glorieta de Atocha era sobrevolada por la aviación italiana. Toda la zona se estremecía bajo las bombas que caían del cielo. Una patrulla de cazas Fiat CR-32 bombardeaba los edificios colindantes al hospital. Una humareda se levantaba con olor a azufre. Entre el polvo y el humo se formó una barrera que hacía impenetrable el recinto. Otro de sus pabellones comenzó a arder. Estarían sepultados cientos de enfermos, incluidos los muertos del depósito. El fuego ascendía. El humo llenaba el pabellón oeste, había desaparecido la mitad en un enorme agujero.

Eran las últimas horas de sus vidas, o eso pensó, protegiendo con los brazos a Tomás. Deseaba morir allí mismo, pero corría con el niño en brazos para salvarse.

La noche más oscura

Se oían campanas sobre los tejados de la calle San Justo y San Damián. El sonido a muerto ahondaba insistente dentro de su cabeza y se negaba a escuchar el réquiem por su hija. Seguía huyendo en un sueño de horror desconocido y las campanadas continuaban con insistencia sobrevolando los tejados, las calles, los edificios destruidos. Penetraban en sus tímpanos para reventarlos. Supo que el sonido que lo perseguía no podía venir de la iglesia de San Sebastián, había sido bombardeada un mes atrás. Él mismo había visto los restos del templo. Había pasado por delante del derrumbe de la iglesia antes de dejar el automóvil, en la parte alta de la calle Santa Isabel, sin saber que su hija ya estaba muerta.

Y seguía corriendo, con su nieto en brazos, calle arriba. Llevaba el abrigo rajado por la espalda. Paró, dejó al niño en el suelo y tiró el abrigo sobre la acera. No veía el coche, lo había aparcado unas horas atrás, antes de haberle destrozado la cara y la vida a la enfermera que había dejado morir a su hija. ¿Fueron sus propios dedos, enormes y asesinos, los que apretaron el gatillo, los que ahora aplastaban a su nieto contra su cuerpo mientras huía? Estaba seguro, lo había dejado no muy lejos del Palacio de Fernán Núñez. Sus propietarios habían salido de España, destino a Londres, y los ventanales de la casa estaban sellados con banderas de la CNT.

Se dio cuenta enseguida, al aproximarse. El automóvil había desaparecido en una explosión. Un gran agujero perforaba la acera y un cráter hundía el pavimento. Todos los documentos, las joyas de su hija y el dinero que necesitaba para escapar se habían hundido a más de diez metros bajo tierra. Francisco Anglada presintió su final. Deseaba el final de sus días, allí mismo. El tiempo se le había terminado. La aviación italiana, precisamente, había borrado todo rastro de su hija, lo último que le quedaba en Madrid. «Maldita Italia —pensó—, ¡malditos italianos! Roberto verá cómodamente las imágenes de toda esta destrucción en la prensa, desde su elegante despacho de la Via del Corso, indiferente a la muerte de los españoles.» Una de esas catástrofes que fotografiarían los reporteros internacionales para mostrárselas al mundo, y decir: «¡Mirad cómo se matan entre ellos! El leviatán de Europa se ha despertado en España». Ahora, más que nunca, odiaba a Mussolini y todo lo que representaba. La sombra siniestra del fascismo cubría Madrid.

Se escondió bajo el alerón de un tejado desprendido. Sujetó bien al niño entre sus brazos en un acto reflejo de protección. Su cuellecito se apoyaba en el hombro del abuelo y sabía que era mejor no moverse. Podía oler el miedo en la piel de Francisco, y lo paralizaba. La aviación estaba ahí arriba, tras el cielo ennegrecido por la lluvia. Bajó por Atocha hasta el Paseo del Prado, con sus zapatos de cordones de suela fina y el jersey de pico empapado, algo más calmado, perdiendo la conciencia de lo que pasaba, protegiendo a Tomás. Quería alcanzar la plaza de Cibeles. La gente corría, subía y bajaba por el paseo y las calles colindantes, despavorida, buscando la boca del metro para refugiarse. Llegó a la verja del Jardín Botánico y alcanzó la puerta del Rey, en medio del paseo. Estaba cerrada. Avanzó siguiendo el enrejado hasta la otra entrada, en la plaza de Murillo, frente al Museo del Prado. Se encontró con las rejas ahuecadas y las bisagras levantadas a causa de una detonación. Solo tuvo que colarse por ella para entrar en el jardín. Empujó primero al niño hasta el otro lado y luego entró él. Esperaría a que el bombardeo cesara.

La lluvia comenzó a caer con fuerza. Con tal fuerza que el agua le escurría por el rostro y el pelo se le pegaba a la nuca. Las nubes estaban muy bajas. Necesitaban esconderse hasta que las sirenas dejasen de sonar. Resguardaba al niño con su cuerpo y lo protegía de la lluvia. Los guardas habían desaparecido y los senderos se encontraban desiertos, desolados y sin flores de invierno, hibernando quizá también de la batalla.

El Jardín Botánico, en pleno mes de diciembre y en plena guerra, era el paisaje desolador del lienzo del que todos huían. Tomó el Paseo de las Estatuas. Apresuró el paso. No había ni un alma. El niño miraba hacia arriba, asustado por las indiferentes y empapadas esculturas de antiguos botánicos, medio escondidas bajo castaños de Indias, a lo largo del paseo. Francisco tomó un estrecho sendero a la izquierda. Subió por las escalinatas, mohosas por la humedad, hasta la terraza superior desde la que se divisaba gran parte del jardín. Los árboles de hoja perenne formaban un caparazón, alineados por todo el perímetro de la verja como una muralla de vegetación. Cruzó la Glorieta de los Tilos. Llegó a la plazuela de Linneo con intención de resguardarse en el pabellón de cristal. Un pequeño edificio alargado, construido para invernadero y usado como salón de actos, con grandes vidrieras en la fachada. Un pórtico central, con dos columnas a cada lado, dividía en dos alas el palacio de cristal.

Había estado allí antes, hacía muchos años, en tiempos de la monarquía. Entonces el pabellón no estaba abandonado. Al nuevo obispo de Madrid le entretenía la botánica. Una cena reunía a los hombres importantes de Madrid, políticos y empresarios, a un convite de presentación y recaudación de fondos para la diócesis. Recordaba la actitud desganada de su hermano, de pie, tan largo como era, el más alto de los presentes, con la sotana arrugada y vieja. Brindaba con una copa de cristal tallado, levantando su inmenso brazo sobre la larga mesa de vidrio veneciano con más de treinta invitados, y entre ellos el rey. Se invitó a los hermanos Anglada, con todo el boato, en una carta rimbombante del obispado. El pabellón de Villanueva, del Real Jardín Botánico, se adornó para la ocasión con orquídeas y flores exóticas en los parterres.

David llegó a Madrid, expresamente para aquel brindis, de muy mala gana. Intentaba mantenerse alejado de ese tipo de actos de la Iglesia, los odiaba más que a los gatos. Tuvo que insistirle Francisco, rogarle, prometerle que lo dejaría en paz por una larga temporada; su presencia en esa cena era importante para todos. Debían demostrar que los hermanos Anglada estaban unidos en sus negocios familiares. Corría 1918 y David residía en el seminario, Francisco iba y venía de la finca a Madrid y Juliana Roy cada día le era más indiferente.

Francisco miraba ese pabellón bajo la lluvia; le había extrañado entonces la conducta de su hermano durante aquella velada. Lo recordaba claramente. David tenía la cabeza en otra parte y el semblante apagado, y se mostraba nervioso y ausente. Se encontraban en un extremo de la mesa y casi no hablaron entre ellos. Partió para el seminario después del postre, sin apenas tocarlo, como si alguien lo esperase, sin aguardar el discurso del rey ni del obispo. Toda una desconsideración que avergonzó a Francisco. «¿Qué podía hacer con un rebelde por hermano?» Todos le rieron la gracia. Francisco supo después que esa noche David cambió de planes y no fue directo a Zaragoza. Llegó a la finca de madrugada. No le comentó, al despedirse en la cena, con la chaqueta de lana sobre el hábito descolorido y sin mirarlo a la cara, que tenía pensado pasarse por la finca a visitar a Juliana y a Jimenita. La niña fue quien le contó a su padre que el tío David amaneció al día siguiente en casa, y que se quedó un par de días en Tres Robles, antes de partir para el seminario, cabalgó con su madre por la finca y apenas le vio. Algo muy raro.

Todo aquello aparecía después de tantos años como una revelación. Era posible que su vida no le perteneciese a él sino a otro hombre, de otra época, que se había extinguido como se extinguieron los dinosaurios.

Hacía demasiado que no se acordaba de su mujer. La había borrado de su cabeza cuando murió. Odiaba acordarse de ella. Llegó a creer que no había existido. Juliana era una nube lejana en el cielo que ahora se acercaba oscura y tempestuosa.

¡Sí, él había huido de Juliana Roy! Pero era su mujer. Una mujer maniática y huidiza, con un concepto abstracto del mundo. Le enloquecían los caballos y encontró la muerte en uno de ellos. La vida de Juliana Roy parecía un libro al que le faltaban páginas, y muchas de ellas estaban en blanco. Francisco pensó escribirlas tras la boda. Pero fue imposible. Ya no había ni libro.

Se había casado con esa joven de ojos azules y piel de cristal, tímida y extraña. Juliana iba a cumplir dieciocho años y tenía las manos rojas e hinchadas de lavar su ropa y la de David. Lo que más le gustaba de aquella criada era el miedo que tenía siempre metido en los huesos. Él también pensó quitárselo, por lo menos al principio. No existía una mujer más deseable en ningún lugar. No le importaron las habladurías ni los avisos; ni algo tan extraño como la petición de su madre antes de morir. Había rumores por el pueblo, Juliana Roy estaba tan chiflada como su difunta madre que la había abandonado, y era sirvienta desde que nació; pero también era judía y Felipe Roy amigo y confidente de su padre. Ellos dos escondían secretos y pasaban el tiempo juntos en el campo y en el cementerio. Intuir que David amaba a Juliana Roy le desesperaba. Como desesperado estaba el día en que David se fue de Tres Robles. Su madre no salió a despedirlo a la puerta, abatida por la salida del pequeño; el coche de Ezequiel Anglada se llevaba a su hermano a Zaragoza. Y mientras los dos hermanos se hundían en un largo abrazo, David le dijo al oído, con un tímido e inocente susurro infantil, antes de subir al carruaje: «Cuida de Juliana. Que nadie le haga daño, hermano». Era un adolescente. Francisco esa noche no pudo dormir. Aquellas palabras abrían el pozo oscuro de su mente. Se levantó de madrugada y fue hacia el pabellón de los criados. Con los nudillos llamó a la puerta del dormitorio de Juliana, antes de que el gallo cantara. Ella le abrió la puerta. Estaba desnuda y descalza, muerta de frío; el camastro sin deshacer y un rodal de suciedad en el cemento del suelo de haber yacido en él, encogida y asustada. Sus ojos eran dos bolas de fuego que el llanto había desgarrado, y los dos se abrazaron como si nunca antes se hubiesen visto. Ella imaginó a David en aquellos ojos despiertos. Francisco la levantó en vilo y la llevó al camastro donde hicieron el amor por primera vez. Juliana se abandonó a esas manos grandes, como a otras manos que amaba, creyó besar otra piel y otra boca, como lo haría a partir de ese momento hasta el último de sus días. Porque ese hermano era otro hermano que nunca regresaría. Esa noche lo intuyó todo Francisco dentro del propio cuerpo de Juliana Roy. Se casaría con ella para arrancarle cada noche el pecado de haber enloquecido a su hermano. Ella se lo había robado, y aun así, cumpliría su palabra de cuidar a Juliana Roy casándose con ella.

Tras veintiséis años de aquel pasado perdido e inquieto que le asaltaba la memoria como un ladrón escondido en las esquinas del tiempo, aún le quedaba Tomás. Sin más fuerzas para seguir, se sentó bajo el soportal del pórtico de entrada al pabellón del Jardín Botánico, abrumado por los pensamientos, con el jersey orinado por su nieto que seguía abrazado a su cuello. Se apoyó, agotado, en una de las columnas, protegidos por un voladizo. La lluvia arreciaba. Pensó que se volvería loco si seguía con Tomás en brazos. Se negaba a mirar su carita sucia y adormilada. Tan blanco. Lo dejó en el suelo e intentó descansar. Tomás se acurrucó sobre sí mismo, adormilado.

El pabellón estaba cerrado a cal y canto. Empujó todas las puertas de acceso; ni se movían. El estanque rebosaba de agua. Se desbordaba del vaso y discurría entre los arbustos y los parterres helados. Se sacudió bien el jersey empapado en una mezcla de agua y orines del niño. Tenían frío y estaban los dos calados hasta los huesos. Divisaba desde ahí toda la extensión del Jardín Botánico. Miró hacia los emparrados. No tenían hojas. Los árboles tapaban los edificios al otro lado del Paseo del Prado. Pocos metros más abajo, el Hospital Provincial seguiría su crepitar en el incendio. Los bomberos intentarían apagar el fuego y las alarmas sonaban cercanas.

Pensó que la vida era una gran falacia llena de porquería. Sacó la pistola y apuntó a la cabeza del niño. Estuvo con la pistola en la mano un buen rato, de la sien de Tomás a la suya, y de la suya a la del niño, que se había incorporado, lloroso, y lo miraba con los profundos y azules ojos de su hija. Si tenía suerte se dispararía sola y le haría el trabajo sucio. Escampaba. La aviación italiana había desaparecido del cielo y el sol hacía su aparición entre los árboles. Se guardó la pistola en el bolsillo del pantalón, se tumbó y agarró al niño echándoselo contra el pecho. Lo abrazó y se quedaron dormidos.

Se despertaron con hambre en el invierno más frío de cuantos había vivido. Tomás lloraba, helado. Los pájaros habían regresado a las copas de los árboles. El sol y su luz amarilla y cálida modificaban la visión de los jardines. El agua reverdecía las hojas y la hierba. Tenían que comer. Tomás bajó dos escalones del pórtico, tambaleándose, e instintivamente levantó la carita hacia el sol. Los rayos le daban en la cara, las lágrimas le mojaban las mejillas y a su abuelo le pareció un niño hermoso y delicado. Se parecía tremendamente a los Anglada. Francisco se acercó a una de las columnas. Tras ellas se asomaban los extremos de un fardo de periódicos tirado en una esquina del rellano, a la entrada al pabellón. Desató los cordeles del paquete, la torre de periódicos se deshizo y cayó como un castillo de naipes. Los periódicos estaban secos y en perfecto estado. Francisco abrió un par de ellos y los extendió sobre las losetas de mármol. Desnudó al niño y lo envolvió con las hojas, haciendo como un capullo alrededor de su pequeño cuerpo. Terminó de envolver a Tomás y de aislarlo de la humedad de su ropa, que sacudió lo mejor que pudo. Se la puso de nuevo, sobre los diarios, en el intento de mantener seco al niño, que empezaba a toser. Le subió bien el cuello del abrigo cuando terminó y le dio una palmadita en la espalda.

Tomás respiraba intranquilo, con un silbido ronco y desigual, e inspiraba con la boquita abierta y con dificultad. Él aprovechó también y se colocó por el pecho y bajo el jersey varios diarios doblados. La lana había absorbido el agua. Ahora los dos parecían gordos y torpes. Por un tiempo estarían secos. Cogió un periódico del suelo e intentó leer los titulares de las noticias recordando que el mundo existía tras la arboleda. La letra pequeña la veía con dificultad.

Se frotó los ojos para leer el cuerpo de los titulares. El periódico costaba quince céntimos, era del miércoles, y faltaban unos días para Navidad.

El presidente Azaña advierte a Europa:
Estamos en el primer acto de una nueva Gran Guerra.

La prensa del Reich publicó un telegrama referente a la intervención alemana en España...

La defensa de Madrid
La capital, símbolo del heroísmo y la tenacidad, es de nuevo atacada ferozmente por el fascismo internacional. En Cataluña, más de 50.000 hombres están en disposición de acudir en auxilio del frente de Madrid. Entre ellos miles de guardias de asalto, guardias civiles, carabineros y mozos de escuadra. ¿A qué se espera para dar actividad a estas fuerzas armadas?

Gobierno de la República
El presidente del Consejo y ministro de la Guerra Largo Caballero dirigió en la tarde de ayer un expresivo telegrama al general Miaja, presidente de la Junta Delegada de Defensa de Madrid, en el que expresa la felicitación más cordial a él y a todos los jefes del ejército, fuerzas y milicias. Termina Largo Caballero su felicitación haciéndola extensiva a toda la población civil de Madrid que contribuye de manera ejemplar y dolorosa al triunfo del ejército de la República.

Al leer aquellos nombres sintió que se mareaba. Había perdido lo que podría salvarle la vida: las joyas de su hija, el maletín con el dinero y los títulos de propiedad acordados para pagar su fuga. No era posible que todo aquello estuviera pasando. Sabía de cosas peores, atroces, que se silenciaban en los periódicos. Los aparatos de propaganda eran implacables. Nadie hablaría de su hija, perdida para siempre en el anonimato de un bombardeo que mañana saldría en todos los periódicos nacionales y extranjeros: «El mayor hospital de Europa ha sido salvajemente bombardeado en Madrid por las tropas del eje Roma-Berlín. Miles de civiles mueren en el incendio y desaparecen en la explosión. La aviación fascista italiana viola todos los convenios internacionales».

Se frotó los ojos. Se dio cuenta de que el niño no estaba. Oyó maullidos de gato y pasos entre los árboles. Enseguida vio al niño, agachado, dentro de la fuente, intentando atrapar peces grises y grandes como las carpas del Retiro. Guardas armados se acercaban tras las palmeras. Se oían chasquidos y voces, ruidos de cerrojos. Agarró al niño por los hombros del abrigo, lo levantó por el aire y lo sacó del agua. Ahora sí estaba empapado de verdad. Salieron del botánico, agachados entre los matorrales, bordeando el pequeño invernadero y un promontorio con altos tilos, perseguidos por los guardas que ya los habían visto. Gritaban. Eran voces profundas y hostiles. Dispararon al aire. Francisco y Tomás ya habían salido por donde entraron.

La gente regresaba a las calles con normalidad, como si nada hubiese pasado esa mañana. El tráfico circulaba de nuevo. Miró el reloj. Se había parado a las 8.37. Anduvo horas con el niño a cuestas, o eso le pareció, hasta ver la calle López de Hoyos. Los edificios elegantes del centro habían dado paso a casuchas destartaladas aquí y allá. Una capa helada cubría los descampados con hierba crecida, cruzados por los raíles del tranvía. Siguió hacia el norte, entre las vías, los matojos y las dunas de tierra peladas por el viento. Se paró a quitarle al niño los periódicos mojados y lo desnudó otra vez bajo la marquesina desierta de una parada. Se le había deshecho el papel, cuarteado a la altura de la tripa, de la espalda, por los brazos. La tinta se le había pegado a la piel. Estaba rebozado en letras de imprenta. Los churretes le caían entre las piernas. La piel de su carita blanca y redonda le pareció a Francisco la membrana de una larva. Debía sacarle toda aquella porquería. No tenía con qué limpiarlo. Decidió dejarlo así y seguir adelante con él en brazos. El niño parecía muerto, las manitas le caían inertes y se balanceaban.

Ya estaban cerca. Se alegró al divisar el edificio del colegio de Lucía. Seguía en pie. Allí los odios parecían no haber organizado de las suyas. Los alrededores permanecían tranquilos. Las chabolas vecinas humeaban el aire con un olor nauseabundo que le recordó el hambre que tenían. El suelo estaba inundado de charcos, ya no se preocupaba en saltarlos. Le costaba levantar los zapatos de suela fina, empapados, y los pantalones embarrados le pesaban mil demonios. Ya había llegado a la puerta del hospicio. Estaba sin respiración. Le preocupaba el frío del niño, hacía mucho que no se quejaba. Podía haber muerto en sus brazos porque no se movía.

Habían alcanzado la acera de tierra, enfangada. Los árboles se sacudían el agua de la recia lluvia y el sol intentaba secar sus ramas. Dieron la vuelta al edificio, hacia la tapia sur. En la parte de atrás se hallaba otra entrada, y allí se paró a escuchar, apostado en el muro durante un minuto hasta oír el jaleo de los niños. Correteaban por dentro. Jugaban al fútbol. Pensó en el barrizal que se habría formado en el patio. Daban patadas a un bote que resonaba a hueco. La fachada supuraba agua entre las grietas del cemento. Dejó a Tomás en el suelo y el niño cayó como muerto. Y entonces se quitó el cinturón y lo pasó alrededor del tobillito del crío. Lo ajustó bien. El otro extremo lo ató al tirador de la pequeña puerta de mercaderías. Tomás abrió los ojos al sentir el cinto, sin oponer resistencia, acostumbrado a las correas y a las cuerdas. Francisco comprobó la fortaleza de su amarre y tiró bien del cinturón. Y sin querer mirar a su nieto, por última vez, se dio la vuelta y cogió una piedra. Según se alejaba, la tiró con todas sus fuerzas contra la puerta para avisar a las monjas del niño al que debían socorrer. Y desapareció campo a través abandonándolo allí mismo.

Ninguna de las hermanas conocía al hijo de Jimena. Y nada había en ese niño, salvo sus ojos saltones, su corpulencia y altura, y el cabello rizado de los Anglada, que levantase sospecha de su identidad. Tomás no sería sino un niño más de una larga lista de huérfanos y vagabundos de una guerra que destruía miles de familias como la suya.

Pero había un detalle que olvidó Francisco Anglada en el cinturón con el que ató a su nieto, testigo de todos sus errores y del que nunca se separaba. Algo que, con el dolor de la trágica muerte de su hija y de su premura por escapar de la guerra y del asesinato de la enfermera y del doctor Monroe, se había esfumado de su cabeza; pero ya era tarde para volver atrás.

Podía también haber sucedido de otra manera: a Francisco le había traicionado su inconsciente y quiso olvidar el contenido del cinturón para dejar constancia de la identidad de su nieto y ayudar a su manutención. Tampoco el dinero era suyo. ¿Y quiénes mejor que las monjas para administrarlo?

La mujer de los pechos vacíos

Se miraba al espejo sin reconocer el cuerpo mutilado que veían sus ojos, fofo y mermado por el hambre, con treinta y dos años y el pecho agujereado. A través del espejo veía a los dos pequeños, acurrucados en las mantas, sobre el jergón de borra y maíz, tirado en el suelo sobre rojas baldosas resquebrajadas. El barro cocido se agrietaba y emergía toda la humedad que rezumaba el forjado. En una esquina mugrienta del sotabanco, sus hijos dormían profundamente en un sueño desprovisto de toda felicidad, en una maldita ciudad llena de seres imperfectos, decepcionados, hambrientos, estafados. Ella odiaba el mundo como odiaba el hambre y la miseria de sus horas muertas, como un pájaro ansioso, piando en su nido, esperando a su hombre que no era ni el padre de sus hijos; ese gañán había levantado el vuelo antes de que llegase a nacer el pequeño, siempre borracho como una cuba. Cuando el aburrimiento y los llantos de hambre o de frío de los niños se le hacían insoportables, hasta el punto de desear ahogarlos, se los echaba a la espalda y salían a cualquier iglesia para hacerse un hueco entre los mendigos que, según avanzaba la guerra, se hacían más violentos y numerosos por todo Madrid. Con dos mocosos de dos y cuatro años, le dejaban el mejor trozo de acera para mendigar.

Pero esa mañana iba a cambiar de planes. Se sentía rica mirando durante horas la perla del anillo de oro que entraba perfecto en su dedo anular. Lo acariciaba con dulzura. Lo admiraba mostrándoselo al espejo, hablándole con voz de una mujer adinerada. Ésa era la voz que poseen las ricas, como la voz que poseía su compañera. Pero el espejo redondo, con manchas amarillas como babas, colgado de un clavo oxidado en la pared, que había logrado robar en unos almacenes camuflada entre la multitud, le devolvía la imagen de una ladrona muerta de hambre, madre de dos bastardos a los que pellizcaba en los carrillos hasta hacerles heridas cuando se portaban mal. «¡Asquerosos de mofletes rojos! —les había gritado—. ¡Iros a la mierda!» Antes de quedar atrapada en un fuego cruzado a la salida de su portal.

Esa mañana era distinta, no solo por el anillo que no pensaba empeñar. Encima de una mesa, medio coja y desvencijada de la única habitación que era cocina, comedor y dormitorio, en una pieza oscura y sin ventanas, alumbrada por una lamparita de gas —cuando había gas y si no velas—, estaba su botella de vino, un vaso, el sobre blanco de Jimena con una letra redonda y pulcra, y esos billetes que había besado varias veces, amontonados sobre un trozo de papel de periódico. Era suficiente parné para unos buenos caprichos. «El que la sigue la consigue —pensó, acabando de vestirse, frente al espejo ovalado—, ¡qué grande soy!»

Tenía algo claro por una vez en su vida. La primera misión de una nueva época que empezaba para ella y sus mochuelos era llevar *esa carta* a Correos y ser buena chica. Le había jurado, por la vida de sus hijos, a la moribunda, echar su epístola al correo. Se la había entregado horas antes de morir con una mano de muerta que le dio escalofríos. A la joven le temblaba todo el brazo, y dijo que le sacara el anillo porque era para ella. Y así lo hizo. No le costó porque sus dedos tenían más huesos que carne y eran todo pellejos.

Era su pequeña recompensa, y debía limpiar así su conciencia, si la tenía; cosa que a veces dudaba, «porque con los muertos no se juega», le decía su madre; y eso... era lo mejor que había aprendido de la bruja: el respeto a los difuntos, y además algo tendrá el agua cuando la bendicen. Y su compañera de cama en el hospital estaba muerta, ¡pero que bien muerta! La sintió morir de madrugada. Un gemido, un estertor, un lamento quebrado surgió de la garganta de la pobrecita para poner punto y final a una vida joven y rica. La escuchó fallecer a través del biombo de lino que le habían colocado. Pero apenas la luz del pasillo dejaba sus últimos brillos sobre el suelo de la sala, la mujer se sentó en la cama, a pesar del dolor de su pecho, y escuchó a la joven algo como un rezo, una oración, entre dientes; deliraba, salían de sus labios febriles palabras extrañas, como extraídas de un poema más allá de su entendimiento:

... la malvada Juno te envió a mi lecho y luego desató la tempestad. Vil troyano, encendiste las teas de himeneo, y ni me diste tu palabra de esposo. Ausente yo, te seguiré con negros fuegos, y cuando la fría muerte haya desprendido el alma de mis miembros, sombra terrible, me verá siempre a tu lado.

Enseguida la sintió morir y supo que la joven se les iba. Y ella, mujer lista, en el mismo instante del final de aquella vida se levantó y puso los pies descalzos sobre las frías baldosas de la sala V del hospital. Algunos quejidos y muchos ronquidos adormecían el aire viciado de la enorme habitación. Y en medio de la penumbra de la noche, se acercó sigilosa al colchón de la joven, lo levantó por el extremo derecho del piecero y sacó el paquete que había dejado el padre antes de salir de la sala, como hacía todos los días, para que, a continuación, cuando entrara la enfermera que cuidaba a su hija lo recogiera. Pero ella tampoco era manca y había sido capaz de sacar tajada de debajo del colchón. Ella, aunque agujereada por las balas, era lista y astuta como un zorro viejo y había esperado su oportunidad, sin quitar ojo al jergón de su compañera, entre la rendija de los paños del biombo, y espiaba todo lo que sucedía tras él. Nadie podía saber que la mujer de los pechos vacíos era una mujer sagaz donde las hubiera, y se había quedado con el dinero.

La tarde anterior a la muerte de la joven, vio la cara de rencor de la enfermera al no encontrar *su paquetito* bajo el colchón cuando el padre se fue, según él a cuidar de su nieto. Encolerizada, la enfermera del Socorro, que no solía socorrer a nadie más que vigilar a todos, levantó de la cama a la enferma, medio muerta, y la dejó sobre la silla como si fuera un pelele y deshizo la cama al completo. Lanzaba improperios y juramentos. Dio la vuelta al colchón varias veces, lo ahuecó, miró debajo de la cama. A la joven le faltaba poco para morirse del todo. En aquella silla parecía un esqueleto y se iba hacia los lados. Pero la vida era eso, y ella supo quedarse muy quieta bajo las sábanas, por lo que pudiera pasar. Pero no pasó nada. La enfermera volvió a montar la cama, dejó a la pobrecita tendida sobre las sábanas y salió de la sala hecha un basilisco.

Regresó entrada la noche, se sentó en la silla y se quedó dormida. Cuando despertó, la joven estaba muerta. Había un charco de sangre debajo de la cama. No serían más de las cuatro de la madrugada, cuando la enfermera salió para pedir ayuda y regresó con dos mujeres corpulentas que se llevaron en volandas un cuerpo largo, seco y huesudo, sin que llegara a entrar en la sala ningún médico. Ni siquiera el doctor con aires de marqués que la visitaba por las mañanas con un trato familiar y cariñoso que no usaba con nadie. Nunca le volvió a ver, ni olió su tabaco de pipa que anunciaba su llegada a la sala, siempre acompañado por esa enfermera del sindicato que decía cuidar de ella por las noches, pero se dormía, con la cabeza apoyada sobre el pecho. Respiraba fuerte, la boca abierta. Y se acordaba de todas las mentiras que salían como verdades por aquel orificio, estrecho y torcido, dirigidas al padre de su joven compañera cuando él la interrogaba por las mañanas. Mentira tras mentira, ni le ponía calmantes, ni la vigilaba, ni cuidaba de ella, ni sustituía adecuadamente el vendaje de la espalda siempre ensangrentado. Estaba segura. Eso sí, durante las últimas dos noches la enfermera había dormido en la silla, sin moverse, como presintiendo algo, a los pies de la cama de la moribunda, para cumplir el expediente y ganarse el dinero del padre.

La última mañana amaneció diferente. No paraba de llover. Ella sospechaba que algo grave iba a pasar. Y así fue. A las dos horas, sobre las siete, llegó el padre de la muerta. Y ella, ni tonta ni perezosa, se tiró de la cama y agudizó el oído para espiar bien al padre dolorido y verlo aparecer con un niño en brazos; un niño sucio y grande. Escuchó el alarido del hombre cuando vio el colchón vuelto y vacío, sin su hija. Salió de la sala y en unos minutos se oyó un disparo. Ella se asomó al pasillo. Vio al hombre huir a toda prisa con el niño. Y luego la explosión, el pánico de todos; la aviación y los bombardeos. Entonces, pensó en hacer lo mismo; fue muy fácil salir pitando. Sin pensárselo dos veces, con el dinero que había robado, el anillo puesto y la carta de Jimena, se envolvió rápidamente en el buen abrigo de la muerta que colgaba de una percha, puso pies en polvorosa y huyó del hospital. Cundía el pánico y los aviones acosaban el edificio. Ya estaba harta, ella misma se quitaría el vendaje. Y así lo hizo al llegar al cuchitril, sana y salva entre aquel infierno, espantada por lo sucedido, dando gracias por estar enterita y viva; sin pechos, pero sana y salva. No quiso mirar lo que le habían hecho esos guarros chapuceros que se llamaban cirujanos. No se atrevió a quitarse el vendaje, ni ver las heridas, ni la carne cosida como un animal. Había sufrido. Pero ahora… era rica.

Y con los codos en la mesa y el vaso de vino tinto en la mano, echó dos tragos. Mascullaba lo que llevaría escrito esa carta ¡tan importante! Estuvo mirando el sobre durante un rato a la luz de la lámpara. Le dio la vuelta varias veces y pensó si alguien se la podría leer. Reconocía algunas letras, pero tantas y juntas… ¡tan bonitas!

No, no debía. Le había jurado y rejurado a la joven, en su lecho de muerte, que la llevaría a Correos en persona, y volvería de vez en cuando para preguntar si llegaba a su destino. Y en caso de devolución, había otras señas donde entregarla. Se las había dicho al oído, y repetido varias veces. Era una buena casa de la calle Marqués de Urquijo, pero un lugar peligroso ahora, evacuado y tomado por la defensa de Madrid. Una calle por la que ella, ni loca, pasaría jamás.

Durante la guerra, las cartas con destino a los territorios tomados por las tropas de ocupación, como era el caso, quedaban retenidas en la oficina central de Correos, en espera de ser reconquistados por el gobierno de la República. Se levantó de la silla, tomó otro traguito de vino, cogió su bolsito de mano, echó un billete dentro y se volvió a mirar en el espejo, con el anillo de Jimena en el dedo y cara de satisfacción. Siempre le encantaron las perlas, y ésta era gorda y perfecta. Cerró despacito la puerta para no despertar a los niños, dormían en un sueño infeliz. Había tenido suerte de encontrar en su camino gente rica, aunque con mal fario. Era mejor ser pobre y tener suerte, pensó; y ella supo aprovechar su oportunidad. Se alegraba de haber metido la mano debajo del colchón y de haber cogido el dinero destinado a la cínica enfermera de la pistola en el bolsillo de la bata. No le gustaban las comunistas, tampoco las burguesas, la verdad. No le gustaba nadie, salvo el dinero de su bolsito y el que había escondido en una caja de galletas. El pecho no le dolía. Se sentía fuerte y con ganas de gastar, gastarlo todo, comprar ropa buena, zapatos muy altos, un abrigo de piel y comida; sí, mucha comida y de la buena, hasta hartarse e inflar la barriga.

Se miró el bajo descosido del roñoso vestido. Sobresalía del suave y ligero abrigo de Jimena. Le quedaba bien el abrigo. Buen paño, calentito, limpio, con una elegante etiqueta en el forro, una prenda realmente buena que no iba a necesitar la muerta. Era una pena… las joyas que le había prometido en su delirio. Siempre supo que el padre no le haría caso. Se trataba de un perro viejo, desesperado por su única hija; incapaz de ver lo que todos veían en el hospital: la muerte reflejada en la cara de la joven. Esa chica solo tuvo fuerzas para escribir esa carta.

Pensaba estar de vuelta para cuando se despertaran los chicos. Siempre pensaba lo mismo, y siempre al llegar se los encontraba sucios y haciendo de las suyas por el cuartucho. El tiempo volaba sin los críos. Intentaría conseguirles algo rico en el estraperlo. Disfrutó tomando el tranvía en la Puerta del Sol y tener dinero para pagar el billete. No pensaba colarse ni subir en marcha. Tomó asiento y cruzó las piernas como una señora.

Disfrutó del abrigo sencillo pero de alcurnia. Orgullosa de su perla, estiraba los dedos para ver si alguien se daba cuenta del tremendo anillo. Pensaba que las miradas se clavaban en ella.

Pero a las diez de la mañana el vagón del tranvía viajaba medio vacío por la calle Alcalá. Se miró en el cristal, emborronado de huellas, y vio su rostro demacrado, con esas arrugas de la mala vida y las heridas de la guerra. No se veía tan mayor, al fin y al cabo era joven, y a partir de ahora se iba a cuidar. Sacó del bolso el carmín y se pintó los labios; pasaba la lengua por ellos, rojos y chillones. No quería acordarse de que ahora no era una mujer entera. Tenía que buscar un médico, pensar también acerca de cómo salir adelante cuando se le acabara el dinero, sin el pan de sus hijos, sin esas tetas preciosas que Dios le había enviado y que tan buen uso había sabido hacer de ellas. «¡Pero es tiempo de gastar y de divertirse! —pensó—. Siempre he sabido buscarme la vida.» Se bajó en la plaza de Cibeles. Entró en la rotonda del gran hall del edificio de Correos como si entrase en el Palacio Real invitada por la propia reina. Tranquilamente deslizó la carta de Jimena en el buzón PROVINCIAS, con letras de latón. Se sintió orgullosa de su hazaña y de haber acertado el lugar adecuado donde tirar la carta. Y sobre todo porque era la primera vez que cumplía su palabra.

Se dio la vuelta y salió muy digna. Se subió el cuello del abrigo. Satisfecha de sí misma, levantó el rostro para sentir el calorcito del sol de un invierno tan frío y decidió tomar un taxi.

Misión cumplida.

Roma

1995

Palacio Bastiani

Me habría gustado escuchar la versión que Francisco Anglada le contó a su hermano de lo que pasó en Madrid cuando se presentó en la finca, ante la sorpresa de todos, en plena guerra y atravesando el frente, sin su hija y sin el niño.

Fran me contó que no se arrepentía de haber pegado un tiro en la cara a la enfermera que malcuidaba a su hija en el hospital, ni de matar al doctor Monroe, pensó que se lo habían buscado. Y quien busca la muerte, tarde o temprano, la encuentra. Nadie se iba a aprovechar del fallecimiento de Jimena Anglada.

El doctor Monroe, como director del hospital y amigo íntimo de mi padre, lo intentó todo por salvarle la vida a Jimena, me consta; pero no pudo conseguirle una enfermera externa. En 1936 todo el personal sanitario estaba controlado por los sindicatos y los comités revolucionarios. Nadie podía prestar sus servicios en el hospital sin haber sido investigado y superado los filtros de confianza. Francisco colocaba a diario más de doscientas pesetas debajo del colchón de su hija. La enfermera lo sacaba con disimulo y le juraba al padre desesperado que, en su ausencia, no se despegaba del lecho de la joven, sobre todo por las noches, cuando los dolores la hundían en el agujero más profundo de la enfermedad y la fiebre.

Pero la enfermedad de Jimena Anglada iba más allá de su cuerpo. Fran me dijo que no se preguntaba si vería a su hija con vida al día siguiente, cuando salía de su escondite de la Ciudad Lineal, a primeras horas de la mañana, después de dar de desayunar a su nieto y de encerrarlo en el búnker que había acondicionado en el sótano. Francisco no tenía ningún remordimiento por ello, tan solo creía que no estaba en su mano cuidarlo mejor, y se había convencido de hacer lo correcto para todos. No podía permitirse el lujo de ser descubierto en el refugio de Arturo Soria, así que encerraba al niño en el sótano sin ningún cargo de conciencia. No perseguía deshacerse del pequeño, y menos de una forma violenta; albergaba la esperanza de que su hija sobreviviera para huir los tres juntos. Pero llegó la mañana en que Jimena no estaba en su cama. Y todo se le fue de las manos.

La enfermera se había dormido en la misma silla en la que él se sentaba, desanimado y maldiciendo su suerte para velar la enfermedad de lo que más amaba en el mundo; pero la enfermera tenía sueño, los días eran largos, demasiado trabajo, enfermos hacinados y no se iba a rasgar las vestiduras por una muerta más. No pudo evitar el fallecimiento de la joven. Pero él disparó su arma y la mató, al igual que al doctor Monroe. En la guerra pasaban esas cosas. Apretar un gatillo era lo más fácil del mundo, porque en el Madrid de la guerra casi todos iban armados.

Fran regresó a la finca, junto a David, con las manos vacías y muerto de hambre, y ocultó durante toda su vida el abandono de su nieto. Cruzó el frente en plena contienda y conservó la vida para lograrlo. Había tomado la decisión de enterrar también a Tomás al lado de su hija, para siempre. Parece ser que ya estaba muerta cuando la aviación italiana bombardeó el hospital, y el cuerpo de Jimena nunca se encontró tras el bombardeo y el incendio de una parte del enorme edificio. Hoy en día es uno de los museos de arte contemporáneo más importantes de Europa. Nunca creí posible que esa mole de piedra pudiera sobrevivir a aquella tragedia.

Fran vivió el resto de su vida en la finca, junto a su hermano. Y David creyó la historia de Francisco porque era cierta, toda menos la muerte de Tomás junto a Jimena, y durante los primeros años le resultó un alivio la muerte del niño. Era el fruto de un acto terrible cometido con la hija de la mujer que había amado toda la vida: Juliana Roy. La desaparición de Jimena y Tomás supuso un problema menos. Los muertos no hablaban, y él tampoco lo haría nunca, aunque tuviese que pagar por ello con su cordura. Sus últimos años fueron un tormento en la finca y acabó sus días medio trastornado.

Francisco Anglada siempre tuvo la creencia de que su terrible secreto permanecía bien escondido en el laberinto siniestro del pasado. Pero los laberintos se deshacen con la verdad y se derrumban como castillos de arena. Nadie sabe el poder que tiene la verdad, ni quién mueve sus hilos.

El cinturón con el que Fran ató a su nieto a la aldaba de la puerta de mi colegio llevaba escondido en su doble forro diez billetes de cinco mil dólares americanos cuidadosamente doblados. Y algo todavía más importante: el título de propiedad del hotel de la Ciudad Lineal que le compró a los alemanes. Esa casa estaba a nombre de su hija. La única propiedad que Fran adquirió para ella directamente, que yo recuerde. Aún veo su nombre grabado en una placa de estaño, sobre la verja de entrada, atrapada por la maleza.

Al terminar la guerra, recibí la única carta que me escribió la hermana Juana, aunque parezca mentira, tras la íntima relación mantenida entre nosotras durante años, pero supongo que tendría sus motivos. La redactó unas semanas antes de su muerte. Ya estaba enferma. En la carta me contaba el desamparo de un niño y la fortuna que llevaba con él cuando lo encontraron. No me hizo ninguna referencia directa a las sospechas que rondaban por la cabeza de una mujer inteligente y aguda como ella, a quien nunca se le escapaba nada. Por otro lado, era obvia la identidad del pequeño, solo había que cruzar unos cuantos datos. Y aunque ninguna de las hermanas del colegio habían visto con anterioridad al niño, incluida la hermana Juana, sí conocían a Jimena y a su padre.

Desgraciadamente, Juana murió antes de recibir mi contestación desde Italia a la carta que así concluía:

No me podía creer lo que mis ojos descubrían dentro de un cinturón de hombre, y de piel de tafilete. Con él en la mano, lo miré incrédula mil veces, ¡no me lo podía creer! ¡Imposible! Buscaba algún indicio: por un lado, por otro; le di cien veces la vuelta por si encontraba alguna inicial, alguna marca. Ni la estampa del guarnicionero hallé grabada. Habría dado mi rosario de azabache, mi mayor tesoro, por saber quién habría abandonado a una criatura de no más de tres o cuatro años, porque los niños, con eso de la guerra y el hambre, son tan chiquitines y están tan raquíticos que es difícil saber su edad. Pero éste era grande y fuerte y sus ojos lo decían todo…, doña Lucía. Y no le quiero ni contar en qué estado lo encontramos: las muñecas las tenía moradas y los tobillos con marcas de haber sido atado como un animal. ¡De dónde habría salido…! De una imprenta, parecía. Estaba rebozado en tinta, con papelillos adheridos a la piel. Una cosa rarísima, ¡tan estrafalaria!

Y gracias al Señor, y a que Dios nos ha escuchado, hemos podido sacarlo adelante con todo el empeño que tenemos; y eso usted lo conoce muy bien. Todas las hermanas se han volcado con el niño y ahora es uno más entre todos. Tiene algo especial, ¿sabe usted?, es tan blanquito… Lo cuidamos como si de un hijo nuestro se tratase. Tenemos grandes planes para el pequeño. Es muy inteligente y listo, aunque un poco melancólico y llora bastante. La hermana Laurita se cree que es su hijo, lo mima y protege en exceso. Parece que se le ha ido la cabeza. La dejamos que sea feliz y le llevamos la corriente. Los horrores de la guerra la han trastornado un poco, pero pronto se curará, estoy segura. Rezo por ella todos los días. Quiero decirle con todo esto, doña Lucía, que cuidaremos de este niño como si fuera algo especial, y le procuraremos la mejor educación, ahora que el orden y la fe han regresado a nuestro país. ¡Que Dios nos proteja!

Doña Lucía, lo que el pequeño trajo con él eran billetes emitidos por el gobierno de Estados Unidos. Éstos, en concreto, son de una serie de 1928. Llevan el retrato del señor James Madison, el cuarto presidente de América. Los he mirado y remirado, atónita, durante horas y horas, y días enteros en la soledad de mi celda, pensando y pensando, estudiándolos bien antes de esconderlos cuidadosamente en un lugar seguro, hasta que la guerra terminase. Ahora se los envío en este paquete. Usted sabrá mejor que yo lo que hacer con ellos. De entre los libros de la estantería de la oficinilla, que su ilustrísima donó tan generosamente a nuestro empeño, encontré unas referencias de historia americana, y resulta que el señor Madison fue el único presidente que huyó de la Casa Blanca, acosado por la guerra, en agosto de 1814. Los británicos entraron en Washington y quemaron el Capitolio. Las tropas del presidente fueron incapaces de hacer frente el avance de los rebeldes británicos y salieron en estampida. Los enemigos ocuparon la Casa Blanca durante tan solo un día. Pero el bochorno de su huida hizo del señor Madison un presidente tachado de cobarde. La historia siempre es la misma, doña Lucía. No sé qué hacer con el dinero. No podemos aceptar una cosa tan desmesurada y peligrosa. ¡Es una fortuna! No sé cómo algo así podía tenerlo alguien, y más en Madrid.

Desconozco el valor de un dólar, doña Lucía, ahora que la guerra ha terminado y el Caudillo no está bien visto por los americanos. ¿Cómo puede haber en España billetes de cinco mil dólares? ¡Y más en tiempos de guerra! ¿Quién pudo conseguir algo así en 1936? Miles de preguntas vuelan por mi testaruda cabeza. Una servidora no ha visto en su vida ni tan siquiera un billete de mil pesetas.

Oh, Dios mío... ¡no me lo podía creer! Cuando leí esas líneas quise gritar: «¡Eran míos!, hermana Juana». Aunque no me pertenecían porque yo los había ¡robado! Posiblemente fueran de mi marido y del gobierno italiano para ayudar al levantamiento militar. Y yo... se los había entregado al más inteligente de los hombres que he conocido en mi vida; por supuesto, era dinero sucio, manchado, sin honor, y Francisco se había deshecho de él de la mejor manera posible. Y tras cuatro años… ¡me llegaba de vuelta! Seguí leyendo, poseída por el asombro:

Ahora viene lo más sorprendente, doña Lucía. Tras sacar todos los billetes, en un extremo del cinturón, había un abultamiento sospechoso. No me imagino cómo lo que encontramos podía haber sido guardado allí, pues la cremallera del reverso finalizaba antes. Rasgamos a lo largo la delicada piel con una cuchilla, y el descubrimiento fue realmente insólito.

Eran dos hojas finas de papel timbrado, amarillas, meticulosamente enroscadas, como si fuera un papiro; con sus sellos oficiales, la firma de un notario y su número de registro. Mi asombro fue monumental al ver estampado el nombre de doña Jimena Anglada Roy como compradora de un inmueble entre las calles de Marqués de Torrelaguna y Arturo Soria, en la Ciudad Lineal, compuesto por tres lotes de terreno y vivienda, en la manzana 88. Eran las dos primeras hojas de una escritura de propiedad, adquirida mediante contrato privado a don Felipe Hauser y Kobler, médico de profesión, y a doña Paulina Neuburger, que a su vez la habían adquirido a la Compañía Madrileña de Urbanización.

Como usted se podrá imaginar, pocas dudas nos han quedado respecto al pequeño, que ya traía su pan debajo del brazo. Pero dejo en sus manos la elección final en cuanto a esta criatura: si usted desea que permanezca bajo nuestro amparo y protección o levanta su voz y me envía instrucciones para mandarlo donde corresponda; si es menester que usted conozca semejante cuestión.

Recurro a su juicio, doña Lucía, y siento en el alma si la pongo en un compromiso. Pero no sé a quién más puedo acudir, y esta situación sobrepasa mi entendimiento. Tras la guerra, todos ustedes han desaparecido de Madrid. Después de reflexionar acerca de la delicada situación, he decidido, con la ayuda de Dios, y si el niño se queda en nuestra comunidad, que el título de la propiedad sea custodiado por nosotras. Respecto al dinero, puede quemarlo si lo estima oportuno: sería lo mejor. Sospecho de esos billetes y nada bueno hay detrás. Nuestra comunidad religiosa ni debe ni es nuestra misión custodiar ni utilizar de ningún modo semejante capital, pero sí socorrer las almas de los desfavorecidos.

Mi deber concluye aquí, agradeciéndole inconmensurablemente a usted, a su familia y a don Francisco Anglada —del que nada sabemos, ni de su amada hija— la protección y el apoyo que nos han brindado tan generosamente; gracias a ustedes hemos conseguido sobrevivir a los tiempos horribles que ya he olvidado, como es mi obligación [...].

La carta seguía dándome las gracias sin hacer ninguna referencia más al niño abandonado. Reflexioné sobre la delicada propuesta de la hermana Juana y tomé, convencida de ello, una firme decisión. Me la imaginé escribiendo con sus dedos rechonchos y encarnados, sujetando el papel, o quizá estuviera esquelética tras la guerra, quién sabe. Yo tenía en la cabeza las fotografías de la prensa italiana de los hambrientos de la Guerra Civil española, escondidos en el metro, huyendo entre las calles; fusilados; cuerpos tendidos boca abajo en los patios y en las cunetas. El colegio se salvó por casualidad. O por estar en una miserable barriada de los suburbios de Madrid. Ahora es un barrio de clase media.

El 10 de junio de 1940, catorce meses después de terminada nuestra contienda, Mussolini declaró la guerra a Francia e Inglaterra desde el balcón del Palazzo Venezia, y vivimos tiempos muy duros en Roma. Mi padre murió cuatro meses después de un ataque cardíaco; Italia había entrado en la Segunda Guerra Mundial y no pudo con ello. Parece que los Oriol íbamos de guerra en guerra; y debíamos haber regresado a España cuando recibimos la noticia de la entrada del ejército nacional en Madrid, pero decidimos no precipitarnos, cuando nos pilló de sorpresa el fallecimiento de mi padre. Mi madre se negó a regresar sin él y vivió largos años a mi lado, protegiendo a mis dos hermanos de su atolondrado vivir, cuyos espíritus se habían adaptado a la vida romana con más facilidad de lo que ella nunca deseó.

Roberto murió en la ciudad de Saló, Lombardía, en el norte de Italia, el 29 de abril de 1945, tras huir de Roma, a la entrada de los Aliados en julio del 44. Un día después de la ejecución de Benito Mussolini por los partisanos en el cercano pueblo de Giulino di Mezzegra, encontraron a Roberto bajo las aguas del Lago di Garda, junto a más de veinte camisas negras que huían hacia el norte. Pero aunque Roberto perdiera la vida en Italia, le ganó la partida en España a Francisco Anglada con un movimiento magistral para recuperar su familia y tumbar la república. Y aunque Blasco no fuera su hijo biológico, lo amó como si llevase su sangre robándoselo a los Anglada. Una venganza sutil.

El resto de mis vicisitudes en Italia pertenece a otra historia que no procede contar en estas páginas, que no han de tratar de mi vida sino de otras vidas que se cruzaron en la mía para modificar mi futuro y mi existencia, sin querer quebrantar el orden de la naturaleza.

A Francisco lo volví a ver años después, una vez terminada la guerra mundial. Reanudamos una tibia relación que duró el resto de nuestra vida. Entonces, era más fácil no desenterrar la memoria, por lo que pudiera pasar. Habíamos entrado en otra época, estábamos en otro mundo y en otra Europa; también en otra España, y la historia había que dejarla para los historiadores. Si él había decidido enterrar a ese nieto, yo no era quién para hacer lo contrario, ¿para qué...?: ¿para entregárselo a los leones? En el colegio Tomás estaría bien cuidado y protegido por las hermanas y por mi dinero; y sobre todo seguro, lejos de esa tierra nociva de Tres Robles y de los hermanos Anglada. Entre los dos habían acabado con su madre y con su abuela Juliana. Yo fui la protectora de esa criatura, la mano que lo salvaba de una familia maldita; o eso deseé creer durante tantos años: alejar a Tomás Anglada de Francisco y David. Y lo conseguí. Tomás vivió bajo la custodia y cariño de la hermana Laura, y de mi generosidad, que nunca dejó de financiar la pequeña congregación religiosa: mi orfanato de la calle López de Hoyos. Y allí residió Tomás, hasta finalizar sus estudios universitarios y contraer matrimonio con

Rosa de la Cuesta, sin saber que, a doscientos kilómetros al noroeste de Madrid, cerca de un monasterio de piedra, vivían su padre y su abuelo, en una finca, solos y hastiados, en compañía de su tristeza y de cientos de hectáreas vacías y yermas.

Y así es como me encontré con los cincuenta mil dólares en Roma, en 1940. Un dinero del que no me deshice, como la hermana Juana pretendía, y que tengo aún en mi poder, esperando reparar con él una injusticia y lavar mi conciencia. Parece ser el destino de ese dinero robado. Y se encuentra en una caja de seguridad de la sucursal del Banco de Crédito Emiliano, en la Via Firenze, junto a algo más importante todavía: el libro genealógico de la familia Anglada de Vera, a través de los siglos. El propio Fran me lo entregó el día de su verdad del monte Pincio, antes de volverse a Madrid y de fallecer poco tiempo después. Sus manos arrugadas y fuertes sujetaban con desesperación ese libro extraño, con la mano oriental de Miriam, labrada sobre el cuero resquebrajado de la portada, como si hubiera sido rescatado del sarcófago de un faraón. Los problemas de identidad de Francisco nunca se curaron. Trató de encontrarse a sí mismo entre los sefardíes de la diáspora y ayudó a quien pudo a regresar a Sefarad, durante toda su vida. Siempre vivió en eterno desasosiego por su origen racial y religioso; aun siendo agnóstico. Yo lo veía idéntico a cualquier hombre. Siempre se halló en un exilio espiritual, y me consta que intentó regresar a su identidad primitiva, pero sencillamente creo que no la encontró. Murió en Tres Robles semanas más tarde de entregarme su libro y las cartas que guardaba David de su sobrina, sin leer por supuesto. Que yo sepa, nunca dio señales de conocer la verdadera paternidad de su nieto. Siempre culpó de ello a Pere Santaló. Era lo más sencillo.

Parece ser que mi destino era ser la depositaria de la memoria de esa familia, cuando las sacó del bolsillo de su americana, lacradas y atadas con una delicada cinta blanca.

—Prométeme… que nunca las leerás, y nuestro libro tampoco. —Y puso las palmas de sus manos abiertas sobre el tomo y el lazo blanco—. Mi familia se extingue… En estas cartas y en este libro está todo lo que somos.

—¿Ahora…? —le dije—. ¡Después de cuarenta años! ¿Tú estás loco?

Estábamos en 1979 y quería hacerme viajar de nuevo al pasado, al instante de la catástrofe que había terminado con nuestras vidas. Y me contestó, encogiéndose de hombros, con esa chaqueta elegante, como si el tiempo se hubiera parado en 1936:

—Completamente.

Fue lo último que dijo para zanjar la conversación.

Eran dos cartas —nunca las leí— que Jimena le envió a su tío David, creo que las únicas que debieron llegarle de todas las que le escribió Jimena durante su vida en Madrid. Francisco Anglada no podía morirse con tantos secretos. David había fallecido nueve años atrás, de una enfermedad de columna, y ninguno de los dos se atrevió a resucitar el pasado, como si a cada uno le hubiesen cosido la boca y el corazón. Y la historia se repetía: yo volvía a tener otro encargo envenenado. Estas dos cartas, junto a la de la hermana Juana, el libro familiar de su genealogía y los dólares americanos, recomponen parte de la imagen desmembrada del pasado de Francisco Anglada y sus descendientes.

Pero hay algo más para contar de esta historia, y proviene de una mujer dada por desaparecida en la Guerra Civil. Fernanda fue rescatada entre el derrumbe de Pintor Rosales, a las pocas horas de ser abandonada la casa por Jimena y el niño. Pasó más de cuarenta días en un hospital de sangre, en concreto en el Frontón de Recoletos, del Ateneo Libertario. Luego, fue trasladada al Hospital de Maudes, llamado Sanatorio de Milicias, donde la hospitalizaron durante al menos un año, hasta salvar la vida. Allí fue reclutada como ayudanta de cocina y del ropero hasta terminar la guerra. Regresó a Tres Robles mayor, desgastada y enferma. Desde allí, a las pocas semanas, me escribió una carta en la que me contaba su peregrinar por este mundo y tantas cosas terribles…, que casi las he olvidado; entre ellas, que nada se salvó de la casa de Pintor Rosales; los milicianos asaltaron sus ruinas, se llevaron todo cuanto encontraron y la incendiaron completamente, solo vio escombros y cenizas cuando pudo acercarse por las inmediaciones, a mediados del mes de abril de 1939, antes de partir hacia la finca.

Le contesté a su misiva con unas pocas palabras de consuelo y cariño; también de agradecimiento, y a punto estuve de contarle la verdad sobre Tomás —a ella ni se le ocurrió durante la guerra visitar a las hermanas en el orfanato, y estuvo sin noticia alguna de la familia—, pero me contuve; creí encontrar ocasión mejor, pero enseguida abandonó este mundo, a finales de 1939. Lloró tanto por la muerte de Jimena y de su niño, que falleció a los pocos meses de llegar a la finca. No pudo soportar estar en aquella casa con David y Francisco otra vez, como cuando eran niños. Creyó regresar al principio de la narración, cuando doña Miriam de Vera le pidió que vigilase a Juliana Roy día y noche para que no tuviese ocasión de acercarse al señorito David hasta mandarlo al seminario. Simplemente, no lo pudo soportar. Fue enterrada en el cementerio de la colina, en una tumba sencilla, muy cerca del panteón de los Anglada. Fran me contó una disputa con su hermano por darle sepultura a Fernanda dentro de la cripta familiar. Pero David se negó.

Y hoy, vieja y decrépita, camino con lentitud de una sala a otra del Palacio Bastiani, en el que vivo desde hace más de veinte años, y la vida me resulta tan asfixiante como respirar a través de una máscara de gas. Gracias a mi amada nuera Laura Bastiani he llegado hasta aquí. Ella es la viuda de Blasco y tiene claras instrucciones de entregar este relato a quien le pertenezca. No puedo expresar con cuánto ahínco he buscado una respuesta al pasado, quizá porque toda esta historia ocurrió cuando estábamos vivos.

Reconocimientos

Agradezco

a Antonia Kerrigan la fe;
a Claudia Calva el cariño;
a David Trías la confianza;
a Alberto Marcos el entusiasmo;
a Laura Ferrero la dedicación.

Gracias a ellos se ha podido hacer realidad *Cuando estábamos vivos*.

MERCEDES DE VEGA

Índice

Roma
1995

PRIMERA PARTE
Madrid, 1928-1931

SEGUNDA PARTE
El comienzo del fin
1933

TERCERA PARTE
Ciudad de amor y de muerte
1936

Roma
1995